新潮日本古典集成

古事記

西宮一民 校注

新潮社版

目次

上つ巻

下つ巻

凡例

本書は、いわゆる和銅奏覧本（太安萬侶《おおのやすまろ》本）『古事記』が記述した言語と意図した内容とを復原することにつとめ、日本最古の古典である『古事記』を、現代の読者に最も正確にまたより理解しやすい形で伝えるための橋渡しをしようとしたものである。校注に当っては、先入観を排して虚心に読み、すべて『古事記』をして語らしめる態度を取った。

〔本文〕

一、まず、最善本である真福寺本を底本とし、他本による校訂をなし、和銅奏覧本に近づき得たと思われる「原文」を最初に構築した。ついで、このすべて漢字で記された「原文」に段落を設け、改行を加え、可能な限り奈良時代語で訓《よ》み下《くだ》した漢字仮名交り文（歴史的仮名づかい）をもって、本書の本文とした。ただし、原文と訓み下し文に至る考証はすべて省いた。訓法一般については「解説」（三〇八頁）を参照されたい。

一、原文の注記類のうち、「訓注」（その文字の訓法を記した注記）、「本文注」（本文の一部が注記の形式となっている部分）および「説明注」（本文中の計数注・語注の類）は、本文と一体不可分の関係にあるために、これを生かし、「声注《しょうちゅう》」（アクセントの注記）と「音注《おんちゅう》」（その文字が音仮名《おんがな》であることを示す注記）とは省いた。

（例）訓　注―塩こをろこをろに画き鳴《な》し（鳴を訓みてナシといふ）

本文注―上《かみ》の件《くだり》の五柱の神は、別天《ことあま》つ神ぞ。

説明注―「その目は赤かがちのごとくして、（下略）」（ここに赤カガチといへるは、今の酸醤《ほほづき》ぞ）

一、本文の漢字は通行字体を用いたが、当時の文字使用上の特色を残していると思われる「古字」の類は温存した。

（例）相（想）・或（惑）・成（盛）・箇（筒）・適（嫡）・呉公（蜈蚣）

一、同一固有名詞の表記に相違のある場合がままあるが、原文どおりとする。

（例）伊耶那岐の命・伊耶那伎の命、帯日子国忍人の命・帯日子国押人の命

一、本文を読みやすくするために、次の点を考慮した。

1 固有名詞を除く音仮名は平仮名に変えた。ただし「訓注」の音仮名は片仮名に変えた。

2 代名詞・副詞・接続詞の文字、および「有・無・為・如・云」の文字は殆ど平仮名に変えた。

3 振り仮名は、原則として見開き頁の初出に歴史的仮名づかいで付した。

4 会話文は、「　」に入れ、改行一字下げとした。

5 歌謡は、通行字体による漢字仮名交り文に改め、長歌は五音・七音の単位ごとに改行し、二字

下げとした。

6 「序」(上巻冒頭に冠せられた漢文体)は、対句《ついく》に従って改行した。

7 原文二行の割注は、( )内に七ポイント活字で一行に改めた。

〔傍注〕

一、傍注は、口語訳を当てる。この口語訳だけで本文(原文)のニュアンスを感じとり、また通読できることを理想とした。また振り仮名が多い性質上、本文と口語訳との対応は困難を極めたが、安易な意訳を却《しりぞ》け、こなれた逐語訳の実現に努力をした。

一、「序」は上表文《じょうひょうぶん》(天子に申し上げる文章)なので、口語訳は「です・ます」体を基調とし、本文は会話を除き「である」体(スペースの都合で、まれに「だ」体)を基調とした。

一、現代語で、自分に敬語をつけて言うことはないが、上代では尊貴の人の物言いとして「自敬表現」がある。口語訳としては奇異であるが、その語り口を残すことにした。

一、本文にない言葉を補った場合は〔 〕を付した。

一、傍注は、色刷りにした。

一、傍注欄の漢数字は、頭注欄の漢数字と対応する。

〔頭注〕

一、「見出し」(色刷り)は「大見出し」と「小見出し」とに分れる。「大見出し」は、「序」段・神話

（上巻）の主人公名による各段、人皇巻（中・下巻）の天皇名による各段とし、「小見出し」は、上掲の各段の細目による各条とする。『古事記』を説話の集合体と見ず、構想をもった全一体と見る立場からの「見出し」とした。

一、＊印は、各段・各条の要旨、その説話や歌謡の意味する内容、文脈上の照応、これまでの問題点などについての説明を施したものである。

一、本文の漢数字に対応する頭注漢数字は見開き頁に収め、理解の便を図るための、語釈・文法の説明および作歌事情・説話背景・文章表現などの解説を旨とし、特に歌謡については、独立歌的解釈よりも本文と密着した理解と鑑賞に導くための解説に努めた。

一、『古事記』の理解のためには、文脈中の神名の解釈は不可欠であると考えるが、スペースの都合で詳しい考察は「付録」に譲った。

一、頭注記述上の形式的な事項は次のとおりである。

1　頭注の用字は通行字体を用いる。それは、本文を引用する場合も同じ。

2　本文の語句を引用する場合、本文の平仮名を正訓字に、また正訓字を平仮名に変えることがある。語釈を簡便化するためである。

（例）　さずき→桟敷、和平す→やはす

3　本文の神・人名は「某の神・命」と「の」を記しているが、頭注では「某神・命」のように「の」の表記を省いた。スペースの都合によるもので、読むときは「の」を読み添える。国名も同じで、本文に「某の国」とあっても頭注では「某国」と記す。ただし誤読のおそれのある語彙《ごい》を、「黄泉国《よもつくに》・常世国《とこよのくに》・現《うつ》し国《くに》・中《なか》つ国《くに》」と記した場合がある。

4　地名は、可能な限り現地の呼称に従う。ただし「町」は、「ちょう」か「まち」かゆれているものもあるので、その読みを省いた。

5　頭注の振り仮名は現代仮名づかいとする。ただし、本文の引用、他の原文の引用、漢文の訓読、また語義の説明に必要と認めた場合は歴史的仮名づかいとする。

6　文献名は『　』で示すが、略称を用いることがある。

（例）『古事記』→記、『日本書紀』→紀
『出雲国風土記』→『出雲風土記』、『和名類聚抄』→『和名抄』

7　文献の細目を示す場合、可能な限り詳細に記したが、この場合にも略称を用いることがある。

（例）『日本書紀』崇神天皇十年九月九日→崇神紀十年条
『日本書紀』安康天皇元年二月→安康紀
『日本書紀』顕宗天皇即位前→顕宗前紀

〔解説〕

現『古事記』成立の経緯を明らかにし、作品のもつ特質と意義について解説を加え、併せて、訓法一般の原則とその実例とを掲げた。

〔付録〕

『古事記』に現れる神名を、上巻の神話系列を中心に初出順に掲げ、その名義を記し解説を施した。

古事記

古事記　上《かみ》つ巻《まき》

序を幷《あは》せたり

序第一段　——稽古照今《けいこしょうこん》

[一]臣《しん》、[二]安萬侶《やすまろ》が言《まを》さく《申し上げますのには》、

それ《そもそも》、[三]混元《こんげん》すでに凝《こ》りて、気象《萌しと形は》いまだ効《あらは》れず。名《〔その元始の〕》もなく、為《わざ》も《働きも》なし《ない》。誰《たれ》かその形を知らむ《誰もその元始の形を知りません》。

しかれども《しかし》、

[四]乾坤《けんこん》《男女の両性が》初めて分かれて、[五]参神造化《創造の》の首《はじめ》となり、

陰陽ここに開《ひら》け《始まり》て、[六]二霊群品《万物の》の祖《おや》となりき。

このゆゑに《こういうわけで》、

[七]幽顕《いうけん》に出入して、日月目を洗ふに彰《あらは》れ、

[八]海水に浮沈して、神祇《じんぎ》身を滌《すす》くに呈《あらは》れき。

＊上巻には本文の前に序が付加されている。序は三段に分れ、第一段は神世から歴代に至る事績の回顧、第二段は天武《てんむ》天皇と帝紀・旧辞の撰録、第三段は元明《げんめい》天皇と『古事記』三巻の完成につき述べてある。原文は四六騈儷体《べんれいたい》の漢文で書かれ、漢籍による潤色があり対句も多い。太安萬侶《おおのやすまろ》が元明天皇に言上した上表文《じょうひょうぶん》である。

一　「臣某言」は上表文冒頭の表現形式。

二　氏姓は太朝臣《おおのあそみ》。神武《じんむ》天皇の皇子、神八井耳命《かむやいみみのみこと》の子孫。養老七年七月没。民部卿従四位下。『日本書紀』の編纂《へんさん》にも加わったと伝えられる（弘仁私記序・日本紀竟宴和歌序など）。

三　混沌たる宇宙万物の元気。これが凝結《ぎょうけつ》したとは、やがて天地が開けようとする萌芽《きざし》を含むさまをいう。

四　天と地。

五　天之御中主神《あめのみなかぬしのかみ》・高御産巣日神《たかみむすひ》・神産巣日神《かむむすひ》。この三神が「造化の首（初め）」というのは、最初に出現した神であったことと、「むすひ」（生成）という神名に因《よ》るものであろう。

六　伊耶那岐命《いざなきのみこと》（男神）・伊耶那美命《いざなみ》（女神）。

七　伊耶那岐命が黄泉国《よもつくに》（幽）に伊耶那美命を追って行き、現し国《うつくに》（顕）に帰って、目を洗った際、日の神（天照大御神《あまてらすおおみかみ》）と月の神（月読命《つくよみのみこと》）とが出現した。

八　伊耶那岐命が筑紫《つくし》の日向《ひむか》の橘《たちばな》の小門《おど》で禊《みそき》をして多くの神々が出現した。

かれ、（このような次第で）

一太素《たいそ》は杳冥《えうめい》なれども、本教（古伝承の教えから）によりて土《くに》[二]を孕《はら》み嶋を産みし時を識《し》り（知り）、

三元始は綿邈《めんばく》なれども、先聖（先代の賢人の伝えで）によりて神[四]を生み人を立てし世（皇位継承者を立てた時を）を察《し》り（知り）ぬ（ました）。

まことに知る（ほんとうに次のことが分ります）、

五鏡を懸《か》け六珠《たま》を吐《は》きて、百王相続し（代々の天皇が皇統を継ぎ）、

七剱《つるぎ》を喫《か》み八蛇《へみ》を切りて、万神蕃息《はんそく》せしことを（繁栄したということを）。

九安《やす》の河に議《はか》りて、天《あめ》の下《した》を平らげ、

一〇小浜《をばま》に論《あげつ》らひて、国土《くに》を清めき（すっきりさせました）。

ここをもちて（これによって）、

一一番仁岐《ほのにぎ》の命《みこと》、初めて高千《たかちほ》の嶺《みね》に降《くだ》り、

一二神倭《かむやまと》の天皇《すめらみこと》、秋津《あきづ》嶋《しま》を経歴したまひき（巡歴なさいました）。

一三化熊《くわゆう》川を出でて、天剱《てんけん》を高倉《たかくらじ》に獲《え》、

一四生尾《せいび》経《みち》を遮《さきき》りて、大烏《たいう》吉野《えしの》に導きき。

一 「太素」は天地万物の初め。「杳冥《ようめい》」は奥深く暗くてはっきりしないさま。

二 伊耶那岐命と伊耶那美命の「国生み」をさす。

三 「元始」は「太素」に同じ。「綿邈」は遙かに遠いさま。

四 「神」は七行目の「万神」に当り、多くの神々。「人」は六行目の「百王」に当る。

五 「天の石屋戸《あめのいわやと》」の故事。天の石屋戸の前で、賢木《さかき》に鏡を懸けて天照大御神《あまてらすおおみかみ》を招いた。

六 「天の安《やす》の河での誓約《うけい》」の故事。須佐之男《すさのお》命が天照大御神の珠を嚙んで吐き出すと、天忍穂耳《あめのおしほみみ》命以下の五男神が生れた。皇統の原点がこれできまる。

七 注六と同じ故事で、天照大御神が須佐之男命の剣を嚙んで吐き出すと、三女神が生れた。

八 「須佐之男命の八俣《やまた》の大蛇《おろち》退治」の故事。

九 天の安の河原で、八百万《やおよろず》の神が葦原《あしはら》の中つ国平定の使者派遣会議を開いたこと。本文七七～八頁参照。

一〇 出雲《いずも》国の伊耶佐《いざさ》の小浜《おばま》で、天降った建御雷《たけみかずち》神が大国主《おおくにぬし》神に国譲りを説き、成功したこと。

一一 皇孫番能邇邇芸《ほのににぎ》命の高千穂《たかちほ》の峰降臨のこと。

一二 神武《じんむ》天皇の日向国から大和国への巡歴のこと。

一三 「神武東征」伝承の一つ。天皇が紀伊国熊野で怪しい熊の毒気に当てられ、天照大御神・高木神《たかぎのかみ》の配慮で、高倉下《たかくらじ》の捧げた神剣により救われたこと。

一四 「神武東征」伝承の一つ。大和国吉野で尾のある人の歓迎を受け、八咫烏《やたからす》に案内されること。「経」は

「径」に同じ。「広雅、経《へ》径也」（玉篇）とある。

一五 舞を舞わせて賊を討ち払い。神武記（紀）に載せる久米歌《くめうた》に基づいた久米舞のような舞をさすか。

一六 「神武東征」伝承の一つ。大和国忍坂《おつさか》で、歌を合図に賊を討伐したこと。

一七 崇神《すじん》天皇の事績。夢の告示で神祇を敬祭した。

一八 仁徳《にんとく》天皇の事績。民家の炊煙の少ないのを見て課役を免除した。「黎元」は人民の意。

一九 成務《せいむ》天皇の事績。近江《おうみ》国志賀《しが》の高穴穂宮《たかあなほのみや》で国郡の境を定め国土を開発。

二〇 允恭《いんぎよう》天皇の事績。大和国飛鳥宮での氏姓の正撰。

二一 「歩驟」の「歩」は徐歩、「驟」は疾走の意で歴代天皇の治政に緩急のあったこと。下文とともに唐の長孫無忌《ちようそんむき》の「進《たてまつル》二五経正義《ごきやうせいぎヲ》一表」の「雖《モ》二歩驟不《ト》一レ同《ジカラ》、文質有《リ》レ異《ナル》」に出典がある。

二二 風教と道徳がすでに崩れているのを正しくし。

二三 宮址《きゆうし》は奈良県高市《たかいち》郡明日香《あすか》村。通説は明日香小学校北とするが、板葺宮《いたぶきのみや》伝承地に擬する説が近年有力。

二四 皇太子。水底に潜み、いまだ雲を起さぬ龍の意から、天子の徳があってまだ即位されぬ時をいう。

二五 皇太子のこと。

二六 「夢の歌」の記事は壬申紀《じんしんき》に見えないが、天智《てんち》天皇崩御の際に歌われた「吉野の鮎《あゆ》」の童謡《わざうた》三首（天智紀）をさすか。「相」は「想」の古字。

序第二段

――天武天皇と帝紀・旧辞の撰録

儛《まひ》[一五]を列《つら》ね賊《あた》を攘《はら》ひ、

歌[一六]を聞き仇《あた》を伏《したが》へたまひき。

すなはち（さてまた）、

夢《いめ》[一七]に覚《さと》りて神祇《じんぎ》を敬《ゐやま》ひたまひき。このゆゑに賢后（賢明な君主と）と称《まを》す（申します）。

烟《けぶり》[一八]を望みて黎元《れいげん》を撫《な》でたまひき（愛撫されました）。今に聖帝と伝ふ（今日聖帝とお伝えしています）。

境[一九]を定め邦《くに》を開きて近《ちか》つ淡海《あふみ》に制《をさ》め、

姓《かばね》[二〇]を正し氏《うぢ》を撰《えら》ひて遠《とほ》つ飛鳥《あすか》に勒《をさ》めたまひき（整えられました）。

歩驟《ほしう》[二一]おのもおのも異《こと》に、文質同じくあらずといへども（華美と質朴との違いはありましたが）、古《いにしへ》を稽《かむが》へて、風猷《ふういう》[二二]をすでに頽《すた》れたるに縄《ただ》し、今に照らして（現今の状勢を見定めて）、典教を絶えむとするに補はずといふことなし（人間の正道が絶えようとするのを補強しないことはありませんでした）。

飛鳥[二三]の清原《きよみはら》の大宮に、大八州御《おほやしまくにしら》しめしし天皇の御世に暨《いた》りて（領有支配された天武帝の御世に至って）、

潜龍《せんりよう》[二四]、元を体し（天子の資質を備えられ）、

洊雷《せんらい》[二五]、期に応じき（好機に乗じて行動されました）。

夢[二六]の歌を開きて（占いで解き）、業を纂《つ》がむことを（天業を継ごうと）相《おも》ひ（思われ）、

一夜の水に投《いた》りて（到って）、基《もとゐ》を承《う》けむことを知りたまひき（皇位を継承することを判断されました）。
しかれども（しかし）、
天の時（天運の開ける時が）いまだ臻《いた》らずして南山に（吉野山に）二蟬蛻《せんぜい》し、
三人事共給《そなは》りて東国に虎歩したまひき（威風堂々と進軍なさいました）。
四皇輿《くわうよ》たちまちに（急に）駕《か》して（お出ましになり）、山川を凌《こ》え度《わた》り、
五六師《りくし》雷《いかづち》のごとく震《ふる》ひ（威を振い）、三軍電《いなづま》のごとく逝《ゆ》き（進軍されました）。
六杖矛《ぢやうぼう》威《いきほひ》を挙げて（威力を現し）、猛士烟《けぶり》のごとく起り（起って加勢し）、
七絳旗《かうき》兵《つはもの》を耀《かか》やかして、凶徒瓦のごとく解けぬ（〔近江朝の〕敵軍は瓦が崩れる様に一挙に敗れました）。
いまだ八浹辰《せふしん》を移さずして（経たないうちに）、気沴《きれい》おのづからに清し（妖気が自然に澄みました）。
すなはち（壬申の乱が平定したので）、
九牛を放ち馬を息《いこ》へ、愷悌《がいてい》して華夏《くわか》に帰り（大和国に凱旋し）、
旌《はた》を（旗を）巻き戈《ほこ》を戢《をさ》め（納め）、儛詠《ぶえい》して都邑《といふ》に停《とどま》りたまひき。
一〇歳大梁《ほしたいりやう》に次《やど》り、一一月俠鐘《けふしよう》に踵《あた》り、清原《きよみはら》の大宮にして（大宮において）、昇りて天つ位（天皇の位）に即《つ》きたまひき。

一 壬申《じんしん》の乱の時、大海人皇子《おおあまのみこ》が吉野を出て夜半、伊賀国名張《なばり》の横河《よこかわ》を渡ろうとして、天にわたる黒雲を見て占い、皇位の継承我《われ》にありと判じたことをさす。

二 蟬《せみ》のごとく蛻《もぬけ》るとは、皇子が政争の危難を避け出家したことをいう。近江から吉野山へ脱出した。

三 皇子に心を寄せる人が多く集まったこと。

四 以下五行、壬申の乱の叙述。大海人皇子（皇輿）の軍が近江朝の大友皇子《おおとものみこ》（弘文《こうぶん》天皇）の軍を撃滅した。「たちまちに」の語の中に、心ならずも、の気持が込められ、また、寡兵で出陣したさまを表している。

五 大海人皇子の軍（六師）に、高市皇子《たけちのみこ》の軍（三軍）が加わり猛進撃したこと。

六 「杖矛」は武器。「猛士」は勇猛な兵士。

七 「絳旗」は赤旗。敵との区別のために赤色のものを服につけた（天武紀《てんむき》元年七月条）。柿本人麻呂《かきのもとのひとまろ》も「野ごとに　つきてある火の　風のむた　靡《なび》かふごとく」（『万葉集』巻二、一九九）と赤色を野火に譬《たと》えている。赤旗は漢の高祖の故事に擬したものとみられる。

八 「浹辰」は十二支の一巡で、十二日間。短時日を意味するが、壬申の乱は約一カ月続いた。

九 軍《いくさ》用の牛馬を放ち休ませるとは戦争を止めること。周の武王の故事による。「愷悌」は戦争が終って軍隊を整え帰す意。「華夏」は中華・中国の意で大和国をさす。次行の「都邑」は飛鳥《あすか》の都。

一〇 木星が昴星《すばるぼし》に宿る西方。酉《とり》の年を表す。

一一 十二律の一つで、月に当てると二月になる。

道《政道》は軒后《けんこう》[一二]に軼《す》ぎ《超え》、
徳《聖徳》は周王[一三]に跨《こ》えたまひき《上回るほどでした》。
乾符《けんぷ》[一四]を握《と》りて六合《りくがふ》を捴《す》べ、
天統《皇位につき天下くまなく》を得て八荒を包《か》ねたまひき《統合なさいました》。
二気の正しきに乗り《陰陽の運行の正しさのとおりご政治が行われ》[一五]、
五行[一六]の序《つぎて》を斉《ととの》へ、
神理[一七]を設《ま》けて《復興し》、俗《ならはし》を奨《すす》め、
英風を敷きて《すぐれた徳風を施して》、国を弘めたまひき《その及ぶ国の範囲を定められました》。
しかのみにあらず《そればかりではなく》、
智海[一八]は浩汗《かうかん》として、潭《ふか》く上古を探り《古い時代のことを深く究め》、
心鏡は煒煌《ゐくわう》として、明らかに先代を観《み》たまひき《よく前の時代のことをお見通しになりました》。
ここに《そこで》、天皇《天武帝が》の《の》詔り[一九]たまひしく《仰せられましたのには》、
「朕《わ》が聞けらく《私が聞いたことだが》、『諸家《諸氏族が》の賷《も》てる《持つ》帝紀《ていき》[二〇]および本辞《ほんじ》[二一]、すでに《もはや》正実に《真実に》違《たが》ひ、多く虚偽を加ふ《〔自家に有利にするため〕》』ときけり。今の時に当りて《今日の時点で》、その失《あやまり》を改《改》

＊ 英明な天武《てんむ》天皇が、史書の撰録を企画され、稗田《ひえだの》阿礼《あれ》に帝紀・旧辞の誦習《しようしゆう》を命ぜられたが、崩御のため未完成に終ったことを述べる。
一二 中国古代の五帝の一人である黄帝。
一三 周の文王・武王。
一四 「乾符」は天子たるのしるし。三種の神器を継承されて天下を統治され。次行の「八荒《はつくわう》」は八方の遠隔地。
一五 陰陽の気が正しいのは天下泰平の徴候である。
一六 木・火・土・金・水の五つは万物生成の元素で、それが天地の間に秩序をもって流行循環するという中国の学説。この運行が正しいのは政治が善いしるし。
一七 「神理」は神の道。以下二行、天武天皇の宗教・文教政策につき述べる。神祇祭祀《さいし》の復興、法令の編纂《へんさん》、冠位の改正、官制・朝儀の整備、風俗の匡正《きようせい》、族姓の改更、貧民の救済など、天武紀に多くを記す。
一八 以下二行、天武天皇の英知が海のごとく広大で心が鏡のように明澄であることを讃え、古代からの歴史を顧みて政治をされたことを述べる。これが天皇の修史事業を述べる伏線となる。
一九 この詔は、天武紀十年三月十七日条の「帝紀及《ビ》上《ノ》古諸事」を記定させられた時の詔と関係あろう。
二〇 歴代天皇の名・皇居・后妃・皇子女・重要な事績・宝算・崩御年月日・山陵などについての記録。系譜が中心をなすが、関係神話・物語も多少含まれる。
二一 神話・伝説・歌謡・氏族の縁起・芸能などを中心とした伝承。記録と口誦によるものとがあった。

めずは《めなかったら》、いまだ幾年をも経《へ》ずして、その旨滅びなむとす《本旨はきっと滅びるだろう》。これす《この帝紀》なはち《と旧辞は》、[一]邦家《はうか》の経緯《けいゐ》、王化《わうくわ》の鳿基《こうき》ぞ。かれこれ《そこで》、[二]帝紀《ていき》を撰録《せんろく》し、旧辞《きうじ》を討覈《たうかく》して、偽《いつはり》を削り実《まこと》を定めて、後《のち》の葉《よ》に流《つた》へむと欲《おも》ふ」とのりたまひき《と仰せられました》。

時に《たまたま》、[三]舎人《とねり》あり。[四]姓《うぢ》は稗田《ひえだ》、名は阿礼《あれ》、年はこれ廿八《にじふはち》。[五]人となり聡明《そうめい》にして、目に度《わた》れば《ひと目 見れば》口に誦《よ》み《暗誦し》、耳に払《ふる》れば《一度聞けば》心に勒《しる》す《記憶しました》。すなはち《そこで》、阿礼に《〔天武帝は〕》[六]勅語《みことの》りして、[七]帝皇の日継《ひつぎ》および先代の《昔からの時代の》旧辞を[八]誦《よ》み習はしめたまひき《読み習わさせられました》。

しかれども、[九]運《とき》移り世異《かは》りて、いまだその事を行ひたまはざりき《後世にお伝えになるまでには至りませんでした》。

[一〇]伏《ふ》して《拝伏し》惟《おも》ふに《考えますには》、

皇帝陛下《元明帝は》、

一を得て光宅し《天子の徳は天下に満ち》、

三に通じて亭育したまふ《天地人の三才に通じて民を慈しみなさいます》。

[一一]紫震《ししん》に御《ぎよ》して、[一二]徳は《聖徳は》馬の蹄《つめ》の極まるところを《進みゆく僻遠の地まで》被《おほ》ひ《包み》、

一 国家組織の根本であり、天皇政治の基礎なのである。これは「帝紀」「旧辞」の本質を規定したもの。「鳿」は「鴻」の古字。

二 帝紀（帝皇日継とも）を一書にまとめ（撰録）、旧辞（本辞に同じ）を詳しく調べる（討覈）こと。

三 天皇・皇族の近侍者。主君のために身命を賭《と》し、自己のぬきん出た技能をもって奉仕した。男性。

四 この「姓」は「氏《うじ》」の意。稗田《ひえだ》氏は天宇受売命《あめのうずめのみこと》の子孫の猿女君《さるめのきみ》の一族。大和国稗田の在《ざい》。

五 阿礼《あれ》の聡明さを述べる。目で見ると口で暗誦したという。文字が読めたということ、したがって阿礼の眼前には文字資料が存在していたということが分る。

六 「勅語」は「詔勅」より軽く用いる（公式令《くしきりよう》）。

七 「帝皇の日継」は歴代天皇の皇位継承の次第。

八 「誦み習はす」は、帝紀・旧辞を解読《げどく》し口誦《こうしよう》（声に出して言う）させる意。その目的は、天武天皇自ら討覈撰録された定本の帝紀・旧辞（天武天皇御識見《ごしきけん》本《ぼん》）を、声に出して読める本にして後世に伝えるためであった。

序第三段
——元明天皇と『古事記』の完成

九 天武天皇崩御をいう。阿礼への下命が天武十四年（六八五）とすると、崩御まで一年余。結局、天武天皇御識見本に基づく阿礼誦習本《しようしゆうぼん》は未完成となった。

一〇 以下、元明《げんめい》天皇の聖徳を讃える。

一一 皇居。「震」は「宸」に通じ用いたもの。

[一三]玄扈《げんこ》に坐《ざ》して、化は《皇化は》船《ふな》[一四]の頭《へ》の逮《およ》ぶところを照らしたまふ。《漕ぎゆく海の果てまで照らされました》
[一五]日浮びて暉《ひかり》を重ね、
[一六]雲散りて烟《けぶり》にあらず。
[一七]柯《えだ》を連ね穂を幷《あは》す瑞《しるし》、史《し》書《しる》すことを絶たず、《史官は記録する手を休めませんし》
[一八]烽《とぶひ》を列《つら》ね訳《をさ》を重ぬる貢《みつき》、府《ふ》空しき月なし。《宮廷の倉に毎月溢れています》
名は文命《ぶんめい》[一九]よりも高く、
徳は天乙《てんいつ》[二〇]にも冠《まさ》りますといひつべし。《優れておられると申し上げるばかりです》
ここに《そこで》、
[二一]旧辞の誤り忤《たが》へるを惜しみ、《違っているのを惜しまれ》
先紀の謬《あやま》り錯《まじ》れるを正したまはむとして、《〔今上陛下が〕修正しようとなされて》
和銅四年九月十八日をもちて、臣安萬侶に詔《みことのり》して、

「稗田の阿礼が誦《よ》める勅語《みことのり》[二二]の旧辞を撰録して献上《たてまつ》らしむ」《献上せよ》

とのらししかば《と仰せられましたので》、謹みて、詔旨《おほみこと》のまにまに子細に《とおりにこと細かに》採《と》り摭《ひ》ひつ。《拾いました》

しかれども、上古の時は《時代は》、言《ことば》[二三]と意《こころ》とみな朴《すなほ》にして《素朴で》、文を敷き句を《文章を作り》

一二『延喜式《えんぎしき》』祝詞の祈年祭に見える句。注一四参照。
一三 中国古代の黄帝が洛水《らくすい》のほとりの玄扈《げんこ》という石室《いわむろ》にいたという故事による。ここでは、皇居の意。
一四『延喜式』祝詞の祈年祭に見える句。注一二との関連で示すと、「舟の艫《へ》の至り留まる極み…馬の爪の至り留まる限り」とあるのに基づく。
一五 陽光が重なることで、瑞祥《ずいしょう》(めでたいしるし)の一つ。重光。
一六 雲が煙のごとくたなびくことで、これも瑞祥の一つ。非煙《ひえん》という名の雲。
一七 連理《れんり》の枝(別々の木の枝が一つにくっついたもの)と嘉禾《かか》(一つの茎に多くの穂がついた穀物)で、ともに瑞祥。
一八「烽」は貢使《こうし》の到着をつげるのろしで、これが次次にあげられるということは貢使の到着の回数の多さを言ったものである。「訳」は通訳。それを幾度も重ねるのは国によって言語が違うからで、僻遠《へきえん》の国からも朝貢《ちょうこう》することを表す。
一九 古代中国の夏《か》の禹《う》王の名。治水の名王。
二〇 古代中国の殷《いん》の湯《とう》王の名。仁政の名王。
二一「旧辞の誤忤《ごご》、先紀(帝紀と同じ)の謬錯《びゅうさく》」は二一頁から二二頁初めの天武天皇の詔を承《う》ける。
二二「勅語の旧辞」は、前頁の「帝皇の日継および先代の旧辞」を承ける。未完成の阿礼誦習本を成書として完成せよ、との詔勅である。
二三 言葉もその意味する内容もみな、の意。

一 外国の文字体系である「漢字」は漢文体に適しているが、日本の古語・古意を表す文字としては欠点があるから、「難《かた》し」と言っている。

二 その欠点とは、漢字の訓《くん》のみで和文を書いたものは「やまとことば」として意味にぴったりしない。一方、音《おん》のみでは文章が見た目に長すぎる。訓専用でも音専用でも困ると言っている。

三 そこで欠点克服の法を提示する。第一には音訓交用の法、第二には訓専用の法である。今、訓専用は困ると言ったばかりなのに第二の法を述べたのは、変体漢文体を用いることでその欠点は克服されるのだ。

四 注の類には、計数注・声注《アクセント》・訓注・音注・語注がある。これらの注の中で音注が最も多い。音注を付した目的は、訓と音との区別をすることにあった。本文は訓も音も同じ大きさの文字で書かれていたから、音注がなければ読みにくかったのである。

五 「意味の解しやすいのは不注にする」とは、音注を多く付したいのだが、多すぎてはかえって目障りとなるので、分りきった固有名詞および誤解を生じない位置にある語を不音注にするということである。

六 「日下《くさか》」「帯《たらし》」など、本《もと》のままと言う。これもまた不注の類で、本のままだから、注記の手間が省けるわけである。一方、「本のまにまに」と言っていることから、阿礼誦習本は、文字で記された「文献」（文字資料）であったことが明らかである。

七 推古天皇の治世。

構ふること《書き綴る場合》、字におきてはすなはち《漢字で書くとなるとそれは》難《かた》し[一]《困難です》。

[二]すでに《全く》訓《くん》によりて述べたるは《述べたものを見ると》、詞《ことば》、心に《意味に》逮《およ》ばず《一致しません》、

またく《全部》音《おん》をもちて連ねたるは《書き連ねたものを見ると》、事の趣《おもぶき》、さらに長し《見た目に長すぎます》。

ここをもちて《こういうわけで》、今、《ここに「本書の表記上の方針として」》

[三]あるは《ある場合は》一句の中《うち》に音・訓を交《まじ》へ用ゐ、

あるは《また一方》一事の内にまたく《事柄によっては全部》訓をもちて録《しる》しつ《書きました》。

すなはち《その場合》、

辞理《文脈が分りにくいのは》の見えがたきは注《ちう》[四]をもちて明らかにし、

[五]意況《いきやう》の解《さと》りやすき《分りやすいのは全く注をつけません》はさらに注せず。

また《その上》、

姓《うぢ》《姓の場合》におきて、日下《にちげ》を玖沙訶《くさか》といひ《よみ》、

名《名の場合》におきて、帯《たい》の字を多羅斯《たらし》といふ《よむ》。

かくのごとき類は《このような見馴れた文字は》、本《もと》[六]のままに改めず《原資料のとおりで改めません》。

おほよそ《すべて》に記すところは《記述した内容は》、天地の開闢《かいびやく》より始めて、小治田《をはりだ》[七]の御世《みよ》

に訖《をは》る《終る》。かれ《そこで》、
[八]天《あめ》の御中主《みなかぬし》の神より下《しも》[九]、[一〇]日子波限建鵜草葺不合《ひこなぎさたけうかやふきあへず》の命《みこと》より前《さき》を、上《かみ》つ巻となし、
[一一]神倭伊波礼毗古《かむやまといはれびこ》の天皇《すめらみこと》より下、[一二]品陀《ほむだ》の御世より前を、中《なか》つ巻となし、
[一三]大雀《おほさざき》の皇帝《みかど》より下、小治田の大宮より前を下《しも》つ巻となし、
幷《あは》せて三巻《みまき》を録《しる》して、謹みて献上《たてまつ》ると、臣安萬侶《しんやすまろ》、[一四]誠惶誠恐《かしこみかしこみ》も頓々首々《のみまを》す。

[一五]和銅五年正月廿八日

[一六]正五位上勲五等太朝臣《おほのあそみ》安萬侶

八　次頁一行目に出る。「付録」参照。

九　「…より下《しも》」は、下の「…より前《さき》」と呼応する。文の流れにおいて、ある起点から下文をさして「…より下」といい、それに対して、下文の下限を起点にして上文を顧みるので「…より前」という。

一〇　一〇六頁に出る。「付録」参照。

一一　神武天皇。

一二　応神《おうじん》天皇。

一三　仁徳天皇。「皇帝」は、下巻に「聖帝」（二〇七頁）と讃えているように、中国の有徳《うとく》の天子の思想によるもので、特に中国風に「皇帝」と表現したもの。

一四　上表文の末尾に用いる慣用句。冒頭の「臣、安萬侶が言《まを》さく」（一七頁）と呼応する。

一五　和銅五年（七一二）正月二十八日の日付によって、元明天皇が太安萬侶に下詔された和銅四年九月十八日から、わずかに四カ月余りで完成したことになる。これは、天武天皇御識見本に基づく阿礼誦習本が下敷として存在していたからである。このことから、安萬侶はその「原古事記」を、訓《よ》める「現古事記」に書き変えたのだということが分ってくる（「解説」参照）。

一六　勲等は、当時、武功ある者に与える勲位。安萬侶の武功は壬申《じんしん》の乱時のものであろう。一方、上表文において、位階勲等のみ記されていて官職が記されてないことから、この序は偽書との説がある。太安萬侶は宮廷専属の学者で、無官の人であった（「解説」参照）。

創世の神々
——五柱の別天つ神

[一]天地初めて発《おこ》りし時に《天と地とが始まった時に》、[二]高天《たかあま》の原《はら》に成りませる《お出来になった》神の名《な》は、天之御中主《あめのみなかぬし》の神[三]（高の下の天を訓《よ》みてアマといふ。下《しも》これに效《なら》へ）。[四]次に、高御産巣日《たかみむすひ》の神。次に、神産巣日《かむむすひ》の神。この[五]三柱の神は、みな[六]独神《ひとりがみ》と成りまして《お出来になって》、身を隠したまひき《姿を隠していらっしゃった》。

次に、[七]国稚《わか》く、浮ける《浮いた》脂《あぶら》のごとくして《油脂の様であって》、くらげなす《海月の様に》ただよへる時に《漂っているその時に》、葦牙《あしかび》《葦の芽》のごとく萌《も》え騰《あが》る物によりて成りませる《基づいてお出来になった》神の名は、[八]宇摩志阿斯訶備比古遅《うましあしかびひこぢ》の神。次に、天之常立《あめのとこたち》の神（常を訓みてトコといひ、立を訓みてタチといふ）。この二柱の神も、みな独神と成りまして《単独の神としてお出来になって》、身を隠したまひき《姿を隠していらっしゃった》。

[九]上《かみ》の件《くだり》の五柱の神は《上の文中の五神は》、[一〇]別天《ことあま》つ神ぞ。

——神世七代

次に、成りませる《お出来になった》神の名は、国之常立《くにのとこたち》の神（常・立を訓むことも上《かみ》のごとし）。次に、豊雲野《とよくもの》の神。この[一一]二柱の神も、独神と成りまして、

＊ここから、上巻の本文が始まる。天地の初発の時から次々に神世七代《かみよななよ》に及ぶ創世神話である。天には五柱の別天《ことあま》つ神、地には七代の神々の出現を、名を連ねる手法で物語っている。

一 原文「天地初発之時」とある。「発」は「始まる」意。世界神話には、天地未剖《みぼう》（混沌《カオス》）から天地分離の過程を物語るものが多い――記序冒頭（一七頁）もそれ――が、ここでは、すでに分離した後の天と地という観念である。

二 「高い、天の原」の意。自然界の「天空」ではなく、天つ神の住む天上界で、古代の世界観の一つ。

三 「高天の原」の「天」はアマと訓《よ》む。後出の「高天の原」の「天」もアマと訓め。括弧内を「訓注《くんちゅう》」という。

四 「次に」は時間的系譜的順序を表す。以下同じ。

五 三の数は、五・七とともに中国の聖数観念による。生成《むす》の霊《ひ》二神は日本固有の信仰神であったが、それに、天の中心《みなか》の主宰神を配して、三極構造をとる。

六 単独の神。次頁の男女対偶神《たぐえるかみ》の対語。

七 人間の住む土地。それがまだ若わかしくて。

八 葦牙《あしかび》の神は、春先に萌え出る葦の芽の生命力の表象であるから、中空の神として「天つ神」の中に入る。

九 この二字下りを「本文注《ほんもんちゅう》」と命名しておく。記撰者の注記である。

一〇 一般の天つ神とは別の天つ神。

身を隠したまひき。

次に、成《お出来になった》りませる神の名は、宇比地邇《うひぢに》の神。次に、[一二]妹《いも》須比智邇《すひちに》の神。次に、角杙《つのぐひ》の神。次に、妹《女性の》活杙《いくぐひ》の神（二柱）。次に、意富斗能地《おほとのぢ》の神。次に、妹《女性の》大斗乃弁《おほとのべ》の神。次に、於母陀流《おもだる》の神。次に、妹《女性の》阿夜訶志古泥《あやかしこね》の神。次に、伊耶那岐《いざなき》の神。次に、妹《女性の》伊耶那美《いざなみ》の神。

上の件の国之常立《くにのとこたち》の神より下《しも》、伊耶那美の神より前《さき》を、并《あは》せて[一三]神世七代《かみよななよ》といふ（上《かみ》の二柱の独神は、おのもおのも《単独の神はそれぞれ一柱を》一代《ひとよ》といふ。次に双《たぐ》[一四]へる十《と》はしらの神は、おのもおのも二はしらの神を合せて一代といふ《それぞれ男女対偶の二神を一組として一代と数える》）。

伊耶那岐命と伊耶那美命 ――国作りの命を受ける

ここに《さて》、天つ神のもろもろの《別天つ神のすべての神々の》命《みこと》もちて《仰せで》、伊耶那岐の命《みこと》・伊耶那美の命の二柱の神に、

「このただよへる国《漂っている土地を》を修理《をさ》[一五]め固め成せ《整え固めて完成せよ》」

と詔《の》らし、[一六]天《あめ》の沼矛《ぬぼこ》を賜《たま》ひて《授けて》、言依《ことよ》さしたまひき《ご委任になった》。かれ《そこで》、二柱の神[一七]天《あめ》の浮橋《うきはし》に立たし《お立ちになり》（立を訓みてタタシといふ）て、その沼矛を《玉飾りの矛を》指し下《おろ》して画《か》かせば《掻き回されると》、塩こをろこをろに《海水をころころと》画き《掻き》鳴《な》し《鳴らして》（鳴を訓みてナシといふ）て、

一二 国之常立・豊雲野の二神は「神世七代」の中の最初の二代で、独神である点が三代以下と異なる。

＊ 神世七代の神々は、別天つ神とは異なって土地に出現する。神名の由来によって、土地の恒常的確立・雲の覆う原野から、男女一対の盛り土（鎮地）・棒杙《ぼうぐい》（境界形成）・門棒（住居防塞）・男女陰の神像（生産豊穣の霊能）・交歓の二面像（媾《こう》合《ごう》生産）を表象していることが分る。大和時代当時、「神世」と意識されたのは、木や石の呪柱《じゅちゅう》・神像が物語る宗教的世界であり、それはまた土地と人間の長い長い歴史であった。

一三 「妹」は女性の意。したがって「妹」字を冠しない神名が男性である。

一三 神の御世が七代も長らく続いたこと。「七」は中国の聖数観念。日本なら「八代《やよ》・八千代《やちよ》」。

一四 男女対偶《たいぐう》の、の意。

＊ 神世七代の最後の伊耶那岐・伊耶那美二神は別天つ神の命《みこと》（お言葉）を受けて「命《みこと》」（その神の命令をになうもつ者）の称で、日本の国生みや神生みという偉大な仕事にとりかかることになる。

一五 原文「修理固成」とある。上文「国稚《わか》く…ただよへる」を承《う》ける。「修理」は浮漂を整える、「固成」は若き土地を固め国土として完成すること。

一六 高天の原の、玉飾りのある矛。

一七 神が昇降するのに使う天界と下界をつなぐ橋。

〔その矛を〕引き上げたまふ時に、その矛の末《さき》より垂《しただ》り落つる塩《海水の》の累《かさな》り積れる《積ったのが》、嶋《しま》と成りき。これ淤能碁呂嶋《おのごろしま》[一]ぞ。

〔二神は〕その嶋に天降《あまくだ》りまして、天《あめ》の御柱《みはしら》[二]を見立て[三]、〔また〕八尋殿《やひろどの》[四]を見立てたまひき。ここに、〔岐神は〕その妹《いも》[五]伊耶那美《いざなみ》の命《みこと》に問ひて、

「なが身はいかにか成れる《お前の体はどのように出来ているか》」

と曰《の》らししかば《仰せられたので》、

（美神）「あが身は《私の体は》、成り成りて成り合はざる《出来上っていって出来きらない》処一処《ところひとところ》あり」

と答へ白《まを》[六]しき。しかして《それで》、伊耶那岐《いざなき》の命《みこと》の詔《の》らししく《仰せられたのには》、

「あが身は《私の体は》、成り成りて成り余れる《出来上っていって出来すぎた》処一処あり。かれ《だから》、このあが身《私の体》の成り余れる処《の出来すぎたところ〔男根〕》をもちて、なが身の成り合はざる処《お前の体の出来きらないところ〔女陰〕》に刺《さ》し塞《ふた》ぎて、国土《くに》を生み成さむ《生み出そうと思う》とおもふ。生むこといかに《どうだろうか》」（生を訓《よ》みてウムといふ。下これに效へ）《後出の生もウムとよめ》

伊耶那美の命の答へ曰《まを》ししく、

「しか《それが》善《え》[七]けむ《よいでしょう》」

一 おのずから凝り固まった島、の意。この島は伊耶那岐・伊耶那美二神の国土の修理固成の拠点となった聖なる島である。実在の島かどうかよりも、これまでの話が海洋型国生み神話である点が注意される。

＊淤能碁呂島《おのごろしま》に天降った伊耶那岐・伊耶那美二神は、お互いに身体の様子を尋ね合い、愛の唱和をして結婚する。国土の修理固成を、生殖行為として表現したものである。この生殖行為の結果、国が生れることをもって、二神の血脈的系譜の祖としての位置が確認される。——淤能碁呂島での聖婚

二「天の御柱」は、天つ神の神霊の依《よ》り憑《つ》く聖なる柱。豊饒《ほうじょう》の呪柱の観念を含む。

三「見立て」とは、「天の御柱」に適当な木を前もってよく見選んでおいて、それを立てる、の意。次の「八尋殿」の場合も同じ。

四「八尋殿」は広大な殿舎。ここは新婚のための新《にい》室《むろ》で、天の御柱とは別に建てられたもの。「八《や》」は多大の意の日本における聖数。「尋」は両腕を拡げた長さ。

五「妹」は、ここでは妻の意。神世七代の「妹伊耶那美の命」の「妹」（女性）の意とは異なり、夫婦となった結果を先に示すという『古事記』の表現の型によって「妹」（妻）を冠したもの。

六「白」は仏典語。謙譲を表す。申し上げる、の意。男が女より上位に待遇されていることが分る。

七「善《え》け」は「良《よ》し」の未然形で、古形。

しかして《そこで》、伊耶那岐の命の詔らししく《仰せになったのには》、

「しからば《それならば》、あとなと《私とお前と》この天の[八]御柱を行き廻《めぐ》り逢《あ》ひて、[九]みとのまぐはひせむ《性交をしよう》」

と、かく《こう》期《ちぎ》りて《約束して》、すなはち《さっそく》
「なは《お前は》[一〇]右より廻り逢へ《〔私に〕》。あは《私は》左より廻り逢はむ《〔お前に〕》」

と詔らし《と仰せになり》、約《ちぎ》り竟《を》へて《終え》《〔御柱を〕》廻る時に、伊耶那美の命先《ま》づ、

「あなにやし《ほんとにまあ》、えをとこを《いとしいお方ですこと》」

と言ひ、後《のち》に伊耶那岐の命
「あなにやし《なんとまあ》、えをとめを《かわいい娘だろう》」

と言ひ、おのもおのも《それぞれ》言ひ竟へし《言い終えた》後《のち》に、《〔岐神は〕》その妹《いも》に告げて《妻に言い知らせて》、

「[一一]女人《をみな》の言先《ことさきだ》ちしは良くあらず《声を先にかけたのはよくない》」

と曰らしき《仰せになった》。しかれども《しかし》、[一二]くみどに興《おこ》して生みたまへる子は《事を始めてお生みになった子は》、水蛭《ひる》子《こ》。この子は《水蛭子は》葦船《あしぶね》に入れて流し去《う》てき《捨てた》。次に、淡嶋《あはしま》を生みたまひき。こも《これも》子の例《たぐひ》には入《い》れず《数えない》。

八　柱のまわりを夫婦がめぐり性交をすることは、穀物豊饒の予祝儀礼である。中国南部からインドシナの山中に住む苗族《びょうぞく》は、春の祭に豊饒の柱を山上に立て、男女の群れがその周囲を旋舞しかつ放縦な歌を唱い、また東日本の小正月の日に、夫婦がいろりの周囲を回って予祝する習俗があるなど、その例は多い。

九　原文「美斗能麻具波比」と仮名で書かれており、このように仮名書きされている言葉は「古語」であることを表す。「みと」は「御門《みと》」で男女の陰部をさす。「まぐはひ」は「目交《まくは》ひ」で、元来は「目と目を交して情を通じる」意。合わせて、性交の意となる。

一〇　女が右まわり、男が左まわりというのは、「天左旋、地右動」（『春秋緯《しゅんじゅうい》』元命包《げんめいほう》）や「北斗之神有雌雄…雄左行、雌右行」（『淮南子《えなんじ》』天文訓《てんもんくん》）など、中国の思想に見える。『古事記』は、左（男）を右（女）よりも貴しとする思想が一貫している。

一一「夫唱婦随」の中国思想の影響もあろうが、「春されば先《ま》づ鳴く鳥の鶯《うぐひす》の言先立《ことさきだ》ちし君をし待たむ」（『万葉集』巻十、一九三五）のように、求婚に際しては、男の方から先に女へ声をかけるのが通例であった。

一二「隈処《くみど》」で、奥まった夫婦の寝所。「興して」は事を始める、すなわち性交を始めて、の意。

――水蛭子と淡島を生む

＊　女が先に発言したのが間違いのもとで、「水蛭子」「淡嶋」などのでき損いの子を生む。邪気を払う葦で作った船で流し捨てる。大祓《おおはらえ》の思想性もある。

ここに、二柱の神議《はか》りて云ひしく《相談して言ったのには》、

「今、わが生める子《私たちが生んだ子は》良くあらず[一]《良くない》。なほ天つ神の《やはり別天つ神の》御所《みもと》に白すべし《申し上げよう》」

といひて、すなはち共に《すぐに一緒に》参上《まゐのぼ》り、天つ神の命を《別天つ神のご指示を》請《こ》ひたまひき《仰がれた》。しかして《そこで》、天つ神の命もちて《仰せで》、ふとまにに[二]《太占により》卜相《うらな》ひて詔らししく《〔別天つ神が〕》、

「女《をみな》の言先《ことさき》だちしによりて良くあらず《女が先に声をかけたのでよくない》。また《再び》還《かへ》り降《くだ》り改め言へ《改めて言い直せ》」

かれしかして《そういったわけで〔淤能碁呂島に〕》、返り降りまして、さらに《改めて》その天《あめ》の御柱《みはしら》を往《ゆ》き廻《めぐ》りたまふこと先《さき》のごとし《前のとおりであった》。

ここに、伊耶那岐《いざなき》の命《みこと》先づ、

「あなにやし《なんとまあ》、えをとめを《かわいい娘だろう》」

と言ひ、後《のち》に妹《妻の》伊耶那美《いざなみ》の命
「あなにやし《なんとまあ》、えをとこを《いとしいお方ですこと》」

と言ひき。かく言ひ竟《を》へて《終えて》、御合《みあ》ひまして《結婚されて》生みたまへる子は《お生みになった子は》、淡道《あはぢ》[三]之穂之狭別《のほのさわけ》の嶋（別を訓《よ》みてワケといふ。下《しも》これに效《なら》へ）。次に、伊予之二名《いよのふたな》[四]の嶋を生みたまひき。この嶋は《四国は》身一つにして《体が一つであって》面《おも》四つあり《顔が四つある》。面ごと《顔ごとに》

＊伊耶那岐・伊耶那美二神は、最初の国生みに失敗する。そこで、別天《ことあま》つ神に指示を仰ぎ、改めて夫唱婦随に則《のっと》ってやり直して、日本列島を生み終える。むろん試行錯誤の繰返しの結果であるが、失敗すれば改めるという思想性もある。

一 でき損いの理由は、四行目の太占《ふとまに》の結果に見るように、女が先に発言したことにある。つまり求婚に当っては男が先に声をかけるという習俗に反したからである。したがって、岐神を兄、美神を妹であるとして近親相姦《インセスト》の結果によるものとみるべきではない。たしかに世界の創世譚には近親相姦の例は多くあるが、ここではそういうことを主題にしてはいないのである。

二 原文「布斗麻邇《ふとまに》」の「ふと」は「太」で、立派なという称辞。「まに」は神意のまにまにの意で、神意を判ずる卜占《ぼくせん》をいう。古くは、鹿の肩骨を焼き、ひびの入り方で判じ、奈良時代末には亀甲《きっこう》を用いた。

三 淡路島。「穂之狭《ほのさ》」は粟《あわ》の穂に因《ちな》んだ名。次の「別《わけ》」は地方に分封《ぶんぽう》せられたの意で男性につける。

四 四国の総称。もう一つの総称として「阿波国《あはのくに》」ともいうから、「二名《ふたな》」と言ったものか。

＊国生みの順は、淡路《あわじ》島、四国、隠岐島《おきのしま》、九州、壱岐《いきの》島《しま》、対馬《つしま》、佐渡島《さどがしま》、本州、児島《こじま》、小豆島《あずきしま》、大島《おおしま》、女島《ひめしま》、知訶島《ちかのしま》、両児島《ふたごしま》である。「国生み」の思想は、生れた島々が血脈による人格的な同胞であるとすることにある。

——日本列島を生む

に名《名をもっている》あり。かれ《そこで》、[五]伊予《いよ》の国を愛比売《えひめ》といひ、讃岐《さぬき》の国を飯依比古《いひよりひこ》といひ、粟《あは》の国を大宜都比売《おほげつひめ》といひ、土左《とさ》の国を建依別《たけよりわけ》といふ。次に、[六]隠伎《おき》の三子《みつご》の嶋を生みたまひき。[七]亦《また》の名《な》は天之忍許呂別《あめのおしころわけ》。次に、[八]筑紫《つくし》の嶋を生みたまひき。この嶋も身一つにして面四つあり《九州も体が一つであって顔が四つある》。面ごとに《顔ごとに》名あり。かれ《そこで》、筑紫の国を白日別《しらひわけ》といひ、豊国《とよくに》を豊日別《とよひわけ》といひ、肥《ひ》の国を建日向日豊久士比泥別《たけひむかひとよくじひねわけ》といひ、熊曾《くまそ》の国を建日別《たけひわけ》といふ。次に、伊岐《いき》の嶋を生みたまひき。亦の名は天比登都柱《あめひとつはしら》といふ[九]（天を川《よ》むこと天《あめ》のごとし）。次に、津嶋《つしま》を生みたまひき。亦の名は天之狭手依比売《あめのさでよりひめ》といふ。次に、佐度《さど》の嶋《しま》を生みたまひき。次に、大倭豊秋津嶋《おほやまととよあきつしま》を生みたまひき。亦の名は天《あめ》の御虚空豊秋津根別《みそらとよあきつねわけ》といふ。かれ《ゆえに》、この八嶋《やしま》を先づ生みたまへるによりて《お生みになったので》、[一〇]大八嶋国《おほやしまくに》といふ。

しかる後《のち》に、還ります《〔淤能碁呂島に〕》時に、吉備《きび》の児嶋《こしま》を生みたまひき。亦の名は建日方別《たけひかたわけ》といふ。次に、小豆嶋《あづきしま》を生みたまひき。亦の名は大野手比売《おほのでひめ》といふ。次に、[一一]大嶋《おほしま》を生みたまひき。亦の名は大多麻流別《おほたまるわけ》とい

五 「伊予の国」は愛媛県。「讃岐の国」は香川県。「粟の国」は徳島県。「土左の国」は高知県。およそ四国は男と女の名に二分され、また穀物名とそうでない名とに二分されているのが特徴。

六 隠岐島は四島から成るが、「三子の嶋」と言っているのは、島根県八束《やつか》郡美保関《みほのせき》から隠岐島に進行するときの視覚に基づくもので、島後は全く見えず、島前の西ノ島の焼火山《たくひさん》を中心に、西に知夫里《ちぶり》島、東に中ノ島が見えて、その三島を三子に擬している。

七 「亦の名」は記中に頻出するが、これは一種の術語で、もともと別種の資料中に現れる神・人名を結合したことを表す場合に用いる。したがって単に異名であることを表す「別名《ことな》」（八〇頁）とは別。

八 この「筑紫」は九州の総称。次の「筑紫の国」は福岡県の大部分。「豊国」は大分県・福岡県の一部。「肥の国」は熊本県（球磨《くま》地方を除く）・長崎県・佐賀県・宮崎県。「熊曾（襲）の国」は熊本県球磨地方・鹿児島県。九州の国名は「日」（太陽）と「別《わけ》」を含むのが特徴。後に、天照大御神《あまてらすおおみかみ》の誕生と天孫降臨の重要な舞台となる。

九 この訓注は、単にアメと訓《よ》み、アメノ・アマ・アマノとは訓まない。「川」の字は「訓」の省画で、こと次頁六行目に見えるだけである。

一〇 孝徳《こうとく》紀白雉《はくち》元年に「大八嶋」とあり、祝詞《のりと》・宣命《せんみょう》に「大八嶋国」、公式令《くしきりょう》に「大八洲国」とある。

一一 山口県大島郡の屋代島《やしろしま》であろう。

ふ。次に、女嶋《ひめしま》[一]を生みたまひき。亦の名は天一根《あめひとつね》といふ（天を訓《よ》むこと天《あめ》のごとし）。次に、知訶《ちか》[二]の嶋を生みたまひき。亦の名は天之忍男《あめのおしを》といふ。次に、両児《ふたご》[三]の嶋を生みたまひき。亦の名は天《あめ》の両屋《ふたや》といふ（吉備《きび》の児嶋《こしま》より天の両屋の嶋まで并《あは》せて六《む》[四]つの嶋ぞ）。

〔岐・美二神が〕すでに国を生み竟《を》へて《終えて》、さらに神を生みたまひき。かれ《そこで》、生みたまへる神の名は、大事忍男《おほことおしを》[五]の神。次に、石土毗古《いはつちびこ》[六]の神（石を訓《よ》みてイハといふ。下《しも》これに效《なら》へ）を生み、次に、石巣比売《いはすひめ》の神を生み、次に、大《おほ》戸日別《とひわけ》の神を生み、次に、天之吹男《あめのふきを》の神を生み、次に、大屋毗古《おほやびこ》の神を生み、次に、風木津別之忍男《かざもつわけのおしを》の神（風を訓みてカザといひ、木を訓むに[七]は音《おん》をもちゐよ）。次に、海《うみ》の神、名は大綿津見《おほわたつみ》の神を生み、次に、水戸《みなと》の神、名は速秋津日子《はやあきつひこ》の神、次に、女性の《いも》妹速秋津比売《いもはやあきつひめ》の神を生みたまひき（大事忍男の神より秋津比売の神まで、并せて十《と》はしらの神ぞ）。

この速秋津日子・速秋津比売の二はしらの神、河・海によりて《河と海とに依拠して場所を》持ち別きて《分担管理して》、[八]〔岐・美二神が〕生みたまへる神の名は沫那芸《あわなぎ》の神。次に、沫那美《あわなみ》の神。

一 大分県国東《くにさき》半島東北沖の姫島《ひめしま》。

二 長崎県五島《ごとう》列島をさす。

三 五島列島の南、男女群島の男島・女島という。

四 この六島は、瀬戸内海航路および遣唐使の寄港地として重要なものが選ばれている。すでに大陸往来という新時代の観点によるとの感が強い。さて、児島（岡山県児島半島）と小豆島（香川県）との順序が地理的には逆である。これは寄港地としては児島が正式で、小豆島が風向きによる予備的な位置にあったことを示すものか。

——神々を生む

＊ 伊耶那岐・伊耶那美二神は、国土の上に自然神・文化神を次々に生んでいく。人間生活における環境が文化の表象である。古代の宗教的儀礼と深い関係を背景にもつものが多い。

五 「大事忍男神」は、これから神生みという大事業をすることの総括的な名として冒頭に置かれているのであって、結論を先に述べるという『古事記』の常套《じようとう》的な手法が、神統譜にも用いられたもの。

六 石土毗古神から風木津別之忍男神までは住居関係の神々。次は海と水門《みなと》の神々。

七 「木を訓むには音をもちゐよ」は、きわめて特殊な音注である。「木」の音はモで、『万葉集』で「茂《も》く」のモに「木」を使った例（巻二、一八五）がある。記中ではモの仮名に「毛《も》」「母《も》」の二字しか用いないが、この「木《も》」は原資料のままなので音注を付したもの。

八 次頁注一一参照。

次に、頰那芸《つらなぎ》の神。次に頰那美《つらなみ》の神。次に、天之水分《あめのみくまり》の神（分を訓みてクマリといふ。下これに效へ）。次に、国之水分《くにのみくまり》の神。次に、天之久比《あめのくひ》奢母智《ざもち》の神。次に、国之久比奢母智《くにのくひざもち》の神（沫那芸の神より国之久比奢母智の神まで、幷せて八[九]はしらの神ぞ）。

次に、風の神、名は志那都比古《しなつひこ》の神を生み、次に、木の神、名は久々能智《くくのち》の神を生み、次に、山の神、名は大山津見《おほやまつみ》の神を生み、次に、野の神、名は鹿屋野比売《かやのひめ》の神を生みたまひき。亦の名は野椎《のづち》の神といふ（志那都比古の神より野椎まで、幷せて四[一〇]はしらの神ぞ）。

この大山津見の神・野椎の神の二はしらの神、山・野によりて持《山と野とに依拠して場所を》ち別きて《分担管理して》、[一一]〔岐・美二神が〕生みたまへる神の名は、天之狭土《あめのさづち》の神（土を訓みてヅチといふ。下これに效へ）。次に、国之狭土《くにのさづち》の神。次に、天之狭霧《あめのさぎり》の神。次に、国之狭霧《くにのさぎり》の神。次に、天之闇戸《あめのくらと》の神。次に、国之闇戸《くにのくらと》の神。次に、大戸或子《おほとまとひこ》の神（或を訓みてマトヒといふ。下これに效へ）。次に、大戸或女《おほとまとひめ》の神（天之狭土の神より大戸或女の神まで、幷せて八[一二]はしらの神ぞ）。

九　この八神は、水泡《みなわ》・水面の凪《なぎ》と波立ち、水の配分、水を汲む杓《ひさご》の表象で、水分《みくまり》神は祈年祭《としごいのまつり》、久比奢母智《くひざもち》神は鎮火祭《ほしずめのまつり》、また速秋津比売《はやあきつひめ》神は大祓《おおはらえ》の各祝詞《のりと》にそれぞれの名が見える。

一〇　この四神は、風・木・山・野の表象である。

一一　「生みたまへる」の主語について、古来問題があった。注八も同じ問題なのでここで一括する。度会延佳《わたらいのぶよし》は、この主語を大山津見神・野椎神（上文の場合は速秋津日子・速秋津比売二神）と考え、本居宣長はすべて伊耶那岐・伊耶那美二神と考えた。それぞれの理由が挙げられ、今日なお決着をみない。しかし、大山津見神と野椎神（上文の場合は速秋津日子と速秋津比売二神）は、男と女の神ではあるけれども結婚したとは述べていない、という決定的な理由が見逃されてきた。これによって、この神々は「生みたまへる」の主語にはなりえない。したがって、この神々はそれぞれの持場を区別して、岐・美二神が「神生み」をしやすいように管理したのである。このように、「生みたまへる」の主語を、岐・美二神と考えると、この「神生み」の条は、すべて岐・美二神の所生《しょせい》であることを主題としていることも明瞭となってくる。

一二　この八神は、山頂・原野・霧・峡谷・迷路の表象である。天と国とを冠する神名は山・原・霧・峡谷であり、空と地との双方に関係するからである。またこれらの八神は、古代人の自然界における労働体験に基づいた命名であろう。「或」は「惑」の古字。

次に、〔岐・美二神が〕生みたまへる神の名は、[一]鳥《とり》之石楠船《いはくすふね》の神、亦の名は天《あめ》の鳥《とり》船《ふね》といふ。次に、大宜都比売《おほげつひめ》の神を生みたまひき。次に、火之夜芸《ひのやぎ》速男《はやを》の神を生みたまひき。亦の名は火之炫毗古《ひのかかびこ》の神といひ、亦の名は火之迦具土《ひのかぐつち》の神といふ。この子を《この火神を〔美神が〕》産みたまひしによりて、[二]みほと《女陰を》炙《や》かえて《焼かれて》病み臥《こ》やせり《伏せられた》。たぐりに成りませる《嘔吐にお出来になった》神の名は、[三]金山毗古《かなやまびこ》の神（金を訓《よ》みてカナといふ。下《しも》これに效《なら》へ）。次に、金山毗売《かなやまびめ》の神。次に、屎《くそ》に成りませる神の名は、波邇夜須毗古《はにやすびこ》の神。次に、波邇夜須毗売《はにやすびめ》の神。次に、尿《ゆまり》に成りませる神の名は、弥都波能売《みつはのめ》の神。次に和久《わく》産巣日《むすひ》の神。この神の子を《この和久産巣日神の子を》豊宇気毗売《とようけびめ》の神といふ。かれ、伊耶那美《いざなみ》の神は火の神を生みたまへるによりて《お生みになったので》、つひに《とうとう》神避《かむさ》りましき《亡くなられた》（天の鳥船より豊宇気比売の神まで、幷《あは》せて[四]八はしらの神ぞ）。

おほよそに《数え合せて》伊耶那岐《いざなき》・伊耶那美《いざなみ》の二はしらの神、共に生みたまへる嶋壱拾《[五]とを》あまり肆《よ》つの嶋《十四島である》。また、神参拾《[六]みそ》あまり伍《いつ》はしらの神《三十五柱の神々》ぞ《である》（こは伊耶那美の神いまだ神避りまさぬ《まだお亡くなりにならない》前《さき》に生みたまへり。ただ意能碁呂嶋《おのごろしま》

火神を生み伊耶那美命死ぬ

一 鳥之石楠船神は船、大宜都比売神は食物、火之夜芸速男神は火の表象で、文化的な神々。

二 火神の出生と陰部を焼かれたために母神が死ぬ話は、火切杵《ひきりぎね》と火切臼《ひきりうす》とを使用する発火法が男女の交合出生を連想させ、また臼を焼くことから女陰の火傷と死の話となる。火神の威力を表す。

三 金山毗古神以下、波邇夜須毗売神までの四神は、冶金《やきん》や粘土の土器調製における火神の効力を表し、火の暴威鎮圧のために水神（弥都波能売神）が生れる（火伏《ひぶ》せの思想は、鎮火祭《ほしずめのまつり》の祝詞にも窺える）。さらに火の徳は大地を刺激し、糞尿は生産力を増強し、そこに農業の生成霊《むすひ》の神と豊饒《ほうじょう》な食物《うけ》の神が生れる。

四 男女対偶のヒコ・ヒメを一神として数える。

五 原文「壱拾肆嶋」とある。この漢数字は「大字《だいじ》」といい、字の改変を防ぐために用いる。古代の数の基本単位は十であり、端数を「あまり」と数えた。

六 神々の実数は四十神である。しかし、男女対偶の神を一神と数え、また前頁注一一に述べたことを合せ考え、最後の豊宇気毗売神は伊耶那岐・伊耶那美二神の所生ではないから除くと、

大事忍男神から速秋津比売神まで……………九神
沫那芸神から国之久比奢母智神まで…………八神
志那都比古神から野椎神まで…………………四神
天之狭土神から大戸惑女神まで………………七神
鳥之石楠船神から和久産巣日神まで…………七神

のみは生みたまへるにあらず《自然に出来たのだから》。また、蛭子《ひるこ》と淡嶋《あはしま》とは子の例《たぐひ》には入れず《数えない》)。

かれしかして《そういうわけで》、伊耶那岐の命の詔《の》らししく《仰せになったのには》、

「[七]愛《うつく》しきあがなに妹《も》の命《みこと》や《いとしい私の》。子の《火神の》一つ木《き》に易《か》へむとおもひきや《生死を代えようと思ったろうか》」

とのらして《仰せになって》、すなはち御枕方《みまくらへ》に匍匐《はらば》ひ、御足方《みあとへ》に匍匐ひて《這い回って》哭《な》きまし《お泣きに》し時に《なった時に》、御涙《みなみた》に成りませる《お出来になった》神の[八]香山《かぐやま》の畝尾《うねを》の木本《このもと》に坐《いま》す《ご鎮座の》、名は泣沢《なきさは》女《め》の神ぞ《神である》。かれ《さて》、その神避りましし《お亡くなりになった》伊耶那美の神は、出雲《いづも》の国と伯《はは》伎《き》の国との堺《さかひ》の[九]比婆《ひば》の山に葬《はぶ》りき。

ここに《そこで》、伊耶那岐の命、[一〇]御佩《みはか》せる十拳釼《とつかつるぎ》を抜きて、その子迦具《かぐ》土《つち》の神の頸《くび》を斬《き》りたまひき。しかして《すると》、その御刀《みはかし》の前《さき》に著《つ》ける血、[一一]ゆつ《神聖な》石村《いはむら》に走り就《たばしつ》きて成りませる《お出来になった》神の名は、石析《いはさく》の神。次に、根析《ねさく》の神。次に、石箇之男《いはつつのを》の神(三はしらの神)。次に、御刀の本《鍔に》に著ける血も、ゆつ石村に走り就きて《神聖な石の群れにほとばしりついて》成りませる神の名は、甕速日《みかはやひ》の神。次に、樋速日《ひはやひ》の神。次に、建御雷之男《たけみかづちのを》の神。亦の名は《その神の亦の名は》建布都《たけふつ》の神。亦の名は《その亦の名は》豊布都《とよふつ》の神(三はしらの神)。次に、御刀の手上《たかみ》《柄に》に集れる血、

となり、三十五神という合計数になる。

＊ 最愛の妻を死なせた伊耶那岐命は、その死を悲しみ、匍匐礼《ほふくれい》の葬儀をし、哭女《なきめ》(死者の遊離魂を招き戻す泣女《なきおんな》)をつけ、遺骸を比婆《ひば》の山に葬る。

七 いとしい私の妻の命よ。そなたを子ども一人に生死を代えようとは思わなかった、の意。夫から妻に「命《みこと》」をつけたのは、死者への敬い。末尾の「や」は反語。「一つ木」は「一つ柱」に対するもので卑称。

八 「の」は同格を表す助詞。「香山の畝尾の木本」は、奈良県橿原《かしわら》市木之本《このもと》町。『万葉集』にも「泣沢《なきさは》の神社《もり》」(巻二、二〇二)と見え、畝尾都多本《うねおつたもと》神社があり、泣沢女神を祭る。

九 広島県には比婆郡・比婆山の名はあるが不明。

――伊耶那岐命、火神を斬る

＊ 伊耶那岐命は、妻を死に追いやった火神を剣で斬る。その血から刀剣・雷・水の諸神が化成し、またその屍体から山の神が化成する。

一〇 身に帯びられた長剣。一拳《ひとつか》は約一〇センチ。

一一 石の群れにほとばしりついて。血は火神の赤い焰《ほのお》または火花で岩(鉱石)を溶かす。そこで、石析・根析・石筒之男のような強力堅固な刀剣神が化成する。次の甕速日・樋速日・建御雷之男の諸神は、火の根源である強烈な雷神の表象であり、刀剣を鍛える火力を意味する。この雷神はまた刀剣でもある(「付録」の「建御雷之男の神」の項参照)ので、刀剣としての別名が「布都《ふつ》の神」とある。「箇」は「筒」の通用字。

一手俣《たなまた》より漏《く》き出でて《漏れ出て》成りませる《お出来になった》神の名は（漏を訓《よ》みてクキといふ）、闇淤《くらお》加美《かみ》の神。次に、闇御津羽《くらみつは》の神。

上《かみ》の件《くだり》の石析《いはさく》の神より下《しも》、闇御津羽の神より前《さき》、并《あは》せて二八《や》はしらの神は、御刀《みはかし》によりて《基づいて》三生《うま》れませる神ぞ《お生れになった神だ》。

四殺《ころ》さえし《殺された》迦具土《かぐつち》の神の頭《かしら》に成りませる《お出来になった》神の名は、正鹿山津見《まさかやまつみ》の神。次に、胸に成りませる神の名は、淤縢山津見《おどやまつみ》の神。次に、腹に成りませる神の名は、奥山津見《おくやまつみ》の神。次に、五陰《ほと》に《男根に》成りませる神の名は、闇山津見《くらやまつみ》の神。次に、左の手に成りませる神の名は、志芸山津見《しぎやまつみ》の神。次に、右の手に成りませる神の名は、羽山津見《はやまつみ》の神。次に、左の足に成りませる神の名は、原山津見《はらやまつみ》の神。次に、右の足に成りませる神の名は、戸山津見《とやまつみ》の神（正鹿山津見の神より戸山津見の神まで、并せて八はしらの神ぞ）。かれ、斬り《〔火神を〕》たまへる刀《たち》の名を、天之尾羽張《あめのをはばり》といひ、亦の名を伊都之尾羽張《いつのをはばり》といふ。

――伊耶那岐命、黄泉国を訪問する

ここに、その《〔岐神は〕》妹伊耶那美《いもいざなみ》の命《みこと》を六相《あひ》見むとおもほし《その目で見ようと思われ》、七黄泉《よも》つ国に追

一 御剣の柄《つか》（手上《たかみ》）に集まった血が、手の指の間から漏れ出て化成した神が水神である。剣の霊気が雲となり水を呼ぶことの表象であろう。

二 八神は、火神を斬り殺した御剣に基づいてお生れになった神だ、の意。刀剣による火伏《ひぶせ》の思想による。

三 これまで「成《な》りませる」とあったのに、ここで突如「生《うま》れませる」とあるのは不統一に見えるが、この「上の件」云々の記事は本文注であって、伊耶那岐命の系譜に組入れられた神々であることを明示するために「生れませる」の術語を用いたものである。以下四一・四三頁の「生」も同じ。次の火神の屍体《したい》から化成した山の神々は「生」の系譜には入れていない。

四 殺された火神から山の神が化成するのは、いわゆる山焼きによる「屍体化成説話」によるか。頭・胸・腹・陰・左手・右手・左足・右足の順に化成する。すべて「山津見《やまつみ》」（山の神）の語を従えている。

五 「陰《ほと》」は女陰の意なのに、迦具土神は男であるから「陰」とあるのはおかしいとして、「ほと」と訓むことを避けようとするのは誤り。「陰」は男女ともに陰部をさすのであって、女陰とは限らない。

六 確かに。しっかりと。「相」は強意の助字。

七 地下の他界（死者の国）。天上界の他界は高天の原。また他界に対しては現《うつ》し国《くに》がある。「黄泉《くわうせん》」は漢語で、「よも」は「よみ」の母音変化形。

ひ往《い》でましき。しかして、〔美神が〕殿の[八]縢戸《さしと》より出で〔岐神を〕向へたまひし時に、伊耶那岐の命語らひて詔らししく《睦まじく話して仰せられたのには》、

「愛《うつく》しきあがなに妹の命《いとしい私自身の妻の命よ》。あとなと《私とお前とが》作れる国、[九]いまだ作り竟《を》へず。かれ《だから》、還るべし《この世に帰ってくれ》」

しかして、伊耶那美の命の答へ白《まを》ししく、

「悔《くや》しかも《残念なこと》、速《と》くは来まさずて《早くいらっしゃらなくて》。あは《私は》[一〇]黄泉《よも》つ戸喫《へぐひ》しつ。しかれど《しかし》も、愛しきあがなせの命《いとしい私自身の夫様よ》、〔黄泉国に〕入り来ませる事[一一]恐《かしこ》し。かれ《それで》、〔現し国へ〕還らむとおもふを《思いますので》、しまらく黄泉つ神と《少しの間黄泉国の支配者と》相論《あげつ》らはむ《相談しましょう》。あを《私を》な[一二]視《み》たまひそ《見ないで下さい》」

と、かく白して《こう申し上げて》、〔美神が〕その殿の内に還り入る間《あひだ》、いと久しくして《たいへん長くて》〔岐神は〕待ちかねたまひき。かれ《〔岐神は〕そこで》、左の[一三]御《み》みづら《角髪におさしになった》に刺させるゆつつま[一四]櫛《くし》《神聖な》の男柱《をばしら》を一箇《ひとつ》取り闕《か》きて《折って》、[一五]一つ火燭《とも》して入り見たまふ時に、〔美神に〕うじたかれころろきて《うじ虫が集まってごろごろ音をたて》、頭《かしら》には大雷《おほいかづちを》居り、胸には火《ほ》の雷《いかづち》居り、腹には黒雷《くろいかづち》居り、陰《ほと》には析雷《さくいかづち》居り、左の手には若雷《わかいかづち》居り、右の手には土雷《つちいかづち》居り、左の足には鳴雷《なるいかづち》居り、右の足には伏雷《ふすいかづち》居り、并せて八《や》くさの《八種類の》雷《いかづち》

＊ ここで神話はごく自然に、黄泉国《よもつくに》（死者の国）に入ってゆく。黄泉国の恐怖、生と死の闘争、触穢《しょくえ》からの忌避などを、伊耶那岐命の黄泉国訪問・伊耶那美命との対話・禁忌《タブー》と呪術《マナ》・黄泉国脱出を通じて劇的に語る。

八 御殿の鎖《とざ》した戸口。そこは、古墳の石棺への入口とも、殯《もがり》（本葬まで仮に屍体を喪屋《もや》に安置すること）の喪屋の入口ともみられる。

九 国作りが未完成だというのは、国生みだけで国作りが完成するのではなく、神生みを完成する（これが国土経営を意味する）必要があったからである。したがって、国作りの概念は、冒頭の「修理固成」（土地の浮漂を整え固め完成する）から具体的に発展してきている。ところが葦原《あしはら》の中つ国の国作り（国土経営）だけが残され、これは大国主神《おおくにぬし》が完成することになる。

一〇 黄泉国の竈《かまど》（戸《へ》）で煮た物を食べること。その国の共同体の一員となるので、現し国《うつくに》には戻れない。

一一 恐れ多い。夫の出迎えに対する妻の恐縮。

一二 死者の姿を見るのは、死の穢れ《けが》に触れることで、禁忌《タブー》とされた。「な…そ」は禁止の語法。

一三 「みづら」は、髪を左右に分けて耳のあたりで輪状に束ね巻いた形の男子の髪。角髪。

一四 爪形の櫛。櫛は呪物《じゅぶつ》の一つ。「男柱」は櫛の両端にある太い歯。

一五 神代紀に「今、世の人、夜一片之火《ひとつひとぼすこと》忌むいを」とある。禁忌の一つ。殯の儀礼を思わせる。

＊「見るな」の禁忌《タブー》を犯して、伊耶那岐命の見たものは、伊耶那美命の屍体に化成した八雷神であった。屍体の恐怖の表象であるとともに、禁忌を犯すということがどんなに恐ろしい結果を招くかをも表している。

一 屍体を見ることによって、自らも死に至ると信じられていたから、恐れたのである。

二 禁忌を犯されると「恥」になる。

三 黄泉国の醜悪な女で、死の穢《けが》れの表象。

＊伊耶那美命の追跡をかわすために、物を投げ棄てて遁走する。追う悪霊。逃げる神。交互に点出され、文は短く急迫し、表現力は非凡。

四 黒い蔓草《つるくさ》の御髪飾り。長寿を願って、「生命の木」と目《もく》される植物を頭髪に飾った。「緆」は「縵」の古字。

五 山葡萄《やまぶどう》の実。蔓草からの類似呪術《じゅじゅつ》。

六 たけのこ。櫛は竹製であったことが分る。竹からの類似呪術。竹も邪気を払うと信じられた植物。

七 後ろ手の動作は、相手を困らせる呪術。

八 黄泉国とこの世（現し国《うつくに》）との境界の坂。「ひら坂」は「縁辺《へり》」で境界の意か。下文（四〇頁四行目）に「出雲の国の伊賦夜坂《いふやさか》」の名で出てくる。

九 桃も邪気を払うと信じられた植物。神代紀にも、「桃《も》を用て鬼を避《さ》る」とあり、中国にも「桃弧棘矢《たうこきよくし》、以て其の災を除く」（『左伝』）とある。「三箇」は聖

—— 伊耶那岐命、黄泉国を脱出する

神《がみ》成り居り《出来ていた》き。

ここに、伊耶那岐《いざなき》の命《みこと》一見畏《かしこ》みて〔黄泉国から〕逃げ還ります時に、その妹《いも》《その妻の》伊耶那《いざな》美《み》の命

「二あに辱《はぢ》見せつ《私に恥をかかせましたね》」

と言ひて、すなはち《ただちに》予母都志許売《よもつしこめ》三を〔岐神を〕遣はして追はしめき。しかして、〔逃走中の〕伊耶那岐の命、黒御緆《くろみかづら》四を取りて投げ棄《う》つるすなはち《捨てたとたんに》、蒲《えびかづら》五の子《み》生《な》りき。こを《これを》摭《ひり》ひ食《は》む間に《拾い食う間に》、逃げ行《いま》す。なほ追ふ《やはり追ってくる》。また、その右の御《み》みづら《角髪に》に刺させるゆつつま櫛を《おさしになった神聖な爪型の櫛を》引き闕《か》きて投げ棄つるすなはち《折り取って投げ捨てたとたんに》、笋《たかむな》六生りき。〔醜女が〕こを抜き食む間に、逃げ行《い》しき。〔美神は〕また、後《のち》には、その八くさの《八種類の》雷《いかづち》神《がみ》に、千五百《ちいほ》の黄泉《よもつ》軍《いくさ》を副《そ》へて〔岐神を〕追はしめき。しかして《そこで》、御佩《みはか》せる十拳釼《とつかつるぎ》を抜きて、後手《しりへで》七にふきつつ《振りながら》逃げ来《いま》す。なほ追ふ《やはり追ってくる》。黄泉《よも》つひら坂《境界の坂のその麓に》八の坂本に到りましし時に、その坂本なる《坂の麓にある》桃《もも》九の子《み》を三箇《みつ》取らして《お取りになり》待ち撃ちたまひしかば《待ち構えてお撃ちになったので》、ことごと坂を返りき《皆その坂から黄泉国へ戻っていった》。しかして《そこで》、伊耶那岐の命、桃の子に告《の》らししく《仰せになったのには》、

数。
一〇 葦の茂る原で、天上の他界高天の原と地下の他界黄泉国との中間にある現《うつ》し国《くに》。ここに生ある者が住んでいる。葦原というと未開発地を思わせるが、葦は邪気を払う呪力《じゅりょく》のある植物で、宇摩志阿斯訶備比古遅神《うましあしかびひこじ》の名もあった（二六頁）。追儺《おにやらい》の行事に、桃の弓に葦の矢を番《つが》えて鬼を払う形がある（『延喜式』）。

一一「蒼生」の訓読語か。人民を繁茂する草に譬《たと》えた。
一二 千人で曳《ひ》くほどの重い大きな岩。これで、黄泉国との境界をふさぐのは、巨岩の持つ霊能によって、他界からの悪霊邪鬼の侵入を阻止することを意味する。これは、「塞《さえ》の神」（道祖神《どうそじん》）の信仰に基づく。
一三 夫婦の離縁を言いわたす意だが、ここでは同時に生と死との訣別《けつべつ》も意味する。「ことど」の「こと」は離縁の意で、「と」は「祝詞《のりと》」「詛《とごひと》」の「と」と同じく、呪的な言語・行為・事件につける接尾語。「度《わた》す」は、言いわたす意で、仏教でいう「引導《いんどう》を渡す」と同じ。
一四 人どもを。「人草」を「青人草」と同義と解してはならない。意識的に「青」を除去し、枯れゆく草のような人間という呪詛《じゅそ》をこめているのである。
一五「産屋」は、出産に当り産婦を隔離する別小屋。「血の穢れを忌むため」と説かれているが、古代人の観念として「晴《はれ》」（非日常）と「褻《け》」（日常）との二つがあって、出産は晴の事柄として日常の家庭生活とは別の生活に入ると信じられていたためと考えたい。

――人間の生死の起源

「なれ《お前は》、あを助けしがごとく《私を助けたように》、一〇葦原《あしはら》の中つ国にあらゆるうつしき《ある限りの現実の生ある》一一青人草《あをひとくさ》の、苦しき瀬に落ちて《苦しい目にあって》患《うれ》へ惚《なや》む時に助くべし《困る時に助けるがよい》」

と告らし、〔桃の実に〕名を賜《たま》ひて《授け》意富加牟豆美《おほかむづみ》の命《みこと》といふ。

いやはてに《最後に》、その妹《妻の》伊耶那美の命みづから追ひ来ぬ《自身で追いかけて来た》。〔岐神は〕しかして、一二千引《ちび》きの石《いは》をその黄泉《よも》つひら坂《境界の坂に》に引き塞《さ》へ《ふさぎ》、その石を中に置きて、おのもおのも《お互いに》対《むか》ひ立ちて、一三事戸《ことど》を度《わた》す時に、伊耶那美の命の言《の》らししく、

「愛《うつく》しきあがなせの命《いとしい私自身の夫様よ》。かくせば《離縁なさるなら》、なが国の一四人草、一日《ひとひ》に千頭《ちがしら》絞《くび》り殺さむ」

しかして《そこで》、伊耶那岐の命の詔《の》らししく、

「愛しきあがなに妹の命《いとしい私自身の妻の命よ》。なれしかせば《お前が千人を絞殺するなら》、あれ一日《ひとひ》に千五百《ちいほ》の産《うぶ》一五屋《や》立てむ」

ここをもちて《こういうわけで》、一日に必ず千人《ちたり》死に、一日に必ず千五百人《ちいほたり》生《うま》るるぞ。かれ《それで》、その伊耶那美の神の命を号《なづ》けて、黄泉津《よもつ》大神といふ。ま

た云《い》はく、その追ひしきしをもちて《岐神に追いついたことによって》、道敷《ちしき》の大神といふ。また、その黄泉《よも》つ坂に塞《さや》りし石《いは》は、道反之《ちがへしの》大神といひ、また、塞ります黄泉《よも》つ戸《と》の大神ともいふ。かれ《なお》、その《あの》いはゆる黄泉つひら坂は、今、[一]出雲《いづも》の国の伊賦夜坂《いふやさか》といふ。

ここをもちて《こうして》、〔黄泉国から脱出した〕伊耶那伎の大神の詔《の》らししく《仰せられたのには》、「あは《私は》、いなしこめしこめき《いやな見る目も醜いみにくい》穢《きたな》き国に到りてありけり《行っていたものだったよ》。かれ《だから》、あ《私は》は[二]御身《みみ》の禊《みそき》せむ」とのらして、[三]竺紫《つくし》の日向《ひむか》の橘《たちばな》の小門《をど》の阿波岐原《あはきはら》に到りまして、禊祓《みそき》したまひき。

かれ、[四]投げ棄《う》つる御杖《みつゑ》に成りませる《お出来になった》神の名は、衝立船戸《つきたつふなと》の神。次に、投げ棄つる御帯《みおび》に成りませる神の名は、道之長乳歯《みちのながちは》の神。次に、投げ棄つる御嚢《みふくろ》に成りませる神の名は、時量師《ときはかし》の神。次に、投げ棄つる[五]御衣《みけし》に成りませる神の名は、和豆良比能宇斯《わづらひのうし》の神。次に、投げ棄つる[六]御褌《みはかま》に成りませる神の名は、道俣《ちまた》の神。次に、投げ棄つる御《み》

一『出雲国風土記』意宇《おう》郡の条に「伊布夜社」とあり、島根県八束《やつか》郡東出雲町揖屋《いや》に延喜式内社の「揖夜《いふや》神社」がある。そのあたりか。また同書出雲郡宇賀《うか》郷の条には「脳《なつき》の磯《いそ》」(平田市猪目《いのめ》)の窟《いわや》の記事があり、「黄泉の坂」「黄泉の穴」といった。このように、出雲国には黄泉国に関係のある古伝承が残っていたのが都に伝えられ、『古事記』が、そこを「幽」の世界の入口として神話的に構成したものとみることができる。出雲国の古墳築造の土師《はにし》が説話の運搬者か。

＊ 伊耶那岐命、禊をする

黄泉国から脱出した伊耶那岐命は、竺紫《つくし》の日向の橘の小門《おど》の阿波岐原《あわきはら》で禊《みそき》をする。身につけた穢《けが》れのものを投げ棄てると神々が化成し、次に身を水中に投じ清めると神々が化成する。

二「御身」は自敬表現。「禊」は「身削《みそ》き」が語源。「身を削《そ》いで穢れを除く」意で、衣服を脱ぎ棄てること自体、また水中に身を投じ、身を振りすすぐこと全部が「身削《そ》き」で、水の霊威によって身が清浄になると信じられた呪法。「祓《はらへ》」(罪のつぐない)とは別であったが、奈良時代中期以降、混同された。

三 九州宮崎市の大淀川の北岸の橘《たちばな》の江田神社のあたりに比定される。「小門」は大淀川の小さな港。「阿波岐」は植物の檍《あわき》(青木《あおき》・柏《かしわ》・溝萩《みそはぎ》説あり)。

四「投げ棄つる」は、染みついた穢れを打ち捨てる強い表現。

五 上に着る衣。

[七]冠《かがふり》に成りませる神の名は、飽咋之宇斯《あきぐひのうし》の神。次に、投げ棄つる左の御手《みて》の手《た》[八]纏《まき》に成りませる神の名は、奥疎《おきざかる》の神（奥を訓《よ》みてオキといふ。下《しも》これに效《なら》へ。疎を訓みてザカルといふ。下これに效へ）。次に、奥津那芸佐毗古《おきつなぎさびこ》の神。次に、奥津甲斐弁羅《おきつかひべら》の神。次に、投げ棄つる右の御手の手纏に成りませる神の名は、辺疎《へざかる》の神。次に、辺津那芸佐毗古《へつなぎさびこ》の神。次に、辺津甲斐弁羅《へつかひべら》の神。

右《みぎ》の件《くだり》の船戸の神より下《しも》、辺津甲斐弁羅の神より前《さき》の[九]十《とを》あまり二はしらの神は《十二柱の神々は》、身に著《つ》けたる物を[一〇]脱《ぬ》きたまふによりて[一一]生《うま》れま《生れ》せる神ぞ《られた神だ》。

ここに、詔《〔岐神が〕》らししく、

「[一二]上《かみ》つ瀬は瀬速し《流れが急だ》。下《しも》つ瀬は瀬弱し《流れが緩やかだ》」

とのらして、初めて中つ瀬に堕《お》ちかづきて《身を投じ潜って》[一三]滌《すす》きたまふ時に成りませ《お出来になっ》る《た》神の名は、八十禍津日《やそまがつひ》の神（禍を訓みてマガといふ。下これに效へ）。次に、大禍津日《おほまがつひ》の神。この二はしらの神は、その《あの》穢《けが》れ繁《しげ》き国に到りま《黄泉国に行ってお》

六 男子用の股の割れた袴《はかま》。女子用は「裳《も》」という。

七 冠は頭にかぶるもの。埴輪《はにわ》などから想定すれば、ひさしのない帽子状のものであったろう。

八 手首に巻く装身具。真珠などで飾られている。

九 十二の化成神のうち、前半六神は陸路の神、後半六神は海路の神である。前者は伊耶那岐命が黄泉国より脱出した道中の神話（三八頁）と呼応しているようでもある。道の神・追手から時間をかせぐ神・労苦《わずらい》の神・笋《たけのこ》や山葡萄《やまぶどう》の飽食《あきぐい》の神というように。後者は腕輪に用いられた真珠などの原産地が海であることによるものである。そして、沖と海岸寄りとに大別し、それをさらに「疎《さか》る」と「波打際」と「海と陸地の境界」とに三分している。

一〇「脱く」とは、身につけたものを「取り去る」ことで、こうすることが身を削《そ》ぐことになるから「みそき」という言葉になった。

一一 三六頁注三参照。

＊ いよいよ「みそき」の第二段階として、身を水中に投じて水の霊威によって清める。

一二 上・中・下と三分し並列的に説くのは、海人《あま》族系の神話に多い。そのうち「中」をよしとする思想も多く見られる。

一三「滌く」は、「注《そそ》く」や「洗ふ」と異なって、水中で身体を振って洗い清める意。振るのは水の霊威を物に付着させるためである。今日、群馬県榛名《はるな》神社の神官は瀑下で激しく身体を揺らし禊する。

しし時に《られた過去に》、汙垢《けがれ》によりて成《基づいて》りまし[一]し神ぞ《お出来になった神だ》。次に、その禍《まが》を直《なほ》さむとして成りませる神の名は、神直毘《かむなほび》の神。次に、大直毘《おほなほび》の神。次に、伊豆能売《いづのめ》（幷《あは》せて三はしらの神ぞ）。次に、水底《みなそこ》[二]に滌《すす》きたまふ時に成りませる神の名は、底津綿津見《そこつわたつみ》の神。次に、底箇之男《そこつつのを》の命《みこと》。中に滌きたまふ時に成りませる神の名は、中津綿津見《なかつわたつみ》の神。次に、中箇之男《なかつつのを》の命《みこと》。水の上《うへ》に滌きたまふ時に成りませる神の名は、上津綿津見《うはつわたつみ》の神（上を訓《よ》みてウへといふ）。次に、上箇之男《うはつつのを》の命《みこと》。この三[三]柱の綿津見の神は、阿曇《あづみ》[四]の連等《むらじら》が祖神《おやがみ》ともちいつく神ぞ《祖先神として奉斎する神だ》。かれ《それで》、阿曇の連等は、その綿津見の神の子、宇都志日金析《うつしひかなさく》の命の子孫《すゑ》ぞ。その底箇之男の命・中箇之男の命・上箇之男の命の三[五]柱の神は、墨《すみ》[六]の江《え》の三前《みまへ》の大《おほ》神《かみ》ぞ。

ここに《〔岐神は〕》、左の御目《みめ》を洗ひたまふ時に成りませる《お出来になった》神の名は、天照大《あまてらすおほ》御神《みかみ》。次に、右の御目を洗ひたまふ時に成りませる神の名は、月読《つくよみ》の命。次に、御鼻《みはな》を洗ひたまふ時に成りませる神の名は、建速須佐《たけはやすさ》

一　原文「所ㇾ成神」とあるので、「成りませる神」と訓《よ》んできたが、過去に訓むべきである。前頁一三・一四行の禍津日二神は水中での「みそき」によって化成したと記しているが、実はこの二神は黄泉国ですでに化成していたことを説明文としてここで付加したものである。もちろん黄泉国から二神を運んだのは伊耶那岐命だが、それを放出したのは水の霊威による。結果的にこの二神は黄泉国と水中とにおいて、二度化成したことになる。

二　海を底・中・上と三分する。前頁注一二参照。

三　綿津見三神は海産物の守護神で、龍宮にいる。

四　阿曇は氏、連は姓《かばね》。九州の志賀《しか》の島（福岡市東区志賀町）を本拠とした海人《あま》族。天武十三年十二月に宿禰《すくね》の姓を賜るから、連の姓はそれ以前のこととなる。

五　筒之男三神は航海神として移動する。

六　住吉三座の神。「前」は神数を表す助数詞。福岡市にも下関市にも、由緒の古い住吉《すみよし》神社があるが、大阪市住吉《すみよし》区の住吉神社が最も有名。『令集解《りようのしゆうげ》』所引の「古記」（天平十年成立）には、「天つ神」四神の中の一神として数えており、重要な神であった。

——三貴子の誕生と分治

＊　禊《みそき》の結果、三貴子が誕生する。中国の盤古《はんこ》説話（天地開闢《かいびやく》の冒頭に現れた天子の盤古を天地自然の祖とする説話）と対応させると、天照大御神は日、月読命は月、須佐之男命は嵐に当るが、神代記では、須佐之男命を除き文化神的性格に記

之男《のを》の命《みこと》。

右《みぎ》の件《くだり》の八十禍津日《やそまがつひ》の神より下《しも》、速須佐之男《はやすさのを》の命より前《さき》の十柱《とはしら》[七]の神は、御身《みみ》を滌《すす》きたまふによりて生《うま》[八]れませる《生れられたのだ》ぞ。

この時に、伊耶那伎の命いたく《たいへん》歓喜《よろこ》[九]びて詔《の》らししく、

「[一〇]あは子生み生みて《私は子を生み続けて》、生みの《生むことの》終《はて》に《最後に》三はしらの貴き子得たり」

とのらして、すなはち《すぐに》その御頸珠《みくびたま》[一一]の玉の緒《を》も、ゆらに取りゆらかして、天照大御神に賜《たま》ひて詔らししく、

「なが命は《あなたは》、高天《たかあま》の原《はら》を知《し》らせ《領有支配なさい》」

と、事依《ことよ》さして賜ひき《ご委任されて〔玉を〕授けられた》。かれ、その御頸珠の名を、御倉板挙《みくらたな》の神（板挙を訓みてタナといふ）といふ。次に、月読《つくよみ》の命に詔らししく、

「なが命は、夜《よる》の食《を》す国を知らせ《夜を治める国を領有支配なさい》」

と、事依さしき《ご委任になった》（食を訓みてヲスといふ）。次に、建速須佐之男の命に詔らししく、

「なが命は、海原《うなはら》を知らせ《領有支配なさい》」

す。三貴子は、各自の国の領有支配を委任される。
七 禍津日二神・直毗二神・伊豆能売・綿津見（三柱を一神と数える）・筒之男（三柱を一神と数える）・天照大御神・月読命・須佐之男命で、計十神。
八 三六頁注三参照。
九 「歓喜」は仏典語。
一〇 伊耶那岐命は男神である。それなのに、自ら子を「生む」と言っている。これは、子の認知は父がするものという前提があったことを意味する。つまり、母は生理的に出産するけれども、誰がその父親であるかが重要な問題であった。この発言によって、四一頁の十二神も本頁の十神もすべて伊耶那岐命の子であり、その神統譜に組み込まれたことになる。
一一 御首飾りの玉を、貫く緒までもゆれ動き、玉が触れ合ってさやかな音を立てるばかりに、手に取りゆすってよい音を立てて。口承による慣用句。
＊ 伊耶那岐命は、天上の王権の象徴《シンボル》としての御頸珠を天照大御神に授ける。そしてこの玉は、下文に御倉板挙《みくらたな》神と見えるように、稲霊の表象でもあった。天照大御神には、高天の原の領有支配者になると同時に穀霊としての性格が付与されることになった。次の月読命は夜の国の領有支配を委任される。「食す国」とは治めるべき国の意。「月読」の文字から暦《つかさど》を掌る神としての性格をもつ。次の須佐之男命が海原を領有支配するのは、嵐の発生源が海原と考えられたためであろう。

＊三貴子は委任どおり各自の領域を領有支配したが、須佐之男命だけは自分の領域を統治せず拒んで、亡き母の住む根の堅州国《かたす》に行きたいと言って、伊耶那岐命の激怒をかい、追放される。

――須佐之男命の異端性

一 「知《しる》」は領有支配する意で、「治《おさむ》」は乱れを整える意。『古事記』はこの両字を書分けている。

二 「こころさき」は、心臓の辺。長いあごひげ（「須」は「鬚」の古字）がそこにまで達するとは、成人に達した年齢をいう。「いさちる」は「否《いさ》」と同源で、人の言うことを聞かず勝手にわめく意。

三 涙のほうに水分がとられて、青山は枯木の山になり、河海の水もなくなってしまうこと。嵐神としての荒ぶる性格を表現する。山津波《やまつなみ》・洪水の表象。

四 悪神が不気味な音を立てることを、五月に発生する蠅の騒音に譬《たと》えたもの。

五 「物」は魔物《まもの》、妖鬼悪霊《ようき》の類。物の怪《け》。

六 原文は「僕」の字。一人称の卑称を表す。

七 「妣」は亡母の意。『礼記《らいき》』の曲礼《きよくらい》にその説明がある。須佐之男命は化成神であるが、観念的には伊耶那美命を母とする。それで「妣が国」は「黄泉国《よもつくに》」をさす。それを「根の堅州国（地底の堅い州《す》の国）」と表現したのは、地底の他界であることを読者に印象づけるため。

八 伊耶那岐命の鎮座地。滋賀県犬上郡多賀にある多賀大社。神代紀では淡路島津名郡多賀と伝える。

と、事依《ことよ》さしき《ご委任になった》。

かれ《それで》、おのもおのも《それぞれ》依さしたまひし命のままに《〔岐神が〕ご委任になったお言葉どおりに》[一]知らしめす中に《領有支配される中で》、速須佐之男《はやすさのを》の命《みこと》、命《よ》さしし国を治めずて《ご委任の海原の国を整えないで》、[二]八拳須《やつかひげ》、心前《こころさき》に至るまで《胸先に及ぶまで》啼《な》きいさちき《泣きわめいた》。その泣く状《かたち》は、[三]青山は枯山《からやま》なす泣き枯らし、河海《かはうみ》はことごと《すっかり》と泣き乾《ほ》しき。ここをもちて《このために》、[四]悪しき神の音《おとなひ》狭蠅《さばへ》なすみな満ち、万《よろづ》の物の[五]妖《わざはひ》ことごと《すっかり》発《おこ》りき。かれ《そこで》、伊耶那岐《いざなき》の大御神《おほみかみ》、速須佐之男の命に詔《の》らししく《仰せられたのには》、

「何のゆゑにか《どういうわけで》、ながが事依さしし国を治めずて哭きいさちる《お前がご委任を受けた海原の国を治めないで泣きわめくのか》」

しかして答へ《〔須神が〕》白《まを》ししく、

「[六]あは[七]妣《はは》が国根《ね》の堅州国《かたすくに》に罷《まか》らむとおもふゆゑに哭く《参りたいばかりに泣いているのです》」

しかして《それを聞いて》、伊耶那岐の大御神、いたく忿怒《いか》りて詔らししく、

「しからば《それなら》、なはこの国に住むべからず《お前はこの中つ国に住んではならない》」

とのらして、すなはち《ただちに》神《かむ》やらひにやらひたまひき《とことんまで追放なされた》。かれ《さて》、その伊耶那岐の大御神は[八]淡海《あふみ》の多賀《たが》に坐す《鎮座される》。

天照大御神と須佐之男命
——須佐之男命の昇天

かれ《そこで》ここに、速須佐之男の命の言ひしく、

「しからば、天照大御神《あまてらすおほみかみ》に請《まを》して《申して》罷らむ《〔根の国に〕参ろう》」

といひて、すなはち《さっそく》天《あめ》に参上《まゐのぼ》る時に、[九]山川《やまかは》ことごと《すっかり》動《とよ》み《鳴動し》、国土《くにつち》みな震《ゆ》りき《震動した》。しかして《それで》、天照大御神聞き《〔その音を〕》驚きて詔らししく、

「あがなせの命《須佐之男命が》の上《のぼ》り来ますゆゑは、必ず善《よ》き心にあらじ《忠誠心ゆえではあるまい》。わが国を奪はむとおもほすにこそ《高天の原の国を奪おうと思われてのことだ》」

とのらして、すなはち《すぐさま》御髪《みかみ》を解かし《解かれ》、御《み》[一〇]みづらに《角髪に》纏《ま》かして《巻かれて》、すなはち《そして》左右《ひだりみぎ》の御みづらにも《角髪にも》御縵《みかづら》にも《髪飾りにも》、左右の御手にも、おのもおのも《それぞれ》八尺《やさか》[一一]の勾璁《まがたま》の五百《いほ》つのみすまるの珠を纏き持たして《五百箇もの多くの珠を緒に貫いて巻き持たれて》、そびらには《背中には》千入《ちのり》[一二]の靫《ゆき》（入を訓《よ》みてノリといふ。下《しも》これに效《なら》へ）を負ひ、ひらには《脇腹には》五百入《いほのり》の靫を付け、また、いつの《威力のある》[一三]竹鞆《たかとも》を取り佩《お》ばして《帯びられて》、[一四]弓腹《ゆばら》振り立てて《構えの姿勢になり》、堅庭《かたには》は[一五]向股《むかもも》に踏みなづみ《りきんで踏みこみ》、[一六]沫雪《あわゆき》なす蹶《く》ゑ散《はら》らかして《蹴散らして》、いつの男建《をたけ》び《威勢よく雄々しい振舞をして》（建を訓みてタケブといふ）踏み建びて待ち問ひたまひしく《庭を踏みしめ雄々しく振舞い待ち受けて問いただされたのには》、

「何のゆゑにか《どういうわけで》上《のぼ》り来ませる《上ってこられたのか》」

＊父伊耶那岐命に追放された須佐之男命は、根の国に行く前に、高天の原の姉天照大御神に暇乞《いとまご》いに昇天するが、その荒々しい性情のために、大御神は男装し武装して弟に備え、忠誠心を問いただす。叙述は雄勁《ゆうけい》。

九 須佐之男命の嵐神的性格を示す。

一〇 男子の髪型。男装したこと。三七頁注一三参照。

一一 「八尺」は、玉を貫く緒が長いこと。「勾璁（璁に同じ）」は曲った玉。この形は動物の牙に由来するという。翡翠《ひすい》・水晶などで作る。「五百つ」は五百箇で数の多いこと。「みすまる」は、この多数の勾玉が長い緒で統《す》べ括《くく》られた玉で、高天の原の権威と呪力の象徴。

一二 千本も箆《の》（矢竹）が入るような大きな靫《ゆき》（矢入れ）。以下天照大御神の武威堂々たる状《さま》を列挙する。

一三 「竹鞆」はふつう「高鞆」と説かれているが、文字どおり竹製の鞆であろう。「鞆」は、弓手《ゆんで》（左手）の手首の内側につけ、弓弦《ゆづる》の反動を受けとめる具。弦が当ると音を発する。

一四 「東大寺献物帳」（正倉院御物）によって、弓の内側を「腹」、外側を「背」といったことが分る。「振り立て」は敵に向って弓を振り上げて、構えの姿勢になることをいう。

一五 股《もも》の前面。敵に向っていることをも表す。

一六 土をぷつぷつした細かい雪のように。

しかして《そこで》、速須佐之男《はやすさのを》の命《みこと》の答へ白《まを》ししく、

「一あは二邪《きたな》き心なし。ただ大御神の命もちて《伊耶那岐命の仰せで》あが哭きいさちる事を《私が泣きわめくことだけを》のみ問ひたまひしゆゑに《問いただしなさいましたので》、白しつらく《申し上げたのには》、『あは《私は》妣《はは》が国に往《ゆ》かむとおもひて哭《な》く』。しかして《そこで》、大御神の詔らししく《伊耶那岐命が仰せられたのには》、『なはこの国に《お前はこの中つ国に》あるべからず《住んではならない》』とのらして、神やらひやらひたまふゆゑに《とことんまで追放なさいますので》、罷り往かむとする状《かたち》を《〔母の国に〕参ろうとする事情を》請《まを》さむとおもひて《申し上げようと思い》、参上るにこそ《姉君の許へ参上したのです》。異《け》しき心なし《逆心はありません》」

しかして《そこで》、天照大御神《あまてらすおほみかみ》の詔《の》らししく、

「しからば《それならば》、ながこころの清く明《あか》きは《お前の心の潔白は》、いかにしてか知らむ《どうしたら分るだろうか》」

ここに、速須佐之男の命の答へ白ししく、

「おのもおのも《めいめいに》三うけひて子生まむ《誓約して子を生みましょう》」

かれしかして《こういう次第で》、おのもおのも《めいめい》四天《あめ》の安《やす》の河を中に置きてうけふ時に《誓約する時に》、天照大御神、先づ建速須佐之男《たけはやすさのを》の命の佩《は》かせる十拳剣《とつかつるぎ》を五乞《こ》ひ度《わた》して、三段《みきだ》に《三片に分断して》打ち折りて、六ぬなとももゆらに天《あめ》七の真名井《まなゐ》に振り滌《すす》きて、さ《嚙》

＊ 姉の天照大御神の詰問に対し、弟の須佐之男命の弁明がなされる。四四頁の叙述が、ここで須佐之男命の口を借りてそのまま復唱されている。

一 原文は「僕」の字。これは「下僕」の意で、一人称の卑称。私めは、の意。

二 「邪心」は仏典語。ここは王権に対して反逆する心。前頁五行目の「善心」、「清く明《あか》き心」（宣命の例）などの、忠誠心の反対語。六行目「異心《けしきこころ》」も「邪心」と同義。『古事記』では、「よこしま・邪悪」の意の場合には「邪」の字を用い、ザの音仮名としては「耶」を用いて区別している。

三 あらかじめ神に誓約したとおりの結果が現れるかどうかで、神意を占うこと。古代卜占《ぼくせん》の一種。

四 高天の原にある川の名。「安」は「八洲《やす》」か。

五 貰い受けて。「度《わた》す」は、物や言葉の授受を表す。

六 「ぬなとも」の「ぬ」は「玉」、「な」は「の」、「と」は「音」で、玉の音も、の意。玉がゆれてその音がさやかに鳴るばかりに。玉は呪物。天照大御神の御手に巻かれた、みすまるの玉である。四三頁では「玉の緒も、ゆらに」ともあった。「…も…に」の形式で、「…も…するばかりに」、の意。

七 高天の原にある聖井。「まな」は親愛の意の称辞。「井」は泉水を堰《せ》き湛《たた》えた水汲み場。「振り滌く」は振ることによって、水の霊力を着け清めること。

——天の安の河の誓約

がみにかみて《みに嚙んで》、[八]吹き棄《う》つる《捨てる》気吹《いふき》の狭霧《さぎり》に成りませる《お出来になった》神の御名《みな》は、多《た》紀理毗売《きりびめ》の命。亦の御名は《その神の亦の御名は》奥津嶋比売《おきつしまひめ》の命といふ。次に、市寸嶋比売《いちきしまひめ》の命。亦の御名は狭依毗売《さよりびめ》の命といふ。次に、多岐都比売《たきつひめ》の命[九]（三柱）。

速須佐之男の命、天照大御神の左の御《み》みづらに《角髪に》纏《ま》かせる《巻かれた》八尺《やさか》の勾《まが》璁《たま》の五百《いほ》つのみすまるの珠を乞《こ》ひ度《わた》して、ぬなとももゆらに《玉の音もさやかに鳴るばかりに》天の真名井に振り滌《すす》きて、さがみにかみて《嚙みに嚙んで》、吹き棄つる《吹き捨てる》気吹の《息吹の》狭霧に成りませる《お出来になった》神の御名は、正勝吾《まさかつあ》勝々速日《かつかちはやひ》天之《あめの》忍穂《おしほ》耳《みみ》の命。また、右の御みづらに《角髪に》纏かせる珠を《巻かれた珠を》乞ひ度して《貰い受けて》、さがみにかみて《嚙みに嚙んで》、吹き棄つる《吹き捨てる》気吹の《息吹の》狭霧に成りませる《お出来になった》神の御名は、天之菩卑《あめのほひ》の命。また、御縵《みかづら》に纏かせる珠を《巻かれた珠を》乞ひ度して《貰い受けて》、さがみにかみて《嚙みに嚙んで》、吹き棄つる《吹き捨てる》気吹の《息吹の》狭霧に成りませる《お出来になった》神の御名は、天津日子根《あまつひこね》の命。また、左の御手に纏かせる珠を《巻かれた珠を》乞ひ度して《貰い受けて》、さがみにかみて《嚙みに嚙んで》、吹き棄つる《吹き捨てる》気吹の《息吹の》狭霧に成りませる《お出来になった》神の御名は、活津日子根《いくつひこね》の命。また、右の御手に纏かせる珠《巻かれた珠を》

八　吐き出す息から生じた霧。息は霧となって立ちのぼるのだと古代人は考えた。

九　この三柱を宗像《むなかた》の三女神という。次頁注一参照。

＊天照大御神と須佐之男命は誓約《うけい》（前頁注三参照）をし、天照大御神の玉と須佐之男命の剣とを交換して、たがいにそれを嚙みに嚙んで吐き出す息から、宗像の三女神と天之忍穂耳命以下の五男神が化成する。玉と剣は誓約の呪具なのであり、誓約という呪儀から生れるということは、その誕生が神異であることを意味する。三と五の数は中国の聖数観念による。この誓約の目的は、須佐之男命の清明心の有無の判別にあり、それを生れた子の性別によって決めることになっていた。しかし、誓約の内容は明らかにされぬままに、天照大御神は三女神を、また、須佐之男命は五男神を生んだことだけが、ここでは述べられている。次頁注一参照。

　この誓約という呪法には言葉によって神意をうかがうということがあったのだろう。「ぬなとももゆらに」とか「さがみにかみて」とかの口承性を思わせる律語《りつご》を定型的に反復していることで分る。そして、同じ呪法のもとで、一柱ずつ生れる子を確認し命名していったということも知ることができる。

を乞ひ度して《貰い受けて》、さがみにかみて《嚙みに嚙んで》、吹き棄つる《吹き捨てる》気吹の《息吹の》狭霧《さぎり》に成りませ《お出来になっ》る《た》神の御名は、熊野久須毗《くまのくすび》の命《みこと》。幷《あは》せて五柱ぞ《合計して五男神である》。

ここに、天照大御神《あまてらすおほみかみ》、速須佐之男《はやすさのを》の命に告《の》らししく、

「この、後《のち》に生《うま》れませる《生れられた》五柱の男子《をのこご》は、物実《ものざね》あが物によりて成りませり《物種が私の物である玉からお出来になった》。かれ《だから》、おのづからに《当然のことに》あが子ぞ《私の子だ》。先《さき》に生《うま》れませる《生れられた》三柱の女《をみな》子《ご》は、物実なが物によりて成りませり《物種がお前の物である剣からお出来になった》。かれ《だから》、すなはちなが子ぞ《当然のことにお前の子だ》」

と、かく《こう》詔《の》り別《わ》きたまひき[一]《弁別して仰せられた》。かれ《それで》、その《かの》、先に生れませる神《お生れになった神》、多紀理毗売《たきりびめ》の命は、胸形《むなかた》の奥《おき》つ宮に坐す《鎮座される》[二]。次に、市寸嶋比売《いちきしまひめ》の命は、胸形の中つ宮に坐す。次に、田寸津比売《たきつひめ》の命は、胸形の辺《へ》つ宮に坐す。この三柱の神は《三柱の女神は》、胸形の君等《きみら》がもちいつく《奉斎する》[三]三前《みまへ》の大神ぞ《大神である》。かれ《そして》、この、後に生れませる五柱の子が中に《お生れになった五男神のお子様の中で》、天《あめ》の菩比《ほひ》の命の子、建比良鳥《たけひらとり》の命（[四]こは出雲の国の造《みやつこ》・无耶志《むざし》の国の造・上《かみ》つ菟上《うなかみ》の国の造・下《しも》つ菟上の国の造・伊自牟《いじむ》の国の造・津嶋の県《あがた》の直《あたひ》・遠江《とほつあふみ》の国の造等《みやつこら》が祖《おや》ぞ）。次に、天津日子根《あまつひこね》

一　この「詔《の》り別《わ》き」（呪的に宣言し知的に弁別すること）は重大である。前頁では天照大御神が三女神を須佐之男命は五男神を生んだと記しているが、ここでは天照大御神の宣言として、五男神は大御神の子、三女神は命の子と弁別し、その理由を物実《ものざね》（もとになる材料）にあるとする。高天の原の象徴《シンボル》としての玉に絶対性があり、そこから生れた者が王権の保持者であることを天照大御神の宣言によって決定づけたもの。

二　「奥つ宮」は福岡県宗像《むなかた》郡大島《おおしま》村の沖ノ島にあり、「中つ宮」は同村大島に、「辺つ宮」は同郡玄海《げんかい》町田島《たしま》にあり、それぞれ宗像神社沖津宮・中津宮・辺津宮という。三島は北九州から朝鮮半島への航路の要衝であったが、特に沖ノ島は玄海灘のほぼ中央に位置し、渡航者から神聖視され、四、五世紀以降の祭祀《さいし》遺跡がある。

三　北九州の宗像地方に勢力のあった海人《あま》族の首領。「君」は姓《かばね》。「三前《みまへ》」の「前」は神を数える助数詞。

四　以下、氏族の祖先注記。「出雲の国」は島根県。「国造」は地方を朝廷に組みこむ際に世襲の地方首長に与えた姓。「无耶志の国」は武蔵で今の東京都・埼玉県・神奈川県の一部。「上つ菟上の国」は上総《かずさ》国の海上郡で今の千葉県市原《いちはら》市。「下つ菟上の国」は下総《しもうさ》国の海上《かいじょう》郡で同じく海上郡。「伊自牟の国」は上総国の夷灊《いじみ》郡で同じく夷隅《いすみ》郡。「津嶋」は対馬。「県」は国の下の行政区画。「直」は姓で国造につぐ地方の実力者であった。「遠江の国」は静岡県西部。

五「命は」として次に注が続く形式は、漢籍や仏典に倣《なら》ったもの。以下、氏祖の注記。「凡川内の国」は河内国で今の大阪府南部。「額田部」は大和国平群《へぐり》郡(大和郡山《やまとこおりやま》市額田部《ぬかたべ》)に住む、朝廷直属の職業集団。「湯坐」は産湯をつかわす役。「連」は姓。「木の国」は紀伊国で和歌山県。「倭の田中」は大和国添下《そうのしも》郡田中で今の大和郡山市田中町か。「山代の国」は京都府東南部。「馬来田の国」は上総国望陀《もうだ》郡で今の千葉県木更津市周辺。「道の尻岐閇の国」は磐城国楢葉郡で今の福島県双葉郡木戸川付近。「道の尻」は中央から遠い所。「周芳の国」は信濃国諏訪郡で今の長野県諏訪《すわ》市・諏訪郡。「倭の淹知」は大和国城下《しきのしも》郡川東または山辺郡二階堂で、いずれも今の天理市。「造」は伴《ともの》造《みやつこ》(大化以前、部《べ》の長官として部民を統率する者)の意。「高市」は大和国高市郡で奈良県高市《たかいち》郡。「県主」は県の世襲首長の姓。「蒲生」は近江国蒲生郡で今の滋賀県蒲生《がもう》郡。「稲寸」は村の世襲の首長の姓。「三枝部」は未詳であるが、顕宗天皇の名代《なしろ》の伴造か。

＊ 須佐之男命が手弱女(撓《たお》やかでか弱い女)を得たことが誓約《うけい》による潔白の証明となった。それを誓約の勝利と錯覚したことから、須佐之男命の荒ぶる性《さが》が出てくる。高天の原の神聖(内容は農耕儀礼)を汚す乱行で、それが止まず「転《うたて》ありき(実にひどかった)」。しかし、天照大御神は言霊《ことだま》思想による「詔《の》り直《なお》し」をして寛容であった。

――須佐之男命の勝さび

五 の命《みこと》は、(凡川内《おほしかふち》の国の造・額田部《ぬかたべ》の湯坐《ゆゑ》の連《むらじ》・木《き》の国の造・倭《やまと》の田中の直・山代《やましろ》の国の造・馬来田《うまぐた》の国の造・道の尻岐閇《しりきへ》の国の造・周芳《すは》の国の造・倭の淹知《あむち》の造・高市《たけち》の県主《あがたぬし》・蒲生《かまふ》の稲寸《いなき》・三枝部《さきくさべ》の造等が祖ぞ)。

しかして《そこで》、速須佐之男の命、天照大御神に白《まを》ししく、

「あが心清く明し《私の心は潔白です》。かれ《それで》、あが生める子は《私が生んだ子は》手弱女《たわやめ》を得つ《女子でした》。これによりて言《まを》さば《申せば》、おのづからにあれ勝ちぬ《誓約の結果として当然私が勝ちました》」

と云《い》ひて、勝ちさびに《勝ちに乗じて》天照大御神の営田《つくだ》のあを離ち、その溝を埋《う》み《畔を壊し境をなくし灌漑の溝を埋め》、また、その大嘗《おほにへ》聞こしめす殿に屎まり散らしき《供薦の新穀を食される御殿に大便をし散らした》。かれ《そこで》、しかすれども《そんな乱暴をしたけれども》、天照大御神はとがめずて《咎めないで》告らししく、

「屎なすは《糞の様なのは》、酔《ゑ》ひて吐き散らすとこそ《酒に酔ってへどを吐き散らそうとて》、あがなせの命《私自身の弟の命は》、かくしつらめ《こうしてしまったのだろう》。また、田のあを離ち《田の畔を壊し》、溝を埋みつるは《溝を埋めてしまったのは》、地《ところ》をあたらしとこそ《土地が惜しいというので》、あがなせの命《私自身の弟の命は》、かくしつらめ《こうしてしまったのだろう》」

と詔り直したまひしかども《善意に解して言い直されたけれども》、なほその悪しき態《わざ》止まずて《やはりその乱行は》転《うたて》ありき《ひどかった》。

天照大御神、忌服屋《いみはたや》に坐《いま》して神御衣《かむみそ》織らしめたまひし時に《神に奉る衣を織らせられた時に》、その

服屋《はたや》の頂《むね》を穿《うか》ち、天《あめ》[一]の斑馬《ふちうま》を逆剝《さかは》ぎに剝《は》ぎて、堕《おと》し入《い》るる時に、天《あめ》の服織女《はとりめ》見驚きて、梭《ひ》[二]に陰上《ほと》を衝《つ》きて死にき《突いて死んだ》（陰上を訓《よ》みてホトといふ）。かれ《そこで》ここに、天照大御神《あまてらすおほみかみ》見畏《みかしこ》み《恐れ》、天《あめ》の石屋戸《いはやと》を開きて、刺しこもりましき《その中にお籠りになった》。しかして《すると》、高天の原みな暗く、葦原の中つ国ことごと《すっかり》闇《くら》し。これによりて《このために》常夜《とこよ》[三]往《ゆ》きき。ここに《そうして》、万《よろづ》の神の声《おとなひ》は狭蠅《さばへ》なす満ち、万の妖《わざはひ》ことごと発《おこ》りき。

ここをもちて《こんな次第で》、八百万《やほよろづ》の神、天《あめ》の安《やす》の河原《かはら》に神集《かむつど》ひ集ひて《すっかり集まって》（集を訓みてツドヒといふ）、高御産巣日《たかみむすひ》の神の子、思金《おもひかね》の神に思はしめ《善後策を考えさせ》（金を訓みてカネといふ）て、常世《とこよ》[四]の長鳴鳥《ながなきどり》を集めて鳴かしめて、天の安の河の河上の天《あめ》[五]の堅石《かたしは》を取り、天《あめ》[六]の金山《かなやま》の鐵《くろがね》を取りて、鍛人《かぬち》[七]天津麻羅《あまつまら》を求《ま》ぎて《捜し出し》、伊斯許理度売《いしこりどめ》[八]の命に科《おほ》せ《命じて》鏡を作らしめ、玉祖《たまのや》[九]の命に科せ八《や》尺《さか》の勾璁《まがたま》の五百《いほ》つの御《み》すまるの珠を作らしめて、天《あめ》[一〇]の児屋《こやね》の命・布《ふ》[一一]刀玉《とだま》の命を召《よ》びて、天《あめ》[一二]の香山《かぐやま》の真男鹿《まをしか》の肩《かた》を内抜《うつぬ》きに抜きて《そっくり抜き取って》、天の香山の天《あめ》[一三]のははか《朱桜》（木の名ぞ）を取りて、占合《うらな》ひまかなはしめて《祭の設営をさせて》、天

一「天の」は美称。「斑馬」は毛のまだらの馬で神供には不適。「逆剝ぎ」は異常な剝ぎ方をいう。

二 機織《はたおり》の際、横糸を巻き縦糸の間をくぐらせる舟形の道具。女陰に梭（矢・箸など）が刺さるとは、一般には神婚の儀礼を意味する。

——天照大御神の天の石屋戸ごもり

＊須佐之男命の乱行は人を死に至らしめる。これを見て天照大御神は高天の原の石屋戸に籠《こも》る（貴人の死）。石屋戸の前でそれを招き迎えるための祭儀が行われ、大御神は復活する。

三 いつ明けるともしれない夜が続いた。

四「常世」は永遠の国。現世に幸福をもたらす理想郷で海外の異境にあると信じられた。「長鳴鳥」は、鳴声が暁を告げ闇の邪気を払う太陽の神使いの鶏。

五 高天の原の堅い石。鉄を鍛える金敷きの石。

六 高天の原の鉱山。砂鉄を含む山であった。

七 鍛冶《かじ》職。「鍛人《かぬち》」は「金打《かなうち》」の約。

八 鏡作連らの祖神。九一頁注一三参照。

九 玉祖連らの祖神。九一頁注一四参照。

一〇 中臣連らの祖神。九一頁注一〇参照。

一一 忌部首らの祖神。九一頁注一一参照。

一二 高天の原にある「天の香山《かぐやま》」。したがって大和が高天の原的世界と考えられたことの反映ともなる。その中心をなす聖山である。「かぐ」はほのかな輝き。

一三 朱桜《かにわざくら》。この木の皮で鹿の肩骨を焼き、ひび割れの具合で占う。『魏志《ぎし》』倭人伝にも獣骨卜占《ぼくせん》を記す。

の香山の[一四]五百《いほ》つ真賢木《まさかき》を根こじにこじて《根こそぎ掘り取って》、上《ほ》つ枝《え》に八尺の勾璁の五百つの御すまるの玉を取り著《つ》け、中つ枝に[一五]八尺鏡《やあたかがみ》（八尺を訓みて八《や》アタといふ）を取り繋《か》け、下枝《しづえ》に[一六]白丹寸手《しらにきて》・青丹寸手《あをにきて》を取り垂《し》でて《垂らして》（垂を訓みてシデといふ）、この種々《くさぐさ》の物は、布刀玉の命、ふと[一七]御幣《みてぐら》と取り持ちて、天の児屋の命、ふと[一八]詔戸言《のりとごと》禱《ほ》き白《まを》して、天《あめ》の手力男《たぢからを》の神、戸の掖《わき》に隠《かく》り立ちて、天《あめ》の宇受売《うずめ》の命、天の香山の[一九]天《あめ》の日影《ひかげ》を手次《たすき》に繋けて、[二〇]天《あめ》の真折《まさき》を縵《かづら》として、天の香山の[二一]小竹葉《ささば》を手草《たぐさ》に結《ゆ》ひて（小竹を訓みてササといふ）、天の石屋戸にうけ伏せて《桶を伏せて》、踏みとどろこし《踏んで大きな音を響かせ》、[二二]神懸《かむがか》りして、胸乳《むなち》を掛《か》き出で、裳緒《もひも》をほとに[二三]忍《お》し垂《た》れき。しかして、高天の原動《とよ》みて《鳴動し》、八百万《やほよろづ》の神共《とも》に咲《わら》ひき。

ここに、天照大御神佐《あや》しとおもほし《不思議だと思われて》、天の石屋戸を細《ほそめ》に開きて、内《うち》より告《の》らししく、

「あが《私が》[二四]隠《かく》りますによりて《隠れておられるので》、天《あま》の原《はら》おのづからに《当然のことに》闇《くら》く、また葦原の中つ国もみな闇けむとおもふを《すっかり暗いだろうと思うのに》、何のゆゑにか天の宇受売は[二五]楽《あそび》を

一四「五百つ」は五百箇で多数の意。「賢木」は神祭に用いる常緑樹。神霊の依《よ》り憑《つ》く神木。
一五 大きい鏡。「八」は日本の聖数。「尺」の字は「咫《し》」の省画の文字で、周制の八寸（約一二センチ）。
一六 楮《こうぞ》製の白い和幣《にきて》（神に供える布）と麻製の青味がかった和幣。
一七 立派な、神への供え物として。「ふと」は称辞。
一八「詔戸言」は「祝詞《のりと》」と同じで、元来は神の呪的な言葉の意であったが、祭儀で神の声として神前に奏する言葉の意となった。「禱く」はことほぐ。言霊《ことだま》の力で事の実現を祈る。天照大御神出現の祈願。
一九 高天の原の、ひかげのかずら。紐《ひも》状の長い蔓草《つるくさ》であり、「狐《きつね》の襷《たすき》」と異名があるように、襷にできる。
二〇 高天の原の、まさきのかずら。常緑の蔓。定家葛《ていかかずら》とも蔓正木《つるまさき》とも。生命の木として髪飾りとした。
二一 小竹《ささ》の葉を、歌舞の際に手に取りもつ採物《とりもの》として束ね持って。
二二 神霊が人（霊媒者）に乗り移り忘我の状態になること。東南アジア的なシャーマン（巫覡《ふげき》）の神懸り。
二三 女陰の露出と次行の「咲《わら》ひ」は邪気を払う呪術。
二四「籠《こも》る」（死）と言わず「隠《かく》る」と言い換える。
二五 歌舞音楽。魂振《たまふ》り（魂が遊離すると病気になるので、しっかりとつなぎとめ振い立たせること）のために行う。「あそぶ」の本義は、日常でない晴《はれ》の世界（三九頁注一五参照）に行為することで、祭儀・葬儀・遊猟・旅行・出産・歌舞音曲などの場合をいう。

し、また八百万《やほよろづ》の神もろもろ咲ふ《皆笑うのだろうか》」

しかして《そこで》、天《あめ》の宇受売《うずめ》の白言《まを》ししく、

「なが命に《あなた様に》益《ま》して《まさって》貴き神坐《いま》すゆゑに、歓喜《よろこ》び咲《わら》ひ楽《あそ》ぶぞ」

と、かく《こう》言《まを》す間《あひだ》に、天《あめ》の児屋《こやね》の命・布刀玉《ふとだま》の命、その鏡を《八咫鏡を》指し出《い》で《出し》、天照大御神《あまてらすおほみかみ》に示《み》せまつる時に《お見せ申し上げる時に》、天照大御神いよよ[一]奇《あや》し[二]と思ほして《お思いになって》、やくやく《少しずつ》戸より出でて臨《のぞ》みます時に《のぞき見られる時に》、その隠《かく》り立てる天《あめ》の手力男《たぢからを》の神、その御手を取り引き出でまつる《外へ引き出し申し上げるやいなや》すなはち、布刀玉の命、尻《しり》くめ[三]縄《なは》もちてその御後方《みしりへ》に控《ひ》き度して《引き渡して申し上げたのには》白言ししく、

「これより内《うち》に、え還り入りまさじ《お戻りにはなれますまい》」

かれ《こうして》、天照大御神出でましし時に、高天の原と葦原の中つ国と、おのづからに《当然のことに》照り明《あか》りき《明るくなった》。

ここに、八百万の神、共《とも》に議《はか》りて、速須佐之男《はやすさのを》の命に千位《ちくら》[四]の置戸《おきと》を負《おほ》せ《科し》、また、鬚《ひげ》[五]と手足の爪とを切り、祓《はら》へしめて《罪を贖わせて》、神《かむ》やらひやらひき《とことんまで追放した》。

一 いよいよ。前頁一一行目の「怪《あや》し」を承《う》けて「いよよ」となる。
二 天照大御神は鏡に映った自分の姿（太陽）を見て、石屋戸の外に、もう一人の太陽神がいるかと疑ったもの。鏡は太陽（日神）の表象であり、太陽の光を受けて輝く。
三 注連縄《しめなわ》。藁《わら》の本《もと》を組み込ませて綯《な》った縄。それを張って聖域であることを示し、出入を禁じた。
四 多くの物を載せる台。「位《くら》」は物を置くための設備。「置戸」は置く場所。多くの贖物《あがもの》を科す意。
五 鬚や爪は身体の一部で、これを切って罪を贖《あがな》う体刑を科し、祓《はらえ》（罪を贖うこと）をさせること。
＊ 天照大御神の出現によって、高天の原は照り輝くことになる。この天の石屋戸神話は、(イ)大御神の石屋戸ごもりの動機と結果(ロ)大御神の出現を願う祭儀—準備・祈禱・歌舞(ハ)大御神の出現(ニ)須佐之男命の追放、というように、起承転結の劇的な構成をなし、詞章も口誦性を帯びていることなど特色ある好篇となっている。素材論的には、日蝕神話、冬至の鎮魂祭、穀霊（大御神の穀霊化は四三頁＊印参照）の死と復活の祭儀（新嘗祭・大嘗祭に通ずる）などの要素が考えられる。一方高天の原に天の香山《かぐやま》が登場する。大和三山の一つである天の香山が高天の原に直結する宇宙軸的な山として観念されていたことの反映とすると、飛鳥藤原時代がこの神話の完成期とみられよう。

また《八百万神が》、食物《をしもの》を大気都比売《おほげつひめ》の神に乞ひき《乞い求めた》。しかして《それで》、大気都比売、鼻・口また尻より種々《くさぐさ》の六味物《ためつもの》を取り出でて《取り出して》、〔八百万神に〕種々作り具《そな》へて進《たてまつ》る時に、速須佐之男の命その態《わざ》を立ち伺《うかか》ひて、穢汚《けが》して奉進《たてまつ》ると〔思って〕、すなはち《すぐに》その大宜津比売《おほげつひめ》の神を殺しき。かれ《そこで》、殺さえし神《殺された神》の身に生《な》れる《出来た》物は、頭《かしら》に蚕《こ》生《な》り《生れ》、二つの目に稲種《いなだね》生り、二つの耳に粟《あは》生り、鼻に小豆《あづき》生り、陰《ほと》に麦《むぎ》生り、尻に大豆《まめ》生りき。かれ《そこで》ここに、神産巣日《かむむすひ》の御祖《みおや》の命、これを取らしめて種と成したまひき《これらの穀物などを取らせてそれぞれ種となされた》。

かれ、避け追はえて《〔須神は高天の原から〕追放されて》、出雲の国の七肥《ひ》の河上、名は八鳥髪《とりかみ》といふ地《ところ》に降《くだ》りましき《天降りされた》。この時に、九箸《はし》その河より《斐伊川を》流れ下《くだ》りき。ここに、須佐之男の命、人その河上にありとおもほして《人がその上流に住んでいるとお思いになって》、尋ね一〇覓《ま》ぎ上《のぼ》り往《いま》ししかば、老夫《おきな》と老女《おみな》と二人ありて、童女《をとめ》を中に置きて泣けり。しかして、〔須神が〕問ひたまひしく、

「なれども《お前たちは》は誰《たれ》ぞ」

かれ《そこで》、その老夫の答へ言《まを》ししく、

――五穀の起源

六 美味の物。「ため」は、神から賜《た》る（下二段動詞「賜ぶ」）ことの意。

＊八百万の神は須佐之男命を追放して空腹を覚えたので、食物神に所望した。食物神は鼻・口・尻から味物を調理して八百万の神に献《たてまつ》る。その様を窺《うかが》っていた須佐之男命は汚いと思って食物神を殺す。食物神の屍体から五穀が生ずるのは、食物は食べられて（殺されて）復活するからである。嵐神は穀物と深い関係にあることをも意味する。神産巣日神は、出雲神話では御祖神（母神）として活動するので、以下の出雲神話の接点としてこの神が登場するのである。舞台の「出雲」は幽の世界なのではなく、これからは「現《うつ》し国《くに》」としての出雲国である。食物神殺しの説話は全世界に広く分布するが、内容的には異なるものもある。

須佐之男命の大蛇退治
――八俣の大蛇

七 島根県の斐伊《ひい》川。今は船通山《せんつうざん》に源を発し宍道《しんじ》湖に注ぐが、昔は神西《じんざい》湖に注いでいた。

八 島根県仁多《にた》郡横田町大呂《おおろ》付近（もと鳥上村）。古来、砂鉄の産地として有名。

九 流れてきた箸によって、上流に人里のあることを知るのは、隠里《かくれさと》説話の類型の一つ。

一〇「覓ぐ」は、探し求める、の意。

「あは《私は》、[一]国つ神[二]大山津見《おほやまつみ》の神の子ぞ。わが名は足名椎《あしなづち》といひ、妻《め》が名は手名椎《てなづち》といひ、女《むすめ》が名は櫛名田比売《くしなだひめ》といふ」

また、〔須神が〕問ひたまひしく、

「なが《お前の》哭《な》くゆゑは何ぞ《泣くわけは何か》」

〔老夫が〕答へ白言《まを》しく、

「わが女は、本《もと》より[三]八《や》稚女《をとめ》ありしを《いましたが》、[四]この、[五]高志《こし》の[六]八俣《やまた》のをろち[七]年ごとに来て《毎年やって来て》喫《くら》へり。今、しが《そいつが》来《く》べき時ゆゑに《来ようという時なので》泣く《泣いています》」

しかして、〔須神が〕問ひたまひしく、

「その形はいかに」

〔老夫が〕答へ白《まを》しく、

「その目は赤かがちのごとくして《赤いほおずきの様でありまして》、身一つに《一つの胴体に》八頭《やかしら》・八尾《やを》あり。また、その身に、蘿《ひかげ》と檜《ひ》と椙《すぎ》と生《お》ひ、その長《たけ》は、[八]谿《たに》八《や》谷《たに》・峡《を》八《や》峡《を》に度《わた》りて、その腹を見れば、ことごと常に《いつも血に》血に爛《ただ》れてあり《爛れています》」（ここに赤カガチといへるは、今の酸醤《ほほづき》ぞ）

一　高天の原系の神を「天つ神《あまつかみ》」というのに対する葦原の中つ国系の神をいう。土着性をもつ神である。

二　山の神。ここは出雲地方の土着神で、山の神は同時に農耕の神でもあった。

＊　出雲国の肥河《ひのかわ》の川上に天降《あまくだ》った須佐之男命は娘を間に置いて泣く老夫婦に会い、恐しい人食いの八俣の大蛇《おろち》の話を聞く。山の神の名は足名椎《あしなづち》（晩生《おくて》の稲の精霊）、妻の名は手名椎《てなづち》（早稲《わせ》の精霊）、娘の名は櫛名田比売《くしなだひめ》（霊妙な稲田姫）であり、ともに稲に因《ちな》んだもの。

三　「八」は日本の聖数。以下しばしば用いられている「八」は多数の意である。

四　「この」は現場指示の代名詞で、話題を聞手の前に引出し、現実性をもたせるのに効果的となる。

五　『出雲国風土記』の神門《かむと》郡に古志《こし》郷（出雲市古志町）があるが、上巻の神話体系からみて、北陸の越《こし》とみる方がよかろう。「越」は名のごとく、山河を越して行く所の意として、遠い異郷という印象があった。

六　「八俣」は、頭・尾がたくさんに分れていること。「をろち」は尾の精霊。「ろ」は接尾語。農民が祭る水神。しかし一方では峰《お》の精霊とみて、砂鉄を産する山（鉱山）の神とみることもできる。

七　毎年豊作を祈る祭礼で、人身御供《ひとみごくう》が行われたことをいうとも、毎年襲う洪水をさすともいう。

八　その身長は幾谷にも幾峰にも渡るほど大きくて、の意。

――八俣の大蛇を退治し草薙の剣を得る

*須佐之男命は、老父の娘を妻に所望して、大蛇退治のため一計を案じ、大蛇を強い酒で酔わせて殺し、娘を救う。ギリシア神話の、英雄ペルセウスが怪蛇の犠牲に捧げられる娘アンドロメダを救う話と同型。愛と知と勇の三徳兼備の英雄物語である。特に、娘の名を中心に「奇《く》し・櫛《くし》・酒《くし》」と筋が展開してゆき、また「八《や》」を反復するなど、語り物として深化したものとなっている。そして大蛇の尾から草薙《くさなぎ》の剣を得る。これを天照大御神に献上するという件《くだり》は、斐伊《ひい》川流域の蛇神信仰と鉄文化の神話の原像を、草薙の剣の縁起譚《えんぎたん》として宮廷神話に組み込んだ結果によるものとみられる。

九 結婚に際しては、相手の名(身分・血縁・地縁などを含む)を知る必要がある。

一〇「(私が)お降《くだ》りになった」という自敬表現は、元来は三人称につけた敬語が尊貴者自身の発言に用いられるようになったもの。のちの尊大語《そんだいご》。

一一 櫛名田比売《くしなだひめ》の櫛の連想による。角髪《みづら》に刺したのは聖婚を意味する。

一二 何度も繰り返して醸《かも》した醇度の高い酒。この場合、酒は蛇神を饗応《きようおう》するものであった。

一三「さずき(桟敷)」は仮に作った床《ゆか》や台。材を縄で結《ゆわ》えて作る。

一四 酒を入れる器。次行の「成」は「盛」の古字。

しかして、速須佐之男《はやすさのを》の命《みこと》、その老夫《おきな》に詔《の》らししく、

「この、なが女《むすめ》は、あに奉らむや《私に献上するだろうか》」

〔老父が〕答へ白ししく、

「恐《かしこ》し。また《しかしまた》御名を[九]覚《し》らず」

しかして、〔須神が〕答へ詔らししく、

「あは《私は》、天照大御神《あまてらすおほみかみ》のいろせ《同母弟である》ぞ。かれ《それで》、今、天《あめ》より降《くだ》[一〇]りましぬ」

しかして、足名椎・手名椎の神が白ししく、

「しか坐さば恐し《それなら恐れ多いことです》。立て奉《まつ》らむ《〔娘を〕差し上げましょう》」

しかして、速須佐之男の命、すなはちゆつ《神聖な》爪櫛《つまくし》[一一]にその童女《をとめ》を取り成《せて》《変身させて》して、御みづら《御角髪に》に刺《刺されて》さして、その足名椎・手名椎の神に告《の》らししく、

「なれ《お前たちは》ども、八塩折《やしほを》[一二]りの酒を醸《か》み、また垣を作り廻《もとほ》し《回らし》、その垣に八門《やかど》を作り《入口を作り》、門ごとに《入口ごとに》八《や》さずき[一三]を《桟敷を》結《ゆ》ひ、そのさずきごとに《桟敷ごとに》酒船《さかぶね》[一四]を置きて、船ごとにその八塩折りの酒を成《も》りて《盛って》待ちてよ《待っておれ》」

かれ《そこで》、告《の》りたまへるまにまに《仰せのとおりに》、かく《そのように》設《ま》け備へて《準備して》待つ時に、その八《や》俣《また》のをろち、まことに《ほんとうに》言《こと》のごと来ぬ《言葉どおりに来た》。すなはち《たちまち》、〔おろちは〕船ごとにおのが頭《かしら》を垂れ入れ、その酒を飲みき。ここに《そうして》、飲み酔《ゑ》ひ[一]留《とど》まり伏し寝《い》ねき。しかして《それで》、速須佐之男《はやすさのを》の命《みこと》、その御佩《みは》[二]かせる十拳釼《とつかつるぎ》を抜き、その蛇《へみ》[三]を切り散《はふ》りたまひしかば《ばらばらになされたので》、肥《ひ》[四]の河、血に変《な》りて流れき。かれ、その《大蛇の》中の尾を切りたまひし時に、御刀《みはかし》の刃《は》毀《か》けき。しかして、恠《あや》しと思ほし《不思議だと思われ》、御刀の前《さき》もちて刺し割《さ》きて見《み》そこなはせば《ご覧になると》、都牟羽《つむは》[五]の大刀《たち》あり。かれ《そこで》、この大刀を取り、異《け》しき物と思ほして《特異な物と思われて》、〔太刀を得た事情を〕天照大御神に白し上げたまひき《申し献上された》。こは草《くさ》[六]なぎの大刀ぞ。

かれここをもちて《こういう次第で》、その速須佐之男の命、宮造作《つく》るべき地《ところ》を出雲の国に求《ま》ぎたまひき《お求めになった》。しかして《そして》、須賀《すが》の地《ところ》に到りまして詔《の》らししく、

「あれここに来て、あが御心すがすがし[七]《さわやかだ》」

とのらして、そこに《須賀に》宮を作りて坐《いま》しき。かれ、そこは今に須賀《すが》[八]といふ。この大神《須佐之男命が》、初め《最初に》須賀の宮を作らしし時に《お作りになった時に》、そこより《その地から》雲立ち[九]騰《のぼ》り

一　動詞を五つも連続させている。『古事記』にはこのように動詞を連続させる表現が多い。

二　身に帯びておられる長剣。敬語の「御《み》」は、体言および、「動詞＋す（尊敬の助動詞）」「動詞＋坐《ま》す」に冠する。「十拳剣」は三五頁注一〇参照。

三　この文字で初めて「をろち」が蛇であると分る。

四　大蛇の血で肥河《ひのかわ》が赤くなったというのであるが、本来は、その上流鳥髪山《とりかみやま》が砂鉄の産地で、その鉄穴《かんな》流しの赤濁色の廃水の反映であろう。「肥の河」の命名も「火《ひ》の河」で、その赤色に由来するものと思われる。

五　「都牟羽《つむは》」は渦《うず》の紋様のついた刃の意か。旋毛《つむじ》・旋風《つむじ》・紡錘《つむ》などの「つむ」（渦状）と関係あろう。「羽《は》」は刃。「大刀《たち》」は刀剣の総称。ここでは剣《つるぎ》。

六　この「大刀」は、後文（一六二頁）に、倭建命《やまとたけるのみこと》が倭比売命《やまとひめ》から賜った「草《くさ》なぎの剣」と同じで、賊に火攻めに遭《あ》ったとき、草を薙《な》いで危難を逃れたという説話がある。これは付会説話で、本来は「臭蛇《くさなぎ》」の意。「臭《くさ》」は強いものにつける醜名《しこな》。「なぎ」は蛇。

——須賀の宮と八雲神詠歌

＊　須佐之男命は櫛名田比売との新居を出雲国須賀《すが》の地に求め、「八雲立つ」の歌を歌う。名実ともに出雲国の首長となる行為である。

七　「すがすがし」と地名の須賀とを懸け、さらに植物の菅《すが》（祓《はらえ》の具）の音と意味をも連想させる。

八　島根県大原《おおはら》郡大東《だいとう》町須賀《すが》。

九　豊穣を象徴する雲。瑞祥。

き。しかして、御歌を作《よ》みたまひき《お作りになった》。その歌に曰《い》ひしく、

一〇 八雲立つ　出雲八重垣
妻籠《ご》みに　八重垣作る　その八重垣を

ここに、《〔須神は〕》その足名鉄《あしなづち》一一の神を喚《よ》びて告言《の》らししく《仰せになったのには》、「いましは《そなたをば》、わが宮の首《おびと》一二に任《よ》ささむ《任命しよう》」また、名を負《おほ》せて《与えて》、稲田《いなだ》の宮主須賀之八耳《みやぬしすがのやつみみ》の神と号《なづ》けたまひき。

——須佐之男命の子孫

かれ、《そこで〔須神が〕》その櫛名田比売《くしなだひめ》をもちて、くみどに起して《奥まった所で事を始めて》一三生みたまへる神《お生みになった神》の名は《の名は》、八嶋士奴美《やしまじぬみ》の神といふ。また、大山津見の神の女《むすめ》《娘の》、名は神大市比売《かむおほちひめ》を娶《めと》りて生みたまへる子《妻にしてお生みになった子は》、大年《おほとし》の神。次に宇迦之御魂《うかのみたま》の神（二柱）。兄《あに》八嶋士奴美の神《神が》、大山津見の神の女《娘の》、名は木花知流比売《このはなちるひめ》を娶りて生みたまへる子《子は》、布波能母遅久奴須奴《ふはのもぢくぬすぬ》の神。この神《布波能神が》、淤迦《おか》美《み》の神の女《娘の》、名は日河比売《ひかはひめ》を娶りて生みたまへる子《子は》、深淵之水夜礼花《ふかふちのみづやれはな》の神。この神《深淵之神が》、天之都度閇知泥《あめのつどへちね》の神を娶りて生みたまへる子《子は》、淤《お》美豆奴《みづぬ》の神。この神《淤美豆奴神が》、布怒豆怒《ふのづの》の神の女《娘の》、名は布帝耳《ふてみみ》の神を娶りて

一〇 盛んに雲が立ちのぼる、その湧き出る雲にゆかりの出雲の国で、雲が幾重にも立つように幾重にも新居の垣を作っている。新妻を籠《こも》らせるために新居の垣を作っている。その八重にめぐらした立派な垣よ。

＊ 俗に「八雲神詠歌」と呼ばれ、三十一文字《みそひともじ》（和歌）の初めといわれる。二句切れ・四句切れ、かつ同語の反復を用いている点は古色を存している。もともと出雲地方の新室寿《にいむろほ》ぎの民謡で、「八雲立つ」は出雲の枕詞、「出雲八重垣」は出雲様式の垣、「妻籠み」はその垣が家屋の妻を隠す構造を言ったものであるが、妻を籠らせる意をもこめたものであった。ところが、『古事記』の本文に組み込まれたとき、「出雲」は「雲立ち騰《のぼ》りき」という説明が入れられ、農業治水神として関係の深い雲を瑞祥として雲の垣が新妻を隠《こも》らせる、と新婚の祝歌的性格を前面に押出したのである。このように、独立歌としてみる場合と、本文歌としてみる場合とでは異なることがある点は注意を要する。

一一 「鉄」は「つち」（『名義抄』）と訓《よ》まれる。

一二 首長。「大人《おほひと》」の約。

一三 系譜上の「生みたまへる」の主語はすべて男性で、父親の認知によって初めて子と定まるという考えに基づく。したがってここの主語は須佐之男命であって、櫛名田比売ではない。以下「娶」を「めとる（妻にする）」と訓んだのも、この考え方による。

＊須佐之男命の子孫の記事に見える神名には未詳のものもあるが、国土・食物・水・武器・人間などの、占有・豊穣・祭祀の表象であり、農耕神としての国つ神の系譜化と考えられる。そしてその終末に五つの名をもつ国土の主としての大国主神が生れる。大国主神の神話は、㈠稲羽の素兎《しろうさぎ》を助け八上比売《やかみひめ》と結婚する㈡八十神《やそかみ》の迫害による受難㈢根の国訪問と試練の後に、須勢《すせ》理毗売《りびめ》と結婚する㈣高志国《こし》の沼河比売《ぬなかわひめ》求婚譚㈤少名毗古那《すくなびこな》神の協力による国作り、を軸とする。それぞれの説話に応じて五つの名が登場し、大穴牟遅《おおあなむじ》神が幾多の試練を経、業績を重ねて大国主神に成長してゆく過程を物語る。

大国主神の事績——稲羽の素兎

一 異母兄弟。六五頁四行目に「庶兄弟《ままあにおと》」とある。「八十神」は多数の神。のちの若者組的集団ともいえる。

二 まず結論を述べ、それからその理由を説明する文型。大国主神の名を用いているのもそのため。

三 因幡国《いなば》八上郡《やかみ》（鳥取県八頭郡《やず》）に因《ちな》んだ名。「命・神」をつけないのは巫女的《ふじょ》女性だからである。

四 旅行の用具や食糧を入れた袋。袋かつぎは卑しい従者の役。若者の試練としての目的もある。

五 因幡国気多《けた》郡気多村。鳥取市白兎《はくと》海岸に「気多岬」という伝説地があり、その丘に白兎神社がある。

六 毛皮をまる剝ぎにされた兎。「あか」は「全く」の意。毛皮を着物に見立てて、すっ裸《ぱだか》と言ったもの。

生みたまへる《お生みになった》子《子は》、天之冬衣《あめのふゆきぬ》の神。この神《天之冬衣神が》、刺国大《さしくにおほ》の神の女《娘の》、名は刺《さし》国若比売《くにわかひめ》を娶りて生みたまへる子《妻にしてお生みになった子は》、大国主《おほくにぬし》の神。亦の名は《その神の亦の名は》大穴牟遅《おほあなむぢ》の神といひ、亦の名は《またその亦の名は》葦原《あしはら》の色許男《しこを》の神といひ、亦の名は《またその亦の名は》八千矛《やちほこ》の神といひ、亦の名は《またその亦の名は》宇都志国玉《うつしくにたま》の神といひ、幷せて《合計して》五つの名あり。

かれ《ところで》、この大国主の神の兄弟《あにおと》[一]八十《やそ》神《かみ》坐《いま》しき。しかれども《しかし》、みな《八十神は》、国は《国をば》大国主の神に避《さ》りまつりき《お譲り申し上げた》。[二]避りまつりしゆゑは《お譲り申し上げたわけはこうだ》、その八十神おのもおのも《めいめいが》[三]稲羽《いなば》の八上比売《やかみひめ》を婚《よば》はむの心ありて《求婚しようとの考えで》、共《とも》に稲羽に行きし時に、大穴牟遅の神に[四]帒《ふくろ》を負《おほ》せ、従者《ともびと》として率往《ゐゆ》きき《連れて行った》。

ここに《さて》、[五]気多《けた》の前《さき》《岬に》に到りし時に、[六]裸《あかはだ》の菟《うさぎ》伏せり《伏せっていた》。しかして《そこで》、八十神、その菟に謂《い》ひて云《の》らししく、

「なれせむは《お前が体を治すには》、この海塩《うしほ》を浴《あ》み、風の吹くに当りて、高き山の尾《峰の》の上《へ》に伏せれ《伏せっておれ》」

かれ《そこで》、その菟、八十神の教へのまにまに《教えのとおりに》伏しき。しかして《すると》、その塩の乾《かわ》くまにまに《乾くのにつれて》、その身の皮ことごと風に吹き折《さ》かえき《体の皮膚はすっかり風にさらされひび割れた》。かれ《それで》、

痛《いた》苦み泣き伏せれば《伏せっていると》、いやはてに《最後にいらっしゃった》来ませる大穴牟遅の神、その菟を見て言《の》らししく、

「何のゆゑにか《どうして》、なが泣き伏せる《お前は泣きながら伏せっているのか》」

菟の答へ言《まを》ししく、

「あれ《私は》、[七]淤岐《おき》の嶋に《隠岐島におりまして》ありて、ここに《この地に》度《わた》らむとすれども《渡ろうと思いましたが》、度らむ因《よし》[八]なかりしゆゑに《なかったものですから》、海の[九]わにを《鮫を》欺《あざむ》きて言ひつらく《言ったのには》、『あとなと《私とお前と》競《きほ》ひて、[一〇]族《うがら》の多き少きを計《かぞ》へむ。かれ《それで》、なはその族のありのまにまに《お前は自分の同族のありったけを》、ことごと《全部》率《ゐ》来《き》て、この嶋より《隠岐島から》気多の前《岬まで》まで、みな列《な》み伏し度れ《ずらりと並び伏せよ》。しかして《そうしたら》、あれ《私が》その上を踏み、走りつつ[一一]読み度らむ《跳びながら数え渡ろう》。ここに《こうすれば》、わが《私の》族と《同族とお前のと》、いづれか多きを知らむ《どちらが多いかが分るだろう》』と、かく言ひしかば《こう言ったので》、欺かえて《〔鮫が〕だまされて》列み伏せりし時に《並び伏せっていた時に》、あれ《私が》その上を踏み、読み度り来《数えつつ》、今《きまさに》[一二]地《つち》に下《お》りむとせし時に、あが《私が》云《い》ひつらく《言ったのには》、『なはあに欺かえぬ《お前は私にだまされた》』と言ひ竟《を》ふるすなはち《終るやいなや》、いや端《はし》に《一番》伏せるわに《鮫が》、あを《私を》捕《と》らへ、ことごと《すっかり》あが《私の》衣服《きもの》を剝《は》ぎき。これによりて《こういうわけで》泣き患《うれ》へしかば《悲しんでいると》、先に行きし八十神

＊兎《うさぎ》と鮫《さめ》の話は、南海諸島からインドにかけて分布している猿と鰐《わに》・鼠鹿《ねずみしか》と鰐（この鰐は爬虫類《はちゅうるい》）の話と類似する。知恵ある者が獰猛《どうもう》な相手を計略にかけて目的を達する（ただし兎は失敗）。参考までにインドネシアの例を挙げると、一匹の鼠鹿が洪水のために川を渡れず、「王様がお前たちの数を数えよと命じられた」と偽り、鰐の大群を集めて、その上を跳《と》び数えつつ無事対岸に達し、鰐の愚かさを嘲ったとある。内容的に酷似する。

七 隠岐島《おきのしま》。単なる「沖の島」とする説は誤り。「沖」の意味なら、必ず「奥《おき》」の字を用いているからである。その上、「淤岐《おき》」には音注がつけられていない。これは「淤岐」が島名であることを意味する。音注は固有名詞の場合は省く表記上の約束が「序」にあった。二四頁注五参照。

八 手段。てだて。

九 爬虫類の鰐ではなく、魚の鮫。今も山陰地方や北九州では鮫や鱶《ふか》を「わに」という。原文「和邇」とあるのは、漢字「鰐」を用いると、堅い鱗板をもつ恐ろしいものの意となり、「鮫」を用いると「さめ」と訓《よ》まれ、「鱶」を用いると「ふか」と訓まれるおそれがあったから、仮名書きにしたものであろう。

一〇 同族。親族。

一一 「走る」は、ぴょんぴょん跳ぶこと。「読む」は、声に出して数を数えること。

一二 この地に。気多岬をさす。

の命もちて《仰せに従って》、『海塩《うしほ》を浴《あ》み、風に当りて伏せれ《風に吹かれて伏せっておれ》』と誨《をし》へ告らしき《教え仰せられた》。

かれ《そこで》、教へのごとくせしかば《教えられたとおりにしましたら》、あが身ことごと《すっかり》傷《そこな》はえぬ[一]」

ここに、大穴牟遅《おほあなむぢ》の神、その菟《うさぎ》に教へ告らししく《教え仰せられたのには》、

「今、すみやかに《すぐ》この水門《みなと》[二]に往き、水もちて《淡水で》ながが身を洗ふすなはち《お前の体を洗うとそのまま》、その水門の蒲黄《かまのはな》[三]を取り、敷き散らして、その上に輾転《こいまろ》[四]ばば、
なが身《お前の体は》、本《もと》[五]の膚《はだ》のごと必ず差《い》えむ《治るだろう》」

かれ《そこで》、教へのごとくせしかば《［大穴牟遅神の］教えどおりにすると》、その身本《もと》のごとし《元に戻った》。これ稲羽《いなば》の素《しろ》[六]菟《うさぎ》ぞ。今者《いま》に、菟神《うさぎかみ》[七]といふ。かれ、その菟、大穴牟遅の神に白《まを》しし
く、

「この八十神《やそかみ》は必ず八上比売《やかみひめ》を得じ。帒《ふくろ》を負せども《背負われていてもあなた様が》、いまし命、獲たまはむ《［比売を］ものにされるでしょう》」

ここに《さて》、八上比売、八十神に答へて、

「あは《私は》、いましたち《あなたがたの》の言《こと》は聞かじ。大穴牟遅の神に嫁《あ》はむ《嫁ぎましょう》」

と言ひき。かれしかして《それを聞いて》、八十神忿《いか》りて、大穴牟遅の神を殺さむと

一「え」は、古形の受身の助動詞「ゆ」の連用形。
二 川が海に注ぐ所。河口。
三 蒲《がま》科の多年草で、水中・水辺に生える。その花粉(雄花)が黄色なので、「蒲黄」と書き、それは止血剤として用いた。白い蒲の穂ではない。大王たる者は医薬の知識も必要としたことを物語っている。
四 転び回るならば。「輾《こい》」は臥す意の「こゆ」の連用形。「輾転」は仏典語。
五 白い穂によって白い毛に戻ったのではなく、黄粉の止血作用によって皮膚の損傷が治癒すること。
六『古事記』では「しろ」は「白」の字を用いているが、ここのみ「素《しろ》」の字である。それは「白兎」と書くと月の異名となるので、動物であることを示すために「素菟《しろうさぎ》」と書いたもの。求婚や神事には白い動物を用いた。下巻に、雄略天皇が求婚の動物として、「白き犬」を用いた例がある(二四一頁)。
七 この素菟は、実は巫女《ふじょ》八上比売《やかみひめ》の神使いであった。神使いの動物がやがて神として祭られるので「菟神」と言ったもの。この「菟神」は、大穴牟遅神《おおあなむじ》が八上比売を得ることを予言することになる。

＊「菟神」の予言は、八上比売の「大穴牟遅の神に嫁《あ》はむ」という言葉が示すように的中する。この

——大穴牟遅神の受難

後再三にわたって大穴牟遅神は八十神の姦計《かんけい》によって殺されるが、その都度復活する。のちの若者組の試練行事の原型がみられる。

し、共に議《はか》りて、伯岐《ははき》[八]の国の手間《てま》の山本に至りて《山の麓に着いて》云ひしく、

「赤き猪《ゐ》、この山にあり《この手間の山にいる》。かれ《だから》、われ、共に追ひ下《くだ》せば《われわれが一緒に追い下すからお前は》、なれ待[九]ち取れ《〔猪を〕捕えろ》。もし待ち取らずは《待ち捕えなかったら》、必ずなれを殺さむ《お前を殺すぞ》」

と云ひて、火《火で》もちて猪に似たる大き石《いは》を焼《や》きて転《まろ》ばし落しき《転がし落とした》。しかして《そこで》、追ひ下すを《〔八十神がそれを〕》取らす時に《〔大穴牟遅神が〕》、すなはち《たちまちに》その石に焼き著《つ》かえて《つかれて》死にき。しかして《それを見て》、その御祖《みおや》[一〇]の命、哭《な》き患《うれ》へて天《あめ》[一一]に参上《まゐのぼ》り、神産巣日《かむむすひ》[一二]の命を請《こ》はしし時に《指示を仰がれた時に》、すなはち《〔神産巣日神は〕》𧏛貝比売《きさがひひめ》[一三]と蛤貝比売《うむがひひめ》[一四]とを遣はして作り《治療し》活《い》けたまひき《蘇生させなされた》。しかして《その時に》、𧏛貝比売きさげ集めて[一五]《貝粉をこそげ集め》、蛤貝比売待ち承《う》けて《受けて》、母《おも》[一六]の乳汁《ちしる》と塗りしかば《母乳として塗ったら》、麗《うるは》しき壮夫《をとこ》[一七]（壮夫を訓《よ》みてヲトコといふ）に成りて、出で遊行《あそ》[一八]びき《出歩いた》。

ここに《さてそれを》、八十神《やそかみ》見、また欺きて《〔大穴牟遅神を〕》山に率《ゐ》入りて《連れて入り》、大き樹を切り伏せ、茹矢《ひめや》[一九]をその木に打ち立て《打ち込んで》、その中に入らしむるすなはち《その割れ目に入らせたとたんに》、その氷目《ひめ》矢《や》を打ち離ちて《ぐいと引き抜いて》拷《う》ち殺しき。しかして《そこで》、またその御祖哭きつつ《刺国若比売が泣きながら》求《ま》げば《捜したところ》、見得る《見つけ出し》すなはち《ただちに》、その木を折《さ》きて取り出で《〔死者を〕取り出し》活《い》け《蘇生させ》、その子に《大穴牟遅神に》告げ

八　伯耆国会見郡天万《ほうきのくにあいみのこおりてま》。今の鳥取県西伯郡会見町天万《さいはくぐんあいみちょうてんまん》。米子《よなご》市の南方で、出雲との境に当る。
九　待ちかまえて。
一〇　刺国若比売《さしくにわかひめ》をさす。「祖《おや》」は「親・先祖」の意であるが、「御祖」は母親を尊んでいう。
一一　高天の原。
一二「神産巣日神の命」の「神の」を省略した表現。この神は、別天《こと》つ神として天地初発の際に現れ（二六頁）、出雲系神話の祖神として、食物神の屍体から五穀の種をとる（五三頁）など、死者の蘇生復活を掌《つかさど》る生成の霊格を有する。
一三　赤貝の擬人化。その貝殻に刻《きざ》（年輪）がはっきりあるのでいう。『出雲国風土記』嶋根郡加賀郷の条に、神魂《かむむすひ》命の子として支佐加比売《きさがひめ》命の名が見える。「きさ」には「かそ（父）」の音を響かせる。
一四　蛤《はまぐり》の擬人化。『出雲国風土記』嶋根郡法吉《ほうき》郷の条に、神魂命の子として宇武加比売《うむがひめ》命の名がある。「うむ」には「おも（母・乳母）」の意をこめる。
一五「きさげ」は削り落して。こそげる、の意。
一六　赤貝の殻の粉を、蛤の出す汁で溶いて、母乳状の液体として火傷《やけど》に塗る治療法である。
一七「壮夫」は若い男性。「美人」の対語。
一八　復活して出歩いた。「遊行」は仏典語。
一九　楔《くさび》。「茹《ひめ》」は「食《はむ》」の意で、それを「嵌《は》む」に当てたもの。したがって「はめ矢《や》」と訓《よ》むことになるが下文の「氷目矢《ひめや》」にあわせて、「ひめ矢《や》」と訓む。

て言《の》らししく《仰せられたのには》、

「いましは《そなたは》、[一]ここにあらばつひに《ここにいるならしまいには》八十神《やそかみ》の為に滅ぼさえむ《殺されるでしょう》」

とのらして、すなはち《すぐに》[二]木《き》の国《紀伊国の》の[三]大屋毘古《おほやびこ》の神の御所《みもと》に[四]違《たが》へ遣《や》りたまひき《お遣わしになった》。しかして《これを知って》、八十神覓《ま》ぎ追ひ《捜し追い》臻《いた》りて《ついて》、矢刺し《矢をつがえ》乞ふ時に《〔大屋毘古神は〕》、木の俣《また》より[五]漏《く》き逃《の》がして云《の》らししく、

「須佐能男《すさのを》の命《みこと》の坐《いま》す[六]根《ね》の堅州国《かたすくに》に参向《まゐ》ふべし《お出でなさい》。必ずその大神議《はか》りたまはむ《謀って下さるでしょう》」

かれ《そこで》、詔命《みことのり》のまにまに《お言葉どおりに》、《〔大穴牟遅神は〕》須佐之男の命の御所《みもと》に参到《まゐた》れば《参上すると》、その女《むすめ》須勢理毘売《すせりびめ》出で見、[七]目合《まぐは》ひして《情を通じ》相婚《あは》して《結婚され》《〔家へ〕》還り入りて《戻って》、その父に《須神に》白《まを》して言《い》ひしく、

「いと麗《うるは》しき神来ませり《立派な神がおいでです》」

しかして、その大神《須神は》《〔戸外に〕》出で見て告《の》らししく、

「こは《これは》、葦原《あしはら》の色許男《しこを》の命といふ」

とのらして《と仰せになって》、すなはち《すぐ》《〔家に〕》喚《よ》び入《い》れて、その[八]蛇《へみ》の室《むろや》に寝《い》ねしめたまひき《お寝かせになった》。

一 「ここ」は原文「此間」とある。中国の俗語的な用字である。「ここ」とは伯耆《ほうき》国をさす。
二 「木の国」は紀伊国（和歌山県）。文字どおり木の繁茂する国に基づく名であるが、「墓の槨《き》（棺）」への連想もあろう。次注とも関連する。
三 家屋の神（三二頁八行目）。ここでは、木の国の神だから木の神である。
四 人目を避け、逢わないようにする。後世の「方違《かたたが》え」の思想もうかがえる。
五 間を潜り抜けさせる。「漏《く》く」は「潜《く》く」（四段動詞）で、「谷ぐく」（谷を潜る意から蟇《ひきがえる》）、「探湯《くかたち》」（手を熱湯に潜らせる古代裁判）などに用いられている。
六 四四頁注七参照。

＊ 八十神による火攻め・木攻めの難を逃れた大穴牟遅神は、大屋毘古神の指示で須佐之男命のいる根の国に赴き、その娘須勢理毘売《すせりびめ》と結婚する。大穴牟遅神は、ここでは葦原の色許男（＝醜男《しこお》、頑丈な男）の名で登場する。蛇・蜈蚣《むかで》・蜂の室《むろ》・鳴鏑《なりかぶら》などの厳しい試練（難題）を課せられ、一つ一つ克服してゆく。古代の成年式を背景にしたもので、戦慄《スリル》と不安《サスペンス》の劇《ドラマ》を観る思いである。——根の国での試練を克服

七 二九頁注九参照。
八 「室」は採光の窓のない部屋。蛇の室に寝かせるのは、難題聟譚《なんだいむこばなし》（男に難問を与え、それを解いた者が娘を得る話）の一例。

ここに、その妻《め》須勢理毗売の命、[九]蛇《へみ》のひれ《領巾で》もちてその夫《を》に授けて云《の》らししく、

「その蛇咋《く》はむとせば《噛みつこうとしたら》、このひれ《領巾で》もちて[一〇]三たび《三度》挙《ふ》りて《〔蛇を〕》打ち撥《はら》ひたまへ」

かれ《そこで》、《〔妻の〕》教へのごとく《教えどおり》せしかば《〔色許男命が〕したので》、[一一]蛇おのづからに静まりぬ《当然のこととして静かになった》。かれ《それで》、[一二]平《やす》く寝《い》ねて《〔その室を〕》出でましき。また[一三]来日《くるつひ》の夜《よ》は、[一四]呉公《むかで》と蜂《はち》との室《むろや》に入れたまひき。また呉公・蜂のひれ《領巾を》を授けて教ふること先のごとし。かれ、平《やす》く《〔室から〕》出でましき。また《〔須神は〕》、[一五]鳴鏑《なりかぶら》を[一六]大野の中に射《い》入れて、《〔色許男命に〕》その矢を採《と》らしめたまひき。かれ《そこで》、《〔色許男命が〕》その野に入ります時に、《〔須神は〕》すなはち《すぐに》火もちて《火で》その野を廻《もとほ》し焼きたまひき《回りから焼かれた》。ここに《それで》、出でむところを知らさぬ間《あひだ》に《出るところがお分りにならない間に》、[一七]鼠《ねずみ》来て云ひしく、

「[一八]内はほらほら《内はほら穴だ》、外《と》はすぶすぶ《外はすぼみだ》」

と、かく言ふゆゑに、《〔色許男命が〕》そこを踏《ふ》みしかば《踏んだところ》、《〔穴に〕》落ち隠《かく》り入ります間に《隠れておられる間に》、《〔穴の上を〕》火は焼け過ぎぬ。しかして《そして》、その鼠、《〔探していた〕》その鳴鏑を咋《く》ひ持ちて《くわえ持って》出で来

九「ひれ」は女性が肩にかけた薄い布。呪力《じゆりよく》を発揮すると考えられた。「蛇《へみ》の領巾《ひれ》」は、蛇の災《わざわ》いを鎮める呪力のある領巾である。下文（七行目）の「呉公《むかで》・蜂の領巾」も同趣向。

一〇「三」は聖数。「挙《ふ》る」は振るで、振ることによって、その領巾の呪力がふるい立つ、という考えに基づく。物部《もののべ》氏の得意とする鎮魂呪術である。

一一 この「おのづから」は、自然に、の意ではなく、領巾の呪力によって当然、の意である。

一二 安らかにぐっすり眠って。

一三 翌日。

一四「呉公」は「蜈蚣」の省画の文字。

一五 飛ぶとき風を切って鳴るように、蕪《かぶら》型の矢じりの中をくり抜いて作った矢。『史記』匈奴伝《きようどでん》に「鳴鏑《めいてき》」の文字が見える。

一六「大野」は単に大きい野の意ではなく、荒れた原野の意である。「小野《おの》」（人里近く馴れ親しい気持の起る野）の対語。

一七「鼠」に、根の国に住むの意を懸ける。鼠が色許男命を助けたというのは、根の国が人間の復活を掌《つかさど》る国であると考えられていた他界であったことを示すもの。他界（現《うつ》し国《くに》とは別の世界）という面からのみみると黄泉《よもつ》国と重なるが、黄泉国のほうは永久に復活はないのである。

一八 鼠の鳴声を模した表現である。おそらく、火除《ひよ》けのまじないの言葉であったろう。

〔色許男命に〕て奉りき。一 その矢の羽《は》は、その鼠の子《こ》等《ども》、みな喫《く》ひてありき《食ってしまっていた》。ここに《さて》、その《色許男命の》妻《め》須《す》世《せ》理《り》毗《び》売《め》は、二 喪具《はぶりつもの》を持ちて哭《な》き来《き》、その父の大神は《須佐之男命の大神は》、すでに《もはや》〔色許男命が〕死にきと思ほして《死んだと思われて》、その野に出で立たしき《出てお立ちになった》。しかして《無事脱出した》、〔色許男命が〕その矢を持ちて〔須神に〕奉りし時に、〔須神は〕家に率入りて《連れて入り》、三 八《や》田《た》間《ま》の大室《おほむろや》に喚《よ》び入れて、その《自分の》頭《かしら》の虱《しらみ》を取らしめたまひき《お取らせになった》。かれしかして《そこで》、〔色許男命が〕その頭を見れば、四 呉公《むかで》多《さは》にあり《たくさんいた》。ここに、その妻《須勢理毗売は》五 むくの《椋の》木《こ》の実と六 赤土《はに》とを取りてその夫に授けき《色許男命に授けた》。かれ、〔色許男命は〕その木の実を咋《く》ひ破り、赤土を含《ふふ》み唾《つは》き出でしかば《吐き出したところ》、その大神《須神は》、〔色許男命が〕呉公を咋ひ破り、唾《つは》き出づとおもほして《吐き出しているものと思われて》、心に愛《は》しく思ひて《いとしい奴だと》寝《い》ねましき《お眠りになった》。しかして《そこで》、〔色許男命は〕その神の《須神の》髪を握《と》り《つかみ》、その室《むろや》の七 椽《たりき》ごとに結《ゆ》ひ著《つ》けて、八 五《い》百《ほ》引《び》きの石《いは》をその室の戸に取り塞《さ》へ《ふさぎ》、その妻須世理毗売を負ふすなはち《背負うやいなや》、その大神の九 生大刀《いくたち》と生弓矢《いくゆみや》と、またその一〇 天《あめ》の沼琴《ぬごと》を取り持ちて、逃げ出でます時に《逃げ出される時に》、その天の沼琴樹《き》に払《ふ》れて《触り》地動《つちとよ》み鳴りき《鳴動した》。かれ《それで》、その寝ねませる大神聞き驚きて《眠っておられた須神が音を聞き目をさまして》、〔起き上りざま〕その室を引き仆《たふ》したまひき《倒してしまわれた》。しかれども《しかし》、〔須神が〕椽に結へる髪を解かす間《ゆわえられた髪を解かれる間に》

一 この一行、古代説話の「落《おち》」のようなもので、聞き手は哄笑したに違いない。もちろん、矢の羽は鼠に齧《かじ》られることが多かったことも事実であったろう。

二 葬式用の道具。葦原色許男命が焼け死んだと思い込んでいたからである。

三 広大な。「八尺《やあた》（咫）」（五一頁注一五参照）の約が「やた」。「間《ま》」は柱と柱との間隔。

四「虱《しらみ》」だと思ったら、蜈蚣《むかで》であった。この表現から、須佐之男命が巨人化されているのが分る。

五 椋《むく》。楡《にれ》科の落葉高木で、実の赤紫色の汁は、蜈蚣の色に似る。「むかで」と「むく」と発音も近い。

六 粘土。埴土《はにつち》。これも蜈蚣の色に近い。文脈では椋の実と赤土を口に含んで吐き出したのを、須佐之男命は蜈蚣と錯覚するのだが、あるいは、こうすることが蜈蚣除《よ》けのまじないでもあったかもしれない。

七 棟《むね》から軒《のき》にわたした木。「たるき」とも。

八「千引《ちび》きの石《いは》」と同類。三九頁注一二参照。

九「生《いく》」は、活力がある意の美称。生大刀と生弓矢は、軍事的政治的支配権の象徴。

一〇「天の」は、立派な、の意の美称。玉飾りのある琴。神託の呪器。宗教的支配権の象徴である。

＊ 生大刀・生弓矢・天の沼琴は、首長の資格を示す宝器で、皇室の象徴の三種の神器に匹敵するもの。葦原の色許男命の名においてこれを獲得したことに意義があり、葦原の中つ国の王者となることを物語っている。

一一 根の国と黄泉国《よもつくに》とはここで同一となっている。
一二 根の国（黄泉国）でのことだから、大穴牟遅神の名を用いている。

＊ 葦原の色許男 ——大国主神として国作りをする

命は、葦原の中つ国の王者となるべく、幾多の試練に耐え、死と復活を繰り返して、ついに王者としての呪器を獲得する。須佐之男命の支配する根の国から蘇生した若者は新たな霊威を身につけ、現《うつ》し国《くに》の主宰神たる「大国主神となれ」との祝福を贈られ、国作りを完成する業績をあげる。


一三「おれ」は二人称の卑称。文末の「この奴」も人をののしる語。愛娘《まなむすめ》を与え、立派に成長した大国主神に対する父親須佐之男命の慈愛と叱咤の心情。

一四「大国主神」は政治的な面での名。次の「宇都志国玉神」は宗教的な面での名。

一五 正妻。側女《そばめ》の対語。「適」は「嫡」に同じ。

一六『出雲国風土記』に出雲郡宇賀郷とある。出雲大社の東北にある御埼《みさき》山の別名を宇賀山という。「うか」は「食物《うか》」の意であろう。

一七 立派な宮殿を造る意の慣用句。

一八「千木《ちぎ》」に同じ。棟の両端で屋根を押えて交叉させ、空中に突出した木。神社建築に見られる。

一九「みと」は陰部（二九頁注九参照）。「あたはしつ」は、お与えになった。つまり、結婚すること。

二〇 Y字形（逆のλも）の樹形をいう。神木（股木《またぎ》）。


に、遠く逃げましき。

かれしかして、[一一]黄泉《よも》つひら坂に追ひ至りて、はろはろに望《みさ》けて呼ばひて、[一二]大穴牟遅の神に謂《の》らして曰ひしく、

「その、なが持てる生大刀・生弓矢もちて、なが庶兄弟《ままあにおと》は、坂の御尾《みを》に追ひ伏せ、また河の瀬に追ひ撥《はら》ひて、[一三]おれ、[一四]大国主《おほくにぬし》の神となり、また宇都志国玉《うつしくにたま》の神となりて、そのわが女《むすめ》、須世理毘売《すせりびめ》を[一五]適妻《むかひめ》として、[一六]宇迦《うか》の山の山本に、[一七]底つ石根《いはね》に宮柱ふとしり、高天の原に[一八]氷椽《ひぎ》たかしりて居《を》れ。この奴《やつこ》や」

かれ、その大刀・弓を持ち、その八十神《やそかみ》を追ひ避《さ》くる時に、坂の御尾ごとに追ひ伏せ、河の瀬ごとに追ひ撥ひて、始めて国を作りたまひき。

かれ、その八上比売《やかみひめ》は、先《さき》の期《ちぎり》のごとく、[一九]みとあたはしつ。かれ、その八上比売は、率来《ゐき》ましぬれども、その適妻須世理毘売を畏《かしこ》みて、その生める子は、[二〇]木の俣《また》に刺し挟《はさ》みて返りき。かれ、その子を名づ

けて一木俣《きまた》の神といひ、亦の名は《その神の亦の名は》御井《みゐ》の神といふ。

――八千矛神、沼河比売に求婚

この八千矛《やちほこ》の神、《大国主神》二高志《こし》の国の《北陸の》沼河比売《ぬなかはひめ》を三婚《よ》ばはむとして、《求婚しようとして》四幸行《いでま》し時に、その沼河比売の家に到りて、歌ひたまひしく、《歌われたのには》

五八千矛の　神の命《みこと》は《神様は》
六八島国　妻枕《ま》きかねて《娶りかねて》
とほとほし《あの遠い遠い》　高志の国に《北陸地方に》
さかし女を《賢い気の利いた女が》　ありと聞かして《いるとお聞きになって》
くはし女を《きめの細かい美女が》　ありと聞こして《いるとお聞きになって》
さよばひに《求婚に》　ありたたし《幾度もお出かけになり》
よばひに《求婚に》　七あり通はせ《続けてお通いになると》
八太刀《たち》が緒《を》も　いまだ解かずて《まだ解かないで》
九おすひをも《襲さえ》　いまだ解かねば《まだ解かないのに》
をとめの《乙女が》　寝《な》すや板戸を《寝ておられる家の板戸を》
押そぶらひ《押しゆさぶって》　一〇わが立たせれば《私が立っていなさると》

一　神木の木股に宿る神。井泉の神とは別。しかし、井泉の側にはたいてい神木（股木《またぎ》）があったので、両者を「亦の名」でつないだもの。

＊　現《うつ》し国《くに》の王者となった大国主神は、武人的英雄神としての八千矛神の名で、北陸の巫女《ふじょ》沼河比売（「命」がつかない）に求婚する。求愛のかけひきが、比喩・対句・反復などの技巧を駆使してなされる。身振りを主とした演技の語り口である。八千矛神の物語歌四首「神語《かむがたり》」の前部に当る。

二　越後国頸城《くびき》郡（今の新潟県西頸城郡）沼川《ぬなかわ》郷。奴《ぬ》奈《な》川《かわ》神社に奴奈川姫命を祀《まつ》る。「ぬ」は玉の意。糸魚《いとい》川《がわ》市小滝《こたき》や青海《おうみ》町に縄文《じょうもん》期の翡翠《ひすい》工房址《あと》がある。

三『出雲国風土記』嶋根郡美保郷の条に、大穴持《おおあなもち》命と高志《こし》国の奴奈宜波比売《ぬながわひめ》命との婚姻譚がある。

四　天皇のいでまし。八千矛神を天皇に準ずる。

五　三人称で歌い始める。客観的に求婚の理由を述べ、足繁く比売《ひめ》の許《もと》に通い続けていることを語る。ところが一一行目からは一人称に転換している。これは比売が逢ってくれないことへの焦慮感とも呼応している。人称の転換は古代歌謡にしばしば見られる特徴の一つで、演技を主とした語りに多い。語り手が気分の高潮に伴い自己のこととして語るためである。

六　妻問《つまどい》の類型的表現。その女の卓越性を強調する。「八島国」は多くの島（小さな村や領地）のある大国の中で、の意。

引こづらひ《むりやり引張って》　わが立たせれば《私が立っていなさると》
青山に《緑濃い山に》　一一ぬえは鳴きぬ《鵼は鳴いた》
さ野つ鳥《野にいる鳥》　きぎしは《雉の声は》響《とよ》む《響く》
庭つ鳥《庭にいる鳥》　かけは鳴く《鶏は鳴く》
うれたくも《いまいましくも》　一二鳴くなる鳥か《鳴く鳥どもめ》
この鳥も《こんな鳥は》　一三打ち止《や》めこせね《鳴きやめさせてくれ》
一四いしたふや　海人《あま》馳使《はせづかひ》
一五事の　語り言《ごと》も　こをば《この詞章をどうぞ》

しかして《この詞章を聞いて》、その沼河日売《ぬなかはひめ》いまだ戸を開かずて《まだ家の戸をあけないで》、内《うち》より歌ひしく《中から歌ったのには》、

八千矛の　神の命《神様よ》
一六ぬえ草の　女《め》にしあれば《女の身ですので》
わが心《私の心は》　一七浦渚《うらす》の鳥ぞ《鳥の様に殿方を求めています》
今こそば《今は》　一八わどりにあらめ《わがままな鳥でしょうが》
後《のち》は　などりにあらむを《あなたの思いどおりの鳥になりましょうから》

七「あり」は動作の反復継続を表す。「通はせ」の「せ」は尊敬の助動詞「す」の已然形で、確定条件を表す。古くは接続助詞「ば」をつけなかった。
八 大刀を帯びる紐《ひも》。武人の姿であることが分る。
九 頭からかぶる外衣で「かづき衣《ぎぬ》」のようなもの。
一〇 自敬表現。人称が転換したのに敬語が残った形。
一一 燕雀目ツグミ科の鵼《とらつぐみ》の異名。夜ふけに不気味な哀調を帯びた声で鳴く。次の雉《きぎし》と鶏《かけ》とともに、時間的には夜中から夜明けへの推移を、距離的には山から人里への接近を表す。八千矛の神の焦《あせ》りは高まる。
一二「なる」は、姿が見えなくても音が聞えてくる意を表す助動詞「なり」の連体形。終止形に接続。
一三「こせ」は希求の助動詞、「ね」は希求の助詞。
一四「い慕《した》ふや母《おも》」の意から「海人《あま》」にかかる枕詞となったか。海人部《あまべ》の馳使《はせつかひ》（走り使い）に対して希求したもの。海人部の阿曇《あずみ》氏は内膳司の長官で、内膳司には二十人の馳使の丁《よぼろ》がいた。武人に食糧班が随行する習慣があった。ここでは武人八千矛神の従者である。
一五 以上が、事の次第を語る詞章です、の意。
＊八千矛神の、物騒《ぶつそう》な自棄的な詞章に対し、沼河比売は答歌する。それは前後二段に分れ、前段では前歌の鳥を承《う》けた比喩として、男を拒否する。女が最初男を拒否するのは古《いにし》えの婚俗である。
一六 なよなよした草に譬《たと》える。「鵼《ぬえ》」と音が共通。
一七 入江の洲《す》にいる鳥。異性を求める比喩。
一八「我鳥《わどり》」「汝鳥《などり》」と、鳥に心境を託す表現。

一 命《いのち》は　な殺《し》せたまひそ
鳥は　殺さないで下さい
いしたふや　海人駛使《あまはせづかひ》
以上が事柄を語る詞章です　これをどうぞ
事の　語り言も　こをば

緑濃い山に　日が　隠れるならば
青山に　日が隠《かく》らば
二 夜にはきっとお出ましを
ぬばたまの　夜《よ》は出でなむ
三 あなたは朝日の様に　にこにこ顔でお見えになって
朝日の　ゑみさかえきて
四 栲綱の様な　白い私の腕を
たくづのの　白きただむき
五 沫雪の様な　若やいでいる私の胸を
あわゆきの　若やる胸を
六 たっぷり愛撫し　かわいがり
そだたき　たたきまながり
私の玉の様に美しい手を枕にし
ま玉手　玉手さし枕き
七 脚をのばして　お眠りなさいましょうから
ももながに　寝《い》はなさむを
むやみに　恋しがって　八 仰せられますな
あやに　な恋ひ聞こし
神様よ
八千矛の　神の命
以上が事の次第を語る詞章です　これをどうぞ
事の　語り言も　こをば

一「命」は鳥の命。「殺《し》す」は「死なせる」で、殺すの意。「な…そ」は願望・禁止の語法。「たまふ」は「海人駛使」に対する敬語。前段で「この鳥も打ち止めこせね　いしたふや海人駛使」と述べているのを承《う》けて「(この鳥の) 命はな殺《し》せたまひそ　いしたふや海人駛使」と呼びかけたのである。

＊「青山に」以下が沼河比売《ぬなかわひめ》の答歌の後段で、相手をなだめ次の日の夜への確実な期待を約束している。前段とは一変して男女合歓の官能的姿態をつぶさに歌う。結婚讃歌である。

二「夜は出でなむ」の主語は、八千矛神であって、「夜」ではない。「なむ」は誂《あつら》えの助詞。これで、男の求婚を承諾したことを述べている。

三「朝日の」は「笑《ゑ》み栄《さか》ゆ」の比喩的枕詞。

四 楮《こうぞ》の繊維の綱で、白いので「白」の枕詞。

五 四五頁注一六参照。「若やる」の比喩的枕詞。

六「そだたき」の「そ」は、たっぷりの意。「たたく」は、撫《な》で擦《さす》る手による愛撫の動作。唐の『遊仙窟《ゆうせんくつ》』に「拍《ウチ》二搦《タタキ》奶房《チブサノ》間《ヲ》一、摩《オシ》二挲《スルエモイハヌモモノ》髀子《アタリヲ》上《ヲ》一」(真福寺本訓) とあり、内容的に類似している。「まながり」は「愛《まな》」を語基とした動詞であろう。

七「ももなが」は「百長《ももなが》」ではなくて、「股長《ももなが》」の意。「なさむ」の「なす」は「寝《ぬ》」の尊敬語。「む」は相手への期待・願望を表す助動詞。

八「聞こす」は「言ふ」の尊敬語。

＊ ようやく八千矛神は沼河比売と結婚する。しかし

出雲の本妻須勢理毘売は、それをはげしく嫉妬する。困惑した八千矛神は出雲から大和へ旅立とうとして、別離の歌を歌う。ここから

——須勢理毘売の嫉妬と和解

八千矛神の物語歌四首「神語《かむがたり》」の後部が始まる。

九 後世の皇后に当る正妻。本妻。ここで須勢理毘売の名に、尊称の「命」がつけられている。

一〇「うはなり」は後妻。後から加えられて妻の座につくことの意であろう。この若い妻を本妻（前妻《こなみ》）がねたむことから、「嫉妬《うはなりねたみ》」と言った。

一一 夫。「日子」は男。「ぢ」は男性。

一二 鞍。古くは木製なので、木扁にした国字。

一三「足踏《あぶ》み」の意。乗馬用の足かけの具。

一四「ぬばたまの」は「黒」に懸る枕詞。この歌中の「御衣」は、すべて女性を暗示する。

一五 沖の鳥（鴨《かも》）が首を曲げて胸元をつくろうように、自分の旅装を見回すしぐさをいう。

一六「はた」は端・袖。「たぎ」は「たき」の濁音化で、手の動作をいう。衣服の袖を動かしてみるしぐさを、鳥の羽ばたきに譬《たと》える。「ふさはず」は、妻として似合わない、の意も暗示する。

一七 岸辺に寄せては引く波のように、衣服（女）を引き寄せては後ろに脱ぎ捨て、の意。「そに」は、「背《そ》に」（後ろに）の意。「脱き」の「き」は清音。

一八 翡翠《かわせみ》の異名。羽の色が青いので、「青」に懸る枕詞となる。

かれ、その夜は合はさずて《〔初夜は拒否されたので〕結婚されずに》、明日《くるつひ》の夜《翌日の夜》に、御合《みあ》ひましき《結婚された》。

また、その神《八千矛神の》の九適后《おほきさき》、須勢理毘売《すせりびめ》の命《みこと》、いたく《ひどく》一〇嫉妬《うはなりねたみ》したまひき。

かれ、その一一日子《ひこ》ぢの神わびて《夫の神が困りはてて》、出雲より倭《やまと》の国に上《のぼ》りまさむとして、束装《よそひ》し立たす時に《身仕度し出発される時》、片つ御手は《片方のお手は》御馬《みま》の一二鞍《くら》に繋《か》け《掛け》、片つ御足はその御《み》《御馬の》一三鐙《あぶみ》に踏み入れて、歌ひたまひしく《歌われたのには》、

一四ぬばたまの　黒き御衣《みけし》を
まつぶさに《手落ちなく十分に》　取りよそひ《取り揃え身につけ》
一五沖つ鳥　胸《むな》見るとき《胸元の着付けを見回すと》
一六はたたぎも《袖の上げ下ろし》　これはふさはず《この着物は似合わない》
一七辺《へ》つ波　そに脱き棄《う》て《後ろに脱ぎ捨て》
一八そにどりの　青き御衣を《青い色の着物を》
まつぶさに《手落ちなく十分に》　取りよそひ《取り揃え身につけ》
沖つ鳥　胸見るとき《胸元の着付けを見回すと》
はたたぎも《袖の上げ下ろし》　こもふさはず《この着物もやはり似合わない》

後ろにその着物を脱ぎ捨て
辺つ波　そに脱き棄て
山畑に　蒔いた　二 蓼藍を臼でつき
一 山県《やまがた》に　蒔《ま》きし　あたたでつき
赤く染めた着物を
三 染木《そめき》が汁《しる》に　しめころもを
手落ちなく十分に　取り揃え身につけ
まつぶさに　取りよそひ
胸元の着付けを見回すと
沖つ鳥　胸見るとき
袖の上げ下ろし　これなら適当だ
はたたぎも　こしよろし
四 いとしい　妻の命よ
いとこやの　妹《いも》の命
私が人群れと共に行ったなら
五 群鳥《むらとり》の　わが群れいなば
私が引かれて行ったなら
六 引鳥《ひけとり》の　わが引けいなば
泣いたりしないと　お前は強がりを言っても
泣かじとは　なは言ふとも
七 大和の　一本薄の様に
やまとの　ひともとすすき
八 うなだれて　お前が泣かれる〔その吐息は〕
うなかぶし　なが泣かさまく
九 朝方の雨霧となって立つだろうよ
朝雨の　霧に立たむぞ
わが妻の命よ
一〇 若草の　妻の命

一 山の畑。「山県《やまがた》」は「山上田《やまあがた》」の約。稲を植える田ではなくて、蔬菜・藷《いも》・麻類を栽培する畑である。下巻、仁徳天皇の段にも見える（二〇八頁）。

二 「あた」は他・異の意。「たで」は染草の蓼藍《たであい》で、中国などから種を輸入したので「あた」を冠したものであろう。赤色の染料をとる外国産の蓼藍。

三 染料にする草木。「汁」は液汁。

四 「愛子《いとこ》や」と呼びかけるその妻の意。「や」は間投助詞。「妹の命」は妻への敬語。

五 「群鳥の」は「群れいなば」の比喩的枕詞。

六 「引鳥の」は「引けいなば」の比喩的枕詞。この「引け」は「引かれる」意の受動態の語法。一羽飛び立つと、それに誘われて飛び立つ生態を譬《たと》える。

七 前頁地の文の「倭の国」にしたがって、「やまと」は国名の「大和」と考えたい。須勢理毗売は出雲国にいるので「大和の」では矛盾するが、これは大和中心的思考が記の根底にあるためであろう（二〇八頁注八参照）。「一本薄《ひともとすすき》」にみる孤独な須勢理毗売の姿の比喩にも大和の女のイメージがある。次句への序。

八 うなじを垂れること。

九 「朝雨」は、いくら降っていても間もなく止んで一面の霧となって立ちこめる特徴があるので、「霧に立つ」の枕詞となる。霧が人間の嘆きの息と考えられたことは、古代文学に多くの例がある。

一〇 「妻」の枕詞。初生の草が二葉として伴《ともな》って出るので、「伴」の類音の「妻《つま》」に懸る。

＊男の求愛遍歴に比例して、女の嫉妬は倍増する。嫉妬は独占的な女の愛の証《あかし》でもある。八千矛神の浮気の高圧的な正当化に対して、須勢理毗売の答歌は、孤独な身の心細さを訴え、性愛の歓びで夫を繋《つな》ぎ留め、酒を勧めるという内容である。こうして夫婦は和合する。

一一「大御」は天皇に対する敬語。この八千矛神を天皇に準じていることは、六六頁二行目の「幸行《いでま》し」の用字にも見られた。「后《きさき》」の用字もそこから生れる。

一二「わが偉大なる、国の主《あるじ》」の意で呼びかけたもの。ただし、「大国主神」の名をも意識させる。

一三「廻《み》る」は上一段活用で、めぐる意。「うち」および次行の「かき」は接頭語。

一四「おちず」は「落ちず」で、ことごとく、の意。

一五「持たせらめ」は、上文の「こそ」の結びであるが、「…のだけれど」の気持がある。「汝《な》こそは…持たせらめ」は、男はどこへ行っても妻をもつことができるということで、男の性的自由を表す。

一六あなたのほかに。「除《き》て」は「おきて」の「お」が前の「を」に吸収されたもの。「措《さてお》く」の意。この対句は、夫の浮気に対する妻の孤独を示す。

一七綾織の帳《とばり》。「垣」は間を隔てるもの。

一八絹の夜具。「むし」は蚕《かいこ》。「ふはや・にこや」の「ふは・にこ」は擬態語。「や」は状態の接尾語。

一九楮《こうぞ》の繊維で作った夜具。

事の　語り言も　こをば
以上が事柄を語る詞章だ　これをどうぞ

しかして、その后、一一大御《おほみ》酒坏《さかづき》を取り、立ち依《よ》り指挙《ささ》げて、歌ひたまひしく、
そこで　須勢理毗売は　〔夫の傍に〕　差し上げて

八千矛《やちほこ》の　神の命や　一二あが大国主《おほくにぬし》
神様よ

なこそは　男《を》にいませば
あなたこそ　男でいらっしゃるから

一三うち廻《み》る　島の崎々《さきざき》
巡る

かき廻る　磯の崎一四おちず
巡る　漏らさず

若草の　一五妻持たせらめ
妻を持たれるでしょうが

あはもよ　女《め》にしあれば
私はまあ　女の身ですので

一六なをきて　男《を》はなし
男はありません

なをきて　夫《つま》はなし
あなた以外に　夫はありません

一七あやかきの　ふはやが下に
綾垣の　ふわふわ揺れる下で

一八むしぶすま　にこやが下に
絹衾の　柔らかな肌触りの下で

一九たくぶすま　さやぐが下に
栲衾の　さやさやと音をたてる下で

一沫雪の様な　若やいでいる私の胸を
あわゆきの　若やる胸を
栲綱の様な　白い私の腕を
たくづのの　白きただむき
たっぷり愛撫し　かわいがり
そだたき　たたきまながり
私の玉の様に美しい手を枕にし
ま玉手　玉手さし枕き
脚をのばして　お眠り下さいませ
ももながに　寝《い》をしなせ
お召し上り下さいませ
二豊御酒《とよみき》　たてまつらせ

このようにお歌いになって　すぐそのまま　三固めの盃を交し　四首に手を懸け合い　現在ま
かく歌ひたまひて、すなはちうきゆひして、うながけりて、今に
で　以上四首を
至るまでに五鎮《しづま》ります。これを六神語《かむがたり》といふ。

——大国主神の子孫

さて
かれ、この大国主《おほくにぬし》の神《かみ》、七胸形《むなかた》の奥《おき》つ宮に坐《いま》す神、多紀理毘売《たきりびめ》の命《みこと》
妻にしてお生みになった子は　その同母妹
を娶《めと》りて生みたまへる子、八阿遅鉏高日子根《あぢすきたかひこね》の神。次に、九妹《いろも》高比売《たかひめ》の
その神の亦の名は　今は
命。亦の名は、下光比売《したでるひめ》の命。この阿遅鉏高日子の神は、今、一〇迦毛《かも》
の大御神といふ。大国主の神、また神屋楯比売《かむやたてひめ》の命を娶りて生みた
〔大国主神が〕
まへる子、事代主《ことしろぬし》の神。また、八嶋牟遅《やしまむぢ》の神の女《むすめ》、鳥取《ととり》の神を娶り
子は　鳥鳴海神が
て生みたまへる子、鳥鳴海《とりなるみ》の神（鳴を訓《よ》みてナルといふ）。この神、日名《ひな》

一 以下五行は、六八頁とほぼ同文。男女合歓の官能的姿態を述べることによって、夫の浮気を封じ、自分の許に留まらせようとする。「寝《い》をしなせ」の「を」は感動の終助詞、「し」は強めの副助詞。「なせ」は「寝《ぬ》」の尊敬語の命令形。

二 「豊御酒」は神酒の美称。「たてまつらせ」は貴人の飲食の尊敬語。勧酒の慣用句。二五二頁では新嘗《にいなえ》の酒宴に用いられている。

三 「うき」は盃《さかずき》。「ゆひ」は結び。固めの盃。ここは酒をくみかわし改めて夫婦の契りを固めること。

四 「うな」は首。「かける」は「懸《か》く」（下二段）がラ行四段に再活用したもの。互いに首に手を懸け合うとは、男女仲の睦《むつ》まじいさまをいう。

五 出雲大社に二神和合して鎮座していること。

六 男女二神の語らいを物語風に歌った歌曲名で、全四首をさす。この八千矛神の物語歌は、核になるものが『出雲国風土記』に散見するから出雲に出自があり（六六頁注三参照）、それが海人部《あまべ》の阿曇《あずみ》氏によって宮廷風に物語化されたものであろう。海辺の景物が素材に多く用いられているのもそこに理由がある。

＊ 大国主神の系譜に見える神名には、意義不明のものが多い。古くからの土俗信仰の表象による命名だからであろう。これまでの天つ神の名の多くが思弁的であったのとかなり相違する。「付録」参照。

照額田毗道男伊許知邇《てるぬかたびちをいこちに》の神を娶りて生みたまへる子《妻にしてお生みになった子は》、国忍富《くにおしとみ》の神。この神《国忍富神が》、葦那陀迦《あしなだか》の神、亦の名《その神の亦の名は》は八河江比売《やがはえひめ》を娶りて生みたまへる子《子は》、速甕之多気佐波夜遅奴美《はやみかのたけさはやぢぬみ》の神。この神《速甕之神が》、天之甕主《あめのみかぬし》の神の女《むすめ》、前《さき》玉比売《たまひめ》を娶りて生みたまへる子《子は》、甕主日子《みかぬしひこ》の神。この神《甕主日子神が》、淤加美《おかみ》の神の女、比那良志毗売《ひならしびめ》を娶りて生みたまへる子《子は》、多比理岐志麻流美《たひりきしまるみ》の神。この神《多比理神が》、比々羅木之其花麻豆美《ひひらぎのそのはなまづみ》の神の女、活玉前玉比売《いくたまさきたまひめ》の神を娶りて生みたまへる子《子は》、美呂浪《みろなみ》の神。この神《美呂浪神が》、敷山主《しきやまぬし》の神の女、青沼馬沼押比売《あをぬうまぬおしひめ》を娶りて生みたまへる子《子は》、布忍富鳥鳴海《ぬのおしとみとりなるみ》の神。この神《布忍富神が》、若尽女《わかつくしめ》の神を娶りて生みたまへる子《子は》、天《あめ》の日腹《ひばら》の大科度美《おほしなどみ》の神。この神《大科度美神が》、天《あめ》の狭霧《さぎり》の神の女、遠津待根《とほつまちね》の神を娶りて生みたまへる子《子は》、遠津山岬多良斯《とほつやまさきたらし》の神。

右の件《右の文中の》の[一一]八嶋士奴美《やしまじぬみ》の神より下《しも》、遠津山岬帯《とほつやまさきたらし》の神より前《さき》、[一二]十《とを》あまり七世《ななよ》の神《十七世の神々という》といふ。

——大国主神、少名毗古那神の協力を得て国作りを進める

かれ《さて》、大国主の神、[一三]出雲の御大《みほ》の御前《みさき》に坐《いま》す時に、波の穂《波頭を伝って》より天《あめ》

七　四八頁注二参照。

八　八一～三頁に記事がある。

九　八一～三頁に記事がある。

一〇　阿遅鉏高日子根《あぢすきたかひこね》神は出雲国の神であり、『出雲国風土記』にもこの神の名が見える。しかし、『古事記』編纂《へんさん》当時は「迦毛大御神」という最高級の敬称で呼ばれていた。この大御神は奈良県御所《ごせ》市鴨神にある高鴨神社の祭神である。葛城山麓の豪族鴨氏の奉斎神であったことから、鴨氏が出雲から大和へ移住してきたことも推測できる。

一一　八島士奴美《やしまじぬみ》神から数え始めていることは、大国主神の系譜が、元来、須佐之男命の系譜（五七～八頁）に続いていたことを示す。

一二　この「十七世神」について、実数は十五世しかない、という理由で不審とされている。たしかに、親子関係で数えると十五代であるが、「十七世神」とあるのは、阿遅鉏高日子根神（妹高比売《たかひめ》命を含む）と事代《ことしろ》主《ぬし》神とを加えて数えているとみるよりほかはない。この両神は大国主神の子として、八一～三頁と八四～五頁に活躍する重要な神である。そのために特に数の中に入れ、「十七代」とせず「十七世」と、文字を変えたのであろう。

一三　島根県八束《やつか》郡美保《みほの》関《せき》町の岬。

の羅摩《かがみ》[一]の船に乗りて、鵝《ひむし》[二]の皮を内剝《うつは》ぎに剝ぎて《丸剝ぎに剝いで》衣服《きもの》にして、帰り来《よ》《近寄ってくる神があった》る神あり。しかして、《〔大国主神は〕》その名を問ひたまへども《問いただされたけれども》答へず。また、《〔大国主神に〕》従《ところ》へ《従っている一同の神々に》るもろもろの神に問ひたまへども、みな《お供の神も》「知らず」と白《まを》しき。しか《ところが》して、たにぐく[三]《ひきがえるが》の白言《まを》ししく、《申し上げたのには》

「こは、《これは》久延毘古《くえびこ》[四]ぞ必ず知りてあらむ」《きっと知っているでしょう》

とまをししかば、久延毘古を召して問ひたまふ時に、答へ白《まを》ししく、

「こは、《これは》神産巣日《かむむすひ》の神の御子、少名毘古那《すくなびこな》の神ぞ」

かれしかして、《そこで》《〔大国主神が〕》神産巣日の御祖《みおや》の命《みこと》に白し上げたまひしかば、《申し上げなさると》《〔御母神は〕》答へ告らししく、《の仰せられたのには》

「こは、《これは》まことにあが子ぞ。《ほんとうに私の子だ》子の中にあが手俣《たなまた》[五]よりくきし子ぞ。《多くの子の中で私の漏れ落ちた子だ》かれ、《それで》いまし[六]《そなた》葦原《あしはら》の色許男《しこを》の命と兄弟《あにおと》となりて、その国を作り堅《葦原の中つ国を作り固》めよ」《めよ》

かれ、《そこで》それより《その仰せ以来》大穴牟遅《おほあなむぢ》[七]と少名毘古那と、二柱の神相並びて、《協力し並んで》この《葦原の中つ国を作り固められた》国を作り堅めたまひき。しかる後《のち》は、その少名毘古那の神は、常《とこ》

一 「羅摩」は多年生蔓草《つるくさ》の蘿摩《ががいも》の古名で、「羅」は「蘿」と同じ。『周礼《しゅらい》』の地官、委人《いじん》の条の「蘿」の釈文に「亦作《ル》ㇾ羅《ニ》」とある。『和名抄』に「本草《ニ》云《フ》、芄蘭蘿摩子、一名芄蘿」とあり、「加々美《かがみ》」の訓がある。これを割ると小舟の形に似ている。

二 「鵝」を鵝鳥《がちょう》では大きすぎるというので、「蛾」とする説がある。しかし、下巻、仁徳天皇の段に「蛾」を「蜚鳥《とぶとり》」とするように（二一二頁）、ここも「蛾」を飛ぶ鳥に見立てて「鵝」と書いたものであろう。蛾を「ひむし」というのは「飄《ひひ》る（ひらひら飛び上る）虫」の意という。または「霊虫《ひむし》」とも。

三 蟇《ひきがえる》。谷を潜《くぐ》ることによる名。

四 案山子《かがし》の名。「崩《く》え彦《びこ》」の意。「崩え彦」は身体の崩れた人で、歩行不能者を表すのであろう。この種の人は、知恵の化身と信じられていた。

五 手の指の間から漏れ落ちた子とあるから、きわめて小さいことが分る。小人の姿で常世国《とこよのくに》から訪れ、現《うつ》し国《くに》に幸《さち》をもたらすと信じられていた神。一四行目以下には再び常世国に渡って行ったことが述べてある。

六 「いまし」を、少名毘古那神と見るべきではなく、葦原の色許男命と同格で、呼びかけと解したい。すなわち、「そなた葦原の色許男命と〔少名毘古那神とは〕兄弟となって」の意。葦原の中つ国の国作りなので、葦原の色許男命の名で登場させている。

七 ここに大穴牟遅の名が登場するのは、少名毘古那とコンビで活動するときの名だからである。『万葉集』

にも「大汝《おほなむち》少彦名《すくなびこな》の座《いま》しけむ静《しつ》の石室《いはや》」（巻三、三五五）とある。

八 案山子の別名。濡《ぬ》れそぼつ人、の意。注四の「崩《く》え彦《びこ》」と同じく擬人化した名。

九 「あめのした」は、漢語「天下」の訓読語。

――大国主神、御諸山の神を祭る

一〇 少名毗古那神が常世国へ渡ってしまい、協力者がいなくなったので。

一一 神異のものを「光《て》らす」と表現する例が多い。

一二 海表の彼方《かなた》からの客人《まれびと》を幸福の神として古代人は崇《あが》めた。神代紀上の一書は、この神を大己貴《おおあなむち》神の幸《さき》魂《みたま》・奇魂《くしみたま》と伝えている。なお注一四参照。

一三 大和国の青々と垣のようにめぐっている東の山とは、奈良県桜井市三輪町の三輪山をさす。

一四 「御諸《みもろ》」は神霊の降臨する森の意で、ここは三輪山をさす。大神《おおみわ》神社の神体山。大神神社の鎮座縁起譚である。「出雲国造神賀詞《いづものくにのみやつこのかむよごと》」には、大穴持《おおあなもち》命が「自分の和魂《にきみたま》を鏡につけて、倭の大物主櫛𤭖玉《おおものぬしくしみかたま》命と名を称《たた》えて、三輪山に鎮めよ」といったとある。

* 大国主神は、少名毗古那神の協力を得、葦原の中つ国の国作りに努力し、その後御諸《みもろ》の神を祭ることによって、神の助力を仰ぐようになることを記す。大国の主《あるじ》が大和国の三輪の神の祭祀を約束させられていることを表している。

世《よ》の国に度《わた》りましき《お渡りになった》。かれ《さて》、その少名毗古那の神を顕《あら》はし白しし《明し申した》いはゆる《あの》久延毗古は、今者《いま》《今では》に山田の曾富騰《そほど》[八]といふ。この神は、足は行かねども《歩行はできないけれども》、ことごと《すっかり》天《あめ》[九]の下《した》の事を知れる神ぞ。

ここに、大国主《おほくにぬし》の神愁《かみうれ》[一〇]へて告らししく《困って仰せられたのには》、

「あれ《私》独《ひと》りして《ひとりで》、いかにかよくこの国を作らむ《どのようにしてこの国作りができようか》。いづれの神か《どういう神ならば》、あとよくこの国を相作らむ《私と協力してこの国作りができようか》」

この時に、海を光《て》[一一]らして[一二]依り来る神あり《近づいてくる神がある》。その神の言《の》らししく、

「よくあが前を治めば《私の御魂をお祭りすれば》、あれよく共与《とも》に相作り成さむ《私は協力してこの国作りを完成させよう》。もしからずは《そうしなければ》、国成りがたけむ《国作りは成功しないだろう》」

しかして《これを聞いて》、大国主の神

「しからば《それならば》、治めまつる状《かたち》はいかに《「御魂の」祭祀の形をどうしたらよいでしょうか》」

と曰《まを》したまひしかば、

「あは《私をば》、倭《やまと》[一三]の青垣の東《ひむがし》の山の上《へ》にいつきまつれ《身を清めてお仕え申せ》」

と答へ言らしき。こは《この神こそ》、御《み》諸山《もろやま》[一四]の上《へ》に坐す神ぞ《ご鎮座の神である》。

——大年神の子孫

＊大年神の系譜は、大国主神の神話の流れの中では必然性がないといわれているが、そう考えるべきものではない。五七頁を顧みると、須佐之男命の子孫には、㊀櫛名田比売との間に生れた八島士奴美神以下、大国主神を経て、遠津山岬帯神《とおつやまさきたらし》までの十七世神、㊁神大市比売《かむおおちひめ》との間に生れた大年神以下の二十四神、との二類があって、㊀は五七～八頁および七二～三頁に既出であり、㊁は今ここに掲げたものである、と理解すべきである。㊀は国作りに参画した土俗神の系譜化、㊁は渡来人の奉斎神を始めとして、有名神社の祭神および農耕文化の表象による神々の系譜化という特色をもつ。

一　お祭りをする。「竈」は、かまど。

二　近江国（今の滋賀県）の比叡山。大津市坂本本町《ほんまち》の日吉《ひえ》神社をさす。

三　山城国葛野（今の京都市右京区）の松尾《まつのお》神社。秦《はた》氏が渡来して祭った神社。

四　六三頁注一五参照。矢は雷神の表象で、この神は「丹塗矢《にぬりや》」伝説（乙女《おとめ》が厠《かわや》ないし小川にいるとき、川上から丹塗矢が流れ下り、乙女の陰部を突き、妊娠させて子が生れるという神婚説話をいう）をもち、京都の賀茂神社の祭神と関係がある。「用《も》つ」は「持つ」に同じ。

五　実数は十神であるが、奥津日子・奥津比売を一神として数えて九神である。

かれ《さて》、その大年《おほとし》の神《神が》、神活須毘《かむいくすび》の神の女《むすめ》、伊怒比売《いのひめ》を娶《めと》りて《妻にしてお》生みたまへる子《生みになった子は》、大国御魂《おほくにみたま》の神。次に、韓《から》の神。次に、曾富理《そほり》の神。次に、白日《しらひ》の神。次に、聖《ひじり》の神（五はしらの神）。また《〔大年神が〕》香用比売《かぐよひめ》を娶りて生みたまへる子《子は》、大香山戸臣《おほかぐやまとみ》の神。次に、御年《みとし》の神（二柱）。また《〔大年神が〕》、天《あめ》知迦流美豆比売《ちかるみづひめ》（天を訓《よ》むこと天《あめ》のごとし）を娶りて生みたまへる子《子は》、奥津日子《おきつひこ》の神。次に、奥津比売《おきつひめ》の命。亦の名は《その神の亦の名は》大戸比売《おほへひめ》の神。こは《この神は》諸人《もろひと》がもち《人々が》[一]拝《いは》ふ竈《かま》の神ぞ。次に、大山咋《おほやまくひ》の神。亦の名は《その神の亦の名は》山末之大主《やますゑのおほぬし》の神。この神は《山末之神は》、[二]近《ちか》つ淡海《あふみ》の国の日枝《ひえ》の山に坐し《鎮座され》、また[三]葛野《かづの》の松尾《まつのを》に坐す《ご鎮座の》、[四]鳴鏑《なりかぶら》を用《も》つ神ぞ《持つ神である》。次に、庭津日《にはつひ》の神。次に、阿須波《あすは》の神。次に、波比岐《はひき》の神。次に、香山戸臣《かぐやまとみ》の神。次に、羽山戸《はやまと》の神。次に、庭高津日《にはたかつひ》の神。次に、大土《おほつち》の神。亦の名は《この神の亦の名は》土之御祖《つちのみおや》の神。[五]九《ここの》はしらの神。

上《上の文中の》の件の大年の神の子、大国御魂の神より下《しも》、大土の神より前《さき》、并せて《合計して》十《とを》あまり六《む》はしらの神ぞ《十六柱の神々である》。

羽山戸《はやまと》の神、大気都比売《おほけつひめ》の神を娶《めと》りて生みたまへる子《子は》、若山咋《わかやまくひ》の

＊葦原の中つ国は大国主神によって国作りがなされた。その功績は、「偉大な、国の主《あるじ》」という讃辞となる。それは国土の君主を意味するものであった。ところが、高天の原の主宰神天照大御神は突如わが子こそ豊葦原の水穂国の領有支配者であると、すでに定まっていることとして宣言し、御子天の忍穂耳命に天降《あまくだ》りさせる。

事件は、中つ国がひどくざわめいているという御子の報告から始まる。ここに、高天の原では、まず中つ国の荒ぶる神の征服を、という新たな政治問題が生じ、そのための特使として、天の菩比《ほひ》神が中つ国の王者大国主神の許へ派遣される。

葦原の中つ国のことむけ
——天の菩比神の派遣

六 邪気を払う葦の豊かに茂る原であって、いつまでも豊かな収穫が続く、みずみずしい稲のできる国、の意。稲を主食とする日本の国を祝福した表現である。葦原と水穂の国とが同格の「の」で結ばれているのは葦の生える所は稲も育つという経験によったもの。

七 天照大御神と須佐之男命と誓約《うけい》して生れた第一子（四七頁八行目参照）。稲穂の神の降臨の表象。

八 二七頁注一七参照。

九 「なり」は、姿が見えなくても音が聞えてくる意を表す助動詞。動詞の終止形に接続。その動詞は、音響に関係ある語（ここでは「さやぐ」）が使われる。

一〇 四六頁注四参照。

神。次に、若年《わかとし》の神。次に、妹若沙那売《その妹 いろもわかさなめ》の神。次に、弥豆麻岐《みづまき》の神。次に、夏高津日《なつたかつひ》の神。亦の名は《その神の亦の名は》夏之売《なつのめ》の神。次に、秋毘売《あきびめ》の神。次に、久々年《くくとし》の神。次に久々紀若室葛根《くくきわかむろつなね》の神。

上《かみ》の件《くだり》の羽山の子より下、若室葛根より前、幷《あは》せて八はしらの神ぞ。

天照大御神《あまてらすおほみかみ》の命《みこと》もちて《仰せで》、

「六豊葦原《とよあしはら》の千秋《ちあき》の長五百秋《ながいほあき》の水穂《みづほ》の国は、あが御子《みこ》七正勝吾勝々速《まさかつあかつかちはや》日天の忍穂耳《ひあめのおしほみみ》の命《みこと》の知らす国ぞ《領有支配される国である》」

と、言因《ことよ》さしたまひて《統治を委任なされて》、天降したまひき《高天の原からお降しになった》。ここに《そこで》、天の忍穂耳の命、八天の浮橋にたたして《お立ちになって》詔《の》らししく《仰せになったのには》、

「豊葦原の千秋の長五百秋の水穂の国は、いたくさやぎてありな《ひどく騒いでいる音が聞える》九り」

と告《の》らして、さらに還り上《のぼ》りて《〔高天の原に〕再び》天照大御神に請《こ》ひたまひき《〔ご処置を〕お願いなされた》。しかして《こういう次第で》、高御産巣日《たかみむすひ》の神・天照大御神の命《みこと》もちて《仰せで》、一〇天の安の河の河原《かはら》に、

八百万《やほよろづ》の神を神集《かむつど》へに集へて《集めた上にも集め》、思金《おもひかね》の神に思はしめて《〔対策を〕考えさせて》詔《の》らししく、

「この一葦原《あしはら》の中つ国は、あが御子の知らす国と《わが御子が領有支配される国として》、言依《ことよ》さしたまへ《ご委任になった》る国ぞ《国である》。かれ《ところで》、この国に《中つ国に》二道速振《ちはやぶ》る荒振《あらぶ》る国つ神等《かみども》の多《さは》にあるとおもほす《大勢いるとお思いである》。これ、いづれ《いったい》の神を使はして《どの神を遣わして》か三言趣《ことむ》けむ《〔国つ神を〕服従させようか》」

しかして《仰せを承って》、思金の神また《および》八百万の神議《はか》りて白ししく《相談して申し上げたのには》、

「四天《あめ》の菩比《ほひ》の神、これ遣はすべし《この方を遣わされるのがよろしい》」

かれ《それで》、天の菩比の神を遣はしつれば《遣わしたところ》、大国主《おほくにぬし》の神《かみ》に五媚《こ》び付きて《へつらって》、三年《みとせ》に至るまでに《三年たっても》六復奏《かへりことまを》さざりき《復命しなかった》。

――天の若日子の派遣

ここをもちて《こういう次第で》、高御産巣日《たかみむすひ》の神・天照大御神《あまてらすおほみかみ》、また、もろもろの《一同の》神等《かみたち》に《神々に》問ひたまひしく、

「葦原の中つ国に遣はせる天の菩比の神、久しく復奏さず《長い間復命しない》。また、いづれの神を《どの神を》使はさば《遣わしたら》吉《え》けむ《よかろうか》」

しかして《そこで》、思金の神の答へ白《まを》ししく、

「天津国玉《あまつくにたま》の神の子、七天《あめ》の若日子《わかひこ》を遣はすべし」

一「葦原の中つ国」の意味については、三九頁注一〇参照。これは高天の原からみた現《うつ》し国《くに》の呼称として用いられている。文脈的には「豊葦原の千秋の長五百秋の水穂の国」と同じ国であるが、この表現が天照大御神の御子の領有支配の国としての予祝をこめた讃辞で連ねられているのに対して、「葦原の中つ国」の表現には、かえって未開発国の印象を与えるものがあるように、両者を使い分けている。

二 激しい勢いのあるさま。強暴な、の意。次の「荒振る」は、荒々しいふるまいをする意。「国つ神」（国土に土着した神）の性質を表す修飾語。

三 言葉でこちらに向けさせる、が原義で、服従させる、すなわち征服すること。「霊速《ちはや》ぶる荒《あら》ぶる神または人」に対して用いられる慣用句で、この「言趣（向）け」は、「王化」の重要な内容であった。注一二参照。

四 天照大御神の第二子。四七頁一〇行目参照。

五 天の菩比神はのちに出雲国造《いずものくにのみやつこ》の始祖になる。ここで、大国主神に媚びるのはその伏線である。

六「返り言」で、神や天皇への報告。復命。

＊ 第一の使者天の菩比神は不成功に終った。次いで、第二の使者天の若日子を派遣する。彼は天つ神から弓矢を賜り天降るが、やはり復命しない。それで雉を派遣して訊問させる。

七 天上界の若様（世子）の意で、本来は普通名詞。天の若日子を主人公とした説話は「摂津国風土記逸

かれ《そこで》しかして、八天《あめ》のまかこ弓《真鹿児を獲る弓》・天《あめ》のはは矢をもちて《大蛇を射殺す矢をば》、天《あめ》の若日子《わかひこ》に賜ひて遣はしき《お与えになって遣わした》。ここに、天の若日子その国に《中つ国に》降《くだ》り到《いた》るすなはち《着くとすぐ》、大国主の神の女《むすめ》、九下照比売《したでるひめ》を娶《めと》り《妻にし》、また、その国を獲《え》むと慮《おもひはか》りて、八年《やとせ》に至るまでに《八年たっても》復奏さざりき《復命しなかった》。

かれしかして、一〇天照大御神・高御産巣日の神、また、もろもろの《一同の》神等《神々に》に問ひたまひしく、

「天の若日子、久しく復奏さず《長い間復命しない》。また、いづれの神を遣はしてか《どの神を派遣することで》、天の若日子の一一淹留《ひさしくとどま》るゆゑを問はむ《理由を尋ねさせようか》」

ここに、もろもろの神《一同の神々》また《および》思金《おもひかね》の神、

「雉《きぎし》、名は鳴女《なきめ》を遣はすべし」

と答へ白《まを》しし時に、〔両大神が鳴女に〕詔らししく、

「なれ行きて《お前が行って》天の若日子に問はむ《問いただす》状《かたち》は、『いましを《そなたを》葦原の中つ国に使はせるゆゑは《遣わしたわけは》、その国の荒振る神等を一二言趣け和《やは》せとぞ。何と《それな》かも《のにどうして》八年に至るまでに《八年たっても》復奏さざる《復命しないのか》』」

文」『宇津保物語』『狭衣物語』などにも見られる。

八「天の」は「天上界のもの」であることを表している。「まかこ弓」は「真鹿児弓《まかこゆみ》」で鹿をよく射止める弓。「天のはは矢」は「大蛇矢《ははや》」で大蛇をよく射殺す矢。ともに獲物《さち》の名を冠して称辞とする。次頁六〜七行目では「天のはじ弓・天のかく矢」と名が変る。これは、「櫨材《はじ》の弓・輝く鏃《やじり》をもつ矢」の意で、弓矢の材質をもって命名したもので、同一物である。

九 高比売《たかひめ》命の「亦の名」で、阿遅鉏高日子根《あぢすきたかひこね》神の妹とある（七二頁、大国主神の子孫の条参照）。

一〇 これまで、高御産巣日神・天照大御神の順序であった（七七〜八頁）のに、ここでは並列の順序が変る。さらに次頁では、天照大御神・高木神と変る。これは、異なる原資料を無雑作に接合したことによる錯乱なのではなく、最初、高御産巣日神・天照大御神の順序であるのは、元来、使者派遣の司令者が高御産巣日神であって、天照大御神は穀霊（四三頁＊印参照）としての機能で側《そば》に坐《いま》したためである。ここで、天照大御神・高御産巣日神と、順序が逆転するのは、天の若日子の反逆の予見において逆転せしめたものといえる。すなわち、反逆は最大の政治的事件であったので、その裁定は、政治的最高絶対神たる天照大御神によってなさるべきものとの考えから、天照大御神を前に位置せしめたのである。

一一「淹」は、久し、また久しく留まる意。

一二 説得して帰順させよということなのである。

* 天照大御神・高御産巣日神の命令を受けた雉（名は鳴女《なきめ》）は、天つ神の言葉どおりに訊問するが、かえって射殺される。その矢は高天の原に射上げられ、高木神（高御産巣日神の別名）がその矢を地上に投げ返す。その返し矢に当って天の若日子は死ぬ。

——天の若日子の反逆

一「かつら」は落葉高木。桂で、聖なる木とされていた。「楓」の字を用いているが「かえで」とは別。

二「天の」は「天上界のもの」であることを表す。「佐具売《さぐめ》」は、隠密なるものを探り出す霊能ある女。ここでは雉の鳴声からそれを判じている。

三 ここで、高天の原の命令者が天照大御神・高木神というコンビに変る。そこで、「この高木の神は、高御産巣日の神の別名《ことな》ぞ」と説明を加えている。なぜ名を変えたのか。高御産巣日神は、その名のとおり、生成して止まぬ日《ひ》の神であった。すると、日神の神格をもつ天照大御神とイメージが重なりすぎる。それで、別名の高木神に変えたのである。高木神は文字どおり高い木の神で、神話学上の宇宙樹に相当する。具体的には、新嘗祭や大嘗祭の折、「ひもろき」（榊《さかき》などの神木）に高御産巣日神を降臨させたことから、この神を高木神というようになったもの。

四 別の名。同一のものに二つ以上の名のある場合にいう。「亦《また》の名《な》」（三二頁注七参照）とは異なる。

五「見《み》し行《おこな》はす」の約。後に「みそなはす」となる。

かれしかして《そういう次第で》、鳴女《なきめ》天《あめ》より降《くだ》り到りて、天《あめ》の若日子《わかひこ》の門《かど》のゆつ《神聖な》楓《かつら》[一]の上《うへ》に居《ゐ》《止って》て、まつぶさに《何から何まで》言《の》ること《言うことは》、天つ神の詔命《みこと》のごとし《仰せのとおりだった》。しかして、天《あめ》の佐具売《さぐめ》[二]、この鳥の《雉の》言ることを聞きて、天の若日子に語りて言ひしく、

「この鳥は、その鳴く音《こゑ》いと悪《あ》し《不吉です》。かれ《だから》、射殺すべし《射殺すのがよろしい》」

と云ひ進むるすなはち《進言するやいなや》、天の若日子、天つ神の賜へる《下さった》天《あめ》のはじ弓・《櫨弓と》天《あめ》のかく矢を持ちて《輝矢を用いて》、その雉《きぎし》を射殺しき。しかして《ところが》、その矢、雉の胸より通りて《胸を貫いて》、逆《さかさま》に射上げらえて《射上げられて》、天の安の河の河原に坐《いま》す天照大《あまでらすおほ》[三]御神《みかみ》・高木《たかぎ》の神の御所《みもと》に逮《いた》りき《届いた》。この高木の神は、高御産巣日《たかみむすひ》の神の別名《ことな》[四]ぞ。かれ《そこで》、高木の神その矢を取りて見《み》そこなはせば[五]《ご覧になると》、血その矢の羽《は》に著《つ》けり《ついていた》。ここに、高木の神の告《の》らししく、

「この矢は、天の若日子に賜へる矢ぞ《授けた矢である》」

とのらして、すなはち《そのまま》もろもろの神等《かみたち》に《一同の神々に》示《み》せて詔《の》らししく、

「もし、天の若日子、命を誤たず《命令に背かず》、悪しき神を射つる矢の《悪い神を射た矢が》至《きた》りし《「ここに」届い》

ならば《たのなら》、天の若日子に中《あた》らざれ《当るな》。もし、邪《きたな》き心あらば《反逆心があるのなら》、天の若日子、この矢に[六]まがれ《当って死ね》」と云《の》らして、その矢を取りて、その矢の[七]穴より衝《つ》き返し下《くだ》したまひしかば《下されたところ》、天の若日子が[八]朝床《あさとこ》に寝《い》ねたる《寝ていた》[九]高胸坂《たかむなさか》に中りて死にき《当って死んだ》（これ[一〇]還矢《かへりや》の本《もと》ぞ）。また、その雉《〔高天の原に〕》還らざりき。かれ《だから》、今に《今でも》、[一一]諺《ことわざ》に、「[一二]雉の頓《ひた》使《つかひ》」と曰《い》ふ本《もと》これぞ《起源はこれである》。

かれ《さて》、天の若日子が妻《め》、下照比売《したてるひめ》の哭《な》く声、風のむた《風と共に》響《ひび》きて天《あめ》に到りき《届いた》。ここに《そこで》、天《あめ》なる《天上にいる》天の若日子が父、天津国玉《あまつくにたま》の神またその妻《め》《〔若日子の〕》子《こ》聞きて、降《くだ》り来て哭き悲しびて、すなはち《すぐに》そこに[一三]喪屋《もや》を作りて、[一四]河鴈《かはかり》をきさり持ちとし、鷺《さぎ》を[一五]掃持《ははきもち》とし、[一六]翠鳥《そにどり》を御食人《みけびと》とし、雀《すずめ》を[一七]碓女《うすめ》とし、雉を[一八]哭女《なきめ》とし、かく行ひ定めて《このように所役をきめて》、日八日夜八夜《ひやかよやよ》《連日連夜》をもちて[一九]遊びき。

この時に、[二〇]阿遅志貴高日子根《あぢしきたかひこね》の神到《き》て、天の若日子が喪《も》を弔《とぶら》ひたまふ時に、天より降り到《き》つる、天の若日子が父またその妻《め》、みな哭

六「まがれ」は「禍《まが》る」の命令形。「禍る」はわざわいがある意。ここでは「死ね」というのと同じ。

七 地上からの矢が高天の原に届いたときあいた穴。

八 朝寝の床。神代紀下には「時に天稚彦《あめのわかひこ》新嘗《にひなへ》して休《ね》臥《ふ》せる時なり。矢に中《あた》りて立《たちどころ》に死ぬ」とある。

九 胸。仰臥すると、胸が坂のようになるからいう。

一〇 狩人ニムロッドが天の神を射、その矢を神に拾われ、投返されて彼の胸板を貫き殺されるという中東地域の伝説（ニムロッドの矢）に似る。「本《もと》」は起源。

一一 一つの成句として世に言い伝えられた言葉。説話の核（要約）であるから、寓意的・教訓的性格をもつ。

一二 雉の習性から、行ったきりで戻らない使い、をいう。

——天の若日子の死

一三 本葬までの間、屍体を安置しておく小屋。

一四 川辺にいる雁か。「きさり持ち」は、うなだれて、死者に供える食物を盛った器を持って行く人。

一五 墓所掃除の箒《ほうき》を持つ人。

一六 翡翠《かわせみ》の異名。死者への御饌《みけ》を作る人。

一七 臼で米をつく女。

一八 葬送のときの泣き女。

一九 死者の魂を呼び戻すための歌舞音曲をすることで「遊び」の観念については五一頁注二五参照。

＊ 鳥は死者の霊を運ぶとされた。所役は、それぞれ鳥の姿や動作に対応させている。

二〇 下照比売の兄。妹の夫、天の若日子の死を弔いに来て、遺族に天の若日子と間違えられてしまう。

きて云ひしく、

「[一]あが子は死なずてありけり《私の子は死なずにここにいたよ》。[二]あが君は死なずて坐しけり《私の夫は死なずに現にいらっしゃったよ》」

と云ひて、手足に《〔阿遅志貴神の〕》取り懸《かか》りて《すがって》哭き悲しびき。その過《あやま》てるゆゑは《間違えたわけは》、この二柱の神の容姿《かたち》、いとよく《たいへんよく》相似《あひの》れり《似ていた》。かれ《だから》、ここをもちて過てるぞ《それで間違えたのだ》。ここに《ところで》、阿遅志貴高日子根《あぢしきたかひこね》の神いたく《ひどく》怒りて曰《の》らししく、

「あは《私は》愛《うるは》しき友にあれこそ《親しい友人だからこそ》弔《とぶら》ひ来しか《来たのだ》。何とかも《だのに何だって》、あを《私を》穢《きたな》き死人《しにびと》に比《なそ》ふる《見立てるか》」

と云《の》らして、御佩《みは》かせる十掬剱《とつかつるぎ》を抜き、その喪屋《もや》を切り伏せ、足もちて《足で》蹶《く》ゑ離ち遣りたまひき《蹴とばしてしまわれた》。こは《これは》、[三]美濃《みの》の国の藍見《あゐみ》の河の河上なる《河上にある》[四]喪山《もやま》ぞ。その、持ちて《所持する》切れる《〔喪屋を〕切った》大刀《たち》の名は、[五]大量《おほはかり》といひ、亦の名は、[六]神度《かむど》の剱《つるぎ》といふ。かれ《さて》、阿治志貴高日子根の神は、忿《いか》りて飛び去りましし時に、そのいろ妹《も》《同母の》高比売《たかひめ》の命《みこと》、その御名を《兄神の》顕《あら》はさむと思ひき《明らかにしようとした》。

かれ《そこで》、歌ひしく、
天《あめ》なるや《天上の》　弟《おと》たなばたの《若い機織女が》

一　天の若日子の父、天津国玉《あまつくにたま》神の言葉。「けり」は「そういう事態なのだと、はっと気がついた」という意味を表す助動詞で、驚きを込めている。記中ではこの「けり」は必ず会話の中に用いられている。

二　天の若日子が天上界にいたときの妻の言葉として「君」（女から男への敬称）と「坐《いま》す」の敬語が用いられている。父からは「子」「あり」で敬語はない。

＊　右の言葉は、文脈上、阿遅志貴高日子根神を死んだ天の若日子の復活と誤認したことになっているが、喪屋に安置された屍体が蘇生するという信仰を背景としていることは否《いな》めない。また天の若日子が朝床で死んだことを、神代紀下では「新嘗《にひなへ》して休臥《ねふ》せる」と伝える点をも考えると、天の若日子は穀霊として死に、そして復活するという性格をもつ主人公であったと考えられる。

三　岐阜県不破《ふわ》郡垂井《たるい》町の相川。『和名抄』の不破郡に「藍川」の郷名がある。相川流域は砂鉄の産地で垂井町の南宮《なんぐう》山（美濃の中山）の麓には製鉄に関係の深い金山彦《かなやまびこ》命を祀る南宮神社（美濃一の宮）がある。

四　岐阜県不破郡垂井町の送葬山《そうぞやま》古墳か。相川と大谷川との合流点近くから、銅鐸《どうたく》が出土している。

五　大きな刃をもった太刀の意か。「かり」は「まさかり」の「かり」で、「切るもの」の意か。

六　神々しく鋭い剣。「大量《おおはかり》」に対しては「神度《かむはかり》」と訓《よ》むのが「亦の名」にふさわしい。しかし「度の字音を用う」との音注がある。これによると、原資料に

うながせる《首にかけておられる》　玉のみすまる《御統の玉》
七みすまるに《それは御統であり》　穴玉はや《穴玉だよ〔その玉の様に〕》
み谷《谷》　二《ふた》渡らす《二つを渡られる》
阿治志貴《あぢしき》　高日子根《たかひこね》の神ぞ《神です》

この歌は、八夷振《ひなぶり》ぞ。

——建御雷神の派遣

ここに、天照大御神《あまでらすおほみかみ》の詔《の》らししく、「また、《今度は》いづれの神を遣はさば《どの神を遣わしたら》吉《え》けむ《よかろうか》」しかして、思金《おもひかね》の神またもろもろの神《一同の神々が》の白《まを》ししく、「天の安の河の河上の天《あめ》の石屋《いはや》に坐《いま》す、名は伊都之尾羽張《いつのをはばり》の神、これ遣はすべし。《彼を遣わすのがよろしい》もしまた、この神にあらずは《この神でないならば》、その神の子、建《たけ》御雷之男《みかづちのを》の神、これ遣はすべし。また、その天《あめ》の尾羽張《をはばり》の神は、逆《さかさま》に天の安の河の水を塞《せ》き上げて《完全に止めて》、道を塞き居るゆゑ《道をふさぎ占拠しているので》、他神《あたしかみ》はえ行かじ《行けないでしょう》。かれ、別《こと》に天《あめ》の迦久《かく》の神を遣はして問ふべし《〔意向を〕》」かれしかして《そういうわけで》、天の迦久の神を使はして《派遣して》、天の尾羽張の神に問ひ

「神度剣」とあったのを、安萬侶は阿礼《あれ》の誦習《しょうしゅう》によって「度」を音読すべきだと判断したことを示す。

七「みすまるに」の「に」は、指定（だ・である）の意の格助詞。「穴玉」は管玉で、「はや」は詠嘆。この管玉の御統《みすまる》は首を二廻りするほど長かったので、第八句「二渡らす」の比喩とする。

＊阿治志貴高日子根神の正体は、以下の三点から蛇神（雷神）だといえる。第一に「棚機《たなばた》」（機織女《はたおりめ》）が素材である点。この女は水辺に桟敷《さずき》を設けて、来訪する神のために機を織る巫女《ふじょ》で、蛇神だと考えられている。二つには穴玉の穴と関連し、谷二つに亙《わた》るのは長大な蛇神である。三に、怒って飛び去るのは雷神の表象である。結局、独立歌としては、機織女に通った蛇神（雷神）が正体を見破られて怒り、昇天する神婚説話とみられる。

八「振《ふり》」は民謡風歌曲。神代紀下の、「天離《あまざか》る鄙《ひな》つ女《め》」歌の「鄙《ひな》」から「夷曲《ひなぶり》」としたのに基づく曲名。この曲で歌われる歌は、他の歌詞でも「夷振」と呼ばれた。

＊第三回目の使者として建御雷神が派遣される。初め使者に決った伊都之尾羽張神（天の尾羽張の神に同じ。三六頁一二行参照）は子の建御雷之男神を推薦する。天照大御神は天の鳥船神を副《そ》えて派遣する。『維摩経《ゆいまぎょう》』に、維摩詰《ゆいまきつ》の病気を見舞うために、仏が十人の使者を次々に派遣する話があり、反復の語り口がここと類似している。

たまひし時に《〔尾羽張神が〕》、答へ白《まを》ししく、

「恐《かしこ》し[一]。仕へまつらむ《お仕え申しましょう》。しかれども《しかし》、この道には《この件では》[二]、あが子[三]建御雷《たけみかづち》[四]の神を遣はすべし《遣わすのがよろしいでしょう》」

とまをして《〔建御雷神を〕》、すなはち《即座に》貢進《たてまつ》りき《献上した》。しかして、天《あめ》の鳥船《とりふね》の神を建御雷の神に副《そ》[五]へて遣はし《〔葦原の中つ国に〕》たまひき。

ここをもちて、この二はしらの神《建御雷神と天の鳥船神は》、出雲の国の伊耶佐《いざさ》[六]の小浜《をばま》に降《くだ》り到りまして、十掬剱《とつかつるぎ》を抜き、逆《さかさま》[七]に浪の穂《波がしら》に刺し立て、その剱の前《さき》に趺坐《あぐみゐ》[八]て、その大国主《おほくにぬし》の神に問ひて言《の》らししく、

「天照大御神《あまてらすおほみかみ》・高木《たかぎ》の神の命もちて《仰せで》問ひに使はせり《〔意向を〕尋ねに派遣されたのだ》。ながうしは[九]《領有し》ける《ている》葦原の中つ国は、あが御子の知[一〇]らす国と言依《ことよ》さしたまひき《ご委任になったのだ》。かれ《それで》、なが心いかに《お前の意志はどうか》」

しかして、答へ白ししく、

「あは《私は》、え白さじ《お答えできません》。あが子八重言代主《やへことしろぬし》[一一]の神、これ白すべし《これがお答え申しましょう》。しかるに《〔今は〕》、鳥の遊び[一二]・取魚《すなどり》して、御大《みほ》[一三]の前《さき》に往きて《岬に行って》、いまだ還り来《まだ帰って来ません》

一　恐れ多いことです。
二　この「道」は、ある限定された方面の意。葦原の中つ国に使者として派遣される件をさす。
三　自分の子を遣わすのは、天降《あまくだ》りする神は新生の若若しい子であるべきだとする宗教的観念による。
四　雷神・刀剣の神（三五頁注一一参照）。鹿島《かしま》神宮（茨城県鹿島郡鹿島町）に祀る。およそこの神が葦原の中つ国のことむけの最後の使者として成功するのは、武神であったためである。この神は中臣《なかとみ》氏の氏神であるので、中臣氏の伝承が加味されたと思われる。
五　雷は船に乗って天翔《あまがけ》る、という観念による。

——事代主神の服従

＊　建御雷神と天の鳥船神が出雲国の伊耶佐《いざさ》の小浜で大国主神とその子事代主神とが国譲りの交渉談判をする。事代主神は受諾し、青柴垣《あおふしがき》に隠退する。
六　島根県簸川《ひかわ》郡大社《たいしゃ》町の稲佐浜。出雲大社の西方の海岸。「五十田狭《いたさ》・五十狭々《いささ》」（神代紀下）、「伊奈佐《いなさ》」（『出雲国風土記』出雲郡）など発音の差がある。
七　剣の切先《きっさき》を上にし、柄《つか》を波頭《なみがしら》に刺し立てる。
八　足を組んで剣の切先の上に坐ること。建御雷神は刀剣神だから剣の切先に姿を現したのであるが、臥剣上舞（信西古舞楽図《しんぜいこぶがくず》）のような「絵説《えと》き」による表現かもしれない。「趺坐」は仏典語。
九　大人《うし》として身に帯びる意。常に、神が領有する場合に用いる。森や峰・岬などの国土には神が坐すという宗教的観念に基づいた表現。

ず」

かれしかして《それで》、天の鳥船の神を〔岬に〕遣はし、八重事代主《やへことしろぬし》の神を[一四]徴《め》来し

〔建御雷神が〕て問ひたまひし時に、〔事代主神は〕その父の大神《大国主神に》に語りて言ひしく、

「恐《かしこ》し。この国は天つ神《天照大御神の》の御子に立《た》て奉《まつ》らむ《差し上げましょう》」

といひて、すなはちその船《すぐに乗って来た船を》を踏《踏み》み傾《傾け》けて、[一五]天《あめ》の逆手《さかて》を青柴垣《あをふしがき》に打《うち変》ち成《え》して隠《かく》りましき《隠れられた》（柴を訓《よ》みてフシといふ）。

――建御名方神の服従

かれしかして、〔建御雷神は〕その大国主の神に問ひたまひしく、

「今、なが子《お前の子》事代主の神、かく白《まを》しつ。また白すべき子ありや《他に意見を申すような子がいるか》」

ここに、〔大国主神は〕また白ししく、

「また、あが子《もう一人》[一六]建御名方《たけみなかた》の神あり。これを《この神の》除《お》きてはなし《他にはおりません》」

と、かく《このように》白す間《あひだ》に、その建御名方の神、[一七]千引《ちび》きの石《いは》を手末《たなすゑ》に撃《ささ》げて来《き》、

「誰《たれ》ぞ《誰だ》、わが国に来て、[一八]忍《しの》ぶ忍ぶかく物言ふ《秘密にそんな話をするのは》。しからば《ならば》、力競《ちからくら》べせむ。かれ《それでは》、あれ《私が》先づその御手《あなたの》を取らむ《つかもう》」

一〇「知る」は、物の状態や性質を、すみずみまで自分の思うままにする意。占有・領有・支配。

一一 言霊《ことだま》信仰による託宣の神。七二頁一三行目参照。

一二 鳥の猟をすること。「取魚」は漁をすること。この二つが「遊び」（非日常の世界に入ること。この観念については五一頁注二五参照）である。

一三 美保の岬。七三頁注一三参照。

一四「徴」は召す、呼び出す。「来」は添え字。

一五 天の逆手を拍《う》って船を覆し、青柴垣に変えて、その中に隠れること。逆手はふつうの拍手とは違う拍手で、呪術の一つ。「青柴垣《あをふしがき》」は青葉の柴垣《しばがき》で、神籬《ひもろき》（祭壇）。なお事代主神を祭る美保神社では毎年四月七日「青柴垣の神事」を行っている。

＊ 建御雷神は、さらに大国主神のもう一人の子建御名方神と激しい力競べをする。負けた建御名方神は信濃《しなの》国の諏訪《すわ》湖に逃亡するが、建御雷神は追跡して、ついに国譲りを約束させる。

一六 長野県諏訪市の諏訪神社上社の祭神。「御名方」は「南方《みなかた》」で、本来、製鉄炉を囲む四本の押立柱のうち、特に神聖視された南方の柱の意。諏訪地方土着の南方《みなかた》族に奉斎された製鉄神の鎮座縁起《えんぎ》譚《たん》でもある。

一七 千人がかりで曳《ひ》く大岩を、手先に軽々とさしあげて来て。建御名方神が自分の力を誇示したもの。

一八 動詞の終止形を重ねて動作の反復を表す。この語法は古く、後に「忍び忍び」の形に変る。

一 氷柱。「垂氷《たるひ》」（つらら）の対。「立つ」は下二段動詞終止形で、「立てられた」すなわち「自然に立っている」の意。同じ用法に「立薦《たつごも》」（下巻、履中《りちゅう》天皇・二二〇頁）がある。建御雷神の手が立氷になったのは、剣神であったからである。
二 以下、建御雷神の怪力を表す。まるで萌え出たばかりの葦を手にするようにたやすく。
三 「搤」も「批」も、握《にぎ》る・把《つか》む意。『篆隷万象名義《てんれいばんしょうみょうぎ》』に、「搤」は「握也、捉也、持也」とあり、また「批」は「捽也」とあって「持《ツ》二頭髪《ヲ》一也」とする。
四 信濃《しなの》国（長野県）。
五 仰せ。父には敬語の「命《みこと》」を、八重事代主神には単なる「言《こと》」（言葉）を用いて区別している。
＊ 信濃国の諏訪から出雲に帰った建御雷神は、いよいよ最後に、大国主神にその本意を問いただす。大国主神は帰順の意を表し国譲りを受諾するが、条件を出す。それは、隠退の住居を天つ神の御子の宮殿のように壮大に造ってほしいという要求で

――大国主神の国譲り

あった。天照大御神はその要求を許す。その結果、多芸志《たぎし》の小浜《をばま》に大国主神の神殿を建てることができ、櫛八玉《くしやたま》神が神饌《しんせん》を供え、献饌《けんせん》の寿詞《じゅし》を唱えて、大国主神を祀った。出雲大社の縁起譚であるが、これには出雲国造《いずものくにのみやつこ》がその祭祀を頑強に守ったことの事実の背景があったと思われる。一四九頁には、出雲大社の社殿修復の要求記事も見える。

と言ひき。かれ、その御手を取らしむれば《〔建御雷神が〕自分の御手を取らせると》、立氷《たつひ》[一]に取り成《変化させ》し、また剱刃《つるぎは》に取り成《変化させた》しつ。かれしかして、〔建御名方神は〕懼《おそ》りて退《しりぞ》き居りき。しかして、〔今度は〕〔建御雷神が〕その建御名方の神の手を取らむと《つかもうと》、乞ひ帰して取らせれば《逆に所望しておつかみになると》、若葦《わかあし》[二]を取るがごと搤批《つか》[三]みて投げ離ちたまへば、〔建御名方神は〕逃げ去《い》にき。かれ《そこで》、〔建御雷神は〕追ひ往きて、科野《しなの》[四]の国の州羽《すは》の海に〔諏訪湖に〕迫め到りて《追いついて》、〔建御名方神を〕殺さむとしたまふ時に、

建御名方の神が白《まを》ししく、

「恐《かしこ》し。あをな殺したまひそ《私を殺さないで下さい》。ここを《諏訪の地を》除《お》きては《除いては》、他処《あたしところ》に行かじ《行きますまい》。またわが父大国主《おほくにぬし》の神の命《みこと》[五]に違《たが》はじ《背きますまいや》。八重事代主《へことしろぬし》の神の言《こと》に違はじ。この葦原の中つ国は、天つ神の御子の命のまにまに献らむ《天照大御神の御子の仰せのとおりに献上しましょう》」

かれ、〔建御雷神は〕さらにまた還り来て《再び〔出雲に〕還って来て》、その大国主の神に問ひたまひしく、

「なが《お前のこ》子《ども》等、事代主の神・建御名方《たけみなかた》の神の二はしらの神は、天つ神の御子の命のまにまに違はじと白しつ《天照大御神の御子の仰せのとおり背きますまいと申した》。かれ《さて》、なが心いかに《お前の意向はどうか》」

しかして《すると》、〔大国主神が〕答へ白ししく、

「あ《私の》が子等二はしらの神の白すまにまに《申すとおりに》、あも違はじ《私も背きますまい》。この葦原

の中つ国は、命のまにまにすでに献らむ《仰せのとおりにすっかり献上しましょう》。ただあが《私の》住所《すみか》のみは、天つ神の御子の《天照大御神の御子が》[六]天《あま》つ日継《ひつぎ》知らしめす《領有される》[七]とだる天《あめ》の御巣《みす》のごとくして《ご住居のようにして》、[八]底《そこ》つ石根《いはね》に宮柱ふとしり《しっかと立て》、高天の原に氷木《ひぎ》たかしりて《高く上げて》、[九]治めたまはば《お造り下さるならば》、あは[一〇]百足《ももた》らず八十《やそ》坰手《くまで》に隠りて侍らむ《隠れ控えていましょう》。また、あが子等[一一]百《もも》八十神《やそかみ》は、八重事代主の神、神の《百八十神の》[一二]御尾前《みをさき》となりて仕へまつらば《お仕え申し上げるならば》、違《たが》ふ神はあらじ《背く神はありますまい》」

と、かく白して《こう申し上げ〔要求が容れられて〕》、出雲の国の[一三]多芸志《たぎし》の小浜《をばま》に、[一四]天《あめ》の御舎《みあらか》を造りて《神殿を造営して》、水戸《みなと》の神の《水門神の》孫《ひこ》、櫛八玉《くしやたま》の神、膳夫《かしはて》になり、天《あめ》の御饗《みあへ》を献る時に《ご馳走を献る時に》、[一五]禱《ほ》き白《まを》して、櫛八玉の神、鵜《う》に化《な》り《化身し》、海の底に入り、底のはにを《粘土を》咋《く》ひ出で《くわえ出て》、天《あめ》の八十《やそ》びらかを作りて《平たい祭式の土器を作って》、[一六]海布《め》の柄《から》を鎌《か》りて《刈って》、燧臼《ひきりうす》に作り、[一七]海蓴《こも》の柄《から》もちて《茎で》、燧杵《ひきりぎね》に作りて、火を《浄火を》鑚《き》り出でて云ひしく《発火させて祝福した言葉は》、

この、あが《私が》燧《き》れる火は《起した浄火は》、高天の原には《高天の原に向っては》、神産巣日《かむむすひ》の御祖《みおや》の命の、とだる《充足した》天《あめ》の新巣《にひす》の[一八]凝烟《すす》（凝烟を訓みてススといふ）の《新殿の煤が》、八拳垂るまで《長々と垂れ下るほど》焼《た》き挙《あ》げ、地の下は《地下に向っては》、底つ石根に焼き凝らして《底の岩盤に至るほど盛んに焼き固めて》、栲縄《たくなは》の、千尋《ちひろ》

六 天上界（高天の原）の霊的なことを継ぐこと。これが、のちの皇位をさすことになる。
七 「とだる」の「と」は十分に、「たる」は足るで、十分に満ち足りた、立派な、の意。
八 宮殿讃美の慣用句。六五頁注一七〜八参照。
九 「治めたまはば」の主語は、天照大御神。「治む」は然るべく整え落着かせる。ここでは、造営する。
一〇 百に足りない、の意で「八十《やそ》」の枕詞。「坰《くま》」は隅。「手」は場所につく接尾語。遠い隅の方の意。ただし黄泉国《よもつくに》ではなく、隠身《かくりみ》の神になること。
一一 神代紀下に、大国主神の子は一百八十一神、出雲国造神賀詞《かむよごと》に、百八十六社、『延喜式』神名帳には百八十七座とある。これらの数に近い。
一二 先頭や殿《しんがり》となって統率すること。
一三 一説に、出雲大社の現在地より北方の簸川《ひかわ》郡武志《たけし》（今の出雲市武志町）。「多芸志《たぎし》」は、凸凹《でこぼこ》した、またはくねくね曲った海岸線に基づく命名か。
一四 「天の」は、立派な、の意の美称。以下の「天の」も同じ。「造る」の主語は、大国主神。
一五 祝福の言葉を申し上げて。主語は櫛八玉神。言葉の内容は一二行目以下。相手は大国主神。
一六 若布《わかめ》・荒布《あらめ》などの海藻の総称。「柄」は茎。
一七 石蓴《あおさ》・馬尾藻《ほんだわら》などの海藻の名という。「燧臼」「燧杵」はその海藻の堅い茎を、火を鑚《き》り出す台板と棒とに見立てた。したがって木扁の「檭《きる》」を用いた。
一八 煤《すす》で柱の結縄《むすびなわ》を固める。以下、神殿の讃辞。

縄[一]打ち莚《は》へ、釣せし《釣上げた》海人《あま》の、口大《くちおほ》[二]の尾翼鱸《をはたすずき》（鱸を訓《よ》みてスズキといふ）、さわさわに《わっしょわっしょと》控《ひ》き依せ《引き寄せ》騰《あ》げて《陸上げし》、打ち竹《さ》[三]《簀子の台が》の、とををとををに《たわむほどどっさり》、

天《あめ》の真魚咋《まなぐひ》[四]献る。

かれ、建御雷《たけみかづち》の神、《〔高天の原に〕》返り参上《まゐのぼ》りて、葦原《あしはら》の中つ国を言向《ことむ》け和平《やは》しつる状《かたち》を復奏《かへりことまを》しき《復命した》。

しかして《そこで》、天照大御神《あまてらすおほみかみ》・高木《たかぎ》の神の命もちて《ご自身のお言葉で》、太子《ひつぎのみこ》[五]正勝吾勝々《まさかつあかつかち》速日天《はやひあめ》の忍穂耳《おしほみみ》の命《みこと》に詔《の》らししく、

「今、葦原の中つ国を平らげつと白す《平定したと復命があった》。かれ《よって》、言依《ことよ》さしたまひしまにまに《ご委任になったとおりに》降《くだ》りまして知らしめせ《領有支配なされよ》」

しかして、その太子正勝吾勝々速日天の忍穂耳の命の答へ白《まを》したまひしく、

「あは《私には》、降らむ《天降りの》装束《よそひ》しつる間に《身仕度の間に》、子生《うま》れ出でぬ《出生しました》。名は、天邇岐志《あめにきし》国邇岐志《くににきし》天津日高日子番能邇邇芸《あまつひこひこほのににぎ》の命《みこと》、この子降すべし《この子を降すのがよろしいでしょう》」

この御子は、《〔忍穂耳命が〕》高木の神の女《むすめ》、万幡豊秋津師比売《よろづはたとよあきづしひめ》の命に御合《みあ》ひまし《ご結婚な》

一「莚」は「延」に通じる。長い縄（楮《こうぞ》の皮の繊維で作った縄）を延ばして。

二 口が大きく、尾鰭《おびれ》の張った鱸《すずき》。大きくて新鮮美味なめでたい魚の表現。

三 竹を裂いて作った簀子《すのこ》の台。

四「真」は美称。「魚咋」は魚の料理。以上神饌の讃辞。以上の寿詞《じゅし》は、もともと神産巣日の御祖《みおや》命に対する祭祀の内容であるが、それを大国主神への祭祀の寿詞に転用したもの。

天孫日子番能邇邇芸命
——天孫の誕生と降臨の神勅

＊大国主神の国譲りは完全に済んだ。それは、葦原の中つ国のざわめきを鎮静せしめたことになる。ここにおいて、天照大御神の御子天の忍穂耳《おしほみみ》命が安心して予定どおり天降りできる手筈が整った。ところが今度は、その天降りの準備中に邇邇芸《ににぎ》命が誕生し、父に代って降臨の神勅を受ける。これは、天降りする神は新生の若々しい子であるべきだとする観念による（八四頁注三参照）。特に忍穂耳命と日子番能邇邇芸《ひこほのににぎ》命父子は、ともに稲穂をその名の核にもつように、古い稲霊が新しい稲霊に生れ変るということの表象となっている。

五 日継の御子。「太子」は第一子の意。記中の「太子」の用字は「皇位継承者」の意に用いているので、「ひつぎのみこ」と訓《よ》む。

て《されて》、生みたまへる子《子で》、天《あめ》の火明《ほあかり》の命《みこと》。次に、日子番能邇邇芸《ひこほのににぎ》[六]の命の二柱ぞ。ここをもちて《こういう次第で》、白したまひしまにまに《〔忍穂耳命が〕進言されたとおりに》日子番能邇邇芸の命に詔科《みことおほ》[七]せて、

「この豊葦原《とよあしはら》[八]の水穂《みづほ》の国は、いまし知らさむ国ぞ《そなたが領有支配される国である》、と言依さしたまふ《とご委任になるのである》。かれ《よって》、命のまにまに《仰せのとおりに》天降《あまくだ》るべし」

しかして、日子番能邇邇芸の命、天降りまさむとする時に《天降りなさろうとする時に》、天《あめ》[九]の八衢《やちまた》に居て、上《かみ》は高天の原を光《て》らし、下《しも》は葦原の中つ国を光らす神ここにあり。かれ《そこで》しかして、天照大御神・高木の神の命もちて《ご自身のお言葉で》、天《あめ》の宇受売《うずめ》の神に詔《の》らししく、

「なは《お前は》手弱女人《たわやめ》[一〇]にあれども、いむかふ[一一]神と面勝《おもか》つ神ぞ。かれ《だから》、もはら《もっぱら》なれ往きて問はまくは《お前一人で行って問うことは》、『あが御子の天降りしたまふ道を《日子番能邇邇芸命が天降りなされる道を》、誰《たれ》ぞ《誰が》かくて居《を》る《こうしているのか》』」

かれ、問ひたまふ時に《〔天の宇受売神が〕》、答へ白《まを》ししく、

「あは《私は》、国つ神《葦原の中つ国の土着神》、名は猿田毗古《さるたびこ》[一二]の神ぞ。出で居る《〔天の八衢に〕》ゆゑは、天つ神《天照大御》

六 天津日高日子番能邇邇芸命の名が、ここでは日子番能邇邇芸命とある。また下文では、「天津日高《あまつひこ》・虚空津日高《そらつひこ》」とある（一〇〇頁一〇行目）。そこで「天津日高・日子番能邇邇芸命」と区切って考えられる。「日高《ひこ》」は「ひだか」ではなく「ひこ」（男性）の意。「日子番《ひこほ》」は「日の御子の稲穂」の意。

七 主語は、天照大御神と高木神。

八 忍穂耳命の場合の神勅もそうであったように日子番能邇邇芸命への神勅も「豊葦原の水穂の国」とあって、「葦原の中つ国」ではない点に注意（七七頁注六、七八頁注一参照）。

* 天孫邇邇芸命が降臨されようとするとき、天地を照らす神が八衢《やちまた》にいたので、天の宇受売神に誰何《すいか》させると、それは猿田毗古神と名のり、天孫の先導のために出迎えた由をいう。

——猿田毗古神の先導

九 「八衢《やちまた》」は天上界で道が多方面に分れた所。天降り途中にあったことが文脈的に分る。「居て」の主語は「光《て》らす神」で、「光らす」は神異の輝きをいう。

一〇 「たわやめ」は元来「撓《たわ》や女《め》」（しなやかな女）の意。しかし「手弱女」の文字で表しているので、「か弱い女」の意を含む（四九頁＊印参照）。

一一 敵対する神と相対しては、面と向って気おくれしないでにらみ勝つ神である。

一二 ここでは境界防塞《ぼうさい》神・嚮導《きょうどう》神としての性格をもつが、本来は、太陽神の使いの猿の守る神田《しんでん》の表象。

の御子天降りますと聞きつるゆゑに（神の日継の御子が天降りなさると聞きましたので）、御前《みさき》に仕へまつりて（ご先導申し上げようとて）、参向《まゐむか》へて[一]侍《さもら》ふ」

しかして（こうして）、天《あめ》の児屋《こやね》の命《みこと》・布刀玉《ふとだま》の命・天の宇受売《うずめ》の命・伊斯許理度売《いしこりどめ》の命・玉祖《たまのや》の命、并《あは》せて[二]五《いつ》つの伴《とも》の緒《を》を支《わか》ち加へて（分け従者に加え）天降したまひき（天降りさせられた）。ここに（そのときに）、その[三]をきし（大神を招いた）[四]八尺《やさか》の勾璁《まがたま》・鏡また草なぎの釼《つるぎ》、また[五]常世《とこよ》の思金《おもひかね》の神・手力男《たぢからを》の神・天《あめ》の石門別《いはとわけ》の神を副《そ》へたまひて（〔大御神は邇邇芸命に〕）、詔らししく（仰せられたのには）、

「これの鏡は（この鏡こそは）、もはら（ひたすら私の）あが御魂《みたま》として、あが前（私自身を）を拝《いは》ふがごとく（祭るように心身を）いつきまつれ（清浄にしてお仕えせよ）」

次に、（〔大御神は〕）

「思金の神は、前の事を取り持ちて（私の祭事を取り行って）政《まつりごと》せよ（祭祀をせよ）」

[六]この二柱の神は（邇邇芸命と思金神は）、[七]さくくしろ（裂釧の）伊須受《いすず》の宮を拝《いは》ひ祭りたまひき（あがめてお祭りになった）。次に、[八]登由気《とゆけ》の神、こは度相《わたらひ》に坐《いま》す神ぞ。次に、天《あめ》の石戸別《いはとわけ》の神。亦の名は（その神の亦の名は）櫛石窓《くしいはまと》の神といひ、亦の名は（またその亦の名は）豊石窓《とよいはまと》の神といふ。この神は御《み》

＊天照大御神と高木神は、天孫邇邇芸命に五部神を副《そ》え天降《あまくだ》りさせる。さらに、大御神は三種の神器を与え、特に鏡に対しては思金神ともども奉斎せよと命ずる。五部神は、かの天の石屋戸神事（五〇〜二頁）に活躍した神々である。こうして天孫は武神二人をも従え威風堂々と日向の高千穂の峰に降臨する。天の石屋戸の条では冬至の鎮魂祭、穀霊の死と復活の祭儀が素材となっていたが、ここでは天つ日継（皇位継承）の思想と政治性とに重点をおく。これは「天皇とは何か」を神話的に表象したもので、『古事記』の神話体系の中枢部である。

——天孫の降臨

一 待機している、の意。「侍《はべ》り」ではない。

二 「五」は聖数。「伴《とも》の緒《を》」は、一定の職業に従事するひとまとまりの部民。ここでは神事の職業部民。朝鮮やツングースでは軍事的な五部組織があった。

三 天の石屋戸から天照大御神を招き出したこと。

四 三種の神器として著名。曲玉は穀霊、鏡は太陽神の象徴で、ともに農耕祭祀の表象。剣は軍事の象徴。

五 「常世の」は永遠に思い図る意で冠した称辞。ここに天の石門別神が加わるのは宮中祭祀の反映。天皇即位に継承するしるしのもの。

六 二柱の神は、文脈上、邇邇芸命と思金神とをさす。特に邇邇芸命に五十鈴の宮の奉斎を命じていることは天皇の祖神たることを意味する。

七 裂釧《さくくしろ》は口の裂けた鈴のついた腕飾り。「いすず」

の枕詞。「伊須受《いすず》の宮」は伊勢市の皇太神宮（内宮《ないくう》）。
八 豊食《とようけ》物神。「度相《わたらい》」は三重県度会郡。今、伊勢市の皇太神宮（外宮《げくう》）に祀る。諸本に「外宮の度相《とつみやのわたらひ》」とあるが「外宮《とつみや》」の語は平安前期以後にしか現れないので後世の竄入《ざんにゅう》として「外宮」の文字を除いた。
九 三重県多気《たき》郡多気町に佐那《さな》神社がある。
一〇 宮廷祭祀の管掌氏族。「中臣」の名は神と天皇（人）との中にあって神意を表す祝詞《のりと》を奏したことによる。最有力氏族になった理由はこの職掌にもよろう。
一一 宮廷祭祀の祭具を貢納した品部《しなべ》（職業団体）。
一二 宮廷鎮魂祭の舞楽奉仕の女性を貢上した氏族。
一三 宮廷の呪的祭具の鏡を作った品部。
一四 宮廷の呪的祭具の玉を作った品部。
一五 これ以下「…天降りまさ」までの主語は邇邇芸命。「天の石位」は高天の原の天孫の御座の岩で、大嘗祭における大嘗宮内の「御衾《みふすま》」の玉座を反映している。
一六 今の宮崎県西臼杵《にしうすき》郡高千穂町の四周の山の一つ。たとえば国見ヶ丘（五一三メートル）をさすか。神話的思考としては「日に向う」「高く積んだ稲穂の山」「奇《く》し振る」を懸けてある。朝鮮神話の亀旨《くし》峰（加羅《から》国首露王の降臨地）に類似する。「多気《たけ》」は岳。
一七 「天の石靫」は、神聖堅固な靫《ゆき》（矢を入れる道具）。「頭椎の大刀」は、柄頭《つかがしら》が塊状の太刀。
一八 朝廷の軍事の管掌氏族。多くの伴部から成る。
一九 朝廷の軍事に携《たずさ》わった野戦兵士集団。
二〇 鹿児島県川辺《かわなべ》郡笠沙《かささ》町の野間《のま》岬。

門《かど》の神ぞ。次に、手力男の神は佐那々県《さななながた》[九]に坐すぞ《鎮座される》。かれ《さて》、その天の児屋の命は（中臣《なかとみ》[一〇]の連等《むらじら》が祖《おや》ぞ）。布刀玉の命は（忌部《いみべ》[一一]の首等《おびとら》が祖ぞ）。天の宇受売の命は（猿女《さるめ》[一二]の君等が祖ぞ）。伊斯許理度売の命は（作鏡《かがみつくり》[一三]の連等が祖ぞ）。玉祖の命は（玉祖[一四]の連等が祖ぞ）。

かれしかして《こういう次第で》、〔両神は〕天津日子番能邇邇芸《あまつひこほのににぎ》の命《みこと》に詔《の》らして《仰せになり》、天《あめ》[一五]の石位《いはくら》離《はな》ち、天の八重たな雲を押し分けて《天上の八重にたなびく雲を押し分けて》、いつのちわきちわきて《威力ある道を幾度も弁別して》、天の浮橋に《中空の浮橋の下端の》、うきじまり《浮島に》、そりたたして《りゅうとお立ちになって》、竺紫《つくし》[一六]の日向《ひむか》の高千穂《たかちほ》の久士布流《くじふる》多気《たけ》に天降りまさしめたまひき《天降りをおさせになった》。かれしかして、天《あめ》の忍日《おしひ》の命・天津久米《あまつくめ》の命の二人、天《あめ》[一七]の石靫《いはゆき》を取り負《お》ひ、頭椎《くぶつち》の大刀《たち》を取り佩《は》き《着け》、天《あめ》のはじ弓を《櫨弓を》取り持ち、天《あめ》の真鹿児矢《まかごや》を手挾《たばさ》み、御前《みさき》に立ちて仕へまつりき《天孫をご先導申し上げた》。かれ《さて》、その天の忍日の命（こは大伴《おほとも》[一八]の連等が祖ぞ）。天津久米の命（こは久米の直等《あたひら》[一九]が祖ぞ）。

ここに、〔邇邇芸命が〕詔らししく《仰せられたのには》、「ここは《この地は》韓国《からくに》に向ひ《朝鮮に向い》、笠沙《かささ》[二〇]の御前《みさき》に真来《まぎ》通りて《まっすぐ通じていて》、朝日の直刺《たださ》す国、一夕日の日照《ひで》る国ぞ。かれ《だから》、ここはいと吉き《ここはまことによ》地《ところ》」
と詔《の》らして、二底《そこ》つ石根《いはね》に宮柱ふとしり《しっかと立て》、高天の原に氷椽《ひぎ》たかしりて《高く上げて》
坐《いま》しき。
かれしかして《〔邇邇芸命が〕》、天《あめ》の宇受売《うずめ》の命《みこと》に詔らししく《仰せになったのには》、
「この《私の》御前《みさき》に立ちて仕へまつりし《先導役としてご奉仕した》猿田毗古《さるたびこ》の大神は《〔その正体を〕》、もはら《すっかり》顕《あら》はし申せる《明し申した》なれ送りまつれ《お前がご鎮座地にお送り申せ》。また、その神の御名《猿田毗古神の》は、なれ負ひて《お前が貰って今後も》仕へまつれ《お仕え申せ》」
ここをもちて《この仰せによって》、猿女《さるめ》の君等《きみら》、その猨田毗古之男《さるたびこのを》の神の名を負ひて《貰って》、
三女《をみな》を猨女《さるめ》の君と呼ぶことこれぞ《これがその事情だ》。
かれ《さて》、その猨田毗古の神、四阿耶訶《あざか》（地《ところ》の名ぞ）に坐す時に、漁《すなどり》して、
五ひらぶ貝に、その手を咋《く》ひ合はさえて《はさまれて》、六海塩《うしほ》に七沈溺《おぼほ》れましき。かれ《そこで》、
その《猿田毗古神が》、底に沈み居《いま》す時の名は、底度久御魂《そこどくみたま》といひ、その海水《うしほ》のつぶたつ時の名は《つぶつぶ泡立つ》、都夫多都御魂《つぶたつみたま》といひ、そのあわさく時《泡が水面で割れる》の名は、阿和《あわ》佐久御魂《さくみたま》といふ。

一「朝日の直刺《たださ》す国」と対句に用いられる語で、国讃《くにぼめ》の慣用表現。太陽のよく当る国の意である。
二 この二句聯対《れんつい》も、しばしば上文（六五頁・八七頁参照）に見えたように立派な神殿や皇居を建てる意の慣用表現。ここは邇邇芸命の宮殿をいう。

——天の宇受売命と猿田毗古神

* 邇邇芸命は、天の宇受売命に猿田毗古神を鎮座地に送るべきこと、またその名を負うべきことを命じ、以後その子孫を猿女の君（ここから「猿」が「猨」の字に変る）と呼ぶことになる。次に猿田毗古神の海に溺れる話を挿入し、最後に天の宇受売命が魚に対して天孫への御《み》饌《け》の奉仕を命じ、それが機縁で志摩《しま》国（三重県）貢上の初物《はつもの》を猿女の君に賜ることになる。全体として、猿女の君の本縁譚である。
三 宮廷で舞楽奉仕する女性に「君」をつけて呼ぶことに不審を起す（通常、女から男に対して「君」という）ものがいたから、その事情を説明したもの。「猿田毗古」という男神の名を貰ったからだというわけ。「猿」を「猨」としたのは、「猨《おおざる》」は「能嘯《クラソブク》」（『玉篇』）という性質を連想してのことか。
四 三重県松阪市に大阿坂《おおあざか》・小阿坂《こあざか》の地名がある。
五 志摩地方で「月日貝」と呼ぶ貝か。
六 海水。
七「おぼる」の古形。溺れるときの三魂出現は、水

ここに《〔天の宇受売命は〕》、猨田毗古の神を送りて《〔鎮座地に〕送り》還り到りて《〔笠沙の岬に〕帰ると》、すなはち《すぐに》ことごと《全部の》鰭《はた》[八]の広物《ひろもの》・鰭の狭物《さもの》を追ひ聚《あつ》めて《集めて》問ひて言ひしく《尋ねて言ったのには》、

「なは《お前たちは》、天つ神の御子に《邇邇芸命に〔御饌の魚として〕》仕へまつらむや《お仕え申すか》」

といひし時に、もろもろの魚《一同の魚どもは》、みな

「仕へまつらむ《お仕え申しましょう》」

と白《まを》す中《なか》に、海鼠《こ》[九]白さず《申さなかった》。しかして《それで》、天の宇受売の命、海鼠に謂《い》ひて云ひしく、

「この口や《この口はまあ》、答へぬ口《返事をしない口だよ》」

といひて、紐小刀《ひもかたな》[一〇]もちてその口を折《さ》きき《裂いた》。かれ《それで》、今に《今日でも》海鼠の口折けて《裂けて》あるぞ《いるのである》。ここをもちて《こういう次第で》、御世《みよみよ》[一一]、嶋の《志摩国の》速贄《はやにへ》[一二]献る時に《〔その初物を〕》、猨女の君等に給ふぞ《賜るのだ》。

——木花之佐久夜毗売との聖婚

ここに《さて》、天津日高日子番能邇邇芸《あまつひこひこほのににぎ》の命、笠沙《かささ》の御前《みさき》に、麗《うるは》しき美人《をとめ》[一三]に遇《あ》ひたまひき。しかして《そこで》、

「誰《た》[一四]が女《むすめ》ぞ」

中の鎮魂か漁撈《ぎょろう》の呪術か。三類を対にして表現するのは、海人《あま》族による伝承の特色の一つ。四二頁三〜一一行目にも、三柱の綿津見神、三柱の筒之男命の化成があった。

八「鰭《はた》」は、ひれで、大小さまざまの魚、の意。鰭《ひれ》の広さ狭さによって魚の大小を表現した。御饌《みけ》（神や天皇に献《たてまつ》る食物）の魚の慣用句。九六頁一四行目の「毛《け》の麁物《あらもの》・毛の柔物《にこもの》」とともに『延喜式』祝詞の中にしばしば用いられている。

九「なまこ」のこと。『延喜式』内膳司に、熬海鼠《いりこ》や海鼠腸《このわた》の料理名が見え、珍重された食料で、志摩国から貢納された。その形態に基づいた説話。

一〇 紐の付いた小剣で、懐中にしのばせるほどの大きさの小刀。懐剣。

一一 歴代の意。「御世」だけで「みよみよ」と訓《よ》んだのは内容によるが、道祥本《どうしょうほん》・春瑜本《しゅんゆほん》『古事記』に「御世」の次に「御世」の字があったと記している。おそらく平安初期訓読の名残りであろう。

一二 初物《はつもの》の献上食料品。志摩国は海産物の豊富な国で、『万葉集』でも「御食《みけ》つ国志麻《くにしま》」（巻六、一〇三三）と呼んでいる。

一三「美人」は若い女性。「壮夫《をとこ》」（六一頁注一七参照）の対語。

一四 男が女に名を問うのは求婚の意志表示であり、女が名を明せば許諾を意味した。

と問ひたまへば、答へ白《まを》ししく《〔美人が〕お答え申したのには》、

「大山津見《おほやまつみ》[一]の神の女《むすめ》、名は神阿多都比売《かむあたつひめ》[二]。亦の名は木花之《このはなの》[三]佐久夜《さくや》毘売《びめ》といふ」

また《重ねて》、

「なが《お前の》兄弟《はらがら》ありや《兄弟はあるのか》」

と問ひたまへば《〔邇邇芸命が〕》、

「わが姉《私の姉に》、石長比売《いはながひめ》[四]あり」

と答へ白しき《〔佐久夜毘売が〕》。しかして《そこで》、

「あれ《私は》、なれ《お前と》に目合《まぐは》ひせむとおもふはいかに《結婚しようと思うがどうか》」

と詔らししかば《〔命が〕仰せられると》、

「あはえ白さじ《私はご返事しかねます》。わが父大山津見の神ぞ白さむ《お返事申しましょう》」

と答へ白しき《〔佐久夜毘売が〕》。かれ《そこで》、その《〔命が〕》父大山津見の神に乞ひ遣はしたまひし時に《娘を所望し使者を遣わされた時に》、いたく《〔父は〕ひどく》歓喜《よろこ》びて、その姉石長比売を副《そ》へ、百取《ももとり》[五]の机代《つきえしろ》の物を持たしめ奉《たてまつ》[六]り出《いだ》しき。かれ《ところが》しかして、その姉はいと《たいそう》凶醜《みにく》きによりて《醜かったので》、

＊山上に降臨した邇邇芸命は、巡幸中に山の神の娘と会い、山の神は二人の娘を献上する。ところが姉の石長比売を返し、妹の木花之佐久夜毘売と聖婚する。佐久夜毘売は懐妊するが、邇邇芸命に疑われ、その疑いを晴らすために産屋に火を放って火中から三神を予言どおり生む。その末子が日向三代の第二代天津日高日子穂々手見命である。この神話の一つの意図は、稲穂の霊格をもつ邇邇芸命と山の神の娘とが結婚して、さらに稲穂の霊格をもつ穂々手見命を生む。これが「日継の御子」の本質であることを表そうとしている。天皇即位には、巫女《ふじょ》的な性格をもつ女性との一夜妻の聖婚儀礼があった。さらに、この神話のもう一つの意図には、薩南にまで及ぶ版図《はんと》拡大を示すことがある。笠沙の御前《みさき》や神阿多都比売の阿多は、鹿児島県加世田《かせだ》市に当り、隼人《はやと》族の根拠地であり、聖婚は辺境を服属させたことの一つの表象といえる。

一 山の神。加世田市の山間部で多く祀られている。

二 「神」は「神聖」の意の美称。地名「阿多」に基づく神名。

三 「木花」は特に桜の花をさす。桜は稲の豊饒を占う神木とされた。山の神として祀られている。

四 石は不変不動、霊威あるものと信じられた。

五 婿取りの際に、女のほうから男に贈る多くの結納品。「百取」はたくさんの手に取り持つ物。「机代」は台に載せるものとしての物。「つきえ」は「脚《え》」のつ

いた「杌《つき》」の意。

六 木花之佐久夜毗売と石長比売とを差し出した。

七 醜悪な霊が自分に憑依《ひょうい》することを恐れて。

八 この「弟《おと》」は、年の若いほうをいう。聖婚における巫女だから、佐久夜毗売には「命《みこと》」がつかない。

九 「婚」は、対象が一夜妻であるときに使われる語で「まぐはふ」(交接する)と訓《よ》む。

一〇 この「立て」は、差し出すの意。「奉」一字でも「たてまつる」と訓むが、それを二字の「立奉《たてまつる》」で表したもの。

一一 不変不動をいう慣用句。「常《ときは》」は「床岩《とこいは》」の約。「堅《かちは》」は「堅岩《かたいは》」の約。

一二 四六頁注三参照。

一三 「あまひ」は「雨間《あまあひ》」の意。桜の花が雨の降らぬ間だけ栄え、やがて雨に移《うつ》ろい散ることに譬《たと》えて、はかなくもろいことにいう。

一四 歴代天皇の寿命が長久でないのは、大山津見神の誓約《うけい》の結果によるものである、と天皇の寿命に限りがあることの由来を述べたもの。これが神と天皇(人)との基本的な差である。この話は神話学的には、石よりもバナナを選ぶバナナ型(部族最初の夫婦が、天地創造の神に石よりもバナナが欲しいと願ったので、石のように不変ではありえず、バナナのようにはかない寿命になったという南洋諸島に広く分布する「死の起源神話」の型)の由来譚《たん》の一つである。

見畏《かしこ》[7]みて返し送り《〔親許に〕》、ただ《一方》その弟木花之佐久夜毗売《おとこのはなのさくやびめ》[8]のみを留《とど》めて、一《ひと》夜《よ》婚《まぐは》[9]ひしたまひき《一夜の交りをされた》。しかして、大山津見の神、石長比売を返したまひしによりて、いたく《ひどく》恥《は》ぢ、白《まを》し送りて言ひしく《申し送って言ったのには》、

「わが女《むすめ》を二並《ふたり》べて《一緒に》立《た》[10]て奉《まつ》りしゆゑは《献上したわけは》、石長比売を使はさば《お召し使いになると》、天つ神の御子の《邇邇芸命の》命《いのち》は、雪零《ふ》り風吹くとも《雪が降り風が吹いても》、恒《つね》に石《いは》のごとく常《ときは》[11]に堅《かちは》に動かず坐さむ《不動でおられるでしょう》。また、木花之佐久夜比売を使はさば《お召し使いになると》、木《こ》の花の栄ゆるがごと栄え坐さむ《桜の花が咲きほこるようにお栄えになるだろうと》と、うけひて[12]《誓約し》貢進《たてまつ》りき。かく《ところがこのように》石長比売を返さしめて《返させられて》、独《ひと》り木花之佐久夜毗売のみを留めたまひつれば《お留めになりましたので》、天つ神の御子の《邇邇芸命の》御寿《みいのち》は、木の花のあまひ[13]のみ坐さむ《桜の花の様にはかなくあられるでしょう》」

かれ《つまり》、ここをもちて《こういうわけで》、今に至るまでに、天皇命等《すめらみことたち》[14]の御命《みいのち》長くあらざるぞ《長久ではないのである。》。

かれ《さて》、後《のち》に、木花之佐久夜毗売参出でて《〔邇邇芸命の前へ〕出て》白ししく《申し上げたのには》、

「あは妊身《はら》めり。今《今ちょうど》、産む時に臨《な》りぬ。この天つ神の御子は《邇邇芸命の御子は》、わたくしに《こっそりと》産むべからず《産んではなりません》。かれ《しかるべく》、請ふ《ご処置を》」

しかして、詔《〔邇邇芸命が〕》らししく、

「佐久夜毘売《さくやびめ》、一宿《ひとよ》[一]にや妊《はら》める。これあが子にはあらじ《これは私の子ではあるまい》。必ず国つ神の子にあらむ」

しかして《そこで》〔比売が〕答へ白《まを》ししく、

「あが妊める子《私の身ごもった子が》、もし国つ神の子にあらば、産むときに《出産の際に》幸くあらじ《無事ではありますまい》。もし天つ神の御子にあらば幸くあらむ《無事に生れましょう》」

とまをして、すなはち《すぐに》、戸なき八尋殿《やひろどの》[二]を作り、その殿の内《産殿の内に》に入《い》り、土もちて塗《ぬ》り塞《ふた》ぎて、産む時に方《あた》り《当り》[三]、火もちてその殿に《産殿に》著《つ》けて産みたまひき。かれ《それで》、その火の盛《さか》りに焼《も》ゆる時に生《うま》れませる子の名は《生れられた子の名は》、火照《ほでり》[四]の命《みこと》（こは隼人《はやひと》[五]の阿多《あた》の君が祖《おや》ぞ）。次に、生れませる子の名は、火《ほ》[六]須勢理《すせり》の命。次に、生れませる子の御名は、火遠理《ほをり》[七]の命。亦の名は、天津日高日子穂々手見《あまつひこひこほほでみ》[八]の命（三柱）。

かれ、火照の命は、海佐知毘古《うみさちびこ》[九]として、鰭《はた》[一〇]の広物・鰭の狭物《さもの》を取り《お取りに》、火遠理の命は、山佐知毘古《やまさちびこ》[一一]として、毛《け》[一二]の麁物《あらもの》・毛の柔物《にこもの》を取ら

一 たった一夜の交わりで子を宿したというのか。一夜孕《はら》みは神の子であることを意味するが、その神を「国つ神」（土着神）だろうと命は疑う。
二 戸のない大きな御殿の産屋《うぶや》。
三 産屋の床下に火を焚《た》いて出産する風習は、東南アジアから南九州にわたって見出される。また天つ神の子か国つ神の子かの判別に産室に火を放ったのは、インドなどに存する火検法の一種である。
四 神名から、火が照り輝くときの出生であることが分る。稲穂の赤らみの意をも懸ける。
五 南九州に住んだ部族。「隼《はや》」は地名「波邪《はや》」に基づく。種類が多かった。「君」は姓《かばね》。
六 火がぐんぐんと燃え進むときの出生であることが分る。稲穂の実りの進む意をも懸ける。
七 神名から、火勢の弱まったときの出生であることが分る。稲穂がよく実って折れ撓《たわ》む意をも懸ける。
八 「天津日高」は、日の御子で、天上界の男性（八九頁注六参照）。「穂々手」は多くの穂が出ること。「見」は霊性を表す語、山津見神、綿津見神の「見」に同じ。
九 海の獲物を取る男。「さち」は漁猟の道具（釣針・弓矢）をいったが、その獲物をもさした。
一〇 九三頁注八参照。
一一 山の獲物を取る男。
一二 毛の荒い獣と柔らかい獣で、御饌《みけ》（神や天皇に献《たてまつ》る食物）としての獣をいう慣

しき。しかして、火遠理の命、その兄《いろえ》火照の命に、

「おのもおのも、さちを相易《あひか》へて用ゐむ」

といひて、三度《みたび》乞はししかども、許さず。しかれども、つひにわづかに相易ふること得たり。しかして、火遠理の命、海さちをもちて魚釣《うをつ》らすに、かつて一つの魚だにも得ず、またその鉤《ち》を海に失ひたまひき。ここに、その兄火照の命、その鉤を乞ひて曰《の》らししく、

「山さちも、おのがさちさち、海さちも、おのがさちさち。今は、おのもおのも、さち返さむとおもふ」

とのらしし時に、その弟《いろど》火遠理の命の答へ曰らししく、

「なが鉤は、魚釣りしに一つの魚も得ずて、つひに海に失ひき」

しかれども、その兄、あながちに乞ひ徴《はた》りき。かれ、その弟、御佩《みは》かせる十拳釼《とつかつるぎ》を破り、五百鉤《いほち》を作り、償《つくの》ひたまへども取らず。また、一千鉤《ちち》を作り、償ひたまへども受けずて、

「なほ、その正本《もと》の鉤を得む」

用句（九三頁注八参照）。

一三 同母の兄。「弟《いろど》」（九行目）の対。

* 日向三代の第二代天津日高日子穂々手見命は、これから「火遠理《ほをり》命」の名で登場することになる。そして舞台は、これまでの陸地から広大な海へ、また海中へと展開する。有名な「海幸山幸《うみさちやまさち》」の物語である。火遠理命は山幸彦、兄の火照《ほでり》命は海幸彦として、弓矢の猟、釣針の漁を専業にしていたが、お互いに獲物を取る道具（幸《さち》という）を交換して、弟火遠理命が借りた釣針をなくし、兄火照命からその返却を強要され、自分の剣を砕いて弁償したけれども兄は受納しないことから物語は始まる。

一四「かつて」は打消の語と呼応する陳述副詞。全然…でない、の意。原文は「都不」とあり、これは中国の六朝《りくちょう》以降の俗語的用法。

一五 釣針喪失説話（釣針をなくした男が海中へ赴いて、帰郷してから釣針を貸した男に復讐する話）は、セレベス島のミナハッサや南洋のパラオ島にもあり、太平洋をめぐる地域にかなり分布している。

一六「餅屋《もちや》は餅屋」（餅は餅屋）の諺《ことわざ》に同じ。

一七 無理に徴収する。責めはたる。

一八 たくさんの釣針。「鉤《ち》」はここでは助数詞。

一九「一千鉤」の「一」は訓《よ》まない。口承を土台にしていても、やはり視覚に訴える文字文芸である。

二〇 本来のもの、の意。「正本」は仏典語。

――海宮訪問

＊兄の釣針をなくした火遠理命《ほをり》（山幸彦）は孤影悄然と浜辺に坐りこむ。時に塩椎神《しおつち》に教えられ、海神の宮に行き、海神の娘豊玉毗売《とよたまびめ》に会う。海神は火遠理命が天孫の御子であることを知り、娘と結婚させる。釣針のことも忘れて三年が過ぎる。浦島伝説と同型の説話で、広く太平洋地域に分布している。古代人の観念した「常世国《とこよのくに》」の様相が具体的に描かれているが、そこは単に夢のような国ではなく、人間の新生復活を掌《つかさど》る意味での理想郷だったのである。

一 「居る」（尻をつけて坐る）の敬語。
二 海の潮を掌る神。潮流に乗って移動するので航海神となる。次頁一行目の綿津見神は海の支配神であって、海中（いわゆる龍宮）にいて、移動しない。
三 どういうわけですか。
四 空つ彦。「天津日高《あまつひこ》」は高天の原を意識した天上界の男性の意であるが、これは陸地から仰いだ中空界の男性の意。山幸彦だから、地上の意識で呼んだもの。
五 「間なし」は隙間《すきま》がない。「勝間」は「堅箕《かたみ》」で固く編んだ竹籠。隼人《はやと》は竹細工を得意とした。竹は呪力ある植物で、この容器に籠っている間に異郷で新生するという龍宮女房譚と同型の説話である。
六 快い潮路。
七 宮殿が並び建っているさま。『遊仙窟《ゆうせんくつ》』に「白銀ヲ為シレ壁ト、照テ二曜ラス於魚鱗ヲ一」とあり、白銀の壁が魚鱗《うろこ》のごとく並ぶ家々を照らす表現を念頭においたもの。

と云ひき。

ここに《さて》、その弟《いろど》、泣き患《うれ》へて海辺《うみへ》に居《いま》[一]しし時に、塩椎《しほつち》[二]の神来て、問ひて曰《い》ひしく、

「何ぞ。虚空津日高《そらつひこ》[四]の泣き患へたまふゆゑは《泣き悲しんでいらっしゃる理由は》」[三]

〔火遠理命が〕答へ言らししく、

「あと《私と》兄《いろえ》と、鉤《か》《釣針を》を易へて《交換して》、その鉤を失ひき《兄の釣針をなくしたのだ》。ここに《そこで》、〔兄が〕その鉤《なくした釣針》を乞ふゆゑに《を請求するので》、多くの鉤を償へども受けずて《多くの釣針を弁償したが受け取らなくて》、『なほ《やはり》、その本の鉤を《もとの釣針を》得む』といふゆゑに《返してくれというので》、泣き患ふるぞ《泣き悲しんでいるのだ》」

しかして《すると》、塩椎の神の云ひしく、

「あれ《私は》、いまし命《あなた様》のために、善《よ》き議《ことはかり》せむ《謀をしましょう》」

といひて、すなはち《さっそく》間《ま》[五]なし勝間《かつま》の小船《をぶね》を造り、その船に載《の》せて〔火遠理命を〕教へて曰ひしく、

「あれ《私が》、その船を押し流さば《この船を押し流しましたら》、ややしまし《ほんのしばらく》往でませ《いらっしゃい》。味御路《うましみち》[六]あらむ。すなはち《そしてそのまま》その道に《潮路に》乗りて往でましなば《おいでになったら》、魚鱗《いろこ》[七]なす造れる宮室《みや》、

それ、綿津見《わたつみ》[八]の神の宮ぞ。その神の御門《みかど》に到りましなば《お着きになったら》、傍《かたはら》の井《ゐ》の上《へ》に《そばに》、[九]ゆつ香木《かつら》あらむ。かれ《それで》、その木《香木の》の上に坐《いま》さば、その海《わた》の神の女《むすめ》、見て相議《あひはか》らむぞ《相談にのってくれるでしょう》」（香木を訓みてカツラといふ。木ぞ《これは木である》）

かれ《そこで》、教へのまにまに《〔塩椎神の〕教えのとおりに》少し行《い》でまししに《行かれたところが》、つぶさに《何から何まで》その言《こと》のごとし。すなはち《それですぐに》、その香木に登りて坐しき《登り腰を下ろしておられた》。しかして、海の神の女《娘の》、豊玉毘売《とよたまびめ》の従婢《まかだち》[一〇]、玉器《たまもひ》[一一]を持ちて水を酌《く》まむとする時に、井《ゐ》に光《かげ》[一二]あり。仰《あふ》ぎ見れば、麗《うるは》[一三]しき壮夫《をとこ》（壮夫を訓《よ》みてヲトコといふ。下《しも》これに效《なら》へ）あり。いと異奇《あや》しとおもひき《不思議だと思った》。しかして、火遠理《ほをり》の命《みこと》、その婢《まかだち》を見て、水[一四]を得まくほしと乞はしき《水をいただきたいと所望なされた》。婢すなはち《すぐに》水を酌《く》み、玉器に入れて《〔水を〕》貢進《たてまつ》りき。しかして、水を飲まさずて《〔火遠理命は〕お飲みにならずに》、御頸《みくび》の璵《たま》[一五]を解きて《はずして》、口に[一六]含《ふふ》みて《含み》その玉器に唾《つは》き入れたまひき《吐き入れられた》。ここに、その璵、器《もひ》に著《つ》きて《着いて》、婢、璵をえ離たず《はずせない》。かれ《それで》、著けるまにまに《玉の着いたまま》豊玉毘売の命に《〔器を〕》進《たてまつ》りき。しかして、《〔豊玉毘売命は〕》その璵を見て、婢に問ひて曰ひしく、「もし《もしや》、人《誰かが》、門《かど》の外《と》にありや《居はしないか》」

八　海中の海神の宮殿で、いわゆる龍宮の類。海神は阿曇《あずみ》氏の奉斎する神（四二頁注三・四参照）。
九　「香木」は中国の古辞書『爾雅《じが》』に「有《リ》レ脂《テ》香《かぐはシ》」とあるように、よい香がするのに基づく。八〇頁一行目には「楓」の文字が使われていた。「楓」は本来「かえで」ではなく、「かつら」であり、『万葉集』など上代ではすべて「かつら」の意味で使われている。しかし、ここでは「香木」の文字を用いたので、「かつら」と訓《よ》みにくいから訓注をつけた。「かつら」は神木であるので、必ず「斎《ゆ》つ」を冠する。井の辺に聖木がある例ははなはだ多い。これに登るとは、登る主体が神であることを表す。
一〇　女の召使。「まかだち」は、貴人の意向のままに退《まか》り発《た》つ、の意。『遊仙窟』にも「婢」の文字がしばしば見える。
一一　「玉」は美称。「器《もひ》」は飲料水、またそれを入れる器。ここは、その器。
一二　水に映った光る姿。日の神の子孫としての光り輝く姿が井泉に映ったのである。
一三　端整な美しさをいう。気高く立派な、の意。
一四　女性の手から水を貰うのは、その手を通じて水の霊威を身につける思想による。『万葉集』に「鈴が音の早馬駅《はゆまうまや》のつつみ井の水を賜《たま》へな妹が直手《ただて》よ」（巻十四、三四三九）の歌がある。
一五　玉を緒からはずして。「璵」は宝玉の意。
一六　この動作は貴種の身分を明かす呪術か。

〔婢が〕答へ曰《まを》しく、

「人ありて《誰か人がいて》、わが《私どもの》井の上《へ》の香木《かつら》の上《うへ》に坐《いま》す。いと麗《うるは》しき壮夫《をとこ》ぞ。[一]あが王《きみ》に益《ま》していと貴し《実にご立派です》。かれ、その人、水を乞はすゆゑに《所望なさいましたので》、水を奉れば《差し上げたら》、水を飲まさずて《お飲みにならずに》、この璵《たま》を唾《つは》き入れたまひき《吐き入れられました》。これ《この玉を》、え離たず《引き離せません》。かれ《それで》、入れしまにまにもち来て献る《玉を入れたまま持って来て差し上げる次第です》」

しかして《そこで》、豊玉毘売《とよたまびめ》の命《みこと》奇《あや》しと思ひて出で見るすなはち《不思議だと思って外に出てその人を見るなり》、[二]見感《みめ》でて、[三]目合《まぐは》ひして《見交し心を通じ》、その父に白《まを》して曰《い》ひしく、

「わが門《かど》に麗しき人あり《気高く立派な方がおられます》」

しかして《それを聞いて》、海《わた》の神みづから〔門口に〕出で見て云《の》らししく、

「この人は、天津日高《あまつひこ》の御子《みこ》、[四]虚空津日高《そらつひこ》ぞ」

とのらして、すなはち《さっそく》内《うち》に率入《ゐい》りて《連れ入り》、[五]みちの皮の畳《たたみ》八重を敷き《幾重にも重ね敷き》、また[六]絁畳《きぬたたみ》八重をその上に敷き《幾重にも皮畳の上に重ね敷き》、〔御子を〕その上に坐せて《お坐らせして》、[七]百取《ももとり》の机代《つきえしろ》の物を具《そな》へ、[八]御饗《みあへ》して、すなはち《そして》その女《むすめ》豊玉毘売を婚《あ》はしめき《めあわせた》。かれ、[九]三年《みとせ》に至るまでに、その国に住みたまひき《海神国に豊玉毘売と過された》。

一　海神をさす。「王」は海龍王を念頭に浮べての記述であろう。『法華経《ほけきよう》』の提婆達多品《だいばだつたほん》第十二に、文殊師利《もんじゆしり》が大海の娑竭羅《しやから》龍宮に往還すること、娑竭羅龍王（これが海龍王）の娘が龍宮を出て成仏すること、龍女が一宝珠を仏に上《たてまつ》ったことが説かれている。玉は火遠理命のものだが、記中に唯一の「璵」の文字を用いている点は、やはり仏典の「宝珠」の連想があったとみてよい。したがって、この「海幸山幸」の物語は、単なる口誦伝承なのではなく、文字文芸なのであり、著者の漢籍や仏典の教養がそうさせたものとみてよい。

二　見て感じ入る意。

三　二九頁注九参照。六二頁九行目に、須佐之男命の娘須勢理毘売が大穴牟遅神を見て、「目合《まぐは》ひして相婚《あは》して」とあったのと全く同じ表現である。「目合」の文字を用いているのは、目を見交して心を通じる意をよく表すからである。この火遠理命は海神の娘豊玉毘売と目合《まぐわ》いするので、根の国とは舞台は異なるが、いずれも他界の女と結婚することによって新たなる力（ここでは農耕に必要な水を制御する力）を獲得して、他界から復活するのである。

四　九八頁注四参照。

五　海驢《あしか》の異名。海獣で、その毛皮は珍重された。以下聖婚の設けをいうが、内容は、即位大嘗祭《そくいだいじようさい》を想像させる。「畳」は敷物で、折り畳んで用いるのでいう。

六　「絁」はあらく織った絹。その敷物。

七　婿方への多くの結納品。九四頁注五参照。

火照命の服従

ここに《さて》、火遠理《ほをり》の命《みこと》、その初めの事を思ほして《最初の釣針の事件を思い出されて》、大きなる[一〇]一歎《なげき》したまひき。かれ、豊玉毗売の命、その歎きを聞かして《溜息を聞かれて》、その父に《海神に》白《まを》して言ひしく、

「三年《みとせ》住みたまへども、恒は歎かすこともなかりしに《いつもは溜息をつかれることもなかったのに》、[一一]今夜《こよひ》大きなる一歎したまひき《溜息をつかれました》。もし《もしや》、何のゆゑかある《何か事情でもあるのでしょうか》」

かれ《そこで》、その父の大神、その[一二]聟夫《むこ》に問ひて曰《い》ひしく、

「今旦《けさ》《今朝》、わが女《むすめ》の語るを聞けば、『三年坐せども《三年もおられるが》、恒は歎かすこともなかりしに《いつもは溜息をつかれることもなかったのに》、今夜大きなる歎きしたまひき《昨夜大きな溜息をつかれました》』と云ひき。もし《もしや》、ゆゑありや《事情があるのでは》。また、[一三]ここに到《き》ませるゆゑはいかに《来られた理由はどういうことですか》」

しかして《そこで》、その大神に語りたまふこと《〔火遠理命が〕》、つぶさに《何から何まで》その兄《いろえ》の失《う》せにし鉤《ち》を[一四]罸《はた》りし状《かたち》のごとし《様子のとおりだった》。

ここをもちて《こういうわけで》、海《わた》の神ことごと《ありったけの》海の[一五]大《とほしろ》く小《ちひさ》き魚どもを召《よ》び集めて問ひて曰ひしく、

「もし《もしや》、この鉤を取れる魚ありや《お前らの中にこの釣針を取った魚はいないか》」

八 ご馳走すること。「饗《あ》ふ」の名詞形。

九 久しく留まること（淹留《えんりゆう》）に「三年」を用いる例は七八頁八行目にもあった。

＊ 火遠理命が釣針のことを思い出し、事情を打ち明けると、海神は全部の魚を集めて、鯛の喉《のど》からそれを得て献上する。そして海神から塩盈珠《しおみつたま》と塩乾珠《しおふるたま》と、それを操る呪詞《じゆし》を授かり、葦原の中つ国に帰って、兄火照命を服従させる。のちにその火照命が溺れるときの演技をして、隼人が奉仕することになる。火照命は隼人の祖神とされる（九六頁一〇行目参照）。この結末は、践祚大嘗祭《せんそだいじようさい》の日に演じる隼人舞《はやとまい》の本縁譚である。また塩盈珠・塩乾珠の話は、農耕社会における王者が治水の能力も必要であった一面を物語っている。

一〇 「一歎」の「一」は訓まない。「なげき」は「長息《ながいき》」の約で、ため息のこと。

一一 昨夜。前夜の日没時から今日の日の出までの時間をいう。一日の始まりは昨夜の日没時からとする考え方なので、「今夜」という表現になる。

一二 舅《しゆうと》になった海神の表現。

一三 海神の宮。原文は「此間」とあり、中国の俗語的用字である。目に訴えた文字技巧がみられる。

一四 「罸」は「罰」の俗字。責めはたる。九七頁一一行目には「徴」とあった。文字を変える技巧を施す。

一五 「とほしろく」は大きい、雄大な、の意。

かれ《すると》、もろもろの魚ども《一同の魚どもが》の白《まを》しく《申し上げたのには》、

「[一]頃者《このころ》、[二]赤海鯽《た》魚《ひ》、喉《のみと》に[三]鯁《のぎ》ありて《刺さって》、物え食はず《物も食べられない》と愁へ言へり《と嘆き言っています》。かれ《ですから》、必ずこれ取りつらむ《きっと鯛が取ったのでしょう》」

ここに《そこで》、赤海鯽魚の喉を探れば、鉤《ち》あり。すなはち《すぐに「釣針を」》取り出でて《取り出し》清め洗ひて《ふりすすいで洗い清め》、火遠理《ほをり》の命に奉りし時に《差し出した時に》、その綿津見《わたつみ》の大神誨《をし》へて曰《い》ひしく、

「この鉤《釣針を》もちて、その兄《いろえ》に給はむ時に《お返しになる時におっしゃる》言らさむ状《かたち》は、『[四]この鉤は《釣針は》、[五]おぼ鉤・[六]すす鉤・[七]貧鉤《まぢち》・[八]うる鉤』と云ひて《唱えて》、[九]後手《しりへで》に賜へ《お与えなさい》。しかして《そして》、その兄、[一〇]高田《あげた》を作らば《作るなら》、いまし命は《あなた様は》下田《くぼた》を営《つく》りたまへ《お作りなさい》。その兄、下田を作らば《作るなら》、いまし命は《あなた様は》高田を営りたまへ《お作りなさい》。しかしたまはば《そうなさったら》、あれ水を《私は水を》掌《し》れるゆゑに《支配していますので》、[一一]三年の間《あひだ》、必ずその兄貧窮《まづ》しくあらむ《貧しいでしょう》。もし、それしかしたまふ事を《もし兄が「弟様の」そうなされることを》[一二]悵怨《うら》みて、攻め戦はば《攻め刃向うならば》、[一三]塩盈珠《しほみつたま》を出でて《出して》溺《おぼほ》らし、もし、それ愁へ《もしも兄が嘆き訴え》[一四]請《こ》はば、塩乾珠《しほふるたま》を出でて《出して》活《い》け《生かし》、かく《こう》惚《なや》まし苦しめたまへ《悩ませ苦しめなさい》」

一 「頃者」の「者」は助字。
二 「鯽」は「鮒《ふな》」。「海鯽」は海の鮒で、今日の黒鯛《ちぬ》をさす。それに「赤」を冠して、「赤いちぬ」だから、結局「鯛《たい》」の意となる。「魚」は添え字。
三 喉《のど》にとげが刺さって。「喉《のみと》」は物を飲みこむ門《と》（入口）の意。「鯁」は魚の骨。『新撰字鏡』に「鯁、魚骨也。魚乃乃木《うをののぎ》」とある。
四 以下、釣針にかけた呪《のろ》いの言葉。
五 心が晴れずぼんやりするという釣針。
六 心がすさんで荒れ狂うようになる釣針。
七 貧しくなる釣針。
八 愚かになる釣針。
九 呪術の所作。三八頁注七参照。
一〇 兄が高田《あげた》（高地にある田）を作れば、弟は下田《くぼた》（低地にある田）を作れ、というのは、高田の水を涸《か》らし下田に水を与えるということ。逆の場合は、高田に水を与え下田を水浸しにすること。また、「たかだ・しもだ」という語は上代にはない。ここで「田」が登場するのは、兄弟の神名が示す稲穂との関連による。
一一 「三年の間」は「三年間に貧しくなる」ではなく、「三年間は貧しい」の意。「貧窮」は仏典語。
一二 「悵」は「恨」に同じ（『玉篇』佚文《いつぶん》）。
一三 次行の「塩乾珠」とともに、海水の干満を引き起させる力のある玉。玉は海神の持ち物。仏典の如意宝《にょいほう》珠《じゅ》に似る。「乾《ふ》る」は上二段活用。
一四 許しを乞えば。

と云ひて、塩盈珠・塩乾珠、幷《あは》せて両箇《ふたつ》を授けて、すなはち《すぐに》ことごと《すべての》わに魚ども《一五 鮫どもを》を召《よ》び集めて問ひて曰ひしく、

「今、天津日高《あまつひこ》の御子、虚空津日高《そらつひこ》、一六 上《うは》つ国に出幸《いでま》さむとしたまふ《ご出発されようとしている》。一七 誰者《たれ》か幾日《いくか》に送りまつりて覆奏《かへりことまを》す《復命するか》」

かれ《そこで》、おのもおのもおのが身の尋長《ひろたけ》《鮫どもはそれぞれ自分の身長の》のまにまに《長短に応じて》、日を限りて《日限をきって》白す中《なか》に、一八 一尋《ひとひろ》わにの《鮫が》白ししく、

「あは、一日《ひとひ》に送るすなはち還り来む《送ってすぐその日のうちに帰りましょう》」

かれしかして《そこで》、〔海神が〕その一尋わにに《鮫に》告《の》らししく、

「しからば《それなら》、なれ送りまつれ《お前がお送り申し上げよ》。もし《かりにも》、海中《わたなか》を度《わた》る時に、な惶畏《かしこ》ませまつりそ《恐ろしい思いをおさせ申すな》」

とのらして、すなはち《ただちに》そのわにの《一尋わにの》頸《くび》に載《の》せて送り出でまつりき《乗せて送り出し申し上げた》。かれ、期《ちぎ》りしがごと《約束どおり》〔一尋鮫は〕一日の内に送りまつりき《お送り申し上げた》。そのわに返らむとせし《鮫が〔海に〕帰ろうとした》時に《時に》、一九 佩《は》かせる紐小刀《ひもかたな》を解きて、その頸に《一尋鮫の》著《つ》けて返したまひき。かれ、その一尋わには《鮫は》、今に《今でも》二〇 佐比持《さひもち》の神といふ。

＊火遠理命は、海神から塩盈珠《しおみつたま》・塩乾珠《しおふるたま》という水を支配する呪力《じゅりょく》をもった玉二つを貰う。他界で女性と結婚し、その父から呪力の象徴を得て新生復活して、現《うつ》し国《くに》へ帰り王者となる話は、すでに大国主神が根の国で須勢理毘売と結婚し、父須佐之男命から天の沼琴・生太刀・生弓矢を得て現し国へ帰り王者となった、という条（六五頁九行目）でみたのと同型である。さらに、末子が勝利を得るという点まで一致している。ただ異なるのは、呪力の象徴において、火遠理命が治水の呪具をもつ点にはその稲作文化の基盤を、一方、大国主神の呪具には狩猟的呪術のにおいを強く感じさせる。同じ王者でも、大国主神の隠棲の背景には、狩猟社会から農耕社会への移行という文化史的必然もあったか。

一五 原文「和邇魚」とある。「魚」は添え字。「和邇《わに》」は、鮫《さめ》のこと。五九頁注九参照。

一六 海底の「海神宮」からみて、地上の国（現し国）をさす。火遠理命の本国である。

一七 誰が幾日で、の意。「者」は助字。

一八 「尋」は両腕を広げた長さ。身長一尋《ひとひろ》の鮫。

一九 身に帯びていらっしゃる懐剣。九三頁注一〇参照。

二〇 「佐比《さひ》」には刀剣の意と鋤《すき》の意と二つあるが、ここは前者。鮫の鋭い歯を刀の刃に見立てたもの。

一　この「言《こと》」は、「この鉤《ち》は、おぼ鉤《ち》・すす鉤《ち》・貧鉤《まぢち》・うる鉤《ち》」の呪言をさす。
二　荒れすさんだ心だから「迫《せ》め」（迫る）の文字を使い、次に攻撃的な意味で「攻《せ》め」の文字を使うというように、用字を変えている。
三　兄が嘆き訴えて許しを乞えば。
四　頭を地につけてする敬礼。崇神紀十年条に「叩頭」を「廼務《のむ》」と訓《よ》むとの注があり、『万葉集』にも「禱《のむ》」（巻三、四四三）、「祈《のむ》」（巻十三、三二八四）などとあるように、頭を地につけ願い頼む意。仏典語。
五　昼も夜も守護する人。隼人《はやと》が皇居を護衛する本縁を語っている。神代紀の一書に、隼人等が天皇の宮墻《みあらか》の傍《もと》を離れず、吠える狗《いぬ》のまねをして仕えるとあり、『万葉集』にも「隼人《はやひと》の名に負《お》ふ夜声《よごゑ》いちしろく」（巻十一、二四九七）と、その声が詠《よ》まれている。
六　神代紀の一書に、溺れ苦しむときの演技が詳しく述べられ、「俳優《わざをき》の民」として仕えることを誓ったとある。これは、践祚大嘗祭の日に演じる隼人舞の本縁譚である。今に繋《つな》がる本縁を語ることが、『古事記』序第一段の「稽古照今《けいこしょうこん》」の方法であった。

鵜葺草葺不合命
——その御子たち

＊　兄火照命の服従によって、弟火遠理命は日向第二代の王となる。海中で契った妻豊玉毗売命は夫火遠理命を訪ね、臨月の由を告げ、夫に出産を「見るな」と言う。夫はその禁を破りのぞき見すると妻は八尋《やひろ》わにの姿で出産していた。その姿を見ら

ここをもちて《〔帰国された火遠理命は〕》、つぶさに《手落ちなく》海《わた》の神の教へし《海神が教えた》言《こと》[一]のごとく、その《〔兄の火照命に〕》鉤《ち》を与へたまひき《お返しになった》。かれ《すると》、それより後《のち》は、やくやく《次第に〔火照命は〕》貧しくなりて、さらに《いっそう》荒き心[二]を起して迫《せ》め来《く》。〔火照命が〕攻めむとする時は、塩盈珠《しほみつたま》を出でて《出して》溺《おぼほ》らし、それ愁《うれ》へ[三]請《こ》はば、塩乾珠《しほふるたま》を出でて《出して》救ひ、かく《こう》惚《なや》まし苦しめたまひし《〔兄を〕悩まし苦しめなさった》時に《時〔兄が〕》、稽首《の》[四]みて白ししく《頭を下げ哀訴なさるには》、

「あは《私は》、今より後《これからのちは》、いまし命の《あなた様の》昼夜《ひるよる》[五]の守護人《まもりびと》となりて、仕へまつらむ《お仕えいたしましょう》」

かれ《それで〔火照命の子孫の隼人は〕》、今に至るまでに、その《〔命の〕》溺れし時の種々《くさぐさ》の態《わざ》[六]《〔を演じ〕以来宮廷に》、絶えず仕へまつるぞ《お仕え申すのだ》。

ここに《さて》、海《わた》の神の女豊玉毗売《むすめとよたまびめ》の命《〔夫の許へ〕》みづから参出《まゐ》でて《参上して》白ししく、

「あは[七]《私は》すでに妊身《はら》めり。今、産む時に臨《な》りぬ。こをおもふに《出産のことを思いますと》、天つ神の御子は、海原《うなはら》に生むべからず《生んではなりません》。かれ《こうして》、参出で到《きた》れり」

しかしてすなはち《こういった次第で》、その海辺の波限《なぎさ》[八]に鵜《う》[九]の羽《は》もちて茸草《かや》[一〇]にして、産殿《うぶや》《産屋を》を造りき。ここに《ところが》、その産殿《産屋の》、いまだ茸《ふ》き合へぬに《〔屋根が〕終らないのに》、御腹の急《すむ》《出産が》

やけきに忍びず《迫り耐えられなかった》。かれ、産殿に入りましき《〔豊玉毗売は〕産室に入られた》。しかして《そして》、方《みざかり》[一一]に産みた《いよいよ》まはむとする時に《お産みになろうとする時に》、その日子《ひこ》[一二]に白《まを》して言《の》らししく、

「すべて《およそ》佗国《あたしくに》[一三]の人は《異郷の人は》、産む時に臨《な》れば、本《もと》つ国の形もちて《姿になって》産生《う》む《子を》ぞ《生むのです》。かれ、あれ《私は》、今本《もと》の身もちて産まむとす《本来の姿で出産しようと思います》。願はくは《どうか》、あをな[一四]《私を》見たまひそ《ご覧にならないで下さい》」

ここに《〔火遠理命は〕》、その言《こと》を奇《あや》しと思ほして《不思議だと思われて》、その方《みざかり》に産みたまふを《ご出産の最中を》ひそかに伺《うかか》ひたまへば《のぞき見されると》、八尋《やひろ》[一五]わにに《鮫に》化《な》りて《変身して》、匍匐《は》ひ委蛇《もごよ》[一六]ひき。すなはち《それを見るや》、見驚き畏《かしこ》みて遁《に》げ退《そ》きましき《遠くへ逃げられた》。しかして《そこで》、豊玉毗売の命、その伺ひ《〔火遠理命が〕のぞき》見たまひし事を知らして《見されたことをお知りになって》、心恥《うらはづか》しとおもほして《心に恥しいと思われて》、すなはちその御子を生み置きて《〔その場に〕生み残して》、白ししく、

「あれ《私は》、恒《ずっと》は海つ道《ぢ》を通して《とおって》往来《かよ》はむとおもひき《この国と通うつもりでした》。しかれども、あが形を伺ひ見たまひし《私の姿を窺き見なさったことは》、これいと《ほんとに》怍《はづか》し」

とまをして、すなはち《すぐに》海坂《うなさか》[一七]を塞《さ》へて《ふさぎ》返り入りましき《〔海中に〕戻られた》。ここをもちて、その産みたまひし御子を《お産みになった御子を》名《なづ》けて、天津日高日子波限建鵜葺草葺不合《あまつひこひこなぎさたけうかやふきあへず》

れて、鵜葺草葺不合《うかやふきあえず》命を生み落したまま海中に帰ってしまう。日向第三代の鵜葺草葺不合命は、母の妹の玉依毗売と結婚し、四子を生むが、その第四子が神武天皇である。

七 九五頁一三行目にも類似の表現があった。天つ神の御子が異族の娘と結婚し出産するとき、私的に生んではならず、夫の認知を必要としたことを示す。

八 波《なみ》の刻《きざ》を残す所で、波打際のこと。

九 鵜の羽は産褥《さんじょく》のお守りになるともいう。大和《やまと》国の阿多《あた》（地名）の隼人が鵜飼であったことの反映か。

一〇 屋根を葺《ふ》く材料。ふつうは芒《すすき》・茅《ち》・萱《すげ》など。

一一「み」は真《ま》の意。「さかり」は、盛ん、の意。

一二 火遠理命をさす。日子穂々手見命の「日子」を意識したもの。「日の御子」の意。

一三 仏典語。「本国」、下文「往来」も同じ。「佗」は「他」の通字。異郷情緒の漂う説話としてふさわしい。

一四「見るな」の禁忌《タブー》は、天人（異類）女房譚の特徴。三七頁八行目の伊耶那美命も死者として異類なのであった。この禁忌の侵犯は離縁という結末をとる。

一五 一〇三頁注一八参照。

一六「曲《まが》」の音変化「もご」で、くねくね蛇行する意。女体のしなやかさにも譬《たと》える。爬虫《はちゅう》類の鰐《わに》ではない。鮫から御子が出生する話は異常出生譚の型で、その子が神異の資質を有することの強調。次頁注一一参照。

一七 海界を塞《ふさ》ぎ。「海坂」は海の国と現し国の境。

の命《みこと》（波限を訓《よ》みてナギサといひ、葺草を訓みてカヤといふ）とまをす。

しかれども《〔豊玉毗売命は〕》、後《のち》はその伺ひたまひし《火遠理命がのぞき見された》情《こころ》を恨みたまへども《お恨みにはなったが》、恋《こほ》しき心に忍《しの》びずて《耐えられず》、その御子を治養《ひ[一]だ》しまつる《ご養育する》縁《よし》によりて《理由で》、その弟《いろど》[二]、玉依《たまより》毗売《びめ》に附《つ》けて《託して》、歌を献らしき《献上された》。その歌に曰《い》ひしく、

[三]赤玉は　緒《を》さへ光れど《緒まで美しく光るが〔それ以上に〕》

[四]白玉の　君が《夫君の》装《よそひ》し　貴くありけり《お姿は貴いことでした》

しかして《そこで》、そのひこぢ《夫の火遠理命が》答へて歌ひたまひしく、

[五]沖つ鳥　鴨どく島に《鴨が寄りつく島で》

[六]わが率寝《ゐね》し　妹は忘れじ《妻を忘れはすまい》　世のことごとに《私のいのちのかぎり》

かれ《さて》、日子穂々手見《ひこほほでみ》の命《みこと》は、高千穂《たかちほ》[七]の宮に坐ししこと《おられた期間は》、伍佰《いほ》[八]あまり捌拾歳《やそとせ》ぞ。御陵《みはか》は、高千穂[九]の山の西にあり。

この、天津日高日子波限建鵜葺草葺不合《あまつひこひこなぎさたけうかやふきあへず》の命、その姨《をば》[一〇]玉依毗売の命を娶《めと》りて《妻にして》生みたまへる御子の名は《お生みになった御子の名は》、五瀬《いつせ》[一一]の命。次に、稲氷《いなひ》の命。次に、御毛沼《みけぬ》の命。次に、若御毛沼《わかみけぬ》の命。亦の名は《この神の亦の名は》豊御毛沼《とよみけぬ》の命。

一 養育する。「日足《ひた》す」が語源。子供の成長の日数を足らす意。育てる主語は玉依毗売。

二 同母妹。姉の生んだ子を妹が育てるのである。子から見ると叔母に当る。一二行目に「姨《をば》玉依毗売の命」とあるのはそのためである。

三 赤色の玉。『本草和名《ほんぞうわみょう》』に「虎魄《こはく》」（琥珀）を「阿《あ》加多末《かだま》」と訓《よ》んでいる。

四 白色の玉。一般には真珠をさす。

＊「君」（本文歌としては、敬語の二人称。独立歌としては「王」の意）を讃美する歌。赤玉と白玉とを対比し、白玉のほうを優れているとして譬《たと》えている。赤を「美し」とし、白を「貴し」として認識する点は、王者としての価値観を示すものであるから、元来独立歌であったはずで、初めから物語歌だったのではない。

五 「鴨」の枕詞。鴨は雌雄仲睦《むつ》まじい鳥。「鴨著《ど》く島」は、本文歌としては「海神の宮」をさす。

六 私が共寝をしたお前（豊玉毗売）。

＊独立歌としてみると、磯遊びの歌となる。

七 所在未詳。

八 五百八十歳。

九 鹿児島県姶良《あいら》郡溝辺《みぞべ》町麓《ふもと》に擬せられる。

一〇「姨」は母の姉妹。養育者の叔母と被養育者とが結婚する例は、記中に多く見られる。

一一 以下の兄弟の神は、稲または食物の名をもつ。「五瀬」の「瀬《せ》」は稲。次の「稲氷」は稲《いね》。次の「御

亦の名は《その亦の名は》一二神倭伊波礼毗古《かむやまといはれびこ》の命《みこと》（四柱）。かれ《そして》、御毛沼の命は、浪《なみ》の穂《ほ》を跳みて《踏《ふ》んで》、一三常世《とこよ》の国に渡りまし《お渡りになり》、稲氷の命は、一四妣《はは》が国として、一五海原《うなはら》に入りましき《お入りになった》。

古事記上つ巻

毛」は御食《みけ》。いずれも、天の忍穂《ほ》耳命―番能《ほ》邇邇芸命―穂々《ほほ》手見命（火遠理命）というように、稲で連続していることは重要である。皇統が稲という穀霊の復活新生による継承であることの表象である。その子がすべて稲または食物の名をもつのは、妻の玉依毗売の名から察せられるように、穀霊の憑依《ひょうい》する聖女であったからである。ただ鵜葺草葺不合命の名だけが違例である。それは、その出産の慌《あわただ》しさゆえの名であったが、一方では人を畏怖《いふ》せしめる鮫の腹から、産屋の屋根を葺き終らぬ先に勇ましく生れたという異常出生譚の持主であることで、皇室の祖先の神異性を誇示するものであった。

一二 神武天皇。

一三 五〇頁注四参照。

一四 四四頁注七参照。亡母は玉依毗売命をさす。

一五 ここでは海神の宮を暗示する。したがって「妣が国」には、四四頁一〇行目のような「根の堅州《かたす》国」と呼ばれる地底の他界の概念と、ここのように海宮の他界の概念と二つあったわけで、いずれも亡き母の住む他界（現《うつ》し国《くに》とは別の世界）と観念されていた。

古事記　中《なか》つ巻《まき》

一神倭伊波礼毘古《かむやまといはれびこ》の命《みこと》とそのいろ《同母の》兄《え》二五瀬《いつせ》の命との二柱、三高千穂《たかちほ》の宮に坐《いま》して議《はか》りて《相談し》云《の》らししく《仰せられたのには》、「いづくに坐さば《どこの地におられたならば》、四天の下の政《まつりごと》を平らけく聞こしめさむ《平安にお治めになるであろうか》。なほ《さらに》、東《ひむがし》に行かむと思ふ《東方に都の地を求めようと思う》」とのらして、すなはち《さっそく》五日向《ひむか》より発《た》たして《出発なされ》、六筑紫《つくし》に幸行《いでま》しき《おいでになった》。かれ、七豊国《とよくに》の宇沙《うさ》に到りまし時に《到着なされた時に》、その八土人《くにひと》、名は宇沙都比古《うさつひこ》・宇沙都比売《ひめ》の二人、九足一騰《あしひとつあが》りの宮を作りて、一〇大御饗《おほみあへ》献《たてまつ》りき。そこより《宇沙の地から》遷《う》移《つ》りまして《お移りになって》、竺紫《つくし》の一一岡田の宮に一年《ひととせ》坐しき《滞在なされた》。また、その国より《筑紫国から》上《のぼ》り幸《いでま》して、一二阿岐《あき》の国の多祁理《たけり》の宮に七年坐しき。また、その国より《安芸国から》遷《うつ》

＊この頁から中巻に入る。神武《じんむ》天皇から応神《おうじん》天皇までの時代を収め、「天皇」の称をもつ人々の政治を、時の流れに沿って叙述している。なぜ「天皇」が主人公になるのだろう。ここで改めて上巻を顧みるならば、その究極の主題が「天皇」という存在がどのようにして起ってきたか、またその本質は何かを述べようとすることにあったのだ、と気づくに違いない。そうして、中巻以降が「天皇」を主人公にして、歴代の具体的な事績を語ろうとしたのも、また自然な展開として理解できよう。

神武天皇 ――東征

「天皇」としての初代神倭伊波礼毘古命《かむやまといわれびこのみこと》（神武天皇）は、兄五瀬命《いつせ》とともに、国家統治に最適の地を東方に求めて日向《ひむか》を出発する。神話的には他界である西の日向から、現し国《うつくに》である東の大和《やまと》へ移動するのは、高天の原（他界）から葦原の中つ国（現し国）に降臨する垂直神話を、水平型の国覓《くにま》ぎ説話（首長がよい国を求め訪ねる話）として構想したからである。したがって、神武天皇東征記事は、説話としてみるべきものとなる。

一　第一代神武天皇。鵜葺草葺不合命《うかやふきあえず》の第四子で、末子に当る。

二　神武天皇の長兄。一〇六頁参照。

三　一〇六頁の記事を承《う》ける。

四　「天下」は漢語で、「あめのした」はその訓読語。「政《まつりごと》」は、ここでは政治の意。「聞こしめす」は、「聞

り上り幸して《お上りになって》、吉備《きび》[一三]の高嶋《たかしま》の宮に八年《やとせ》坐しき《滞在なされた》。かれ、その国《吉備国から》より上《お上》り幸しし時に《りになった時に》、亀《かめ》の甲《せ》に乗りて釣《つ》りをしつつ、打ち羽挙《はふ》[一四]り来る人、速吸門《はやすひなと》[一五]に遇ひき《出会った》〔天皇はその人を〕。しかして、喚《よ》び帰《よ》せ、

「なは《お前は》誰《たれ》ぞ《誰か》」

と問ひたまひしかば《お尋ねになったので》、

「あは《私は》国つ神ぞ《国つ神です》」

と答へ曰《まを》しき。また、〔天皇は〕

「なは《お前は》、海《うみ》つ道《ぢ》を知れりや《潮路を知っているか》」

と問ひたまひしかば《お尋ねになったところ》、

「よく知れり《よく存じております》」

と答へ曰しき。また、〔天皇は〕

「〔私に〕従ひて仕へまつらむや《従ってお仕え申すか》」

と問ひたまひしかば《お尋ねになったところ》、

「仕へまつらむ《お仕え申し上げましょう》」

く」の尊敬語。政情を臣下からご聴取になる、の意。

五「日向国」で、今の宮崎県。天孫降臨の条の九一頁参照。

六「筑紫国」で、今の福岡県の大部分。

七 今の大分県と福岡県の一部。「宇沙《うさ》」は大分県宇佐市。託宣の神で著名な宇佐神宮のある地。

八 土着の人。宇沙都比古・宇沙都比売のごとく、地名を共通にする男女名をもつ人（神）は、『魏志《ぎし》』倭《わ》人伝《じんでん》に見られる女王《じよおう》・男弟《だんてい》の二人のような呪的《じゆてき》支配者の性格をもつものが多い。

九 床が低くて、一足で上れる宮殿。慌《あわただ》しく造ったので、簡単な御殿になったことを表す。

一〇 天皇のお食事。これを献《たてまつ》るのは服従を表す儀礼。

一一 神武前紀には「岡水門《をかのみなと》」とある。福岡県遠賀《おんが》郡芦《あし》屋《や》町の遠賀川河口付近に比定。

一二 広島県。「多祁理宮」は、神武前紀に「埃宮《えのみや》」とある。安芸郡府中町にあったというがともに未詳。

一三 今の岡山県。「高嶋宮」は、岡山市宮浦《みやうら》にあったというが未詳。

一四 羽ばたくように袖を動かす。『万葉集』に「朝羽《あさは》振《ふる》風こそ寄せめ　夕羽《ゆふは》振《ふる》浪こそ来よれ」（巻二、一三一）とあるように、風や波を起す人（神）の姿態をいう。

一五 潮流の速い海峡。豊予《ほうよ》海峡をさすとし、『古事記』の地理誤認とされているが、普通名詞とみれば明石《あかし》海峡をさすことになる。

と答へ白《まを》しき。かれ《それで》しかして、槁機[一]《さを》を指し渡し、その御船に〔国つ神を〕引き入れ、すなはち名を賜ひて《名前を授けて》、槁根津日子《さをねつひこ》と号《なづ》けたまひき（こは、倭[二]《やまと》の国の造等《みやつこら》が祖《おや》ぞ）。

かれ《さて》、その国[三]より上《のぼ》り行《いでま》しし時に、浪速[四]《なみはや》の渡《わたり》を経《へ》て、青雲[五]《あをくも》の白肩《しらかた》の津に泊《は》てましき《ご停泊になった》。この時に、登美能那賀須泥毗古[六]《とみのながすねびこ》、軍《いくさ》を興《おこ》し待ち向《むか》へて戦ひき。しかして、〔伊波礼毗古命は〕御船に入れたる楯《たて》を取りて下《お》り立たしき《立たれた》。

かれ《そこで》、そこを《白肩の津を》号《なづ》けて楯津《たてつ》といひき。今者《いま》に、日下《くさか》の蓼津《たでつ》といふ。ここに、登美毗古《とみびこ》と戦ひましし時に《長脛彦と戦われた時に》、五瀬《いつせ》の命《みこと》、御手《みて》に登美毗古が痛[七]《いた》矢串《やくし》を負《お》はしき《受けられた》。かれしかして《そこで》、〔五瀬命が〕詔らししく、

「あは《私は》、日[八]の神の御子として《御子孫であるのに》、日に向ひて戦ふこと良くあらず。かれ《だから》、賤《いや》しき奴《やつこ》が痛手《いたて》を負ひつ《手傷を負った》。今者《いま》《今から》より行き廻《めぐ》りて《迂回して》、背《そびら》に日を《日を背》負ひて《負って》〔敵を〕撃たむ」

と期《ちぎ》りて《誓って》、南の方《かた》より廻り幸しし時に《迂回して行かれた時に》、血沼[九]《ちぬ》の海に到りて《着いて》、その御手の血を洗ひたまひき。かれ《それで》、〔その海を〕血沼の海といふ。そこより《血沼の海から》廻《めぐ》り幸《いでま》し、

一　船を進める具の棹《さお》。「機」は道具の意で、一一五頁の「押機《おし》」と同じく添え字。「槁」は「橈」の古字。
二　大和《やまと》国の首長の祖先が船頭（船の棹を取る人）であったということは、海から内陸に入ってきた人々であったことを物語る。神武天皇の水先案内をつとめたという伝承を倭国造《やまとのくにのみやつこ》がもっていたのである。

＊　河内《かわち》国から大和国入りをしようとした神武天皇軍は、登美《とみ》能那賀須泥毗古《のながすねびこ》（登美毗古《とみびこ》）の要撃にあい、迂回して、紀伊国の男水門《おのみなと》に来たとき、五瀬命は死亡する。
――五瀬命の戦死

三　文脈からみると、速吸門《はやすいなと》のある国（播磨《はりま》国）。
四　大阪市東区上町《うえまち》台地の北端から北区天満《てんま》付近にわたる地域。上町台地の北端は千里山丘陵と相対し、いまの河内平野が、かつて生駒山麓《いこまさんろく》にまで及ぶ潟湖《せきこ》だったころ、大阪湾へ注ぐ湖口を扼《やく》す位置にあった。
五　「白」に懸る枕詞。「白肩」は白い潟の意。大阪府東大阪市日下《くさか》町から枚岡《ひらおか》町にかけて、古代は「日下の入江」といわれ、船着場（津）となっていた。
六　この人名から、奈良県生駒郡富雄《とみお》村（奈良市三碓《みつからす》町）の土豪であり、先住民であったと思われる。先住民を手長・足長と表現した例が多いからである。
七　痛手を負わせる矢。
八　大和は河内の東方に当る。東方は太陽の出る方向。それで日神の子孫として日に向って戦うのは良くないというわけである。「日の神」は天照大御神《あまてらすおおみかみ》。

[一〇]紀《き》の国の《紀伊国の》男《を》の水門《みなと》に到りて詔《の》らししく、

「賤しき奴が手を負ひてや死なむ」《卑しいやつから受けた傷で死んでなるものか》

と、男《を》[一一]建《たけ》びして[一二]崩《かむあが》りましき《亡くなられた》。かれ、その水門を号《なづ》けて、男《を》の水門といふ。陵《はか》は[一三]紀の国の竈山《かまやま》にあり。


かれ《さて》、神倭伊波礼毗古《かむやまといはれびこ》の命《みこと》、そこより廻り幸して《男の水門から迂回して行かれて》、[一四]熊野《くまの》の村に到りまし時に、大き熊、[一五]髣《ほの》かに出で入るすなはち《ちらりと出てまた入りそのまま》失《う》せぬ《消えた》。しかして《すると》、神倭伊波礼毗古の命、たちまちに[一六]をえまし《正気を失われ》、また、御軍《みいくさ》もみなをえて《正気を失って》伏しぬ《伏してしまった》。この時に、熊野の[一七]高倉下《たかくらじ》(こは人の名ぞ)、一ふりの[一八]横刀《たち》を賫《も》ち《持って》、天つ神の御子の伏しませる《大御神の御子孫が伏しておられる》地《ところ》に到りて献《たてまつ》りし時に、天つ神の御子《伊波礼毗古命》、すなはち《すぐに》[一九]寤《さ》め起きて《正気に返って起き上り》、

「長く寝《い》ねたるかも」《寝ていたことだなあ》

と詔らしき。かれ、その横刀を受け取りたまひし時に《〔伊波礼毗古命が高倉下から〕》、その熊野の山の荒ぶる神《荒れすさぶ神》、おのづからに《自然に》みな切り《すべて斬り》仆《たふ》さえき《倒された》。しかして《そして》、その惑《まと》ひ伏せる御軍《惑乱し伏している天皇軍は総て》ことごと寤《さ》め起きき《正気に返った》。かれ、天つ神の御子《伊波礼毗古命が》、その横刀

九 大阪府の泉北・泉南両郡にわたる海。
一〇 和歌山市の紀ノ川の河口。
一一 雄々しく振舞うこと。叫び声も含まれる。
一二 五瀬命は、倭建命《やまとたけるのみこと》とともに、特別に天皇に準じた文字遣いになっていることがある。この「崩」はその一つで、下文の「陵」もその一種。ただし、天皇には必ず「御陵」とあるが、ここでは「御」がない。
一三 和歌山市和田に五瀬命を祀る竈山神社がある。

——熊野の高倉下の献剣

* 神武天皇は、上陸した熊野村で軍勢とともに、土地神の毒気を当てられて正気を失い、高倉下《たかくらじ》の献った神剣の霊威によって蘇《よみがえ》る。この死と復活は、上巻を通じて重要な主題の一つであった、穀霊信仰の表象であり、中巻では、それが、首長(天皇)の持つべき能力として明確に定着される。

一四 和歌山県新宮市新宮のあたり。
一五 荒ぶる神の化身。地名「熊野」からの連想。
一六 病・毒気などで憔悴《しょうすい》し仮死状態になること。熊の毒気のためであるが、熊野が出雲《いずも》と同じく他界(現《うつ》し国《くに》とは別の国)と考えられていたことを物語っている。
一七 高床式《たかゆか》の倉の下の意の「倉下《くらじ》」の語が、当時多く用いられていたので、人名であることを断った注。
一八 腰に吊るのではなく横たえて帯びる太刀。武人の武器としての太刀。祭儀用ではない。
一九 太刀の霊威による覚醒《かくせい》。東《やまと》・西《かわち》の文《ふみ》の忌寸《いみき》部《べ》が横刀を献じ天皇の長寿を祈る呪文が『延喜式《えんぎしき》』にある。

を獲《え》しゆゑを問ひたまへば《事情をお聞きになられると》、高倉下《たかくらじ》が答へ曰《まを》ししく、

「おのが夢《いめ》[一]に云はく《私の見た》、天照大神《あまてらすおほみかみ》[二]・高木《たかぎ》の神の二柱《ふたはしら》の神の命もちて《ご自身のお言葉で》、建御雷《たけみかづち》の神を召して詔らししく《召し出して仰せられたのには》、『葦原《あしはら》の中つ国は、いたくさやぎてありなり《ひどく騒いでいる音が聞える》。[三]あが御子《みこ》等《たち》、不平《やくさ》[四]みますらし《ご病気の様子だ》。その葦原の中つ国は、もはらいましの《もっぱらそなたの》言向《ことむ》[五]けし国ぞ《服従させた国だ》。かれ《だから》、いまし《そなた》建御雷の神降《くだ》るべし』とのらしき《と仰せになった》。しかして、答へ白ししく《〔建御雷神が大御神と高木神に〕》、『あは降らずとも《私は降らなくても》、もはらその国を平らげし《葦原の中つ国を平定した》横刀《たち》あれば《太刀がありますので》、この刀《たち》〔代りに〕を降すべし』とまをしき（この刀の名は、佐士布都《さじふつ》の神といひ、亦の名は《その神の亦の名は》甕布都《みかふつ》の神といひ、亦の名は布都《ふつ》の御魂《みたま》。この刀は、石上《いそのかみ》[六]の神の宮に坐《いま》すぞ）。〔さて〕[七]この刀を降さむ状《かたち》は、高倉下が倉の頂《むね》を穿《うか》ちて《穴をあけ》、それより〔刀を〕堕《おと》し入れむ《落し入れよう》。かれ、あさめよく[八]、なれ《お前が〔その太刀を〕》取り持ちて、天つ神の御子に献れ《伊波礼毗古命に献上せよ》といふ〔夢でした〕[九]。かれ、夢の教へのまにまに《お告げのとおりに》、旦《あした》におのが倉を見れば《翌朝私の倉を見ますと》、まことに横刀あり《まさにその太刀がありました》。かれ《それで》、この横刀をもちて献りしにこそ《献上したのです》」

ここに、また高木の大神の命もちて《ご自身のお言葉で》覚《さと》して白《まを》[一〇]ししく、

一 高倉下《たかくらじ》の夢の範囲は、「天照大神」以下、一一行目の「…天つ神の御子に献れ」までである。この夢の中で、すでに読者が知悉《ちしつ》している「国譲り」神話の立役者、建御雷神の葦原の中つ国平定が語られる。その夢はそのまま現実《うつつ》のこととして、神武天皇に霊剣を得させ熊野制圧が成就する。夢はまさに霊夢であった。

二 大国主神《おおくにぬしのかみ》に対して国譲りをすすめる、高天の原からの使者派遣を命ずる最高司令者。七七頁以降参照。

三 天孫降臨の条の言葉と同じ。七七頁注九参照。

四 「不平《やくさ》む」は「弥臭《いやくさ》む」で、病気になる意。

五 「言葉でこちらに向けさせる」が原義。服従させること。「荒ぶる神」や「伏《まつろ》はぬ人」に対して用いられる慣用語。八八頁四行目にもあった。

六 奈良県天理市布留《ふる》町にあり、祭神は布都御魂《ふつのみたま》の剣。物部《もののべ》氏の氏神で、この霊剣説話は物部氏の伝承によるものであろう。石上神宮の縁起譚《えんぎたん》となっている。

七 「この刀を」以下「…天つ神の御子に献れ」までは建御雷神が高倉下に対して言った言葉。

八 朝起きがけによい物を見ると縁起がよい、とばかりにその霊剣を見つけて。

九 「かれ」以下「…献りしにこそ」までは、高倉下が神武天皇に申し上げた言葉。

一〇 「白す」は、申し上げる意の謙譲語であるから、高木大神の会話の相手は尊貴者でなければならない。ここでは、大神が神武天皇に「白し」たことになる。注一二参照。

一一「天つ神の御子《伊波礼毗古命よ》、一二これより奥《おく》つ方《かた》にな入《い》り幸《いでま》しめそ。荒ぶる神《荒れすさぶ神》いと《が》多《さは》にあり《大勢いる》。今、天《あめ》より一三八咫烏《やたからす》を遣はさむ。かれ、その八咫烏引道《みちび》きてむ。その立たむ後より幸行《いでま》すべし《その鳥の飛びゆくあとから》」

かれ《そこで》、その教へ覚しのままに《高木神が教えさとされたとおりに》、その八咫烏の後《あと》より幸行せば《お行きになると》、吉野《えしの》河《がは》の一四河尻《かはしり》に到りましし時に、一五筌《やな》を作《ふ》せ《掛け》て魚《うを》取れる人あり。しかして、天つ神の御子《伊波礼毗古命は》

「なは《お前は》誰《たれ》ぞ《誰か》」

と問ひたまへば《お尋ねになると》、

「あは《私は》一六国つ神、名は贄持之子《にへもつのこ》といふ」

と答へ白しき（こは《これは》一七阿陀《あだ》の鵜養《うかひ》が祖ぞ《祖先だ》）。そこより幸行せば《阿陀からお進みになると》、一八尾《お》生ふる人井《ゐ》より出で来《く》《泉の中から》。その井に光あり《その泉に神異の光があった》。しかして《そこで》、

「なは誰ぞ」

と問ひたまへば、

「あは国つ神、名は一九井氷鹿《ゐひか》といふ」

一一 高木大神が神武天皇に親しく呼びかけた言葉。

一二 この熊野村から奥の方に入って行きなさるな。「な…そ」は禁止の語法。「幸《いでま》さしめそ」は、高木大神が天皇の従者に「入って行かせてはならない」と禁止したのではなくて、天皇に対して「みずからそういうことをなさってはいけない」と諭《さと》したのであり、したがって「案内者の後から行かれよ」と示教するのであ る。こう解して初めて、注一〇の「白す」の謙譲表現が活《い》きてくる。

一三 大きな烏。鴨《かもの》（賀茂）県主《あがたぬし》の祖神。奈良県宇陀《うだ》郡榛原《はいばら》町高塚に八咫烏神社がある。鴨県主は主殿《とのもり》として車駕《しやが》の行幸に供奉《ぐぶ》したことが「職員令《しきいんりよう》」に見え、また『延喜式《えんぎしき》』の践祚大嘗祭《せんそだいじようさい》の条には、天皇が廻立殿《かいりゆうでん》から大嘗宮に入御《にゆうぎよ》の際に、主殿の官人二人が燭を執って迎えるとある。八咫烏が先導するのは、この鴨県主が、のちに践祚大嘗祭などに供奉したことの反映であり、宮廷奉仕の縁起譚である。

一四 河口。奈良県では吉野川、和歌山県では紀ノ川と呼ぶ、その吉野川の下流で、奈良県五条市（元の宇智郡五条町）のあたり。上流と解する説は誤り。

一五 川の瀬などに仕掛けて魚を取る道具。

一六 土着の神（次頁注二参照）。

一七 五条市東部に「阿田」の地名がある。

一八 木こりが獣皮の尻当てをする、それをいうか。

一九 「井氷鹿《ゐひか》」は、吉野郡川上《かわかみ》村井光《いかり》に基づく名。

と答へ白《まを》しき（こは吉野《えしの》の首等《おびとら》[一]が祖《祖先だ》ぞ）。すなはち《そこから》、その山《吉野の山へ》に入《い》りませば《入られると》、また尾生ふる人《尾のある人にたまたまお会いになった》に遇ひましき。この人巌《いはほ》を押し分けて《左右に押し分けて》出で来《く》。しかして《そこで》、

「なは《お前は》誰《たれ》ぞ《誰か》」

と問ひたまへば《お尋ねになると》、

「あは《私は》国つ神[二]、名は石押分之子《いはおしわくのこ》といふ。今、天つ神の御子幸行し《伊波礼毘古命がおいでになっ》ぬと聞きつれば《たと聞いていましたので》、参向《まゐむか》へつるにこそ《お迎えに参ったのです》」

と答へ白しき（こは吉野の国巣《くにす》[三]が祖《おや》ぞ）。そこより踏み穿《うか》[四]ち越えて《〔山坂道を〕》、宇陀《うだ》に幸しき《おいでになった》。かれ《それで》、宇陀の穿《うかち》[五]といふ。

かれしかして《ところで》、宇陀に兄宇迦斯《えうかし》[六]・弟宇迦斯《おとうかし》の二人あり。かれ《そこで》、先《ま》づ八咫烏《やたからす》を遣はして《〔使者に〕》二人に問はしめて、

「今、天つ神の御子幸行しぬ《伊波礼毘古命がおいでになった》。なれ等仕へまつらむや《お前たちは御子にお仕え申すか》」

と曰《い》ひき。ここに《すると》、兄宇迦斯、鳴鏑《なりかぶら》もちてその使《八咫烏を》を待ち射返しき《射て追い返した》。かれ《それで》、その鳴鏑の落ちし地《ところ》を、訶夫羅前《かぶらさき》[七]といふ。

一 「おほひと（大人）」の約が「おびと」。姓《かばね》の一つ。

二 土着の神。神武記に見える「国つ神」は、槁根津日子《さおねつひこ》・贄持之子《にえもつのこ》・井氷鹿《いひか》・石押分之子《いわおしわくのこ》であり、すべて土着性をもちまた天皇に従順である。特に石押分之子は天皇を歓迎している。この点は天つ神の御子の降臨を天の八衢《やちまた》に出迎えた「国つ神」猿田毗古神《さるたびこ》と全く同じ態度である。また大山津見神《おおやまつみ》も「国つ神」で、天つ神系の神々に自分の娘（木花之佐久夜毗売《このはなのさくやびめ》）や孫娘（櫛名田比売《くしなだひめ》）を奉ったりしている。したがって、これらの「国つ神」は天つ神の御子に対して敵対性をもつものではない。ただ、天孫降臨の条では「道速振《ちはやぶ》る荒振《あらぶ》る国つ神」（七八頁）と表現しているが、これは「国つ神」の敵対性を表したものではなく、その神性《かむさが》の激しく荒いことを述べたまでである。

三 吉野郡吉野《よしの》町国栖《くず》の土着民。一九一頁にも「吉野の国主等《くにすら》」が登場する。吉野の国栖は、大嘗祭および諸節会《せちえ》に参上し、承明《しょうめい》門外で歌笛を奏し、御贄《みにえ》を献上した（『延喜《えんぎ》式《しき》』践祚大嘗祭《せんそだいじょうさい》、また宮内省の条）。

——宇陀での戦勝

四 穴をあける意。ここでは木や岩を踏み分けて進むさまを「穿《うか》つ」と表現し、地名「穿《うかち》」に懸けた。

五 奈良県宇陀《うだ》郡菟田野《うたの》町宇賀志《うかし》。

六 宇迦斯《うかし》は地名「穿《うかち》」に因《ちな》む人名。神武紀には「猾《うかし》」とあり、「狡猾《ずる》い」の意を連想させる。

七 所在不詳。

「待ち撃たむ《天皇軍を迎え討とう》」

と云ひて軍《いくさ》を聚《あつ》めき。しかれども《しかし》、軍をえ聚めざりしかば《〔兄宇迦斯は〕うまく募兵できなかったので》、仕へまつらむと《お仕え申しましょう》欺陽《いつは》りて《〔御子に〕》、大殿を作り《立派な御殿を造り》、その殿の内に押機《おし》[八]を作りて待ちし《仕掛けて〔御子を〕》時に、弟宇迦斯先づ参向《まゐむか》ひて《参上し》、拝《をろが》みて白ししく《拝礼して申したのには》、

「あが《私の》兄《あに》、兄宇迦斯、天つ神の御子の使を射返し《伊波礼毗古命の使である八咫烏を》、待ち攻めむと《〔天皇軍を〕要撃しようと》して軍を聚むれども、え聚めざりしかば、殿を作り《〔御子のためと偽って〕》、その内に押機を張りて待ち取らむとす《仕掛けて殺そうと待ち構えています》。かれ《それで》、参向ひて顕はし白しつ《〔私が〕参上して謀略を暴露する次第です》」

しかして《そこで》、大伴《おほとも》[九]の連等《むらじら》が祖、道臣《みちのおみ》の命《みこと》・久米《くめ》の直等《あたひら》が祖、大久米《おほくめ》の命の二人、兄宇迦斯を召《よ》びて、罵詈《のの》りて云ひしく《ののしって言ったのには》、

「[一〇]いが《お前が》作り仕へまつれる大殿の内には《〔御子のために〕お造り申し上げた》、おれ[一一]先づ入りて《貴様が先に入って》、その仕へまつらむとする状《かたち》を明し白せ《お仕え申し上げようとする様子を　はっきりさせろ》」

といひて、すなはち《そのまま》横刀《たち》の手上《たかみ》を握《と》りしばり《しっかと摑み》、矛《ほこ》ゆけ矢刺して《しごき矢を番えて》、追ひ入るる時に《〔御殿の中へ〕》、すなはち《たちまち》おのが作れる押《おし》に打たえて死にき《自分の手で作った　打たれて死んだ》。しかしてすなはち《そこで》、控《ひ》き出で《〔押機から〕引きずり出し》斬り散《はふ》りき《散らした》。かれ、そこを宇陀《うだ》[一二]の血原《ちはら》といふ。

＊天皇は八咫烏を使者として土豪兄弟に帰順をすすめたが、兄宇迦斯は使者を射て追い返す（この点は国譲りの条の雉が天の若日子《わかひこ》のために射殺されるのと類似）。さらに兄宇迦斯は、御殿を造り押機《おしばね》を仕掛けてだまし討ちにしようとするが結局、道臣《みちのおみ》命と大久米《おおくめ》命に御殿に追いこまれ、自分の押機にうたれて死ぬ。二人の将軍が登場する点は、天孫降臨の条の天の忍日《おしひ》命（大伴連の祖）と天津久米《あまつくめ》命（久米直の祖）が邇邇芸《ににぎ》命の護衛に当ったこと（九一頁）の再現である。このように、神武東征と、上巻の国譲りおよび天孫降臨とが重なることが多いのは、上巻のこの神話は、「天《あま》つ日継《ひつぎ》」（皇位継承）儀礼の宗教性に視点を置いて、その本縁が物語られているものであり、中巻のこの神武東征は、「天皇」としての政治性に視点を移し、国覓《くにま》ぎと即位の行為を説話として語ったものだからである。
八　踏めば圧死するばね仕掛け。「機」は添え字で一三行目には単に「押《おし》」とある。「機」は、からくり。
九　大伴氏と久米氏とは元来同列で朝廷の軍事を掌《つかさど》ったが、久米氏はその没落とともに、久米部《くめべ》として大伴氏に率いられるようになった。
一〇　お前が。「い」は二人称代名詞で卑称。
一一　貴様が。「おれ」も二人称代名詞で卑称。
一二　奈良県宇陀郡室生《むろう》村田口付近。

――忍坂での戦勝

しかして、その弟宇迦斯《おとうかし》が献《たてまつ》れる大饗《おほあへ》《天皇のご馳走は》は、ことごと《すべて》その御軍《みいくさ》に賜ひ《部下に賜った》き。この時に、歌ひしく、《この戦勝祝いの時に〔天皇軍が〕歌った歌は》

一宇陀《うだ》の　高城《たかき》二に　鴫罠《しぎわな》張る《張って》

わが待つや《おれが待っている》　鴫《しぎ》はさやらず《かからないで》

いすくはし《勇ましくでっかい》　鯨《くぢら》三さやる《ひっかかった》

四こなみが《古女房が》　な乞はさば《おかずをご所望とあらば》

五立ちそばの　実《み》の無けくを《肉の少ない所を》　六こきしひゑね《たくさん削いでやれ》

うはなりが《かわいいめかけが》　な乞はさば《おかずをご所望とあらば》

七いちさかき　実の多けくを《肉の多い所を》　こきだひゑね《たくさん削いでやれ》

ええ《うおーッ》（音《おと》引け）八　しやご《あいつめ》九　しや《こらこら》。こはいのごふぞ《これは人を嫌い憎む声を出すのだ》。

ああ《わあーッ》（音引け）　しやご《こいつめ》　しや《それそれ》。こは嘲咲《あざわら》ふぞ《呵々大笑するのだ》。

かれ、その弟宇迦斯、（こは宇陀の水取《もひとり》一〇等が祖《おや》ぞ）。そこより《宇陀から》幸行《いでま》して、忍坂《おさか》一一の大室《おほむろや》に到りましし時に《到着なされた時に》、尾生ふる《尾のある》土雲《つちぐも》一二（訓《よ》みてグモといふ）八十建《やそたける》一三、その室《むろや》にありて待ちいなる《待ち構えてほえていた》。かれしかし《そこで》

一　この歌から一一九頁までの歌は「久米歌《くめうた》」と呼ばれている。神武前紀に、「是れを来目歌《くめうた》と謂《い》ふ。今、楽府《おほうたどころ》に此の歌を奏ふときには、猶手量《なほたばかり》の大きさ小さ及《およ》び音声《うたごゑ》の巨《ふと》さ細さ有り。此れ古《いにしへ》の遺式なり」とある。『延喜式《えんぎしき》』践祚大嘗祭《せんそだいじょうさい》の条に、豊明節会《とよのあかりのせちえ》の酒宴の際、吉野の国栖《くず》の歌笛の後、大伴・佐伯《さえき》両氏が舞人を率いて久米舞を奏することが見える。

二　高地にある一区画。ここは山鴫《やましぎ》を獲《と》る狩場。

三　鴫でなくて鯨（大敵の比喩）だから滑稽なのであり、そこに酒宴での爆笑がある。

四　先にめとった妻。本妻。次句の「な」は副食物。

五　「立ち（生えている）そば（錦木《にしきぎ》）」で、錦木は小さな黄赤色の実が少ししかならないので「実無し」の比喩的枕詞となる。「なけ」は「無し」の未然形。「く」は「言はく」などの「く」と同じで、体言を作る接尾語。

六　「こきし」は九行目の「こきだ」と同じく、たくさん（許多《ここだ》）の意。「ひゑ」は薄く削《そ》ぎ取る意のワ行下二段動詞未然形。「ね」は相手への願望の助詞。「実のないところをたくさん」という表現にも滑稽があるのであって、この「こきし」を「ちょっぴり」とか「しごいて」とか解するのは誤り。

七　椿科の野茶《ひさかき》の異名で、小さな紫黒色の実を多くつけるので、「実多し」の比喩的枕詞となる。

八　「ええ」を「えー」と長音に発音せよ、との指示。

九　「しや（掛声）吾子《あご》」の約。囃詞《はやしことば》の一種。

て、天つ神の御子の命《みこと》もちて、饗《あへ》を八十建に賜ひき。ここに、八十建に宛てて八十膳夫《やそかしはで》一四を設けて、人ごとに刀《たち》佩《は》けて、その膳夫等に誨《をし》へて曰《の》らししく、

「歌を聞かば、一時共《もろとも》に斬れ」

かれ、その土雲を打たむとすることを明かせる歌に曰《い》ひしく、

忍坂《おさか》の　大室屋《おほむろや》に
人多《さは》に　来入り居り
人多に　入り居りとも
一五みつみつし　久米《くめ》の子が
一六頭椎《くぶつつ》い　石椎《いしつつ》い持ち　一七撃ちてし止まむ
みつみつし　久米の子らが
頭椎い　石椎い持ち　今撃たば宜《よ》らし

かく歌ひて、刀を抜き一時《もろとも》に打ち殺しき。

——登美毗古を攻撃

しかる後に、登美毗古《とみびこ》を撃たむとしたまひし時に歌ひしく、

一〇 宮中の飲料水・粥《かゆ》・氷室《ひむろ》などを掌《つかさど》る職。
一一 奈良県桜井市忍坂《おつさか》。「大室」は大洞窟。穴倉。
一二 土着先住民の賤称。手足が長いなど異形《いぎよう》の表現（一一〇頁注六参照）をとる。土蜘蛛《つちぐも》は足が長く、いかにも穴倉に住む異形の人を連想させる。
一三 固有名詞ではなく、多くの獰猛《どうもう》な人、の意。
一四 料理人・給仕人を含めて、食膳に奉仕する人。柏《かしわ》の葉を食器に用いたことに基づく語。「て」は人。
一五「久米《くめ》」に懸る枕詞。「御稜威《みいつ》」の約「みつ」を重ねて、まことにいかめしく強い久米の軍、の意。
一六「頭椎《くぶつつ》」「石椎《いしつつ》」の「椎《つつ》」は刀剣（「付録」の「石箇之男の神」の項参照）。柄頭《つかがしら》が塊状で、それが石製のものをいう。「頭椎」は「頭椎の大刀」（九一頁九行目）と同じ。「い」は格助詞。
一七「し」は強意の助詞。「む」は、ここでは合図の歌を歌う人が久米の子らに願望し命令する用法。
＊ 前頁の歌以下一連の久米歌は、通説は神武天皇御製として「歌ひたまひしく」、また「曰《の》りたまひしく」と敬語に訓《よ》むが、天皇軍の酒宴・進軍の軍歌とみて、それぞれ「歌ひしく」（前頁二行目）、「曰《い》ひしく」（本頁五行目）とした。御製には必ず「御歌」「天皇…歌曰」とあるからである。独立歌としては、天皇への忠誠を誓う趣旨で、宮廷儀礼の場で舞楽を伴って歌われた歌で、久米部集団の軍歌がその発祥であった。

みつみつし《いかめしく強い》　久米《くめ》の子らが《久米部の連中の》
一 粟生《あはふ》には　二 かみら《臭韮》　一本《ひともと》
三 そ根がもと《その臭韮の根の》　四 そ根芽《ねめ》つなぎて《数珠つなぎに》　五 撃ちてし止まむ《撃ち滅ぼしてしまおう》
また、歌ひしく《〔天皇軍が〕》、
みつみつし　久米の子らが《久米部の連中が》
垣下《かきもと》に　植ゑし《植えた》　六 はじかみ《山椒》
七 口ひひく　われは忘れじ　撃ちてし止まむ《口がぴりぴりする痛手を私は忘れまい〔その仇を〕撃ち滅ぼしてしまおう》
また、歌ひしく《〔天皇軍が〕》、
八 神風《かむかぜ》の　伊勢《いせ》の海の
九 大石《おひし》に　這《は》ひもとほろふ《這い回っている》
一〇 細螺《しただみ》の　い這ひもとほり《敵の周囲を這いまわり》　撃ちてし止まむ《撃ち滅ぼしてしまおう》
また、一一 兄師木《えしき》・弟師木《おとしき》を撃ちたまひし時に、御軍《みいくさ》しまし《少しの間》疲《つか》れぬ。
しかして《そこで》、歌ひしく《〔天皇軍が〕》、
一二 楯並《たたな》めて　一三 伊那佐《いなさ》の山の

一 粟畑。「ふ」は「茅生《ちふ》」「豆田《まめふ》」など植物の生えている場所をいう。
二 「か」は臭気の意。「みら」は「韮《にら》」の古名。粟畑の中に、その臭気の強い韮がたった一本生えている。これを登美毗古《とみびこ》（兄君五瀬命《いつせ》を死に至らしめた怨敵《おんてき》）一人に譬《たと》える。次の歌の「山椒《はじかみ》」も同じ。
三 「そ」は「其の」。「根がもと」は韮の根が鱗茎（地下茎の一種）をなしているので、根こそぎにしないとまた生えてくる。全体で韮の根の意。
四 その韮の根と芽とをつないで一緒に引き抜くように、と敵を数珠《じゅず》つなぎに討ち果す比喩。
五 「止まむ」の「む」は、ここでは意志を表す。
六 「歯（口唇）がしかむ（辛味が刺激する）」の意。山椒《さんしょう》・生姜《しょうが》をいうが、垣根に植えたとあるから、山椒とみられる。
七 山椒の強い刺激を、敵からの痛手に譬《たと》える。
八 「伊勢」の枕詞。伊勢の風は痛烈に吹くので神を冠する。伊勢と近江《おうみ》を結ぶ線が風道《かざみち》になっている。
九 「大石《おほいし》」の約。大石を敵の城塞《じょうさい》に譬える。
一〇 小形の巻貝。『万葉集』にも「小螺《しただみ》」（巻十六、三八八〇）が見え、塩でもんで食べるとある。ここは、天皇軍が細螺のように結集するさまを譬える。

――兄師木・弟師木を攻撃

一一 「師木《しき》」は、奈良県桜井市（元磯城郡）地方。その地の土豪の兄弟。
一二 楯を並べて弓を射る意から「伊那佐」の枕詞。

木《こ》の間《ま》よも《通って》　い行きまもらひ《行きつつ見張りながら》
戦《戦うと》へば　われはや《おれはああ》飢《ゑ》ぬ《腹が減った》
島つ鳥[一四]　鵜養《うかひ》が伴《とも》　今《すぐ》助《す》けに来《こ》ね《来てくれ》

かれしかして《そうこうするうちに》、邇芸速日《にぎはやひ》[一五]の命参赴《みことまゐおもぶ》きて《参上して》、天つ神の御子に《伊波礼毘古命に》白《まを》しく、「[一六]天つ神の御子天降《あまくだ》りましぬと《伊波礼毘古命が》聞きしかば《聞いたのでそのあとを追って》、追ひて参降《まゐくだ》り来ぬ《来ました》」とまをして、すなはち《そして》天つ瑞《しるし》[一七]を献《たてまつ》りて仕へまつりき《〔御子に〕お仕えした》。かれ《さて》、邇芸速日の命、登美毘古《とみびこ》が妹《いもと》登美夜毘売《とみやびめ》を娶《めと》[一八]りて《妻にしてお生みになった子は》生みたまへる子、宇麻志《うまし》麻遅《まぢ》の命（こは物部《もののべ》[一九]の連《むらじ》・穂積《ほづみ》の臣《おみ》・婇《うねめ》の臣が祖《おや》ぞ）。かれ《以上のように》、かく荒ぶる神等を言向《ことむ》け平和《やは》し、伏《まつろ》はぬ《従わない奴を》人等を退《そ》け撥《はら》ひて、畝火《うねび》[二〇]の白檮原《かしはら》の宮に坐《いま》して、天《あめ》の下治《したをさ》めたまひき《お治めになった》。

かれ《ところで》、日向《ひむか》に坐《いらっしゃった時に》し時に、阿多《あた》[二一]の小椅《をばし》の君が妹《いも》、名は阿比良比売《あひらひめ》を娶《妻にしてお生みになった子は》りて生みたまへる子、多芸志美美《たぎしみみ》の命、次に、岐須美美《きすみみ》の命の二柱坐しき。しかれども《しかしながら》、さらに大后《おほきさき》[二二]とせむ美人《をとめ》を求《ま》ぎたまひし時《お捜しになった時に》に、大久米《おほくめ》の命が白《申し上げたのには》しく、

一三　奈良県宇陀《うだ》郡榛原《はいばら》町の山。

一四「鵜」の枕詞。「鵜養が伴」は鵜飼をして漁をする部民。軍旅には食糧部隊が同行しているのである。

＊　苦戦しながらも勝ち進み、最後に物部《もののべ》氏の祖神邇《に》芸速日《ぎはやひ》命の帰順によって、伊波礼毘古《いわれびこ》命の東征は成就《じょうじゅ》し、畝傍《うねび》の橿原《かしわら》宮で即位し神武天皇となる。

——邇芸速日命の服従と伊波礼毘古命の即位

一五　次行に「参降り来ぬ」とあり、神名「邇芸速日命」も饒速《にぎはや》の太陽の意と考えられることから天つ神である。『旧事本紀《くじほんぎ》』では天《あめの》忍穂耳尊《おしほみみのみこと》の子とするように、神武天皇と同族となる。

一六「天降り」とあるから、この「天つ神の御子」を邇邇《にに》芸命とする説があるが、神武東征説話の思想的背景に天孫降臨神話があることによる表現で、これは伊波礼毘古命をさす。「解説」参照。

一七　天つ神の子であることを証する神宝。これを献って仕えたというのは、国譲り神話の再現。

一八　土豪の娘と婚姻することは、その土地の支配者になることを意味する。土豪登美毘古は敗れ、邇芸速日命は服従して、大和《やまと》国は神武天皇の支配下に入った。

——皇后の選定

一九　大伴氏と並んで朝廷の軍事を掌った伴造《とものみやつこ》氏族。呪術《じゅじゅつ》・軍事に長じ、刑の執行者でもあった。

二〇　奈良県橿原《かしわら》市の畝傍山の麓《ふもと》に造営された宮殿。

二一　鹿児島県加世田《かせだ》市周辺。小椅《おばし》は地名。君は姓《かばね》。

二二　皇后（嫡后・正妃）。

「ここに媛女《をとめ》あり。これを神の御子といふ《この乙女を神の御子と申します》。その、神の御子といふゆゑは《わけは》、[一]三嶋の湟咋《みぞくひ》が女《むすめ》、名は[二]勢夜陀多良比売《せやだたらひめ》、その容姿《かたち》麗美《うるは》しければ、[三]美和《みわ》の大物主《おほものぬし》の神見感《みめ》でて《心を奪われ》、その美人《をとめ》の大便《くそま》る時に、丹《に》[四]塗矢《ぬりや》に化《な》りて、その大便る《乙女が大便をする》[五]溝《みぞ》より流れ下《くだ》りて、その美人のほとを《陰部を》突きき《突いた》。しかして《すると》、その美人驚きて、[六]立ち走りいすすきき《跳び上って身振いしました》。すなはち《そして》、その矢を将《も》ち来て《丹塗矢を持って来て》、床の辺《べ》に置けば《置いたところ》、たちまちに《〔その矢は〕》麗《うるは》しき壮夫《をとこ》に成りぬ。すなはち《そのまま》、その美人を娶りて生みたまへる子《妻にしてお生みになった子》、名は《その名は》、[七]富登多多良伊須須岐比売《ほとたたらいすすきひめ》の命《みこと》といひ、亦の名は《その比売の亦の名は》、比売多多良《ひめたたら》[八]伊須気余理比売《いすけよりひめ》といふ（こは、そのホトといふ事を悪《にく》みて《これはその陰部という言葉を[九]嫌って》、後《のち》に名を改めしぞ《名を改めたのです》）。かれ、ここをもちて神の御子といふ《こういう次第で神の生ませた御子と申します》」

ここに《さて》、七《なな》たりの媛女《七人の乙女が》、[一〇]高佐士野《たかさじの》に遊行《あそ》べるに《野遊びした時》、伊須気余理比売その中にあり《七人の乙女の中にいた》。しかして《そこで》、大久米《おほくめ》の命その伊須気余理比売を見て、歌もちて《歌で》、天皇《すめらみこと》に白《まを》して曰《い》ひしく、

倭《やまと》の　高佐士野を

＊神武天皇は皇后となるべき乙女《おとめ》を大久米《おおくめ》命の斡旋で得ることになる。乙女は「神の御子」である。天皇の正妻は神異の人である必要もあった。その乙女伊須気余理比売《いすけよりひめ》の出生は「丹塗矢《にぬりや》伝説」型の神婚によるものと語っている。

一 大阪府三島郡。「湟咋《みぞくひ》」は人名であるが、もと鮫《さめ》が遡上《そじよう》してきた極点の地名ではなかったか。茨木《いばらき》市五十鈴《いすず》町に溝咋《みぞくい》神社がある。「湟《みぞ》」は溝。四行目の「溝」は厠《かわや》を流れる溝。「咋《くひ》」は「杙《くい》（矢）」で男根の象徴。

二 この名は、物語からみると「勢夜《せや》」は兄矢《せや》（男根）、「陀多良《だたら》」は「立たら」（立てられる、の古形）であろう。一方独立させると「勢夜（地名か）」の「鞴《たたら》」（踏んで風を送る大型のふいご）の意。

三 奈良県桜井市三輪町の三輪山の祭神。大物主神は、精霊《もの》の首領の表象。大国主神の和魂《にきみたま》・幸魂《さきみたま》・奇魂《くしみたま》と伝える。雷蛇神の神格をもち、乙女と婚姻する説話が多い。この乙女は神の一夜妻《ひとよづま》となる巫女《ふじょ》である。

四 赤く塗った矢。赤色は邪気を払う呪力をもつ。矢は神霊の依ります串《くし》に同じ。この矢が当った乙女が神に奉仕する巫女となることを、男根が女陰を突くという「丹塗矢伝説」に仕上げている。

五 便所は、川屋といわれるように、溝川の上ないし傍に建てられていたことが分る。

六 「走る」は「跳ねあがる」意。「いすすく」は「いすきいすく」の略で、身ぶるいすること。神霊が依《よ》り憑《つ》いたことによる姿態を意味する。大殿祭《おおとのほかい》の祝詞に

七行く《七人で行く》　をとめども《乙女たちの中の》　誰《たれ》をし枕《ま》かむ《妻になさいますか》

しかして《その時》、伊須気余理比売はその媛女等《をとめども》の前《さき》に立てり《先頭にいた》。すなはち《そこで》天皇《神武帝は》、その媛女等を見たまひて、御心に《お心の中で》伊須気余理比売の最前《いやさき》に立《立っ》てるを知らして《ているのをお知りになって》、歌もちて、答へ曰《の》らししく、

一一かつがつも《まあ言うなら》　いや《一番》前立《さきだ》てる　兄《え》をし枕かむ《年長の娘を妻にしよう》

しかして《そこで》、大久米の命、天皇の命もちて《お言葉を》、その伊須気余理比売に詔《の》りし時に《伝えた時に》、〔比売は〕その大久米の命の一二黥《さ》ける利目《とめ》を見て、奇《あや》しと思ひて《不思議だと思って》、歌ひしく、

一三あめ《雨鳥》　つつ《鶺鴒》　ちどり《千鳥》　ましとと《頬白の目のように》　など黥ける利目《あなたはなぜ入墨した鋭い目なの》

しかして《すると》、大久米の命答へて、歌ひしく、

一四をとめに《娘さんに》　直《ただ》に逢はむと《じかに会おうとて》　わが黥ける利目《私の入墨した鋭い目なのです》

かれ《そこで》、その嬢子《をとめ》
「仕へまつらむ《お仕え申し上げましょう》」
と白しき。ここに《ところで》、その伊須気余理比売の命の家、一五狭井河《さゐがは》の上《へ》《ほとり》にあ

「夜女のいすすき」（夜の悪女の霊が発動すること）、また『源氏物語』朝顔の巻に「うすすき出で来て」とあるのも、寒さに身ぶるいする意である。

七 この名は、物語からみると「女陰に矢を立てられ身ぶるいした姫」の意。一方、語義としては「鍛冶《かじ》の炉（火窪《ほど》）の火力を鞴《たたら》で振い立たせた姫」の意がある。

八 身ぶるいをさせ神霊が依り憑くことによる名。

九「悪《にく》む」とあるが、もとは「忌《い》む」であったはずで、「陰《ほと》」の語の用い方には、厳しい禁忌があった。

一〇 高い、日のよく当る野、の意。「佐士《さじ》」は「指し」の濁音化（「付録」の「佐士布都の神」の項参照）。

一一 動詞「かつ（耐・克）」を重ね「耐《こら》え耐え」の義から、不満足ながらも、ともかくも、の意となる。天皇の嫁選びにおける気負いと照れが表れている。

一二 入墨《いれずみ》をした鋭く見える目。

一三 ここに並べられた鳥には過眼線（目をふちどる羽毛の線）が鋭いという特徴がある。その鳥名を呪文ふうに唱えて、大久米命の目の鋭さに譬《たと》えた。その観点からすると「あめ」は雨燕ではなく、雨降りを予兆する雨鳥で鴫《しぎ》の類か。「ましとと（䳑）」は頬白《ほおじろ》。

一四 嫁選びのために目を鋭くしているのだと答えた。乙女はこの答えで結婚を承諾する。

＊ この四首は、五七七の片歌形式の問答歌で、春の野遊びなどでの嫁選び行事の反映とみられる。当意即妙の掛合いは、歌垣《うたがき》の歌の性格をもつ。

一五 大神《おおみわ》神社の摂社狭井《さい》神社の北側を流れる川。

り《にある》。天皇《神武帝は》、その[一]伊須気余理比売《いすけよりひめ》の許《もと》に幸行《いでま》して、[二]一宿《ひとよ》御寝《みね》ましき《共寝された》。[三](その河を佐韋河《さゐがは》といふゆゑ《わけは》は、その河の辺《へ》に山ゆり草《山百合が》多《さは》にあり。かれ《それで》、その山ゆり草の名を取り、佐韋河と号《なづ》けき。[四]山ゆり草の本《もと》の名はさゐといひき)。[五]後《のち》に、その伊須気余理比売、宮の内《橿原の宮中に》に参入《まゐ》りし時《参内した時に》に、天皇御歌《みうたよ》みしたまひしく《お歌をお詠みになったのには》、

葦原《あしはら》の　[六]しけしき《汚い》小屋《をや》に
菅畳《すがたたみ》　いやさや敷きて《いちだんと清らかに敷いて》　わが二人寝《ね》し《我ら二人が寝たよ》

しかして《こうして》、[七]あれまし《お生れになった》御子の名は、日子八井《ひこやゐ》の命《みこと》。次に、神八井《かむやゐ》耳《みみ》の命。次に、神沼河耳《かむぬなかはみみ》の命《綏靖天皇》。三柱。

——当芸志美々命の謀反

かれ《さて》、天皇《神武帝が》崩《かむあが》りまし後《崩御されたのち》に、その[八]庶兄《ままあに》《三皇子の》当芸志美々《たぎしみみ》の命、その嫡后《おほきさき》《神武帝の》伊須気余理比売を[九]娶《めと》りし時《妻にした時に》に、その三はしらの弟《おと》《異腹の》を殺さむとして謀《はか》りし《たくらんだので》間に、その御祖《みおや》《御母》伊須気余理比売患《うれ》へ苦しびて《〔御祖が〕》、歌もちてその御子等に知らしめたまひき《〔危機を〕お知らせになった》。歌ひたまひしく、

[一〇]佐韋河《さゐがは》よ　雲立ち渡り《雲が一面に立って》

一　この比売の名に「命《みこと》」の敬語がないのは、巫女性《ふじよ》をもつ女性として語られる場合、それをつけないという『古事記』の通例による。
二　神武天皇を稲霊の神格とみて、神の子伊須気余理比売(巫女)を一夜妻《ひとよづま》として共寝すると表現した。
三　この注は、佐韋河《さいがわ》の地名説話である。この河の名は元来「騒河《さゐ》」の意で、騒音を立てて激しく流れる河であった。だから一四行目の歌のように、その激流から雲が立ち渡るのである。
四「山ゆり草」(笹百合《ささゆり》)の本《もと》の名が「さゐ」というのは、その花の白さを「爽《さわ》やか」という感覚で命名したもの。そこで、「騒河《さゐ》」の聴覚的と、「爽《さゐ》」の視覚的な感覚語とが響き合って、地名説話を形成した。狭井《さい》神社では毎年四月十八日に鎮花祭《はなしずめのまつり》をし、三輪山の白い笹百合の根を供える神事がある。
五　結婚すると、婿《むこ》はしばらく嫁の家に通うが、後に、婿の家に嫁・子供を引き取った。
六『新撰字鏡』に「蕪志介志《しけし》、穢也、荒也」とあり、人名にも「志計志麻呂《しけしまろ》」(和気清麻呂《わけのきよまろ》が流されるとき、「清《きよ》」が「穢《しけし》」の汚名に変えられた)がある。「汚い」意に解してこそ、「いやさや(清)敷きて」との対比の妙がある。「菅畳《すがたたみ》」にも「清《すが》」を懸ける。
七　原文「阿礼《あれ》」とある。一夜妻からの聖誕を表す。
八　異母兄。神武天皇と阿比良比売《あひらひめ》との子(一一九頁参照)。その名から「曲《たぎし》」の性格が連想される。

畝傍山《うねびやま》 木《こ》の葉さやぎぬ《ざわめいた》 風吹かむとす《今に嵐が吹こうとしている》
また《〔御祖が〕》、歌ひたまひしく、
一一畝傍山 昼《ひる》は雲とゐ《雲と一つにじっとしていて》
夕されば《夕方になると》 風吹かむとそ《今に嵐が吹こうとして》 木の葉さやげる《木の葉がざわめいているぞ》

ここに《そこで》、その御子聞き知りて《〔歌を〕〔謀反を〕》驚き、すなはち当芸志美々を殺さむとしたまひし時に、神沼河耳の命、その兄《いろえ》《同母兄の》神八井耳の命に白《まを》ししく、「なね《兄上》、いまし命《あなた様は》、兵《つはもの》を持ち入《い》りて、当芸志美々を殺したまへ」かれ《〔神八井耳命は〕》、兵を持ち入りて殺さむ《〔当芸志美々を〕》とせし時に、手足わななきて《〔恐怖に〕ぶるぶるふるえて》、え殺《殺すこ》したまはざりき《とがお出来になれなかった》。かれしかして《この兄のさまを見て》、その弟《いろど》《同母弟の》神沼河耳の命、その兄の持てる兵を乞ひ取りて《武器を貰い受けて》、入りて《〔その家に〕》当芸志美々を殺したまひき。かれまた《そこでまた》、その御名を称《たた》へて、建沼河耳《たけぬなかはみみ》の命とももまをす。

しかして《こんなわけで》、神八井耳の命、弟建沼河耳の命に譲りて《〔皇位を〕》一二曰《まを》ししく、「あは《私は》、仇《あた》を殺すこと能はず《敵を殺せなかった》。いまし命《あなた様は》すでに仇をえ殺したまひ《完全に敵を殺すことがお出来になりま》き《した》。かれ《それで》、あは兄にあれども《私は兄ではあるけれども》、上《かみ》となるべからず《天皇となるべきではない》。ここをもちて《だから》、

九 義母が継子の妻となる例は一三〇頁にもある。

＊ 次の二首は連作で、叙景に託した寓意《ぐうい》歌として秀逸である。
　この歌によって、庶子当芸志美々命の謀反が発覚し、末子神沼河耳《かむぬなかわみみ》命がこれを討ち、第二代の皇位を継承し、綏靖《すいぜい》天皇となる。先帝の崩御直後に謀反が起るのは、皇位継承争いがその殯《もがり》の期間に生ずるからである。また反逆者は必ず敗北し、嫡流のみ皇位継承ができることを、その都度執拗に説いている。ただその継承順位に、中巻ではほぼ末子相承、下巻では兄弟相承の形が目立つ。

一〇 通説は「狭井川から畝傍の方に雲が立ち渡ってくる」とするが、それでは、この歌がなぜ危機を報《しら》せることになるのか分らない。この「雲」は狭井川から空に立ち渡っている雲で、皇子たちの住む場所の平和と繁栄の表象なのである。それと相対する畝傍山で、当芸志美々が、嵐（謀反）を起そうとしていることを、再婚した御祖《みおや》（伊須気余理比売）が、木の葉のさやぎを譬《たと》えに、故郷の皇子たちに警告したのである。

一一 畝傍山（当芸志美々命）を生き物に擬し、それが、そこに懸っている雲と一つになって、昼間はじっと静まり返っているが、夕方になるとその本性を現して、活動（謀反）を始めようとすることを表現する。

一二 この神八井耳《かむやいみみ》命の発言内容は、末子相承の理由づけになってはいるが、あるいは弟に統治権が、兄に祭祀権があったことを表すものか。

いまし命《あなた様が》、上《かみ》となりて天の下治めたまへ《天皇となって天下をお治め下さい》。あはいまし命《みこと》を《私はあなた様を》扶《たす》け《助け》、[一]忌人《いはひびと》となりて仕へまつらむ《祭祀者となりお仕え申しましょう》」

かれ《さて》、その日子八井《ひこやゐ》の命は（[二]茨田《まむた》の連《むらじ》・手嶋《てしま》の連が祖《おや》ぞ）。神八井耳《かむやゐみみ》の命は（意富《おほ》の臣《おみ》・小子部《ちひさこべ》の連・坂合部《さかひべ》の連・火《ひ》の君・大分《おほきだ》の君・阿蘇《あそ》の君・筑紫《つくし》の三家《みやけ》の連・雀部《さざきべ》の臣・雀部の造《みやつこ》・小長谷《をばつせ》の造・都祁《つけ》の直《あたひ》・伊余《いよ》の国の造・科野《しなの》の国の造・道奥《みちのく》の石城《いはき》の国の造・常道《ひたち》の仲《なか》の国の造・長狭《ながさ》の国の造・伊勢《いせ》の船木《ふなぎ》の直・尾張《をはり》の丹波《には》の臣・嶋田の臣等が祖ぞ）。神沼河耳《かむぬなかはみみ》の命は《綏靖帝は》、天の下治めたまひき。

おほよそ《数え合せて》この神倭伊波礼毗古《かむやまといはれびこ》の天皇の《神武帝の》御年《みとし》[三]、壱佰《もも》ちあまり参拾《みそ》ちあまり漆歳《ななつ》ぞ。御陵《みはか》は[四]畝火山《うねびやま》の北の方《かた》の白檮《かし》の尾《を》の上《へ》にあり《ほとりにある》。

綏靖天皇 ——皇統譜

[五]神沼河耳の命《綏靖天皇は》、[六]葛城《かづらき》の高岡《たかをか》の宮に坐《いま》して、天の下治めたまひき。この天皇《すめらみこと》、[七]師木《しき》の県主《あがたぬし》が祖《おや》、河俣毗売《かはまたびめ》を娶《めと》りて《妻にして》生みたまへる御子《お生みになった御子は》、師木津日子玉手見《しきつひこたまでみ》の命《安寧天皇》（一柱）。天皇の御年《綏靖帝の宝算は》、[八]肆拾《よそ》ちあまり伍歳《いつつ》ぞ。御陵は[九]衝田《つきた》の崗《をか》にあり。

安寧天皇 ——皇統譜

[一〇]師木津日子玉手見の命《安寧天皇は》、[一一]片塩《かたしほ》の浮穴《うきあな》の宮に坐して、天の下治めた

一 神を祭る人。
二 以下括弧内に、各氏族の祖先記事を掲げていて一祖多氏族の系譜的構成をとっている。必ずしも血縁関係を示すとは限らない。ともかく、こういう形でまとめあげたところに、皇統を根幹とし、各氏族を枝葉として国家組織を体系化しようとする天武天皇の政治理念の反映がみられる。
三 神武天皇の宝算は百三十七歳とある。神武天皇に限らず記中の歴代天皇は驚くほど長寿である。これは天皇という偉大な人格（異常人のもつ神秘的能力）を長寿によって表現するという、古代の伝承方法の一つなのである。数字の改変を恐れて大字《だいじ》が用いてある。
四 今の奈良県橿原《かしはら》市畝傍《うねび》町の地にある。
＊ 第二代の綏靖《すいぜい》天皇から第九代の開化《かいか》天皇までの記事には、天皇の名・皇居・后妃・皇子女・宝算・陵墓の項があるだけで、他の記事はほとんど見られない。この点は『日本書紀』の場合も同じである。「帝紀」というものの基本的な形式は、あるいはこのようなものであったろう。
五 第二代綏靖天皇。神武天皇の第三皇子。母は伊須気余理比売《いすけよりひめ》。
六 奈良県御所《ごせ》市森脇《もりわき》。
七 今の奈良県桜井市金屋《かなや》の志貴御県坐《しきのみあがたにます》神社を中心とした磯城《しき》地方の豪族。
八 四十五歳。

まひき。この天皇《安寧帝が》、河俣毗売《かはまたびめ》が兄《あに》、[一二]県主波延《あがたぬしはえ》が女《むすめ》、阿久斗比売《あくとひめ》を娶《めと》りて生みたまへる御子《みこ》、常根津日子伊呂泥《とこねつひこいろね》の命。次に、大倭日子鉏《おほやまとひこすき》友《とも》の命。次に、師木津日子《しきつひこ》の命。この天皇の御子等、幷《あは》せて《合計して》三柱の中《うち》、[一三]大倭日子鉏友の命《懿徳天皇は》は、天の下治めたまひき。次に、師木津日子の命の子、二《ふた》はしらの王坐《みこいま》しき。[一四]一《ひと》はしらの子、孫《ひこ》は（伊賀《いが》の須知《すち》の稲置《いなき》・那婆理《なばり》の稲置・三野《みの》の稲置が祖ぞ）。一はしらの子、和知都美《わちつみ》の命は、[一五]淡道《あはぢ》の御井《みゐ》の宮に坐しき。かれ《そして》、この王《みこ》、二《ふた》はしらの女ありき。兄《あね》の名は蠅伊呂泥《はへいろね》。亦の名は《その亦の名は》[一六]意富夜麻登久邇阿礼比売《おほやまとくにあれひめ》の命。弟《おと》の名は[一七]蠅伊呂杼《はへいろど》。天皇の《安寧帝の》御年《みとし》、[一八]肆拾《よそ》ちあまり玖歳《ここのつ》ぞ。御陵は[一九]畝火山のみほとにあり。

懿徳天皇
——皇統譜

[二〇]大倭日子鉏友の命《懿徳天皇は》、[二一]軽《かる》の境岡《さかひをか》の宮に坐して、天の下治めたまひき。この天皇、師木の県主が祖、賦登麻和訶比売《ふとまわかひめ》の命、亦の名は《その亦の名は》飯日比売《いひひめ》の命を娶りて生みたまへる御子、御真津日子訶恵志泥《みまつひこかゑしね》の命。次に、多芸志比古《たぎしひこ》の命（二柱）。かれ、[二二]御真津日子訶恵志泥の命《孝昭天皇は》は、天の下

九　橿原市四条町田井坪。
一〇　第三代安寧《あんねい》天皇。綏靖天皇の皇子。
一一　奈良県大和高田《やまとたかだ》市三倉堂《みくらどう》。
一二　この「県主」は、安寧紀に「磯城県主」とあるから、「師木県主」である。
一三　のちの懿徳《いとく》天皇。「大倭日子《おほやまとひこ》」は、大和国の日の御子、の意の称辞。父安寧天皇の「師木《しき》津日子」の名における磯城地方より領土的に拡大された名となっている。
一四　原文「一子孫者」とあり、従来「一《ひとり》の子《こ》孫は」と訓《よ》んできたが、それでは意をなさない。「孫《ひこ》」は人名のはずである。それならば、「孫の命《ひこのみこと》」とあるべきだが、諸本にない。故《ゆえ》あって「命」の尊称が除かれたか、書承・書写中に普通名詞と誤解して脱落したか。
一五　兵庫県三原郡西淡《せいだん》町松帆《まつほ》字櫟田《くぬぎた》に、反正《はんぜい》天皇が皇太子時代、淡路宮の瑞井《みずい》で体を洗った（反正前紀）という瑞井の伝説地がある。淡路島の井泉の水が天皇の飲料水として船で運ばれていたことは、下巻、仁徳天皇の段（二一八頁）に見える。
一六　一二七頁注一九参照。
一七　一二七頁注二一参照。
一八　四十九歳。
一九　今の橿原市吉田町の地にある。
二〇　第四代懿徳天皇。安寧天皇の第二皇子。
二一　橿原市大軽《おおがる》町付近。
二二　のちの第五代孝昭《こうしょう》天皇。

治めたまひき。次に、当芸志比古《たぎしひこ》の命《みこと》は（血沼《ちぬ》の別《わけ》・多遅麻《たぢま》の竹《たけ》の別《わけ》・葦《あし》井《ゐ》の稲置《いなき》が祖《おや》ぞ）。天皇の御年《懿徳帝の宝算は》、肆拾《よそ》[一]ちあまり伍歳《いつつ》ぞ。御陵《みはか》は畝火山《うねびやま》[二]の真名子谷《まなごたに》の上《へ》にあり《ほとりにある》。

御真津日子訶恵志泥《みまつひこかゑしね》[三]の命《孝昭天皇》、葛城《かづらき》[四]の掖上《わきがみ》の宮に坐《いま》して、天の下治めたまひき。この天皇《すめらみこと》、尾張《をはり》[五]の連《むらじ》が祖、奥津余曾《おきつよそ》が妹《いも》、名は余曾多本《よそたほ》毗売《びめ》の命を娶《めと》りて生みたまへる御子《妻にしてお生みになった御子は》、天押帯日子《あめおしたらしひこ》[六]の命。次に、大倭《おほやまと》[七]帯日子国押人《たらしひこくにおしひと》の命（二柱）。かれ、弟帯日子国忍人《いろどたらしひこくにおしひと》の命は《孝安天皇は》、天の下治めたまひき。兄《いろえ》天押帯日子の命は（春日《かすが》の臣《おみ》・大宅《おほやけ》の臣・粟田《あはた》の臣・小野《をの》の臣・柿本《かきのもと》の臣・壱比韋《いちひゐ》の臣・大坂の臣・阿那《あな》の臣・多紀《たき》の臣・羽栗《はぐり》の臣・知多《ちた》の臣・牟耶《むざ》の臣・都怒山《つのやま》の臣・伊勢《いせ》の飯高《いひたか》の君・壱師《いちし》の君・近《ちか》つ淡海《あふみ》の国の造《みやつこ》が祖ぞ）。天皇の御年《孝昭帝の宝算は》、玖拾《ここのそ》[八]ちあまり参歳《みつ》ぞ。御陵は掖上の博多山《はかたやま》[九]の上《へ》にあり。

[一〇]大倭帯日子国押人の命《孝安天皇は》、葛城の室《むろ》[一一]の秋津嶋《あきづしま》の宮に坐して、天の下治めたまひき。この天皇、姪忍鹿比売《めひおしかひめ》[一二]の命を娶りて生みたまへる御子《御子は》、大吉備諸進《おほきびもろすすみ》の命。次に、大倭根子日子賦斗邇《おほやまとねこひこふとに》[一三]の命《孝霊天皇》（二柱）。かれ、

一　四十五歳。
二　今の橿原市西池尻町《かしわらにしいけじり》の地にある。
三　第五代孝昭《こうしょう》天皇。懿徳《いとく》天皇の第一皇子。
四　奈良県御所《ごせ》市池之内付近。
五　尾張国の豪族。
六　この名は、天皇の名に相当するほど堂々としている。はたして、以下の後裔《こうえい》氏族は、天武紀十三年条によると、朝臣《あそみ》という高い姓《かばね》を賜っている。また、そのときの氏族の配列順が、この本文注の順序とほぼ一致しており、『古事記』の編纂が、天武天皇と深い関係にあることを示唆している。
七　のちの孝安《こうあん》天皇。「帯」を「たらし」と訓《よ》むことは序（二四頁）にあった。帯は結んで垂らすからである。さらに、『古語拾遺』に「太玉《ふとだま》之胤《すゑ》不《ルコト》レ絶《エ》如《シ》レ帯《ノ》」とあるように、連綿として子孫が続く状《さま》を帯に譬《たと》えることから、この字が喜ばれたものであろう。
八　九十三歳。
九　今の御所市三室《みむろ》にある。
一〇　第六代孝安天皇。孝昭天皇の第二皇子。
一一　御所市室《むろ》の宮山の東麓を宮址に比定。「大和」にかかる枕詞の「秋津嶋」は、もとここの小さな一地名であった。
一二　孝安紀によると、孝安天皇の兄、天押帯日子《あめおしたらしひこ》命の娘とあるから、「姪」に当る。
一三　のちの孝霊《こうれい》天皇。

孝昭天皇 —— 皇統譜

孝安天皇 —— 皇統譜

大倭根子日子賦斗邇の命《孝霊天皇は》は、天の下治めたまひき。天皇の御年《孝安帝の宝算は》、壱《も》[一四]佰《も》ちあまり弐拾《はた》ちあまり参歳《みつ》ぞ。御陵は玉手《たまで》の岡の上《へ》にあり。

大倭根子日子賦斗邇の命[一五]《孝霊天皇は》、黒田[一六]の廬戸《いほと》の宮に坐して、天の下治めたまひき。この天皇、十市《とをち》[一七]の県主《あがたぬし》が祖、大目《おほめ》が女《むすめ》、名は細比売《くはしひめ》の命を娶りて生みたまへる御子《御子は》、大倭根子日子国玖琉《おほやまとねこひこくにくる》の命《孝元天皇》（一柱）。また、春日《かすが》[一八]の千々速真若比売《ちちはやまわかひめ》を娶りて生みたまへる御子、千々速比売《ちちはやひめ》の命（一柱）。また、意富夜麻登玖邇阿礼比売《おほやまとくにあれひめ》[一九]の命を娶りて生みたまへる御子、夜麻登々母々曾毗売《やまとともももそびめ》[二〇]の命。次に、日子刺肩別《ひこさしかたわけ》の命。次に、比古伊佐勢理毗古《ひこいさせりびこ》の命。亦の名《その亦の名は》は大吉備津日子《おほきびつひこ》の命。次に、倭飛羽矢若屋比売《やまととびはやわかやひめ》（四柱）。また、その阿礼比売《あれひめ》の命の弟《いろど》、蝿伊呂杼《はへいろど》[二一]を娶りて生みたまへる御子、日子寤間《ひこさめま》の命。次に、若日子建吉備津日子《わかひこたけきびつひこ》の命（二柱）。この天皇の御子等《孝霊帝の御子たちは》、幷せて《合計して》八柱ぞ（男王《ひとみこ》五はしら、女王《ひめみこ》三はしら）。

かれ、大倭根子日子国玖琉の命[二二]は、天の下治めたまひき。

大吉備津日子の命と若建吉備津日子の命との二柱相副《あひたぐ》ひて《揃って》、針間《はりま》[二三]

一四 百二十三歳。「御陵」は、今の御所市玉手にある。
一五 第七代孝霊天皇。孝安天皇の第二皇子。
＊ 孝霊・孝元《こうげん》の二天皇の名に共通して「大倭根子《おほやまとねこ》」と冠せられている。この名を冠した天皇は第四〇代持統天皇に見られる。これは次の文武天皇が皇祖母持統天皇に献ったもので、国風諡号《こくふうしごう》(神武・綏靖などの中国的諡《おくりな》に対し、「大倭根子」などの日本的諡をいう)である。のち、文武・元明・元正の三天皇には「日本根子《やまとねこ》」が諡《おくりな》されている。これを考えると、恐らく文武朝ごろに、上代の天皇名が顧みられ、「大倭根子」を称辞として冠したものであろう。孝安天皇に「大倭」、開化天皇に「若倭根子《わかやまとねこ》」が冠せられたのも同じ趣旨とみてよい。

孝霊天皇
——皇統譜

一六 奈良県磯城《しき》郡田原本《たわらもと》町黒田《くろだ》。
一七 桜井市・磯城郡地方。
一八 奈良市東部に婚姻の範囲が拡大している。
一九 安寧天皇の曾孫。別名は蝿伊呂泥《はえいろね》。
二〇 崇神《すじん》紀十年条に、この姫が大物主神《おおものぬし》の妻になった記事を載せる。有名な三輪山伝説（一三六頁では活玉依毗売《いくたまよりびめ》が主人公）である。この神婚説話は姫が巫女《ふじょ》的存在であったことを物語る。三輪山の北にある箸墓《はしのはか》(桜井市箸中《はしなか》)はこの姫の墓という。
二一 安寧天皇の曾孫。蝿伊呂泥の妹。
二二 のちの孝元天皇。
二三 「播磨」に定まる以前の古い用字。

の一氷河《ひかは》の前《さき》に〔岬に〕、二忌瓮《いはひへ》を居《す》ゑて〔据えて〕、針間《はりま》を三道の口として、吉備《きび》の国を言《こと》向《む》け和《やは》しき。かれ、この四大吉備津日子《おほきびつひこ》の命《みこと》は（吉備の上《かみ》つ道《みち》の臣《おみ》が祖《おや》ぞ）。次に、若日子建吉備津日子《わかひこたけきびつひこ》の命は（吉備の下《しも》つ道《みち》の臣・笠《かさ》の臣が祖ぞ）。次に、日子寤間《ひこさめま》の命は（針間の牛鹿《うじか》の臣が祖ぞ）。次に、日子刺肩別《ひこさしかたわけ》の命は（高志《こし》の利波《となみ》の臣・豊国《とよくに》の国前《くにさき》の臣・五百原《いほはら》の君・五角鹿《つぬが》の済《わたり》の直《あたひ》が祖ぞ）。天皇の御〔孝霊帝の宝算〕年〔は〕、六壱佰《もも》ちあまり陸歳《むつ》ぞ。御陵《みはか》は七片岡の馬坂《うまさか》の上《へ》にあり〔ほとりにある〕。

八大倭根子日子国玖琉《おほやまとねこひこくにくる》の命〔孝元天皇〕、九軽《かる》の堺原《さかひはら》の宮に坐《いま》して、天の下治めたまひき。この天皇《すめらみこと》、一〇穂積《ほづみ》の臣等《おみたち》が祖、内色許男《うつしこを》の命の妹《いも》、内色許売《うつしこめ》の命を娶《めと》りて生みたまへる御子〔妻にしてお生みになった御子は〕、一一大毘古《おほびこ》の命。次に、少名日子建猪《すくなひこたけゐ》心《ごころ》の命。次に、若倭根子日子大毘々《わかやまとねこひこおほびび》の命（三柱）。また、内色許男の命の女《むすめ》、伊迦賀色許売《いかがしこめ》の命を娶りて生みたまへる御子、比古布都押《ひこふつおし》之信《のまこと》の命。また、河内《かふち》の青玉が女、名は波邇夜須毘売《はにやすびめ》を娶りて生み〔して〕たまへる御子、一二建波邇夜須毘古《たけはにやすびこ》の命（一柱）。この天皇の御子等〔孝元帝の御子たちは〕、幷せて〔合計〕五柱ぞ。かれ、一三若倭根子日子大毘々の命は、天の下治めたまひ

一 兵庫県加古川市加古川町大野の氷丘《ひおか》の下を流れる加古川が氷川《ひかわ》といわれ、その氷丘が岬になっていたので「氷河岬《ひかわさき》」という。氷丘には日岡《ひのおか》神社がある。

二 神酒《みき》を入れて神祭りをする甕《かめ》。底が尖《とが》っているので、土を少し掘り安定させた。それで「居《す》ゑて」という。『万葉集』にも「草枕旅行く君を幸《さき》くあれと斎瓮《いはひへ》据《す》ゑつ我が床《とこ》の辺《へ》に」（巻十七、三九二七）、「斎瓮を忌《いは》ひ穿居《ほりす》ゑ」（巻三、三七九）とある。ここでは、吉備国《きび》（岡山県）へ入るために、土地神を祭り、その神の心を和《なご》めて、行旅の安全を祈願することをいう。

三 吉備国への道の入り口。古代の「国」の概念は、まず「道路」が開《ひら》けることであった。下文の「上つ道」は都に近い方の国であり「下つ道」はその逆である。

孝元天皇 ——皇統譜

＊ 崇神紀十年の条に見える四道将軍のうち、『古事記』は、吉備国将軍記事だけを早く記載している。

四 吉備征討の二柱は、岡山市の吉備津《きびつ》神社の祭神。

五 従来「海《あま》」としてきたが、真福寺本に「済」とあるのが正しく「わたり」と訓《よ》むべきもの。越前《えちぜん》国敦賀《つるが》（福井県敦賀市角鹿《つのが》町）は渡船場として著名。

六 百六歳。

七 今の奈良県北葛城《きたかつらぎ》郡王寺《おうじ》町王寺にある。

八 第八代孝元《こうげん》天皇。孝霊天皇の皇子。

九 橿原《かしわら》市大軽《おおがる》町付近。懿徳《いとく》天皇の宮とほぼ同所。

一〇 神武天皇の段（一一九頁）に、宇麻志麻遅《うましまじ》命がその祖であること、また物部氏と同祖とあった。

一一 崇神天皇の段に、四道将軍として北陸地方に派遣されたとある（一三七頁）。

一二 崇神天皇の段に、謀反を企て、大毗古《おおびこ》命に討たれたとある（一三九頁）。

一三 のちの第九代開化《かいか》天皇。

一四 崇神天皇の段に、四道将軍として東海地方に派遣されたとある（一三七頁）。

一五 「味師《うまし》」は感じがよい意の美称。「内《うち》」は宮廷内の意。「宿禰《すくね》」は「少兄《すくなえ》」で親称。「大兄《おほえ》」の対。

一六 「建《たけ》」は勇武の意の美称。「内」以下注一五に同じ。成務朝から仁徳朝に至る歴代に仕えた長寿の人で、神功皇后《じんぐうこうごう》の朝鮮半島進出のときには霊媒者となった。成務天皇の段（一七三頁）、仲哀《ちゅうあい》天皇の段（一七四〜八二頁）、応神天皇の段（一八九〜九二頁）、仁徳天皇の段（二一七〜八頁）に記事がある。

＊ 建内宿禰《たけうちのすくね》の系譜が皇統譜の中に介在するのはきわめて異例である。子九人、子孫二十七氏も挙げている。これは、本来の「帝紀」にはなかったはずで、恐らくこの二十七氏中、推古時代に最有力氏族となった蘇我氏によって付加されたものであろうとの説がある。しかし、そうではなく、葛城の曾都毗古《そつびこ》（注一七参照）までを掲示する必要があったからと見るべきである。

一七 仁徳天皇の皇后石之日売《いわのひめ》命の父（二〇四頁参照）。このことは、建内宿禰が皇后の祖父に当るわけで、そこで宿禰の系譜が皇統譜に介在しているのである。

き。

その兄《いろえ》、大毗古の命の子、[一四]建沼河別《たけぬなかはわけ》の命は（阿倍《あへ》の臣等《おみら》が祖ぞ《祖先だ》）。次に、比古伊那許士別《ひこいなこじわけ》の命（こは《これは》、膳《かしはて》の臣が祖ぞ）。比古布都押之信の命、尾張《をはり》の連等《むらじら》が祖、意富那毗《おほなび》が妹、葛城《かづらき》の高千那毗売《たかちなびめ》を娶りて生みたまへる子《子は》、[一五]味師内《うましうち》の宿禰《すくね》（こは、山代《やましろ》の内《うち》の臣が祖ぞ）。また、木の国の造《みやつこ》が祖、宇豆比古《うづひこ》が妹、山下影日売《やましたかげひめ》を娶りて生みたまへる子、[一六]建《たけ》内《うち》の宿禰。この建内の宿禰の子、并せて《合計して》九《ここの》たりぞ《九人である》（男七たり、女二《ふた》り）。波多《はた》の八代《やしろ》の宿禰は（波多の臣・林《はやし》の臣・波美《はみ》の臣・星川《ほしかは》の臣・淡海《あふみ》の臣・長谷《はつせ》部《べ》の君が祖ぞ）。次に、許勢《こせ》の小柄《をから》の宿禰は（許勢の臣・雀部《さざきべ》の臣・軽部《かるべ》の臣が祖ぞ）。次に、蘇賀《そが》の石河《いしかは》の宿禰は（蘇我の臣・川辺《かはへ》の臣・田中《たなか》の臣・高向《たかむく》の臣・小治田《をはりだ》の臣・桜井《さくらゐ》の臣・岸田《きしだ》の臣等が祖ぞ）。次に、平群《へぐり》の都久《つく》の宿禰は（平群の臣・佐和良《さわら》の臣・馬の御樴《みくひ》の連等が祖ぞ）。次に、木《き》の角《つぬ》の宿禰は（木の臣・都奴《つぬ》の臣・坂本《さかもと》の臣が祖ぞ）。次に、久米能摩伊刀比売《くめのまいとひめ》。次に、怒能伊呂比売《ののいろひめ》。次に、[一七]葛城《かづらき》の長江《ながえ》の曾都毗古《そつびこ》は（玉手《たまて》の臣・的《いくは》の臣・生《いく》江《え》の臣《おみ》・阿芸那《あぎな》の臣等《ら》が祖《おや》ぞ）。また、若子《わくご》の宿禰《すくね》は（江野間《えのま》の臣が祖ぞ《祖先だ》）。この天皇の御年《孝元帝の宝算は》、伍拾《い》[一]ちあまり漆歳《ななつ》ぞ。御陵《みはか》は剱《つるぎ》[二]の池の中《なか》の岡の上《へ》に《ほとりにある》あり。

開化天皇
——皇統譜

[三]若倭根子日子大毘々《わかやまとねこひこおほびび》の命《開化天皇》、[四]春日《かすが》の伊耶河《いざかは》の宮に坐《いま》して、天の下治めたまひき。この天皇《すめらみこと》、[五]旦波《たには》の大県主《おほあがたぬし》、名は由碁理《ゆごり》が女《むすめ》、竹野比売《たかのひめ》を娶《めと》りて生みたまへる御子《妻にしてお生みになった御子は》、比古由牟須美《ひこゆむすみ》の命《みこと》（一柱）。また、[六]庶母《ままはは》伊迦賀色許売《いかがしこめ》の命を娶りて生みたまへる御子《御子は》、[七]御真木入日子印恵《みまきいりひこいにゑ》の命。次に、御真津比売《みまつひめ》の命（二柱）。また、[八]丸邇《わに》の臣が祖、日子国意祁都《ひこくにおけつ》の命の妹《いろど》、意祁都比売《おけつひめ》の命を娶りて生みたまへる御子、日子坐《ひこいます》の王《おほきみ》（一柱）。また、葛城《かづらき》の垂見《たるみ》の宿禰が女、鸇比売《わしひめ》を娶りて生みたまへる御子、建豊波豆羅和気《たけとよはづらわけ》の王（一柱）。この天皇の御子等《開化帝の御子たちは》、幷《あは》せて《合計して》五柱ぞ（男王《ひこみこ》四はしら、女王《ひめみこ》一はしら）。かれ《そして》、御真木入日子印恵の命《崇神天皇は》は、天の下治めたまひき。

その兄《あに》[九]比古由牟須美の王の子、大筒木垂根《おほつつきたりね》の王。次に、讃岐《さぬき》の垂《たり》

一　五十七歳。

二　今の橿原《かしわら》市石川町剣池《つるぎがいけ》上の地にある。応神天皇の段（一九二頁）に、剣池を作った記事がある。

＊　孝元天皇の系譜記事では、天皇の子は「御子《みこ》」として「命《みこと》」を付し、その御子の子は「子《こ》」として、「命《みこと》」ないし「宿禰《すくね》」を付すという書分けがある。

三　第九代開化《かいか》天皇。孝元天皇の第三皇子。

四　奈良市本子守《ほんこもり》町率川《いざがわ》付近。率川は、春日山を源に、猿沢池の南を流れ、西流し佐保川に入る。大和時代、現奈良市内に皇居が置かれた唯一の例。

五　後に丹波・丹後を含む国。京都府と兵庫県の一部。

六　父孝元天皇の妃であるから「庶母《ままはは》」となる。子と庶母との結婚の例は、一二二頁の当芸志美々《たぎしみみ》命と庶母伊須気余理比売《いすけよりひめ》との結婚にも見られた。

七　のちの崇神《すじん》天皇。

八　「丸邇《わに》」は、今の奈良県天理市和爾《わに》町を中心とした地域で、北は奈良市と接する。そこを本拠とした豪族で、代々多くの后妃を出した。のちに春日に移り、春日臣と称したその祖先記事は、孝昭天皇の段にあった（一二六頁）。しかし、丸邇臣そのもののまとまった祖先記事は見えない。忽然として消えた印象を与えて「幻《まぼろし》の豪族」といわれる。

＊　開化天皇の系譜記事では、天皇の子には「御子《みこ》」とする点従前と同じであるが、「命《みこと》」と「王《おほきみ》」とを区別して付し、その御子の子には「子《こ》」

根《ね》の王《おほきみ》（二《ふた》はしらの王《みこ》）。この二はしらの王の女、五柱坐《いま》しき。次に、[一〇]日子坐の王、山代《やましろ》の荏《え》名《な》津《つ》比《ひ》売《め》、亦の名は《その亦の名は》苅《かり》幡《はた》戸《と》弁《べ》を娶りて生みたまへる子《妻にしてお生みになった子は》、大俣《おほまた》の王。次に、小俣《をまた》の王。次に、志《し》夫《ぶ》美《み》の宿禰《すくね》の王（三柱）。《〔日子坐王が〕》また、春日《かすが》の建国勝戸売《たけくにかつとめ》が女、名は沙本《さほ》[一一]の大闇見戸売《おほくらみとめ》を娶りて生みたまへる子、《子は》沙本毗古《さほびこ》[一二]の王。次に、袁耶本《をざほ》の王。次に沙本《さほ》[一三]毗売《びめ》の命。亦の名は《その亦の名は》佐波遅比売《さはぢひめ》（この沙本毗売の命は、伊久米《いくめ》の天皇《垂仁帝の》の后《きさき》となりましき）。次に、室毗古《むろびこ》の王（四柱）。《〔日子坐王が〕》また、近つ淡海《あふみ》[一四]の御上《みかみ》の祝《はふり》[一五]がもちいつく《奉斎する》[一六]天之御影《あめのみかげ》[一七]の神の女、息長《おきなが》[一八]の水依比売《みづよりひめ》を娶りて生みたまへる子は、丹波《たには》[一九]の比古多々須美知能宇斯《ひこたたすみちのうし》の王。次に、水穂之真若《みづほのまわか》の王。次に、神大根《かむおほね》の王。亦の名は《その亦の名は》八瓜《やつり》の入日子《いりひこ》の王。次に、水穂《みづほ》の五百《いほ》依比売《よりひめ》。次に、御井津比売《みゐつひめ》（五柱）。《〔日子坐王が〕》また、その母の《意祁都比売の》弟《いろど》袁祁都比売《をけつひめ》の命を娶りて生みたまへる子、山代の大箇木《おほつつき》の真若《まわか》の王。次に、比古《ひこ》意須《おす》の王。次に、伊理泥《いりね》の王（三柱）。おほよそに《数え合せて》日子坐の王の子、并《あは》せて《合計》十《とを》[二〇]あまり一《ひと》はしらの王《みこ》ぞ《十一王》。

とし、「王《おほきみ》」を付す―ただし皇后になった人には「命《みこと》」を付す―という原則を立てている。

九 以下「御子」の子の系譜が詳しく掲示されることになる。この「王《おほきみ》」の子の系譜は、次頁から孫および曾孫の系譜となるが、ここでも「王《おほきみ》」である。

一〇 この頁は、日子坐王《ひこいますのおおきみ》の系譜に費やされている。後代に登場する重要人物の名が見える。

一一 大和国添上《そえかみ》郡猶中《なおなか》郷（今の奈良市法蓮《ほうれん》町周辺）。

一二 垂仁《すいにん》天皇の段に謀反を企て敗れる物語がある（一四三～四八頁）。

一三 垂仁天皇の皇后となるが、兄沙本毗古《さほびこ》の謀反に殉じた悲劇の女主人公（一四三～五二頁）。

一四 滋賀県野洲《やす》郡野洲《やす》町三上《みかみ》にある御上《みかみ》神社。

一五 神に仕える者の総称。領巾《ひれ》を振り（はふる）神懸《かみがか》りになって託宣するのが本来の職能であった。

一六 心身を清浄にして神に奉仕すること。

一七 御上神社の祭神。

一八 「息長《おきなが》」は滋賀県坂田郡近江町の地。息長川（今の天野川）や琵琶湖の水霊の依《よ》り憑《つ》く地であった。

一九 崇神紀十年条には四道将軍の一人として丹波に派遣されたとあるが、『古事記』では、その将軍は父の日子坐王となっており（一三七頁）、この美知能宇斯《みちのうし》王はのちの沙本毗古の謀反の後段に浄民《きよきたみ》の父として登場する（一四八頁）。

二〇 実数は十五王。この十一王の数は、沙本毗古の反逆による兄妹四柱を除いたもの。

かれ、兄大俣《あにおほまた》の王《おほきみ》の子、[一]曙立《あけたつ》の王《おほきみ》。次に、[二]菟上《うなかみ》の王（二柱）。この曙立の王は（伊勢《いせ》の品遅部《ほむぢへ》の君・伊勢の佐那《さな》の造《みやつこ》が祖《おや》《祖先だ》ぞ）。菟上の王は（比売陀《ひめだ》の君が祖ぞ）。次に、小俣《をまた》の王は（当麻《たぎま》の勾《まがり》の君が祖ぞ）。次に、志夫美《しぶみ》の宿禰《すくね》の王は（佐々《ささ》の君が祖ぞ）。次に、沙本毗古《さほびこ》の王は（日下部《くさかべ》の連《むらじ》・甲斐《かひ》の国の造が祖ぞ）。次に、袁耶本《をざほ》の王は（葛野《かづの》の別《わけ》・近つ淡海《あふみ》の蚊野《かの》の別が祖ぞ）。次に、室毗古《むろびこ》の王は（若狭《わかさ》の耳の別が祖ぞ）。その美知能宇志《みちのうし》の王、[三]丹波《たには》の河上の摩須《ます》の[四]郎女《いらつめ》を娶《めと》りて生みたまへる子《妻にしてお生みになった子は》、[五]比婆須比売《ひばすひめ》の命《みこと》。次に、真砥野比売《まとのひめ》の命。次に、弟比売《おとひめ》の命。次に、朝庭別《みかどわけ》の王（四柱）。この朝庭別の王は（三川《みかは》の穂《ほ》の別の祖ぞ）。この美知能宇斯の弟《いろど》、水穂《みづほ》の真若《まわか》の王は（近つ淡海の安《やす》の直《あたひ》が祖ぞ）。次に、神大根《かむおほね》の王は（三野《みの》の国の本巣《もとす》の国の造・長幡部《ながはたべ》の連が祖ぞ）。次に、山代《やましろ》の大筒木《おほつつき》の真若《まわか》の王、同母弟《いろど》伊理泥《いりね》の王の女《むすめ》、丹波の阿治佐波毗売《あぢさはびめ》を娶りて生みたまへる子、迦邇米雷《かにめいかづち》の王《おほきみ》。この王《みこ》、丹波の遠津臣《とほつおみ》が女、名は高材比売《たかきひめ》を娶りて生みたまへる子、息長《おきなが》の宿禰の王。この王《みこ》、葛城《かづらき》の高額《たかぬか》

* この頁から次頁数行にかけて、日子坐王《ひこいますのおおきみ》の孫・曾孫・玄孫の系譜を掲示する。玄孫までを掲示したのは、かの著名な息長帯比売《おきながたらしひめ》（神功皇后《じんぐうこうごう》）に関《かか》わる系譜だからである。しかし、この系譜はより深い意味をもっている。すなわち、(一)沙本毗古《さほびこ》・沙本毗売《さほびめ》の兄妹は沙本の地における呪的支配者だったことを想像させること。(二)御上《みかみ》神社の祭神の娘との結婚による美知能宇斯《みちのうし》王の誕生が、丹波国の神聖（天皇即位の年の大嘗祭《だいじょうさい》の時に用いられる新穀・酒料を提出するために卜定《ぼくじょう》された聖地を「斎忌《ゆき》」「須基《すき》」というが、丹波国がその神聖な卜定地になることが多かった）を表し、その子は浄《きよき》民《たみ》として皇后に召されること。(三)誓約《うけい》の呪術者、曙立《あけたつ》王がいること。これらの呪的宗教性が顕著な点にその特色を見出すことができるならば、神懸りの巫女《ふじょ》息長帯比売の出現の必然性を暗示するものと言えよう。

一 垂仁《すいにん》天皇の段に、この王が、勅命によって誓約《うけい》をした物語がある（一五〇頁）。

二 兄の曙立王とともに、垂仁天皇の皇子本牟智和気《ほむちわけ》王に随行して出雲大神を拝みに行った（一五〇頁）。

三 のちの、丹後国熊野《くまの》郡川上（今の京都府熊野郡久《く》美浜《みはま》町畑《はた》周辺）の地。

四 女を敬愛して呼ぶ語。「郎子《いらつこ》」の対。

五 垂仁天皇は皇后沙本毗売《さほびめ》が兄に殉じて後、生前の進言によって、この姫を皇后にした（一五二～三頁）。

＊美知能宇志《みちのうし》王の娘は、比婆須比売《ひばすひめ》命・真砥野比売《まとのひめ》命・弟比売《おとひめ》命とあるが、一四八頁には兄比売《えひめ》・弟《おと》比売《ひめ》とあり、一五二頁には比婆須比売命・弟比売命・歌凝比売《うたごりひめ》命・円野比売《まとのひめ》命とあって小異がある。

六 神功皇后。仲哀《ちゆうあい》天皇の皇后。

七 河内《かわち》国若江《わかえ》郡（今の東大阪市川俣）の地。

八 六十三歳。

九 今の奈良市油阪《あぶらさか》町の地にある。

崇神天皇 ——皇統譜

＊第二代綏靖《すいぜい》天皇から第九代開化《かいか》天皇までは「欠史八代」と呼ばれる。しかし、記中のわずか数行の系譜も、古代人にとっては、生きた歴史として興味深い記述だったに違いない。第一〇代崇神《すじん》天皇以降は、多少の史実性を含みながら大和王権の発展をめざす治国の事績が語られる。崇神・垂仁・景行の三代には「いりひこ・いりひめ」（次頁初めの＊印参照）を含む人名が多い。

一〇 第一〇代崇神天皇。開化天皇の皇子。母は伊迦賀《いかが》色許売《しこめ》命（一三〇頁）。この天皇の「御真木《みまき》」を任那《みまな》の城《き》と解して、任那からの征服者とする騎馬民族説があるが誤り（次頁初めの＊印参照）。

一一 奈良県桜井市金屋《かなや》の志貴御県坐《しきのみあがたにます》神社あたりの地。

一二 孝元天皇の皇子（一二八頁）。一三七頁以下に北陸地方に派遣されたときの将軍として活躍する。

一三 のちの第一一代垂仁天皇。

比売《ひめ》を娶りて生みたまへる子、息長帯比売《おきながたらしひめ》[六]の命《みこと》。次に、虚空津比売《そらつひめ》の命。次に、息長日子《おきながひこ》の王《おほきみ》（三柱。この王《みこ》は、吉備《きび》の品遅の君・針間《はりま》の阿宗《あそ》の君が祖ぞ）。また、息長の宿禰の王、河俣《かはまた》[七]の稲依毗売《いなよりびめ》を娶りて生みたまへる子、大多牟坂《おほたむさか》の王（こは多遅摩《たぢま》の国の造が祖ぞ）。上にいへる〔上述した〕建《たけ》豊波豆羅和気《とよはづらわけ》の王は（道守《ちもり》の臣《おみ》・忍海部《おしぬみべ》の造・御名部《みなべ》の造・稲羽《いなば》の忍海部・丹波の竹野《たけの》の別・依網《よさみ》の阿毗古《あびこ》等が祖ぞ）。〔開化帝の宝算は〕天皇の御年、陸拾《むそ》[八]ちあまり参歳《みつ》ぞ。御陵《みはか》は伊耶河《いざかは》[九]の坂の上にあり〔ほとりにある〕。

[一〇]御真木入日子印恵《みまきいりひこいにゑ》の命〔崇神天皇〕、師木《しき》[一一]の水垣《みづかき》の宮に坐《いま》して、天の下治めたまひき。この天皇、木の国の造〔紀伊国の造〕、名は荒河刀弁《あらかはとべ》が女、遠津年魚目々《とほつあゆめま》微比売《ぐはしひめ》を娶りて生みたまへる御子、豊木入日子《とよきいりひこ》の命。次に、豊鉏入《とよすきいり》日売《ひめ》の命（二柱）。また、尾張《をはり》の連が祖、意富阿麻比売《おほあまひめ》を娶りて生みたまへる御子、大入杵《おほいりき》の命。次に、八坂之入日子《やさかのいりひこ》の命。次に、沼名《ぬな》木之入日売《きのいりひめ》の命。次に、十市之入日売《とをちのいりひめ》の命（四柱）。〔崇神帝が〕また、大毗古《おほびこ》[一二]の命の女、御真津比売《みまつひめ》の命を娶りて生みたまへる御子、伊玖米入日子《いくめいりひこ》[一三]

伊沙知《いさち》の命《垂仁天皇》。次に、伊耶能真若《いざのまわか》の命《みこと》。次に、国片比売《くにかたひめ》の命。次に、千々都久和比売《ちちつくわひめ》の命。次に、伊賀比売《いがひめ》の命。次に、倭日子《やまとひこ》の命（六柱）。この天皇の御子等《崇神帝の御子たちは》、幷せて《合計して》十《とを》あまり二柱ぞ《十二柱である》（男王《ひこみこ》七はしら、女王《ひめみこ》五はしら）。かれ、伊久米伊理毘古伊佐知《いくめいりびこいさち》の命《垂仁天皇は》は、天の下治めたまひき。

次に、豊木入日子《とよきいりひこ》の命は（上毛野《かみつけの》・下毛野《しもつけの》の君等《きみたち》が祖《おや》ぞ）。妹豊鉏比売《いろどとよすきひめ》[一]の命は（伊勢の大神の宮を《伊勢神宮を》拝《いは》ひ祭りき[二]）。次に、大入杵《おほいりき》の命は（能登《のと》の臣《おみ》が祖ぞ）。次に、倭日子の命（この王の時に、始めて陵《はか》[三]に人垣《ひとがき》を立てき）。

三輪山の神を祭る

この天皇の御世に《崇神帝の時代に》、役病《えやみ》[四]多《さは》に起りて、人民《おほみたから》[五]尽きなむとす《死に絶えようとした》。しかして《それで》、天皇《すめらみこと》愁歎へたまひて《ご心配になって》、神牀《かむどこ》[六]に坐《いま》しし夜《よ》に、大物主《おほものぬし》[七]の大神、御《み》夢《いめ》に顕《あら》はれて《現れて》曰《の》らししく、

「こは、わが御心ぞ《病の流行は私の意志によるのだ》。かれ、意富多々泥古《おほたたねこ》をもちて、あが前を祭らしめたまはば《われを祭らせるようになされるならば》、神の気《け》[八]起《おこ》らず、国も安《やす》平らかにあらむ《平安であろう》」

ここをもちて《この神託によって》、駅使《はゆまづかひ》[九]を四方《よも》に班《あか》ちて《分遣して》、意富多々泥古といふ人を求《捜し》むる時に《求める時に》、河内《かふち》[一〇]の美努《みの》の村に、その人を見得て《やっと見つけて》貢進《たてまつ》りき。しかして、

＊ここで「いりひこ・いりひめ」について説明しておこう。「いり」には必ず「入」が用いられ、仮名書きは「伊理《いり》」である。これは「色《いろ》」とか「同母《いろ》」とかの意ではなくて、「入《い》る」意である。入るとは、たとえば「御真木《みまき》」なら神木でそこに入る、依《よ》り憑《つ》く、「御間《みま》」なら神殿でそこに入る意で、古代呪的支配者（女王男弟《じよおうだんてい》）の行為に基づいた称呼である。「ひこ・ひめ」は男女一組で支配したもので、政治史的に「彦姫制《ひこひめせい》」といわれる。

一 「妹《いろど》」は豊木入日子命の同母妹であることを表す。

二 「拝《いは》ひ祭る」は、神事を行って祭ること。

三 陵墓の周囲に人を立て並べて埋めること。いわゆる殉死。垂仁紀二十八年条に、殉死を禁止し、同三十二年条に、野見宿禰《のみのすくね》の献策で埴輪《はにわ》を代用したとある。

＊崇神天皇の御世に、疫病《えきびよう》で多くの人民が死んだ。大物主神は天皇の夢枕に立ち、わが子孫の意富多多泥古《おおたたねこ》にわれを祭らせよと神託を下す。ようやく捜しあて三輪山に祭らせると、国家は平安になった。夢告による政治に特徴がある。

四 悪性の流行病。「役」は「疫」の古字。

五 「大御宝《おほみたから》」の意。「大御」は天皇の所有するものについての敬語で、天皇からみた国民に対する称呼。

六 夢に神託を受けるためにしつらえた床。夢はそのまま現実《うつつ》のこととなる霊夢である。この種の夢は古代文学に多くの例があるが、一一二頁は高倉下《たかくらじ》のみた夢

であり、一四四・一四九頁はこの場合と同じく、ともに崇神天皇のみた夢である。神託が夢を通じてなされた点に崇神朝の政治の体質がある。
七 一二〇頁注三参照。三輪山（神体山）の神の名であり、三輪朝廷の鎮国の神として「大神」の称に昇格していることに注意。
八 祟《たた》り。「気《け》」は「物《もの》のけ」と同じく怪異の意。
九 公《おおやけ》の早馬《はやうま》の急使。
一〇 大阪府八尾市上之島《かみのしま》町周辺の地。
一一 意富多々泥古の出自《しゅつじ》を系譜によって名乗る。
＊ 大物主神と活玉依毗売《いくたまよりびめ》との神婚説話は一三六〜七頁に見える。陶津耳《すゑつみみ》命の「すゑ」は、茅渟県陶邑《ちぬのあがたすゑのむら》（旧大阪府泉北《せんぼく》郡東陶器村・西陶器村、今は堺市）の地名で、祭器の須恵器《すえ》の生産地に基づく名。以下の三神名は土器の製法などに因《ちな》んだ名。意富多多泥古の「たた」は摂津国河辺郡多太《ただ》神社周辺（川西《かわにし》市平野字《あざ》宮山）の地名であろう。
一二 神事を主宰する地位の人。意富多々泥古の子孫神君《みわのきみ》（三輪君）が大神《おおみわ》神社の祭祀権を得たこと。
一三 三輪山の大神《おおみわ》の神（桜井市三輪町の大神神社）。
一四 奈良県宇陀郡榛原《はいばら》町の墨坂神社（もと初瀬《はせ》街道の西峠にあったという）。交通上の要所。
一五 赤色と黒色（墨は黒に同じ）は対偶色。
一六 奈良県北葛城《きたかつらぎ》郡香芝《かしば》町穴虫《あなむし》の大坂山口神社か。穴虫峠は大和と河内の交通上の要所。
一七 坂や河の神は境界神。

天皇《崇神帝は》
「なは《お前は》、誰《た》が子ぞ《誰の子か》」

と問ひたまへば、答へ白《まを》ししく、

「あは《私は》[一一]、大物主の大神《大神が》、陶津耳《すゑつみみ》の命《みこと》の女《むすめ》、活玉依毗売《いくたまよりびめ》を娶《めと》りて《妻にして》生みたまへる子《お生みになった子で》、名は櫛御方《くしみかた》の命の子、飯肩巣見《いひかたすみ》の命の子、建甕槌《たけみかづち》の命の子、あれ《私が》意富多々泥古ぞ」

と白《まを》しき。ここに、天皇《崇神帝は》いたく歓《よろこ》びて詔《の》りたまひしく、

「天の下平らぎ《天下は平和になり》、人民栄えなむ《きっと栄えよう》」

とのりたまひて、すなはち《さっそく》意富多々泥古の命をもちて神主《かむぬし》[一二]として、御諸山《みもろやま》[一三]に意富美和《おほみわ》の大神の前を《大神様を》拝《いは》ひ祭りたまひき《神事をしてお祭りになった》。また、伊迦賀色《いかがし》許男《こを》の命に仰《おほ》せて、天《あめ》の八十《やそ》びらかを作らしめ《平たい祭具の土器を作らせ》、天《あま》つ神地《くに》つ祇《かみ》の社《やしろ》を定めまつりたまひき《お定め申し上げられた》。また、宇陀《うだ》[一四]の墨坂《すみさか》の神に、赤き色[一五]の楯矛《たてほこ》を祭り、また、大坂[一六]の神に、墨《くろ》き色の楯矛を祭り、また、坂の御尾《みを》[一七]の《山裾の》神また河の瀬の神に、ことごと《すべて》遺忘《わす》るることなく《漏れおちることなく》、幣帛《みてぐら》を《神への捧げ物を》奉りたま

ひき《献られた》。これによりて、役《え》の気《け》ことごと息《や》みて《祟りは総て止んで》、国家《くに》安平《やす》らぎき《平穏になった》。

この、意富多々泥古《おほたたねこ》といふ人を、神の子と知るゆゑは《神の子と知ったわけは「こうだ」》、上《かみ》にいへる《上述した》[一]活玉依毘売《いくたまよりびめ》、その容姿《かたち》端正《うるは》しくありき《整い美しかった》。ここに《さてここに》、壮夫《をとこ》あり《若者がいた》。その[二]形姿《かたちすがた》威儀、時《当時》に比《たぐ》ひなし《無類だった》。夜半《よなか》の時に、たちまちに《音もなく突然に》到来《きた》る。かれ《そして》、[三]相感《あひめ》でて共婚《まぐは》ひして《結婚して共に》、供住《す》める間《あひだ》、いまだいくだもあらねば《まださほど時も経っていないのに》、その美人《をとめ》妊身《はら》みぬ《身籠った》。しかして《そこで》、父母《ちちはは》その妊身める事を怪《あや》しびて《不思議に思い》、その女《むすめ》に問ひて曰《い》ひしく、

「なは《お前は》[四]おのづからに《見た目にはっきり》妊《はら》めり。夫《を》なきに何のゆゑにか妊身める」《夫もいないのにどういうわけで身籠ったのか》

〔娘は〕答へ曰ひしく、

「麗美《うるは》しき壮夫あり《貴く立派な若者がいます》。その[五]姓名《かばね》も知らず。夕《よ》ごとに《毎夜》到来《きた》りて供住《す》める間に、おのづからに《当然いつとはなしに》懐妊《はら》みぬ」

ここをもちて《この返事を聞いて》、その父母その人を知らむとおもひて《その男の素性を知ろうと思って》、その女《娘に》に誨《をし》へて曰ひしく《教えて言ったのには》、

「[六]赤土《はに》もちて床《とこ》の前《まへ》に散らし、[七]へその《糸巻の》[八]紡麻《うみを》もちて針に貫《ぬ》き《通して》、その《男の》

＊意富多々泥古《おおたたねこ》が神裔《しんえい》であるのは、大物主神と活玉依毘売との神婚によって生れた神の子孫であるからという。これは蛇婿《へびむこ》入り説話の中の苧環《おだまき》型の代表的なもので三輪山型ともいわれる。大物主神の神婚伝説はほかに「丹塗矢《にぬりや》伝説」があった（一二〇頁参照）。——三輪山伝説

一 神霊（玉）の依《よ》り憑《つ》く姫の意だが、実際は蛇体の三輪山の神に奉仕する巫女《ふじょ》であったろう。

二 振舞、態度。「端正」とともに、仏典語。

三 「相・共・供」は、お互いに、の意。

四 ここの原文は「自」、一一行目の原文は「自然《おのづからに》」とある。いずれも、当然に、必然的に、の意。仏典語。

＊この三輪山伝説の条は、原文を見ると、(イ)四字句が多い、(ロ)用字を少しずつ変えている、(ハ)仏典語を用いる、などの文章上の技巧を施す。

五 素性《すじょう》（身分・縁故・名前）も知らないで契りを交すのは後文の異常出生（神の子）を暗示する。

六 「赤土」は祭器を作る呪力のある土で、それを床の前に撒《ま》き散らすことによって、夜訪れる男を呪縛《じゅばく》することができると考えられていたためであろう。

七 糸巻。紡《つむ》いだ糸を環状に巻きつけたもの。

八 紡いだ麻糸。「麻《を》」は麻糸。

九 着物の裾《すそ》。「襴《らん》」は裾べりの意。

一〇 「鉤」は、先の曲った形をした器具の総称。鍵の意（九七頁では釣針の意であった）。鍵穴を通る（「より」は通過を表す助詞）のは蛇体であることを暗示する。

九衣《きぬ》の襴《すそ》に刺《さ》せ」
かれ、教へ《〔娘は父母の〕》のごとくして、旦時《あした》《夜明けに見ると》に見れば、針著《つ》けたる麻《を》《麻糸は》は、戸の一〇鉤穴《かぎあな》より控《ひ》き通りて出でて、ただ遺《のこ》れる麻《麻糸は》は三勾《みわ》《三巻きだけだった》のみなりき。しか《そこで》してすなはち、《〔その若者が〕》鉤穴より出でし状《かたち》《様子が分り》を知りて、糸のまにまに尋ね行け《糸をたよりにあとを辿ってゆくと》ば、美和山《みわやま》に至りて《到着して大神神社に》神の社に留《とどま》りき。かれ、それ神の子とは知りぬ《〔意富多々泥古を〕》。かれ、その麻の三勾遺りしによりて《麻糸が三巻き残ったところから》、そこを名《なづ》けて、一二美和《みわ》といふ（この意富多々泥古の命《みこと》は、一三神《みわ》の君・一四鴨《かも》の君が祖《おや》ぞ）。
また、この御世に《崇神帝の時代に》、一五大毗古《おほびこ》の命《みこと》は、高志《こし》の道に遣はし《北陸地方に派遣し》、その子一六建《たけ》沼河別《ぬなかはわけ》の命は、東《ひむがし》の方十《とを》あまり二つの道に遣はして《東海地方十二カ国に派遣して》、そのまつろはぬ人等《どもを》《服従しない者》を和平《やは》さしめたまひき《平定させられた》。また、一七日子坐《ひこいます》の王《おほきみ》は、旦波《たには》《丹波国》の国に遣はして玖賀耳之御笠《くがみみのみかさ》（こは人の名ぞ）を殺さしめたまひき。かれ、大毗古の命、高志の国《北陸地方に》に罷《まか》り往きし時に《出かけていった時に》、一八腰裳《こしも》服《け》せる《著けた》少女《をとめ》、一九山代《やましろ》のへ《境界》ら坂に《の坂に》立ちて、歌ひしく、
二〇御真木入彦《みまきいりびこ》はや　御真木入彦はや

一一 糸巻に、糸が三巻きになっていること。「勾」は「輪《わ》」。
一二 奈良県桜井市三輪町。「美和」は音仮名であるが、好字《こうじ》（良い意味を表す字）が選ばれている。
一三 三輪君。もと河内で祭祀《さいし》用の須恵器を生産していたのが三輪山麓に住みついて、三輪の神を祭るようになった氏族。三輪の神はのちに大和国一の宮として崇敬され、「神」と言えば三輪の神をさすようになったので、「神」の字を「みわ」と訓《よ》むに至る。
一四 賀茂君。大和国葛上《かずらきのかみ》郡に住み、賀茂の神（御《ご》所《せ》市の高鴨《たかかも》神社や鴨都波《かもつば》神社の神）を祭った氏族。
＊ 大毗古《おおびこ》命は越国《こし》へ派遣されたが、山城《やましろ》の幣羅《へら》坂で少女が不思議な歌を歌うのを聞き、引き返し天皇に奏上したところ、天皇は建波邇《たけはに》安《やす》王反逆の兆《しるし》と断じ、大毗古命に日子国夫玖《ひこくにぶく》命を副《そ》えて討たせる。
——建波邇安王の反逆
一五 一二九頁注一一参照。
一六 一二九頁注一四参照。
一七 一三一頁注一〇・一九参照。
＊ いわゆる四道将軍派遣記事であるが、ここでは三将軍を挙げる。残る一将軍は一二八頁＊印参照。
一八 短いスカート風のもの（「裳」は今のロングスカート風）を着るとは、少女が神女であることをにおわす。
一九 今の、京都府相楽《そうらく》郡木津《きづ》町大字市坂《いちさか》小字幣羅坂。「へら坂」は「平坂《ひらさか》」に同じく、境界の坂の意。
二〇 崇神天皇の名。「はや」は感動の助詞。

おのが《ご自分の》命を[一] 盗み殺《し》せむと[二]《暗殺しようと》
後《しり》つ門よ[三]《裏門から》 い行きたがひ《行きちがい》
前《まへ》つ門よ《表門から》 い行きたがひ《行きちがい》
うかかはく《狙っているのを》 知らにと[四]《知らないで》
御真木入彦《みまきいりびこ》はや

ここに《これを聞き》、大毘古《おほびこ》の命《みこと》、佐《あや》しと思ひ《不思議だと思い》、馬を返し《馬を引き返し》、その少女《をとめ》に問ひて曰《い》ひしく、

「ながいへる言《こと》《今お前が言った》は、何の言ぞ《どういう意味か》」

しかして《すると》、少女が答へ曰ひしく、

「あは《私は》言《ものい》はず。ただ歌《うた》を詠へるにこそ《歌っただけです》」

といひて、すなはち《たちまち》その所如《ゆくへ》も見えずて《見せないで》、たちまちに《忽然として》失《う》せにき《姿を隠した》。かれ、大毘古の命、さらに〔都へ〕還り参上《まゐのぼ》りて、天皇《すめらみこと》に請《まを》す時に《奏上した時に》、天皇の答へ詔《の》らししく、

「こは《これは》、山代の国なる《山城国にいる》、わが[五]庶兄建波邇安《ままあにたけはにやす》の王《おほきみ》の邪《きたな》き心を起しし《反逆心を起した》

一 生命。「緒《を》」と同源で長く続くものをいう。

二 「盗む」はこっそり動作する意。「殺《し》す」は死なせる・殺す意で、「死ぬ」の他動詞。ともに主語は「誰かが」である。あとで建波邇安《たけはにやす》王であることが分る。「い行きたがひ…うかかはく」と同じ主語。

三 「後つ門《と》」「前つ門《と》」の二句対は、崇神天皇の生命を狙う者の皇居内での人目を避ける行為をいう。二一一～二一二頁に「前（後）つ殿戸」の表現がある。

四 「知らにと」の主語は御真木入彦《みまきいりびこ》。「に」は打消の助動詞「ず」の連用形の古形。ふつう格助詞「と」は用言・助動詞の終止形を受けるが、ここは連用形で体言の働きをしたもの（一種の終止法）である。「知らにと」は言いさした形であとは省略されている。

＊ この歌の内容が異常なので、命《みこと》が不思議だと思ったのである。この歌は、神が少女の口を借りて歌わせているもので、だから「御真木入彦」と呼び捨てにしている。独立歌としては考えにくい歌で、物語述作者による創作歌とみるべきである。

五 建波邇安王は崇神天皇の伯父に当る（一二八頁参照）のに、ここで「わが庶兄」とあるのは不審。大毘《おおび》古《こ》命には建波邇安王が庶兄に当るので、「わが」を「汝《な》が」の誤りとする説や、開化・崇神の父子関係を否定し、孝元・崇神の父子関係を史実として「わが庶兄」を認める説があるが、これは、二人称の親称「お前の」の意と考える。卑称「貴様の」の意になる以前の用法である。

表《しるし》とするのみ《徴候とすべきだ》。[六]伯父《をぢ》、軍《いくさ》を興《おこ》して行《いでま》すべし《討伐なさい》」とのらして、すなはち《ただちに》[七]丸邇《わに》の臣《おみ》が祖《おや》、日子国夫玖《ひこくにぶく》の命《みこと》を副《そ》へて遣はしし時に、すなはち[八]丸邇坂に忌瓮《いはひへ》を居《す》ゑて罷《まか》り往きき《征途にたった》。ここに《その途中》、山《やま》代《しろ》の[九]和訶羅河《わからがは》に到りし時に、その建波邇安の王、軍を興して待ち遮《さき》り《〔天皇軍を〕はばみ》、おのもおのも《お互いに》河を中に挟《はさ》みて《和訶羅河を間に》対《むか》ひ立ちて《対峙して》、相挑《あひいど》みき《挑戦し合った》。かれ、そこを号《なづ》けて伊杼美《いどみ》といふ（今は[一〇]伊豆美《いづみ》といふ）。しかして、日子国夫玖の命、乞ひて《所望して》云《い》ひしく、

「[一一]そなたの人《そちらの人よ》、先づ《先に》[一二]忌矢《いはひや》弾《はな》つべし《放て》」

しかして《それに応じて》、その建波邇安《たけはにやす》の王、射つれども《射たけれども》え中《あ》てざりき《命中できなかった》。ここに《一方》、国夫玖の命の弾てる矢は《放った矢は》、建波邇安の王を射て死にき《〔王は〕死んだ》。かれ《それで》、その軍《敵の軍》ことごと破れて《勢はすっかり》逃げ散《あら》けぬ《四散した》。しかして、その逃《に》ぐる軍を追ひ迫《せ》めて《敵軍を追い攻めて》、[一三]久須婆《くすば》の度《わたり》に到りし時に《渡し場に着いた時に》、みな迫め《攻め》窘《たしな》[一四]めらえて《苦しめられ》、屎《くそ》出でて[一五]褌《はかま》に懸《か》かりき。かれ、そこを号《なづ》けて屎褌《くそばかま》といふ（[一六]今者《いま》は久須婆《くすば》といふ）。また、その逃ぐる軍を遮りて斬れば《はばんで斬り殺すと》、鵜《う》のごとく河に浮きき《〔屍体が〕》。かれ、

六 大毘古命は、崇神天皇の伯父に当る（一二八頁参照）。

七 丸邇《わに》臣の祖先は、開化天皇の段（一三〇頁）に日《ひ》子国意祁都命《こくにおけつ》とあり、その妹意祁都比売命《おけつひめ》と天皇が結婚して日子坐王《ひこいます》を生む。ここでは祖先名が「日子国夫玖《ひこくにぶく》」と異なっており、崇神紀にも「和珥《わに》臣の遠祖彦国葺《ひこくにぶく》」とある。その名の相違はともかく、これを副《そ》えたのは、丸邇氏が木津《きづ》川の水運を掌握していた豪族だったからであろう。「丸邇《わに》」の名が鮫《さめ》を思わせることと、武功の場が木津川であることからそれが言える。

八 奈良県天理市和爾《わに》町の坂。丸邇氏の本拠から出陣するに際し、その境界の坂で神祭りをしたこと。「忌《いは》瓮《ひへ》を居《す》ゑて」については一二八頁注二参照。

九 木津川の古称。山城《やましろ》の泉川と呼ばれ、伊賀《いが》国に源を発し、山城国を経て、淀川に入る大河。

一〇 木津町付近。『和名抄』に「山城国相楽郡水泉《いづみ》」とある。以下類似音による地名起源説話を載せる。

一一 原文「其廂人」とある。「廂」は中国六朝《りくちよう》以来行われた俗語。母屋の左右にある小部屋の意から、双方にあるものについて添えた字。

一二 神聖な矢。戦いの初めの矢合せの矢。

一三 大阪府枚方《ひらかた》市楠葉《くすば》にあった淀川の渡し場。

一四「窘《きん》」は「困苦」で、はげしく苦しめられ、の意。形容詞「たしなし」（激しく痛切である）の動詞化。

一五 男子用の股の割れた袴《はかま》。

一六「今者」の「者」は助字。一一〇頁にもあった。

その河を号《なづ》けて鵜河《うかは》[一]といふ。また、その軍士《いくさひと》を斬りはふりき《ばらばらに斬り散らした》。かれ、そこを号けて波布理曾能《はふりその》[二]といふ。かく平らげ《こうして平定し》訖《を》へて《終えて》、参上《まゐのぼ》りて覆奏《かへりことまを》しき《復命した》。かれ、大毗古《おほびこ》の命《みこと》は、先の命《みこと》[三]のまにまに《勅命に従い》、高志《こし》の国に罷り行きき《北陸地方平定のために下向した》。しかして、東《ひむがし》[四]の方より遣はさえし《東海道を経て派遣された》建沼河別《たけぬなかはわけ》とその父大毗古と共に、相津《あひづ》[五]に往き遇ひき《たまたま行き遇った》。かれ、そこを相津といふ。ここをもちて《こうして》、おのもおのも《それぞれ》遣はさえし国の《派遣された国々の》政《まつりごと》[六]を和平《やは》して覆奏しき《平和にして復命した》。しかして、天の下いたく平らぎ《たいそう平穏になり》、人民《おほみたから》富み栄えき。ここに《ここで》、初めて男《をとこ》[七]の弓端《ゆはず》の調《みつき》・女《をみな》[八]の手末《たなすゑ》の調を貢《たてまつ》らしめたまひき。かれ、その御世を称《たた》へて、初国《はつくに》[九]知らしめしし《領有支配された》御真木《みまき》の天皇《すめらみこと》とまをす《申し上げる》。また、この御世に、依網《よさみ》[一〇]の池を作り、また軽《かる》[一一]の酒折《さかをり》の池を作りき。天皇の御歳《みとし》、壱佰《もも》[一二]ちあまり陸拾《むそ》ちあまり捌歳《やつ》ぞ（戊寅《つちのえとら》[一三]の年の十二月《しはす》に崩《かむあが》りましき）。御陵《みはか》は山[一四]の辺《へ》の道の勾《まがり》の岡の上《へ》にあり《ほとりにある》。

垂仁天皇
——皇統譜

伊久米伊理毗古伊佐知《いくめいりびこいさち》[一五]の命《垂仁天皇》、師木《しき》[一六]の玉垣の宮に坐《いま》して、天の下治めたまひき。この天皇、沙本毗古《さほびこ》[一七]の命の妹《いろど》、佐波遅比売《さはぢひめ》[一八]の命を娶《めと》り《妻》

一 淀川の一名か。
二 今の京都府相楽郡《そうらく》精華町《せいか》祝園《ほうぞの》。
三 一三七頁八行目「大毗古の命は、高志《こし》の道に遣はし」をさす。
四 「東の方より」の「より」は、進行動作の活動点を表す。そこを経て他へ移る意。
五 福島県の会津。この合流が史実か否かは別とし、会津は古くから北陸道・東海道の文化的合流点であった。会津盆地に天平《てんぴょう》・弘仁《こうにん》式の薬師如来などの仏像が集中的に見られることは畿内文化の伝播《でんぱ》を意味し、大《おお》沼《ぬま》郡会津《あいづ》高田町の伊佐須美《いさすみ》神社には古い神事が残され、伊勢・熱田両神宮と合わせて三古社と称される。
六 皇化に服しない地方を平定するための任務。
七 男の狩猟した物（鳥獣・獣皮など）を貢納すること。古代の税。「弓端」は弦《つる》をかけるところ。
八 女の手先で紡《つむ》いだ糸や織物を貢納すること。注七と同じく、古代の税。
九 初めての国家というものを領有支配すること。神武紀元年条にもこの称辞が神武天皇に捧げられている。これは崇神天皇への称辞を神武天皇に移したものと考えられる。
一〇 大阪府堺市池内の地か。
一一 奈良県橿原《かしわら》市大軽町付近。池の所在は不明だが、灌漑用の溜池《ためいけ》である。
一二 百六十八歳。

一三 崩御干支の初出。『魏志《ぎし》』（二九七年）およびその原本となった『魏略《ぎりやく》』（二八一～九年）の倭人伝《わじんでん》の内容を分析すると、崇神記・紀の記事内容や当時の国際情勢によく適合する。そこで、戊寅年は西暦二五八年となる。記中の他の崩御干支についてもかなり信憑性《しんぴょうせい》はあって、その点『日本書紀』のほうは作為性が歴然としている。
一四 今の天理市柳本町の地にある。山辺道《やまのべのみち》は桜井市金屋《かなや》から奈良市歌姫町《うたひめ》に至る約二五キロメートルの日本最古の道。道の東部は山脈をなし曲折している。
＊ 三輪朝廷の始祖として数々の事績を残した崇神天皇は「初国《はつくに》知らしめしし」の称辞を冠せられて、次の垂仁《すいにん》天皇に御代はかわる。
一五 第一一代垂仁天皇。崇神天皇と御真津比売《みまつひめ》命との六柱の皇子女の第一皇子（一三三～四頁）。
一六 奈良県桜井市穴師《あなし》の地。
一七 一三一頁注一二、一四三～四八頁参照。
一八 沙本毗売《さほびめ》の亦の名。一三一頁注一三、一四三～四八頁参照。
一九 一四七頁には「本牟智和気《ほむちわけ》」の名で出る。
二〇 一三一頁注一九、一四八頁参照。
二一 一三二頁注五、一三三頁初めの＊印参照。
二二 のちの景行天皇。一五四頁以下に記事がある。
二三 開化天皇の孫。一三〇頁参照。

て生みたまへる御子《にしてお生みになった御子は》、品牟都和気《ほむつわけ》一九の命（一柱）。また、旦波《たには》二〇の比古多《ひこた》々須美知《たすみち》の宇斯《うし》の王《おほきみ》の女《むすめ》、氷羽州比売《ひばすひめ》二一の命を娶りて生みたまへる御子、印色之入日子《いにしきのいりひこ》の命。次に、大帯日子淤斯呂和気《おほたらしひこおしろわけ》二二の命《景行天皇》。次に、大《おほ》中津日子《なかつひこ》の命。次に、倭比売《やまとひめ》の命。次に、若木入日子《わかきいりひこ》の命（五柱）。

また、《〔垂仁帝が〕》その氷羽州比売の命の弟《いろど》、沼羽田之入毗売《ぬばたのいりびめ》の命を娶りて生み《妻にしてお生み》たまへる御子《になった御子は》、沼帯別《ぬたらしわけ》の命。次に、伊賀帯日子《いがたらしひこ》の命（二柱）。また、《〔垂仁帝が〕》その沼羽田之入日売《ぬばたのいりひめ》の命の弟、阿耶美能伊理毗売《あざみのいりびめ》の命を娶りて生みたまへる御子、伊許婆夜和気《いこばやわけ》の命。次に、阿耶美都比売《あざみつひめ》の命（二柱）。

また、《〔帝が〕》大筒木垂根《おほつつきたりね》二三の王の女、迦具夜比売《かぐやひめ》の命を娶りて生みたまへる御子、袁耶弁《をざべ》の王（一柱）。また、《〔垂仁帝が〕》山代《やましろ》の大国之淵《おほくにのふち》が女、苅羽田刀弁《かりはたとべ》を娶りて生みたまへる御子、落別《おちわけ》の王。次に、五十日帯日子《いかたらしひこ》の王。次に、伊登志別《いとしわけ》の王。また、《〔垂仁帝が〕》その大国之淵が女、弟苅羽田刀弁《おとかりはたとべ》を娶りて生みたまへる御子、石衝別《いはつくわけ》の王。次に、石衝毗売《いはつくびめ》の命、亦の名《その亦の名》は《は》布多遅能伊理毗売《ふたぢのいりびめ》の命（二柱）。おほよそに《数え合せて》この天皇の御子等《垂仁帝の御子たちは》、十《とを》あまり六《む》はしらの王ぞ《十六王である》（男王《ひこみこ》十あまり三はしら、女王《ひめみこ》三はしら）。

かれ、大帯日子《おほたらしひこ》淤斯呂和気《おしろわけ》の命は《景行天皇は》、天の下治めたまひき（御身《みみ》の長《たけ》、[一]一丈二寸《ひとつゑふたき》、[二]御脛《みはぎ》の長さ、四尺一寸《よさかひとき》）。次に、印色入日子《いにしきいりひこ》の命《みこと》は、[三]血沼《ちぬ》の池を作り、また[四]狭山《さやま》の池を作り、また[五]日下《くさか》の高津《たかつ》の池を作りたまひき。また、[六]鳥《と》取《とり》の河上の宮に坐《いま》して《そして》、[七]横刀《たち》壱仟口《ちふり》を作らしめ、これを[八]石上《いそのかみ》の神の宮に納めまつりて《奉納して》、すなはちその宮に坐して《河上宮におられて》、[九]河上部《かはかみべ》を定めたまひき《設定された》。次に、大中津日子《おほなかつひこ》の命は（山《やま》の辺《へ》の別《わけ》・三枝《さきくさ》の別・稲木《いなき》の別・阿太《あだ》の別・尾張《をはり》の国の三野《みの》の別・吉備《きび》の石无《いはなし》の別・許呂母《ころも》の別・高巣鹿《たかすか》の別・飛鳥《あすか》の君・牟礼《むれ》の別等が祖《おや》ぞ）。次に、倭比売《やまとひめ》の命は（[一〇]伊勢の大神の宮を《伊勢神宮を》拝《いは》ひ祭りたまひき）。次に、伊許婆夜和気《いこばやわけ》の王《おほきみ》は（沙本《さほ》の穴太部《あなほべ》の別が祖ぞ）。次に、阿《あ》耶美都比売《ざみつひめ》の命は（稲瀬毗古《いなせびこ》の王に嫁《あ》ひましき《結婚された》）。次に、落別《おちわけ》の王は（小月《をづき》の山の君・三川《みかは》の衣《ころも》の君が祖ぞ）。次に、五十日帯日子《いかたらしひこ》の王は（春日《かすが》の山の君・高志《こし》の池の君・春日部《かすがへ》の君が祖ぞ）。次に、伊登志和気《いとしわけ》の王は（子なきによりて、[一一]子代《みこしろ》として、伊登志部《いとしべ》を定めき）。次に、石衝別《いはつくわけ》の王は（羽咋《はくひ》の君・三《み》

＊この頁は、前頁に掲げた垂仁天皇の皇子女たちの事績について記す。その中で、物部《もののべ》氏の氏神を祭る石上《いそのかみ》神宮に太刀千振《ちふり》を献上したこと、皇女倭比《やまとひ》売《め》命が第二代の斎宮として伊勢神宮を祭ったこと、また布多遅能伊理毗売《ふたじのいりびめ》命が倭建《やまとたける》命の后《きさき》となったことなどが注目される。

一 「一丈」は十尺。「一尺」は十寸。「一寸」は周尺ならば一・九九センチ。「丈」の字を「つゑ」と訓《よ》むのは「杖」の古字に基づく。「尺」《さか》は音読語。「寸」《き》は「刻」の意。

二 膝から下、足首より上の部分。

＊景行天皇の身長がはなはだ長大であったこと。第二皇子であるが天皇になったことから、長子印色《いにしき》入日子《いりひこ》命よりも先に掲示されているのである。

三 大阪府泉佐野市下瓦屋《しもかわらや》南付近。

四 大阪府南河内郡狭山町付近。

五 大阪府東大阪市日下《くさか》町付近。以上の池は灌漑用の溜池。

六 大阪府泉南郡阪南《はんなん》町自然田《じねんだ》。

七 「横刀」は、一一一頁注一八参照。「壱仟口」の「壱」は訓《よ》まない。「口」《ふり》は刀剣を数える単位。

八 天理市布留《ふる》町にある。物部氏が祭った神社で、朝廷の武器庫を兼ねた。一一二頁注六参照。

九 河上宮に属する部民。「部」《べ》は、大化改新前、朝廷や豪族に隷属した世襲職業集団。ここの部民は鍛冶《かじ》職の集団である。

尾《を》の君が祖ぞ）。次に、布多遅能伊理毘売《ふたぢのいりびめ》の命は（[一二]倭建《やまとたける》の命の后《きさき》となりましき）。

この天皇《垂仁帝が》、沙本毘売《さほびめ》をもちて后《きさき》としたまひし時に《皇后とされた時に》、沙本毘売の命の[一三]兄《いろえ》、沙本毘古《さほびこ》の王《おほきみ》、そのいろ妹《ど》[一四]に問ひて、

「夫《を》[一五]と兄《いろせ》[一六]と、いづれか《どちらが》愛《は》しき《いとしいか》」

と曰《い》へば、

「兄《いろせ》ぞ愛しき《いとしく思います》」

と答へ《〔妹が〕》曰ひき。しかして《そこで》、沙本毘古の王、謀《はか》りて曰ひしく《たくらんで言ったのには》、

「[一七]いまし《そなたが》、まことに《ほんとうに》、あを愛しと思はば《私をいとしいと思うならば》、あといましと天の下治《私とそなたとで天下を治めようと》めむ《思う》」

といひて、すなはち《すぐに》[一八]八塩折《やしほをり》の紐小刀《ひもかたな》を作りて、その妹《いろど》に授けて曰ひしく、

「この小刀《かたな》もちて、天皇《すめらみこと》の寝《い》ねませるを刺し殺せ《寝ておられるところを刺し殺せ》」

かれ《さて》、天皇その謀《はかりこと》を知らしめさずて《隠謀をご存じなくて》、その后の御膝《みひざ》を枕《ま》きて《枕に》御《み》

一〇 一三四頁に、豊鉏比売《とよすきひめ》命が初代の斎宮になったとあるから、倭比売《やまとひめ》命で二代目となる。

一一 天皇・皇后・皇子などに子のないとき、その名を後世に残し伝えるために設けた部曲《かきべ》（私有民のこと）。

一二 景行天皇の皇子（一五四〜七一頁）。

――沙本毘古王の反逆

＊垂仁天皇の御世に、またしても謀反が起る。それは、天皇の従兄弟《いとこ》であり、また皇后沙本毘売《さほびめ》命の兄でもある沙本毘古《さほびこ》王が、妹の皇后に命じて天皇の暗殺を企てた事件である。事は、肉親の情愛としての「愛《は》し」と、天皇への思慕としての「愛《は》し」との意味のずれに、そもそもの悲劇の発端があった。二つの「愛《は》し」ゆえに沙本毘売の暗殺は未遂に終る。女心の微妙な陰影を主情的に描いている。

一三 同母兄。地の文に多く用いる。

一四 同母妹。地の文に多く用いる。

一五 垂仁天皇。

一六 同母兄弟を女から呼ぶ親称。会話文に用いる。

一七 皇后だから「いまし」と丁寧に言ったもの。

＊兄妹の結びつきの強さは、結婚後もしばらく兄妹の同居が続く、妻問《つまどい》婚または聟入《むこいり》婚の婚姻形態に多く見られる。また下文の兄妹で天下を治めるという発言は、女王《じよおう》・男弟《だんてい》式（一〇九頁注八）の「彦《ひこ》姫《ひめ》制」の政治形態の意識による。次頁注四参照。

一八 何度も鍛えた鋭利な、紐のついた懐剣。

一　幾度も。懐剣を振り上げては下ろし、それを繰り返す動作に、后の決意と動揺の苦悩を表す。

二　「挙《ふ》る」は「振る」。「挙《ふ》りたまひて」の「て」は、二つの動作が同時に行われる意の接続助詞。『和漢朗詠集』、「林間に酒を煖《あたた》めて紅葉を焼《た》く」（秋興、二二一）の「て」の例が有名。ただし、ここは「挙《ふ》る」動作と「刺すこと能はず」が、同時ではあっても逆の動作であり、それを結合する役割を果す。

三　不思議な。夢が現実《うつつ》になる例は一三四頁注六参照。

四　奈良市法蓮《ほうれん》佐保《さほ》町付近。ここが沙本毗古《さほびこ》の本拠であった。沙本《さほ》の「ひこ・ひめ」の名から、その地を、男女一対で治めていたという、いわゆる「彦姫制」の政治形態があったことを想定させるに十分である。だから、領有支配権をめぐる問題も生じてきた。

五　「沾」は『広雅』に「溢也」とあり、三行目の「溢れき」（次頁二行目も）と同じ意味であるが、文字を変えること（変字法）によって技巧を凝《こ》らしている。

六　紐小刀の紐が、豪奢な錦織であったことが分る。

七　「目のあたり」の約。面《めん》と向って。

八　前頁七行目では、兄に対して「兄ぞ愛《は》しき」と答えているが、ここでは「兄ぞ愛しきか」と疑問の助詞「か」を添えている。これは、天皇に対しての発言だからで、天皇と兄との愛の板ばさみになった女の心の揺曳《たゆたい》が見事に表現されたことになる。

九　前頁九行目では「あといましと」とあったが、こ

寝《ね》まし《眠られた》き。しかして《そこで》、その后《きさき》、紐小刀《ひもかたな》もちて、その天皇の御頸《みくび》を刺さむとして、[一]三度《みたび》[二]挙《ふ》りたまひて《振り上げられたが》、哀《かな》しき情《こころ》に忍《しの》びず《耐えかね》、頸を刺すこと能《あた》はずて《できなくて》、泣く涙《なみた》御《み》面《おも》に落ち溢《あふ》れき《こぼれた》。すなはち《この涙で》天皇驚き起きたまひて《目をさましてお起きになって》、その后に問ひて曰《の》らししく、

「あれ《私は》、[三]異《け》しき夢《いめ》見つ。[四]沙本《さほ》の方より暴雨《むらさめ》零《ふ》り来て《降って来て》、にはかに《急に》あが面《おも》に[五]沾《あふ》れき《こぼれた》。また、[六]錦色《にしきいろ》の小《ちひさ》き蛇《へみ》、あが頸に《私の首に》纏繞《まつは》りき。かくの《このような》夢は、これ何の《いったい》表《しるし》にあらむ《前兆だろうか》」

しかして《これを聞いて》、その后、争はえじとおもほして《抗弁もできまいとお思いになって》、すなはち《そのまま》天皇に白《まを》して言ひしく、

「あが兄《いろせ》、沙本毗古《さほびこ》の王《おほきみ》、あに《私に》問ひて曰《い》ひしく、『夫《を》と兄《いろせ》といづれ《どちら》か愛しき《がいとしいか》』。この《こうも》、[七]面《まなたり》に問ふに勝《あ》へざりしかば《耐えられず》、あれ《それで》、[八]『兄ぞ愛しきか《兄がいとしいかも知れません》』と答へ曰《まを》しき。しかして、あに《〔兄は〕私に》、誂《あとら》へて《注文して》曰ひしく、[九]『あとなと共に《私はお前と一緒に》、天の下治めむ。かれ《だから》、[一〇]天皇を殺しまつれ《お殺し申せ》』と云《い》ひて、八塩折《やしほをり》の紐小刀《ひもかたな》を作りて、あに授けつ《私に渡しました》。ここをもちて《こういうわけで》、御頸を刺《刺》

こでは「な」とする。
一〇 一四三頁一三行目では「刺し殺せ」とあった。注九と共に、場に応じて待遇表現を的確に変えている。
一一 天皇の見られた夢は、私が天皇を刺そうとしたことの表れでありましょう、と皇后はその夢を判ずる。こう言ってしまった心底には、もはや兄に殉ずる決意があることをにおわせている。

――沙本毘古攻略と御子出生

＊ 天皇の夢は、皇后の告白によって現実となった。天皇は沙本毘古を討つ。沙本毘古は稲城に籠り戦う。沙本毘売は兄の許《もと》に奔《はし》る。天皇は皇后への愛と懐妊の御子のことを思い、攻めあぐねる。やがて出生。天皇は皇后と御子救出のために力士を派遣するが、御子しか得られなかった。

一二 稲の藁《わら》を束にして固く積み上げた砦《とりで》。垂仁紀五年条にも「忽《たちまち》に稲を積みて城《き》を作る。其れ堅くして破るべからず。此を稲城と謂《い》ふ」とある。
一三 兄を思う情に耐えかね。
一四 宮廷の裏門。一三八頁注三参照。
一五 まわりを取り囲む。
一六 ぐずぐずしている間に。戦況が停滞すること。
一七 「治む」は、物事をあるべき場所に落ち着かせる意で、ここは、納める・引き取る、の意。

しまつらむ《し申そうと思って》とおもひて、三度挙《ふ》りしかども《振り上げましたが》、哀《かな》しき情《こころ》たちまちに《にわかに》起りて、み頸《くび》をえ刺しまつらずて《お刺し申すことができなくて》、泣く涙、御面《みおも》に落ち溢《あふ》れき。必ず《〔み夢は〕》この表《しるし》[一一]にあらむ《前兆でしょう》」

しかして《これを聞かれて》、天皇《垂仁帝は》

「あは《私は》、ほとほとに《すんでに》欺《あざむ》かえつるかも《騙されるところだったなあ》」

と詔《の》らして、すなはち《ただちに》軍《いくさ》を興《おこ》して沙本毘古《さほびこ》の王を撃ちたまひし時に、その王、稲城《いなき》[一二]を作りて待ち戦ひき《〔天皇軍を〕迎え戦った》。この時に、沙本毘売《さほびめ》の命《みこと》、その兄《いろえ》[一三]にえ忍《しの》びず、後つ門《しりつと》[一四]より逃げ出でて《裏門から逃げ出して》、その《兄の》稲城に納《い》りましき《お入りになった》。この時に、その后妊身《きさきはら》みませり《身籠られていた》。ここに、天皇《垂仁帝は》その后の懐妊《はら》みませることまた愛《うつく》しみ重みしたまふこと《かわいがり大事にされることが三年に》三年に至りぬる《及んでいたので》に忍びたまはざりき《悲しみに耐えられなかった》。かれ《それで》、その軍を《軍勢を》廻《もとほ》[一五]してにはかには《急には》攻迫《せ》めたまはざりき《お攻めにならなかった》。かく逗《とど》[一六]留《こほ》れる間に、その妊《はら》みたまへる御子すでに《まさしく》産《あ》れましぬ《お生れになった》。かれ、その《〔皇后は〕》御子を出でて《出して》稲城の外《と》に置きて《〔使者を遣し〕》、天皇に白《まを》さしめたまひしく《申し上げさせなさったのには》、

「もし、この御子を天皇の御子と思《おも》ほしめさば《思し召すならば》、治[一七]めたまふべ《お引き取り下さ》

し《いませ》」

ここに、天皇《垂仁帝が》の詔《の》らししく、

「その兄《あに》を怨《怨んでいるが》みつれども、なほ《やはり》その后《きさき》を愛《うつく》[一]しぶるにえ忍びず《かわいさに耐えられない》」

かれ《こうおっしゃったのは》すなはち、后を得[二]たまはむの心《取り戻したい心があったからだ》ありき。ここをもちて《そこで》、軍士《いくさびと》の中に、力士《ちからひと》[三]の軽《かる》く捷《はや》きを選《え》り聚《あつ》めて宣《の》らししく《ご命令なされたのには》、

「その御子《みこ》を取らむ時に《引き取る時に》、すなはち《同時に》その母王《ははきみ》をも掠《かそ》[四]び取れ《奪い取れ》。髪にもあれ《髪であろうと》、手にもあれ《手であろうと》、取り獲《え》[五]むまにまに、掬《つか》みて控《ひ》き出でまつる《引き出し申し上げる》べし《がよい》」

しかして《一方》、その后、予《かね》て《前から》その情《こころ》[六]を知りたまひて、ことごと[七]その髪《すっかりご自身の髪》を剃《そ》り《〔剃り落した〕その髪で》、髪もちてその頭《かしら》を覆《おほ》ひ、また、玉の緒《を》《飾り玉の》を腐《くた》して《腐らせて》三重に手に纏《ま》かし《巻かれ》、また、酒もちて御衣《みけし》を腐し、全《また》[八]き衣《みけし》のごと服《け》せり。かく設《ま》け備へて《あらかじめ準備をして》その御子を抱《むだ》きて、城《き》[九]の外《と》に刺し出でたまひき《お差し出しになった》。しかして《そこで》、その力士等《力の強い兵士らが》その御子を取るすなはち《受け取るなりすぐさま》、その御祖《みおや》[一〇]を握《と》りき《とらえた》。しかして《ところが》、その御髪を握れば《つかむと》、御髪おのづからに[一一]落ち《当然のことに抜け落ち》、その御手を握れば《取ると》、玉

一 いとしく思う。肉親としての愛情「うつくし」の動詞化で、上二段活用。
二 意志・推量の「む」が「心」に続くときには、「たまはむの心」のように助詞「の」が入る。『万葉集』にも「絶えむの心」(巻十四、三五〇七)の例がある。
三 力の強い兵士。仏典語。「軽く捷き」は、動作の敏捷な者。
四 奪う。盗む。『続日本紀』宣命に「加蘇毘《かそび》」(一九詔)の例がある。
五 どこでもつかまえしだいに。
六 垂仁天皇が、皇后の沙本毘売《さほびめ》を取り戻そうとする心。
七 以下、天皇側の力士につかまえられないための皇后の秘策。
八 完全なお召物《めしもの》のように身につけておかれた。酒に衣類を漬《ひた》すと、外見は変らないが中身は腐ってしまうことを知っていたわけである。
九 稲城《いなき》の外。
一〇 御母の意で、ここは沙本毘売をさす。
一一 「おのづから」を、通説「自然に」と解するが、そうではなく、皇后の秘策の結果、「必然的に」の意なのである。それに対して次頁四行目の「おのづからに」は「自然に」の意。なお注一二参照。

一二 ここの「おのづからに」は、自然に、の意。軍士等は、皇后の秘策を知らないから、御髪が「自然にひとりでに」抜け落ちたと思えたのである。ここにも一語多義を文脈の上で活用する効果がある。

＊ このような一語多義によって、物語を立体的に構成したり（一四三頁の「愛《は》し」で、その説明は同頁頭注初めの＊印参照）、意外な方向に展開させたり（一五七頁注一七「ねぐ」参照）するのである。

一三「悔い」は、皇后が沙本毗古《さほびこ》の許に奔《はし》るのを引き止めなかったことに対する後悔。「恨み」は、皇后がついに天皇の許に戻らなかったことに対する怨《うら》み。

一四 類似の諺《ことわざ》は今日ない。皇后の命令で玉の緒を腐らせておいたのに、今はそれが仇《あだ》となって、賞を得ぬのみか責任を問われ、地所を没収された玉作り、の意。

＊ こうした諺が発生する背景には、上古の玉作部《たまつくりべ》が土地を所有していなかった事実があったはずである。その土地をもたない理由を、沙本毗古の反逆事件に付会したもの。

――御子の養育と後宮問題

一五 妻問婚《つまどいこん》では、生れた子が母方で育てられ、母親によって命名された。『万葉集』に「たらちねの母が呼ぶ名を」（巻十二、三一〇二）の例がある。

一六 一四一頁では「品牟都和気《ほむつわけ》命」とあった。

＊ 火中での異常出生譚《たん》の例は、九六頁にあった。なおこの皇子については次頁＊印参照。

の緒《を》また絶え《紐がまた切れ》、その御衣《みけし》を握れば《つかむと》、御衣すなはち《たちまち》破《や》れぬ《破れた》。ここをもちて《こういうわけで》、その御子を取り獲て《奪い取っても》、その御祖を得《え》ざりき《奪えなかった》。かれ、その軍士等、《〔宮廷に〕》還り来て奏言《まを》ししく《ご報告したのには》、

「御髪一二おのづからに落ち《自然に抜け落ち》、御衣やすく破れ《たやすく破れ》、また、御手に纏かせる《巻かれた》玉の緒すなはち絶えぬ《飾り玉の紐もすぐ切れてしまいました》。かれ、御祖を獲まつらずて《母君を奪い申し上げられずに》、御子を取り得まつりき《御子だけを取って参りました》」

しかして《このことで》、天皇《垂仁帝は》悔《く》一三い恨《うら》みたまひて《残念に思われて》、玉作りし人等を悪《にく》みたまひて《憎まれて》、みな《すべて》その地《ところ》を奪《と》りたまひき《お取り上げになった》。かれ、諺《ことわざ》に、「地《ところ》一四得ぬ玉作り《地所を持たない玉作り》」といふ。

また、天皇《垂仁帝が》その后に命詔《みことの》らして言ひしく《仰せになったのには》、

「すべて、子一五の名は必ず母の名《なづ》くるを《ものだが》、いかにか《どのように》この子の御名を称《まを》さむ」

しかして《そこで》、《〔后が〕》答へ白《まを》ししく、

「今、火《ひ》の稲城《いなき》を焼く時に当りて、火中《ほなか》に生《あ》れましぬ《お生れになりました》。かれ、その御名は一六本牟智和気《ほむちわけ》の御子と称すべし《申し上げたらよろしいでしょう》」

——啞の本牟智和気の御子

また、命詔《みことの》らししく、

「いかにして《どのようにして》日足《ひだ》[一]しまつらむ《御子をお育て申そうか》」

〔后が〕答へ白《まを》ししく、

「御母《みおも》を取り《乳母をつけ》、大湯坐《おほゆゑ》[二]・若湯坐《わかゆゑ》を定めて、日足しまつるべし《お育て申すがよろしいでしょう》」

かれ《それで》、その后《きさき》の白したまひしまにまに《申し上げられたとおりに》〔御子を〕日足しまつりき《お育て申し上げた》。また、その后に問ひて曰《の》らししく、

「いましの堅めし《そなたが結び固めた》みづ[三]の小佩《をひも》は誰《たれ》かも解かむ《誰が解くのだろうか》」

〔后が〕答へ白ししく、

「旦波《たには》の比古多々須美智《ひこたたすみち》の宇斯《うし》の王《おほきみ》の女《むすめ》、名は兄比売《えひめ》・弟比売《おとひめ》、この二はしらの女王《ひめみこ》[四]、浄《きよ》[五]き公民《おほみたから》ぞ。かれ、使ひたまふべし《妃として使われるのがよいでしょう》」

しかして、〔垂仁帝が〕つひにその沙本比古《さほひこ》の王を殺したまひしに、そのいろ妹《ど》も《同母妹の沙本毘売も》従ひたまひき《兄に殉じられた》。

かれ、その御子を《さて本牟智和気の御子を》率《ゐ》て遊びし[六]状《かたち》は、尾張《をはり》[七]の相津《あひづ》なる二俣榲《ふたまたすぎ》[八]を、二《ふた》俣小舟《またをぶね》に作りて、持ち上《のぼ》りきて《〔大和へ〕上京し》倭《やまと》の市師《いちし》[九]の池・軽《かる》の池に浮べて、そ

＊本牟智和気《ほむちわけ》の御子の名は、火中での異常出生によって命名されたように、「火貴別《ほむちわけ》」の意であろう。系譜一四一頁の品牟都和気《ほむつわけ》王と同一人物であり、系譜上の名は後者である。『釈日本紀』所引の「上宮記」には、凡牟都和気《ほむつわけ》王の名で後の継体《けいたい》天皇五代の祖としている。もともと、この異常出生譚《たん》や次条の奇蹟譚は、継体天皇の祖の出自《しゆつじ》の神異を語るための伝承であった。ところが、下巻の継体天皇の段に、天皇は応神天皇五世の孫とある（二六四頁参照）ために、通説は、よく名の似た品陀和気《ほむだわけ》命（応神天皇）と混同する誤りをおかしてきた。

一 幼児を養育する。一〇六頁注一参照。

二 幼児に湯をつかわせる役目の婦人。「大湯坐」は主役。「若湯坐」は介添役。

三 立派なかわいい下紐。「みづ」は「瑞」。上代、夫婦互いに下紐を結び固め、次に会うまで他人には解かせないと契る風習があった。皇后なきあと誰が解く（妃になる）のかと問うたのである。

四 一三三頁初めの＊印参照。沙本毘売《さほびめ》の姪《めい》に当る。

五 忠誠な人民。

六 遊ばせた様子は。以下鎮魂《たましずめ》の船遊びのさま。

七 所在不明。

八 二股になった杉を、その形のまま刳《く》り抜いて造った船。Y字形の叉木《またぎ》には神が宿るとされた。

出雲の大神を拝む

の御子を率て遊びき《本牟智和気を連れて船遊びをした》。しかるに、この御子、一〇八拳鬚《やつかひげ》、心前《こころさき》に至るまでに《胸先に及ぶまで》、一一真事《まこと》とはず。かれ《ところが》、一二今高往《たかゆ》く鵠《くくひ》の音《こゑ》を聞きて、始めて一三あぎとひたまひき《片言をおっしゃった》。しかして《それで〔帝は〕》、一四山《やま》の辺《へ》の大鶙《おほたか》（こは人の名ぞ）を遣はして、その鳥を取らしめたまひき《白鳥を捕えさせられた》。かれ《そこで》、この人《大鶙は》、その鵠を一五追ひ尋ねて、木の国より《紀伊国から》針間《はりま》の国に到り《播磨国に到着し》、また追ひて稲羽《いなば》の国に越え《因幡国に越え渡り》、すなはち《そこから》旦波の国《丹波国》・多遅麻《たぢま》の国に到り《但馬国に到着し》、東《ひむがし》の方に追ひ廻《めぐ》りて、近つ淡海《あふみ》の国《近江》に到り《国に》、すなはち《そこから》三野《みの》の国に越え《美濃国に越え渡り》、尾張の国より伝ひて《尾張国から伝わって》科野《しなの》の国に《信濃国に》追ひ、つひに高志《こし》の国に追ひ到りて《越国で追いついて》、和那美《わなみ》の水門《みなと》に網を張り、その鳥を取りて《白鳥を捕えて》、持ち上《のぼ》りて《〔大和国へ〕》献《たてまつ》りき。かれ《それで》、その水門を号《なづ》けて、和那《わな》美《み》の水門といふ。また、その鳥を見たまはば物言はむと思ほすに《〔御子が〕白鳥をご覧になれば物を言うだろうと〔帝は〕思われたが》、思ほすがごとく言ひたまふ事なかりき《ご期待どおりに〔御子が〕物をおっしゃることはなかった》。

ここに《そこで》、天皇患《うれ》へたまひて《ご心配になって》、御寝《みね》ませる時に、一六御夢《みいめ》に《〔神が〕》覚《さと》して曰《の》らししく、

「わが宮を《私を祭る宮を》天皇の御舎《みあらか》のごと一七修理《つくろ》ひたまはば《修繕なさるならば》、御子必ず真事とは《物を言うであ》

九「市師《いちし》」は奈良県高市《たかいち》郡から磯城《しき》郡南部にわたる地で、「軽《かる》」は橿原《かしはら》市大軽《おおがる》町付近。そこにあった池。

一〇 大人になるまで、の慣用句（四四頁注二参照）。

一一 物を言わなかった。啞《おし》は神異の人格を表す。

＊『出雲国風土記』仁多《にた》郡三沢《みさわ》郷条に阿遅須枳高日《あじすきたかひ》子《こ》命（雷神）の啞の物語があり、ここと類似する。

一二 空高く飛んでゆく。「鵠」は白鳥の異名。

一三「顎《あぎと》ふ」で、幼児などが顎を動かし片言をいう意。白鳥の霊能で常人に戻り、口をきいたのである。

一四 大和国山辺郡。「大鶙《おおたか》」は鷹狩の鷹の名を負う人。

一五 白鳥を追った順は、木国（和歌山県）→針間国（兵庫県西南部）→稲羽国（鳥取県東部）→旦波国（京都府と兵庫県の一部）→多遅麻国（兵庫県北部）→近淡海国（滋賀県）→三野国（岐阜県南部）→尾張国（愛知県）→科野国（長野県）→越《こし》国（北陸地方）→和那美（未詳。回波《わなみ》か。羂網《わなあみ》を懸ける）→大和国である。

＊白鳥を追って諸国を巡る話は倭建命の白鳥伝説にも見える（一七〇～一頁）。白鳥は人間の霊を運ぶ霊鳥であり、捕えて献上するのは遊離した人間の霊魂を再び人体に入れる鎮魂の意を持つ。『出《いず》雲国造《ものくにのみやつこの》神賀詞《かむよごと》』に「白鳥《しらとり》の生御調《いきみつき》の玩び物《もてあそびもの》」として白鳥を献上するとあるのと関係がある。

一六 夢のさとしの例は、一三四頁注六参照。

一七 大国主神の神殿造営要求（八七頁）を承《う》ける。その後荒れ放題になっていたのを修繕せよという。

む《ろう》」

と、かく覚《さと》したまふ時に、[一]ふとまにに占相《うらな》ひて、いづれの神の心ぞ《どこの神のご意志であるか》と求めしに《と求めたところ》、その祟《たたり》は《御子への》、出雲の大神の御心にありき《大国主神のご意志であることが分った》。かれ《そこで》、その御子《本牟智和気に》をしてその大神の宮を《〔出雲の〕大神の社を》拝《をろが》ましめに遣はさむとせし時に《参拝させるために遣わそうとした時に》、誰《たれ》人を副《そ》へしめば《添えたら》吉《え》けむとうらなひき《よかろうかと占った》。しかして《すると》、[二]曙立《あけたつ》の王《おほきみ》、[三]卜《うら》に食《あ》ひき《当った》。かれ《それで》、曙立の王に科《おほ》せて《命じて》、[四]うけひ白さしめたまひしく《誓約させて申させなさったのには》、

「この大神を《出雲の大神を》拝《をろが》むによりて《拝礼することで》、まことに《ほんとうに》[五]験《しるし》あらば、この[六]鷺巣《さぎす》の池の樹に住む鷺《さぎ》や《鷺よ》、うけひ落ちよ《この誓約どおり木から落ちよ》」

と、かく詔《の》らしし時に、その鷺地《つち》に堕《お》ちて死にき。また詔らししく、

「[七]うけひ《誓約どおり》活《い》け《生き返れ》」

と、しかすれば《このように誓約すると》、さらに活きぬ《再び生き返った》。また、[八]甜白檮《あまかし》の前《さき》なる[九]葉広熊白檮《はびろくまかし》を、うけひ《誓約どおり》枯《から》し、またうけひ《再び誓約どおり》生《い》けき《生かした》。しかして《そういうわけで》、名をその曙立の王に賜ひて、[一〇]倭《やまと》は師木《しき》の登美《とみ》の豊朝倉《とよあさくら》の曙立の王といひき。すなはち《そうして》、曙立の王・[一一]菟上《うなかみ》の王の二《ふた》はしらの王《みこ》をその御子《みこ》に副《そ》へて《添えて》遣はしし時《遣わされた時に》

＊本牟智和気《ほむちわけ》の御子は火中出生という異常さの上に唖《おし》であった。物語では出雲の大神（大国主神）の祟《たた》りとの夢告で、天皇は御子に出雲参りをさせるが、本当は御子の神異性（忌籠《いみこも》りは一時的に失語症になることでもある）によって、出雲国の宗教的脅威を鎮めるために御子を派遣したことの反映であろう。天皇の政事《まつりごと》の物語化と考えられる。

一　「ふとまに」は立派な占い。三〇頁注二参照。

二　日子坐《ひこいます》王の孫（一三二頁）。日子坐王は呪的霊能者の祖として系譜づけられている（同頁＊印参照）。

三　「卜《うら》に食《あ》ふ」とは、鹿卜《ろくぼく》・亀卜《きぼく》ともに、あらかじめ鹿骨・亀甲に幾つかの穴を刻み、ひびが、どの穴に入るかによって占うのであるから、その穴にひびが入ることを「食《あ》ふ」と表現したものである。

四　「誓《うけ》ふ」は、四六頁注三参照。

五　効験。御子が口をきくようになること。

六　奈良県橿原《かしわら》市四分《しぶ》町付近。

七　「活け」は、四段動詞「生く」の命令形。

八　奈良県高市《たかいち》郡明日香《あすか》村豊浦にある甘樫丘《あまかしがおか》。その「前《さき》」とは、丘の突端をいう。

九　葉の広い大きな樫の木。「熊」は大きい意。

一〇　「大和《やまと》国は磯城《しき》の鳥見の豊朝倉（桜井市）」という地名を冠して、その呪力を讃美したもの。

一一　日子坐王の孫。曙立王の弟（一三二頁注二参照）。

一二　奈良山（奈良市北方）の入口。大和から山城《やましろ》（京

に、那良戸[一二]《ならと》よりは跛[一三]《あしなへ》・盲《めしひ》遇はむ《会うだろう》、大坂戸[一四]《おほさかと》よりも跛・盲遇はむ《出会うだろう》、ただ木戸[一五]《きと》のみこれ掖月[一六]《わきづき》の吉《よ》き戸《と》ぞとト《うらな》ひて、出で行く時に《そこから出て行く時に》、到ります《お着きになる》地《ところ》ごとに、品遅部[一七]《ほむぢべ》を定めたまひき。

かれ《こうして》、〔御子が〕出雲に到りて、大神を《出雲の大神を》拝《をろが》み訖《を》へて還《かへ》り上《のぼ》ります時に《上京される時に》、肥[一八]《ひ》の河の中に黒き巣橋[一九]《すばし》を作り、仮宮《かりみや》を仕へまつりて《お造り申し上げて》坐《いま》せたり《お泊めした》。しかして《そして》、出雲の国の造《みやつこ》が祖《おや》、名は岐比佐都美《きひさつみ》、青葉の山[二〇]を餝《かざ》りて、その河下《かはしも》に立てて、大御食[二一]《おほみけ》献《たてまつ》らむとする時に、その御子の詔言《の》らしく、

「この、河下《かはしも》に青葉の山のごときは《山のようなものは》、山と見えて山にあらず《山と見えるが本物の山ではない》。も《も》し《しや》、出雲の石硐[二二]《いはくま》の曾《そ》の宮に坐す《ご鎮座の》、葦原[二三]《あしはら》の色許男《しこを》の大神をもちいつ[二四]《奉斎する》く祝《はふり》が大庭か《祭場ではないか》」

と問ひたまひき。しかして《それを聞いて》、御伴《みとも》に遣はさえし《遣わされた》王等[二五]《みこたち》、聞き歓《よろこ》び見喜びて、御子は《御子をば》檳榔[二六]《あぢまさ》の長穂[二七]《ながほ》の宮に坐せて《お迎えして》、駅使《はゆまづかひ》を貢上《たてまつ》りき《急使を献上した》。

しかして《さて》、〔口をきかれた〕その御子、一宿《ひとよ》肥長比売[二八]《ひながひめ》と婚[二九]《まぐはひ》したまひき《共寝をなさった》。かれ《そのおり》、その美人《をとめ》をひそかに《こっそり》伺《うかか》ひたまへば《窺き見られると》、蛇《へみ》ぞ。すなはち《とたんに》、見畏《みかしこ》みて《恐れ》遁逃《に》げま《お逃げ》

都府東南部）への通路。

一三 不具の人に出会うのは不吉の兆とされた。

一四 大和から穴虫峠を越えて河内《かわち》（大阪府）へ通う道の入口。ここも不吉。

一五 大和の真土山《まつちやま》（五条市西方）を越えて紀伊（和歌山県伊都《いと》郡）へ通う道の入口。

一六 「掖月」は「脇息《きょうそく》」で、肱《ひじ》をもたせかけて気持がよいことから「吉き」に懸る枕詞とする。「戸」は入口。

一七 御子の名をとった御名代《みなしろ》としての部曲《かきべ》（私有民）。

一八 今の斐伊《ひい》川。五三頁注七参照。

一九 皮のついた丸木を簀《す》のように並べた橋。

二〇 貴人や神を迎えるための依代《よりしろ》の森。

二一 神や天皇に供える食物。献饌《けんせん》は服従を表す儀礼。

二二 斐伊川下流の、岩蔭の奥まった所の後方の宮。この表現によって、出雲大社の場所が判明する。すなわち、今の場所とは異なるのである。

二三 大国主神の亦の名。

二四 「もちいつく」は心身を清浄にして神に仕える意。「祝」は神に仕える者の総称（一三一頁注一五参照）。「大庭《おほには》」は祭儀の場。

二五 曙立王と菟上王。

二六 「あぢまさ」は檳榔樹《びんろうじゅ》。椰子《やし》科の亜熱帯性常緑高木。

二七 所在未詳。

二八 肥河と長《なが》（蛇の意）とを一緒にした女神の名。

二九 一夜妻《ひとよづま》のときは「婚」を「まぐはふ」と訓《よ》む。

しき《になった》。しかして《そこで》、その肥長比売《ひながひめ》患《うれ》へて《悲しみ》、海原《うなはら》を光《て》[一]らし、船より[二]《船で》追ひ来《く》。かれ、《〔御子は〕》ますます見畏みて《見て恐れて》、山のたわより[三]《鞍部から》御船を引き越して[四]《〔大和へ〕》逃げ上《のぼ》り行《いでま》しき。《〔お伴の王が〕》ここに、覆奏言《かへりことまを》ししく《復命したのには》、

「《〔出雲の〕》大神を拝《をろが》みたまひしによりて《礼拝されましたので》、大御子《おほみこ》物詔《ものの》らしき《口をきかれました》。かれ、参上《まゐのぼ》り来ぬ《帰って参りました》」

かれ《そこで垂仁帝は》、天皇歓喜《よろこ》[五]びたまひて、すなはち《ただちに》菟上《うなかみ》の王を返して《〔出雲へ〕》、神の宮[六]を造《つくろ》はしめたまひき《修繕させられた》。ここに《そして》、天皇《垂仁帝は》その御子によりて《ちなんで》、鳥取部《ととりべ》[七]・鳥甘部《とりかひべ》[八]・品遅部《ほむぢへ》・大湯坐《おほゆゑ》・若湯坐《わかゆゑ》を定めたまひき。

また、その后《沙本毗売の》の白《まを》[九]したまひしままに《ご進言に従って》、《〔垂仁帝は〕》美知能宇斯《みちのうし》[一〇]の王《おほきみ》の女等《むすめたち》、比婆須比売《ひばすひめ》の命《みこと》、次に弟比売《おとひめ》の命、次に歌凝比売《うたごりひめ》の命、次に円野比売《まとのひめ》の命、并せて《合計して》四柱を喚上《めさ》げたまひき《お召し上げになった》。しかるに《ところが》比婆須比売の命・弟比売の命の二柱を留《とど》めて、その弟王《おとみこ》二柱は、いと《たいへん》凶醜《みにく》きによりて、本主《もとつぬし》[一一]に返し送りたまひき《親許に返し送られた》。ここに《そこで》、円野比売慚《は》ぢて言ひしく《恥じて言ったのには》、

「同じ兄弟《はらがら》[一二]の中《うち》、姿醜《かたちみにく》きをもちて還さえし事《親許に戻されたことが》、隣里《ちかきさと》[一三]に聞こえむ《噂されましょう》。

一　神異は光り輝くものと考えられていた。七五頁七行目にも「海を光《て》らして依り来る神」とあった。

二　船は龍蛇神の乗物。「より」は手段を表す助詞。

三　「たわ」は「撓《たわ》む」に同じで、山が低くたわんでいる所。山の鞍部《あんぶ》。

四　運んで。「越す」は、通説「山を越す」とするが、この「越す」は運ぶ意。『万葉集』に「持ち越《こ》せる真木《まき》」(巻一、五〇)とある「越す」(運ぶ)に同じ。

五　「歓喜」は仏典語。

六　一四九頁の神託のとおりに、出雲大社を修繕したのである。

七　白鳥を捕えたことに因《ちな》んで名づけた部民。

八　「鳥甘《とりかひ》」の「甘」は、「餌」の異体字「餌」の古字。飼う、の意。下の「品遅部」は前頁注一七、「大湯坐・若湯坐」は一四八頁注二を参照。

――天皇、丹波の四王女を召す

＊皇后沙本毗売《さほびめ》なきあと、天皇は丹波《たんば》から四王女を召す。このうち醜い容貌の二王女が返され、その一人円野比売《まとのひめ》はこれを恥じて自殺する。類似の話は天孫邇邇芸命《ににぎ》が木花之佐久夜毗売《このはなのさくやびめ》を納《い》れて、醜い姉の石長比売《いわながひめ》を返したというのがある(九四～五頁)。ただここと違うのは、石長比売は天皇を呪詛《じゅそ》し、円野比売は近隣への面目から自殺している点である。後者は、現代にも通じる人間の心情といえよう。

これ、いと《これはまことに》慚《はづか》し」

といひて、山代《やましろ》の国の相楽《さがらか》[一四]に到りし時に、樹の枝に取り懸《さが》りて死なむとしき《首を懸けて死のうとした》。かれ《それで》、そこを《その地を》号《なづ》けて、懸木《さがりき》といひ、今は相楽《さがらか》といふ。また、弟国《おとくに》[一五]に到りし時に《ついた時に》、つひに《とうとう》峻《さが》[一六]しき淵《ふち》に堕《お》ちて死にき《死んだ》。かれ《それで》、そこを号けて、堕国《おちくに》といひしを《呼んでいたが》、今は弟国《おとくに》といふ。


また、天皇《垂仁帝は》、三宅《みやけ》の連等《むらじら》が祖《おや》、名は多遅摩毛理《たぢまもり》[一七]をもちて、常世《とこよ》の国に遣はして《理想郷に遣わして》、ときじくのかくの木の実[一八]を求めしめたまひき《四季に絶えることのない輝く木の実を捜し求めさせられた》。かれ《そこで》、多遅摩毛理、つひにその国に到りて《とうとうその常世国に到着して》、その木《こ》の実《み》を採《と》り、縵八縵《かげやかげ》[一九]・矛八矛《ほこやほこ》をもちて〔大和へ〕、将《も》ち来《こ》し間に、天皇《すめらみこと》すでに崩《かむあが》りましき《崩御されていた》。しかして《そこで》、多遅摩毛理、〔その半分の〕縵四縵《かげよかげ》・矛四矛《ほこよほこ》を分けて、大后《おほきさき》[二〇]に献《たてまつ》り、〔残りの半分の〕縵四縵・矛四矛をもちて、天皇の御陵《みはか》の戸に献り置きて《垂仁帝の入口に置いて》、その木の実を擎《ささ》げて《そのなかの橘を手に取り持って》叫《さけ》[二一]び哭《おら》びて白《まを》ししく、

「常世の国のときじくのかくの木の実を《四季に絶えることのない輝く橘の実を》持ち参上《まゐのぼ》りて侍《さもら》[二二]ふ」

と、つひに叫び哭びて死にき《絶叫慟哭して死んだ》。そのときじくのかくの木の実は、こ

九　一四八頁九～一〇行目の皇后の進言をさす。
一〇　一三三頁初めの＊印、一四八頁注四参照。
一一　親許。丹波にいる美知能宇斯《みちのうし》王をさす。
一二　同母から生れた兄弟姉妹。
一三　近郷近在。
一四　京都府東南端の相楽《そうらく》郡。
一五　京都市西南の一部と京都府乙訓《おとくに》郡を含む地。
一六　「峻」はふつう山（巌《いわ》・径《みち》・崖《がけ》・谷）などのけわしい形容であるが、水（波・瀬）に用いた例が『文選《もんぜん》』（江賦）などに見える。これを淵に用いたもの。

＊垂仁天皇は多遅摩《たじま》毛理《もり》に命じて、常世《とこよ》の時じくの輝《かく》の木の実《このみ》（橘）を取りに行かせる。ようやく持ち帰ったときに天皇はこの世になく、彼は陵墓にそれを供え絶叫慟哭《どうこく》して死ぬ。　——多遅摩毛理、橘を求める

一七　天之日矛《あめのひほこ》（一九七～九頁）の子孫。新羅《しらぎ》系帰化人の氏族。但馬《たじま》の国守《くにもり》の意であろう。
一八　「時じく」は、時を定めず常にあること。「かく」は「香《かぐ》」ではなく「輝く」意。橘の黄金色をいう。
一九　「縵八縵」は葉のついたままの数多くの橘。「矛八矛」は串刺しにした多くの橘。橘は新嘗祭供御料《しんじようさいくごりよう》として重要であった（『延喜式』内膳司条）。
二〇　皇后比婆須比売《ひばすひめ》命をさす。
二一　悲しみのあまり絶叫慟哭する。「おらぶ」は大声で泣き叫ぶ意。
二二　お側《そば》にお仕えしております、の意。

れ今の橘《たちばな》[一]ぞ。

この天皇の（垂仁帝の）御年、壱佰《もも》[二]ちあまり伍拾《い》ちあまり参歳《みつ》ぞ。御陵《みはか》は菅原《すがはら》[三]の御立野《みたたしの》の中にあり。また、その大后比婆須比売《おほきさきひばすひめ》の命《みこと》の時に、石棍《いはき》[四]作《つくり》を定め、また土師部《はにしべ》[五]を定めたまひき。この后は、狭木《さき》[六]の寺間《てらま》の陵《はか》に葬《はぶ》りまつりき（葬り申し上げた）。

[七]大帯日子淤斯呂和気《おほたらしひこおしろわけ》の天皇《すめらみこと》、纏向《まきむく》[八]の日代《ひしろ》の宮に坐《いま》して、天の下治めたまひき。この天皇、（景行帝が）吉備《きび》の臣等《おみら》が祖《おや》、若建吉備津日子《わかたけきびつひこ》[九]の女《むすめ》、名は針間《はりま》の伊那毗能大郎女《いなびのおほいらつめ》[一〇]を娶《めと》りて生みたまへる御子（妻にしてお生みになった御子は）、櫛角別《くしつぬわけ》の王《おほきみ》。次に、大碓《おほうす》[一一]の命。次に、小碓《をうす》[一二]の命。亦の名は（その亦の名は）倭男具那《やまとをぐな》の命。次に、倭根子《やまとねこ》の命。次に、神櫛《かむくし》の王（五柱）。また、〔帝が〕八尺《やさか》[一三]の入日子《いりひこ》の命の女、八坂之入日売《やさかのいりひめ》の命を娶りて生みたまへる御子、（御子は）若帯日子《わかたらしひこ》[一四]の命。次に、五百木之入日子《いほきのいりひこ》[一五]の命。次に、押別《おしわけ》の命。次に、五百木之入日売《いほきのいりひめ》の命。また、〔帝の〕妾《みめ》[一六]の子、豊戸別《とよとわけ》の王。次に、沼代《ぬのしろ》の郎女《いらつめ》。また、〔帝の〕妾の子、沼名木《ぬなき》の郎女。次に、香余理比売《かごよりひめ》の命。次に、若木之入日子《わかきのいりひこ》の王。次

一　古代の橘は、今日の橙《だいだい》の類。髪飾りとし長寿を願い（今日でも正月の飾り物）、街路樹として植えた。
二　百五十三歳。
三　今の奈良市尼辻《あまがつじ》町の地にある。
四　「石棍作」の「棍」は「櫬《ひつぎ》」の古字か。墓の石棺石室を作る部民。
五　土器や埴輪《はにわ》を作る部民。
六　今の奈良市山陵《みささぎ》町御陵前の地にある。

景行天皇
——皇統譜

七　第一二代景行《けいこう》天皇。垂仁天皇の第三皇子。母は比羽州比売《ひばすひめ》命（一四一頁）。身長がはなはだ長大であった（一四二頁）。三輪朝廷の第三代。

＊　景行天皇の名は「大帯《たらし》日子」と「淤斯呂和気《わけ》」との複合である。孝安天皇（一二六頁）を初めとして、景行・成務・仲哀の三天皇と神功皇后《じんぐうこうごう》がこの「帯《たらし》」を名にもつ。一方、天皇名に「和気《わけ》」をもつのは、この景行天皇と、応神《おうじん》から反正《はんぜい》までの河内朝廷の天皇に見られる。すると、景行天皇名はいわば「帯」系と「和気」系の統合において、その始祖的な位置づけを与えられた偉大な天皇であったはずである。そういえば景行紀は詳しく景行天皇の事績を述べている。しかるに『古事記』はほぼその系譜記事を掲示するにすぎない。何ゆえか。それは、御子倭建命《やまとたけるのみこと》の征討物語を読み進むにつれてあるいは分るかもしれない。

八　奈良県桜井市穴師《あなし》の北にあったという。
九　一二七～八頁に名があった。
一〇　女子を敬愛して呼ぶ称。「郎子《いらつこ》」の対語。「いら」は「同母《いろ》」と同義。「大《おほ》」は年長。「若《わか》」の対。
一一　倭建命の兄。一五六～七頁に登場する。
一二　倭建命の幼名。仲哀天皇の父。
一三　崇神天皇皇子。一三三頁に名があった。
一四　のちの成務天皇。
一五　中日売《なかつひめ》（応神天皇皇后で仁徳天皇生母）の祖父。
一六　高貴な人の妻妾《さいしょう》。
一七　景行天皇が御子倭建命の玄孫《げんそん》と結婚することはありえない。これは『古事記』以前からの誤伝というべきで、この誤伝は倭建命系譜にも踏襲される（一七三頁）。ただし、訶具漏比売《かぐろひめ》は応神天皇の妃とも記されている（一八四頁）。
一八　この『古事記』に記録した二十一王をさす。
一九　この『古事記』に記入しなかった数。したがって原資料には記載してあったということになる。
二〇　この「太子」は後代の皇太子ではなく、皇位継承者（日継《ひつぎ》の御子《みこ》）たりうる資格のある人をいう。この三太子はみなのちに皇統上重要な位置を占める。
二一　世襲の地方首長に与えた姓《かばね》。
二二　皇統につながる王族や豪族に与えた姓。
二三　地方の小領主（国 造《くにのみやつこ》・県主《あがたぬし》の下位）に与えた姓。
二四　県《あがた》（国の下の行政区域）の領主に与えた姓。
二五　あちこち。『文選《もんぜん》』などに見える漢籍語。

に、吉備《きび》の兄日子《えひこ》の王。次に、高木比売《たかきひめ》の命。次に、弟比売《おとひめ》の命。

また、《〔景行帝が〕》日向の美波迦斯毗売《みはかしびめ》を娶りて生みたまへる御子《御子は》、豊国別《とよくにわけ》の王。

また、《〔景行帝が〕》伊那毗能大郎女の弟《いろど》、伊那毗能若郎女《いなびのわかいらつめ》を娶りて生みたまへる御子《御子は》、真若《まわか》の王。次に、日子人之大兄《ひこひとのおほえ》の王。また、《〔景行帝が〕》倭建《やまとたける》の命の曾孫《ひひこ》一七、名は須売伊呂《すめいろ》の大中日子《おほなかつひこ》の王の女、訶具漏比売《かぐろひめ》を娶りて生みたまへる御子《御子は》、大枝《おほえ》の王。

おほよそ《数え合せて》この大帯日子の天皇《景行帝の》の御子等《みこたち》、録《しる》一八せる廿《はた》あまり一《ひと》はしらの王《二十一王》、入《い》一九れ記さざる《記さなかった》五十《い》あまり九《ここの》はしらの王《五十九王》、幷せて《合計して》八十《やそ》はしらの王《八十王》の中《なか》に、若帯日子の命《成務天皇》と倭建の命、また五百木之入日子の命と、この三《み》はしらの王は太子《ひつぎのみこ》二〇の名を負《お》ひたまひ《いただかれ》、それより余《ほか》の七十《ななそ》あまり七《なな》はしらの王《七十七王は》は、ことごと《すべて》国々の国の造《みやつこ》二一、また和気《わけ》二二、また稲置《いなき》二三、県主《あがたぬし》二四に別《わ》け賜ひき《分封なされた》。かれ《さて》、若帯日子の命《成務天皇は》は、天の下治めたまひき。小碓《をうす》の命《倭建命は》は、東西《こちごち》二五の荒ぶる神《荒れすさぶ神》、また伏《まつろ》はぬ人等《ひとども》を平らげたまひき《平定なされた》。次に、櫛角別《くしつぬわけ》の王は（茨田《まむた》の下《しも》の連等《むらじら》が祖ぞ）。次に、大碓《おほうす》の命は（守《もり》の君・大田《おほた》の君・嶋田の君が祖ぞ）。次に、神櫛《かむくし》の王は（木の国の酒部《さかべ》[一]の阿比古《あひこ》[二]・宇陀《うだ》[三]の酒部《さかべ》が祖《おや》ぞ）。次に、豊国別《とよくにわけ》の王《おほきみ》は（日向《ひむか》[四]の国の造《みやつこ》が祖ぞ）。

ここに《さて》、天皇《景行帝は》、三野《みの》[五]の国の造が祖、大根《おほね》[六]の王の女《むすめ》、名は兄比売《えひめ》・弟比売《おとひめ》の二《ふた》りの嬢子《をとめ》、その容姿《かたち》麗美《うるは》しと聞こしめし定めて《お聞きになり確かめて》、その御子大碓《おほうす》の命《みこと》を遣はして《「女の許に」》喚上《めさ》げしめたまひき《召し上げさせられた》。かれ《ところで》、その遣はさえし《遣わされた》大碓の命、召上《めさ》げずて《召し上げずに》、すなはち《そのまま》おのれみづから《自分勝手に》その二りの嬢子と婚《まぐはひ》して《結婚して》、さらに《改めて》他女人《あたしをみな》[七]を求めて《捜し出して》、詐《いつは》りて《偽って》その嬢女《をとめ》[八]と名《なづ》けて貢上《たてまつ》りき。ここに《しかし》、天皇その他女《あたしをみな》[九]にあることを知らして《お知りになって》、恒《つね》に長眼《ながめ》[一〇]を経《へ》しめ、また、婚《あ》はしまさずて《結婚もなさらずに》惚《なや》ましめたまひき《辛い思いにおさせになった》。かれ《さて》、その大碓の命、兄比売を娶りて生みたまへる子《妻にしてお生みになった子は》、押黒之兄日子《おしぐろのえひこ》の王（こは、三野の宇泥《うね》須和気《すわけ》が祖ぞ《祖先だ》）。また《「大碓命が」》弟比売を娶りて生みたまへる子、押黒《おしぐろ》の弟日子《おとひこ》の王（こは、牟宜都《むげつ》の君等が祖ぞ）。この御世に《この景行帝の時代に》、田部《たべ》[一一]を定め、また、東《あづま》[一二]の淡《あは》の水門《みなと》を定め、また、膳《かしはで》[一三]の大伴部《おほともべ》を定め、また、倭《やまと》の屯家《みやけ》[一四]を定め、また、坂手《さかて》[一五]の池を作りて、すなはち《そして》竹をその堤《つつみ》に植ゑたまひき。

一 酒を醸造する部民。
二 畿内とその周辺の豪族に与えた姓《かばね》。
三 奈良県宇陀郡。
四 今の宮崎県。
＊ 景行天皇と伊那毗能大郎女《いなびのおおいらつめ》との間に五柱の皇子があったがなかに大碓命《おおうす》と小碓命《おうす》という珍しい名の皇子がいた。景行紀には、この二皇子が双生児として生れたのを天皇が怪しみ、臼に向って叫んだことによる命名とある。双生児は凶とされ、一方が捨て殺される風習がある。ただし「臼」そのものは強壮と鈍重の表象で、破邪・生産・回生の呪具《じゅぐ》とされた。大碓命は父景行天皇の召し上げるはずの二人の娘を横取りして、偽って別の女を差し出したことが身の破滅を招く遠因となる。 ——大碓命の不実
五 美濃《みの》国（今の岐阜県南部）の国造《くにのみやつこ》。
六 開化天皇皇子の日子坐王《ひこいます》の子。一三一頁では神大根王《かむおおね》（亦の名は八瓜の入日子王《やつりいりひこ》）とある。
七 別の女。「女人」は仏典語。
八 天皇の召し上げる兄比売《えひめ》・弟比売《おとひめ》だと言って。
九 その献上されたのが別の女であること。
一〇 天皇はその女と結婚しないで長い間放置したので、女は物思いに沈んで長い間わびしい思いをさせられたこと。「長眼《ながめ》」はいつも物思いに沈んで一つ所を見るともなしに見ること。女の「長眼」であって天皇ではない。「惣」は「惚」に同じで「悩」の俗字。

——小碓命、兄を殺す

天皇《景行帝は》、小碓《をうす》の命に詔《の》らししく、

「何とかもな《どうしてお前の》が兄《いろえ》の一六朝夕《あしたゆふへ》の大御食《おほみけ》に参出で来ざる《出仕してこないのか》。もはら、なれ《お前一人で行って》、一七ねぎ教へ覚《さと》せ」

と、かく《こう》詔らしてより《仰せられてから》後《のち》、五日《いつか》に至るまでに、なほ参出でざりき《やはり〔兄は〕出仕しなかった》。

しかして《そこで》、天皇、小碓の命に問ひたまひしく、

「何とかもなが兄の久しく参出でざる《どういうわけでお前の兄は長い間出仕しないのか》。もしいまだ《もしやまだ》誨《をし》へずありや」

〔小碓命が〕答へ白ししく、

「すでにねぎつ《十分にねぎらってやりました》」

〔天皇が〕また詔らししく、

「いかにかねぎつる《どのようにねぎらったのか》」

〔小碓命が〕答へ白ししく、

「一八朝署《あさけ》に一九厠《かはや》に入《い》りし時に、待ち捕《と》らへ二〇搤批《つかつかんで》みて、その二一枝を引き闕《か》き《手足をもぎ取って》て、薦《こも》に裹《つつ》み《包んで》て投げ棄《う》てつ《棄てました》」

——倭建命の熊曾建征伐

ここに《そこで》、天皇その御子の建《たけ》く荒き情《こころ》を惶《かしこ》みて《恐れて》詔らししく、

一一 屯倉《みやけ》を耕作する部民。

一二 東国の安房国《あわ》（千葉県の房総半島の南端部）と相模国《さがみ》（ここは神奈川県の三浦半島）との間の水門で、浦賀水道をさす。

一三 宮廷の料理を掌《つかさど》る人。「大伴部」は膳部《かしわでべ》の大きな部族。景行紀五十三年条に、膳臣《かしわでのおみ》の祖《おや》、磐鹿六雁《いわかむつかり》が淡《あわ》の水門《みなと》で取った白蛤《うむぎ》を膾《なます》にして献上した功により「膳の大伴部」を賜ったとある。のちの高橋氏。

一四 朝廷直轄田地と農民。屯倉《みやけ》があったので「御宅《みやけ》」という。『古事記』における屯倉設置記事の初出。

一五 奈良県磯城《しき》郡田原本《たわらもと》町阪手《さかて》。

＊ 景行天皇は、弟の小碓命に、朝夕の大御食《おおみけ》の朝儀に出て来ない兄の大碓命を「ねぎ教へ覚《さと》せ」と命じた。小碓命は兄を「ねぎ」殺してしまう。

一六 朝夕の天皇の食膳に陪席《ばいせき》すること。古代宮廷における厳重な儀礼であった。大碓命が陪席しなかった理由は、天皇の女を横取りしたうしろめたさにある。

一七 大碓命の心をいたわり親切に教えさとすこと。

＊ 天皇が小碓命に命じた「ねぐ」の意味が、小碓命には暴力的な「ねぐ」の意味にとられた。今日でも「かわいがる」が「やさしくする」と逆に「痛めつける」の意に、卑俗に使われることがある。

一八 明け方。「朝明《あさあけ》」の約。「署」は「曙」の古字。

一九 兄が厠《かわや》に入って、出てくるのを待ち受けて。

二〇 八六頁注三参照。

二一 兄を殺したこと。

＊景行天皇は小碓命の凶暴の情を恐れ疎《うと》み、西国の熊曾征伐に派遣する。いわば、臼の強壮さを利用したわけで、そこに天皇のもつ政治力の大きさが暗示されている。王族将軍の栄光と悲哀との命運はすでにここに胚胎《はいたい》していた。

熊曾の家に到着した小碓命は、叔母倭比売《やまとひめ》命から貰った着物で女装し、首長兄弟を不意打ちにして殺す。そして「倭建《やまとたける》命」と名乗ることになる。

一 熊（熊本県球磨《くま》地方）と曾（鹿児島県贈於《そお》地方）の国（ただし『古事記』では「熊襲」として一国）の勇猛な人。ここでは異族の名としての熊襲の首長。

二 朝廷に対して服従帰属の礼を欠く、の意。

三 十五、六歳の少年の髪型（崇峻《すしゅん》前紀）。

四 景行《けいこう》天皇の妹（一四一頁）で、伊勢神宮の斎宮となる（一四二・一六一頁）。ここは斎宮になる以前の倭比売命。「姨《をば》」は母の姉妹の意だが、ここでは父の同母妹。呪能《じゅのう》を有する叔母として助力を仰いだ。

五 天皇に準ずる。倭建命は「倭武天皇」（『常陸国風土記』など）と、天皇としての伝承が多い。

六 軍隊が厳重に警備しているさま。

七 周囲を塞《ふさ》いだ部屋、また家。ここは家の意。

八 「作りて居りき」を、「作っていた」と解してはならない。「作って、そこにめざす熊襲がおった」と解すべきである。「居《を》り」は尻をつけて存在する意で、補助動詞ではなく、卑《いや》しめの本動詞である。

九 新築落成祝いの宴会。「御《み》」は尊大の意で使う。

「西の方に熊曾建《くまそたける》[一]二人あり《二人いる》。これ伏《まつろ》[二]はず礼《ゐや》なき人等《者どもだ》ぞ。かれ《だから》、その人等を取れ《その者どもを討ち殺せ》」

とのらして〔小碓命を〕遣はしき。この時に当りて、〔小碓命は〕その御髪[三]を額《ぬか》に結《ゆ》はしき。しかして、小碓の命、その姨《をば》[四]倭比売《やまとひめ》の命の御衣御裳《みそみも》を給はり《衣裳を貰われて》、剣《つるぎ》も御懐《みふつくろ》に納《い》れて幸行《いでま》[五]しき《出かけられた》。かれ、熊曾建が家に到りて見たまへば《熊曾建の家に到着してあたりをご覧になると》、その家の辺《ほとり》に軍三重《いくさみへ》[六]に囲《かく》み、室《むろ》[七]を作りて[八]居りき《〔そこに〕おった》。ここに、御《み》室楽《むろうたげ》[九]せむと言ひ動《とよ》みて《騒いで》、食物《をしもの》を設《ま》け備へたり《準備していた》。かれ、その傍《かたはら》を遊び行《ある》[一〇]きて、その楽《うたげ》の日を待ちたまひき《祝宴の日を待たれていた》。しかして《そうして》、その楽の日に臨《のぞ》みて《祝宴の日になって》、童女《をとめ》[一一]の髪のごと《髪のように》、その結はせる御髪を《額の上に結われた御髪を》梳《けづ》り垂《た》り《垂らし》、その姨の御衣御裳を服《け》して《叔母から貰った衣裳を召して》、すでに《すっかり》童女の姿に成りて《変装して》、女人《をみな》の中に交《まじ》り立ちて《まぎれ込んで》、その室の内《うち》に入りましき《お入りになった》。しかして《すると》、熊曾建兄弟《はらがら》二人、その嬢子《をとめ》を見咸《みめ》[一二]でて、おのが中に《自分たちの間に》坐《いま》せて盛《さか》りに楽《うたげ》[一三]しき。かれ《そこで》、その酣《たけなは》[一四]なる時に臨み《なって》、懐《ふつくろ》より剣を出でて《出して》、熊曾が〔兄の〕衣《ころも》[一五]の衿《くび》を取りて《つかんで》、剣をその胸より刺し通したまひし時に、その弟建《おとたける》、見畏《かしこ》みて逃げ出でき《恐れて逃げ出した》。すなはち《すぐさま》、〔弟建を〕追ひてその室《むろ》の椅《はし》[一六]の本《もと》に至りて《下に追い詰め》、その《弟建の》背《そびら》の皮を取りて《背中の皮を摑んで》、剱を尻《しり》より刺し通したまひき。しかして、その《弟の》熊曾建が白言《まを》ししく、

「その刀《たち》をな動かしたまひそ《動かさないで下さい》。あれ《私が》白《まを》す言《こと》あり」

しかして《そこで》、しまし許して押し伏せたまひき《しばらくその申し出を許して押し伏せたままにされた》。ここに、〔弟建は〕

「いまし命は誰ぞ《あなた様はどなたですか》」

と白言しき。しかして《そこで》、〔小碓命が〕詔らししく、

「あは《私は》、纏向《まきむく》の日代《ひしろ》の宮に坐《いま》す大八島国《おほやしまくに》[一七]知らしめす大帯日子淤斯《おほたらしひこおし》呂和気《ろわけ》の天皇《すめらみこと》の御子《みこ》、名は倭男具那《やまとをぐな》の王《おほきみ》ぞ。おれ《貴様ら》[一八]、熊曾建二人《ふたり》、伏《まつろ》はず礼《ゐや》なしと聞こしめして《〔天皇が〕お聞きになって》、『おれ《貴様らを》を取殺《と》れ《殺せ》』と詔らして遣はしたまへり《仰せになって私を遣わされたのだ》」

しかして《そこで》、その熊曾建が白ししく、

「まことに《ほんとうに》、しかにあらむ《そうでございましょう》。西の方にわれ二人《私ども》を除《お》きて《除いて》、建《たけ》く強《こは》き人なし。しかるに《けれども》、大倭《おほやまと》[一九]の国に、われ二人に益《まさ》りて《優って》、建き男《を》は坐《いま》しけり[二〇]。ここをもちて《そのようなわけで》、われ《私は》御名《みな》[二一]を献《たてまつ》らむ。今より後《のち》は、倭《やまと》

一〇 ぶらぶらと歩いて。「遊行」は仏典語。
一一 「童女の髪のごと」は「梳《けつ》り垂《た》り」に懸る。髪型も女に変えたこと。「童女」「女人」ともに仏典語。
＊ 小碓命が女装したことは、熊曾建の好色心を利用して油断させたわけであるが、「童女」の文字は巫《ふ》女的《じょ》な女性に用いる点から、古代成年式に関わる女装かとみられ、北アジア・インドネシアなどでも男性が往々女装して巫女の役を演ずるという。
一二 感じ入って。「咸」は「感」の古字。
一三 「拍《う》ち上《あ》げ」（手拍子をうち宴会する）の約。
一四 「長《たけ》の端《は》」で、真盛りを過ぎた状態。
一五 「衣の衿《くび》」は着物の襟《えり》。
一六 木のはしご段。元来「椅」は「梓《あずさ》」の意だが、「正倉院文書」でも「きざはし」の意に用いている。「椅《はし》」とあるから、熊曾の家は高床《たかゆか》式であり、その「本《もと》（下）」とあるから、弟建はまさに地上寸前でつかまったことになる。
＊ 兄は襟をつかんで胸元から一突き。逃げる弟は背の皮をつかんで（誇大表現）尻から一刺し。対句にしながら、正確な筆致で動的に描いている。
一七 日本国を領有支配される景行天皇。
一八 二人称の卑称。
一九 大和朝廷の勢力の及ぶ範囲の国をさす。
二〇 はっと気がついたときの感動の助動詞。
二一 自分の名を襲名させること。成年式に関わる行為で、資質に応じた名を与えた。

建《たける》の御子《みこ》と称《たた》ふべし《ほめ称えましょう》」

と、〔熊曾建が〕この事白《まを》し訖《を》へつれば《終ったので》、熟苽《ほそち》[一]のごと振り折《さ》きて《裂いて》殺したまひき。かれ《よって》、その時より御名を称《たた》へて《ほめたたえ》、倭建《やまとたける》の命《みこと》とまをす。しかして還《かへ》り〔都へ〕上《のぼ》ります時に、山の神・河の神、また穴戸《あなと》[二]の神を、みな言向《ことむ》け和《やは》して参上《まゐのぼ》りましき《上京なされた》。

すなはち《そこで》〔その途中倭建命は〕、出雲の国に入りましき。その出雲建《いづもたける》[三]を殺さむとおもひて、到りますすなはち《その家に到着されるや》、友《ともがき》[四]を結びたまひき《盟友として交りをされた》。かれ、ひそかに赤檮《いちひ》[五]もちて詐《いつは》り[六]の刀《たち》に作り、御佩《みはかし》[七]として、共に肥《ひ》[八]の河に沐《かはあみ》したまひき《水浴びされた》。しかして《そして》、倭建の命、河より先《先に》づ上《あが》り[九]まして、出雲建が解き置ける《外して置いた》横刀《たち》[一〇]を取り佩《は》きて《帯びて》、

「刀易《たちかへ》せむ《太刀を換えよう》」

と詔《の》らしき。かれ《それで》、後《のち》に出雲建、河より上《あが》りて、倭建の命[一一]の詐りの刀を佩き《腰に帯びた》き。ここに、倭建の命、誂《あとら》[一二]へて《挑戦して》、

「いざ《さあ》、刀合《たちあ》はせむ《試合をしよう》」

＊「倭建《やまとたける》」は大和の勇猛な人の意。「建」は「健《たける》」の古字。年少時代の名が小碓命で熊曾建を征伐して倭建命となったのは、古代の王者の通過儀礼、成年試練の構想の反映で、大国主神・神武天皇の段でもみてきたし、また今後応神《おうじん》天皇の段などにもその顕著な例をみるであろう。

一 熟した瓜。具象的な比喩で、切れ味よく斬り殺す。

二 河口の入海。長門《ながと》国穴門（山口県下関市）か吉備《きび》国穴（広島県深安《ふかやす》郡・福山市）に擬せられる。いずれも瀬戸内航路の要衝。

――倭建命の出雲建征伐

＊倭建命は熊曾征伐の帰途、出雲《いずも》国に入り出雲建と「盟友」になり、用意した木刀と本物の刀とをすりかえて出雲建をだまし討ちにする。計略による勝利は英雄の条件で、これによって倭建命は英雄として大きく成長してゆく。

三 出雲国の勇猛な人。

四 友人の間柄。盟友。敵を欺くためである。

五 いちいがし。材質が堅いので木刀に使われた。

六 にせの太刀。のちに真刀と交換するためのもの。

七 貴人の帯刀。弓を「御執《みと》らし」というに同じ。

八 五三頁注七参照。

九 河より先に上ったのも倭建命の作戦。

一〇 一一一頁注一八参照。

一一 「命」の字は諸本にないが、脱落とみて補う。

一二 頼んで思うようにさせる。ここでは挑戦する意。

と云《の》らしき。しかして《そして》、おのもおのも《めいめい》その刀を抜きし時に、出雲建詐りの刀をえ抜かざりき《太刀なので抜けなかった》。すなはち《すかさず》、倭建の命、その刀を抜きて《太刀を抜いて》、出雲建を打ち殺したまひき。しかして《そして》《〔倭建命は〕》、御歌《みうたよ》みしたまひしく《お歌をお詠みになられたのには》、

一三やつめさす　出雲建が
佩《帯びた》ける刀《たち》　一四つづらさは巻き《蔓を多く巻き立派だが》　さみなしにあはれ《中身がないとは大笑いだ》

かれ《このように》、かく撥《はら》ひ治めて《平定し〔都へ〕》、参上《まゐのぼ》り覆奏《かへりことまを》したまひき《復命された》。

しかして《さて》、天皇《景行帝は》また頻《し》きて《重ねて》倭建の命に詔《の》らししく、

「一五東《ひむがし》の方十《かたとを》あまり二つの道の荒ぶる神《十二国の荒れすさぶ神》、またまつろはぬ人等《朝廷に服従しない者どもを》を言向け《従わせ》和平《やは》せ《平定せよ》」

とのらして、吉備《きび》の臣等《おみら》が祖《おや》、名は御鉏友耳建日子《みすきともみみたけひこ》を一六副《そ》へて遣はしし時に《添えて遣わされた時に》、一七ひひら木《ぎ》《柊》の一八八尋矛《やひろほこ》を給ひき《授けられた》。かれ、命《みこと》を受けて《勅命を受け》罷《まか》り行《いでま》しし時に、一九伊勢の大御神の宮に参入《まゐ》りて、神の朝庭《みかど》を拝《をろが》みて《拝礼して》、すなはち《そのまま》その二〇姨倭比売《をばやまとひめ》の命に白《まを》したまひしく、

「天皇《天皇は》、すでにあを死ねと思ほすゆゑにか《全く私などは死んでしまえとお思いなのか》、何とかも《どうして》西の方の悪《あ》

一三「八《や》つ芽刺《めさ》す（多くの芽が伸び出る）出づる藻《も》」で、「出雲」に懸る枕詞。

一四「蔓多巻《つづらさは》き」は、連用中止法で、逆接の意を表す。つまり外見は立派だが、中身（刀身）はない。木刀だからである。
＊この歌は、「出雲建」という人名を含み、うまうまとだまされた出雲建の間抜けさを嘲笑した歌である。古代の嘲笑《あざわら》いはあたりかまわず大笑するのであって、それが「あはれ」である。この歌は物語歌として作られたものとみてよい。
一五東海道十二国は、伊勢・尾張・参河《みかわ》・遠江《とおとうみ》・駿河《するが》・甲斐・伊豆・相模・武蔵・総《ふさ》・常陸《ひたち》・陸奥《みちのく》をいう。

——倭建命の東国征伐

＊西征の復命後また東征の命が下る。英雄の背後に天皇の絶対的な詔勅があった。荒ぶる神またまつろわぬ人等を「言向け和平《やは》す」（平定する）という「皇化」の使命である。使命は常に人間疎外の冷酷さをもつ。倭建命の悲劇は疎《うと》まれた人間としての自覚から始まったといえよう。
一六吉備臣建日子が副《そ》えられたのは、倭建命の母が吉備臣の祖先であったからである。

一七柊《ひいらぎ》は邪気を払う呪木（垣の木に用いたり、年越に鰯《いわし》の頭とともに門に刺すのもそのため）とされた。

一八長大な矛。出陣将軍に儀礼的に授けたもの。

一九伊勢の皇大神宮。「神の朝庭《みかど》」は神殿をさす。

二〇倭比売命はこのとき斎宮であった。

しき人等《者どもを》を撃ちに遣はして、《〔私を〕》返り《〔都へ〕》参上《まゐのぼ》り来《こ》し間、いまだいくだも《まだ どれほども経って》あらねば、《いないのに》軍衆《いくさびとら》を賜はずて《下さらないで》、今さらに《再び》東《ひむがし》の方十《とを》あまり二つの道《十二国の》の悪しき人等を平らげに遣はすらむ《平定に遣わされるのでしょうか》。これにより《このことから》て思惟《おも》[一]はば、なほ《やはり》、あれすでに死ねと思ほしめすぞ」《私なんかすっかり死んでしまえと〔父天皇は〕お思いなのです》

と、患《うれ》へ泣き《泣き悲しみ》て罷《まか》ります時に《退出される時に》、倭比売《やまとひめ》の命《みこと》、草《くさ》[二]なぎの釼《つるぎ》を賜ひ《授けられ》、また御嚢《みふくろ》[三]を賜ひて《授けられて》、

「もし、にはかなる事あらば《火急のことがあったならば》、この嚢の口を解きたまへ《あけなさい》」

と詔《の》らしき。

かれ《さて》、尾張《をはり》の国に到りて《〔倭建命は〕着いて》、尾張[四]の国の造《みやつこ》が祖《おや》、美夜受比売《みやずひめ》[五]の家に入《い》りましき。すなはち婚《あ》はむと思ほししかども《〔比売と〕結婚しようとお思いになったが》、また還り上《のぼ》らむ時《〔都に〕》に婚はむと思ほして、期《ちぎ》り定めて《〔比売と〕確約して》東《あづま》の国に幸《いでま》して、ことごと山河《やまかは》の荒ぶる神、また伏《まつろ》はぬ人等を言向け和平しき《服従させ平定した》。

かれしかして《そうして》、相武《さがむ》[六]の国に到りましし時に《〔倭建命は〕相模国にお着きになった時に》、その国の造、詐《いつは》[七]りて白《まを》ししく、

＊倭建命は、父天皇に徹底的に遠ざけられようとしていることを叔母倭比売命《やまとひめ》に訴える。「天皇、すでにあを死ねと思ほすゆゑにか」という疑いが、あれこれの理由で、やはり、「あれすでに死ねと思ほしめすぞ」という断定に至る。まことにあわれというほかはない。

一 「思惟」は仏典語。

二 五六頁注六参照。この草なぎの剣は、今後倭建命の運命を左右することになる。一つにはこの剣によって身の危急を救われ（次頁）、一つにはこの剣を忘れて身の破滅を招く（一六七頁）。草なぎの剣の霊威について詳述することは、大和朝廷が倭比売の奉斎する伊勢神宮の霊威を強力に主張することに通ずる。

三 火打ち石を入れた袋。火急のとき以外は開いてはならない呪具であった。

四 尾張（愛知県北西部）地方の豪族。

五 尾張熱田社の巫女《ふじょ》であったか。この比売との結婚は尾張氏が服従帰属したことを意味する。

六 相模国《さがみ》（神奈川県の大部分）。

七 西征将軍のときの倭建命は「詐《いつわ》り」をして敵を油断させたが、東征将軍のときは、逆に敵にだまされてしまい、危急に陥る。

八 「霊威速振《ちはやぶ》る」の意で、神威のはげしいこと。

九 「見《み》し行《おこな》はす」の約で、ご覧遊ばす、の意。

――倭建命、尾張・相模の賊を平定

「この野の中に大き沼《ぬま》あり。この沼の中に住める神、いと《たいへん》[八]道速振《ちはやぶ》る神《狂暴な神です》ぞ」

ここに《そこで》、〔倭建命は〕その神を[九]看行《みそこな》《ご覧遊ばしに》はしにその野に入《い》《お入りになった》りましき。しかして、その国の造、火をその野に著《つ》《放った》けき。かれ、〔倭建命は〕欺《あざむ》《騙されたとお気づきになり》かえぬと知らして、その姨《をば》倭比売の命の給《お授けになった》ひし嚢の口を解《と》開きて見給《ご覧になると》へば、[一〇]火打《ひうち》その裏《うち》《中に》にあり《あった》。ここに《そこで》、先づその御刀《みはかし》もちて草を[一一]苅《か》り撥《はら》ひ、その火打《火打石で》もちて火を打ち出で《打ち出して》て、[一二]向火《むかひび》を著けて焼《や》き退《そ》けて、〔その野から〕還り出で《脱出して》てみなその国《相模国の》の造等を切り滅《ほろぼ》し、〔その場で〔屍体に〕〕すなはち火を著けて焼きたまひき。かれ《だから》、今に、〔その地を〕[一三]焼遺《やきつ》といふ。

そこより入り幸《相模国から東方に入って行かれ》して、[一四]走水《はしりみづ》の海《うみ》を渡りましし時《お渡りなされた時に》に、その[一五]渡《わたり》の神浪《波》を興し《を立てて》、船を廻《もとほ》《回したので》して、え進み渡りまさざりき《進みお渡りになれなかった》。しかして《そこで》、その[一六]后《きさき》、名は[一七]弟橘比売《おとたちばなひめ》の命の白《まを》したまひしく、

「あれ《私が》御子に易《かは》《代って海中に入りましょう》りて海の中に入らむ。御子は、〔東征に〕遣《遣わされた》はさえし政《まつりごと》遂げ、覆奏《かへりことまを》《天皇にご報告なさいませ》したまふべし」

一〇 火打ち石。石と金とを打ち合せて発火させる道具。倭建命はこれによって向火《むかいび》をつけ助かる。

一一 草なぎの剣の名の起源を示す。

一二 野火を防ぐ方法で、向うから火が燃えてきたとき、まず自分の前の草を刈り、その草に火をつけることをいう。その火勢は向うへ押寄せるので、自分の方は助かる。「焼き退《そ》けて」とある表現もぴったりである。

一三「焼遺」を「やきつ」と訓《よ》むのは、「遺」に「棄《う》つ」の意があり、「焼《や》き棄《う》つ」が「やきつ」となるのである。「焼津」と書くべきを、文脈上「焼き棄てる」なので、「焼遺」と書いたもの。この地名は、駿河国（静岡県）の焼津《やいづ》市に当る。しかし、火攻めの受難と次頁の「さねさし」の歌とはともに相模国であり、文脈上の照応があるなかで、この「焼津」の地名は、地理的に矛盾している。地名説話の興味にまかせた筆のすさびであろう。記中の地理的矛盾の唯一の例。

一四 今の浦賀水道。「走る」は潮流が急で逆まく波を立てる、の意。神奈川県横須賀市走水に走水神社があり、倭建命と弟橘比売を祀る。

——倭建命、后 弟橘比売命を失う

一五 渡し場の神。境界の神の一種。

一六 倭建命は皇子であるから「妃」とあるべきを、天皇に準じて「后」とした。一五八頁注五参照。

一七『常陸国風土記』那珂《なか》郡に「橘皇后」とある。同書に「倭武天皇」とあることとの対応である。

一海に入りまさむとする時に《〔后が〕》、二菅畳八重《すがたたみやへ》・皮畳《かはたたみ》八重・絁畳《きぬたたみ》八重もちて波の上に敷きて、その上に下《お》り坐《いま》しき《坐られた》。ここに《その結果》、その暴浪《あらなみ》おのづから《自然に》伏《な》ぎて《静まって》、御船え進みき《進み渡れた》。しかして《この時》、その后《きさき》の歌ひたまひしく、

三さねさし　相模《さがむ》の小野《をの》に
四燃ゆる火《ひ》の　火中《ほなか》に立ちて《炎の中に立って》　問ひし君はも《呼び掛けて下さった君よ》

かれ《そして》、七日《なぬか》の後《のち》に、その后の御櫛海辺《みくしうみへ》に五依《よ》りき《流れついた》。すなはち、その櫛を取りて《拾って》、御陵《みはか》を作りて、治め置きき《その中に収め置いた》。六そこより入り幸して《上総国から〔東方へ〕入って行き》、ことごと荒ぶる《総て暴れすさぶ》七蝦夷等《えみしども》を言向《ことむ》け《服従させ》、また山河の荒ぶる神等《かみたち》を平和《やは》して、還《かへ》り上《のぼ》り幸《いでま》しし時に《〔都へ〕》、八足柄《あしがら》の坂本に到りて《坂の麓に着いて》、九御粮《みかれひ》食す処に《召上っている所へ》、その坂の神、一〇白き鹿《か》に化《な》りて《化神し》来立《きた》ちき。しかして《それを見てすぐ》、〔倭建命は〕その咋《く》ひ遺《のこ》したまへる一一蒜《ひる》の片端《かたはし》もちて、待ち打ちたまへば《待ち構えてお打ちになると》、その目に《鹿の目に》中《あた》るすなはち打ち殺さえき《命中するなり打ち殺されてしまった》。かれ《こうして》、その坂に登り立ちて、三たび《幾度も》歎《なげ》かして《溜息をつかれて》、

一 海の荒れるのは海神の怒りによるとの考えから人《ひと》身御供《みごくう》となって入水《じゅすい》する。海神の妻となるのである。
二 「菅畳」は菅で織った莫蓙《ござ》。「皮畳・絁畳」は一〇〇頁注五・六参照。敷物を重ねたのは、海神の妻としての神聖な条件を整えるための神座《かみくら》の意識がある。
三 「相模」の枕詞。「さ嶺《ね》立し」(山がそば立つ。「さ」は接頭語)の意で、「嶮《さが》し」から同音の「相模《さがむ》」に懸る。「小野」は人里近くの野の意であるが、ここでは火攻めにあった野(前頁)。地名とすれば厚木市小野の地か。
四 火攻めの炎。しかし、もとは春の焼畑(野焼き)の火であったろう。
＊ かつて、倭建命が火難にあったさなかに名を呼んでくれたことを想い起して、比売が命への恋情を歌った歌。「はも」は眼前にないものを思いやる詠嘆の助詞。この歌はもと春野焼きの独立歌であったといわれる。「小野」の表現にも、荒野ではないことが暗示されている。

――倭建命、足柄の神を殺す

五 倭建命が上陸した上総《かずさ》(千葉県)側に、一週間後に比売の呪具であった櫛が流れついたと考えられる。
六 注五の考えに基づいて「そこ」は上総とみる。
七 大化以後の概念によると、アイヌ人の祖先。
八 相模国と駿河《するが》国との境にある足柄峠。
九 「乾飯《かれいひ》」の約。乾して固くした携行用の飯。
一〇 動物で白色のものは、神聖であることを表す。

一一 葱《ねぎ》以上に強い臭気があり、その臭気が邪気を払うのである。白鹿が死んだのもそのためである。
二二 亡妻追慕の万感がこの言葉に籠《こ》められている。
二三 足柄山以東を東国《あずま》という起源への付会。
二四 山梨県甲府市酒折《さかおり》町の酒折神社に擬せられる。

——倭建命、甲斐で筑波問答

二五 新治や筑波の地を過ぎて。「新治」は茨城県真壁《まかべ》郡の東部。「筑波」は筑波郡筑波町。常陸《ひたち》国の地名。
二六 夜警の篝火《かがりび》を焚《た》き守る老人。当時、賤者の仕事。
二七「か」は「日」の複数。
＊ この二首は片歌（五七七）形式と言われ、問答体となっているので、俗に連歌の起りとされ、後世、連歌を「筑波の道」と呼ぶようになった。
二八 東国の首長としての姓《かばね》。
＊ 倭建命の長征はようやく大詰を迎える。甲斐から信濃へ出、坂の神を服従させ、かねて約束の尾張の美夜受比売《みやずひめ》との結婚を果す。

——倭建命、美夜受比売と聖婚

二九 長野県下伊那《しもいな》郡阿智《あち》村神坂峠《みさかとうげ》。和銅六年に開通した木曾路の難所。峠には祭祀《さいし》遺物が多い。
三〇 一六二頁一一行目参照。東国征伐に行く途次に。
三一「その、」と一息入れる、現場指示の語。話題を話し手が聞き手の前へ引き出す働きをする。
三二 外衣。六七頁注九参照。
三三 月経中の女性の巫女性《ふじょせい》については次頁で述べる。

[二二]「あづまはや《わが妻はああ》」
と詔《の》云らしき。かれ《それで》、その国を号《なづ》けて、阿豆麻《あづま》[二三]といふ。
すなはち《そして》、その国より《相模国から》越えて甲斐《かひ》に出でまして《お出でになって》、酒折《さかをり》[二四]の宮に坐《いま》し
し時に、〔倭建命が〕歌ひたまひしく、

新治《にひばり》[二五]　筑波《つくは》を過ぎて　幾夜《いくよ》か寝《ね》つる《寝たろうか》

しかして《すると》、その御火焼《みひたき》[二六]の老人《おきな》、御歌《みうた》に続《つ》ぎて《続けて》、歌ひしく《歌ったのには》、

[二七]かがなべて《日数を重ねて》　夜《よ》には《夜で》九夜《ここのよ》　日には《昼なら》十日《とをか》を《十日になりますよ》

ここをもちて《即座に歌ったので》、その老人を誉《ほ》めて、すなはち《すぐに》東《あづま》[二八]の国の造《みやつこ》を給ひき《賜った》。
その国より《甲斐国から》科野《しなの》の国に越えて《信濃国に越え渡って》、すなはち《そのまま》科野[二九]の坂の神を言向けて《服従させて》、
尾張《をはり》の国に還り来て、先《さき》[三〇]の日に期《ちぎ》りたまひし《約束なさった》美夜受比売《みやずひめ》の許《もと》に入《い》り
ましき。ここに《さて》、〔比売が〕大御食《おほみけ》献りし時に《差し上げた時に》、その美夜受比売、大御酒盞《おほみさかづき》を
捧《ささ》げて〔倭建命に〕献りき。しかして《その時》、美夜受比売、その、[三一]おすひ[三二]の《外衣の》襴《すそ》に《裾に》、月経《さはり》[三三]
著《つ》きたり。かれ《それで》、〔倭建命が〕その月経を見て、御歌《みうた》みしたまひしく《お歌をお詠みになったのには》、

ひさかたの　天《あめ》の香久山《かぐやま》

鋭くやかましく　鳴き渡る　白鳥の様に
とかまに　さ渡る鵠《くび》
ひ弱く細い　しなやかな
ひはぼそ　たわや腕《がひな》を
枕にしようと　私はするけれど
まかむとは　あれはすれど
共寝をしようと　私は思うけれど
さ寝むとは　あれは思へど
お前の着ておいでの　外衣の　裾に
ながけせる　おすひの襴《すそ》に
一 月が出てしまったよ
月たちにけり

そこで
しかして、美夜受比売《みやずひめ》、御歌《みうた》に答へ曰《い》ひしく、

二 空高く光る　日の神の御子よ
高光る　日の御子
三 隅々まで支配する　そのわが大君よ
やすみしし　わが大君
新しい　年が来て去って行けば
あらたまの　年がきふれば
新しい　月が来ては去って行く
あらたまの　月はきへゆく
もっともですよ　ほんとうにもっともですよ〔長い間〕
うべな　うべな　うべな
四 あなたを待ちかねて
君待ちがたに
私が着ていなさる　外衣の裾に
わがけせる　おすひの襴に

一「月たつ」は、新月が現れる意と月経が始まる意とを懸ける。

二「高光る」は「日の御子」の枕詞。

三「やすみしし」は「我が大君」の枕詞。「八隅知し」で「知り（領有支配する）」の「り」の脱落。「し」は助動詞「き」の連体形だが、過去の意はなく、動作・作用の結果の現存を表す。「其《し》」に基づく古い用法。

四「がたに」は「難《かた》」に助詞「に」のついた形。

五「たたなむ」は「たたらむ」の音転で、「たたら」は「たちあり」の約「たたり」の未然形。倭建命が美夜受比売と共寝をしようと思うけれど、月経中なのがうらめしいと詠《よ》んだのに対して、比売は、長い間あなたを待ちかね月経が現れたのも当然ですと応酬《おうしゅう》した。

六 歌の応酬にもかかわらず「かれしかして」で承《う》け、直ちに「御合ひまして」と続けている。一般に月経中の女性は、巫女として神に召された身であるから不可触の禁忌があった。しかるに月経中の比売が倭建命に献饌し（前頁一一行目）、命《みこと》と結婚したのは、命を神として遇したことを意味する。この場合の「御合ひ」は、神と巫女との「一夜婚」（祭儀の後、神人が巫女と一夜共寝をすること）の性格をもつ。歌では、国見儀礼の聖山（天の香久山）が点出され、穀霊の表象「鵠《くび》」（白鳥）が素材となり、命は「日の御子」「わが大君」と天皇の資格で呼ばれている。とすると、国《くに》覓《ま》ぎから聖婚へ、という順序で、歌と地の文は自然な形で連続しているわけである。

五 月《月も出ているでしょうよ》たたなむよ

六 かれしかして《そういうことで》、御合《みあ》ひまして《ご結婚なさって》、その御刀《みはかし》の草《くさ》なぎの剱《つるぎ》《剣を》もちてその美夜受比売の許《もと》に置きて、七 伊服岐《いぶき》の山の神を取りに《討ち取りに》幸《いでま》行しき《出かけられた》。

ここに、《〔倭建命が〕》詔らししく、

「この山の神は《この伊吹の山の神は》、八 徒手《むなで》に直《ただ》に取りてむ《討ち取ってしまおう》」

とのらして、その山に《伊吹山に》騰《のぼ》りまし時に《登られた時に》、白き猪《ゐ》、山の辺に《山のあたりで》逢《あ》へり《出会った》。

その大きさ牛のごとし。しかして、九 言挙《ことあ》げして詔《の》らししく、

「この、白き猪に化《な》れるは《変身しているのは》、その神の使者《つかひ》にあらむ。今殺さずとも、還らむ時に殺さむ《〔山から〕帰る時に殺してやろう》」

とのらして、騰りましき《〔山に〕登られた》。ここに《〔山の神が〕》、一〇 大氷雨《ひさめ》を零《ふ》らして《降らせて》、倭建《やまとたける》の命《みこと》を一一 打ち或《まと》はしまつりき《困惑させ申した》（この、白き猪に化れるは、その神の使者にあらずて、その神の一二 正身《むざね》に当りしを、言挙げによりて《揚言したことから》、或はさえつるぞ《困惑させられたのだ》）。かれ、還り《〔山から〕》下《くだ》りまして、一三 玉倉部《たまくらべ》の清泉《しみづ》に到りて《着いて》息《いこ》ひまし時に《お休みになった時に》、御心やくやく《次第に》寤《さ》めましき《正気にかえられた》。かれ《それで》、その清泉を号《なづ》けて、一四 居寤《ゐさめ》の清泉といふ。

* 神としての倭建命は伊吹山の神を討ちに行く。草なぎの剣《つるぎ》は要らないとの判断か

——倭建命、伊吹山で困惑する

らか、比売の許に置く。むろん、神剣が熱田神宮に祭られる縁起譚《えんぎたん》である。しかし、神剣を手放した倭建命の命運が、以後落日のように急速に傾いてゆくのは、伊勢の大神の加護が得られなくなったためである。伊吹山の神討伐においては、昔日の英雄倭建命の計略はなく、徒手《むなで》であり、凶暴性を持つ殺戮《さつりく》者の面影もすでに消えて、逆に山の神に翻弄《ほんろう》される行路の人であるにすぎない。

七 近江《おうみ》国（滋賀県）と美濃《みの》国（岐阜県）との境にある山。毒気を吐く山の意。現代でも気象は荒れる。

八 手に何も持たず直接に。素手で。実際には、草なぎの剣の力を借りなくて、の意である。後文によると自分の太刀は持って出た（次頁注六参照）。

九 憚《はばか》りなく大声に出して言うこと。神や天皇に対して揚言するのは禁忌であった。

一〇「ひさめ」は大雨の意。霙《みぞれ》ではない。

一一 行先を見定めかねて混乱する。頭がぼうっとする意。失神ではない。「或」は「惑」の古字。

一二「身実《むざね》」の意。本体。ここでは神自身。

一三 未詳。滋賀県坂田郡米原町醒《さめ》ヶ井《い》とも、岐阜県不《ふ》破《わ》郡関ヶ原町玉《たま》ともいわれる。

一四「坐っていて意識がはっきりした清水」の意。

そこより《玉倉部から》発《た》たして《出発されて》、当芸野《たぎの》[一]の上《へ》に《あたりに》到りましし時に《お着きになった時に》、詔《の》らししく、「あが心、《私は心の中でいつも》恒に虚《そら》[二]より《空を》翔《かけ》り行かむと念ひき《飛んで行こうと思っていた》。しかるに、今あが足え歩《あゆ》まず、たぎたぎしく[三]成りぬ《曲ってびっこを引くようになった》」かれ《それで》、そこを号けて《その地を名づけて》、当芸《たぎ》といふ。そこより《その当芸から》、やや少し《ほんの少し》幸行《いでま》すに、いと疲れませるによりて《たいへんお疲れになったので》、御杖を衝《つ》きて、やくやく歩みましき《そろそろとお歩きになった》。かれ、そこを号《なづ》けて、杖衝坂《つゑつきさか》[四]といふ。尾津《をつ》[五]の前《さき》の一つ松の《一本松の》許《もと》に到りまししに《往路に》、先に御食《みをし》したまひし時に《お食事をなさった時に》、そこに忘らしし《そこに忘れていかれた》御刀《みはかし》[六]、失《う》せずて《なくなら》なほ有りき《ずそのままあった》。しかして、御歌《みうた》よみしたまひしく、

尾張《をはり》[七]に　ただに向へる《直接に向っている》
尾津《をつ》の崎なる《岬にある》　一つ松[八]《一本松よ》　あせを[九]《なあお前》
一つ松《一本松が》　人にありせば[一〇]《もし人であったら》
太刀はけましを《太刀をはかせようものを》　きぬ著せましを《着物を着せようものを》
一つ松《一本松よ》　あせを《なあお前》

そこより《尾津の岬から》幸《いでま》して、三重《みへ》[一一]の村に到りましし時に、また詔らししく、

＊倭建命は重い足を引き、疲れた体を杖に託して美濃から伊勢に入り、尾津・三重を経て能煩野《のぼの》に辿《たど》り着いてついに病死する。

——倭建命、望郷の歌を残し病死

一　美濃国多芸郡（岐阜県養老郡《ようろう》）の養老の滝付近かという。
二　やがて白千鳥になって飛翔することの伏線。
三　「たぎたぎし」は、ものの凹凸・屈曲のさま。
四　三重県四日市《よっかいち》市采女《うねめ》町から鈴鹿《すずか》市石薬師《いしやくし》町に至る東海道にある坂という。
＊道順は、本来、当芸野→尾津岬→三重村→杖衝坂→能煩野《のぼの》とあるべきを誤ったとするのが通説だが、少なくとも尾津岬は二度通っている（最初は食事をし、剣を忘れる。二度目に剣を発見し歌を詠む）のであり、そういう行程をとらせるほうが彷徨《さすらい》をよく表しえたと考える。
五　三重県桑名《くわな》郡多度《たど》町。昔は海岸の岬であった。
六　倭建命の刀であるが、草なぎの剣ではない。
七　尾津の岬からは、昔、海を隔てて尾張の熱田地方がよく見えた。本文歌として見ると、美夜受比売《みやずひめ》を偲んでのこととなるが、独立歌としては、単に尾張国と向い合っているというにすぎない。
八　「松」に「待つ」を懸け、人に譬《たと》える。
九　「吾兄《あせ》を」で、一本松に対して呼びかける。
一〇　「せば…まし」で、反事実の仮想を表す。
一一　四日市市采女町の旧名か。杖衝坂に向う地。

「あが足は、一二三重《みへ》の勾《まがり》のごとくして《曲り餅の様であって》、いと疲れたり《たいへん疲れてしまった》」

かれ《それで》、そこを号けて、三重といふ。そこより幸行して《〔命は〕三重からお進みになって》、一三能煩野《のぼの》に到りましし時に《お着きになった時に》、国を思《しの》ひて《思慕して》、歌ひたまひしく《お歌いになったのには》、

倭《やまと》は　一四国のまほろば《高く秀でた国だ》
一五たたなづく《重なり合った》　青垣《あをかき》一六　山隠《やまごも》れる
一七倭しうるはし《大和こそほんとうに美しい国だ》

また、歌ひたまひしく、

命《いのち》の　一八またけむ人は《これから先のある人は》
一九たたみこも　平群《へぐり》二〇の山の
二一熊白檮《くまかし》が葉を　二二髻華《うず》に挿《さ》せ　二三その子《お前たちよ》

この歌は、国思《くにしの》ひ歌《望郷歌だ》二四ぞ。また、歌ひたまひしく、

はしけやし《なつかしい》　我家《わぎへ》の方よ《方から》　二五雲居立ちくも《雲が湧いてくるよ》

こは片歌《かたうた》二六ぞ。この時に、御病いとにはかになりぬ《ご病気が急変して危篤状態になった》。しかして、御

歌よみしたまひしく、

一二 ねじり曲げて、三つ重ねにした餅。糫餅《まがりもち》。
一三 三重県鈴鹿郡の鈴鹿山脈の野登山《ののぼりやま》あたりの山麓をさすか。亀山《かめやま》市能褒野《のぼの》町能褒野陵など、倭建命の伝説地は多い。
一四「ま」は美称の接頭語。「ほ」は「秀《ほ》」で、陸地の高くなっている所。高燥《こうそう》の地を良しとして賞める語。「ろ・ば」はともに状態を表す体言を作る接尾語。
一五「畳《たた》ね付く」の「ね」が「な」に音転した語。
一六 大和《やまと》の山々を青々と樹木の茂る垣根そのものと見た表現。その山々に隠《こも》っている大和である。
一七「うるはし」は、端整な美を視覚的にいう。この歌は、本来独立した民間の国讃《くにぼ》めの国見歌《くにみうた》であった。
一八 完全な人。本文歌としては倭建命の従者。
一九「平群」の枕詞。真菰《まこも》で編んだ敷物を重ねることを「重《へ》」(一重《ひとへ》・二重《ふたへ》の「へ」)ということによる語。
二〇 奈良県生駒《いこま》郡平群《へぐり》町西部の矢田丘陵地帯。
二一 大きな櫟の木。一五〇頁注九参照。
二二 插頭《かざし》。常緑樹などの生命の木といわれる植物の葉を簪《かんざし》にして長寿と豊饒《ほうじょう》を願った呪術《じゅじゅつ》。
二三 老人が若者(命の全《また》けむ人)に呼びかけた。
＊本来は独立歌で、平群の山遊びの老人から若者への歌。平群山は、大和平野国見の聖山であった。
二四 本文歌としては歌曲名で、望郷歌。国讃めの内容はもちろん含んでいる。独立歌としては国讃めの歌。
二五「雲居」は雲に同じ。平和と繁栄の象徴。
二六 五七七形式の歌の名。一六五頁初めの＊印参照。

[一]嬢子《をとめ》の　床《とこ》のべに《あたりに》
わが置きし《私の置いてきた》　剣《つるぎ》の太刀《たち》　その太刀はや《ああ　その太刀よ》

歌ひ竟《を》ふる《終るやいなや》すなはち[二]崩《かむあが》りましき《亡くなられた》。しかして《それで》、駅使《はゆまづかひ》を貢上《たてまつ》りき。ここに《そこで》、倭《大和に》に坐《いま》す后等《きさきたち》また御子等、もろもろ《みな》下り到りて《〔能煩野に〕下向して》、[三]御陵《みはか》を作り、すなはち《そして》そこの[四]なづき田《傍にある田に》に匍匐《は》[五]ひ廻《もとほ》りて、哭《な》きて歌よみしたまひしく、

なづきの田の《御陵の傍の田の》　稲《いな》がらに《稲の茎に》
稲がらに《その稲の茎に》　匍匐ひ廻ろふ《這い回っている》　[六]野老蔓《ところづら》

ここに、《〔倭建命は〕》[七]八尋《やひろ》白《しろ》ち鳥《とり》に化《な》りて《化身し》、天《あめ》に翔《かけ》りて《天空高く飛び》浜に向きて《浜に向って》飛び行《いでま》しき。しかして《そこで》、その后また御子等、その[八]小竹《しの》の苅《か》り杙《くひ》に、足跳《き》り破れども《傷をつけながらも》、その痛きを忘れて、哭きて追はしき《泣きながら追って行かれた》。この時に《〔妃や御子たちは〕》歌ひたまひしく、

[九]浅小竹《あさじの》原《はら》　腰なづむ《足腰も行き悩む〔かといって〕》
空は行かず《空を飛べもせず》　足よ行くな《歩いて行くもどかしさ》

また、《〔妃や御子は〕》その海塩《うしほ》に入りて《海に入って》なづみ行きましし時に《難渋して追って行かれた時に》、歌ひたまひしく、

一「嬢子」は美夜受比売《みやずひめ》、次行の「剣の太刀」は草なぎの剣。「はや」は断絶感・距離感を含む激しい感動を表す。霊剣をめぐる加護・遭難譚《たん》のすべてが、この「はや」に集約されて、倭建命の辞世《じせい》となる。

二「崩り」以下天皇の崩御に準じた表現である。
＊倭建命の栄光と没落の生涯は、実は「和気《わけ》」の姓《かばね》を与えられた景行天皇の幾多の皇子、王族将軍が歩んだ道を象徴するものではなかったか。天皇の命令の絶対性をにおわせて、落日の詩情を湛《たた》えた行旅の主人公が、望郷の思いも虚《むな》しく、白千鳥と化して遥《はる》か天空の涯《はて》へと天翔《あまがけ》りゆく。記中の抒情性濃い叙事文学の雄篇。

——倭建命、白千鳥となり天翔る

三 三重県鈴鹿《すずか》市加佐登《かさど》町の白鳥塚、同市長沢《ながさわ》町の武備陵《たけびりよう》、亀山市田村町の王塚の三説がある。
四『名義抄』に「脇、ナヅキ」とある。傍《かたわら》の意。
五 死者に対して匍匐礼《はふくれい》や哭礼《こくれい》をする丁重な葬礼。
六 山芋の一種。「つら」は蔓《つる》。
＊この歌は元来、恋の姿態を主題にした民謡。歌垣《うたがき》の歌の性格が強い。ここは匍匐礼に因《ちな》む内容。
七 大きな白い千鳥。次頁の歌に「千鳥《ちとり》」とあるので、記述作者が「智《ち》」を補ったもの。もとは「白鳥」とあったはずである。「八尋」の「八」は日本の聖数。
八 后や御子が履《くつ》をはかずに素足で小竹原《しののはら》を歩いて行くのは、喪主が、素足でわが身を傷つけて悲しみを表す古代葬礼習俗の反映。

九 丈の低い小竹《しの》（篠）原《はら》。
＊ 葬送儀礼を内容とした歌だが、元来は恋のために山野の路を苦労して通うことを歌ったもの。
一〇「河原」は広々とした河の意。
＊ この歌も右と同じで、元来は大河を渡る恋路の難渋を歌ったものであったとみられる。
一一「礒《いそ》」は「磯」に同じで、岩礁の多い海岸。
＊ 千鳥といえば、浜にいる鳥なのに、浜を通らず岩礁の多い所を行く。「磯《いそ》を行けども浜千鳥《はまちどり》」式の発想。この歌ももとは歌垣の民謡。
一二 倭建命の葬礼。殯宮《あらきのみや》ではなく御陵《ごりよう》の前で歌われた歌。次行で、天皇に対しては「大御葬」と最大の敬語をつけて、区別している。
一三 後世の天皇の大葬の歌の起源を説いたもの。遊部《あそび》（葬礼歌舞芸能者）、土師部《はじ》（葬礼用土器調製・墳墓製造者）、久米氏（注一六参照）による伝承が想定される。大正天皇ご大葬の時は、この歌を廃し新歌曲を演奏。
一四 大阪府柏原《かしわら》市の周辺。
一五 景行紀によれば、前出の伊勢の能褒野《のぼの》、大和の琴《こと》弾原《ひきのはら》（御所《ごせ》市富田《とみた》）、河内の旧市邑《ふるいちのむら》（羽曳野《はびきの》市軽里《かるさと》）の三カ所を「白鳥陵」というとある。いかに白鳥伝説地が多かったかが分る（一六九頁注一三参照）。
一六 神武天皇の段には、大久米命を祖とする軍事集団とされるが（一一五頁）、ここでは倭建命の討伐に従い、食膳のことを掌《つかさど》ったとある。

――倭建命の系譜

海処《うみが》行けば《海を行くと》　腰なづむ《足腰も行き悩む》
[一〇]大河原《おほかはら》の　植ゑ草《生い茂る草が揺れる様に》
海処は《海を行く時は》　いさよふ《足をとられて進みにくい》

また、飛びて《〔化身の白鳥が〕》その礒《いそ》[一一]に居《いま》しし時に、歌ひたまひしく、

浜つ千鳥《浜千鳥なのに》　浜よは行かず《浜を飛んでは行かず》　礒づたふ《磯伝いに飛んで行くよ》

この四つの歌は、みなその《倭建命の》御葬《みはぶり》[一二]に歌ひき。かれ、今に[一三]至るまでに、その歌は、天皇《すめらみこと》の大御葬《おほみはぶり》に歌ふぞ。かれ、《〔白鳥は〕》その国より飛び翔り行き《空高く飛んで行って》て、河内《かふち》[一四]の国の志幾《しき》に留《とどま》りましき。かれ、そこに御陵《みはか》を作りて鎮《しづま》り坐《いま》さしめき《鎮め申し上げた》。すなはちその御陵を号《なつ》けて、白鳥《しらとり》[一五]の御陵《みさざき》といふ。しかるに、《〔白鳥は〕》またそこより《志幾から》さらに天《あめ》に翔りて飛び行しき《舞い上って飛んで行かれた》。すべて《およそ》、この倭《やまと》建《たける》の命《みこと》、国を平らげに《平定するために》廻《めぐ》り行しし時に《巡って行かれた時》、久米《くめ》[一六]の直《あたひ》が祖《おや》、名は七拳脛《ななつかはぎ》、恒《つね》に膳夫《かしはて》として従ひ仕へまつりき《料理人としてお仕え申し上げた》。

この倭建の命、伊玖米《いくめ》の天皇《垂仁帝の》の女《むすめ》、布多遅能伊理毗売《ふたぢのいりびめ》の命を娶《めと》りて生みたまへる御子、帯中津日子《たらしなかつひこ》の命《仲哀天皇》（一柱）。また、《〔倭建命が〕》その海に入り

まし弟橘比売《おとたちばなひめ》の命《みこと》を娶《めと》りて生みたまへる御子《妻にしてお生みになった御子は》、若建《わかたける》の王《おほきみ》（一柱）。〔倭建命が〕また、近つ淡海《あふみ》一の安《やす》の国の造《みやつこ》が祖《おや》、意富多牟和気《おほたむわけ》が女《むすめ》、布多遅比売《ふたぢひめ》を娶りて生みたまへる御子、稲依別《いなよりわけ》の王（一柱）。〔倭建命が〕また、吉備《きび》二の臣建《おみたけ》日子《ひこ》が妹《いも》、大吉備建比売《おほきびたけひめ》を娶りて生みたまへる御子、建貝児《たけかひこ》の王（一柱）。〔倭建命が〕また、山代《やましろ》の玖々麻毛理比売《くくまもりひめ》を娶りて生みたまへる御子、足鏡別《あしかがみわけ》の王（一柱）。〔倭建命の〕また、一妻《あるみめ》三の子、息長田別《おきながたわけ》の王。おほよそ《数え合せて》にこの倭建の命の御子等、幷《あは》せて六柱ぞ《六柱である》。

かれ、帯中津日子《たらしなかつひこ》四の命は《仲哀天皇は》、天の下治めたまひき。次に、稲依別の王は（犬上《いぬかみ》の君・建部《たけるべ》の君等が祖ぞ）。次に、建貝児の王は（讃岐《さぬき》の綾《あや》の君・伊勢の別《わけ》・登袁《とを》の別・麻佐《まさ》の首《おびと》・宮首《みやぢ》五の別等が祖ぞ）。足鏡別の王は（鎌倉の別・小津《をづ》、石代《いはしろ》の別・漁田《いざりた》の別が祖ぞ）。次に、息長田別の王の子、杙俣長日子《くひまたながひこ》の王。この王の子《みこ》六、飯野《いひの》の真黒比売《まぐろひめ》の命。次に、息長《おきなが》の真若中比売《まわかなかつひめ》。次に、弟比売《おとひめ》（三柱）。かれ、上《かみ》七に云へる若建の王、飯野の真黒比売を娶りて生みたまへる子、須売伊呂大中日子《すめいろおほなかつひこ》八の王《おほきみ》。この王《みこ》、淡

＊倭建命は仲哀《ちゆうあい》天皇の父、したがって応神《おうじん》天皇の祖父、仁徳《にんとく》天皇の曾祖父である。景行《けいこう》天皇はいわゆる三太子（一五四〜五頁）を定めておいた。倭建命の母は吉備臣《きびのおみ》の娘であるから、他の二太子（いずれも母は崇神《すじん》天皇皇子八尺入日子《やさかのいりひこ》の娘）とくらべて出自《しゆつじ》が低いが、倭建命の功績は無視できなかったので、太子若帯日子《わかたらしひこ》命が成務《せいむ》天皇になったあとは、倭建命の子が仲哀天皇になるというような皇位継承上の屈折（神武天皇以後は父子相承であったのが、ここで叔父《おじ》から甥《おい》へとなる）が生じたのであろう。

一 近江《おうみ》国野洲《やす》郡（滋賀県野洲郡）の豪族。

二 倭建命東征の際に、副将軍格として参加した御鉏《みすき》友耳建日子《ともみみたけひこ》（一六一頁一〇行目）のことであろう。

三 名を逸した妻。息長田別《おきながたわけ》王の名から、この記事は息長氏による付加かとする見方もできる。

四 のちの仲哀天皇。母は垂仁天皇皇女（前頁一三行目）なので、成務天皇皇子和訶奴気《わかぬけ》王（母は穂積臣《ほずみのおみ》の娘）よりは上位である。

五 「首」は「道《ち》」の省画の文字か。

六 人名に接する「王」は「おほきみ」で統一（命《みこと》などと同じ資格上の称）、説明文の「王」は「みこ」（御《み》子《こ》、の意に同じ）と訓《よ》み分ける。

七 本頁の一行目をさす。

八 景行天皇の段に、倭建命の曾孫とあった（一五五頁四行目）。ここでは倭建命の孫となっている。

海の柴野入杵《しばのいりき》が女、柴野比売《しばのひめ》を娶りて生みたまへる子、[九]迦具漏比売《かぐろひめ》の命。かれ、大帯日子《おほたらしひこ》の天皇、[景行帝が]この迦具漏比売の命を娶りて生みたまへる子、大江《おほえ》の王（一柱）。この王、庶妹《ままいも》銀《しろかね》の王を娶りて生みたまへる子、大名方《おほながた》の王。次に、大中比売《おほなかつひめ》の命（二柱）。かれ、この大中比売の命は、[一〇]香坂《かごさか》の王・忍熊《おしくま》の王の[一一]御祖《みおや》ぞ。この大帯日子の天皇[景行帝][の宝算は]の御年、[一二]壱佰《もも》ちあまり参拾《みそ》ちあまり漆歳《ななつ》ぞ。[一三]御陵《みはか》は山《やま》の辺《へ》の道の上《へ》[ほとりにある]にあり。

[一四]若帯日子《わかたらしひこ》の天皇《すめらみこと》、[一五]近つ淡海の志賀《しが》の高穴穂《たかあなほ》の宮に坐《いま》して、天の下治めたまひき。この天皇、[成務帝が]穂積《ほづみ》の臣《おみ》等が祖、建忍山垂根《たけおしやまたりね》が女、名は弟財《おとたから》の郎女《いらつめ》を娶りて生みたまへる御子、和訶奴気《わかぬけ》の王《おほきみ》（一柱）。かれ、[一六]建内《たけうち》の宿禰《すくね》を[一七]大臣《おほおみ》として、大国《おほくに》・小国《をぐに》の[一八]国の造《みやつこ》を定めたまひ、また、国々の堺《さかひ》、また大県《おほあがた》・小県《をあがた》の[一九]県主《あがたぬし》を定めたまひき。[成務帝の宝算は]天皇の御年、[二〇]玖《ここの》拾《そ》ちあまり伍歳《いつつ》ぞ（[二一]乙の卯《きのとう》の年の三月《やよひ》の十《とを》かあまり五日《いつか》に崩《かむあが》りましき）。御陵は[二二]沙紀《さき》の多他那美《たたなみ》にあり。

九　一五五頁では、倭建命の玄孫《げんそん》として名があり、倭建命の父景行天皇と結婚して、大枝王を生むとある。ここでは、倭建命の曾孫として名を見せ、景行天皇と結婚して大江王を生むとある。いずれもありえないことだと考えられる。系譜上の誤伝であるに違いない。
一〇　下文一七九頁に、この二皇子の反逆事件が詳しく記される。
一一　母君である。
一二　百三十七歳。
一三　今の奈良県天理市渋谷《しぶたに》町向山の地にある。

＊　次代成務天皇は国造・県主を制定したとある。景行朝の諸国平定のあと、地方の行政機構を整備するのもまた自然な趨勢《すうせい》といえよう。

成務天皇
——皇統譜

一四　第一三代成務天皇。景行天皇の皇子。
一五　滋賀県大津市坂本穴太《さかもとあのう》町の地。
一六　一二九頁に初出（同頁注一六、＊印参照）。
一七　臣《おみ》の姓《かばね》の中で主位の者。官制の「大臣」ではない。
一八　世襲の地方首長に与えられた姓で、その首長には豪族が任ぜられた。
一九　国より下の小行政区画で、その首長の姓。
二〇　九十五歳。
二一　西暦三五五年に比定できる。
二二　今の奈良市山陵《みささぎ》町御陵前の地にある。

仲哀天皇
——皇統譜

帯中日子《たらしなかつひこ》[一]の天皇《すめらみこと》、穴門《あなと》[二]の豊浦《とよら》[三]の宮、また筑紫《つくし》の訶志比《かしひ》[四]の宮に坐《いま》して、天の下治めたまひき。この天皇《仲哀帝が》、大江《おほえ》[五]の王《おほきみ》の女《むすめ》、大中津比売《おほなかつひめ》の命《みこと》を娶《めと》りて生みたまへる御子《妻にしてお生みになった御子は》、香坂《かごさか》の王・忍熊《おしくま》の王（二柱）。また、息長帯比売《おきながたらしひめ》[六]の命《神功皇后》（こは大后《おほきさき》[七]ぞ）を取《めと》りて生みたまへる御子、品夜和気《ほむやわけ》の命。次に、大鞆和気《おほともわけ》[八]の命。亦の名は品陀和気《ほむだわけ》の命（二柱）。この太子《ひつぎのみこ》の御名《皇太子の御名を》、大鞆和気の命と負《おほ》せるゆゑは《お付けになった理由は》、初め生《あ》れましし時に、鞆《とも》[九]のごとき宍《しし》、御腕《みただむき》に生《な》りき《出来た》。かれ《それで》、その御名に著《つ》けまつりき《お付け申し上げた》。ここをもちて《こういうわけで》、腹中《はらぬち》[一〇]に坐《いま》して国知らしめしき《領有支配しておられた》。この御世に《仲哀帝の時代に》、淡道《あはぢ》[一一]の屯家《みやけ》を定めたまひき。

——神功皇后の神懸り

その大后《皇后の》、息長帯日売《おきながたらしひめ》の命は、当時《そのかみ》[一二]神帰《よ》[一三]りましき《神懸りなされた》。かれ《それは仲哀帝が》、天皇筑紫の訶志比の宮に坐して、熊曾《くまそ》の国を撃たむとしたまひし時に《討とうとなされた時に》、天皇御琴《みこと》[一四]を控《ひ》かして《弾かれて》、建内《たけうち》の宿禰《すくね》の大臣さ庭に居て《神託を受ける庭にいて》、神の命を請《こ》ひき《神のお告げを求めた》。ここに《すると》、大后《皇后は》、神帰りたまひて《神懸りなされて》、言《こと》教へ覚して詔らししく《神託で教えさとして仰せられたのには》、「西[一五]の方《かた》に国あり。金《くがね》・銀《しろかね》を本《はじめ》として、目《め》の炎耀《かか》やく《輝く》、種々《くさぐさ》の珍《うづ》[一六]

一 第一四代仲哀天皇。倭建命の子。成務天皇の甥《おい》。
二 山口県豊浦郡周辺の地。
三 下関市長府町豊浦の地という。忌宮《いみのみや》神社辺か。
四 福岡市香椎《かしい》の地。香椎宮がある。
五 倭建命の条（前頁三行目）に系譜があった。
六 神功皇后《じんぐうこうごう》。父方の系譜は開化天皇の段（一三二～三頁）に、母方の系譜は応神天皇の段、天之日矛《あめのひほこ》渡来の条（一九九頁）にそれぞれ見える。
七 皇后のこと。「取」は「娶」の古字。
八 のちの応神天皇。亦の名は一八三頁に見える。
九 「鞆《とも》」は弓弦《ゆづる》の当るのを防ぐ武具。四五頁注一三参照。腕に力瘤《ちからこぶ》ができたのは、武装の神功皇后の胎中にあって三韓を征したことの表象。「宍《しし》」は「肉」の古字。
一〇 胎中にいらっしゃったときから征韓に携わり、国を領有支配された。応神天皇を「胎中天皇」ともいう。
一一 淡路島。「屯家《みやけ》」は一五七頁注一四参照。
＊ 仲哀天皇が筑紫にあって熊曾を討とうとしたとき神功皇后は神懸《かみがか》りして、新羅《しらぎ》を与えようとの神託があった。天皇はそれを信じなかった。
一二 仲哀天皇が西国に巡幸していた当時。
一三 神霊が人（霊媒者）に乗り移って、忘我の状態になること。東南アジア的なシャーマンの神懸り。
＊ 神懸りには、五一頁に天《あめ》の宇受売《うずめ》命の例があっ

——仲哀天皇の崩御と神託

の宝、多《さは》にその国にあり。われ今その国を帰《よ》せ賜はむ《服属させ授けよう》」

しかして《この神託に対し》、天皇《仲哀帝が》の答へ白《まを》したまひしく、

「高き地《ところ》に登りて、西の方を見れば、国土《くに》は見えず、ただ大き海のみあり」

詐《いつはり》をなす神《嘘つきの神だと心に思われて》とおもほして、御琴《みこと》を押し退《そ》けて《のけて》控《ひ》きたまはず《お弾きにもならず》、黙坐《もだいま》しき《黙っておられた》。しかして、その神、いたく《ひどく》忿《いか》りて詔《の》らししく、

「すべて《およそ》、この天の下は、いましの知らすべき国にあらず《そなたの領有支配すべき国ではない》。いましは一道《ひとみち》[一七]に向ひませ《黄泉国に進みなさい》」

ここに《そこで》、建内の宿禰の大臣《おほおみ》が白ししく、

「恐《かし》こし。わが天皇。なほ《やはり》その大御琴をあそばせ《お弾きなさいませ》」

しかして《それで》、やくやく《〔天皇は〕そろそろと》その御琴を取り依せて《引き寄せて》、なまなまに《いいかげんに》控《ひ》き坐し《弾いてお》き《られた》。かれ《さて》、いまだいくだもあらずて《まだどれほども経たないうちに》、御琴の音聞こえざりき《聞えなかった》。すなはち《すぐに》火を挙げて見れば[一八]《灯をともして見ると〔天皇は〕》、すでに崩《かむあが》りましぬ。しかして《これを見て〔一同は〕》、驚き懼《お》ぢて《恐れて》、殯《あらき》[一九]の宮に坐せまつりて《安置申し上げて》、さらに[二〇]《その上》国の大《おほ》[二一]ぬさを取りて《取り集めて》、生剝《いけは》[二二]ぎ・逆剝《さかは》[二三]

た。神功皇后に巫女《ふじょ》的素質があったことは、一三二頁（＊印）の日子坐王《ひこいます》系譜の説明参照。神功紀が、皇后を『魏志《ぎし》』倭人伝《わじんでん》の卑弥呼《ひみこ》に擬したのも、その巫女性《ふじょ》に共通性を認めたからである。
一四 神を招き寄せる呪器《じゅき》としての琴を弾くこと。
一五 下文（一七七頁）から新羅であることが分る。
一六 貴く珍しい宝。
一七 地上に道はさまざまあるが、黄泉国《よもつくに》への道は死という名の一筋しかないことをいう。
＊ 神託を信じなければ、たとえ天皇といえども神罰を受ける。仲哀天皇は神の怒りにふれて死んでしまう。神罰だから大祓《おおはらえ》が必要である。
一八 これによって神託を受けるのは浄闇《じょうあん》の中であることが分る。『皇太神宮儀式帳』に、琴を弾き神託を受ける神嘗祭が亥《い》の刻（午後十時）とあるのと似る。
一九 本葬までの遺体を仮に安置する御殿。
二〇 この「さらに」は、次頁三行目の「神の命《みこと》を請ひき」に係る。
二一 「ぬさ」は祈願のために神前に供える麻や木綿。ここでは「大ぬさ」で、国家的な大祓のための贖《あがな》い物をいう。
二二 獣の皮を生きながら剝ぐこと。
二三 異常な剝ぎ方をいう（五〇頁注一）。通説「尻の方から皮を剝ぐ」とするが、どこから剝ぐかではなく、剝ぎ方の異常性を表す語が「逆」である。

ぎ・あ[一]離ち・[二]溝埋《みぞう》み・[三]屎戸《くそと》・[四]上通下婚《おやこたはけ》・[五]馬婚《うまたはけ》・牛婚《うしたはけ》・鶏婚《とりたはけ》・犬婚《いぬたはけ》の罪の類《たぐひ》を種々《くさぐさ》求ぎて《列挙して》、[六]国の大祓《おほはらへ》をして、また、[七]建内《たけうち》の宿禰《すくね》さ庭に居《神託を受ける》て《庭にいて神のお告げを乞い求めた》、神の命を請ひき。ここに《すると》、教へ覚したまふ《神託でおさとしになる》状《かたち》、つぶさに先の日《一つ一つ先日のとおり》のごとく《であって》、

「すべて《およそ》、[八]この国は、[九]いまし命《みこと》の御腹に坐《いま》す御子の、知らさむ国《領有支配される》ぞ《国だ》」

とさとしたまひき《とおさとしになった》。しかして《そこで》、建内の宿禰、

「恐《かしこ》し。わが大神。その神の[一〇]腹に坐す御子は、いづれの子にか《男女どちらの子ですか》」

と白《まを》せば、

「男子《をのこ》ぞ」

と答へ詔《の》らしき。しかして、つぶさに請ひしく《さらに〔宿禰が〕詳細に神託を乞い求めて》、

「今かく《今このように》言《こと》教へたまふ大神は《神託でお教えになる大神は》、その御名を知らまくほし《何という神かその御名を知りとう存じます》」

とこへば《と求めると》、答へ詔らししく、

「こは《神託は》、天照大神《あまてらすおほみかみ》の御心ぞ。また、底箇《そこつつ》の男《を》・中箇《なかつつ》の男《を》・上箇《うはつつ》の

一 田の畔《あぜ》を壊すこと。境をなくし田の水を流す。
二 田に水を引く灌漑用の溝を埋めること。
三 祭場に大便をすること。「戸《と》」は呪的行為または呪物につける接尾語。
＊ 以上の三罪は、須佐之男命《すさのおのみこと》の乱暴にも見え（四九頁）、『延喜式』祝詞の大祓《おおはらえ》の詞には、屎戸《くそと》までを「天つ罪」とし、以下の「国つ罪」と区別している。
四 親子の姦淫《かんいん》。
五 馬・牛・鶏・犬との姦淫。獣姦。
六 国を挙げて行う祓《はらえ》。祓は物を差し出して罪を贖《あがな》うことで、天武朝ごろ国家的行事となる。一方、穢《けが》れは禊《みそぎ》によって除去し、祓と禊とは当時区別があった。
七 建内宿禰《たけうちのすくね》は神託の解釈者となっている。
八 「この国」は前頁七行目の「この天の下」を承《う》ける。日本国の意。新羅国は「その国」（次頁二行目）。
九 そなた様の御腹に坐《いま》す御子。胎中天皇。
一〇 神懸《かみがか》りしていることによる神である。
＊ 神託の一つが胎中天皇の天下の領有支配である。父仲哀天皇を殺してその子に皇位を継承させることとは、天孫降臨の際に嬰児《えいじ》を降《くだ》らせる思想に基づく。それで天照大御神が登場するのである。もう一つの、男子であるぞとの託宣は、住吉三神によるものと考えられる。『住吉大社神代記』では皇后と住吉大神とが「密事《みそかごと》」をしたと伝える。生れる子の性別を言い当てるのは、住吉大神の神威を

暗示するが、その趣旨は、生れる子が神の子であるという、応神天皇聖誕説話に仕上げようとしているのである。
一一　この注記は、「今まことに」以下の託宣が住吉三神のものであることを示す。この三神の顕現については、伊耶那岐命《いざなきのみこと》禊《みそき》の条（四二頁）にあった。
一二　神に奉る物の総称。一七五頁注二一の「ぬさ」に同じ。
一三　住吉三神の御魂。航海の守護神であった。
一四　「真木」は檜《ひのき》・杉の異名。その灰を瓠《ひさご》（瓢簞《ひようたん》）に入れて海に浮べるのは、海神の霊を鎮める呪術《じゆじゆつ》。
一五　「ひらで」は、柏の葉を幾枚か竹針で刺し綴じた平たい皿のような食器。神事用である。ここでは箸とともに海神への饗応《きようおう》に当てる。

——神功皇后の新羅親征

＊　神功皇后の新羅《しらぎ》親征は、それまでの歴代の国内整備、国力充実の結果、初めて勢威国外に伸張し、戦わずして国王を降伏させたさまを、皇后の巫女的な体質に視点を置いて物語ったものである。
一六　「国王」のコニは大、キシは首長。古代朝鮮語。
一七　御馬飼。「甘」は「餌」（飼う）の古字。馬は日本にいなかったので、貢上飼育に従うことを約す。
一八　以下の対句は絶えず貢納する状態を「柂檝《だしゆう》」（船を操る具）、「天地《てんち》」（天と地）、「共与《きようよ》」（とともに）の漢語や、「無退《むたい》」（「退《たゆ》むことなく」の原文）の仏典語を用いて、新羅国王の言葉らしく作文している。

男《を》の三柱の大神ぞ[一一]（この時に、その三柱の大神の御名は顕《あら》はれき）。今《いま》まこと《ほん》にその国を求めむと思ほさば《とうに西方の国を求めようとお思いになるなら》、天《あま》つ神地《くに》つ祇《かみ》、また山の神また河海《かはうみ》のもろもろの神に《神々ご一同に》、ことごと《全部》幣帛《みてぐら》[一二]を奉《たてまつ》り、わが御魂《みたま》[一三]を、船《ふな》の上《へ》に坐《いま》せて《鎮めて》、真木《まき》[一四]の灰《はひ》を瓠《ひさご》に納《い》れ、また、箸またひらで[一五]《葉盤を》を多《さは》に作りて、みなみな大き海に散らし浮けて《それらをすべて大海に散らし浮べて》度《わた》りますべし《渡りなさい》」

かれ、つぶさに教へ覚したまひしごとくして《そこで〔皇后は〕一つ一つ神が教えおさとしになったとおりにして》、軍《いくさ》を整へ船双《ふなな》めて《並べて》、度り幸しし時に《渡って行かれた時に》、海原《うなはら》の魚、大《とほしろ》く小《ちひさ》きを問はず《大小を問わず》、ことごと《全部》御船を負《背》ひて渡りき《負って渡った》。しかして《そして》、順風《おひかぜ》いたく起り《盛んに吹いて》、御船浪に従ひき《御船は浪のまにまに進んだ》。かれ、その御船の波瀾《なみ》《御船を載せた》、新羅《しらき》の国に押し騰《あが》りて、すでに《すっかり》半国《くにのなか》に到りき《中央に達した》。ここに、その国王《こにきし》[一六]《新羅の》、畏惶《かしこ》みて《恐れ》奏《ま》言《を》ししく《申し上げたのには》、

「今より後《のち》、天皇《すめらみこと》の命のまにまに《ご命令のとおりに》、御馬甘《みまかひ》[一七]として、年ごとに《毎年》船双《貢物の船を》めて《並べて》、船腹《ふなばら》[一八]乾《ほ》さず《乾かさず》、柂檝《さをかぢ》乾さず《乾かさず》、天地《あめつち》の共与《むた》、退《たゆ》むことなく仕へ《怠らず常にお仕えいた》奉らむ《しましょう》」

かれ、ここをもちて《そこで　これによって》、〔皇后は〕新羅の国は、御馬甘と定め《御馬飼と定め》、百済《くだら》の国は、

渡《わたり》[一]の屯家《みやけ》と定《お定めになった》めたまひき。しかして《そして》、その御杖《みつゑ》[二]もちて、新羅《しらき》の国主《こにきし》の門《かど》に衝《つ》き立てて、すなはち《ただちに》墨《すみ》の江《え》の大神《住吉大神の》の荒御魂《あらみたま》もちて、国守《国をお守》らす神《りになる神として》として祭り鎮《しづ》めて、還り渡りましき《海を渡りご帰還になった》。

かれ《さて》、その政《まつりごと》《親征を》いまだ竟《を》へたまはざりし間《終えられなかったところ》に、その懐妊《皇后の》《はら》みませる〔御子〕が産《あ》れまさむとしき《お生れになりそうだった》。すなはち《そこで》御腹を鎮めたまはむとして《出産を抑えようとなされて》、石《いは》[三]を取りて御裳《みも》の腰に纏《ま》かして《巻かれて》、竺紫《つくし》の国に渡りまして《お渡りになってから》、その御子はあれ[四]《お生》ましぬ《れになった》。かれ《それで》、その御子の生《うま》[五]れましし地《ところ》を号《なづ》けて、宇美《うみ》といふ。また、その御裳に纏かしし石は、筑紫《つくし》の国の伊斗《いと》[六]の村にあり。また、筑紫の末羅《まつら》[七]の県《あがた》の玉嶋の里に到りまして《お着きになって》、その河の辺《へ》《玉島川の》に御食《みをし》したまひし時《お食事をなされた時に》に、四月《うづき》[八]の上旬《はじめのころ》に当りき。しかして、その河中《かはなか》の礒《いそ》に坐《磯に坐られ》して、御裳の糸を抜き取り、飯粒《いひぼ》もちて餌《ゑ》にして、その河《玉島川の》の年魚《あゆ》を釣りたまひき（その河の名を小河《をかは》といふ。また、その礒[九]の名を勝門比売《かちとひめ》といふ）。かれ、四月の上旬の時に、女人《をみな》、裳の糸を抜き、粒《いひぼ》もちて餌にして、年魚を釣ること、今[一〇]に至るまでに絶えず。

一 海を渡った先での直轄料地。

二 防塞《ぼうさい》境界の表象。これを新羅《しらぎ》国主（国王）の門に突き立て、住吉大神を祭ったというのは、新羅国を服従せしめたことを意味する。次行「荒御魂」は、神霊の動的な働きをさしていう。「和御魂《にきみたま》」の対語。

＊ 四世紀中葉以後、五世紀初頭までの間、伝えられるとおりの神功皇后親征があったかどうかは別として、積極的な朝鮮経営の行われた事実は否定できない。ただ、新羅の側からの自発的服従の形に表現したのは、昔の新羅国王の子天之日矛《あめのひほこ》の子孫が皇后の生母である（一九九頁）ということに基づく配慮と考えてよい。

—応神天皇の聖誕

三 この石を鎮懐石（懐妊を鎮める石）といい、山上《やまのえの》憶良《おくら》の歌（『万葉集』巻五、八一三～四）にも詠《よ》まれ、奈良時代に有名であった。

四 原文「阿礼《あれ》」と仮名書きにしているのは、聖誕（神託によって生れた）を意味するため。

五 この「生」は、下の「宇美《うみ》」（福岡県粕屋《かすや》郡宇美《うみ》町）の地名説話に関係しているから「うむ」と訓《よ》む。

六 福岡県糸島《いとしま》郡二丈《にじょう》町深江《ふかえ》に鎮懐石八幡がある。

七 佐賀県東松浦《まつうら》郡浜玉《はまたま》町南山《みなみやま》の地。そこを玉島川が流れている。一二行目の「小河」も玉島川のこと。

八 この季節に若鮎《わかあゆ》が川を上る。次行に「年魚《あゆ》」。

九 新羅に勝ったことに基づく磯の名。

一〇『万葉集』（巻五、八五五）にも、女がこの川で鮎釣りをしたとある。

一一 神功皇后。

＊ 皇位継承をめぐる争いは、先帝崩御の直後に起ることが多いが、この場合、仲哀《ちゆうあい》天皇は早く崩御されている。また、嫡子《ちやくし》（応神天皇）も生れている。ところが、その嫡子の死去という噂《うわさ》が流されると、たちまち皇位を狙う者がおびき出されてきた。香坂《かごさか》王・忍熊《おしくま》王の二皇子がそれである。結末は二皇子の不首尾。嫡流のみが皇位を継承できることを繰返し説く。

一二 神功皇后と御子に対して、人々が反逆心を懐《いだ》いてはいないかと警戒して。

一三 柩《ひつぎ》を載せる船。

一四 二皇子は応神天皇異腹の兄。一七四頁参照。

一五 大阪市北区兎我野《とがの》町付近とも、神戸市灘《なだ》区の都賀川流域ともいう。今は前者（注二〇参照）をとる。

一六 事の成否・吉凶を占うために行う狩り。

一七 「態《わざ》」は兄が猪に食われるという凶兆をさす。

一八 「空船《むなふね》」は、喪船《もふね》には人を乗せないからいう。

一九 「吉師《きし》」は古代朝鮮語。新羅十七等官位の第十四の官名に由来する姓《かばね》または氏の名。朝鮮系の氏族。

二〇 開化天皇の段に丸邇《わに》臣の初出（一三〇頁注八）があった。本拠は天理市和爾《わに》町であるが、木津川・淀川の水利権を掌握していた大豪族。「難波根子」の名は淀川の地主の表象と考えてよい。

——香坂王・忍熊王の反逆

ここに《さて》、[一一]息長帯日売《おきながたらしひめ》の命《みこと》、倭《やまと》《大和に》に還り上《のぼ》ります時に、[一二]人の心疑はしきによりて、[一三]喪船《もふね》一つ具《そな》《準備し》へて、御子をその喪船に載《の》《お乗せ申して》せまつりて、先《ま》づ、

「御子すでに《もう》崩《かむあが》りましぬ《お亡くなりになった》」

と言ひ漏らさしめたまひき《と自然に漏れるように言わせなさった》。かく上り《〔大和へ〕》幸《いでま》す時に、[一四]香坂《かごさか》の王《おほきみ》・忍熊《おしくま》の王聞きて、待ち取らむと思ひて《〔皇后を〕待ち受け殺そうと思って》、[一五]斗賀野《とがの》に進み出でて《進出して》、[一六]うけひ獦《がり》しき。しかして《そこで》、香坂の王、歴木《くぬぎ》に騰《のぼ》り坐《ゐ》て見るに、大きなる怒り猪《いかゐ》出でて《出てきて》、その歴木を掘りて《そのくぬぎを掘り倒して》、すなはち《たちまち》その香坂の王を咋《く》ひ食《は》《食った》みき。その弟《いろど》忍熊の王、その[一七]態《わざ》を畏《かしこ》《恐れず》びずて、軍《いくさ》を興《おこ》して待ち向へし時に《〔皇后方を〕構え迎えた時に》、喪船に赴《おもぶ》きて、[一八]空船《むなふね》を攻めむとしき《攻めようとした》。しかして《すると》、その喪船より軍を下《おろ》して《〔皇后方は〕兵士を》相戦《あひ》ひき《互いに戦った》。この時に、忍熊の王、難波《なには》の[一九]吉師部《きしべ》が祖《おや》、伊佐比《いさひ》の宿禰《すくね》をもちて将軍《いくさのきみ》とし、太子《ひつぎのみこ》の御方《みかた》は、[二〇]丸邇《わに》の臣《おみ》が祖、難波根子《なにはねこ》建振熊《たけふるくま》の命をもちて将軍としたまひき。かれ、追ひ退《そ》けて《〔太子方は敵を〕》山代《やましろ》に到れる時に、還り立ちて《〔敵方は〕陣容を立て直して》、おのもおのも《〔敵味方〕それぞれが》退《しりぞ》かずて相戦ひき。

しかして、建振熊《たけふるくま》の命《みこと》、権《たばか》りて云はしむらく《計略を回らし言わせたのには》、

「息長帯日売《おきながたらしひめ》の命はすでに《もう》崩《かむあが》りましぬ。かれ《だから》、さらに戦ふべきことなし《もはや戦う必要はない》」

といはしめて、すなはち《さっさと》弓絃《ゆづる》を絶ちて《断ち切って》、欺陽《いつは》りて帰服《まつろ》ひぬ《降伏した》。ここに《すると》、その将軍《敵の いくさのきみ》すでに《すっかり》詐《いつは》りを信《う》けて《信じて》、一弓を弭《はづ》し兵《つはもの》を蔵《をさ》めき。しかして〔皇太子方は〕、二頂《たき》髪《ふさ》の中より、三設弦《うさゆづる》を採《と》り出でて《取り出して》、さらに張りて《再び弓に弦を張って》追ひ撃《う》ちき。かれ〔敵軍は〕、四逢坂《あふさか》に逃げ退《そ》きて、対《むか》ひ立ちてまた戦ひき《敵味方が立ち向ってまた戦った》。しかして〔太子方は〕、追ひ迫《せ》めて五沙々那美《さざなみ》に敗《やぶ》り《破り》、ことごと《すっかり》その軍を斬りき《敵軍を斬ってしまった》。ここに、その忍熊《おしくま》の王《おほきみ》と六伊佐比《いさひ》の宿禰《すくね》と共に追ひ迫《せ》められて《追い詰められて》、船に乗りて七海に浮びて《湖上に浮んで》、歌ひしく、

八いざあぎ《さあ わが将軍よ》
振熊が 九痛手《いたて》負はずは《痛手をこれ以上負わないで》
一〇にほ鳥の《鳰鳥のいる》 淡海《あふみ》の海に《琵琶湖に》 潜《かづ》きせなわ《もぐってしまおうよ》

すなはち《そのまま》、海に《湖に》入《い》りて《身を投げて》、共に死にき《二人とも死んでしまった》。

＊忍熊《おしくま》王軍はなかなか強く、勝敗が決しなかった。そこで、皇太子軍の将、建振熊命《たけふるくま》が計略をめぐらして神功皇后の死を通達し、戦意を喪失したように見せかけると、忍熊王はまんまとだまされる。

一 弓から弦《つる》をはずし、武器を収めた。
二 髻《もとどり》の古名。「たきふさ」の「たき」は手を動かすこと。「ふさ」は房。すなわち、髪をたくし上げて束ねた所。のちに「たぶさ」となる。
三 予備の弦。切れたときの用意にもつ弦。
四 京都府と滋賀県との境の逢坂山《おうさかやま》。
五 琵琶湖西南岸の一帯をさす。一八七頁の歌謡にも「佐々那美道《さざなみち》」とある。「楽浪《ささなみ》」と書かれる例が多い。
六 前出の、忍熊王軍の将軍。
七 琵琶湖のこと。
八 「いざ」は人を誘う意の感動詞。「あぎ」は相手を親しんで呼びかける語。「吾君《あぎ》」の意。ここでは伊佐《いさ》比宿禰《ひのすくね》をさす。
九 手ひどい傷。「負はずは」の「ず」は打消の助動詞の連用形。「は」は係助詞で余情をそえる。
一〇 かいつぶり。この鳥がいる琵琶湖に、その鳥のように水にもぐろう、の意。枕詞《まくらことば》ではなく実景である。

＊ついに忍熊王は入水《じゅすい》して果てる。嫡流に対する反逆者は殺されるか自殺の運命を辿《たど》る。この歌は事件を歌ったものとして物語歌であるが、勝利者としての丸邇《わに》氏によって、この忍熊王の反逆事件が伝承されたとみてよかろう。

——太子と角鹿の気比の大神

かれ《そこで》、建内《たけうち》の宿禰の命、その太子《ひつぎのみこ》を率《ゐ》て《連れ》、一一禊《みそき》せむとして、淡海また一二若狭《わかさ》の国を経歴《へ》し時に、一三高志《こし》の前《みちのくち》の角鹿《つぬが》に、仮宮《かりみや》を造りて《〔太子を〕》坐さしめき《お住まわせ申した》。しかして《この時》、そこに坐す《角鹿においでになる》一四伊奢沙和気《いざさわけ》の大神の命《〔宿禰の〕》、夜《よる》の一五夢《いめ》に見えて《現れて》云《の》らししく、

「一六わが名もちて《私の名を差し上げて》、御子の御名に易《か》へまくほし《代えたいと思う》」

しかして《〔宿禰が〕》、言禱《ことほ》きて白ししく《神を祝福して申し上げたのには》、

「恐《かしこ》し。命《みこと》のまにまに易へまつらむ《ご神託のとおりに御子の御名をお代え申しましょう》」

また、その神の詔《の》らししく、

「明日《あす》の旦《あした》《朝に》、浜に幸《いでま》すべし。一七名を易へし幣献《まひたてまつ》らむ《差し上げよう》」

かれ《そこで》、その旦《その翌朝》《〔太子が〕》、浜に幸行《いでま》しし時に、鼻毀《やぶ》れたる《傷ついた》一八入鹿魚《いるか》、すでに《全く》一《ひと》浦《うら》に依れり《浦一面に寄った》。ここに、御子、神に白さしめて《太子は使者を通じて神に申し上げさせて》、

「一九われに御食《みけ》の魚《うを》給へり《下さった》」

とのらしき。かれ《そこで》、またその御名《大神の》を称《たた》へて《ほめて》、御食《みけ》つ大神と号《なづ》けき。かれ《それで》、今に、気比《けひ》の大神とまをす。また、その入鹿魚の鼻の血臰《くさ》く

一一 四〇頁注二参照。

＊ 禊《みそき》をした理由について通説は忍熊王の反逆事件の穢《けが》れを祓《はら》うためとするが、たとえ謀略にせよ前に太子の死を言い触らしたのだから（一七九頁）、それを穢れとして除去するためと考えたい。太子の死と復活は、若者の成年儀礼というより、以下の「経歴」が国覓《くにま》ぎ、次に御食《みけ》、次に酒楽《さかくら》の歌と続く構成からみると、即位大嘗の儀礼の表象と考えられる。

一二 福井県の南西部。

一三 越前国《えちぜん》（福井県の中北部）。「角鹿《つぬが》」は敦賀《つるが》市。

＊ 敦賀は、大陸、特に朝鮮との交通上の要港であった。港の管理氏族名として、角鹿済直《つぬがのわたりのあたい》の名（一二八頁）もあった。また海産物は朝廷に貢上され、「角鹿の蟹《かに》」（一八七頁）は特に著名。

一四 敦賀市角鹿《つのが》の気比《けひ》神宮の祭神。以下、御食《みけ》つ大神・気比《けひ》（食霊）の大神の神格として語られる。

一五 建内宿禰の見た夢。『古事記』の建内宿禰は武人ではなく、男覡《おとこみこ》として神事に関し活動する。

一六 神が自分の名を太子に差し上げるということ。服従帰属儀礼の申立てを意味し、太子がこれを嘉納し自分の名を神に与えて服属は完了する。

一七 名を代えて下さったしるしのお礼の物。

一八 「入鹿魚」の「魚」は添え字。

一九 「神が私にかたじけなくも食料の魚を下さった」とは、敦賀から朝貢された海産物を賞美したこと。

ありき。かれ、その浦を号《なづ》けて、一血浦《ちぬら》といひき。今は都奴賀《つぬが》といふ。
ここに、還り上《のぼ》りましし時に、その御祖息長帯日売《みおやおきながたらしひめ》の命《みこと》、二待酒《まちざけ》を（さて〔太子が都に〕）
醸《か》みて献らしき。しかして、その御祖の御歌《みうた》みしたまひしく、（〔太子に〕）（そして）

三この御酒《みき》は　わが御酒ならず（私の造った御酒ではありません）
四酒《くし》の司《かみ》　常世《とこよ》にいます（いらっしゃる）
五石《いは》立たす　少な御神の（石としてお立ちの　少名御神が）
六神寿《かむほ》き　寿きくるほし（祝福し　祝福して踊り狂い）
豊寿《とよほ》き　寿きもとほし（踊り回って醸し）
まつりこし御酒ぞ（献上してきた由緒ある御酒です）
七あさずをせ　ささ（残さずお飲みなさい　さあさあ）

かく歌ひたまひて、大御酒献らしき。しかして、建内《たけうち》の宿禰《すくね》の命、（〔太子に〕）
御子の為に答へまつりて、歌ひしく、（太子に代ってお答え申し上げて）（歌ったのには）

この御酒を　醸みけむ人は（醸造したという人は）
八その鼓《つづみ》　臼に立てて（臼として立てて）

一「血浦」を従来「ちうら」と訓《よ》んできたが、都奴賀《つぬが》の地名説話としては「ちのうら」の約「ちぬら」と訓むべきものと考える。

＊筑紫生れの太子が、戦勝、禊《みそぎ》を経て、角鹿《つぬが》から大和《やまと》に初めて入国する。母の神功皇后は酒を造って迎えた。皇后はその御酒の由来を歌って聞かせる。

——神功皇后、太子に献酒

二 帰ってくる人の無事を祈りまた祝福して造り待つ酒。『万葉集』にも「君がため醸みし待酒」（巻四、五五五）と「待酒」を歌った歌がある。

三 日常的な事物を神聖化する類型的表現。

四 酒を掌《つかさど》る首長。「くし」は「霊《くし》妙」で、酒の意。

五「石《いは》立たす」とは、石神のことで、自然石（石に神像を彫ったのではない）を少名御神《すくなみかみ》として崇拝したので、枕詞的に用いている。この神は、大国主神に協力して国作りをした少名毗古那《すくなびこな》神で、常世《とこよ》の国に帰っていった（七三～五頁）。神代紀の一書に、大己貴命《おおあなむち》と協力して「病を療《をさ》むる方《のり》を定め」た神ともあり、百薬の長としての酒の神と信じられた。

六 次の句と対応して反復性を表す。「神《かむ》」「豊《とよ》」はともに呪詞的美称。「寿《ほ》く」は呪的な言葉や歌舞によって祝福する意。「狂《くる》ほす」「廻《もと》ほす」は、酒の発酵を促進する行為。

七「あさず」の「あす」は浅くする意の四段動詞で、「あさずをせ」は、盃中に酒を浅く残さず、すっかり空にせよ、の意。空になると再び盃に酒を満たすこと

歌ひつつ《歌いながら》　醸みけれかも《醸造したからか》
舞ひつつ《踊りながら》　醸みけれかも《醸造したからか》
この御酒の《この御酒は出来がよく》　御酒の
あやに《むしょうに》　うただのし《たいそう楽しい》　ささ《さあさあ》

こは《二首は》、[九]酒楽《さかくら》の歌ぞ。

おほよそに《数え合せると》帯中津日子《たらしなかつひこ》の天皇の御年《仲哀帝の宝算は》、[一〇]伍《い》拾ちあまり弐歳《ふたつ》ぞ（[一一]壬戌《みづのえいぬ》の年の六月《みなづき》の十《とを》かあまり一《ひと》ひの日《ひ》に崩《かむあが》りましき）。御陵《みはか》は[一二]河内《かふち》の恵賀《ゑが》の長江《ながえ》にあり（皇后《おほきさき》の御年、一百《もも》歳《ち》にして崩りましき《百歳で亡くなられた》。[一三]狭城《さき》の楯列《たたなみ》の陵《みささぎ》に葬《はぶ》りまつりき）。

応神天皇
——皇統譜（一）

[一四]品陀和気《ほむだわけ》の命、[一五]軽嶋《かるしま》の明《あきら》の宮に坐《いま》して、天の下治めたまひき。この天皇《すめらみこと》、[一六]品它《ほむだ》の真若《まわか》の王《おほきみ》の女《むすめ》、三柱の女王《ひめみこ》を娶《めと》りたまひき《妻になさった》。一《〔そのうち〕》はしらの名は高木之入日売《たかぎのいりひめ》の命。次に中日売《なかつひめ》の命。次に弟日売《おとひめ》の命（この女王等《ひめみこたち》の父、品它の真若の王は、五百木之入日子《いほきのいりひこ》の命《命が》、尾張の連《むらじ》が祖《おや》、建伊那陀《たけいなだ》の宿禰《すくね》が女、志理都紀斗売《しりつきとめ》を娶りて生みたまへる子ぞ）。かれ《さて》、高木之入日売の命の子《御子は》、額田《ぬかた》の大中日子《おほなかつひこ》の命。次に[一七]大山守《おほやまもり》の命。次に伊奢之真若《いざのまわか》の命。

ができるからである。「ささ」は勧める意の感動詞。次の歌の末尾にも「ささ」がある。これは受ける側も同じ言葉を反復するためである。

八「臼に立てる」とは、立てた結果が臼になっていることで、「に」は結果を表す格助詞。「枯野《からの》を塩に焼き」（二一九頁歌謡）の「に」に同じ。鼓《つづみ》を立てて（地上に据《す》える）打ち鳴らし、発酵を促進する。

九 酒の席で歌われる歌曲名。『琴歌譜《きんかふ》』にこの二首を「酒坐歌《さかくらのうた》」と記す。元来、勧酒歌と謝酒歌として独立歌謡であった。

一〇 五十二歳。

一一 西暦三六二年に比定できる。

一二 今の大阪府藤井寺市岡《おか》の地にある。

一三 今の奈良市山陵《みささぎ》町の地にある。

一四 第一五代応神《おうじん》天皇。仲哀天皇と神功皇后との間の皇子。「和気《わけ》」はこれ以後反正《はんぜい》天皇まで続く。「品陀《ほむだ》」は河内国志紀《しき》郡の地（大阪府羽曳野《はびきの》市誉田《こんだ》）に基づく名とみてよい。

一五 奈良県橿原《かしわら》市大軽《おおがる》町、畝傍《うねび》山東南の地という。

一六 品它の「它」は「陀」の古字。景行天皇皇子の真《ま》若《わか》王（一五五頁四行目）とは別。

一七 一八五～六頁、一九三～六頁に登場。皇位継承問題で反逆し、殺される。

次に妹《いろど》大原《おほはら》の郎女《いらつめ》。次に高目《こむ》の郎女（五柱）。中日売《なかつひめ》の命《みこと》の御子、木《き》之荒田《のあらた》の郎女。次に大雀《おほさざき》[一]の命。次に根鳥《ねとり》の命（三柱）。弟日売《おとひめ》の命の御子、阿倍《あへ》の郎女。次に阿貝知能三腹《あはちのみはら》の郎女。次に木之菟野《きのうの》の郎女。次に三野《みの》の郎女[二]（五柱）。

〔応神帝が〕また、丸邇之比布礼能意富美《わにのひふれのおほみ》が女《むすめ》、名は宮主矢河枝比売《みやぬしやがはえひめ》[三]を娶《めと》りて妻にしてお生みになった御子は生みたまへる御子、宇遅能和紀郎子《うぢのわきいらつこ》[四]。次に妹《いろど》八田《やた》[五]の若郎女《わきいらつめ》。次に女鳥《めとり》[六]の王《おほきみ》（三柱）。〔応神帝が〕また、その矢河枝比売の弟《いろど》、袁那弁《をなべ》の郎女を娶りて生みたまへる御子、宇遅之《うぢの》[七]若郎女（一柱）。〔応神帝が〕また、咋俣長日子《くひまたながひこ》[八]の王の女、息長真若中比売《おきながまわかなかつひめ》を娶りて生みたまへる御子、若沼毛二俣《わかぬけふたまた》の王（一柱）。〔応神帝が〕また、桜井《さくらゐ》[九]の田部《たべ》の連《むらじ》が祖《おや》、島垂根《しまたりね》が女、糸井比売《いとゐひめ》を娶りて生みたまへる御子、速総別《はやぶさわけ》[一〇]の命（一柱）。〔応神帝が〕また、日向之泉《ひむかのいづみ》の長比売《ながひめ》を娶りて生みたまへる御子、大羽江《おほはえ》の王。次に小羽江《をはえ》の王。次に幡日之若郎女《はたひのわきいらつめ》（三柱）。〔応神帝が〕また、迦具漏比売《かぐろひめ》[一一]を娶りて生みたまへる御子、川原田《かはらだ》の郎女。次に玉《たま》の郎女。次に忍坂《おさか》の大中比売《おほなかつひめ》。次に登富志《とほし》の

＊応神《おうじん》天皇の出生は神秘的であった（一七八頁）。しかし、皇子女を見ると、さほど架空的な人物とも思えない。皇子女の多くは、『古事記』下巻においても、かなり実在性をもって活動する。特に応神から反正《はんぜい》までの河内朝廷の天皇が、その名に共通した「和気《わけ》」を含みもつことは、少なくとも河内朝廷の直接の始祖が応神天皇であるとされていたことを示し、その理由から出生が神秘化されて語られるようになったものであろう。継体《けいたい》天皇も応神天皇五世の孫ということで承認されている。

一 のちの仁徳《にんとく》天皇。

二 ここでは実数四柱しかない。このため、生母ごとの計数注の合計は一柱多く二十八柱となる（注一二参照）。

三 「宮主」は宮の首長であり、巫女《ふじょ》性を暗示する名。応神天皇に求婚された話が一八六〜九頁にある。

四 大雀《おおさざき》命と皇位を譲り合い、早逝した。一八五〜六頁、一八九頁、一九三〜七頁に登場。

五 仁徳天皇に求婚された話が二〇八〜一四頁にある。

六 速総別《はやぶさわけ》命との悲恋物語が二一四〜六頁にある。

七 のちに仁徳天皇の妃となった。二〇四頁参照。

八 倭建命の系譜に孫とあった。一七二頁参照。

九 桜井（東大阪市新池島《しんいけのしま》町周辺か）の田部（大化改新以前、屯倉《みやけ》の耕作に従った部民）の管掌氏族。

一〇 注六参照。

郎女。次に迦多遅《かたぢ》の王（五柱）。〔応神帝が〕また、葛城之野《かづらきのの》の伊呂売《いろめ》を娶りて生みたまへる御子、伊奢能麻和迦《いざのまわか》の王（一柱）。この天皇の御子等《応神帝の御子たちは》、幷《あは》せて[一二]廿《はた》あまり六《む》はしらの王《みこ》ぞ（男王《ひこみこ》十《とを》あまり一《ひと》はしら、女王《ひめみこ》十《とを》あまり五はしら）。この中《なか》に、大雀《仁徳天皇は》の命は、天の下治《をさ》めたまひき。

ここに《さて》、天皇《応神帝は》、[一三]大山守《おほやまもり》の命と大雀の命とに問ひて詔《の》らししく、

「なれ等《お前たちは》は、兄《え》の子《年上の子》と弟《おと》の子《年下の子の》と、いづれか《どちらが》愛《は》しき《いとしいか》」（天皇、この問を発《おこ》したまふゆゑ《発せられた理由は》は、宇遅能和紀郎子に天の下を治めしめむの心《天下を治めさせようとの御心があったからだ》ましつればぞ）

〔このご下問に対し〕しかして、大山守の命

「兄の子ぞ愛しき《年上の子のほうがいとしく存じます》」

と白《まを》しき。次に大雀の命、天皇《すめらみこと》の問ひたまひし大御情《天皇のご下問になったご心中をお察しになって》を知らして、

「兄の子は《年上の子は》、すでに《もう》人と成りぬれば《成人していますので》、これ《こちらは》[一四]悒《いぶせ》きことなきを《案ずることもありませんが》、弟の子は《年下の子は》、いまだ人と成らねば《まだ成人していませんので》、これぞ愛しき《こちらがいとしく存じます》」

と白しき。しかして、天皇の詔らししく、

「[一五]佐耶岐《さざき》、[一六]あぎの言ぞ《お前の言葉こそ》、[一七]あが思ほすがごとくにある《私のお思いになるとおりだ》」

一一 倭建命の系譜に曾孫とある。一七三頁注九参照。

一二 二十六王（男王十一、女王十五）。けれども、個個の計数注の合計から一柱を除いても二十七王で、その内訳は男王十二、女王十五になる。つまり一柱男王が多い。その理由は、一八三頁の伊奢之真若《いざのまわか》命と、本頁の伊奢能麻和迦《いざのまわか》王とを同一人としなかったことにあると思われる。そして、二カ所に現れるその名も、原資料に従って温存し、矛盾を残すことになった。

一三 大山守《おおやまもり》命と大雀命とは従兄弟、そして、宇遅能和紀郎子《うじのわきいらつこ》は前二者と異母兄弟である。

——三皇子に任務の分担を命ずる

＊ これから三皇子の皇位継承問題が起り、一九七頁まで続く。これまでの皇位継承問題とははなはだ異質である。およそ応神天皇皇子の称号には、「命」「王」「郎子」の三種があって、「命」は皇位継承候補者であった。まず四名の「命」の中で、大山守命と大雀命の二名が特にその対象となっているが、応神天皇は「郎子」の一人を天皇にしようと考えた。これは天皇の愛情（矢河枝比売と宇遅能和紀郎子への）に発することであった。この愛情のからみが、嫡流継承の原則を大きくゆるがすことになる。

一四 うっとうしい。ここでは行く末が案じられる。

一五 大雀命のこと。名をもって呼びかけた。

一六 「吾君《あぎ》」で、二人称の親称。

一七 天皇の自敬表現。

とのらして、すなはち、詔《の》り別《わ》きたまひしく、《〔三皇子の任務を〕弁別して仰せになったことには》

「大山守《おほやまもり》の命《みこと》は、山海《やまうみ》[一]の政《まつりごと》せよ。大雀《おほさざき》の命は食《を》す[二]国の政を執《と》りて白《まを》したまへ《奏上しなさい》。宇遅能和紀郎子《うぢのわきいらつこ》は、天つ日継《ひつぎ》[三]知らしめせ《領有支配しなさい》」

かれ《それで》、大雀の命は、天皇の命に違《たが》ひまつりたまふことなかりき《仰せに背き申し上げられることはなかった》。

一時《あるとき》、天皇《応神帝は》、近つ淡海の国に越え幸《いでま》しし時に《近江国へ〔山を〕越えて》、宇遅野《うぢの》[四]の上《へ》に御立《みた》[五]たしまして《お立ちになられ》、葛野《かづの》[六]を望《みさ》けて歌ひたまひしく《眺望してお歌いになったのには》、

千葉《ちば》[七]の　葛野を見れば
百千足《ももちだ》る[八]　家庭《やには》[九]も見ゆ《里も見える》　国のほも見ゆ[一〇]《秀でた国土も見える》

かれ《〔天皇が〕》、木幡《こはた》[一一]の村に到りましし時に《着かれた時に》、麗美《うるは》しき嬢子《をとめ》、その道衢《ちまた》[一二]に遇《あ》ひき。しかして、天皇《すめらみこと》、その嬢子に問ひたまひて曰《の》らししく《仰せられたのには》、

「なは《お前は》誰《た》が子ぞ《誰の子か》」

答へ白ししく《〔乙女が〕》、

「丸邇之比布礼能意富美《わにのひふれのおほみ》[一三]が女《娘で》、名は宮主矢河枝比売《みやぬしやがはえひめ》」

天皇、すなはち《そこで》その嬢子に詔らししく、

一　一九二頁に「海部・山部・山守部・伊勢部」を定めたとあるように「山と海」の管理を掌《つかさど》れとの命令で大山守命の名から「山」のみと考えるのは誤り。

二　その国の実務を執行して天皇に奏上せよ。「食《を》す国」とは、天皇がその国の土毛（産物）を召し上がることによって統治なさるという思想に基づく。

三　皇位を継承せよ、との命令。

＊　これで三者の任務が決定する。四三頁の三貴子分治に類似している。大山守命・大雀命は宇遅《うじ》能和紀郎子《のわきいらつこ》にくらべ嫡流として皇位継承の優先権があったのに、応神天皇の偏愛が、継承の順序を変えさせた。また大雀命が天皇の命に背かなかったとわざわざ記しているのは、のちに、徳があって即位するという「有徳《うとく》の天子」の性格を予告することになる。

——矢河枝比売との聖婚

四　宇治川北岸の宇治市の野。丸邇《わに》氏の居住地。

五　天皇が国見《くにみ》のために高所（上《へ》）に登ったこと。

六　宇治市宇治山本から北西の長岡京市《ながおかきょうし》あたり。

七　多くの葉の茂る葛《かずら》（蔓草《つるくさ》）で「葛野《かづの》」の枕詞。

八　たくさんに満ち足りている。物の充満の美称。

九　「家庭」は屋敷の意であるが、ここでは村里。

一〇　陸地（国土）の高くなっている所。低湿地ではなく、高燥《こうそう》の地を良しとして「秀《ほ》」と賞美したもの。

＊　葛野地方の讃国歌。文化的・都市的な繁栄を讃《ほ》めたもの。後文との関係から丸邇氏の繁栄をさす。

一一 宇治市木幡。宇治から大津へ通う道筋にある。
一二「道衢《ちまた》」は分れ道。「嬢子に」といわずに、偶然出遇った相手（「嬢子」）を主語にする表現の手法。ここに乙女《おとめ》と遇う話があるのは、「天皇」として、国見、聖婚と一連の行為をすることになっているからである。
一三 名を問われ乙女が答えるのは求婚承諾を表す。
一四「幸《いでま》さむ」「入りまさむ」は自敬表現。
一五 これは天皇であられるらしい。ここの「なり」は音響（娘の話）を頼りにして、それによって「…らしい」と推量の判断を下す用法の助動詞。
一六「厳餝」は壮麗に飾る、の意。仏典語。
＊「大御饗」（天皇のお食事）を献り、娘に「大御酒盞」を捧げさせるのは結婚による服従帰属儀礼。
一七「この蟹はどこの蟹だ。角鹿の蟹だ」の形式は「ここはどこの細道じゃ。天神様の細道じゃ」という童唄《わらべうた》と同型。蟹が登場するのは、応神天皇の食膳に供された蟹だが、越前《えちぜん》の丸邇《わに》部の海人《あま》が大和の丸邇氏の祝い事のために越前蟹を素材にして歌った詞章（五行十句の部分）を、婚姻祝歌にとり入れたもの。
一八 多くの土地を伝い行く、の意で「角鹿」の枕詞。
一九 どの島か不明。
二〇「鳰鳥《みほどり》の」は「かづ（潜）き息づき」の比喩的枕詞。蟹の動作だが、海人の生態を念頭に置いている。
二一 高低《しな》のある坂で渋滞（たゆふ）して進み難い。
二二 湖（琵琶湖）西の楽浪《ささなみ》に通じる坂。湖西の道。

「あれ《私は》、明日《あすのひ》、[一四]還り幸さむ時に《都へお帰りになる時に》、なが家に《お前の家に》入《い》りまさむ《お入りになるだろう》」

かれ《〔帰宅した〕》、矢河枝比売、つぶさに《詳しく〔今日のことを〕》その父に語りき。ここに《それを聞いて》、父の答へ曰《い》ひしく、

「[一五]こは天皇に坐《いま》すなり。恐《かしこ》し。あが子《わが子よ》、仕へまつれ《お仕え申し上げよ》」

と云《い》ひて、その家を[一六]厳餝《かざ》りて候《さもら》ひ待てば《伺候して待つと》、明日入りましき《翌日お入りになった》。かれ《そこで》、大御饗《おほみあへ》を献《たてまつ》りし時に、〔父は〕その女《むすめ》矢河枝比売の命に、大御酒盞《おほみさかづき》を取らし《持たせて》めて献りき《差し上げた》。ここに、天皇、その大御酒盞を取らしむるままに《〔比売に〕持たせたままで》、御歌《みうたよ》みしたまひしく、

[一七]この蟹《かに》や　いづくの蟹《どこの蟹だ》
[一八]百伝《ももづた》ふ　角鹿《つぬが》の蟹《角鹿の蟹だ》
横去らふ《横ばいをして》　いづくに到る《どこへ行く》
[一九]伊知遅島《いちぢしま》　み島に著《と》き《着いて》
[二〇]みほどりの《鳰鳥の様に》　かづき息づき《水に潜ったり水面に出て息をついたりして》
[二一]しなだゆふ《段々坂の》　[二二]佐々那美道《ささなみぢ》を

一「すくすくと」は、前頁の「しなだゆふ」の、蟹が難渋しているのと対照的に、応神天皇がそのような坂道を物ともせずずんずんと、の意。「わがいませばや」は天皇の自敬表現。「や」は感動の助詞。
二「遇はし」は嬢子に対する尊敬。
三 すらりとした姿形の譬《たと》え。「ろ」は接尾語。
四 形よく並んでいることの譬え。
五 奈良県天理市櫟本《いちのもと》町。その西一・五キロにある櫟枝《いちえだ》（大和郡山市に編入）は「櫟井《いちひゐ》」の遺称地。『万葉集』にも「櫟津《いちひつ》」（巻十六、三八二四）とある。ここを中心にした土地が丸邇《わに》氏の本拠。したがって、そこにある坂だから「和邇坂《わにさ》」（坂は「さ」といった）。
六 上層の土も下層の土も眉墨としては色が不適。
七 栗のいがの中には三つの実が入っていて、その中の実が大きく立派なことから「中」に懸る枕詞。
八「火加減を見る、その顔に及ぶような強火で土を焼かない」とは、いぶし焼きにして墨にすること。
九 いぶして作った眉墨で、このように（指先で眉毛の線に沿って指し示しながら動かす）描《か》き垂らし。
一〇「うた」は「転《うたた》」で副詞。「たけだに」は「たけなは（酣）」の「たけ」に分量の「だ」のついた形と、副詞を作る「に」がついたもの。
＊ 応神天皇のこの妻問《つまどひ》の歌は、丸邇氏の女の後宮入りを氏族の誉《ほま》れとして丸邇氏が伝承したもの。木津川水系から琵琶湖を経て敦賀への交通上の要衝を管掌し、海産物を貢上するとともに、多くの女

一すくすくと　わがいませばや
ずんずんと　私がおいでになると
木幡《こはた》の道に　二遇はしし嬢子《をとめ》
出会われた
三後《うし》ろでは　小楯《をだて》ろかも
後ろ姿は　かわいい楯の様だよ
歯並《はなみ》は　四椎菱《しひし》なす
椎や菱の実の様だ
五櫟井《いちひゐ》の　和邇坂《わにさ》の土《に》を
六初土《はつに》は　膚《はだ》赤らけみ
土色が赤いので
底土《しはに》は　丹黒《にぐろ》きゆゑ
赤黒いので
七三栗《みつぐり》の　その中つ土を
その中ほどの土を
八頭著《かぶつ》く　真火《まひ》には当てず
燃え盛る火では焼かず〔いぶし墨にして〕
九眉画《まよが》き　こに画き垂れ
こう描き　たらし
遇はしし女《をみな》
出会われた
かもがと　わが見し子ら
こうなればいいがと思って　私が出会った娘
かくもがと　あが見し子に
こうもありたいと思って　私が出会った娘に
一〇うたたけだに　むかひをるかも　いそひをるかも
ほんとうに十分に　向い合っていることよ　寄り添っていることよ

大雀命に髪長比売を与える

かく御合《みあ》ひまして《ご結婚になって》、生みたまへる御子は、宇遅能和紀郎子《うぢのわきいらつこ》ぞ。

天皇《応神帝が》、日向《ひむか》の国の一一諸県《もらがた》の君が女《むすめ》、名は一二髪長比売《かみながひめ》、その顔容《かたち》麗美《うるは》しと聞こしめして《お聞きになり》、使はさむとして《おそばにお使いになろうとして》喚上《めさ》げたまひし時に《お召し上げになった時に》、その太子《ひつぎのみこ》大雀《おほさざき》の命《みこと》、その嬢子《をとめ》の難波津《なにはつ》に泊《は》てたるを見て《泊っているのを見て》、その姿容《かたち》の端正《うるは》しきに一三感《め》でて《感動し》、すなはち《さっそく》建内《たけうち》の宿禰《すくね》の大臣《おほおみ》に誂《あとら》へて告らししく《頼んで仰せになったのには》、

「この、日向より喚上げたまひし《お召し上げになった》髪長比売は、天皇の大御所《おほみもと》に請《こ》ひ白《まを》して、あに賜はしめよ《私に下さるようにしてくれ》」

しかして《そこで》、建内の宿禰の大臣、一四大命《おほみこと》を請へば、天皇すなはち《すぐに》髪長比売をもちて、その御子に賜ひき。賜へる状《かたち》は、天皇一五豊《とよ》の明《あかり》聞こしめす日に《酒宴を催された日に》、髪長比売に一六大御酒《おほみき》の柏《かしは》を握《と》らしめて《持たせて》、その太子に〔柏を〕賜ひき。

しかして、御歌《みうたよ》みしたまひしく、

一七いざ子等《こども》　野蒜《のびる》摘《つ》みに
蒜《ひる》摘みに　わが行く道の
かぐはし《香りのよい》　花橘《はなたちばな》は

を後宮に入れた大豪族であったが、特に宮主矢河《みやぬしやがわ》枝比売《えひめ》の名からも察せられるように、この女は水の巫女《ふじょ》としての性格があり、したがって応神天皇との結婚は「聖婚」ともいうべき特質をもつ。これは、その間に出来る宇遅能和《うじのわ》紀郎子《きいらつこ》が聖なる御子であって、皇位継承者にふさわしいことを示す布石ではないかと考える。

一一「もろあがた」の約。『和名抄』には「牟良加多《むらがた》」とある。宮崎県西部と鹿児島県囎唹《そお》郡東部を含む地域。「君」は姓《かばね》で、二〇四頁に「牛諸《うしもろ》」とある。

一二 長い髪は美人の条件。髪長比売は二〇四頁に、大《おお》日下《くさか》王と妹の若日下部《わかくさかべ》命を生むとある。この兄は安康《あんこう》天皇に殺され、妹は雄略《ゆうりやく》天皇の皇后となる運命の主人公として、二三二〜四二頁に登場する。

一三 一五九頁注一二参照。

一四 天皇のお言葉。ここではご返事。

一五 多くの明りを燈《とも》すことから、大宴会をいう。ここでは新嘗《にいなめ》の豊《とよ》の明《あかり》である。一九一頁に吉野の国主《くにす》等《ら》の大贄《おおにえ》を献る記事があるからである。

一六 この記事は、大雀《おおさざき》命を天皇に準ずる者として扱っていることを示す。のちに即位することとの布石でもある。豊の明の節会《せちえ》での結婚である。

一七 宴会での歌であるから、本来は独立した歌謡であったと考えられる。春の初めの山遊び・野遊びの歌で、ここでは、摘まれる春菜が野蒜《のびる》。

一　花橘の木の上の枝は、鳥がとまって花をついばみ枯らし。一五四頁の「橘」は橙《だいだい》（同頁注一参照）だがここの「花橘」を橙とすると、夏に花が咲くので春の季節に合わない。枸橘《からたち》が適《かな》う。樹高二メートルの灌木《かんぼく》。

二　「下《し》づ」は「垂《し》づ」（垂れる）が原義。

三　「中」に懸る枕詞。一八八頁注七参照。「中つ枝の」は、「中の枝に残っている花のように」の意。

四　「ほつもり」は、花が開ききらない蕾《つぼみ》の状態か。

五　「ささば」は「占有」の意の「刺す」の仮定法。「宜《よ》（良）らしな」によって、太子と比売との結婚を父応神天皇が似合いだと祝福していることが分る。

六　「水溜る」は「池」に懸る枕詞。「依網の池」は一四〇頁注一〇参照。

七　「堰杙」は池などの堤が崩れないように打つ杙で外からは見えない。その杙を打つ人（大雀命《おおさざき》）に女をひそかに占められているとも知らずに、と譬《たと》えた。はっと気づいた感動を「ける」がよく表している。

八　「ぬなは」は蓴菜《じゅんさい》。池沼に伸びている蓴菜を手繰って採ること、またその人。比喩の方法は注七に同じ。

＊　「水溜る」の歌は、元来依網《よさみ》地方の歌垣《うたがき》での歌で、思う女がすでに他の男に先手を打たれていたのを知り、自分の迂闊《うかつ》さを後悔する。本文歌としては、その後悔の念を強調することによって比売を讃美し、太子との結婚を祝福している。

九　「道の尻」は「道の口」の対語で、都から遠いほうの国の称。ここでは日向の中でも遠い諸県《もらがた》をさす。

上《ほ》[一]つ枝《え》は　鳥居《ゐ》枯《が》らし
下《し》[二]づ枝は　人取り枯《が》らし
三栗《みつぐり》[三]の　中つ枝の
[四]ほつもり　赤ら孃子を（血色のよい乙女を）
[五]いざささば（手に入れたら）　宜《よ》らしな（似合いだぞ）

また、〔応神帝が〕御歌みしたまひしく、

[六]水溜《たま》る　依網《よさみ》の池の
堰《ゐ》[七]杙《ぐひ》打ちが　さしける知らに（杙を打っておいたのも知らずに）
[八]ぬなは繰《く》り　延《は》へけく知らに（手をさしのべていたのも知らずに）
わが心しぞ（私の心はまあ）　いや愚《をこ》にして（大へん愚かで）　今ぞ悔しき（今では悔まれるよ）

かく歌ひて賜ひき。〔比売を太子に〕かれ、その孃子《をとめ》を賜はりし後に、太子《ひつぎのみこ》の歌ひたまひしく、

[九]道の尻《しり》　古《こ》[一〇]波《は》陀《だ》孃子《をとめ》を
雷《かみ》のごと（雷の様に）　聞こえしかども（評判は高かったが）　相枕まく（手枕を交すことだ）

また、〔太子が〕歌《うた》ひたまひしく、

道の尻　古波陀嬢子は
争はず《拒みもせず》　寝《ね》しくをしぞも《共寝をしたことを》　うるはしみ思ふ《心からいとしく思う》

また、吉野《えしの》の国主等《くにすら》一一、大雀《おほさざき》の命の佩《は》かせる一二御刀《みたち》を瞻《み》て、歌ひしく、

一三誉田《ほむた》の　日の御子
大雀　大雀　佩かせる《帯びられた》刀《たち》
一四本剣《もとつるぎ》　末《すゑ》ふゆ
一五ふゆきの《増え木の》　すからが《立派な幹の》下樹《したき》の　さやさや

また、〔国主等は〕吉野の一六白檮《かし》の上《ふ》に、一七横臼《よくす》を作りて、その横臼に大御酒《おほみき》を醸《か》みて、〔大雀命に〕その大御酒を献りし時に、一八口鼓《くちつづみ》を撃《う》ちて、伎《わざ》《所作を演じて》をなして、歌ひしく、

白檮《かし》の上《ふ》に　横臼《よくす》を作り
横臼に《その横臼で》　醸みし大御酒《醸造した大御酒です》
うまらに《おいしく》　聞こしもち飲《を》せ《召し上がれ》　一九まろが父《ち》

一〇「古波陀《こはだ》」は諸県内の地名だが未詳。そこの嬢子は髪長比売。

＊「道の尻」の歌二首は連作。第一首の「古波陀嬢子を」の「を」は詠嘆、第二首目の「古波陀嬢子は」の「は」は提示の助詞。「争はず」は有徳《うとく》の太子の性格を暗示する。

一一　一一四頁注三参照。

一二　腰につけておられる、の意。

——吉野の国主等の讃歌

一三「誉田」は大阪府羽曳野市《はびきのし》誉田《こんだ》。「日の御子」は天皇または皇太子の美称。ここでは皇太子大雀命。

一四　本《もと》が剣で末が増《ふ》えている、の意で、東晋《とうしん》年号の太《たい》和《わ》四年（三六九）百済《くだら》王貢上の七枝刀《ななつさやのたち》（石上《いそのかみ》神宮神宝）をさす。

一五「ふゆ」を承《う》けて「ふゆき」（増殖の木、繁茂した木）を導く。その木の「すから」（立派な幹）の「下樹」（大木の下に生える聖木）が、風にそよいでさやかな音を立てているよ、の意。

＊　刀剣讃美から、それを帯びた大雀命の英姿と清澄の仁徳とを讃美し、「さやさや」（聴覚と視覚とを兼ねた囃詞《はやしことば》）でまとめあげたもので、践祚大嘗祭《せんそだいじょうさい》の披露の大嘗会《だいじょうえ》の時に奏上した儀礼歌である。

一六　橿《かし》の林の所。吉野郡吉野町樫尾《かしお》が遺称地。

一七　横幅の広い臼。酒を醸造するのに適している。

一八　口を丸くして掌で軽く叩きながら声を出すこと。

一九　我らの親父《おやじ》さんよ。国主等《くにすら》の大雀命への親称。

この歌は、国主等《くにすら》、大贄献《おほにへ》[一]る時々《ときとき》に、恒《つね》に今に至るまでに、詠《うた》ふ歌ぞ。

この御世《応神帝の》に、海部《あまべ》[二]・山部《やまべ》[三]・山守部《やまもりべ》・伊勢部《いせべ》[四]を定めたまひき。また、剣《つるぎ》[五]の池を作りき。また、新羅《しらき》[六]の人参渡《まゐわた》り来《き》ぬ。ここをもちて《それで》、建内《たけうち》の宿禰《すくね》の命《みこと》引率《ひきゐ》[七]て、渡《わたり》の堤《つつみ》の池として、百済《くだら》[八]の池を作りき。また、百済の国主照古王《こにきしせうこわう》[九]、牡馬壱疋《をまひとつ》・牝馬《めま》壱疋をもちて、阿知吉師《あちきし》[一〇]に付け《託して》て貢上《たてまつ》りき（この阿知吉師《あちきし》は、阿直《あちき》の史等《ふひとら》[一一]が祖《おや》ぞ）。〔照古王は〕また、横刀《たち》[一二]また大鏡[一三]を貢上りき《献上した》。また、百済の国に、

「もし賢《さか》し人《ひと》あらば貢上れ《献上せよ》」

と科《おほ》せたまひき《お命じになった》。かれ、命《みこと》を受けて貢上れる人、名は和邇吉師《わにきし》、すなはち論語《ろんご》[一四]十巻《とまき》・千字文《せんじもんひとまき》[一五]一巻、并《あは》せて《合計》十《とを》あまり一巻を、この人《和邇吉師に》に付け《託し》て《て》すなはち《そっくり》貢進《たてまつ》りき（この和爾吉師《わにきし》は文《ふみ》[一六]の首等《おびとら》が祖《おや》ぞ）。また、手人韓《てひとから》[一七]鍛《かぬち》、名は卓素《たくそ》、また呉服《くれはとり》の西素《さいそ》の二人を貢上りき。また、秦《はだ》[一八]の造《みやつこ》が祖《祖先や》、漢《あや》[一九]の直《あたひ》が祖《祖先や》、また酒を醸《か》むことを知れる人、名は《その名は》仁番《にほ》、亦の名《その亦の名》

一 神や天皇に献る食物。穀物・鳥獣・海産物など。

＊ 献酒讃歌で、吉野の国主等《くにすら》が大和朝廷への服従の儀礼として物産を献上し歌舞を奏したもので、その始まりは記紀では応神朝、『新撰姓氏録《しんせんしようじろく》』大和国神別、国栖《くにす》の条では允恭《いんぎよう》朝と伝える。隼人《はやひと》の舞・国栖の奏として有名。天武朝に儀式化された可能性が強い。

——文物の渡来

二 航海や漁撈《ぎよろう》に従事し、朝廷に奉仕した部民。

三 山林の管理・生産に従事し、朝廷に奉仕した部民。「山守部」は「山部」に統属された下部組織か。

四 伊勢国の海部を特に「伊勢部」と定めたものか。

五 灌漑《かんがい》用のために造った池。一三〇頁注二参照。

＊ 神功皇后《じんぐうこうごう》の新羅親征の結果、大陸文物の渡来をもたらした。以下、造池・鍛冶《かじ》・機織・造酒の技術の導入と、馬と学者・書籍の伝来である。

六 下文との関係からみると、帰化人の一つとして新羅人の名を挙げたもので、百済人《くだら》・高麗人《こま》もいた。

七 百済からの帰化人を引率し、「渡《わたり》の屯家《みやけ》からの渡来者の手で堤池を」ということで、百済の池を造った。「渡」は一七八頁注一参照。

八 奈良県北葛城郡広陵《きたかつらぎこうりよう》町百済《くだら》の地。

九 一七七頁注一六参照。

一〇 キシは首長。古代朝鮮語。帰化人の姓《かばね》の名となる。

一一 「文人《ふみひと》」の音約。姓の名。史姓《ふひと》は帰化人に多い。

一二 一一一頁注一八参照。「七枝刀《ななつさやのたち》」（神功紀五十二年九月条）に当ると考えられる。石上《いそのかみ》神宮蔵。

は《は》須々《すす》許理《こり》等《ら》参《まゐ》渡り来《き》ぬ。かれ《そこで》、この須々許理、大御酒《おほみき》を醸みて献《たてまつ》りき。ここに、天皇《応神帝は》、この献りし大御酒にうらげて《愉快になって》、御歌《みうたよ》みしたまひしく、

須々許理《すすこり》が　醸みし《かもした》御酒《みき》に　われ酔《ゑ》ひにけり《すっかり酔ったよ》
二〇ことなぐし《無事の酒》　二一ゑぐしに《笑いの酒に》　われ酔ひにけり

かく歌ひて《〔応神帝は〕》幸行《いでま》二二しし時に、御杖《御杖で》もちて大坂二三の道中の大石《おほいは》を打ちたまへば、その石《いは》二四走り避《さ》りき。かれ《そこで》、諺《ことわざ》に、「堅石《かたしは》二五も酔人《ゑひびと》を避《さ》く」といふ。

——大山守命の反逆

かれ《さて》、天皇《応神帝が》崩《かむあが》りましし後《のち》に、大雀《おほさざき》の命《みこと》は、天皇の命に従ひて《応神帝の仰せに従って》、天の下《天下を》をもちて宇遅能和紀郎子《うぢのわきいらつこ》に譲《ゆづ》りたまひき。ここに《ところが》、大山守《おほやまもり》の命は天皇の命に違《たが》ひて《応神帝の仰せに背いて》、なほ天の下を獲《え》むとおもひて《やはり天下を得ようと思って》、その弟皇子《おとみこ》を殺さむの情《こころ》ありて《殺そうという》、兵《いくさ》をひそかに設《ま》けて《兵士を内密に準備して》攻めむとしき《攻めようとした》。しかして、大雀の命、その兄の兵を備ふることを聞かして《大山守命が兵士を準備しているのをお聞きになって》、すなはち《すぐに》使者《つかひ》を遣はして、宇遅能和紀郎子に告《つ》げしめたまひき《急をお知らせになった》。

一三「七子鏡《ななつこのかがみ》」（神功紀五十二年九月条）に当るか。
一四 この時の『論語』は鄭玄《じようげん》注本であったろう。
一五 本書は六世紀の成立。後世の学問（論語）と文字（千字文）の伝来を、応神朝に遡及《そきゆう》併記したもの。
一六「文」は文筆を業とする帰化氏族名。「首《おびと》」は姓。
一七 技術者。一人は朝鮮の鍛冶職。一人は呉の機織女《はたおりめ》。
一八 帰化した秦人の統率者。ここは弓月君《ゆづきのきみ》。
一九 帰化した漢人の統率者。ここは阿知使主《あちのおみ》。
二〇「事無酒《ことなぐし》」で、飲めば無事平安になる酒、の意。
二一「笑酒《ゑぐし》」で、飲めば笑いを催す酒、の意。ともに須々許理《すすこり》のかもした酒の効用の表現。気がついたらすっかり酔った、という勧酒に対する謝意表明の歌。
二二 須々許理の住む餌香《えが》（大阪府藤井寺市国府《こくぶ》）の地から大和国へ帰還なさる時に。
二三 穴虫峠。一三五頁注一六参照。
二四 飛び転《ころ》がり天皇を避けた。
二五 八一頁注一一参照。この諺は、「堅い石も酔っぱらいだけは避ける」の意で「泣く子と地頭には勝てぬ」の類といわれるが、夜道を行く時に石に躓《つまず》き転ばぬための呪文かという（契沖）。
＊ 応神天皇崩御。その直後、皇位を狙《ねら》った大山守命《おおやまもり》が反逆する。天皇が生前、三皇子に任務の分担を命じたことは一八六頁で見たとおりで、宇遅能和《うじのわ》紀郎子《きいらつこ》の皇位継承を決めた天皇の偏愛は、嫡流《ちやくりゆう》の有力者大山守命に忿懣《ふんまん》の思いを抱かせ、それが反逆に繋《つな》がる。大雀《おおさざき》命はここでは陰の人となる。

かれ、聞き驚かして《〔和紀郎子は〕聞き驚かれて》、兵《いくさ》[一]もちて河の辺《へ》[二]に伏《ひそま》せ、またその山の上《うへ》に絁《きぬ》[三]垣《がき》を張り、帷幕《あげはり》[四]を立てて、詐《いつは》りて舎人《とねり》[五]をもちて王《みこ》になして《見せかけて》、露《あらは》に[六]呉床《あぐら》に坐《いま》せ、百《もも》の官《つかさ》、恭敬《ゐやま》ひ往来《ゆきき》する状《かたち》、すでに《全く》王子《みこ》の坐す所《本物の王子の御座所》のごとくして《のようにして》、さらにその兄王《あにみこ》[七]の河を渡らむ時の為に《宇治川を渡ろうとする時に備えて》、船・[八]檝者《かぢ》を具へ《準備し》餝《かざ》り《設け》、[九]さな葛《かづら》の根を舂《つ》き、その汁滑《しるなめ》を取りて、その船の中の簀椅《すばし》[一〇]に塗《ぬ》りて、踏みて仆《たふ》るべく設《ま》けて《仕掛けて》、その王子は《当の和紀郎子は》、布《ぬの》[一一]の衣褌《きぬはかま》を服《け》して《着られて》、すでに《完全に》賤《いや》しき人の形《すがた》になりて《変装して》、檝《かぢ》を執《と》りて船に立たしき《立たれた》。ここに《一方》、その兄王《あにみこ》、兵士《いくさ》を隠し伏せ、衣の中《うち》に[一二]鎧《よろひ》を服《き》て、河の辺に到りて《宇治川のほとりに着いて》、船に乗らむとする時に、その巌餝《かざ》[一三]れる処を望《みさ》けて《遠望して》、弟王《おとみこ》その呉床に坐すとおもひ《思い込み》、かつて[一四]《全然〔弟王が〕》檝を執りて船に立たせるを知らずて《立たれているのに気づかずに》、すなはち《そのまま》その執檝者《かぢとり》[一五]に問ひて曰《い》ひしく、

[一六]「この山に忿怒《いか》れる《狂暴な》大き猪《ゐ》ありと伝《つて》に聞けり《噂に聞いている》。われその猪を取らむとおもふ《討ち取ろうと思う》。もし《もしや》その猪を獲《え》むや《仕止められようか》」

しかして、執檝者の答へ曰ひしく、

一 宇遅能和紀郎子《うぢのわきいらつこ》の兵士。
二 宇治川のほとり。宇遅能和紀郎子の名のとおり、宇治（京都府宇治市）が本拠で、母の矢河枝比売《やがわえひめ》は木津（宇治）川水系の管掌豪族丸邇《わに》氏の出であった（一八八頁＊印参照）。勝手知ったる宇治川である。
三 絹布を垣のように張りめぐらし、の意。
四 中央に柱を立てて棟を作り幕を張った仮屋。今のテントのようなもの。大山守《おおやまもり》命の攻撃目標に擬装《ぎそう》。
五 二二頁注三参照。舎人を和紀郎子に仕立てる。
六 足のついた高い座。高位者が坐り、その権威を示した。そこへはっきり目につくように擬装皇子（実は舎人）をお坐らせして、の意。
七 大山守命。以下兄王の渡河攻撃に備えての計略。
八 船と檝《かじ》。「檝者」の「者」は指示強調の助字。
九 「真葛《さねかづら》」の古形。木蘭《もくれん》科の蔓《つる》性灌木《かんぼく》で、茎や根の粘液（汁滑《しるなめ》）を髪油などの材料にする。
一〇 簀子《すのこ》を敷き渡したもの。
一一 布製の上衣と袴。絹製とは違い下層民の着物。
一二 兄大山守命は、外見は平服、中は実戦のいでたち。
一三 「巌餝」は仏典語。一八七頁注一六参照。
一四 九七頁注一四参照。
一五 船頭。変装した和紀郎子（弟王）である。
一六 大山守命の猪狩りに譬《たと》えての発言にみる用心深さは、注一二のいでたちにもそれが表れている。しかし、問うた相手の船頭が目指す和紀郎子であるところに千慮の一失があった。

「能《あた》はじ《できますまい》」

また、〔兄王が弟王に〕問ひて曰《い》ひしく、

「何のゆゑにか《なぜか》」

〔弟王が〕答へ曰ひしく、

「一七時々《よりより》往々《ところどころ》に、取らむとすれども得ず《討ち取ろうとしましたが駄目でした》。ここをもちて《こういうわけで》能はじと《できますまいと》白《まを》すぞ」

河中に渡り到れる時に《宇治川の中ほどに渡ってきた時に》、〔弟王は〕その船を傾《かたぶ》けしめて《傾けさせて》、〔兄王を〕水の中に堕《おと》し入れき。一八しかしてすなはち《すると間もなく》、〔兄王は〕浮き出でて、水のまにまに《水の流れに従って》流れ下《くだ》りき。すなはち流れて《そのまま流れながら》、〔兄王が〕歌ひしく、

一九ちはやぶる　二〇宇治《うぢ》の渡《わたり》に

棹《さを》取りに《操るのに》　二一速けむ人し《敏捷な人が》　わがもこに来む《二二仲間に来てくれ》

ここに《この時》、河《宇治川の》の辺《へ》に伏し隠《かく》り《ひそみ》たる兵《〔弟王の〕兵士》、二三彼廂此廂《かなたこなた》、一時共《もろとも》に興りて《姿を現し》、矢刺して流しき《矢を番えたままで流した》。かれ、〔兄王は〕二四訶和羅《かわら》の前《さき》に到りて〔水中に〕沈み入《い》りき。かれ《それで》、鉤《かぎ》もちて〔兄王の〕その沈みし処を探れば、その衣の中の甲《よろひ》に繋《かか》りて、かわらと《からからと》

一七 何度もあちこちで、の意。原文「時々也往々也」とある。「也」は「者」と同じく強意の助字。

一八 原文「尒乃」とある。二十巻本『捜神記《そうじんき》』（巻二）に「尒乃」の例があり、中国六朝《りくちょう》以降の俗語の一種。『万葉集』の題詞（巻十六、三七八六）にも見える。

一九 「宇治」に懸る枕詞。「ち（霊威）はや（速）ぶる（活動する）」意で、「神」に懸るのが普通。地名「宇治」は「兎の通る道」の意ともいうが、語義としては「うぢはやし」の「うぢ」で「劇・烈」の意。したがって「霊威速振《ちはやぶる》」とほぼ同内容の「劇烈《うぢ》」を繰返して言ったものが、「宇治《うぢ》」の枕詞となった。

二〇 宇治の渡し場に、の意。宇治川は激流として聞え、「ちはやぶる」の枕詞がぴったりする。

二一 宇治川の流れが速いので、溺れる人を救うには、棹操《さおあやつ》りの敏捷な人がよいわけである。

二二 「もこ」は「婿《むこ》」の意。ここでは、仲間・味方の救助者。独立歌としてみれば、宇治川の船頭歌。

二三 あちこちから。「廂」は、一三九頁注一一参照。

＊ 本条の文章には、「帷幕《いばく》・呉床《ごしょう》・百官《ひゃっかん》・恭敬《きょうけい》・往来《おうらい》・王子《おうじ》・兵士《へいし》・厳餝《げんぼう》・忿怒《ふんぬ》」などの漢語（また仏典語）や「檝者・時々也往々也」などの助字、また「都不・尒乃・彼廂此廂」などの俗語を用いて、緊迫感と物語の語気をよく表している。

二四 今の京都府綴喜《つづき》郡田辺《たなべ》町河原《かわら》というが地理的に合わない。もと宇治川下流に「訶和羅《かわら》」の地があったものが、地名だけ今の「河原」に移ったか、と推測する。

鳴りき。かれ《だから》、そこを号《なづ》けて、[一]訶和羅《かわら》の前《岬》といふ。しかして《さて》、その《兄王の》[二]骨《かばね》を掛き出でし時に《引っ掛けて上げた時に》、弟王《おとみこ》の歌ひたまひしく《和紀郎子が歌われたのには》、

[三]ちはやひと　宇治の渡に《宇治川の渡し場に》
[四]渡り手《ぜ》に　立てる[五]梓弓檀《あづさゆみまゆみ》
[六]い伐《き》らむと《切り倒そうと》　心は思《も》へど《思うが》
い取らむと《殺そうと》　心は思へど
[七]本方《もとへ》は　君を思《おも》ひ出《で》
末方《すゑへ》は　妹《いも》を思ひ出
[八]いらなけく《ひどく辛くも》　そこに思ひ出《君のことを思い出し》
かなしけく《悲しくも》　ここに思ひ出《妻のことを思い出し》
い伐らずそ来る《切らずに帰ってきたのだ》　[九]梓弓檀

は

かれ《そこで》、その大山守《おほやまもり》の命《みこと》の骨《かばね》は、[一〇]那良山《ならやま》に葬《はぶ》りき。この大山守の命は（土形《ひぢかた》の君《きみ》・幣岐《へき》の君・榛原《はりはら》の君等《きみら》が祖《おや》ぞ）。

ここに、大雀《おほさざき》の命と宇遅能和紀郎子《うぢのわきいらつこ》との二柱、おのおの《お互いに》天の《皇位を》

一「かわら」と鳴ったから「訶和羅《かわら》」という地名説話であるが、甲冑《かわら》作りの部民の住んだ地名か。「甲冑《かわら》」の語源は「甲羅《こうら》」（体を蔽う殻）らしい。

二 死骸。「骨」は、されぼね・むくろ、の意。

三「霊威速人《ちはやひと》」の意で「宇治《うぢ》」に懸る枕詞。「ちはやぶる宇治」に同じ（前頁注一九参照）。

四 原文「和多理是《わたりぜ》」とあるので、「渡り瀬《ぜ》」と解されているが、宇治川は激流で「渡る浅瀬」はなく、またよし「渡り瀬」にしても檀《まゆみ》が生えているわけはない。そこで、「渡り手《で》」（渡し場）の音変化と考える。

五「梓弓《あづさゆみ》」は「檀《まゆみ》」を導く語呂《ごろ》合せの修飾語で意味はない。「檀」は弓材にする良木。

六「梓弓檀」の縁語「射《い》」から接頭語「い」を導く。対句の「い取《と》らむと」から大山守命を殺す意に転換。

七「梓弓檀」の縁語の「本・末」で、「一方では・他方では」の意。「君」は父応神天皇。「妹」は大山守命の同母妹大原郎女《おおはらのいらつめ》・高目郎女《こむく》をさすか。

八「いらなし」は痛烈にひりひりと辛《つら》く感ずる意。

九 この「梓弓檀」は、大山守命をさす。すると歌では殺されなかったことになり、地の文と矛盾するが、殺したくなかった弟王の気持に基づく物語歌とみたい。

一〇 旧奈良市北郊の山並みで京都府と境をなす。『陵墓要覧』には奈良市法蓮《ほうれん》町境目谷の地とする。

＊ 大山守命は滅んだ。残る二皇子も、応神天皇の指示どおりにはゆかなくなっていた。弟王和紀

——宇遅能和紀郎子の死

下を譲《ゆづ》りたまふ間《あひだ》に、海人《あま》、[一一]大贄《おほにへ》を貢《たてまつ》りき。しかして《ところが》、兄は《大雀命は》辞《いな》びて《辞退し》弟《おと》に貢らしめ《和紀郎子へ献らせ》、弟は辞びて兄に貢らしめて、相譲《あひゆづ》りたまふ間に、すでに《すっかり》多《あまた》の日経《へ》たり《経った》。かく相譲りたまふこと《こうして譲り合われることが》、一たび《一度や》二時《ふたたび》にあらざりければ《二度ではなかったので》、海人《あま》すでに《全く》[一二]往還《ゆきき》に疲れて泣きき。かれ《そこで》、諺《ことわざ》に、「[一三]海人《あま》なれや《海人だからこそ》、なが物から泣く《自分の持物ゆえに泣く》」といふ。しかるに、宇遅能和紀郎子は早く[一四]崩《かむあが》りましき《亡くなられた》。かれ《それで》、大雀《おほさざき》の命、天の下治めたまひき。

——天之日矛とその子孫

また昔、[一五]新羅《しらき》の国王《こにきし》の子ありき。名は天之日矛《あめのひほこ》といふ。この人参《まゐ》渡り来《き》ぬ。参渡り来ぬるゆゑは《渡来してきたわけはこうだ》、新羅の国に[一六]一つの沼あり。名は阿《あ》具奴摩《ぐぬま》といふ。この沼の辺《へ》に、一賤《あるいや》しき女昼寝《をみなひるい》したり。ここに《そこへ》、[一七]日の耀《かか》やき虹《にじ》のごとく、その陰上《ほと》を指しき《女陰を射した》。また、一賤しき夫《をとこ》ありき。その状《かたち》を異《あや》しと思ひて《不思議だと思って》、恒《つね》にその女人《をみな》の行《わざ》を伺《うかか》ひき。かれ《すると》、この女人、その昼寝せし時より妊身《はら》みて、赤玉を生みき。しかして《そこで》、その伺へる《その様子をうかがっていた》賤しき夫《卑しい男は》、その玉を乞ひ取りて《赤玉を〔女に〕所望して貰って》、恒に《いつも》裹《つつ》みて《包んで》腰に著《つ》けたり《つけていた》。この人《この男は》、田を山[一八]谷《たに》の間に営《つく》りき。かれ《それで》、[一九]耕人等《たひとら》の飲食《をしもの》を一つの牛に《一頭の牛の背に》

郎子が嫡流《ちやくりゆう》の兄王大雀命に皇位の継承を遠慮したからである。和紀郎子が兄王を殺したのは、兄王が父帝の分担の詔に悖《もと》ったからではあっても、大雀命をさておいて即位するわけにはいかない。一方大雀命にしても父帝の詔がある限り弟王の希望を容れられなかった。ここに皇位の互譲が起る。

一一 天皇に献《たてまつ》る食料。ここでは鮮魚。

一二 難波《なにわ》（大雀命）と宇治（和紀郎子）との往来。

一三「海人なればや」で、「や」は感動の助詞。「なが」は「己が」の意。「ものから」は、「物ゆえに」と「藻《も》の殻《から》」という海人の生活の嘆きを懸詞《かけことば》にしたもの。

一四 和紀郎子は早く死んだと記すのみだが、仁徳即位前紀には自殺したとある。史実は不明だが、『古事記』では大雀命はごく自然に皇位を獲得するように記し、『日本書紀』では稚郎子《わきいらつこ》を、帝位を譲るために自殺したという中国の有徳《うとく》の王風《ふう》に描いている。なおここに「崩」字を用いているのは天皇崩御に準じたもので、『播磨国風土記』揖保《いいぼ》郡に「宇治天皇」とあるのも、そうした伝承のあったことを示す。

一五 応神天皇の時代よりずっと「昔」のこと。

一六「一沼・一賤女（夫）・一牛」などと「一」を冠するのは、文章的にも異国情緒を出そうとしたもの。

一七 日光感精説話（女が日光に感じて子を生む）型。

一八「谷」の意。朝鮮の『三国史記』に見える語。

一九 田を耕作する人。次頁七行目の「田人《たひと》」に同じ。

負《おほ》せて《のせて》、山谷《たに》の中に入《い》るに、その《あの》国王《こにきし》の子、天之日矛《あめのひほこ》にたまさかに《偶然に》逢《あ》ひき《出会った》。しかして《そして》、その人に《〔天之日矛が〕その男に》問ひて曰《い》ひしく、

「何《な》ぞ《なぜお前は》なが飲食《をしもの》を牛に負せて山谷に入る《背負わせて谷に入るのか》。なれ《お前は》必ず《きっと》この牛を殺し食ふにあらむ《食うのであろう》」

といひて、すなはち《すぐに》その人を《その男を》捕《と》らへ、獄囚《ひとや》[一]に入れむとす《入れようとした》。その人が《その男が》答へ曰ひしく、

「あれ牛を殺さむとにはあらず《私は牛を殺そうというのではありません》。ただ田人《たひと》の食《をしもの》を送るのみ《運ぶだけです》」

しかれども《しかし》、なほ《やはり》赦《ゆる》さざりき《赦免しなかった》。しかして《それで》、その腰の玉を解きて《〔卑しい男は〕腰の赤玉の包みをほどいて》、その国主《こにきし》[二]の子に幣《まひ》[三]しつ。かれ《それで》、その賤《いや》しき夫《をとこ》を赦して、その玉を《赤玉を》将《も》ち来て《持ってきて》、床の辺《べ》に置きしかば、〔その玉は〕美麗《うるは》しき嬢子《をとめ》に化《な》[四]りぬ《化身した》。よりて、婚《まぐはひ》して嫡妻《むかひめ》とし《正妻とした》き。しかして《それからは》、その嬢子、常に種々《くさぐさ》の珍味《ためつもの》[五]を設《ま》けて《用意して》、恒《つね》にその夫《を》に食《く》はしめき《食べさせた》。かれ《ところが》、その国主の子、心奢《おご》[六]りて妻《め》を詈《の》るに《ののしるので》、その女人《をみな》の言ひしく、

「すべて《だいたい》、あ《私は》はなの《お前の》妻となるべき女《をみな》にあらず。わが祖《おや》[七]の国に《祖先の国に》行か

一 牢屋。「人屋《ひとや》」の義。

二 「国主」は「国王」（一行目）に同じ。一七七頁注一六参照。

三 ここでは「賄賂《わいろ》」。一般的には贈り物。また、神への供物。

四 『三国史記』中の新羅《しらぎ》の始祖伝説に、赫居世《かくきょせい》が卵から生れたとある。これを「卵生説話」というが、ここでは赤玉で卵ではないにしても、丸い形は類似しているから、一種の「卵生説話」型である。また「床の辺《くだり》に置きしかば、美麗しき嬢子に化りぬ」とある件は「丹塗矢《にぬりや》」伝説（一二〇頁六～七行目参照）に類似する。この点からいえば「神婚説話」的であり、乙女が難波の比売碁曾《ひめごそ》社の祭神（次頁三行目）であったことがその裏付けとなる。

五 美味の物（五三頁注六参照）。

六 心が高慢になって妻を罵《ののし》った、という話は、「丹後国風土記逸文」に見える、天女のお蔭で富貴を得た老夫婦が天女を憎み家から追い出した説話に似る。

七 「祖」は祖先、の意。

＊ 新羅の赤玉の乙女が、自分の祖国は日本だと言っているのはなぜか。比売碁曾社の祭神とされるこの乙女は、新羅系の帰化氏族の奉斎神であったとみることができる。この神が日本で祭られ、さらに祭祀《さいし》の日本化の進行に伴って、本地《ほんじ》を日本とする説話として構成されたものと考えられる。

八 阿加流比売《あかるひめ》とその名も日本的になっている。『延《えん》

喜式《ぎしき》』神名帳の摂津国住吉郡の条には、別に「赤留比売命《あかるひめのみこと》神社」がある。今の大阪市平野区東一丁目の三十歩《さんじゅうぶ》神社に擬せられる。一方「比売碁曾神社」は、今の大阪市東成区東小橋南之町にあるが、もとは天王寺区小橋《おばせ》町愛来目《あくめ》山の産湯稲荷神社の井戸のあたりにあったという。祭神は『延喜式』では下照比売《したてるひめ》とあるが、『古事記』では阿加流比売であり、この方が古伝であろう。すると、阿加流比売は二社に祭られたことになる。外国使節歓迎の歴史と場所とを検すると、赤留比売命神社近辺から、難波の孝徳朝以後、比売碁曾神社近辺に移ったらしい。本文注「難波の…」とする『古事記』の記事は、新しい時代の知識による反映とみられる。

九 以下、天之日矛《あめのひぼこ》の子孫の系譜である。多遅麻毛理《たじまもり》は、垂仁天皇の段（一五三頁）に既出。

一〇 日子坐王《ひこいます》の系譜に既出（一三二〜三頁）。この比売は神功皇后の母である。

＊ ここまで読み進むと、突拍子もない天之日矛の説話が、実は神功皇后の出自《しゅつじ》を語る系譜説話であったことに気づく。偉業をなしとげた皇后によって、天之日矛もまた新羅系帰化氏族の祖としての地位を確保しえた形になっている。

一一 「玉つ宝」は、神霊のこもった物である宝。

一二 緒に貫いた玉二連。

一三 「ひれ」は「領巾」。六三頁注九参照。

一四 「奥」は沖、「辺」は岸辺。要するに航海の安全に呪力をもつ鏡である。

む」

といひて、すなはち《さっそく》小船《をぶね》にひそかに乗《の》りて逃遁《に》げ度《わた》り来て、難波《なには》に留《とどま》りき（八こは難波の比売碁曾《ひめごそ》の社《やしろ》に坐《いま》す阿加流比売《あかるひめ》の神といふ）。

ここに、天之日矛、その妻《め》の遁《に》げしことを聞きて、すなはち《すぐに》追ひ渡り来て、難波に到らむとせし間《あひだ》に、その渡りの神《海峡の神は》、塞《さ》へて入れざ《遮って難波に入れ》りき《なかった》。かれ《それで》、さらに《再び》還《戻って》りて多遅摩《たぢま》の国に《但馬国には》泊《停泊した》てき。すなはち《そのまま》その国に留《とどまって》りて、九多遅摩之俣尾《たぢまのまたを》が女《むすめ》、名は前津見《さきつみ》を娶《めと》りて生める子《妻にして生んだ子は》、多遅摩《たぢま》母呂須玖《もろすく》。この子、多遅摩斐泥《たぢまひね》。この子、多遅摩比那良岐《たぢまひならき》。この子、多遅麻毛理《たぢまもり》。次に多遅摩比多訶《たぢまひたか》。次に清日子《すがひこ》（三柱）。この清日子、当摩之咩斐《たぎまのめひ》を娶りて生める子、酢鹿之諸男《すがのもろを》。次に妹菅竈由良度美《いもすがくどゆらどみ》。かれ《さて》、上《かみ》《上述の》に云へる多遅摩比多訶、その姪《めひ》由良度美を娶りて生める子、一〇葛城之高額比売《かづらきのたかぬかひめ》の命《みこと》（こは息長帯比売《おきながたらしひめ》の命の御祖《みおや》ぞ）。かれ《さて》、その天之日矛の持ち渡り来《こ》し物は、一一玉つ宝といひて、一二珠二貫《つら》。また、一三浪振るひれ《波を起す領巾》・浪切るひれ《波を鎮める領巾》・風振るひれ《風を起す領巾》・風切るひれ《風を鎮める領巾》。また、一四奥《おき》つ鏡・辺つ鏡、幷《合計して》せて八種《やくさ》ぞ（こは[一]伊豆志《いづし》の八前《やまへ》の大神ぞ）。

かれ《さて》、この神の女《伊豆志大神の娘》、名は伊豆志袁登売《いづしをとめ》の神坐《いま》しき。かれ《ところで》、[二]八十神《やそかみ》この伊豆志袁登売を得むとすれども《妻に得たいと思ったが》、みな[三]え婚《あ》はず。ここに、二《ふた》はしらの神あり。兄《あに》は[四]秋山之下氷壮夫《あきやまのしたひをとこ》と号《い》ひ、弟《おと》は[五]春山之霞壮夫《はるやまのかすみをとこ》と名《い》ふ。かれ、その兄、その弟に謂《い》ひしく、

「あれ《私は》伊豆志袁登売を乞へども《妻に望んだが》、え[六]婚《まぐはひ》せず。なは《お前は》この嬢子《をとめ》を得む《得られるか》や」

答へ曰《い》ひしく《〔弟が〕言ったのには》、

「[七]易《やす》く得む」

しかして《すると》、その兄の曰ひしく、

「もし、なれ《お前が》、この嬢子を得《う》ることあらば、《〔私は〕》[八]上下《かみしも》の衣服《きもの》を避《さ》り《脱ぎ》、[九]身の高《たけ》を量《はか》りて甕《みか》の酒を醸《か》み、また山河の物《山や河の産物を》を、ことごと備へ設《ま》けて《準備して》、[一〇]うれづく《賭をしよう》をせむ」

としかいふ《とこのように言う》。しかして《それで》、その弟、兄の言へるごと《兄が言ったように》、つぶさに《詳細に》その母

一 「伊豆志」は地名で、兵庫県出石《いずし》郡出石町宮内で出石神社がある。『延喜式《えんぎしき》』神名帳には「伊豆志坐神社八座」とある。八種の神宝を神として祭ったもの。

——天之日矛の神宝異聞

＊ 天之日矛《あめのひほこ》の将来した神宝はそのまま神として祭られたが、それにまつわる珍しい話（異聞）が付け加えられている。中巻は神武天皇から応神天皇までを、史的展開の相において叙述しているが、各天皇の事績のなかには神にかかわる話も少なくなかった。しかし、この「異聞」は純粋な説話であって、応神天皇はむろんのこと他の天皇とも関連をもたないものである。このような異質性は古代朝鮮や大陸からの帰化系氏族の伝承説話を一括したために生じたものと考えられる。特に誓約において「賭《かけ》」をする話は異国的である。そしてこの「異聞」には、妻争い・末子相続・丹塗矢《にぬりや》・呪詛《じゅそ》などの諸説話形式が混在していることから、帰化系氏族の諸伝承を伊豆志袁登売《いずしおとめ》説話に統合したものであるともいえよう。少なくとも、神功皇后の出自《しゅつじ》を語る「天之日矛」説話は応神天皇の段には必要ではあっても、直接関係のない「伊豆志」説話までが付加されたのは、異国趣味と帰化神のもつ世俗的性格の一面に興味を抱いた結果によるか。

二 多くの男神。「八十神」が一人の女性に求婚する話は、大国主神《おおくにぬし》が八上比売《やかみひめ》を妻問《つまどい》する条（五八～六五

に白《まを》せば、その母ふぢ《藤の》葛《かづら》を取りて《蔓を取って》、[一一]一宿《ひとよ》の間に、[一二]衣《きぬ》・褌《はかま》また襪《したぐつ》・沓《くつ》を織り縫《ぬ》ひ、また、[一三]弓矢を作りて、〔弟に〕その衣・褌等を服《き》せ、その弓矢を取らしめて《持たせて》、その嬢子の家に遣《つか》はせば《行かせると》、その衣服《きもの》また弓矢、ことごと《すっかり》藤の花に成りき《変った》。ここに、その[一四]春山之霞壮夫、その弓矢《弓矢をば》もちて、嬢子の厠《かはや》[一五]に繋《か》けき《掛けた》。しかして、伊豆志袁登売、その花を異《あや》しと思ひて、将《も》ち来《く》る時に、〔弟は〕その嬢子の後《しり》に立ちて《あとについて》、その屋《や》《乙女の》に入《い》るすなはち《入ったとたん》婚《まぐはひ》しつ。かれ《こうして》、一《ひと》りの子を生みき。しかして、〔弟が〕その兄に白《まを》して曰《い》ひしく、

「あは《私は》伊豆志袁登売を得たり《手に入れた》」

ここに、その兄、弟の婚しつることを《弟が乙女と結婚したことを》慷慨《いきどほ》[一六]りて、そのうれづくの《例の賭の》物を償《つくの》はざりき《償わなかった》。しかして、〔弟が〕愁《うれ》へて《嘆いて》その母に白しし時に、御祖《みおや》《母君》の答へ曰ひしく《が答えて言ったのには》、

「[一七]わが御世の事、能《よ》くこそ神習《かむなら》はめ。また《しかしまた》、[一八]うつしき青人草習へや《現世の人の仕業を見習ったからか》、その物を償はぬ《〔兄は〕その賭の物を償わない》」

頁）にもあった。
三　結婚できなかった。「え…ず」は不可能の表現。
四　秋山が赤く色づいた男、の意。秋山の擬人化。
五　春山が霞んでいる男、の意。春山の擬人化。
六　一夜妻《ひとよづま》（祭儀の後、神人が巫女《ふじよ》と一夜共寝をすること）との結婚なので「婚《まぐはひ》」と訓《よ》む。
七　たやすく妻とすることができる、の意。
八　上衣と下衣（袴《はかま》）を脱ぐとは降伏の状《さま》を表す。
九　自分の身の丈《たけ》と同じ高さの甕《かめ》に酒を醸造する。
一〇　賭《かけ》の意という。「うれ」は「卜《うれ》」（神意を測《はか》って）「づく」は「償《つく》」（埋め合せをする）の義か。
一一　一晩のうちに、の意。これで三行目の「嬢子」が「一夜妻」であることが分る。
一二　上衣と袴。「襪」は足袋《たび》・靴下の類で「沓《くつ》」（足に履《は》くものの総称）の中に履くもの。
一三　藤の幹で弓を作り、藤蔓《つる》で弦を張り、細い枝で矢を作るという着想であろう。
一四　これ以下、「丹塗矢伝説」型の説話である。
一五　便所。神婚の場として用いられることが多い。
一六　胸が塞《ふさ》がって、の意。
一七　神であれば神らしく神の慣行を見習うのがよい、の意。神が治めている時代という意識で、「御世」と表現し、次句とあわせて、神と人間との差を説いている。
一八　現世の人間は約束を守らないということを踏まえている。「青人草《あをひとくさ》」は三九頁注一一参照。

〔母は〕その兄《え》の子《こ》を恨みて、すなはち《すぐに》その[一]伊豆志河《いづしがは》[二]の河嶋《かはしま》[三]の一節竹《ひとよだけ》[四]を取りて、八目《やめ》[五]の荒籠《あらこ》に作り、その河の石《いは》を取り、塩に合《あ》[六]へてその[七]竹の葉に裹《つつ》みて、詛《とご》[八]はしむらく《〔弟に〕呪詛させたのには》、

「この竹の葉の青むがごとく《竹の葉が青々と茂る様に》、この竹の葉《竹の葉が》の萎《しな》ゆるがごとく《しおれる様に茂ったりし》青み萎えよ《おれたりせよ》。また、この塩の盈《み》ち乾《ふ》るがごとく盈《み》ち乾《ひ》よ。また、この石《いは》の沈むがごとく沈み臥《こ》えよ《伏せ》」

かく詛はしめて《こう〔弟に〕呪詛させて》、烟《かまど》[九]の上《うへ》に置きき。ここをもちて《このために》、その兄《あに》、[一〇]八年の間《あひだ》、干萎《ひしな》え病《や》み枯《か》れぬ。かれ《それで》、その兄患《うれ》へ泣きて《嘆き泣いて》、その御祖《みおや》に《母君に》請《まを》せば、その詛《とご》ひ戸《と》[一一]を返さしめき《呪縛を弟に解かせた》。ここに《すると》、その身《兄の体は》、本《もと》のごとく安平《たひ》らぎき《健康になった》（こは、神うれづく[一二]の言《こと》の本《もと》ぞ）。

また、この品陀《ほむだ》の天皇《応神帝の》の御子、若野毛二俣《わかのけふたまた》の王《おほきみ》[一三]、その母の弟《いろど》、百師木伊呂弁《ももしきいろべ》、亦の名《その亦の名は》は弟日売真若比売《おとひめまわかひめ》の命《みこと》を取《めと》[一四]りて生みたまへる子《妻にしてお生みになった子は》、[一五]大郎子《おほいらつこ》、亦の名《その亦の名は》は意富々杼《おほほど》の王。次に忍坂之大中津比売《おさかのおほなかつひめ》[一六]の命。次に田井之中比売《たゐのなかひめ》。次に田宮之中比売《たみやのなかひめ》。次に藤原之琴節《ふぢはらのことふし》[一七]の郎女《いらつめ》。次に取《とり》

一 「その」は「現場指示」の語。一六五頁注二一参照。

二 今、出石《いずし》神社の西を流れる出石川がある。

三 川の中の砂洲《さす》。

四 節目《ふしめ》が一つある竹。

五 多くの目（穴）がある、編目の粗《あら》い籠《かご》。これで川の石を取る。その石を兄に見立てたのである。

六 石を塩にまぜ合せるのは、生命の充実・枯渇に関する呪術《じゅじゅつ》。五行目に「盈《み》ち・乾《ふ》る」とある。

七 一節竹《ひとよだけ》の竹の葉に包むのは、生気の横溢・萎縮に関する呪術。四行目に「青む・萎《しな》ゆる」とある。

八 「とごふ」は呪詛《じゅそ》する。「しむ」は使役で、母が弟に兄を呪詛させた。呪詛だから、「青・盈」は弟に働き、「萎・乾・沈」は兄に働くのである。

九 竈《かまど》は神聖で、物を置いてはならないのに置いたのは呪詛のためである。

一〇 八年間も長い間ひからび病気になった。

一一 「詛《とご》ひ戸《と》」の「戸」は呪的行為につける接尾語。「返す」は呪縛を解くこと。置物を除くのではない。

一二 神かけての賭、の意。「うれづく」だけでその意を表していたのに、守られなくなって、さらに「神」を冠した。

——皇統譜（二）

＊ 応神天皇の御子の系譜は一八三～五頁にあったが、ここでは、その御子の一人若野毛二俣王《わかのけふたまた》（一八四頁では「若沼毛《わかぬけ》」）の子孫の系譜について記している。これは、下巻の継体《けいたい》天皇が応神天皇五世の

売《め》の王。次に沙禰《さね》の王（七王）。かれ、意富々杼の王は（[一八]三国《みくに》の君《きみ》・波多《はた》の君・息長《おきなが》の坂の君・酒人《さかひと》の君・山道《やまち》の君・筑紫の米多《めた》の君・布勢《ふせ》の君等《きみら》が祖《おや》ぞ）。また、根鳥《ねとり》の王、庶妹《ままいもみ》三腹《はら》の郎女《いらつめ》を娶《めと》りて生みたまへる子、中日子《なかつひこ》の王。次に伊和島《いわじま》の王（二柱）。また、堅石《かたしは》の王の子は久奴《くぬ》の王ぞ。

おほよそに《数え合せて》この品陀《ほむだ》《応神帝の宝算は》の天皇の御年、[一九]壱佰《もも》ちあまり参拾《みそち》歳ぞ（[二〇]甲午《きのえうま》の年の九月《ながつき》の九日に崩《かむあが》りましき）。御陵《みはか》は[二一]川内《かふち》の恵賀《ゑが》の裳伏《もふし》の岡《をか》にあり。

古事記中つ巻

孫（二六四頁参照）として出現するが、その直接の祖が若野毛二俣王であったので、ここに掲出する必要があった。なお二六四頁＊印参照。

一三 母の名は、息長真若中比売《おきながまわかなかつひめ》（一八四頁参照）。

一四「取」は「娶」の古字。

一五 継体天皇の曾祖父。亦の名の「意富々杼《おほほど》」は、継体天皇の「袁本杼《をほど》」に対応する。

一六 允恭《いんぎょう》天皇の皇后。安康《あんこう》・雄略《ゆうりゃく》二帝の母（二二五頁参照）。

一七 允恭天皇の皇女衣通王《そとおりのおおきみ》（二二五頁参照）かという（宣長）。

一八 三国（福井県坂井郡三国町）は、継体天皇の出生地である。

一九 百三十歳。

二〇 この崩御干支は西暦三九四年に比定できる。

二一 大阪府羽曳野《はびきの》市誉田《こんだ》。仁徳天皇陵に次ぐ大きな前方後円墳である。

＊ 神武天皇から始まった中巻がこの応神天皇で終ったが、「神武」「応神」の漢風諡号《かんぷうしごう》が象徴するように、天皇と神とのかかわりの記事が多かった。天皇には形影《けいえい》相伴うごとく神が存在し、その意を体して国の内外の情勢に対処してきたのは、そういう天皇政治の体質をある程度反映しているとみてよい。また建国から海外にまで国力が拡充していった記事も、大きな歴史の流れからみて不自然ではない。しかし次代からはどうなるであろうか。

古事記　下《しも》つ巻《まき》

（[一]大雀《おほさざき》の皇帝より豊御食炊屋比売《とよみけかしきやひめ》の命にいたるまでに、おほよそに十九の天皇ぞ）

[二]大雀《おほさざき》の命《みこと》、[三]難波《なには》の高津《たかつ》の宮に坐《いま》して、天の下治めたまひき《天下をお治めになった》。この天皇《すめらみこと》、[四]葛城之曾都毗古《かづらきのそつびこ》が女《むすめ》、石之日売《いはのひめ》の命《みこと》[五]（大后《おほきさき》）を娶《めと》りて生みたまへる《妻にしてお生みになった》御子《みこ》、[六]大江之伊耶本和気《おほえのいざほわけ》の命。次に[七]墨江《すみのえ》の中津王《なかつおほきみ》。次に[八]蝮之《たぢひの》水歯別《みづはわけ》の命。次に[九]男浅津間若子《をあさつまわくご》の宿禰《すくね》の命（四柱）。また、[一〇]上《かみ》に云へる《上述した》日向《ひむか》の諸県《もらがた》の君牛諸《うしもろ》が女《娘》、髪長比売《かみながひめ》を娶りて生みたまへる御子、[一一]波多毗能大郎子《はたびのおほいらつこ》、亦の名は《その亦の名は》大日下《おほくさか》の王《おほきみ》。次に[一二]波多毗能若郎女《はたびのわきいらつめ》、亦の名は《その亦の名は》長目比売《ながめひめ》の命、亦の名は《その亦の名は》若日下部《わかくさかべ》の命（二柱）。また、[一三]庶妹八田《ままいもやた》の若郎女《わきいらつめ》を娶りたまひき。また、[一四]庶妹宇遅能若郎女《ままいもうぢのわきいらつめ》を娶りたまひき。この二柱、御子なかりき。おほよそに《数え合せて》この大雀の天皇の御子等《仁徳帝の御子たちは》、幷《あはせ》

＊いよいよ下巻に入る。仁徳《にんとく》天皇から推古《すいこ》天皇までを収めている。中巻に見たような、神と天皇との直接のかかわりはなく、いわゆる倭《わ》の五王時代で天皇による主体的な治政の展開を叙述する。三韓親征のようなロマンはないが、皇統維持の熾烈《しれつ》な闘争がある。皇位継承は父子から兄弟に移行し、神道的天皇観は儒教的聖天子観へと変る。有徳《うとく》の王として描かれる天皇像も、仁・徳・愛・武などさまざまな姿をとる。皇妃をめぐる愛恋の物語も多く、下巻はそれゆえ文学的色彩が濃厚となった。

仁徳天皇
——皇統譜

一 仁徳天皇から推古天皇までの十八代を十九天皇と数えているのは、飯豊《いいとよ》王を天皇に数えたものか（二五五頁注一七参照）。
二 第一六代仁徳天皇。宇遅能和紀郎子《うじのわきいらつこ》の早逝《そうせい》により大雀命が争うことなく即位する形をとる（一九七頁）。有徳の天皇のための伏線。系譜は武烈《ぶれつ》天皇まで続く。
三 大阪市東区法円坂町付近。高津は台地の船着き場。
四 建内宿禰《たけうちのすくね》の子（一二九頁参照）。
五 天皇の正妻。臣下の女子立后の最初。
六 後の履中《りちゅう》天皇。二一九～二四頁参照。
七 二二〇頁に反逆記事がある。
八 後の反正《はんぜい》天皇。二二五頁参照。
九 後の允恭《いんぎょう》天皇。二二五～七頁参照。
一〇 一八九～九一頁に、応神《おうじん》天皇が大雀命に髪長比売《かみながひめ》を与えた話があった。それをさす。

せて《合計して》六はしらの王《みこ》ぞ（男王《ひとみこ》五柱、女王《ひめみこ》一柱）。かれ《このうち》、伊耶本和気の命は《履中帝は》、天の下治めたまひき。次に蝮之水歯別の命も《反正帝も》、天の下治めたまひき。次に男浅津間若子の宿禰の命も《允恭帝も》、天の下治めたまひき。

この天皇の《仁徳帝の》御世《みよ》に、大后石之日売《おほきさきいはのひめ》の命の御名代《みなしろ》[15]として、葛城部《かづらきべ》[16]を定め、また太子《ひつぎのみこ》《履中帝》伊耶本和気の命の御名代として、壬生部《みぶべ》[17]を定め、また、水歯別の命の《反正帝の》御名代として、蝮部《たぢひべ》[18]を定め、また、大日下の王の御名代として、大日下部《おほくさかべ》を定め、若日下部《わかくさかべ》の王の御名代として、若日下部を定めたまひき。また、秦人《はだひと》[19]を役《えた》して茨田《まむた》[20]の堤《つつみ》また茨田の三宅《みやけ》を作り、また、丸邇《わに》[21]の池・依網《よさみ》[22]の池を作り、また、難波の[23]堀江《ほりえ》を掘りて《運河を掘って》海に通《とほ》し、また、小椅《をばし》[24]の江《え》を掘り、また、墨《すみ》[25]の江《え》の津を定めたまひき。

ここに《さて》、天皇《仁徳帝が》、高き山[26]に登りて、四方《よも》の国を見て詔《の》らししく《仰せられたのには》、「国中《くぬち》に烟発《けぶりた》たず《立たない》。国みな貧窮《まづ》し《貧乏だ》。かれ《だから》、今より三年に至るまで《今から三年の間》に、ことごと《すべて》人民《おほみたから》[27]の課役《えつき》を除《ゆる》せ《免除せよ》」

一一 安康《あんこう》天皇の段に、大日下王《おおくさかのおおきみ》の名のほうで登場するが、安康天皇に殺される（二三三頁参照）。
一二 雄略《ゆうりゃく》天皇に求婚される（二三三頁参照）。
一三 応神天皇と矢河枝比売《やがわえひめ》との間の皇女（一八四頁）。皇后石之日売《いわのひめ》の嫉妬の対象（二〇八～一四頁参照）。
一四 応神天皇と矢河枝比売の妹の袁那弁郎女《おなべのいらつめ》との間の皇女（一八四頁参照）。

御名代の設置

一五 天皇・皇后・皇子女の名を後世に伝えるため、その名や居所に因《ちな》んで設けた部曲《かきべ》。
一六 皇后の出生地「葛城《かつらぎ》」に因む部曲（私有民）名。
一七 太子の産湯《うぶゆ》に奉仕し養育にあずかる部曲名。
一八 水歯別《みずはわけ》命の名「蝮《たぢひ》」に因む部曲名。
一九 応神天皇の段に、その祖の渡来記事があった（一九二頁参照）。その帰化《きか》秦人《しんじん》を公務に徴用して池堤を造らせた。大陸伝来の技術をもっていたからである。
二〇 大阪府寝屋川《ねやがわ》市付近。「三宅」は「屯倉《みやけ》」に同じ。
二一 奈良市池田町の和珥《わに》池とも、大阪府富田林《とんだばやし》市喜志《きし》にあった池ともいう。後者であろう。
二二 一四〇頁注一〇参照。
二三 今の天満川筋か。上町台地の北側を開鑿《かいさく》した。
二四 大阪市天王寺区小橋《おばせ》町付近。低地であった。
二五 大阪市住吉区の住吉《すみよし》神社付近に設けた港。当時の海岸線の要地。

聖帝の御世

二六 天皇が山に登るのは豊饒予祝《ほうじょうよしゅく》の国見《くにみ》をするため。
二七 「人民」は「大御宝」。「課」は夫役《ぶやく》、「役」は調《ちょう》（産物貢納の税）・庸《よう》（夫役の代りの物納）。律令用語。

ここをもちて《このために》、大殿《皇居が》破れ壊《こほ》れて、ことごと《すっかり》雨漏《も》れども、かつて[一]《全く》脩《つ》理《く》ろひたまはず《修理をなさらない》、椷《はこ》[二]《器で》もちてその漏る雨を受けて、漏らざる処に遷《うつ》り避《さ》りましき《雨を避けられた》。後《のち》に国中《くぬち》を見たまへば《国の中をご覧になると》、国に烟《炊煙が》満《み》てり。かれ、人民《人民が》富《と》めりとして《豊かになったと》、今はと[三]課役《えつき》を科《おほ》せたまひき《お課しになった》。ここをもちて《こういう次第で》、百姓《おほみたから》[四]栄えて、役使《えたち》に苦しびざりき《苦しむことはなかった》。かれ《それで》、その御世《みよ》を称《たた》へて《讃えて》、聖《ひじり》[五]の帝《みかど》の世《みよ》とまをす。

その大后《おほきさき》、石之日売《いはのひめ》の命《みこと》、いたく《ひどく》嫉妬《うはなりねたみ》したまひき《嫉妬をなさった》。かれ《それで》、天皇《すめらみこと》の使はせる《お使いになる》妾《みめ》は、宮の中《うち》をえ臨まず《窺い見もできず》、言立《ことだ》[六]てば、足もあがかに《じだんだふむばかり》嫉《ねた》みたまひき。しかして《ところで》、天皇《仁徳帝は》、吉備《きび》の海部《あまべ》[七]の直《あたひ》が女《むすめ》、名は黒日売《くろひめ》、その容姿《かたち》端正《うるは》しと聞《き》こしめして《お聞きになって》、喚《め》上《さ》げて使ひたまひき《召し上げてお使いになった》。しかるに《しかし》、その大后の嫉みたまふを《例の皇后が嫉妬なされるのを》畏《かし》みて《恐れ》、本《もと》つ国《故郷の吉備に》に逃げ下《くだ》りき。天皇《仁徳帝は》、高殿《たかどの》[八]に坐《いま》して、その黒日売の船出で海に浮べる《難波の海に》を望《み》み瞻《遙かに見て》て、歌ひたまひしく《「帝が」歌われたのには》、

沖へには《沖のあたりには》　小船《をぶね》[九]連《つ》らく《連なっているよ》

一　原文「都勿」とある。「都不」（九七頁注一四参照）に同じく、「全然…ない」の意。
二　雨水を受ける器。「椷」は木箱の意で、金属の器ではなく貧弱な木の箱であることを表すための用字。
三　もう課税してもよかろうと、の意。
四　「人民」の変字法による表現。
五　有徳《うとく》の天子の治政下にある御代。「ひじり」は元来「日知り」で、古代農耕生活上の自然暦を知る人で指導者であった。それが儒教思想により、仁政を行う聖帝をさす語となったもの。仁徳天皇が聖帝と讃《たた》えられるのは、治水・農耕などの功績に止まらず、人民の税金免除という仁政による
ものとされる。

——黒日売と皇后の嫉妬

＊　この条から、突如石之日売《いわのひめ》皇后の激しい嫉妬《やきもち》物語に一変する。むろん大国主神と須勢理毘売《すせりびめ》命における嫉妬物語の前例（六九頁参照）はあったが、この皇后の嫉妬は妥協を許さない激しいものだった。しかし人臣立后の初代として、正妻の地位を得た石之日売の抵抗にも自ら限度があった。天皇の愛情問題といっても、黒日売との場合は吉備《きび》国の服従を表す儀礼の延長線上にあり、高貴の出の八田皇女《やたのひめみこ》との間の交渉も、また、聖婚儀礼譚《たん》の片鱗《へんりん》を示す。「天皇」たる者は、豊饒の予祝として幾多の女性と関係をもつのである。「有徳の天皇」であればあるほど、この種の行為が多い。
六　侍女が天皇に何か特別のことを言ったりすると。

一〇　くろざやの　まさづこ我妹《わぎも》　国へ《故郷へ》下《くだ》らす《下られる》

かれ《すると》、大后《石之日売命は》、この御歌を聞きて、いたく《たいそう》忿《いか》りたまひて、人を大浦に《難波の大浦に》遣はして、〔黒日売を船から〕追ひ下《おろ》して、〔陸路を〕歩《かち》より《徒歩で》追ひ去《や》りたまひき《追い返された》。ここに《そこで》、天皇《仁徳帝は》、その黒日売に恋ひたまひて《恋しく思われて》、大后を欺《あざむ》きて曰《の》らししく、

「淡道嶋《あはぢしま》を見むとおもふ《見たいと思う》」

とのらして、幸行《いでま》しし時に、淡道嶋に坐《いま》して《おられて》、はろはろに《遙かに》望《みさ》けて《眺望して》、歌ひたまひしく《歌われたのには》、

[一一]おしてるや　難波《なには》の崎よ《難波の岬から》
[一二]出で立ちて　わが国見れば《わが国の国見をすれば》
[一三]淡島《あはしま》　[一四]自凝島《おのごろしま》　[一五]檳榔《あぢまさ》の島も見ゆ
[一六]さけつ島見ゆ《離れ島が見える》

すなはち《そのまま》、〔帝は〕その嶋より伝《つた》ひて《淡路島から島伝いに》、吉備の国に幸行しき《おいでになった》。しかして《そうすると》、黒日売、その国《吉備国の》の[一七]山方《やまがた》の地《ところ》に大坐《おほま》さしめて《天皇をお連れし》、大御飯《おほみけ》献りき。ここに《さて》、

七　吉備児島（岡山県の児島半島）周辺の海人《あま》の部民の首長の女《むすめ》。岡山県総社《そうじゃ》市近郊に、黒姫塚（横穴式古墳）というのがある。
八　国見《くにみ》のできる高い建物。
九　「小《を》」は親愛を表す接頭語。「連《つ》らく」は「列《つら》る」のク語法で、体言止《ど》め詠嘆の表現。
一〇　「黒鞘の」で、鞘の間の「ま」を「まさづこ」（「真《ま》幸子《さつこ》」の意か。「我妹《わぎも》」と同格）に懸ける枕詞か。
＊　この歌は「下らす」と、黒日売に対する敬語がある。もと吉備の海部直《あまべのあたい》の側の物語歌であった。
一一　「（日が）強く大阪湾に押し照る」意で「難波」に懸る枕詞。「難波の崎よ」は「見れば」に係る。
一二　「出で立ちて…見れば」は国見歌や山見歌の慣用句。ここでは皇居を出て難波の岬に立って、の意。
一三　二九頁一三行目参照。
一四　二八頁注一参照。
一五　檳榔樹《びんろうじゅ》（一五一頁注二六参照）の生えている島。
一六　「放《さけ》つ島」の意。「さけつ島も見ゆ」ではなく、一つぽつんと離れている島が見える、という表現で黒日売の住む地を暗示する。
＊　本来は天皇国見の国讃《くにぼ》めの独立歌謡。神話の島々を詠《よ》み込み、国見の地も難波の岬である点、「八《や》十島祭《そしまのまつり》」（天皇即位の後、難波津で生島《いくしま》・足島《たるしま》神など海と島の神々を祭り、国の安泰発展を祈る一代の大典）に関係のある歌であったろう。
一七　山畑。「山上田《やまあがた》」の約。

一 天皇の食される羹《あつもの》。「羹」は熱い汁の物で、吸物《すいもの》。
二 青菜。「菘」は「たかな」。首長の国見と春菜摘みは農村の民間習俗で、一連の行事であった。
三 黒日売《くろひめ》をさす。しかし、本来は吉備地方での野遊びにおける若者と娘とを主題とした独立歌であった。
四 黒日売に「御歌」と敬語をつけているのは、この歌が吉備の海部直《あまべのあたひ》の側の伝承によるためで、前頁一行目の「国へ下《くだ》らす」の敬語も同じ。
五 「へ」は、ここでは「方向」の意を表す。
六 西風が東の大和《やまと》の方に吹き上げると雲も東の方へ離れてゆく、このように天皇の心が私から離れる、という意味で、上三句は「退《そ》き」への序。
＊ 「倭方に西風」の歌は、逸文『丹後風土記《たんごふどき》』に、浦嶼子《うらしまこ》と別れる龍宮の神女の歌とある。もと、港の遊女が風と雲に託して客との離別の恋情を歌った独立歌謡。
七 いったいどなたの夫なのでしょうか、の意。
八 「隠《こも》り処《つ》」で、人目につかぬ所の意。「下《した》」に懸る枕詞。「下よ延へつつ」は、こっそり心を通わせて、の意。ここでは、大和へ帰る（実際は難波なのに大和と表現したのは七〇頁注七と同じく大和中心的思考がある）天皇を、皇后の嫉妬を憚《はばか》ってというのは口実で、実はひそかに心を通わせて、と難じたのである。
＊ 天皇と黒日売の物語は、国見における一連の行為としての求婚物語型となっているので、石之日売

一大御羹《おほみあつもの》を煮《に》むとして（煮ようとして）、そこの（山畑の）菘菜《あをな》二を採《つ》む時に、天皇（仁徳帝が）その嬢子《をとめ》の菘《あをな》を採める処に到りまして（いらっしゃって）、歌ひたまひしく、

三山がたに（山畑に）　蒔《ま》ける菘菜も（青菜でさえも）
吉備人《きびひと》と　共にし摘《つ》めば（一緒に摘むと）　楽しくもあるか（実に楽しいことだよ）

天皇《すめらみこと》、上《のぼ》り幸《いでま》す時に、黒日売《くろひめ》御歌四を献りて曰《い》ひしく、

五倭方《やまとへ》に　西風《にし》吹き上げて
六雲離《くもばな》れ　退《そ》き居りとも（遠のいていても）　われ忘れめや（私は大君を忘れません）

また、歌ひしく、（〔黒日売が〕歌ったのには）

倭方に　往くは（大和のほうへ行くのは）　七誰《た》が夫《つま》
八こもりづの　下《した》よ延《は》へつつ　往くは誰が夫（行くのは誰の夫なのでしょう）

——八田皇女と皇后の嫉妬

これより後時《のち》に（この事件の）、大后、（皇后が）九豊《とよ》の楽《あかり》したまはむとして（新嘗祭の酒宴をなさろうと）、一〇御綱柏《みつながしは》を採《と》りに木の国に幸行しし間《あひだ》に（紀伊国へいらっしゃった）、天皇、八田《やた》の若郎女《わきいらつめ》に婚《あ》ひたまひき（結婚なされた）。ここに、大后《おほきさき》、御綱柏を御船に積盈《つ》みて一一還《かへ》り幸《いでま》す時に、一二水取《もひとり》の司《つかさ》に駈《つ》使《か》はゆる吉備の国の児嶋《こしま》の仕丁《よほろ》一三、これおのが国に（この男が自分の郷里に）退《まか》るに、難波《なには》の大《おほ》一四

皇后の嫉妬は露《あら》わではない。しかし本条からは皇后の嫉妬を主題にして劇的に構成され、天皇と八《や》田皇女《たのひめみこ》との物語を添えて一層効果的にしている。

九　一八九頁注一五参照。「豊楽」は仏典語。

一〇　葉の先が尖《とが》り三岐《みつまた》に分れた五加《うこぎ》科の常緑小高木の隠蓑《かくれみの》の葉という。幾枚かを器《うつわ》形に串で刺し酒を盛る。

一一　「積盈」の二字は、満載したことを示す。

一二　宮中の飲料水を掌《つかさど》る役所。

一三　脚力を使う人足《にんそく》。「膕《よほろ》」（膝頭の裏のくぼみ）。

一四　大きな渡し場。皇后の御船に乗り遅れた、の意。

一五　後宮の役所の一つで蔵司《くらのつかさ》に使われる女か。

一六　皇后の「遊び」は、新嘗祭（天皇の毎年の行為の中の最大かつ重要なもの）の神酒《みき》を盛る御綱柏《みつながしわ》を採る神事行為の旅である。「静かに」にはその意もこめる。

一七　この行為は、結果的には新嘗祭を否定したことになる。本来ならば、重大な不敬で、これも皇后の恨みと怒りの激しさゆえである。

一八　「御津」は官船の発着場で、その岬。今の大阪市南区三津寺《みつてら》町がその遺称地という。

一九　難波の堀江。二〇五頁注二三参照。

二〇　「山城」に懸る枕詞。「つぎね」は「継根」で、山の背《うしろ》斜面に生える、水木《みずき》科の植物「はないかだ」。

二一　木津《きづ》川。京都府相楽《そうらく》郡木津町付近から下流。

二二　烏草樹《さしぶ》よ、の意。躑躅《つつじ》科の常緑灌木。牧野植物図鑑では「しゃしゃんぼ（南燭）」の名を掲げる。

二三　「し」は指示（烏草樹をさす）代名詞。

渡《わたり》に後《おく》れたる[一五]倉人女《くらひとめ》の船に遇《あ》ひき。すなはち、語りて《〔仕丁が倉人女に〕》云《い》ひしく、

「天皇は、比日《このごろ》八田《やた》の若郎女《わきいらつめ》に婚ひたまひて、昼夜戯《ひるよるたはぶ》れ遊びますを、もし大后は、この事聞こしめさねかも《お聞き及びでないからか》静かに《のんびり》[一六]遊び幸行《いでま》す」

しかして《すると》、その倉人女、この語る《仕丁が話す》言《こと》を聞くすなはち《聞くとすぐさま》、御船に《皇后のお船に》追ひ近づきて白《まを》せる状《かたち》、つぶさに《細部まで》仕丁の言のごとし。ここに《そこで》、大后いたく《たいそう》恨《うら》み怒りたまひて《帝を恨みお怒りになって》、その御船に載《の》せたる御綱柏は、ことごと《すっかり》に海に[一七]投げ棄《う》てたまひき《棄てられた》。かれ《それで》、そこを《その地を》号《なづ》けて、[一八]御津《みつ》の前《さき》といふ。すなはち《そして》、〔皇后は〕宮に入りまさずて《高津宮にお戻りにならずに》、その御船を引き避《よ》きて《御船を綱で引き〔皇居を〕さけて》、[一九]堀江に泝《さかのぼ》り、河のまにまに《淀川の河筋に従い》山代《やましろ》に上り幸しき。この時に歌ひたまひしく《〔皇后が〕お歌いになったのには》、

[二〇]つぎねふや　[二一]山代河《やましろがは》を
河上《のぼ》り　わが上れば《私が遡ってゆくと》
河の傍《へ》に《側に》　生ひ立《だ》てる《立っている》
[二二]さしぶを《烏草樹よ》　さしぶの木《烏草樹の木》
[二三]しが下に《その下に》　生ひ立てる

一葉広《はびろ》　ゆつまつばき
（神聖な椿）
二しが花の　照りいまし
（照り輝いておられ）
しが葉の　広りいますは　大君ろかも
（その葉の様に　広大でおられるのは　わが大君ですこと）
すなはち、山代より廻《めぐ》りて、三那良《なら》の山の口に到りまして、歌ひたまひしく、
（そのまま　山城を　巡って　奈良山の入口に到着なされて　〔皇后が〕）

つぎねふや　山代河を
（木津川を）
四宮上《のぼ》り　わが上れば
（私が遡ってゆくと）
五あをによし　那良を過ぎ
（奈良を過ぎ）
六をだて　大和《やまと》を過ぎ
わが見がほし国は
（私が見たいと思う国は）
七葛城《かづらき》　高宮《たかみや》　我家《わぎへ》のあたり
（私の家のあたりです）

かく歌ひて、還りまして暫《しま》し八筒木《つつき》の九韓人《からひと》、名は奴理能美《ぬりのみ》が家に入りましき。
（〔山城に〕戻られて　お入りになった）
天皇、その大后山代より上《のぼ》り幸《いでま》しぬと聞こしめして、舎人《とねり》名は一〇鳥《とり》
（仁徳帝は　石之日売皇后が山城から　遡り行かれたとお聞きになって）

一　葉の広い神聖な椿、の意。「ま」は美称。椿は常緑樹で、生命力の強さから呪《じゅ》的植物の代表の一つであった。二五二頁にも同じ表現がある。
二　椿の花が照り輝く様に、その葉が広がっている様に、天皇が照り輝き、心が広大でいらっしゃる、の意。
＊この歌で、烏草樹《さしぶ》の下に椿が生えているとあるが椿のほうが高木である点が疑問視されてきた。しかし、この歌を、あえて事実を倒置して表現した虚構とみる。つまり、神聖な椿―天皇を卑小《ひしょう》化してみせたのである。その理解に立つと「照りいまし」も「広《ひろ》りいます」も、嫉妬心の言わせた強烈な皮肉となろう。自分以外の女性に対してだけは「堂々としていて寛容な」天皇への「讃歌」である。型どおりの天皇讃歌の、パロディー。
三　大和《やまと》側の山の口で、奈良市北西歌姫越《うたひめごえ》の入り口。
四　高津宮を素通りして川を遡《さかのぼ》り、の意。
五　奈良に懸る枕詞。奈良山から青土《あおに》（岩緑青《いわろくしょう》で絵画用）を産したから。「よし」は「良し」。
六　大和（天理市新泉《にずみ》町の大和《おやまと》神社付近）に懸る枕詞。「小楯《をだて》」の縁からの「や（矢）まと（的）」か。
七　今の奈良県御所《ごせ》市森脇、宮戸付近。「高宮」は地名で、葛城《かずらき》氏の本拠。石之日売《いわのひめ》皇后は葛城氏出身。
＊独立歌としては、道行《みちゆき》形式の望郷歌だが、本文歌としては、高津宮を素通りして皇后の故郷を望見するのだから、天皇への妥協拒否の気持である。

——皇后へ和解の遣使

山《やま》といふ人を使はして、〔皇后に〕御歌を送りたまひて曰《の》りたまひしく、

山代[一一]に　い及《し》け　鳥山《鳥山よ》　い及け《追いつけ》　い及け《追いつけ》
あが愛《は》し妻《づま》に　い及き遇はむかも《追いついて会ってくれよ》

また、続《つ》ぎて丸邇《わに》[一二]の臣口子《おみくちこ》を遣はして、〔天皇が〕歌ひたまひしく、

[一三]みもろの　その高城《たかき》[一四]なる　大韋古《おほゐこ》が原《はら》
大猪子《おほゐこ》が　腹《はら》にある
[一五]きもむかふ　心をだにか《せめて心だけでも》　相思はずあらむ《私を思ってくれないだろうか》

また、〔天皇が〕歌ひたまひしく、

つぎねふ　山代女《やましろめ》の
[一六]木鍬《こくは》持ち　打ちし大根《おほね》《木の鍬で耕作した》
[一七]根白《ねじろ》の　白《しろ》ただむき《白いそなたの腕を》
[一八]まかずけばこそ《枕にしなかったのなら》　知らずとも言はめ《知らぬ存ぜぬもよかろうが》

かれ、この口子の臣、この御歌を〔皇后に〕白す時に、いたく雨ふりき《たいそう雨が降った》。しかして、〔口子臣は〕その雨を避《さ》らず《厭わず》前《まへ》つ殿戸《とのと》に参伏《まゐふ》せば、〔后は〕違《たが》ひて後《しり》つ戸に出《裏の戸に出》

八　京都府綴喜《つづき》郡田辺《たなべ》町付近。「箇《つつ》」は「筒《つつ》」に通用。
九　百済《くだら》の帰化人に「努理使主《ぬりのおみ》」の名が見える（『新《しん》撰姓氏録《せんしょうじろく》』左京諸蕃《しょばん》の調連《つきのむらじ》の条）。
＊　皇后の逃避行は、正妻である以上、天皇に打撃を与えたはずだが、天皇は度《たび》重ねて使者を派遣し、皇后の愛情を確かめる、という逆手で強弁する。
一〇　この名は、使者としての鳥の意を含めたもの。
一一　山城で皇后に追いつけ、鳥山よ、の意。この歌の内容は、天皇が鳥山に与えた歌だが、一行目に皇后に「送」ったとある。天皇の性急さを暗示する。
一二　木津川の支配氏族。「口」は使者として口上を伝えることに因《ちな》んだ名。次頁四行目の「口日売《くちひめ》」も同じ。
一三　奈良県御所市三室の山をさす。
一四　高地にある一区画。猪《いのしし》の狩場で名は大韋古《おおいこ》が原《はら》。以下尻取《しりとり》式に、原・腹・肝・心と続く。「大猪子」（「子」は愛称）に、皇后の怒り狂った姿を暗示する。
一五　「心」に懸る枕詞。心は肝《きも》（内臓）に宿り、肝は向い合っていると考えられた。ここまで「心」の序。
一六　鍬先が木製のもの。それで耕《たがや》し作った大根《だいこん》。「打つ」は田畑を打つ意で、大根を掘り起す意ではない。
一七　大根の根の色から「白」を導く序。
一八　「まかずけ」の「け」は過去の助動詞「き」の未然形。私が皇后の腕を枕にしなかったというのなら、の意で、事実は共寝をしてきたのだから赤の他人のような態度を取るのは何事ぞ、との非難の歌。ただし、もとは山城女との共寝が主題の民謡であった。

でまし《られ》、後つ殿戸《〔口子臣が〕》に参伏せば《平伏すると》、違ひて前つ戸に出でましき《〔皇后は〕行き違いに表の戸に出られた》。しかして《〔口子臣が〕》、匍匐《は》[一]ひ進み《這い進み》赴《おもぶ》きて《来て》、庭中《にはなか》に跪《ひざまづ》きし時に、水潦《にはたづみ》[二]腰に至りき《腰まで浸った》。その口子臣《口子臣は》、紅《あか》[三]き紐《ひも》著けし青摺《あをず》りの衣《きぬ》を服《き》たり。かれ《それで》、水潦、紅き紐に払《ふ》れて《触れて》、青みな紅き色に変《な》りき《衣の青が全部赤色に変った》。しかして《ところで》、口子《くちこ》の臣《おみ》が妹《いも》、口日売《くちひめ》、大后《おほきさき》に仕へまつれり《お仕えしていた》。かれ、この口比売が歌ひしく《〔兄の様子を見かねて〕》、

山代の　筒木《つつき》の宮[四]に
物[五]申《まを》す　あ[六]が兄《せ》の君は　涙《なみた》ぐましも《涙が出そうですよ》

しかして《この歌を聞いて》、大后《皇后が》、そのゆゑを問ひたまひし時に《そのわけをお尋ねになった時に》、答へ白ししく《〔口比売が〕》、

「あが兄《私の兄の》、口子の臣ぞ《口子臣でございます》」

ここに《ところで》、口子の臣、またその妹口比売《くちひめ》、また奴理能美《ぬりのみ》、三人《みたり》議《はか》りて《相談して》、天皇に《仁徳帝に》奏《まを》さしめて《奏上させて》云《い》ひしく《言ったのには》、

「大后の幸行《いでま》ししゆゑは《理由は》、奴理能美が養《か》[七]へる虫《飼う虫で》、一度《ひとたび》は匍《は》ふ虫に《幼虫に》なり《なり》、一度は殼《かひご》[八]になり《繭になり》、一度は蜚鳥《とぶとり》[九]になりて《蛾になって》、三色《みくさ》に変る奇《あや》しき虫あり《珍しい虫がいます》。この虫を看行《みそこな》はして入りませるにこそ《ご覧になりにお出でになっただけです》。さらに《決して》異《け》[一〇]しき心《反逆心は》

* 二度目の使者丸邇臣口子《わにのおみくちこ》に対する皇后は頑《かたくな》なまでに拒絶の態度を貫く。対する口子の使命観も死を厭わぬものであった。豪雨を避けず、皇后の御殿の表戸で平伏し天皇の御製を申し上げようとすると皇后は裏口に回る。口子が裏口に回れば皇后は表口に出て全然会いもなされない。

一 ひたすら恭敬の誠を示そうとしているのが分る。

二 庭などに溢《あふ》れ流れて溜《たま》った雨水。

三 雨水に浸《ひた》された赤い胸紐が、山藍《やまあい》などを摺りつけた官人の青い正装を、真赤に変色させた。それほど忠実に執念をこめて皇后の謁見《えつけん》を待った。

四 皇后がいるので、「宮」（「御屋《みや》」の義）と表現したもので、山城の綴喜《つつき》の奴理能美《ぬりのみ》の家である。

五 皇后にものを申し上げる、の意。

六 私の兄の君については、の意で、「は」は提題の係助詞。妹が兄に対して「君」と敬語を用いているのには、天皇の使者という意識がある。

——皇后訪問のため綴喜に行幸

* 使者では埒《らち》があかない。そこで奴理能美ら三人が一計を案じ、ごく自然な形で天皇と皇后との和解を図ろうとする。その計略に乗せられることを承知で、天皇は綴喜にいる皇后の許《もと》へ行幸する。

七 「養《か》へる虫」は下文によって「蚕」であることが分る。「蚕」は単に「こ」というが、飼うので「かひこ」ともいう。幼虫から繭《まゆ》（蛹《さなぎ》）に、そして蛾《が》になると

いう生態をもつ。当時帰化人が将来し、珍しかった。
八 繭。「殻《かひご》」は卵のから、の意で形の類似による。
九 「蜚」は「飛」の古字。蛾《が》を鳥と表現した例については、七四頁注二参照。
一〇 皇后の逃避行の理由を蚕の見学旅行ということにすれば、嫉妬のための行動ではなくなるからである。
一一 理由がそういうことであるならば。いかなる場合も、天皇は正《せい》であるべきなので、皇后のほうに当りさわりのない負《ふ》の理由（注一〇）を設定した。
一二 大根《だいこん》の白の爽《さわ》やかさの「さわ」から次句の「騒々《さわさわ》に」を導く序。「爽」の仮名遣いは「さわ」か「さは」か疑問だが、一二二頁注四をも比べ考えると「さわ」であったと認められる。次の「言へせ」は「言はせ」の音転。「せ」は尊敬。ここでも、皇后が何だ彼《か》だと言われるからやって来てあげたのだよ、と皇后のせいにして体面をつくろったわけで、述作者はこれで一応の和解の成立をにおわす。なお二一七頁＊印参照。
一三 多くの桑の枝の繁茂するように、大ぜい引連れての意。養蚕と関係する表現。もと独立歌で民謡。
一四 宮廷の楽府《おおうたどころ》（音楽の役所）での歌曲名。「下《し》つ歌」で、調子を下げて歌う歌い方。「歌ひ返し」は調子を変えて歌い直す歌い方。
一五 応神天皇皇女。仁徳天皇の異母妹。二〇五頁注一三参照。
一六 八田皇女《やたのひめみこ》の「八田」で、今の大和郡山市《やまとこおりやま》矢田町。
一七 菅《すげ》の野原の中の一本の菅。「菅」は莎草《かやつりぐさ》科の草。

――天皇の八田皇女への愛

なし《お持ちでありません》」

かく《こう》奏《まを》す時に、天皇《仁徳帝が》の詔《の》らししく《仰せられたのには》、

「一一しからば《それなら》、あ《私も》も奇異《あや》しと思へば《珍しいと思うので》、見に行かな《見に行こう》」

大宮より上り幸行して《〔帝が〕皇居から川を遡り》、奴理能美が家に入《い》りましし時に《お入りになった時》、その奴理能美、おのが養へる《自分が飼っている》三種《みくさ》の虫を、大后に《皇后に》献《たてまつ》りき。しかして《そこで》、天皇《すめらみこと》、その大后の坐《いま》せる殿戸に《御殿の戸口に》御立《みた》たしまして《お立ちになって》、歌ひたまひしく《歌われたのには》、

つぎねふ　山代女《やましろめ》の
木鍬《こくは》持ち《木の鍬で》　打ちし《耕作した》一二大根《おほね》
さわさわに《騒がしく》　なが言へせこそ《お前が言われたからこそ》
うちわたす《一面に見渡される》　一三八桑枝《やがはえ》なす　来入《きい》り参来《まゐく》れ

この天皇と大后と《仁徳帝と皇后とが》歌ひたまへる《お歌いになった》六《む》つの歌は《六首の歌は》、一四しつ歌の歌ひ返しぞ。その天皇《仁徳帝は》、一五八田《やた》の若郎女《わきいらつめ》に恋ひたまひて《恋慕なさって》、御歌を賜ひ遣はしき《御歌を八田皇女に賜い遣わされた》。その歌に曰《い》ひしく、

一六八田の　一七一本菅《ひともとすげ》は

子[一]持たず　立ちか荒れなむ《立ち枯れてしまうのだろうか》
あたら[二]菅原《すがはら》
言《こと》[三]をこそ《言葉の上で》　菅原《すげはら》と言はめ《言いもしようが》
あたら《惜しい》清《すが》し女《め》

しかして《そこで》、八田《やた》の若郎女《わきいらつめ》、答へて歌ひしく、

八田の　一本菅《ひともとすげ》は　一人居りとも《独り身でおりましょうとも》
大君し《大君さえ》　良しと聞こさば《それでよいと仰せなら》　一人居りとも

かれ《それで》、八田の若郎女の御名代《みなしろ》[四]として、八田部《やたべ》を定めたまひき《お定めになった》。また、天皇《仁徳帝は》、その弟《おと》、速総別《はやぶさわけ》[五]の王《おほきみ》をもちて、媒《なかびと》として《仲人とし》、庶妹《ままいも》[六]女《め》鳥《どり》の王を乞ひたまひき《妻にお望みになった》。しかして《すると》、女鳥の王、速総別の王に語りて曰《い》ひしく、

「大后《皇后が》の強《おす》きによりて《強情なので》、八田の若郎女を治めたまはず《八田皇女を后にお迎えになっていない有様です》。かれ、仕へまつらじと思ふ《〔私も〕お仕え致すまいと思います》。あは《私は》、いまし命《あなた様の》の妻《め》にならむ《妻になりましょう》」

といひて、すなはち《そのまま》相婚《あ》ひき《結婚した》。ここをもちて《このため》、速総別の王、復[七]奏《かへりことまを》

一 「子」は菅《すげ》の子で、根から生える蘖《ひこばえ》（孫生《ひこば》え）。
二 惜しい菅原《すがはら》だよ、の意。つまり孫生えのない一本の菅がまじっていて、それが立ちすがれになるとすれば、それを含む菅原全体が惜しい、もったいない気持がするのである。一をもって全をいう表現は「紫の一《ひと》本《もと》ゆゑに武蔵野の草はみながらあはれとぞみる」（『古今集』巻十七、八六七）に同じ。
三 「言葉では…と言うが、本当は…だ」を表す。「菅原《すげはら》」と言い変えたのは「一本菅《ひともとすげ》」を承《う》けて「その一本の菅の生えている原」と言ったもの。そしてその一本菅は清らかで爽《さわ》やかだ、と八田皇女《やたのひめみこ》の美を譬《たと》える。
＊ 天皇と皇女との贈答歌は、本来歌垣《うたがき》での掛合いの歌で、「あたら清し女」はつんとすました美女に対して婚期を失するぞと揶揄《やゆ》し誘ったのに対し、「大君（殿御《とのご》）さえよいと仰せなら独り身であろうと余計なお世話よ」とはねつけた歌であった。それが本文歌では天皇が皇女を愛惜し、皇女の天皇への純愛歌として採用されているのである。皇女の歌は旋頭歌《せどうか》型式（五七七・五七七）で、第三・六句に反復を示し、古態である。

——女鳥王と速総別王の反逆

四 二〇五頁注一五参照。
五 応神天皇と糸井比売《いといひめ》との間の皇子（一八四頁一〇〜一一行目参照）。「隼《はやぶさ》」と、鳥の名をもつ。
六 八田皇女の妹（一八四頁六〜七行目参照）。女鳥（雌・妻鳥）と、これも鳥に因《ちな》む名。

さざりき。しかして《それで》、天皇《仁徳帝は》、女鳥の王の坐《いま》すところに《おられる所に》直《ただ》[八]に幸《いでま》して、その《女鳥王の》殿戸の閾《しきみ》[九]の上《へ》に坐しき《あたりにおられた》。ここに《その時》、女鳥の王、機《はた》[一〇]に坐して《腰を掛けて》服織《はたお》[一一]らしき。しかして《そこで》、天皇《すめらみこと》の歌ひたまひしく《お歌いになったのには》、

女鳥の　わが王《おほきみ》[一二]の　織《お》[一三]ろす服《はた》
誰《た》[一四]が料《たね》ろかも《生地なのか》

女鳥の王、答へて歌ひしく、

高行《たかゆ》[一五]くや　速総別の　御襲料《みおすひがね》[一六]

かれ《ここで》、天皇《仁徳帝は》、その情《こころ》[一七]を知らして《察しられて》、宮に《宮中に》還り入《い》りましき。この時に、その夫《を》、速総別の王到来《き》ませる時に、その妻《め》女鳥の王の歌ひしく、

雲雀《ひばり》[一八]は　天《あめ》に翔《かけ》る
高行[一九]くや　速総別《速総別王よ》　鷦鷯《さざき》取らさね《取り殺して下さい》

天皇《仁徳帝は》、この歌を聞かして《お聞きになり》、すなはち《ただちに》軍《いくさ》を興《おこ》し、殺さむとしたまひ《〔二人を〕殺そうとなされた》き。しかして《そこで》、速総別の王・女鳥の王、共に《一緒に》逃げ退《そ》きて《退いて》、倉椅山《くらはしやま》[二〇]に騰《のぼ》りき《登った》。ここに《その時》、速総別の王の歌ひしく、

七 仁徳天皇から命ぜられた仲人としての復命をしなかった。速総別王が、女鳥王と結婚してしまって復命できない事情を、天皇はご存じなかった。
八 仲人を介さず直接に、の意。
九 敷居。家の出入口の戸をすべらせる横木。
一〇 布を織る機械。恋人を待つ女の姿態を暗示。
一一 織っていらっしゃった。「し」は尊敬。
一二 「わが」は所有・親近を表す。仁徳天皇が、女鳥王をすでに自分のものとして思い込んでいる気持。
一三 「織らす」の転。オの母音同化で「ろ」となった。
一四 誰の着物の材料なのか、の意。「料《たね》」は「種」が原義。「ろ」は接尾語「ら」の転。
一五 「速総（隼《はやぶさ》）」に懸る枕詞。空高く飛ぶ、の意。
一六 「襲《おすひ》」は、六七頁注九参照。「がね」は「が根《ね》」の義で、「…のためのもの」の意となった。
＊ 女鳥王の歌は片歌《かたうた》型式（五七七）で、答歌となっているから、仁徳天皇の問歌も片歌型式の変形とみられる。御製の、「わが」と自信に満ちた期待は、女鳥王の端的な答歌で厳しく否定される。
一七 女鳥王の心中を、の意。
一八 この二句は第三句「高行くや」を導く序。
一九 ここの「高行くや速総別」は、空高く飛んで獲物を狙うという隼の名をもつあなたよ、との賞讃の意をこめた表現。「鷦鷯《さざき》」は「みそさざい」で雀《すずめ》より小さい。言うまでもなく仁徳天皇の本名でもある。
二〇 奈良県桜井市倉橋の山。宇陀《うだ》郡へ越えられる。

はしたての　倉椅山《くらはしやま》を
嶮《さが》しみと　岩懸《か》きかねて　わが手取らすも

また、歌ひしく、

はしたての　倉椅山は
嶮しけど　妹と登れば　嶮しくもあらず

かれ、そこより逃げ亡《う》せて、宇陀《うだ》の蘓邇《そに》に到りし時に、御軍《みいくさ》、追ひ到りて殺しき。その将軍《いくさのきみ》山部《やまべ》の大楯《おほたて》の連《むらじ》、その女鳥《めどり》の王《おほきみ》の御手に纏《ま》かせる玉釼《たまくしろ》を取りて、おのが妻《め》に与へき。

この時の後、豊《とよ》の楽《あかり》したまはむとする時に、氏々《うぢうぢ》の女等《をみなら》、みな朝《みかど》参《まゐ》りす。しかして、大楯の連が妻、その王《みこ》の玉釼をもちて、おのが手に纏きて参赴《まゐおもぶ》けり。ここに、大后《おほきさき》、石之日売《いはのひめ》の命《みこと》、みづから大御《おほみ》酒《き》の柏《かしは》を取らして、もろもろの氏々の女等に賜ひき。しかして、大后、その玉釼を見知りたまひて、御酒の柏を賜はずて、すなはち引き退《そ》けたまひき。その夫《を》、大楯の連を召し出でて詔らししく、

〔速総別王が〕　険しいので　私の手にすがりなさるよ
険しいけれど　妻と登るので　険しいとも思わない
そして　倉椅山から　逃げ　のびて　到着した時に　追い
着いて〔二人を〕
巻かれた　奪い取って　自分の
それから後のこと　新嘗祭の後の酒宴をなされた時
参内した　そこで　大楯連の妻も　女鳥王の玉釧を　自分の腕
に　巻いて　ところで
お取りになり　すべての氏族の女たちに柏の盃をお与えになった　その折に
女鳥王の　〔大楯連の妻には〕　お与えにならず　ただちに
退席せしめられた　呼び出して〔皇后が〕仰せられたのには

一 「倉椅山」に懸る枕詞《まくらことば》。「はし」とは元来Y字形の叉木《またぎ》で、それを立てて神座《かみくら》とした。それで「はしたての倉」と言い慣《なら》わされて、枕詞となったもの。
二 「…を…み」で「…が…なので」の意を表す。
三 女の身とて、岩につかまることもできないで。
＊ 逸文『肥前風土記』に杵島《きしまだけ》岳の歌垣の歌として、「霰《あられ》降る杵島が岳を嶮《さが》しみと草取りかねて妹が手を取る」があり、「妹が手を取る」は歌垣の慣用句。もとこの種の歌垣の歌を採用、速総別王と女鳥王との悲恋の逃避行に改作したもので、その際「取らすも」という敬語表現（改作者による女鳥王への敬語）をとってしまったもの。
四 奈良県宇陀郡曾爾《そに》村。伊勢神宮へ逃げこむつもりであった（仁徳紀四十年二月条）。曾爾村は伊賀（その先が伊勢）へ通じる道筋なのである。
五 仁徳天皇の軍勢。
六 「山部」は一九二頁注三参照。その部民の管掌氏族。この「大楯連」は失脚するが、後出の「山部連小楯」という名の人物は清寧《せいねい》天皇の段に播磨《はりま》国の行政官として、偶然顕宗《けんぞう》・仁賢《にんけん》二天皇の発見者となる（二二五六頁参照）。ただし、大楯・小楯の関係は分らない。
七 玉を緒に通し、腕や手首に巻きつける腕飾り。普通「釧」の字だが、古く「釼」の国字を用いた。
八 その宴に参列した、の意。
九 御綱柏《みつながしわ》の葉で作った盃（二〇九頁注一〇参照）。

「その王等《みこたち》、礼《ゐや》なきによりて《不敬によって》退《そ》けたまひき《退けられたのだ》。こは異《け》しき事なくこそ《異常なことではないのです》。一〇 それの奴《やつこ》や。おのが君の《自分の主君の》御手に纏かせる《巻かれていた》玉釧を、一一 膚《はだ》も熅《あたた》けきに剝《は》ぎ持ち来て、すなはち《すぐに》おのが《おのれの》妻《め》に与へつること《やったとは》」とのらして、すなはち死刑《ころすつみ》に給《おこな》ひたまひき《死刑に処せられた》。

また、一二 一時《あるとき》、天皇《仁徳帝が》、豊の楽したまはむとして、一三 日女嶋《ひめしま》に幸行《いでま》しし時に《日女島で》、その嶋に一四 鴈《かり》《雁が》、卵生《こ》みき《卵を生んだ》。しかして《そこで》、一五 建内《たけうち》の宿禰《すくね》の命《みこと》を召して、歌もちて《歌で》鴈の卵生みし状《かたち》を問ひたまひき。その《天皇の》歌に曰《の》らししく、

一六 たまきはる　一七 内《うち》の朝臣《あそ》
なこそは《お前は特に》　一八 世の長人《ながひと》
一九 そらみつ　大和《やまと》の国に
鴈卵生《かりこむ》と　聞くや《聞いたことがあるか》

ここに《そこで》、建内の宿禰、歌もちて語り白《まを》ししく《答えて申し上げたのには》、

二〇 高光る《空高く光る》　日の御子《日の神の御子よ》
うべしこそ《ようこそ》　問ひたまへ《お尋ねになりました》

一〇 そこにいる奴《やつ》め。恥知らずに対する罵《のの》りの言葉。
一一 死んでまだ膚《はだ》にぬくもりがあるうちに。
＊ 一行目からの三行にわたる皇后の言葉は重要である。嫉妬とか強情な性行の持主として描かれてきた皇后が、突如、理非曲直を弁《わきま》えた立派な后に一変する。速総別王と女鳥王への処断は反逆罪によるものであるが、それであっても、大楯連の行為は臣道と人道にもとり万死に価する、と裁断を下す。その変身も、仁徳天皇の「有徳《うとく》」によるものであって、それだけ傑出した天皇にふさわしい伴侶《はんりょ》は、また「聖后」でなければならなかったからである。以後、仁徳天皇には、雁が卵を産むといった瑞祥まで現れてくる。

――雁の卵の瑞祥

一二 「一時」は仏典語。
一三 大阪市西淀川区姫島町のあたり。
一四 「鴈」は「雁《がん》」の正字。普通日本では産卵しない。
一五 一二九頁注一六参照。「命」と敬称のあるのは、皇后の祖父に当るためである。
一六 「うち」に懸る枕詞。霊魂《たま》が衰亡して尽きる（「きはる」は「尽《きふ》」の再活用）意で、「命《うち》」が終ることから。
一七 内大臣。建内宿禰をさす。
一八 この世の長寿者。二百七十歳ぐらいになる計算。
一九 「大和《やまと》（倭《やまと》）」に懸る枕詞。「空から見た日本国」（神武紀三十一年条）とか「空に満つ山」とかの説がある。
二〇 ここでは、仁徳天皇をいう。

一「なが」は「自身の」が原義で、ここでは「我が」の意。「御子や」は「日の御子（天皇様）よ」の意。
二「つびに」は「遂《つひ》に」の転で、いついつまでも。雁の産卵の理由を、天皇長寿の予祝としている。
三「ほき歌」は「言寿《ことほ》ぎの歌」。「片歌」は五七七の型式の歌。
＊日本で産卵しない雁が産卵したという珍しさが瑞祥となる。「聖帝」には瑞祥が必要だったのである。さらに、天皇が過去の事歴を問う形で、無類の長寿者建内宿禰を登場させ、その宿禰から、雁の産卵は、天皇の勢威の証《あか》しであると讃えさせる。天皇万歳と子孫繁栄の予祝である。
四 大阪府高石市富木《とのき》。『播磨国風土記』讃容《さよ》郡中川里の条に「河内国兎寸村《とのき》」とある。今も式内社等乃伎《とのき》神社があり、その南を小川が流れている。
五 大阪府八尾市高安町東方の生駒山系の山。

——枯野の琴の瑞祥

六 船の良材の産地、伊豆《いず》国田方《たがた》郡狩野《かるの》（静岡県三島市修善寺《しゅぜんじ》町中狩野）の地名による。陶器を瀬戸物《せともの》という類。「軽野」との音通で、軽快の意をもにおわす。
七「淡路島の清水」。「大御水《おほみもひ》」（天皇の飲料水）として早船で運ぶ話は、逸文『播磨風土記』にも見える。
八 船の廃材を燃料にして採塩すること。「に」は結果を表す格助詞。次行「琴に作り」の「に」も同じ。
九 琴は材を焦《こが》して乾燥させ、磨くのである。
一〇 遠い村里まで。「七」は多数を表す中国の聖数。

まこそに《まことによくぞ》　問ひたまへ《お尋ねになりました》
あれこそは《私こそは》　世の長人《この世の長寿者ですが》
そらみつ　大和《やまと》の国に
雁卵生《かりこむ》と　いまだ聞かず《まだ聞いたことがございません》

かく白《まを》して、御琴《みこと》を給はりて《戴いて》、歌ひしく《〔琴に合わせて〕歌ったのには》、

[一]なが御子や　[二]つびに知らむと《国を領有支配なさるであろうと》
雁は卵生《こむ》らし《産んだのでしょう》

こは《これは》、[三]ほき歌の片歌ぞ《寿歌の片歌である》。

この御世に《仁徳帝の御代に》、[四]兎寸《とのき》河の西に、一つの《一本の》高き樹《き》ありき。その樹の影、旦日《あさひ》に当れば、淡道嶋《あはぢしま》に逮《およ》び《及び》、夕日に当れば、[五]高安山《たかやすやま》を越えき。かれ、この樹を切りて船を作れるに《作ったところ》、いと捷《はや》く行く船に《走る船で》ありき《あった》。時に《当時》、その船を号《なづ》けて、[六]枯野《からの》といふ。かれ、この船もちて《この船を使って》、旦夕《あしたゆふへ》に[七]淡道嶋の寒泉《しみづ》を酌《く》みて、大御水《おほみもひ》献りき。この船破壊《やぶ》れて[八]塩に焼き、その[九]焼け遺《のこ》りし木を取りて琴に作りしに《琴を作ったところ》、その音[一〇]七つの里に響《とよ》みき《響いた》。しか《そこで》

して、〔当時の人が〕歌ひしく、

枯野を　塩に焼き〔枯野という船を焼いて塩を作り〕
しが余り〔その残りを〕　琴に作り
[一一]かき弾《ひ》くや　由良《ゆら》の門《と》の
門中《となか》の海石《いくり》[一二]に
[一三]ふれ立つ　[一四]なづの木の〔海藻の様に〕　[一五]さやさや

こは〔これは〕、[一六]しつ歌の歌ひ返しぞ。

この天皇の御年〔仁徳帝の宝算は〕、[一七]捌拾《やそ》ちあまり参歳《みつ》ぞ（丁《ひのと》の卯《う》の年の八月《はつき》の十《とを》かあまり五日《いつか》に崩《かむあが》りましき）。御陵《みはか》は[一八]毛受《もず》の耳原《みみはら》にあり。

履中天皇　——皇統譜

[一九]子、伊耶本和気《いざほわけ》の王《おほきみ》、[二〇]伊波礼《いはれ》の若桜の宮に坐《いま》して、天の下治めたまひき〔天下をお治めになった〕。この天皇〔履中帝が〕、[二一]葛城《かづらき》の曾都比古《そつひこ》が子、葦田《あしだ》の宿禰《すくね》が女《むすめ》、名は黒比売《くろひめ》の命《みこと》を娶《めと》りて生みたまへる御子〔妻にしてお生みになった御子は〕、[二二]市辺《いちのへ》の忍歯《おしは》の王。次に[二三]御馬《みま》の王。次に妹《いも》、[二四]青海《あをみ》の郎女《いらつめ》、亦の名は〔その亦の名は〕飯豊《いひどよ》の郎女（三柱）。

——墨江中王の反逆

本《もと》〔はじめ〕、〔履中帝が〕難波の宮に坐《いま》しし時に、大嘗《おほにへ》に〔新嘗祭で〕坐して豊《とよ》の明《あかり》したまひし時に〔酒宴を催された時〕、

一一　爪先で弦を掻き鳴らす。「弾《ひ》く」は連体形で、さやかな音を立てる意の「響《ゆら》」に続き、地名の「由良《ゆら》」（紀淡《きたん》海峡）に転ずる。「や」は感動の助詞。
一二　海中の隠れ岩。岩礁。方言で「くり」という。
一三　波に揺られながら岩礁に生えている、の意。
一四　「漬《なづ》の木」で水に浸っている草木。海藻のこと。
一五　「由良の門」から「なづの木の」までが「さやさや」を導く序。海藻が潮流に揺れる視覚語の「さやさや」を、琴の妙音の聴覚語「さやさや」に懸ける。
一六　二一三頁注一四参照。
＊　以上、霊木（大樹）説話から、聖水運搬の早船の話へ、そしてその廃材から妙音の琴を得た話も、仁徳天皇を「聖帝」として語る瑞祥説話である。特に琴の話は、後漢の蔡邕《さいよう》の作った妙音の琴の尾に焦《こ》げ跡があったので「焦尾琴《しょうびきん》」と称された故事（『後漢書《ごかんじょ》』蔡邕伝）を想わせるものがある。
一七　八十三歳。下の「丁卯年」は西暦四二七年。
一八　堺市大仙《だいせん》町。日本最大の古墳。
一九　第一七代履中《りちゅう》天皇。仁徳天皇皇子。
二〇　奈良県桜井市池之内。
二一　一二九頁注一七参照。
二二　雄略天皇に殺害される悲劇の主人公として登場する（二三八頁以降）。なお、顕宗《けんぞう》・仁賢《にんけん》天皇の父。
二三　雄略紀によると、これも雄略天皇に殺された。
二四　即位したかも知れぬ重要な皇女（二五五頁注一七参照）。

大御酒《おほみき》にうらげて《浮かれて》大御寝《おほみね》まし《眠られた》き。しかして《すると》、その弟《いろど》、墨江《すみのえ》の中王《なかつおほきみ》、天皇を取らむとおもひて《殺そうと思って》火を大殿に著け《火を天皇の御殿につ》き《放った》。ここに《それで》、一倭《やまと》の漢《あや》の直《あたひ》が祖《おや》、阿知《あち》の直盗み出でて《ひそかに連れ出して》、御馬《みま》に乗せまつりて《〔帝を〕お乗せ申し上げて》、倭に幸《いでま》さしめき《お連れ申した》。かれ《こうして》、二多遅比野《たぢひの》に到りて《到着して》寤《さ》めまして《目覚められて》、詔《の》らししく《仰せられたのには》、

「ここは何処《いづく》ぞ」

しかして《そこで》、阿知の直が白《まを》ししく、

「墨江の中王、火を大殿に著けたまひき《おつけになりました》。かれ《それで》、率《ゐ》て倭に逃ぐる《お連れして〔大和に〕逃げるのです》ぞ」

しかして《これを聞いて》、天皇の歌ひたまひしく《履中帝がお歌いになったのには》、

多遅比野に《こんな丹比野で》、三寝むと知りせば《寝ると分っていたら》
四立薦《たつごも》も　持ちて《持って》来《こ》ましもの《来るのだった》　寝むと知りせば

五波邇賦坂《はにふざか》に到りて、難波《なには》の宮を望み見たまへば《遠望なされたところ》、その火なほ《やはり》六炳《も》え《燃えていた》たり。しかして《そこで》、天皇《履中帝は》、また《再び》歌ひたまひしく、

波邇布坂《埴生坂に》　わが立ち見れば《私が立って見ると》

＊仁徳天皇崩御後、皇位継承は兄弟相承型となる。これには有資格者の皇子が二人以上の場合、誰が天皇になるか法的根拠がなかったために、互譲があったり争奪が起ったりすることを防ぐためという理由が考えられる。これ以後皇族内部での闘争記事が多いのは、皇位継承自体に重大な意味があっただけでなく、各氏族の命運に影響を与える問題でもあったからである。ここでは、墨江中王《すみのえのなかつおおきみ》が実兄の天皇を焼討ちにする事件が発生した。

一　中国系の帰化人漢直《あやのあたい》は大和《やまと》（東）と河内《かわち》（西）に分れて住んだが、その東の漢直は高市《たかいち》郡明日香《あすか》村檜隈《ひのくま》（近年有名な高松塚古墳のある地域）に土地を賜った。その祖の渡来記事は一九二頁に少し見えるが、ここでは履中天皇救出の功を述べる。

二　通説では、大阪府羽曳野《はびきの》市の丘陵地。

三　「…せば…まし」の文法で、事実に反することを仮定する。それで「まし」は反実仮想の助動詞という。

四　薦《こも》むしろを屏風のように立てて風などを防ぐもので、「立てられた薦」の意。「防壁」とも書く。

五　丹比野《たじひの》にある埴生《はにう》岡を越える坂道。今の羽曳野市野々上《ののうえ》の地にある。難波方面からこの岡を越え、古市を経て山の口に至る。

六　中国古字書『説文《せつもん》』に「炳明《ハラカ》也」とある。ここは歌詞に合わせて「燃えたり」と訓《よ》んだ。

七　「陽炎《かぎろひ》の」で、「燃ゆる」に懸る枕詞。

＊二首の歌は元来、第一首目は丹比野地方の歌垣の

七 かぎろひの　燃《も》ゆる家群《いへむら》《燃え上る》　妻《つま》が家のあたり《あそこが后の家のあたりだ》

かれ《こうして》、八大坂の山の口に到り幸しし時に《山の入口に到着なされた時に》、一《ひとり》の女人《をとめ》に遇ひたまひき《出会われた》。

その女人の白《まを》ししく、

「九兵《つはもの》を持てる人等《ひとら》、多《さは》にこの山《大坂山を》を塞《さ》へたり《塞いでいる》。一〇当岐麻道《たぎまち》より廻《めぐ》りて《迂回し》越え幸すべし《越えて行かれるがよいでしょう》」

しかして《これを聞いて》、天皇《履中帝が》の歌ひたまひしく、

大坂に《大坂で》　遇ふや女人を《出会った乙女に》一一

道問へば　一二直《ただ》には告らず《近道を言わず》　当麻道《たぎまち》を告る《の》

かれ《こうして》、一三上《のぼ》り幸《いでま》して一四石上《いそのかみ》の神の宮に坐しき《石上神宮にお入りになった》。

ここに《そこへ》、そのいろ弟《ど》《同母の》一五水歯別《みづはわけ》の命《みこと》、一六参赴《まゐおもぶ》きて謁《まを》さしめたまひき《拝謁を申し入れられた》。しかして《ところが》、天皇《履中帝が》の詔《の》らしめたまひしく《臣下を通じて仰せられたのには》、

「あれ《私は》、いまし命を《あなた様を》、もし墨江の中王と一七同《おや》じ心にあらむかと疑へり《同志ではあるまいかと疑っている》。かれ《だから》、相言《あひい》はじ《語り合うまい》」

答へ白ししく《〔弟皇子が〕》、

歌で、第二首目は国見の望郷歌であり、「かぎろひの」は枕詞ではなく、実景としての陽炎だった。

八 今の羽曳野市飛鳥《あすか》の地で、そこから二上山北麓《ほくろく》の穴虫（奈良県北葛城郡香芝《かしば》町穴虫）へ越える坂。

九 武器をもっている人等。墨江中王側の兵士。

一〇 羽曳野市飛鳥の東で、道が二つに分れ、大和へは注八にいう穴虫越え（大坂越え）が近道だが、南に迂回して二上山南麓の竹内峠越え（北葛城郡当麻《たいま》町竹内）をするのが「当麻道《たぎまち》」（竹内街道）であった。

一一 古くは「…に問ふ」を「…を問ふ」と言った。「問ふ」相手を確認する用法である。

一二 「ただに」はここでは道について言っているので「まっすぐな道（近道）」の意。「告る《の》」は呪的な発言、の意。この「告る」から乙女の巫女《ふじよ》性が分る。

一三 将来、大和の伊波礼《いわれ》が都になるから「上り《のぼ》」。

一四 奈良県天理市布留《ふる》町の石上《いそのかみ》神宮で、神剣を祭神とし、武器庫でもあり、朝廷の伴造《とものみやつこ》として物部氏に祭《さい》祀《し》および管理をさせていた。天皇はそこへ逃げこんだ。

——水歯別命の智略

一五 後の、反正《はんぜい》天皇（二二五頁参照）。仁徳天皇と石之日売《いわのひめ》皇后との間の第三皇子。履中《りちゅう》天皇と同腹。

一六 履中天皇の行在所《あんざいしよ》に参上して、の意。

一七 「同《おや》じ心」とは、一心同体、の意。平城宮趾《し》出土木簡《もくかん》に「意夜志己々呂曾《おやじこころぞ》」とあり、『万葉集』その他にも「同心」の例がある。「おなじ」よりも古語的。

「あは《私は》、穢邪《きたな》[一]き心なし。また、墨江《すみのえ》の中王《なかつおほきみ》と同《おや》[二]じくあらず《同志ではありません》」

また《再び》、詔らしめたまひしく《〔天皇が〕臣下を通じて仰せられたのには》、

「しからば《それならば〔難波に〕》、今還り下《くだ》りて、墨江の中王を殺して、上《のぼ》り来ませ。

その時に、あれ必ず相言はむ《私はきっと会って語り合おう》」

かれ《そこで〔弟皇子は〕すぐ難波に引き返して》、すなはち難波に還り下りて、墨江の中王に近く習《つか》[三]へまつる

隼人《はやひと》[四]、名は曾婆加理《そばかり》を欺きて《だまして》云《の》らししく《仰せられたのには》、

「もし、なれ《お前が》、わが言《こと》に従はば、あれ天皇《すめらみこと》となり、な《お前を》を大臣《おほおみ》[五]に作《な》

して、天《あめ》の下《した》治めむはいかに《治めようと思うがどうか》」

曾婆訶理《そばかり》が答へ白《まを》ししく、

「命《みこと》のまにまに《仰せのとおりに》」

しかして《そこで》、多《あまた》の禄《もの》[六]をその隼人に給ひて《与えられ》曰《の》らししく《仰せられたのには》、

「しからば《それならば》、なが《お前の》王《きみ》[七]を殺せ」

ここに《そこで》、曾婆訶理、おのが王《自分の主君が》の厠《かはや》[八]に入《い》りませる《入られたのを》をひそかに《こっそり》伺《うかか》ひて、

矛《ほこ》もちて《矛で》刺して《〔墨江中王を〕》殺しき。かれ《〔弟皇子は〕》、曾婆訶理を率《ゐ》て、倭《やまと》に上《のぼ》り幸《いでま》す時に、

一 反逆心。

二 この「同《おや》じ」は前頁の「同《おや》じ心」と同義。

＊ 水歯《みずは》別《わけ》命（後の反正《はんぜい》天皇）は、同腹の兄履中《りちゅう》天皇に対し、反逆心もなくまた墨江中王の同志ではないと申し立てても、兄は警戒心を緩《ゆる》めない。依然として「詔《の》らしめ」と、臣下を通じてしか物を言わず、しかも同腹の墨江中王を殺してくるなら会おう、と言う。なぜこうまで疑ったのか。それは水歯別命は実兄墨江中王のいる難波《なにわ》からやってきたからである。これでは、独りで逃げている履中天皇にとって、いくら実弟だといっても信用できないのは当然と思われる。

三 おそば近くお仕え申し上げる人。

四 九六頁注五参照。

＊ 水歯別命は、一計を案じて、墨江中王の近習《きんじゅ》の隼人を欺《だま》して王を殺させる。隼人が単純粗暴な野心家であることを見抜き、それを利用したわけである。古代では、智略を用い敵を欺《あざむ》き殪《たお》した者が英雄視されたのであって、すでに中巻の倭建《やまとたける》命にその例を見てきた。水歯別命はこの時から、英雄としての道を歩み始める。

五 令制前の古い姓《かばね》の「臣《おみ》」の中の最高のもの。建内《たけうちの》宿禰《すくね》が「大臣」の初出（一七三頁一一行目参照）。

六 褒美としての賜《たまわ》り物。

七 主君。ここでは墨江中王をさす。

八 便所。殺害の場所としてしばしば使われる。

——水歯別命、下手人の隼人を誅す

九 大坂の山の口に到りておもほししく《山の入口に到着して思われたのには》、「曾婆訶理、あが為には《私のためには》大き《大きな》功《いさを》あれども、一〇 すでにおのが君を殺しつる《現に自分の主君を殺してしまったのは》、これ一一 義《ことわり》にあらず。しかれ《しかし》ども、その一二 功に賽《むく》いぬは、一三 信《まこと》なしといひつべし《誠意がないというべきだ》。すでにその信を行はば《完全にその約束を実行するなら》、還りて《かえって》その一四 情《こころ》惶《かしこ》くあらむ《恐ろしかろう》。かれ《そこで》、その功に報ゆれども《その手柄に報いることはしても》、その一五 正身《ただみ》を滅ぼしてむ《当人を殺してしまおう》」。ここをもちて《こう考えて》、〔弟皇子は〕曾婆訶理に語《の》らししく《仰せられたのには》、

「一六 今日はここに《山の入口に》〔お前に〕留《とどま》りて、先づ大臣《おほおみ》の位を給ひて《授けて》、明日《あす》上り幸さむ《大和へ行幸しよう》」

その山の口に留りて《大坂の山の入口に留まって》、すなはち《すぐに》仮宮《かりみや》を造りて、たちまちに《急に》一七 豊《とよ》の楽《あかり》したまひて、すなはち《その場で》その隼人に大臣の位を賜ひ《授け》、一八 百《もも》の官《つかさ》をして拝《をろが》ましめたまふ。隼人歓喜《よろこ》びて、一九 志遂《と》げつとおもひき《思い込んだ》。しかして、〔弟皇子は〕その隼人に、

「今日、大臣と二〇 同《おや》じ盞《つき》の酒《さけ》を飲まむ」

と二一 詔《の》らして、共に《一緒に》飲む時に、面《おも》を隠す大《おほ》き二二 鋺《まり》にその進むる酒を《勧める酒を》盛りき。ここに《ここで》、王子《みこ》先づ飲みたまひて、隼人後《のち》に飲みき。かれ《さて》、その

九 二二一頁注八参照。ここで道が二つに分れていて、そのいずれを採るかが人の運命を左右するかのごとく象徴的な地点である。履中天皇は神女によって安全な道を教えられた。水歯別命は墨江中王の下手人の隼人殺戮《さつりく》の覚悟を決め、皇位継承の足場を固める。

一〇「すでに」は、実際全く、の意。

一一 ものの道理。ここでは君臣の道。忠義。

一二 墨江中王を殺したという曾婆訶理《そばかり》の手柄に対して報いない（大臣にしてやらない）のは。

一三 誠意。ここでは約束を守る人間の道。信義。

一四 曾婆訶理の粗暴な性情。

一五 その人自身。「正身」は法律用語で『万葉集』を始め、「正倉院文書」『令集解《りようのしゆうげ》』などに例がある。

一六 以下、たびたび「今日」「明日」の語が出てくるが、次頁の「飛鳥《あすか》」（近つ飛鳥・遠つ飛鳥）という地名説話の伏線となっている。

一七 即位をふまえた酒宴である。

一八 多くの官人に曾婆訶理を大臣として拝礼させることで、曾婆訶理との約束は果したことになる。

一九 願望がかなった、の意。

二〇「同じ釜の飯を食う」に同じ。仲間になること。

二一 水歯別命が天皇扱いになるので「詔」の字を用いている。五行目では「語《の》らし」の用字であった。このように、微妙な点にも表記上の配慮がある。

二二 椀《わん》。「鋺」は、酒や水などを盛る金属製の器。

[一]隼人《はやひと》飲む時に大き鋺面《まりおも》を覆《おほ》ひき。しかして《〔水歯別命は〕》、席《むしろ》の下《した》に置きし釼《つるぎ》を取《取り》り出でて《出して》、その隼人が《隼人の》頸《くび》を斬りたまひて、すなはち《そうして》明日《あす》上《のぼ》り幸《いでま》しき。かれ《それで》、そこを号《なつ》けて[二]近《ちか》つ飛鳥《あすか》といふ。上りて倭《やまと》に到りて《到着して》詔《の》らししく、

「今日は[三]ここに留《とどま》りて、[四]祓禊《みそき》をして、明日参出《まゐ》でて《参上して》、[五]神の宮を拝《をろが》まむとす《拝礼しよう》」

かれ《それで》、そこを号《なつ》けて遠《とほ》つ飛鳥《あすか》といふ。かれ《そこで》、石上《いそのかみ》の神の宮に参出《参上し》でて《て》、天皇に《履中帝に》奏《まを》さしめたまひしく《奏上させられたことには》、

「[六]政《まつりごと》すでに《すっかり》平らげ訖《を》へて、参上《まゐのぼ》りて侍《さもら》ふ《伺候しています》」

しかして、召し入れて《〔水歯別命を〕中に呼び入れ》相語《あひ》らひたまひき《ともに話をなされた》。

——天皇の事績

天皇《履中帝は》、ここに《こうして》、阿知《あち》の直《あたひ》をもちて、始めて[七]蔵《くら》の官《つかさ》に任《ま》け《任命し》、また[八]粮地《たどころ》を給ひき《賜った》。また、この御世に《履中帝の》、[九]若桜部《わかさくらべ》の臣《おみ》等に、若桜部の名を賜ひ、また、比売陀《ひめだ》の君等に、[一〇]姓《かばね》を賜ひて比売陀の君といひき。また、[一一]伊波礼部《いはれべ》を定めたまひき。天皇の御年《履中帝の宝算は》、[一二]陸拾《むそ》ちあまり肆歳《よつ》ぞ[一三](壬申《みづのえさる》の年の正月《むつき》の三日《みか》に崩《かむあが》りましき)。[一四]御陵《みはか》は毛受《もず》にあり。

一 「…覆ひき」までの簡潔な文は、なみなみと注がれた大盃を隼人が呑みほす瞬間、大盃がその顔を覆う、豪快な隼人の忘我の姿を的確に描く。
二 羽曳野《はびきの》市飛鳥《あすか》。難波《なにわ》に近いので「近」を冠した。
三 「遠つ飛鳥」の地。奈良県高市《たかいち》郡明日香《あすか》村。難波から遠いので「遠」を冠した。
四 隼人を誅《ちゅう》した穢《けが》れを除き清めるため。
五 履中《りちゅう》天皇の坐《いま》す石上《いそのかみ》神宮。
六 ここは墨江中王《すみのえのなかつおおきみ》を殺せという天皇からの任務。
＊ 履中天皇は、墨江中王の反逆に対し直接手を下さずに平定したことになる。これが、実は「有徳《うとく》の天皇」たることを物語っているのである。水歯別命はここではひとりの皇族将軍でしかない。
七 朝廷の財宝物品の出納を掌《つかさど》る官人。阿知直《あちのあたい》が天皇救出に功あったので、ここに特記した。
八 私有の田地。「田所《たどころ》」の義。
九 履中紀三年十一月条によると、もと膳臣《かしわてのおみ》といっていたのが非時《ときじく》の桜花を献じたので「稚桜部《わかさくらべ》」の名を貰ったことが分る。
一〇 もとは単に「比売田《ひめだ》」(女が守る田の人の意か)と呼んでいたのに対して、「君」の姓《かばね》を与えたこと。その祖先記事は、一三二頁二～三行目参照。
一一 皇居の地「伊波礼《いはれ》」に因《ちな》んだ部曲《かきべ》(私有民)の名。
一二 六十四歳。
一三 西暦四三二年。
一四 大阪府堺市石津ヶ丘町。仁徳陵の西南。

弟《いろど》、水歯別《みづはわけ》の命《みこと》、[一五]多治比《たぢひ》の柴垣《しばかき》の宮に坐《いま》して、天《あめ》の下《した》治めたまひき。この天皇《反正帝は》、[一六]御身《みみ》の長《たけ》、九尺二寸《ここのさかふたき》半《いつきだ》。御歯《みは》の長さ[一七]一寸《ひとき》広さ二分《ふたきだ》、上下等《かみしもひと》しく斉《とと》ひて《整って》、すでに《全く》珠《たま》を貫《ぬ》けるがごとし《貫いたように見事だった》。

天皇《反正帝が》、丸邇《わに》の許碁登《こごと》の臣《おみ》が女《むすめ》、都怒《つの》の郎女《いらつめ》を娶《めと》りて生みたまへる《妻にしてお生みになった》御子《御子は》、甲斐《かひ》の郎女《いらつめ》。次に都夫良《つぶら》の郎女（二柱）。また、同じ臣が女《娘の》、弟比売《おとひめ》を娶りて生みたまへる御子、財《たから》の王《おほきみ》。次に多訶弁《たかべ》の郎女。幷《あは》せて《合計して》四王ぞ。天皇の御年《反正帝の宝算は》、[一八]陸拾歳《むそち》ぞ（丁《ひのと》の丑《うし》の年の七月《ふみつき》に崩《かむあが》りましき）。御陵《みはか》は[一九]毛受野《もずの》にあり。

弟、[二〇]男浅津間若子《をあさつまわくご》の宿禰《すくね》の王《おほきみ》、遠つ飛鳥の宮に坐して、天の下治めたまひき。この天皇《允恭帝が》、[二一]意富本杼《おほほど》の王《おほきみ》の妹《いろも》、[二二]忍坂《おさか》の大中津比売《おほなかつひめ》の命を娶りて生みたまへる御子《妻にしてお生みになった御子は》、木梨《きなし》の軽《かる》の王。次に長田《をさだ》の大郎女《おほいらつめ》。次に[二三]境《さかひ》の墨日子《くろひこ》の王。次に穴穂《あなほ》の命《安康帝》。次に軽《かる》の大郎女、亦の名は《その亦の名は》衣通《そとほり》の郎女（[二四]御名を衣通の王と負《おほ》せるゆゑは《お呼びする理由は》、その身の光、衣《そ》より通り出づればぞ）。次に[二五]八瓜《やつり》の白日子《しろひこ》の王。次に大長谷《おほはつせ》の命《雄略帝》。次に橘《たちばな》の大郎女。次に酒《さか》

反正天皇
――皇統譜

＊第一八代反正《はんぜい》天皇は、前履中天皇の段で墨江中王の反逆を鎮圧した英雄として描かれ、その武徳をもって即位したことが想像される。ただ即位後の事績は記されず、天皇の身体的特徴と皇統譜・宝算・陵墓を掲げるのみであり、御子のうち皇子は一人で、それも天皇にならなかった。

一五 大阪府羽曳野市郡戸《こおず》。

一六 天皇の身長。一尺は十寸。一寸は周尺だと一・九センチだから、約一八四センチの大男となる。「尺」《さか》は字音語。「き」「きだ」は「刻《きざ》む」の義。

一七 歯の縦横が約二センチ、厚さが約四ミリ。この見事な歯と歯並びが、水《みず》（瑞）歯別命の名の由来となる。

一八 六十歳。下の「丁丑年」は西暦四三七年。

一九 大阪府堺市田出井町。

二〇 第一九代允恭《いんぎょう》天皇。大和の飛鳥に都した最初の天皇である。

允恭天皇
――皇統譜

二一 二〇二頁一三行目にあった。応神天皇の孫に当る。

二二 意富本杼王の同母妹で、允恭天皇との間に、木梨《きなしの》軽王《かるのみこ》・穴穂《あなほ》命（安康天皇）・軽大郎女《かるのおおいらつめ》（衣通王）・大長谷《おおはつせ》命（雄略天皇）などの著名な人物を生む。

二三 雄略天皇に殺害される（二三五頁参照）。

二四 御名を衣通王と付けたわけは、その身体から発する美しい光が、着物を通り抜けて輝いたからである。

二五 雄略天皇に殺害される（二三六頁参照）。

見《み》の郎女《いらつめ》（九柱）。おほよそに《数え合せて》天皇の御子等《允恭帝の》、九柱《ここのはしら》（男王《ひこみこ》五はしら、女王《ひめみこ》四はしら）。この九《ここの》はしらの王《みこ》の中に、穴穂《あなほ》の命は《安康帝は》、天の下治めたまひき。次に大長谷《おほはつせ》の命《雄略帝も》、天の下治めたまひき。

天皇《すめらみこと》、初《はじ》め[一]天津日継《あまつひつぎ》知らしめさむとせし時に《領有支配なされようとした時に》、天皇辞《いな》びて詔《の》らししく、

「あは《私には》一つの長き病《やまひ》あり。日継知らしめすことえじ《〔だから〕皇位を領有支配なさることはできまい》」

しかれども《しかし》、大后《おほきさき》を始めて《始めとして》、もろもろの《一同の》卿等《まへつきみたち》、[二]堅く奏《まを》すにより て、すなはち《それで》天の下治めたまひき。この時に、[三]新良《しらき》の国王《こにきし》、[四]御調《みつき》八十《やそ》あまり一《ひと》つの艘《ふね》を貢進《たてまつ》りき。しかして《そして》、御調の大使《おほきつかひ》、名は[五]金波鎮《こんはちん》漢紀武《かんきむ》といふ、この人深く[六]薬《くすり》の方《みち》を知れり《知っていた》。かれ《それで》、帝皇《すめらみこと》の御病《みやまひ》を治め差《いや》しまつりき《お治し申し上げた》。

ここに《さて》、天皇《允恭帝は》、天の下の[七]氏々名々《うぢうぢなな》の人等の氏姓《うぢかばね》の忤《たが》ひ過《あやま》てるを愁《うれ》へたまひて《ご心配になって》、[八]味白檮《あまかし》の[九]言八十禍津日《ことやそまがつひ》の前《さき》に、[一〇]くか瓮《へ》を居《す》ゑて、天の下の[一一]八十友《やそとも》の緒《を》の氏姓を定めたまひき《正しく定められた》。また、木梨《きなし》の軽《かる》の太子《ひつぎのみこ》の御《み》

＊允恭《いんぎよう》天皇は、履中《りちゆう》・反正《はんぜい》両天皇の実弟で、父は仁徳天皇、母は葛城氏出の石之日売皇后である。天皇は、長い持病のため皇位継承を辞退するが、皇后以下諸卿《しよきよう》の懇望によって即位したとある。ここにも一つの「有徳《うとく》の天皇」像がある。因《ちな》みに、和歌山県隅田《すだ》八幡鏡銘は、癸未年（四四三）に允恭天皇の長寿を祈願して作った、と解読できる。

——即位と氏姓の正定

一　皇位。天上界（高天の原）の霊的な系譜を継ぐこと。国譲りの条（八七頁）では、皇位の継承者が天照《あまてらす》大御神《おおみかみ》の御子であることを示し、応神天皇の三皇子への任務分担の条（一八六頁）では、天皇とは「天《あま》つ日《ひ》嗣《つぎ》」を継承する者をいうことを明らかにした。そして本条では、病弱では皇位継承という重大事が果せないことを表し、清寧《せいねい》天皇の段では、皇統の断絶が憂慮されたとき、この「日継知らす」の語が用いられる（二五五頁）。記中、皇統の大事の際にのみ現れる重要語。

二　即位されるよう強く奏上したので、の意。

三　新羅《しらぎ》の国王。「こにきし」は一七七頁注一六参照。

四　朝廷に献上する物品を載せた船が八十一隻。

五　「金」が姓、「武」が名。「波鎮」は王族に与えられた爵位。「漢紀」は王族であることを示す称。

六　薬の処方。投薬のしかた。

七　それぞれ氏名をもつ人々の、氏《うじ》と姓《かばね》。

八　奈良県高市郡明日香村の甘樫丘《あまかしがおか》。

九　およそ丘の先端には恐ろしい神がいたのだが、こ

こは「言八十禍津日」の神がいたことで地名となった。

一〇「盟神探湯《くかたち》」に使う釜。「潜判《くかたち》」の義で、熱湯に手を潜《くぐ》らせ、手が爛《ただ》れるか否かで事の正邪を判定する法。論語に「探湯」の語が見え、『捜神記』(晋《しん》の干宝作)には「以レ手探レ湯、其直者手不レ爛、有レ罪者入レ湯即焦」とある。

一一 多くの職業団体の長(九〇頁注二一参照)。

一二 皇后名の「忍坂《おさか》」に因む部曲《かきべ》。

一三 七十八歳。

一四 西暦四五四年。

一五 大阪府藤井寺市国府《こくぶ》。

一六「後に」は「奸《たは》けて」に係る。

一七 異母でなく、同母の兄妹なので姦通になる。

一八「山」に懸る枕詞。山には採鉄のために鞴《ふいご》を踏むうちに足が攣《ひきつ》れる職業病の者がいたことに基づく。

一九 山が高いので、水を引くために「下樋《したび》」(配水用に地中に埋めた管)を走らせ、の意。田に引く水争いの知恵から、わざわざ秘密の下樋を作ったもので、次句の「下」(こっそり、の意)の序となる。

二〇 こっそりと妻問《つまどい》をして、の意。「妻を」の「を」は対象を表す格助詞(二二一頁注一一参照)。

二一「心安らかに」の意で、長い間の念願が叶って妻として共寝したことの悦びの歌。もと歌垣の歌か。

二二 歌詞の終末句を繰返すときに、音階を上げて唱《うた》う(尻上《しりあげ》が「しらげ」と縮まる)法。

二三 霰が笹の葉を打つ音のように、で次句への序。

名代《なしろ》として、軽部《かるべ》を定め、大后《おほきさき》の御名代として、一二刑部《おさかべ》を定め、大后の弟《いろど》、田井《たゐ》の中比売《なかつひめ》の御名代として、河部《かはべ》を定めたまひき。天皇の《允恭帝の》御年《宝算は》、一三漆拾《ななそ》ちあまり捌《や》つ歳ぞ(一四甲午《きのえうま》の年の正月《むつき》の十《とを》かあまり五日《いつか》に崩《かむあが》りましき)。御陵《みはか》は一五河内《かふち》の恵賀《ゑが》の長枝《ながえ》にあり。

——軽太子の密通

天皇《允恭帝》崩《かむあが》りまし一六後《のち》に、木梨の軽の太子、日継知らしめすに《皇位をつがれるのに》定まれるを《定まっていたのに》、いまだ位に即《つ》きたまはざりし《即位なされなかった》間《あひだ》に、そのいろ《同母の》妹《も》軽《かる》の大郎女《おほいらつめ》に一七奸《たは》けて《密通して》、歌ひたまひしく《お歌いになったのには》、

一八あしひきの　山田《やまだ》を作り
一九山高《やまだか》み　下樋《したび》を走《わし》せ
二〇下《した》どひに　わがとふ妹を《私が言い寄る妻に》
下泣きに《ひそかに泣いて》　わが泣く妻を《私が恋い泣く妻に》
こぞこそは《今夜こそは》　二一安く肌触《はだふ》れ《触れたことだ》

こは《これは》、二二しらげ歌ぞ《尻上げ歌である》。また、歌ひたまひしく《〔軽太子が〕》、

二三笹葉《ささは》に　うつや霰《あられ》の

[一]たしだしに《確かに》　[二]率寝《ゐね》てむ後《のち》は　[三]人はかゆとも《人心が私を離れようとも》
[四]愛《うるは》しと　さ寝しさ寝てば《寝さえしたなら後は》
[五]刈薦《かりこも》の　乱れば乱れ《乱れるなら乱れろ》　さ寝しさ寝てば《寝さえしたならば》

こは《これは》、[六]夷振《ひなぶり》の上歌《あげうた》ぞ。

ここをもちて《この密通事件を知って》、百《もも》の官《つかさ》また天の下の人等、軽《かる》の太子《ひつぎのみこ》に背《そむ》きて、穴《あな》穂《ほ》の御子に《安康帝に》帰《よ》りぬ《心を寄せた》。しかして《それで》、軽の太子畏《かしこ》みて、[七]大前小前宿禰《おほまへをまへすくね》の大《おほ》臣《おみ》が家に逃げ入《い》りて、兵器《つはもの》を備へ作りたまひき《武器を作って戦に備えられた》（その時に作れる矢は、その[八]箭《や》の内《うち》を銅《あかがね》にせり。かれ《それで》、その矢を号《なつ》けて軽箭《かるや》といふ）。穴穂の王子《みこ》も《安康帝も》兵器を作りたまひき（この王子の作れる矢は、今時《いま》の矢ぞ。こを[九]穴穂箭《あなほや》といふ）。こ《そう》こに《して》、穴穂の御子《安康帝は》、軍《いくさ》を興《おこ》して大前小前宿禰が家を囲《かく》みたまひき《包囲なされた》。しかして《そして》、その《宿禰の》[一〇]門《かなと》に到りまし時《到着なされた時》に、[一一]大氷雨《ひさめ》零《ふ》りき。かれ、歌ひたまひしく《〔穴穂御子が〕》、

大前小前宿禰が《大前小前宿禰の》　金門《かなと》かげ《門の陰に》
かく[一二]寄り《寄って》来《こ》ね《来い》　[一三]雨立ち止めむ《立って雨の止むのを待とう》

一　霰《あられ》のタシ（擬声語）という音を「確《たし》」に懸ける。
二　共寝をしてしまったその後では、の意。
三　「人」は、五行目の「百の官また天の下の人等」を予想させる表現。独立歌としては、相手の女をさす。
四　軽大郎女《かるのおおいらつめ》の心の誠実をいとしいと感じて。
五　「乱れ」の枕詞。天下が乱れることを予想させる表現。独立歌としては相手の女と離れ離れになること。
六　「夷振」は八三頁注八参照。「上歌」は一般の夷振より音階の高い唱法の歌か。
＊　軽太子の同母妹密通事件の史実性はさておき、太子が異様な恋愛事件を起したことは間違いなかろう。太子はこれで失脚し、実弟の穴穂御子（安康《あんこう》天皇）に攻略される。　——軽太子捕われる
七　安康前紀には「物部大前宿禰」とあるのと同一人物で、「小前」は語路合せ的に插入したものか。物部氏は石上《いそのかみ》神宮（朝廷の武器庫を兼ねる）を根拠地にしていたから、太子はその首領の家に逃げ込んだ。
八　矢先の筒中にわずかに銅を詰めた矢。鉄の鏃《やじり》の矢より軽い。「軽矢《かるや》」の名が軽太子の名をにおわせる。
九　矢先に銛《もり》型の鉄の鏃を付けた矢。「穴穂」の「穴」は「鉄《ひい》」（「付録」の「大穴牟遅《おほあなむぢ》の神」の項参照）、「穂」はその秀でた物を表す。穴穂御子の名を暗示。
一〇　「門《かなと》」は歌詞に合わせて訓《よ》む。「金門《かなと》」の意で、金属をはめ込んで守り固めた門。
一一　大雨。一六七頁注一〇参照。
一二　「かく」は「こう」で、御子が軍兵たちを手招き

している姿。「来《こ》ね」の「ね」は、御子の軍勢に対する願望の助詞。

一三 立ったままで雨を止ませようとは、雨宿りをしようということなのだが、敵を包囲したままで、敵の方から折れてくるのを待とうというのである。

一四 舞踊の所作。事態収拾の立役者の貫禄を示す。

一五 「宮人」は宮廷出仕の人。「里人」（村人）の対。

一六 袴を膝の辺で結ぶ紐。小鈴を著けたのは装飾用。

一七 「宮人」の語で始まる民謡風の歌曲名。

＊ ちょっとしたことでも騒ぎ立てる宮人、それにすぐ同調する里人を戒める諷刺歌であるが、ここでは「小鈴落ちにき」が軽太子の逃亡、「宮人とよむ」が穴穂御子の攻略、「里人もゆめ」が一族に軽挙妄動を戒める宿禰の言葉に譬《たと》えられている。

一八 宿禰が穴穂御子に対して「天皇である御子よ」と呼び掛けた。御子は未即位だが予祝を込めた物言い。

一九 同母兄弟の道や情に悖《もと》るからである。

二〇 「天飛《あまだ》む（飛ぶ）雁《かり》」の意で、地名「軽《かる》」の枕詞。

二一 「波佐の山」は、軽の南方の山（谷《はさ》が多い山の意か）をさすか。「鳩」は籠《こも》った低音で鳴くので、「下《した》泣き」を導く序としている。

＊ 「軽の嬢子《をとめ》」は軽大郎女をさし、「下泣き」の主語も軽大郎女。太子が単独で宿禰の家に逃げ込み、軽大郎女とは離れ離れになっていた状況下での歌。軽（奈良県橿原《かしはら》市大軽町）は、昔、市《いち》の開かれたところで、もと歌垣《うたがき》の歌であったろう。

しかして《すると》、その大前小前宿禰《例の太子側の大前小前宿禰が》、一四手を挙げ膝《ひざ》を打ち、儛《ま》ひかなで《舞を舞い》歌ひ参来《まゐき》ぬ。その歌《宿禰の》に曰《い》ひしく、

一五宮人《みやひと》の　一六足結《あゆひ》の小鈴《こすず》
落ちにきと《落ちたといって》　宮人とよむ《宮人が騒ぐ》　里人もゆめ《〔しかし〕里人よ騒ぐなけっして》

この歌は、一七宮人振《ぶり》ぞ。《〔宿禰が〕》かく歌ひ参帰《まゐき》て白《まを》ししく、

「一八わが天皇《おほきみ》の御子、いろ兄《え》《同母の》の王《みこ》に、兵《いくさ》をな及《や》りたまひそ《突入させないで下さい》。もし、兵を及りたまはば《兵を進められますなら》、必ず一九人咲《わら》はむ。あれ《私が》捕《とら》へて貢進《たてまつ》らむ」

しかして《そこで》、《〔穴穂御子は〕》兵を解きて退き坐《いま》しき。かれ《こうして》、大前小前宿禰、その軽の太子を捕へて、率《ゐ》て参出《まゐ》でて貢進りき《参上して差出した》。その太子捕へらえて《軽太子は捕えられて》、歌ひたまひしく、

二〇あまだむ　軽《かる》の嬢子《乙女よ》《〔お前が〕》
いた泣かば《ひどく泣いたら》　人知りぬべし《他人に仲を気づかれよう〔だからお前は〕》
二一波佐《はさ》の山の　鳩の《鳩の様に》　下泣きに泣く《忍び泣きに泣いているよ》

また、《〔太子が〕》歌ひたまひしく、

一 あまだむ　軽嬢子《かるをとめ》
二 したたにも（しっかりと）　寄り寝て通れ（寄って私と寝て行け）
三 軽嬢子ども

かれ（さて）、その軽《かる》の太子《ひつぎのみこ》は、伊余《いよ》四の湯《ゆ》に流しまつりき（配流にさせ申し上げた）。また、流さえ（配流させ）たまはむとせし時に（られようとなさった時に）、〔太子が〕歌ひたまひしく、

五 あまとぶ（空を飛ぶ）　鳥も使ひそ（鳥も使者なのだ）
鶴《たづ》が音《ね》の　聞こえむ時は（聞えるような時には）　六 わが名問はさね

この三《み》つの歌は、天田振《あまたぶり》七ぞ。また、〔太子が〕歌ひたまひしく、

王《おほきみ》を（私を）　島にはぶらば（四国に追放するなら）
八 船余《ふなあま》り　い帰《がへ》り来むぞ（帰ってくるぞ）　九 わが畳《たたみ》ゆめ
言《こと》をこそ　畳と言はめ（言葉でこそ畳というが実は）　一〇 わが妻はゆめ

この歌は、一一 夷振《ひなぶり》の片下《かたおろし》ぞ。その衣通《そとほり》の王（軽大郎女）、歌を献《たてまつ》りき。その（衣通王の）歌に曰《い》ひしく、

一二 夏草の　一三 あひねの浜の

一 前頁注二〇参照。
二 しっかりと。「したたに」は「したたかに」。「寄り寝て通れ」の「通れ」は「寄り寝てから通って行け」で、そうでないと通さぬぞ、の気持を含む。
三 複数の表現は、もと歌垣の歌で、軽嬢子どもを共寝に誘った歌を、そのまま使ったために生じたもの。
四 愛媛県松山市の道後温泉。『延喜式《えんぎしき》』では伊予は中流《ちゅうる》相当の地である。

—— 軽太子、伊予に流される

五 天空を飛ぶ、の意。「鳥」の修飾語。鳥は人の霊や言葉を運ぶ使者だと考えられていた。
六 私の名をお尋ね下さい、とは私の名を言ってその使者の鶴かどうか尋ねよということ。敬語表現は、相手の女性が身分あることを意味する。もと独立歌か。
七 「天飛《あまだ》む」に基づき「天田振《あまたぶり》」と命名したもの。
八 船が接岸する時、反動で少し戻ることから、「帰る」の枕詞。「い帰り」の「い」は接頭語。
九 留守中の私の畳はけっして汚すな、の意。旅に出た人の敷物（寝床）を汚すと、その人に異変が起ると信じられた。
一〇 わが妻はけっして汚れないでいよ、の意。
＊ 「王《おほきみ》」で始まるこの歌は、元来、王を島に葬《ほうむ》る旅立ちの経験に基づく独立歌であったか。
一一 歌の本《もと》（上句）末《すえ》（下句）の片方を、音階を下げて唱う法をいうか。
一二 夏草が真夏の太陽に照らされ「萎《な》え」、「萎《ね》」とな

一四 蠣貝《かきかひ》に　足ふますな　あかして通れ《夜が明けてから行きなさい》

――衣通王、太子を追い心中する

かれ《さて》、後《のち》にまた恋ひ慕《しの》ひ《恋しさに》あへずて《耐えられず》、〔太子を伊予へ〕追ひ往きましし時に、〔衣通王が〕歌ひたまひしく、

一五 君がゆき《あなたの旅も》　日《け》長くなりぬ《日数が経ちました》
やまたづの　迎へを行かむ《お迎えに参りましょう》　待つには待たじ《これ以上待ちはしません》（ここに山たづといふは、これ今の造木《みやつこぎ》ぞ）

かれ、〔太子に〕追ひ到りましし時に《追い着かれた時に》、〔太子は王を〕待ち懐《おも》ひて、歌ひたまひしく、

一六 こもりくの　泊瀬《はつせ》の山の
大丘《おほを》には《大峰には》　一七 幡《はた》張り立《だ》て
さ小丘《をを》には《小峰には》　幡張り立て
一八 大小《おほを》よし　仲定める《仲も定まった》　一九 思《おも》ひ妻《づま》　あはれ《ああ》
二〇 槻弓《つくゆみ》の　臥《こ》やる臥やりも《じっと臥していても》
二一 梓弓《あづさゆみ》　起《た》てり起てりも《じっと立っていても》
二二 後《のち》も取り見る《世話をしたい》　思ひ妻《いとしい妻よ》　あはれ《ああ》

って「あひね」に懸る枕詞となる。
一三 地名であろうが未詳。「相寝《あひね》」をにおわす。
一四 牡蠣《かき》の貝殻を踏んでおけがをなさいますな、の意。もと独立歌で、浜辺の乙女が男の一泊を誘う口実となる。「通れ」は注一二参照。
一五 下の原注によると、「造木《みやつこぎ》」の古名である。『和名抄』の「接骨木《みやつこぎ》」（にわとこ）も、『新撰字鏡』の「女貞《みやつこぎ》」（ねずみもち・たまつばき）も、葉が対生しているので「迎へ」の枕詞に用いられた。
＊ この歌も、もと独立歌で、旅に出た夫を待つ妻の心情を激しく歌う。『万葉集』巻二、九〇の歌はこの衣通王の歌が引載されたもので、『古事記』ないし「原古事記」が万葉編者の目に触れたことを如実に示す資料として著名である。
一六 山に囲まれて隠《こも》った所、の意で「泊瀬」の枕詞。
一七 泊瀬（奈良県桜井市初瀬《はせ》町）は墳墓の地であったので、この「幡《はた》」は葬礼の幡である。二人の不幸な結末（次頁一一行）への伏線としている。
一八 「大《おほ》・小《を》よ、まあ」の意から「中《なか》」（ここでは男女二人の仲）に懸る枕詞。
一九 私が心に思ういとしい妻よ、の意。
二〇 槻《つき》の材の弓。弓を寝かす意から「臥《こ》ゆ」の枕詞。
二一 梓の材の弓。弓を立てる意から「起《た》つ」の枕詞。
二二 「後も」は、将来も。「取る」は弓の縁語。

また、〔太子が〕歌ひたまひしく、

こもりくの　泊瀬《はつせ》[一]の河の
上《かみ》[二]つ瀬に　斎杙《いくひ》を打ち
下《しも》つ瀬に　真杙《まくひ》を打ち
斎杙には（神聖な杙には）　鏡を懸《か》け
真杙には（立派な杙には）　真玉を懸け
真玉なす（その玉の様に）　あが思《も》ふ妹《いも》
鏡なす（その鏡の様に）　あが思ふ妻（私が大切に思う妻が）
ありと言はば（いるというのならば）　こそよ[三]
家にも行かめ（家にも訪ねて行こうし）　国をも偲《しの》はめ（故郷をも偲ぼうが）

かく歌ひて、（こう〔太子が〕）すなはち共にみづから死にたまひき（そのまま衣通王と一緒に自ら死んでしまわれた）。かれ、（ところで）この二つの歌は、読歌《よみうた》[四]ぞ。

安康天皇——大日下王を殺害

御子《みこ》[五]、穴穂《あなほ》の御子、石上《いそのかみ》[六]の穴穂の宮に坐《いま》して、天の下治めたまひき。天皇、（安康帝は同母の）いろ弟《ど》大長谷《おほはつせ》[七]の王子《みこ》の為に、坂本《さかもと》[八]の臣等《おみら》が祖《おや》、根《ね》の臣を

一　今の初瀬《はせ》川。「泊瀬《はつせ》」の義で、今よりは水量も多く、船が停泊したのでこの名がある。
二　次句と対句で、初瀬川の上流と下流とに、神聖な立派な杙《くい》を打ち込み、その杙には鏡と立派な玉とを懸けた、ということ。杙は神降臨の依代《よりしろ》となるものであり、鏡や玉は生命力喚起（魂振《たまふり》）の呪具《じゅぐ》である。
三　「こそよ」の「こそ」は係助詞で、次の「行かめ」「偲はめ」と呼応するが、「行こうけれど」「偲ぼうけれど」という逆説的な意味を表す文法である。したがって、「ありと言はば」の仮定法は、実際に妻がいないことを表しているのである。
*　伊予まで追って来た妻衣通王を、太子が懐かしく思って歌ったにしては注三の表現が矛盾してくる。前頁の太子の歌は死を予感させる挽歌《ばんか》的発想の愛恋歌であった。今の歌は、すでに故郷で死んでいた衣通王に太子が挽歌を捧げたというのでもない。今現に会っている。それなのに、妻がいないと表現したのは、軽太子の、所詮《しょせん》、二人の生きる望みなし、という判断が、歌の上で、すでに妻がこの世に亡きものとする発想になったとみる。心中への伏線でもある。
四　朗読ふうの調子で歌う歌、の意であろう。
五　允恭《いんぎょう》天皇の御子、第二〇代安康《あんこう》天皇。軽太子の実弟。
六　奈良県天理市田町という。
七　のちの雄略《ゆうりゃく》天皇。

[九]大日下《おほくさか》の王《おほきみ》の許《もと》に遣《つか》はして、詔《の》らしめたまひしく、
「いまし命《みこと》の妹《いろも》、若日下《わかくさか》の王、大長谷の王子に婚《あ》はせむとおもふ。かれ、貢《たてまつ》るべし」

しかして、大日下の王、四《よ》[一〇]たび拝《をろが》みて白《まを》ししく、

「もし、かかる大命《おほみこと》もあらむかと疑へり。かれ、外に出《い》でずて置きつ。これ恐《かしこ》し。大命のまにまに奉進《たてまつ》らむ」

しかれども、言もちて白す事、それ礼《ゐや》なしと思ひて、すなはち、その妹の礼物《ゐやしろ》[一一]として、押木《おしき》[一二]の玉縵《たまかづら》を持たしめて貢献《たてまつ》りき。根の臣、すなはちその礼物の玉縵を盗み取りて、大日下の王を讒《よこ》[一三]しまつりて曰《まを》ししく、

「大日下の王は、勅命《おほみこと》を受けたまはらずて曰《の》らししく、『おのが妹や、等《ひと》[一四]し族《うがら》の下席《したむしろ》にならむ』とのらして、横刀《たち》[一五]の手上《たかみ》を取りて怒りたまひき」

かれ、天皇いたく怨みたまひて、大日下の王を殺して、その王《みこ》の

八 建内宿禰《たけうちのすくね》の子の木角宿禰《きのつぬのすくね》の後裔（一二九頁参照）。
九 仁徳天皇と日向《ひむか》から召された髪長比売《かみながひめ》との間の皇子で、同母妹に若日下王《わかくさか》（二〇四頁では「若日下部命《わかくさかべ》」とあった）がいた。雄略天皇に召される話は後文（二三九〜四二頁）に見える。
一〇 礼拝の回数が四度とは、鄭重《ていちょう》な礼拝をいう。
一一 敬意のしるしとして奉る物。
一二 木の枝の形をした玉飾のある冠。韓国慶尚北道《けいしょうほくどう》の慶州の天馬塚出土の金冠は、古新羅の王冠であって、鹿角形立飾《たてかざり》と四段からなる対生樹枝形立飾に勾玉《まがたま》と歩瑤《ほよう》が飾られている。もしこの類だとすると、「押《おし》」は「四段からなる押し重なった」の意であろう。たとえば八重歯を「押歯《おしは》」（二三八頁「市辺《いちのへ》の忍歯《おしは》の王」の特徴が、二五九頁に「御歯は、三枝《さきくさ》のごとき押歯《おしは》に坐しき」とある）というような「押《おし》」の意である。また「木《き》」は樹枝形立飾を意味するし、「玉縵」はまさしく勾玉で飾った冠である。大日下王はこのような押木の玉縵と呼ばれる逸品を、新羅系帰化人（安康紀には難波吉師日香蚊《きしひかか》父子が王に仕えていたとある）を通じて所蔵していた。それを礼代《いやしろ》として献るべく根臣《ねのおみ》に持たせたのである。「縵」は「縵」の異体字。
一三 事実を曲げて人の悪口を告げ口する。讒言《ざんげん》。
一四 同族の者の下敷き（妃）なんかになるものか。
一五 太刀の柄《つか》を握って。威高《いだか》げな姿勢をとること。
＊ 安康天皇は大日下王を殺す。讒言であることが見抜けなかった帝の不明が後段の伏線となる。

一　正妻。長田大郎女《おさだのおおいらつめ》ならば、允恭《いんぎょう》天皇皇女で、安康《あんこう》帝の同母姉である（二二五頁）。結婚が許されないことは、軽太子と同母妹軽大郎女（衣通王）との密通事件に見たとおりである。安康紀等の伝える履中《りちゅう》天皇皇女長田大娘《ながたのおおいらつめ》（中蒂姫《なかしひめ》の別名）か。
二　夢に神託を受けるためにしつらえた床（一三四頁注六参照）。ここで見る夢は、そのまま現実《うつつ》のこととなる霊夢なのであって、そこに「神託」の政治的効力があった。ところが、ここでは「昼寝」の場所として用いられ、皇后が側にいて会話をしているのである。神床は、女性を近づけず斎戒《さいかい》して神託を受ける場所なのに、安康天皇はそれを弁《わきま》えることがなかった。
三　大日下《おおくさか》王の妃の長田大郎女で、安康天皇が大日下王を殺し、奪ってきて自分の皇后にした人。
四　天皇様の厚いご恩沢（ご寵愛《ちょうあい》）を受けて、の意。
五　先夫（大日下王）と長田大郎女との間の子で、大郎女はこの目弱王を「連《つ》れ子」にしていたわけである。
六　御殿は高床《たかゆか》式建築であった。大人でもゆうに通れる。たまたま床下で遊んでいたのである。
＊　安康天皇が皇后に漏らした血腥《ちなまぐさ》い話を、不覚にも目弱王に聞きとられ、天皇は寝首をかかれる。このあっけない結末には、どうみても「聖帝」の面影はない。注二でみたように、「神牀《かむどこ》」を「寝床」がわりに用いた天皇に対する、神罰覿面譚《しんばつてきめんたん》とみたほうが分りよい。天皇が殺害されるという話は、

――目弱王、天皇を殺害

[一]嫡妻《むかひめ》、長田の大郎女《おほいらつめ》を取り持ち来《奪って連れてきて》て、皇后《おほきさき》としたまひき。
これ《この事件の》より後《のち》に、天皇《安康帝は》、神牀《かむどこ》[二]に坐《いま》して昼寝《ひるい》したまひき。しかして《そうして》、
その后《きさき》[三]に語りて曰《の》らししく《言われたのには》、

「なれ《お前は》、思ほすところありや《何か心配なことがあるか》」

〔皇后が〕答へ曰ししく、

「天皇《すめらみこと》[四]の敦《あつ》き沢《うつくしび》を被《かがふ》りて、何か思ふところあらむ《何の心配ごとがございましょうか》」

ここに《ところで》、その大后《おほきさき》の先《さき》[五]の子、目弱《まよわ》の王《おほきみ》、これ年七歳《ななつ》にありき。この王《みこ》、その時に当りて《ちょうどその時に》、その殿《御殿の》[六]の下に遊べり。しかして《一方》、天皇《安康帝は》、その少《わか》き王《みこ》の殿の下に遊べるを知らさずて《ご存じなくて》、大后に詔《の》らして言《い》ひしく、

「あは《私は》、恒《つね》に思ふところあり《心配なことがある》。何ぞといへば《〔それが〕何かというと》、なが子《お前の子の》目弱の王、人と成りたらむ時に《成人した時に》、あが《私が》その父の王《みこ》《大日下王》を殺ししを知りなば《殺したことを知ったなら》、還りて《心変りし》邪《きたな》き心あらむとするか《反逆心を起すのではなかろうか》」

ここに《ところが》、その殿の下に遊べる目弱の王、この言《こと》を聞き取りて《すっかり聞いて》、すなはち《そのまま》、天皇《安康帝が》の御寝《みね》ませる《お眠りになっている隙を》をひそかに伺《うかか》ひて、その傍《かたはら》の大刀《たち》を取る《取るや》

すなはち《いなや》、その天皇の頸《くび》を打ち斬りて、都夫良意富美《つぶらおほみ》[七]が家に逃げ入《い》りき。天皇の御年《安康帝の宝算は》、伍《い》拾[八]ちあまり陸歳《むつ》ぞ。御陵《みはか》は菅原《すがはら》[九]の伏見《ふしみ》の岡にあり。

しかして、大長谷《おほはつせ》[一〇]の王子《みこ》、当時《そのかみ》童男《をぐな》[一一]なりき。すなはち《そして》、この事を《この変事を》聞きたまひて、慷愾《いきどほ》り忿怒《いか》りて、すなはち《すぐに》、その兄《いろえ》[一二]黒日子《くろひこ》の王《おほきみ》の許《もと》に到りて曰《まを》したまひしく《申し上げられたのには》、

「人[一三]、天皇を取りつ《天皇を殺しましたよ》。いかにかせむ《どうしましょうか》」

しかるに《しかし》、その黒日子の王、驚かずて《驚きもせず》怠緩《おほろ》[一四]かにある心あり《いい加減な気分だった》。ここに《これを見て》、大長谷の王、その兄を《黒日子王を》詈《の》りて言ひしく《ののしって言ったのには》、

「一つには[一五]天皇にいまし《一方では天皇であらせられ》、一つには《一方では》兄弟《はらがら》にいますを《あられるのを》、何か《どうして》恃《たの》む心もなくて《頼もし気もなくて》、その兄を殺しまつりしことを聞きて《〔人が〕自分の兄君を殺し申し上げたことを聞いて》、驚かずて怠《おほろ》かにある《いい加減なのか》」

といひてすなはち《ただちに》、その衿《ころものくび》[一六]を握《と》りて控《ひ》き出でて《引き出して》、刀《たち》を抜きて《〔黒日子王を〕》打ち殺したまひき《打ち殺してしまわれた》。また、その兄[一七]白日子《しろひこ》の王に到りて、状《あるかたち》を告《つ》ぐること

実はこの安康天皇が記中唯一の例となっている。蘇我馬子《そがのうまこ》が弑逆《しいぎゃく》した崇峻《すしゅん》天皇も著名ではあるが、崇峻記（二七〇頁）はそのことを記さない。前に見た軽太子の密通事件も異様であったが、この安康天皇殺害事件はさらに異様である。

七 建内宿禰《たけうちのすくね》の曾孫。雄略紀元年条に「葛城円大臣《かづらきのつぶらのおほおみ》」とある。豪族葛城氏で皇室の外戚。目弱王との系譜上の関係は全くなく、なぜ都夫良意富美《つぶらおほみ》の家に逃げ込んだか不明である。「都夫良意美《つぶらおみ》」（次頁四行目）とも書く。

――大長谷王の忿怒

八 五十六歳。

九 奈良市宝来町古城の地。

一〇 のちの雄略天皇。

一一 少年。「倭男具那命《やまとをぐな》」（一五四頁）は倭建《やまとたける》命の亦の名としてあったが、大長谷王物語が倭建命物語と類似の表現をもつ一つの例である。

一二 同母兄。二二五頁に「境黒日子王《さかひのくろひこ》」とあった。

一三 「人」とは「誰かある人」の意。神や魔物が人を殺すことは古代人の通念として少しも異常ではなかった。しかし、人間が天皇を殺すなどということは考えられないことだった。

一四 ぼんやりして、いい加減なさま。

一五 安康天皇と黒日子王との関係を説諭している。

一六 襟首。一五八頁一三行目に、倭建命が熊曾《くまそ》の「衣《ころも》の衿《くび》を取りて」とあったのと照応する。

一七 同母兄。二二五頁に「八瓜白日子王《やつりのしろひこ》」とあった。

と前《さき》のごとし。緩《おほろ》かにあることも黒日子の王のごとし（いい加減である点も黒日子王と全く同じであった）。すなはち（即座に）、その衿《ころものくび》を握《と》りて引き率《ゐ》来て、小治田《をはりだ》[一]に到りて、穴を掘りて立てながら（立ったままで）埋《う》みしかば（埋めたところ）、腰[二]を埋《う》む時に至りて、両《ふた》つの目走り抜けて（飛び出して）死にき。

また、（〔大長谷王は〕）軍を興して、都夫良意美《つぶらおみ》が家を囲《かく》みたまひき（包囲なされた）。しかして（一方〔都夫良意美も〕）、軍を興《おこ》して待ち戦ひて（応戦して）、射《い》出づる矢（射放つ矢は）、葦のごとく来散りき（葦の花の様に盛んに飛び散った）。ここに（そこで）、大長谷《おほはつせ》の王《おほきみ》、矛《ほこ》[三]もちて（矛をば）杖《つゑ》にして、その内を（家の中を）臨《のぞ》みて詔《の》らししく、

「あが相言へる（私が言いかわした）嬢子《をとめ》[四]は、もし（もしや）、この家[五]にありや（この家にいるか）」

しかして（すると）、都夫良意美、この詔命《おほみこと》を聞きて、みづから参出《まゐ》でて、佩《は》[六]ける兵《つはもの》を解きて、八度《やたび》[七]拝《をろが》みて白《まを》ししく、

「先《さき》の日（先日）に問ひたまひし（妻問なされました）女子《むすめ》、訶良比売《からひめ》は侍《さもら》[八]はむ。また、五処《いつところ》[九]の屯宅《みやけ》を副《そ》へて献《たてまつ》らむ[一〇]（いはゆる五村《いつむら》の屯宅は、今の葛城《かづらき》の五村の苑人《そのひと》[一一]ぞ）。しかるに（しかし）、その正身《ただみ》[一二]、参向《まゐむか》はざるゆゑは（参上しないわけは）、往古《いにしへ》より今時《いま》に至るまでに、臣《おみ》[一三]・連《むらじ》の、王《きみ》の宮に隠《かく》ることは聞けど（庇護を求める例は聞いても）、いまだ王子《みこ》の、臣《やつこ》が家に隠りましし ことを聞かず（隠れ込まれた例は聞き及びません）。ここをもちて思ふに（こういうことから考えますと）、賤《いや》しき奴《やつこ》

一 奈良県高市郡明日香村《たかいちあすか》にあるが、甘樫丘《あまかしがおか》の北に、今日「小墾田宮址《おはりだし》」（通称「古宮土壇《ふるみや》」付近）と称しているあたりをいう。

二 以下、きわめて写実的である。

＊ 大長谷王（雄略天皇）の、実兄二王を殺害する残忍さは記中無類である。それは二三八～九頁の、市辺忍歯王《いちのへのおしは》の殺害にもみられる。しかしこの残忍さは、軽太子や安康天皇に見たような異様さではない。英雄のもつ暴虐性である。これは倭建命のそれに通ずる。

――大長谷王、目弱王を滅ぼす

三 「矛を杖につく」という表現は、武威堂々たるさまで、漢の高祖（沛公《はいこう》）が酈食其《れきいき》を謁した条に「杖《つゑ》《ツキテ》レ矛《ヲ》」（『史記』朱建伝）とあるのを念頭に置くか。

四 一〇行目に「訶良比売《からひめ》」とある。二三九頁一四行目に「韓比売《からひめ》」と記され、雄略天皇の妃となり、白髪命《しらか》（清寧天皇《せいねい》）を生む。

五 「この家」という物言いに尊大な語感がある。

六 身に帯びている武器（太刀）を外して、の意。

七 礼拝の回数が八度とは、最高に鄭重《ていちょう》な礼拝。

八 お側にお仕え致しましょう。親として娘の輿《こし》入れを承諾したということ。

九 五カ所の屯倉《みやけ》を添えて献上するのは持参金づきということ。「屯宅《みやけ》」は「屯家」（一五七頁注一四参照）とも書かれるが、普通は「穀物を収納する倉」に重点を置いて「屯倉」と書く。

意富美《おほみ》は、力を竭《つく》して戦ふとも、さらに勝つべきことなけむ《けっして勝てるはずはありますまい》。しかれども《しかしながら》、おのれを《私めを》恃《たの》みて《頼って》、陋《いや》しき家に入りまし《卑しいこの家に入られた》し王子《みこ》は、死ぬ《死んで》とも《も》棄《う》てまつらじ《お見捨て致しますまい》」

かく《こう》白《まを》して、また《再び》、その兵《つはもの》を取りて《武器を取り》、還り入りて《〔自分の家に〕》戦ひき。しかして《そして》、力窮《きは》まり矢尽《つ》きぬれば《無くなったので》、その王子に《目弱王に》白ししく《〔意富美が〕》、

「あは《私は》、手ことごと《痛手をすっかり》傷《お》ひつ《負いました》。矢も尽きぬ。今は《もう今は》、え戦はじ《戦えますまい》。いかに《どう致しましょう》」

その王子の《目弱王が》答へ詔《の》らししく、

「しからば《それならば》、さらにせむすべなし《もうどうにも致し方がない》。今は、あを殺せ《私を殺してくれ》」

かれ《そこで》、刀《たち》もちて《太刀で》その王子を刺し殺すすなはち《目弱王を刺し殺すや》、おのが《〔返す刀で〕自分の》頸《くび》を切りて死にき。

これより後《のち》に、淡海《あふみ》の佐々紀《ささき》の山の君が祖《おや》、名は韓帒《からぶくろ》[一四]が白ししく、

「淡海の久多綿《くたわた》[一五]の蚊屋野《かやの》は、多《さは》に猪鹿《しし》[一六]あり。その立てる足は、茂《しもと》[一七]原《はら》のごとく、指挙《ささ》げたる《頭に戴く》角《つぬ》は、枯松《からまつ》のごとし」

一〇 屯宅が五カ所に散在しているのだが、それを一括した呼び名として「五村《いつむら》」と言われていたのである。

一一 蔬菜《そさい》や果樹の園《その》に働く人々。「今」（『古事記』編《へん》纂《さん》当時）の時点で、「苑人《そのひと》」が住んでいる所が「五村《いつむら》」という地名になっていたことが分る。『和名抄』の「大和国忍海《おしみ》郡園人《そのひと》郷」（北葛城郡新庄町忍海）か。

一二 その人自身（二二三頁注一五参照）。「その」は意《お》富《お》美《み》をさす。

一三 「臣・連」は、下の「臣《やつこ》」と同じく、王族に対する臣下の意。臣下で罪を犯した場合、王族を頼みにして匿《かくま》ってもらおうと逃げ込んだ例はあるということ。

＊ 都夫良意美は皇室の戦力、特に大長谷王の英雄的残忍暴虐性をよく知っていたが、「窮鳥懐《ふところ》に入れば…」の譬《たと》えで、死を決して戦う。結果は目弱王を殺し自害する。二二九頁の大前小前宿禰は穴穂御子に人道を説き、ここの都夫良意美は死を覚悟して幼い王子を救おうとするあたり、豪族の首長の心意気を示して興味深いが、後者の行為は凋落《ちょうらく》する葛城氏の栄光の最後の閃光《せんこう》にも似ている。

一四 二六〇頁に、この男の子孫の話が出てくる。

一五 滋賀県愛知《えち》郡秦荘《はたしょう》町上蚊野《かみかの》付近。

――大長谷王、忍歯王を殺害

一六 以下、鹿の脚と角の比喩であり、「猪」は添え字。

一七 若枝の細く伸びた雑木の原。鹿の脚に譬《たと》えた。「茂《しもと》原《はら》（林）」の訓《よ》みは、景行紀四十年条の古訓による。

一 履中《りちゆう》天皇と黒日売命（葛城《かつらき》の曾都毗古《そつびこ》の孫娘）との間の子である。祖父母は仁徳天皇と石之日売皇后であり、血統はすぐれてよい。「忍歯《おしは》」（二三三頁注一二参照）という名を記憶に止めておこう。

二 猪鹿の狩猟のためである。

三 「平の心」は「平常心」で、いつもと変らぬ気持。五行目の「詔《の》らししく」に係る。実は「狩猟」というものが、非日常（晴《はれ》）の世界での行事なのである。それなのに、「平心」であったとは、日常（褻《け》）と同じ気持なのであるから、忍歯王のほうが迂闊《うかつ》であって、すでに不吉な運命を予想させる。

四 乗馬のままで仮宮の側にお立ちになったこと。

五 おそばにお仕えしている人。

六 「うたて」は、感動の意の副詞だが、ここでは悪いほうの気分で用いている。「まだ寝ているのか」とかまだ暗いのに「すっかり夜が明けた」とかをさす。

七 「着る」の尊敬語。

八 原文「儵忽之間《しゆくこつ》」とある。「儵」も「忽《たちまち》」の意。

九 馬のかいば（飼い葉）を入れる桶。

一〇 地面と同じ高さに、すなわち平らに、の意。普通墳墓は必ず盛土にするのだが、ここでは、墳墓の扱いをせず、忍歯王の存在を永久に消し去る意図をもつ。

＊ 大長谷王は、皇位継承上の競争者を次から次へと屠《ほふ》ってゆく。実兄黒日子・白日子二皇子は意外に脆《もろ》く、大日下王の遺児目弱王は自滅し、最後の大物は欺《だま》し討ちにした。英雄として皇位を獲《かちと》るお膳この時に、市辺[一]《いちのへ》の忍歯《おしは》の王《おほきみ》を相率《あひゐ》て、淡海《あふみ》に幸行《いでま》して、その野に《[二]蚊屋野に》到りませば《到着なさると》、おのもおのも《二皇子はそれぞれ》異《こと》に仮宮《かりみや》を作りて宿りましき《お泊りになった》。しかして《そして》、明旦《あくるあした》、いまだ日も出でぬ時に《まだ日も上らない暗いうちに》、忍歯の王、平《つね》[三]の心もちて《いつもの気持で》、御馬《みま》に乗りながら、大長谷《おほはつせ》の王の仮宮の傍《かたはら》に到り立たして[四]、その大長谷の王子《みこ》の御伴人《みともひと》に詔らししく《仰せられたのには》、

「いまだ寤《さ》めまさぬか《お目ざめでないか》。早く白すべし《早くこう申し上げよ》。夜《よ》はすでに曙《あ》けぬ《すっかり明けた》。獦庭《かりには》に幸すべし《お出でなさいと》」

とのらして、すなはち《〔忍歯王は〕そのまま》馬を進めて出で行きましき《出て行かれた》。しかして《そこで》、その大長谷の王の御所《みもと》[五]に侍《さもら》ふ人等が白ししく《申し上げたのには》、

「うたて[六]《いやみに》物云ふ王子ぞ。かれ《だから》、慎《つつ》しみたまふべし《ご用心なさいませ》。また、御身《みみ》を堅めたまふべし《武装なさいませ》」

とまをしかば、《〔大長谷王は〕》衣《みそ》の中《なか》に甲《よろひ》を服《け》し[七]、弓矢を取り佩《お》ばして《帯びられて》、馬に乗りて出で行きまして《出て行かれて》、たちまち[八]の間に、馬より往き双《なら》びて《乗馬のまま進み》、矢を抜きてその忍歯の王を射落すすなはち《射落すやいなや》、また、その身を切りて《忍歯王の身体を斬って》、馬槽《うまぶね》[九]

に入れて、[一〇]土と等《ひと》しく埋《う》みたまひき《埋めなさった》。

ここに《そこで》、市辺の王の王子《みこ》等《たち》、[一一]意祁《おけ》の王・袁祁《をけ》の王（二柱）、この乱れを聞きて逃げ去りましき《父王が殺された事変を聞き〔そこから〕逃亡された》。かれ《さて》、[一二]山代《やましろ》の苅羽井《かりはゐ》に到りまして《到着なされて》、[一三]御《み》粮食《かれひを》す時に、[一四]面黥《おもてさ》ける老人《おきな》来て、その粮《かれひ》を奪《うば》ひき。しかして《それで》、その《意祁王》二はしらの王《みこ》の《袁祁王の》言《の》らししく《言われたのには》、

「粮は惜しまず《乾飯は惜しくない》。しかれども《それにしても》、なは《お前は》誰人《たれ》ぞ」

答へ曰《い》ひしく、

「あは《わしは》、山代の[一五]猪甘《ゐかひ》ぞ」

かれ《こうして》、[一六]玖須婆《くすば》の河を逃げ渡りて《〔二皇子は〕》、[一七]針間《はりま》の国に至りまし《行かれて》、その国人《播磨の》、名は[一八]志自牟《しじむ》が家に入りまして《お入りになって》、身を隠したまひて《身分をお隠しになって》、馬甘牛甘《うまかひうしかひ》に役《つか》はえましき《使われなさった》。

[一九]大長谷若建《おほはつせわかたける》の命《みこと》、[二〇]長谷朝倉《はつせあさくら》の宮に坐《いま》して、天の下治めたまひき。

天皇《雄略帝は》、大日下《おほくさか》の王の妹《いろも》、若日下部《わかくさかべ》の王を娶《めと》りたまひき《妻になされた》（子なし）。また、都夫良意富美《つぶらおほみ》が女《むすめ》、韓比売《からひめ》を娶りて生みたまへる御子《妻にしてお生みになった御子は》、[二一]白髪《しらか》の

立てはできた。外戚葛城氏の凋落《ちょうらく》もその渦中に呑まれたものであり、忍歯王の遺児の流離も同様であった。大長谷王は専制君主という「天皇」の体質の創造者として描かれる。

——忍歯王の遺児の流離

一一 のちの仁賢《にんけん》・顕宗《けんぞう》両天皇。

一二 京都府相楽《そうらく》郡山城町綺田《かばた》の地かとも、あるいは城陽市水主《みずし》の地かともいう。

一三 一六四頁注九参照。

一四 顔面に入墨《いれずみ》をした老人。以下二六一頁参照。

一五 朝廷の豚を飼う部民。「猪《ゐ》」は豚で、「甘《かひ》」は飼い。

一六 大阪府枚方《ひらかた》市楠葉《くずは》で、そこに淀川の渡し場があった。建波邇安《たけはにやす》王の反逆の条に、「久須婆《くすば》」の地名付会説話があった（一三九頁一二〜三行目参照）。

一七 今の兵庫県の西南部をさす。「播磨《はりま》」より古い用字（一二七頁注二三参照）。

一八 地名「縮見《しじみ》」（今の兵庫県三木市志染町）に基づいた人名であろう。二五五頁六行目以下参照。

一九 第二一代雄略天皇。允恭天皇の皇子。安康天皇の同母弟。埼玉県行田《ぎょうだ》市稲荷山《いなりやま》古墳出土鉄剣銘に「獲加《わか》多支鹵《たきる》大王」とあるのに擬せられる。「たきる」は「たける」の古形。

——雄略天皇皇統譜

二〇 奈良県桜井市初瀬町が「長谷」に当るが、「朝倉」は桜井市黒崎と岩坂の間の地名。

二一 のちの清寧《せいねい》天皇。二五四〜五頁に記事があるが、允恭系の天皇はこの天皇で断絶する。

命《清寧帝》。次に妹若帯比売《いろもわかたらしひめ》[一]の命（二柱）。かれ《そこで》、白髪《しらか》の太子《ひつぎのみこ》の御名代《みなしろ》[二]として、白髪部《しらかべ》を定め、また、長谷部《はつせべ》[三]の舎人《とねり》を定め、また、河瀬[四]の舎人を定めたまひき《お置きになった》。この時に《この御代に》、呉人参《くれひとまゐ》[五]渡り来《き》ぬ。その呉人を、呉原《くれはら》[六]に安置《お》[七]きたまひき。かれ《それで》、そこを号《なづ》けて呉原といふ。

初め、大后《おほきさき》[八]、日下《くさか》[九]に坐しし時《おられたところ》に、日下[一〇]の直越《ただこえ》の道より《道を通って》、河内《かふち》に幸行《いでま》しき。しかして《さて》、山[一一]の上《うへ》に登りて、国内《くぬち》を望《みさ》けたまへば《遠望されると》、堅魚《かつを》[一二]を上《あ》げて舎屋《や》を作れる家あり。天皇《雄略帝は〔従者に〕》、その家を問はしめて云らしし《その家について尋ねさせて仰せられたのには》く、

「その堅魚を上げて舎《や》を作れるは、誰《た》が家ぞ《誰の家か》」

答へ白ししく《〔従者が〕》、

「志幾《しき》[一三]の大県主《おほあがたぬし》が家ぞ」

しかして《そこで》、天皇の詔《の》らししく、

「奴《やつこ》[一四]や、おのが家を《自分の家を》天皇《すめらみこと》の御舎《みあらか》に似て造れり《似せて造りおるわ》」

とのらして、すなはち《ただちに》人を遣はしてその家を焼かしめたまふ時に、

——若日下部王を妻問う

一 同母妹。雄略前紀によると、伊勢の斎宮になった栲幡姫《たくはたひめ》と同一人物である。

二 二〇五頁注一五参照。皇太子「白髪《しらか》」の名に因《ちな》む。

三 「長谷部」は、雄略天皇即位前から、その「大長谷若建命」の名に因んで部曲《かきべ》が設けられていたが、即位後、そこに「舎人《とねり》」（二二頁注三参照）を置いたもので天皇側近として部曲の管理連絡に当った。

四 河瀬の管理連絡に当る舎人。雄略紀十一年条に、近江国栗太郡《おうみくりもと》（滋賀県草津市周辺）から、田上川（今の大戸川）に白い鵜《う》がいるとの報告があったことに因む。瑞祥思想によるものであろう。

五 中国南方の「呉国《くれのくに》」の人とも、「句驪《くれ》」（高句麗《こうくり》）の人ともいう。

六 奈良県高市《たかいち》郡明日香《あすか》村栗原付近。

七 仏典語。置く、の義。ここでは、住まわせる意。

八 皇后の若日下部《わかくさかべ》王。以前、日下に住んでいた。

九 大阪府東大阪市日下町付近。

一〇 大和《やまと》から難波《なにわ》への近道。今の近畿日本鉄道生駒《いこま》山ドライブウェーの宝山寺コースへの分岐点南方二〇メートルの地点から、通称日下山《くさかやま》の南側を通り、通称焼《やけ》山《やま》の北側を通り、日下町池端《いけのはた》へ下る直線コース。ただし通説は生駒山の暗峠《くらがりとうげ》越えの道とする。

一一 以下、天皇の国見の行為。通称日下山の南側を通る「直越《ただこえ》」の道からは河内《かわち》の志幾《しき》地方（大阪府柏原《かしわら》市付近）まで眺望が利く。倭建命の白鳥陵がある。

一三「堅魚木《かつをぎ》」の略。神社や宮殿の屋根の棟木の上に葺草《ふきくさ》の散乱防止その他の目的で載せた鰹《かつお》形の木。
一三 大阪府柏原市付近。「大県主」はそこにいた豪族。
一四 あいつめ。相手への卑称。
一五「稽首」は仏典語。一〇四頁注四参照。
一六 私は卑しい奴《やつこ》（下僕）の分際でありますので。
一七「白」は神聖を表す色で、天皇に白い犬を献ったのは、瑞祥の意をこめてのことである。
＊ 即位後の雄略天皇像は、皇子時代の激しい気性はそのままであるけれども、次第に「天皇」としての自覚に立った英雄として描かれることになる。その第一が国見の行為で、堅魚木を天皇宮殿の権威の象徴とし、それに似せた河内の大豪族を不遜《ふそん》として焼き討ちにしようとする。そしてそれを服従させ、謝罪の品を瑞祥とし、妻問《つまどい》（求婚）の結納の品とする。これが、第二の妻問の行為で、天皇の行為の流れは一連のものである。ただ雄略天皇の場合は、勝利者としての堂々たる王者の風格の持主らしく描かれている点に特色がある。
一八「日を背にして」とは、「日の御子たる雄略天皇が日を背に負うて」の意で、河内は西、大和は東で日の出る国という意識に基づいて、その日の威光を背負った日の御子だから恐れ多い、と言ったのである。
一九 本当の理由は、求婚を受けた女が最初は男を拒否するという昔からの婚俗に従ったためであろう。この例は、六七頁＊印でも触れておいた。

その大県主《おほあがたぬし》懼畏《かしこ》みて《恐れ》[一五]稽首《の》み白《まを》ししく、

「[一六]奴にしあれば、奴ながら《奴相応に》覚《さと》らずして《気づかずに》、過《あやま》ち作れるは、いと畏《かしこ》し。

かれ《それで》、のみの《謝罪の》御幣《みまひ》の物を献らむ《御贈物を献りましょう》」

布を白き[一七]犬に繋《か》け、鈴を著《つ》けて、おのが《自分の》族《うがら》、名は腰佩《こしはき》といふ人に、犬の縄を取らしめて《取らせて》献上《たてまつ》りき。かれ《そこで》、その《その家に》、火を著くることを止《や》め《止》しめたまひき《めさせられた》。すなはち《それからすぐ》、その若日下部《わかくさかべ》の王《おほきみ》の許《もと》に幸行《いでま》して、その犬を賜ひ入れて《贈り入れなさって》、詔《の》らしめたまひしく《従者に言わせなされたのには》、

「この物は、今日道に《道中で》得《え》つる奇《あや》しき物ぞ《珍しい物だ》。かれ《だから》、つまどひの物《これを結納の品とする》」

と云《い》ひて、賜ひ入れたまひき《〔王に〕お贈りになった》。ここに《そこで》、若日下部の王、天皇に《雄略帝に》奏《まを》さしめたまひしく《奏上せられたのには》、

「[一八]日を背にして幸行しし事《お出でになったのは》、いと《誠に》恐《かしこ》し。かれ《それで》、おのれ《私の方から》、直《ただ》に参上《まゐのぼ》りて仕へまつらむ《お仕え申しましょう》」
[一九]ここをもちて《こういうわけで》、宮に還り上ります時に《朝倉宮にお帰りになる時に》、その山の坂の上に行き立《お》たして《かの山の峠に通じる坂の上に行きお立ちになって》、歌ひたまひしく、

一日下部《くさかべ》の　こちの山と《こちらの山と》
二たたみこも　平群《へぐり》の山の
こちごち《あちこち》の　三山の峡《かひ》に
四立ち栄《ざか》ゆる　葉《は》広《びろ》熊白檮《くまかし》
五本《もと》には　いくみ竹生《だけお》ひ
六末辺《すゑへ》には　たしみ竹生ひ
七いくみ竹　いくみは寝ず《組んでは寝もせずに》
八たしみ竹　たしには率寝ず《確かには寝もせずに》
九後《のち》もくみ寝む　その思ひ妻《そのいとしいわが妻よ》　あはれ《ああ》

すなはち《そこで》、一〇この歌を持たしめて〔若日下部王の従者に〕、返し使はしたまひき《返しお遣わしになった》。

赤猪子の節操

また、一一一時《あるとき》、天皇遊び行《いでま》して《雄略帝が》、一二美和河《みわがは》に到りましし時に《着かれた時に》、河の辺《へ》に衣《きぬ》洗ふ童女《をとめ》あり。その容姿《かたち》いと麗しくありき《たいそう美しかった》。天皇《すめらみこと》、その童女に一三問ひたまひしく、
「なは誰《た》が子ぞ《お前は誰の子か》」

一「日下《くさか》」と同じであるが、仁徳天皇の御代に「大日下部」「若日下部」の御名代《みなしろ》が置かれた（二〇五頁）ので、「日下」を「日下部《くさかべ》」といったもの。「若日下王」の名（二三三頁）を「若日下部」というのと同じ。「こちの山」は大和《やまと》側の生駒山をさす。
二「平群」に懸る枕詞（一六九頁注一九参照）。「平群の山」は矢田丘陵。生駒山脈に並んで南北に走る。
三 生駒山脈と矢田丘陵との間の谷あい。
四 繁茂して立っている葉の広い大きな樫《かし》、の意。
五 樫の木の根本のほうの谷あいでは、こんもり茂った竹が生え、の意。「いくみ」の「い」は接頭語で、「くみ」は「隠《く》む」（こんもりする）の意。
六 樫の木の梢のほうの谷あいでは、繁茂した竹が生え、の意。「たしみ」の「た」は接頭語で、「しみ」は「繁《し》む」（緊密である）の意。注五とともに、山頂から眺めた遠景の描写。
七「い隠《く》み竹」は枕詞で、「い組《く》み」に懸る。
八「たしみ竹」も枕詞で、「確《たし》に」に懸る。下の「率《ゐ》寝《ね》」は、共寝のこと。
九 将来にはきっと腕を交《かわ》して寝よう、の意。
＊ もと平群地方での首長の国見の歌垣における歌であったろう。樫や竹はともに生命の樹として寿歌的素材に用いられ、類似音の景物を反復して陳思《ちんし》に転換するのも、二三一頁に見た表現と全く同じである。

〔乙女が〕答へ白ししく、
「おのが名《私の名は》は、[一四]引田部《ひけたべ》の赤猪子《あかゐこ》とまをす《申します》」
しかして《すると》、詔《の》らしめたまひしく《従者に言わせなさったのには》、
「なは《お前は》、[一五]夫《を》に嫁《あ》はざれ。今《今に》、喚《め》してむ《きっと召そう》」
とのらして、宮に還りましき《朝倉宮に戻られた》。かれ《そこで》、その赤猪子、天皇の《雄略帝の》[一六]命《みこと》を仰ぎ
待ちて、すでに《とうとう》[一七]八十歳《やそとせ》経《へ》たり《経った》。ここに《そこで》、赤猪子がおもへらく《思ったのには》、
「命《みこと》を望《あふぎま》ちつる間に、すでに《もはや》多《あまた》の年経《へ》たり。姿體《かたち》痩《や》せ萎《しぼ》みて、
さらに《全然》恃《たの》むところなし《召されるあてもない》。しかれども《けれども》、待ちつる《待っていた》情《こころ》を顕《あら》はしまをさ《申し上げ》
ずは《ないでは》、[一八]悒《いぶせ》きに忍《しの》びじ」
とおもひて、[一九]百取《ももと》りの机代《つきえしろ》の物を持たしめて《人に持たせて》、参出《まゐ》でて貢献《たてまつ》りき。
しかるに《ところが》、天皇すでに《雄略帝はすっかり》先に[二〇]命《の》らしし事を忘らして《仰せられたことを忘れられて》、その赤猪子に問
ひて曰《の》らししく、
「なは《お前は》、誰《た》が老女《おみな》ぞ。何のゆゑにか《どういうわけで》参来《まゐき》ぬる」
しかして《そこで》、赤猪子が答へ白《まを》ししく、

一〇 歌を持たせたというのは、歌が記載されたものであったことを示す。
一一 「一時」「遊行」、次行の「童女」などは仏典語。
一二 三輪川。初瀬《はせ》川の下流で、三輪山麓を流れる川を特に三輪川と言ったもの。ここで洗濯をしている美女がいて、ふと男が求婚の声をかけるという設定は、水辺の聖女に客神《まれびと》が訪れるという説話の類型である。
一三 求婚のために男が女の名を問い、答えれば女の承諾を表す。
一四 「引田部《ひけたべ》」は、地名「引田」の部民。『和名抄』に「城上《しきのかみ》郡辟田《ひきた》郷」（今の桜井市白河《しらか》）とあり、初瀬町の北の山奥の地である。今も猪が多いが、「赤猪子《あかゐこ》」の名にあるように、昔は霊獣である猪の住む山を守る部民として「引田部」があった。大三輪氏の一支族で、曳田《ひきた》神社（『延喜《とう》式』神名帳）を祭った。
一五 他の男に嫁がないでおれ、の意。
一六 お召しの言葉。
一七 「八十」は、多数の意の聖数。
一八 気分が晴れずとても我慢ができない。
一九 婿取りの際に、女のほうから男に贈る結納品（九四頁注五参照）。
二〇 前に赤猪子を召すから他の男と結婚せずにおれ、と仰せになったことをさす。

「[一]その年その月《某年某月》、天皇《すめらみこと》の命《みこと》[二]を被《かがふ》りて、大命《おほみこと》[三]を仰ぎ待ちて、今日に至るまでに、八十歳《やそとせ》経《へ》たり。今は容姿《かたち》すでに《すっかり》耆《お》いて、さらに《まったく》恃《たの》む[四]ところなし。しかれども《けれども》、おのが《私の》志[五]を顕《あら》はし白《まを》さむとして参出《まゐ》でつるにこそ《参上した次第でございます》」

ここに《すると》、天皇いたく驚きたまひて《雄略帝はひどく驚かれて》、

「あは《私は》、すでに《全く》先《さき》の事を忘れてありけり《以前に言ったことを忘れていたよ》。しかるに《それなのに》、なは《お前は》志を守り命を待ちて《操を守り私の言葉を待って》、徒《いたづら》[六]に盛りの年を過《すぐ》しつること、これいと《過してしまったそのことが大変》愛悲《かな》[七]し」

と、心の裏《うち》《内心》に婚《あ》はむとおもほししに《結婚しようと思われたが》、それ《赤猪子が》亟《はや》[八]く老いて、婚《まぐは》ひをえ成したまはぬことを《結婚がおできにならないことを》悼《いた》みて《悲しんで》、御歌を賜ひき。その歌に曰《い》ひしく、

[九]みもろの　厳白檮《いつかし》が本《もと》
[一〇]白檮が本《樫の木同様》　ゆゆしきかも《神聖で近寄りがたいよ》
[一一]白檮《かし》原《はら》童女《をとめ》

また、〔雄略帝が〕歌ひたまひしく、

引田《ひけた》の　[一二]若栗栖《わかくるす》原《ばら》

一 「その」は「或る」の意で、ぼかしていう表現。
二 お言葉をこうむって、の意。
三 お召しのお言葉を強調して「大命」と言った。
四 お召しにあずかるあてもなくなりました。
五 お言葉を信じ、今まで守り通した操《みさお》のほどを打ち明け申し上げようとして、の意。
六 女盛りの年。「盛年」は仏典語。
七 いとしく可哀想だ。
八 早くも。「亟」は「疾」（速し）の意（『爾雅《じが》』釈《しゃく》詁《こ》）。
＊ 赤猪子だけが年をとって、天皇は依然として若い。荒唐無稽であり、また、無責任な話でもある——といった読み方もあろう。しかし、以下の説話の条で明瞭になってくることだが、雄略天皇の描かれ方には、中国の神仙《しんせん》思想の影響が明らかで、天皇が不老不死・神通力《じんつうりき》をもった存在として、物語的に形象化されていった結果とみるべきであろう。
九 ここは大神《おおみわ》神社。「みもろ」は七五頁注一四参照。三輪の社に生えている霊威のある樫の木。「本《もと》」は木。
一〇 その神木の樫の木は近寄りがたいものがあるので「ゆゆし」の序となる。
一一 三輪の社の樫原乙女は、の意。本文歌としては、赤猪子が老齢のため妻とするのが忌《い》み憚《はばか》られることを表すが、もとは三輪の社の巫女《ふじょ》を誘う歌垣《うたがき》の歌か。
一二 若い、栗の実が多くとれる林。次句の序となる。

[一三]若くへに《若い時に》　率寝てましもの《共寝をすればよかったのに》　[一四]老いにけるかも

しかして《この歌を戴き》、赤猪子《あかゐこ》が泣く涙《なみた》、ことごと《すっかり》その服《け》せる[一五]丹指《にず》りの袖を湿《ぬ》らしつ。その大御歌《雄略帝の》に答へて、〔赤猪子が〕歌ひしく、

みもろに《三輪の神域に》　[一六]築《つ》くや玉垣
[一七]斎《つ》き余《あま》し　誰《た》にかも依らむ《誰に頼りましょうか》　[一八]神の宮人

また、〔赤猪子が〕歌ひしく、

[一九]日下江《くさかえ》の　入江の蓮《はちす》
[二〇]花蓮《はなばちす》　身の盛り《女盛りが》人《びと》　ともしきろかも《羨ましゅうございますよ》

しかして、〔雄略帝は〕多《あまた》の禄《もの》《品物を》をその老女《おみな》に給ひて《賜って》返し遣《や》りたまひき。かれ《さて》、この四《よ》つの歌は、[二一]しつ歌ぞ。

――吉野の童女との聖婚

天皇《雄略帝が》、[二二]吉野《えしの》の宮に幸行《いでま》しし時に、吉野川の浜《ほとり》に、童女《をとめ》あり。それ《それは》形姿《かたち》美麗《うるは》しく《美しかった》ありき。かれ《そこで》、この童女に婚《あ》はして《結婚して》、宮《朝倉宮に》に還りましき。後《のち》さらに《再び》また吉野に幸行しし時に、その童女《乙女が〔天皇に〕》の遇《あ》ひしところに《会ったところに》〔天皇が〕留りまして《留まられて》、そこに[二三]大御《おほみ》呉床《あぐら》を立てて、その御呉床に坐《いま》して、御琴《みこと》を弾《ひ》

一三 「若き上《うへ》に」の約で、「上」は「身の上の事」の意。それを形式名詞的に用いたもの。
一四 もうこんなに年老いてしまっては、どうにもならないなあ、の意。本文歌では赤猪子の老いを嘆いたことになるが、これも前歌と同じく、三輪の海柘榴市《つばいち》での歌垣の歌で、年増女《としま》を若者が揶揄《やゆ》した歌か。
一五 赤くすりつけて染めた衣の袖。「丹」は赤土の色で、巫女の衣の色である。「揩」は「摺」の正字。
一六 築かれている立派な垣。「や」は間投助詞。「築く玉垣」のその「築《つ》く」という言葉ではないが、の意で次の「斎《つ》く」の序となる。
一七 神に斎《いつ》き（清浄にしてお仕えする）過《すご》して、の意。
一八 神の宮にお仕えする人。ここは赤猪子（巫女）みずからの嘆きであるが、もとは、ぐずぐずしているとあのような老巫女になるぞ、との歌垣の揶揄の歌か。
一九 大阪府東大阪市日下町付近は当時入江になっており、その蓮《はす》は今も「古代蓮《こだいばす》」として栽培されている。
二〇 花の咲いた蓮の意で、女盛りの人を暗喩し、上三句で次句への序となる。この歌ももとは、河内地方の歌垣での、若きを讃え老いを嘆く歌であろう。
二一 二一三頁注一四参照。
二二 吉野《よしの》離宮。奈良県吉野郡吉野町宮滝にあった。仙境と考えられた異郷で、後代、行幸が多かった。
二三 天皇の呉床《あぐら》（脚着きの高い座）。一九四頁注六参照。

かして《弾かれて》、その嬢子《をとめ》に儛《まひ》せしめたまひき《舞を舞わせられた》。しかして《そして》、その嬢子の《乙女が》好く《上手に》儛《ま》へるによりて《舞ったので》、御歌を作《よ》みたまひき《お詠みになった》。その歌に曰《い》ひしく、

一 呉床座《あぐらゐ》の　神の御手もち《御手で》
弾く琴に《弾く琴に合せて》　儛《まひ》する女《をみな》　二 常世《とこよ》にもがも《永遠であってほしい》

すなはち《それから》、三 阿岐豆野《あきづの》に幸《いでま》して、御猟《みかり》したまひし時に《狩をなされた時に》、天皇《雄略帝は》、御呉床に坐しき《御呉床に坐っておられた》。しかして《すると》、四 蝈《あむ》、御腕《みただむき》を咋《く》ふすなはち《食いつくとすぐに》、五 蜻蛉《あきづ》来て、その蝈を咋ひて飛びき《とんぼが来てその虻をくわえて飛び去った》（蜻蛉を訓《よ》みてアキヅといふ）。ここに《そこで》、御歌を作《よ》みたまひき。その歌に曰ひしく、

六 み吉野《えしの》の　七 小室《をむろ》が岳《たけ》に　しし伏すと《猪や鹿が潜んでいると》
誰《たれ》そ《誰が》　大前にまをす《天皇の御前に申し上げたのか》
やすみしし　わが大君の《わが大君が》
しし待つと　呉床《あぐら》に坐《いま》し
八 しろたへの　袖きそなふ《袖もきちんと着た》
九 手腓《たこむら》に　蝈《あむ》かきつき《食いつき》

一 呉床に坐っていること、の意で、「神」に懸る。呉床に坐《ざ》すのは雄略天皇だから「神」は天皇となる。すると「御手」は雄略天皇の自敬表現である。
二 永遠の国（五〇頁注四参照）の意から、永遠に、の意。「もがも」は「…であってほしい」の願望の意。

——阿岐豆野の遊猟

＊ 仙境吉野で、吉野川の巫女《ふじょ》と聖婚した雄略天皇はここで神仙となり、琴を弾き神女に舞わせ、その乙女の永遠を祝福する。この話は、後の五節《ごせち》の舞《まい》の縁起譚《えんぎたん》ともなっているが、雄略天皇の描かれ方に、なぜ神仙思想の影響が顕著に現れたのか。それは、後人に「天皇」のイメージをもっとも強烈に植えつけたのがこの雄略帝で、『宋書《そうじょ》』夷蛮伝《いばんでん》倭国《わこく》の条に記す「倭王武」に比定される帝でもあるからである。「天皇」という語が道教の典籍に由来することを考え合せれば、雄略天皇神仙化はきわめて自然な発想だったといえよう。
三 吉野離宮（前頁注二二参照）から対岸の御園一帯。
四 あぶ。「蝈」は「蝄」の古字か。古くは「あむ」。
五 とんぼ。豊穣をもたらす穀霊と信じられた。
六 「み」は接頭語だが「見《み》吉《え》し野《の》」の意をこめる。
七 奈良県吉野郡東吉野村大字小村の山。
八 栲《たえ》（楮《こうぞ》の類）の繊維で織った白い布、の意から、「袖」の枕詞。「きそなふ」は「着具《きそな》ふ」の意。
九 腕の内側のふくらんだ部分。
一〇 す早くくわえ飛んでいって、の意。

一一 お手柄のとんぼ（蜻蛉《あきず》）を名につけようと、の意。
一二 大和国《やまと》（または日本国）の汎称《はんしょう》。もと葛城《かずらき》の室《むろ》の秋津島（奈良県御所《ごせ》市室《むろ》の辺）の地名（孝安天皇の宮所。一二六頁注一一参照）が拡大した。

＊ 国号起源の歌であるが、これが雄略天皇御製と伝承されたところに、この天皇の特色がある。自敬表現を多く使い、穀霊たる蜻蛉《あきず》が天皇を庇《かば》うところに、「有徳《うとく》の天皇」たる所以《ゆえん》を物語ろうとしているのである。雄略紀にも類歌を載せるが、そこでは専制君主像に造形している。

―― 葛城山の遊猟

一三 奈良県と大阪府との境にある葛城《かつらぎ》山脈。
一四 葛城山に住む霊獣の猪。一言主神《ひとことぬし》の神使いか。
一五 六三頁注一五参照。戦いの開始を宣告する矢だが、後の歌詞に「病《や》み猪《しし》」とあるように傷を与えた。
一六 唸《うな》る。「うぅと鳴く」義か。鏑矢《かぶらや》のうなりよりも、病み猪の唸り声のほうが凄《すご》かったので恐れた。
一七 榛《はん》の木。樺《かば》科の落葉高木。
一八 目立った丘。

＊ 天皇の遊猟は非日常（晴《はれ》）の世界での行為である。宣戦布告を意味する鳴鏑《なりかぶら》を用いるべきではなかった。神への挑戦を意味するからである。天皇が榛の木の上に逃げ、救われるのも「有徳」の結果とする思想。天皇御製なので自敬表現が多い。

―― 一言主神との出会い

一九 官人の正装。二一二頁注三参照。

その蝈《あむ》を 蜻蛉《とんぼが》はや[一〇]咋《ぐ》ひ
かくのごと《このように》 名に[一一]負はむと
そらみつ 倭《やまと》の国を 蜻蛉島《あきづしま》[一二]とふ《というのだ》

かれ《それで》、その時より《その時から》、その野を号《なづ》けて、阿岐豆野といふ。

また、一時《あるとき》、天皇《すめらみこと》、葛城《かづらき》[一三]の山の上に登り幸《いでま》しき。しかして《すると》、大き猪《しし》[一四]出づ。すなはち《すぐさま》、天皇、鳴鏑《なりかぶら》[一五]もちてその猪を射たまひし時に《射られた時に》、その猪怒りて、うたき《唸って》[一六]依り来《く》。かれ《それで》、天皇そのうたきを《唸り声を》畏《かしこ》みて《恐れ》、榛の木《はりのき》[一七]の上に登りましき《逃げ登られた》。しかして《そして》、〔雄略帝が〕歌ひたまひしく、

やすみしし わが大君の《わが大君が》
あそばしし《矢を射られた》 猪《しし》の
病み猪の《手負いの猪の》 うたき畏み《唸り声が恐ろしいので》
わが逃げ登りし《私が逃げ登った》 あり丘《を》[一八]の 榛《はり》の木の枝《えだ》

また、一時、天皇《雄略帝が》、葛城山《かづらきやま》に登り幸しし時に、百《もも》の官《つかさ》の人等《ひとら》、こと《すべ》ごと紅《あか》[一九]き紐著《ひもつ》けたる青摺《あをず》りの衣《きぬ》を給はりて服《き》たり《衣服を賜って》。その時に、そ

の向へる山の尾より《向うの山の尾根づたいに》、山の上に登る人あり。[一]すでに《全く雄略帝の》天皇の鹵簿《みゆきのつら》[二]に等しく《同じ形で》、またその束装《よそひ》の状《かたち》、また人衆《ひとかず》[三]、相似《あひに》て傾《かたぶ》かざりき[四]《同じだった》。しかして《そこで》、天皇《雄略帝は》、望《みさ》けたまひて《遠望なさって》、問はしめて《従者に尋ねさせ》曰《の》らししく《仰せられたのには》、

「この倭《やまと》[五]の国に、あ[六]を除《お》きてまた王《おほきみ》はなきを《ないのに》、今、誰《た》が人ぞかくて行く《どういう人がこうして行くのか》」

とのらししかば《と仰せになると》、〔向うの人が〕答へ曰《の》らせる状《有様も》も天皇《すめらみこと》の命《みこと》のごとし《言葉どおりだ》。ここに《そこで》、天皇いたく《ひどく》忿《いか》りて矢刺し《矢を番えられ》たまひ、百の官の人等ことごと《すべての官人らが全部》矢刺しき《矢を番えた》。しかして《そして》、その人等も《向うの人たちも》みな矢刺しき。かれ、天皇、また問ひて曰《の》らししく、

「しからば《それならば》、その名を《そちらの》告《の》れ。しかして《そして》、おのもおのも《お互いに》名を告りて《名を名乗ってから》矢を弾《はな》たむ《放とう》」

ここに《すると》、答へ曰《の》らししく《仰せられたのには》、

「あれ《私が》、先づ問はえき《〔名を〕問われた》。かれ《だから》、あれ先づ《私が先に》名告《なの》りをせむ。あ《私は》は悪事《まがこと》[七]も一言《ひとこと》、善事《よごと》も一言、言離《ことさか》の神、葛城《かづらき》[八]の一言主《ひとことぬし》の大神ぞ」

一　「すでに」は「全く」の意。「等し」に係る。

二　行幸の列。「鹵《ろ》」は警衛に用いる大盾《おおだて》、「簿《ぼ》」は行列の順序を記す帳簿、の意から、天子の行幸の列をいう。向うの山の尾根づたいに山の上に登る人の行列が、天皇の行列と全く同等であった、ということ。

三　随行の人々。

四　「傾かざりき」とは甲乙いずれにも傾斜しない、すなわち「同等である」ことを意味する。

五　ここでは、日本国。本来「大和国城下《しきのしも》郡大和郷」(今の大和神社付近)の地名から、「大和国」(今の奈良県)の称となり、さらに「日本国」の称となる。

六　私をさておいてはほかに、の意。「天無《ク》㆓二日㆒、土《くに》無《シ》㆓二王㆒」という思想(『礼記《らいき》』以下中国の諸書に見える)が、歴代のうち、雄略天皇の言葉として表明されている点に、大王雄略天皇像が造形されている。

七　悪い事も一言で、善い事も一言で、言い放つという神、の意。「言離《ことさか》」の「さか」は「離《さ》く」の古い名詞形。言霊《ことだま》信仰(善い言葉を発すればその言葉どおり善い事が現れ、悪い言葉だとその逆になる、という言葉の呪力《じゅりょく》に対する信仰)に基づき、それを「一言《ひとこと》」で言い放つ託宣の神である。

八　『延喜式《えんぎしき》』神名帳に「葛木坐《かづらきにます》一言主神社」(大和国葛上郡の条)とあり、今、奈良県御所《ごせ》市森脇に「一言主神社」がある、その祭神の名。仁徳天皇皇后の石之日売命《いわのひめ》以来、皇室の外戚として勢力のあった大豪族葛城氏の奉斎神であったろう。

天皇《雄略帝は》、ここに《これを聞き》、惶畏《かしこ》みて白《まを》[九]したまひしく《申し上げられたのには》、

「恐《かしこ》し、わが大神《わが大神よ》。[一〇]うつしおみにしあれば、覚《さと》らずありけり《気づきませんでした》」

と白して《と申し上げて》、[一一]大御刀《おほみたち》また弓矢を始めて《始めとして》、百《もも》の官《つかさ》の人等《ひとら》の服《き》る衣服《きもの》を脱《脱》かしめて《がせて》拝《をろが》みて献《たてまつ》る。しかして《すると》、その一言主の大神、手打ちて《お礼の拍手を打ち》その奉《たてまつ》り物《もの》を受けたまひき《お受け取りになった》。かれ《そこで》、天皇《雄略帝が》の[一二]還り幸《いでま》す時に、その大神《一言主大神は》、[一三]山の末《すゑ》を満《み》てて、長谷《はつせ》の山の口に送りまつりき《山の入口までお送り申し上げた》。かれ《それで》、この一言主の大神は、その時に《その時〔初めて〕》顕《あら》はれましき《出現なされた》。

――袁杼比売を妻問う

また、天皇《雄略帝が》、[一四]丸邇《わに》の佐都紀《さつき》の臣《おみ》が女《むすめ》、[一五]袁杼比売《をどひめ》を婚《よば》ひに、春日《かすが》に幸行《いでま》しし時に、[一六]媛女《をとめ》道に《道で〔行幸と〕》逢ひき《出会った〔乙女は〕》。すなはち、幸行《いでまし》を見て、[一七]岡の辺《へ》に逃げ隠《かく》りき。かれ《そこで〔天皇は〕》、御歌を作《よ》みたまひき《詠まれた》。その歌に曰《い》ひしく、

媛女の《乙女が》　い隠る岡を《逃げ隠れている丘〔の土を鋤く〕》
金鋤《かなすき》も　いほちもがも《五百丁も欲しいなあ》　鋤きはぬるもの《鋤ではねのけ捜し出そうものを》

かれ《それで》、その岡を号《なづ》けて、金鉏《かなすき》の岡といふ。

――三重の婇の天皇讃歌

また、天皇《雄略帝が》、長谷《はつせ》の[一八]百枝槻《ももえつき》の下《もと》に坐《いま》して、[一九]豊《とよ》の楽《あかり》したまひし時に、

九　先方が大神であったので、天皇が謙《へ》り下《くだ》った。
一〇　大神が現実の人間の姿でおいでなので、神であることに気がつきませんでしたよ、の意。「うつしおみ」は「現《うつ》し大霊《おほみ》」で、人間を意味する。
一一　天皇ご自身の太刀。「大御」は最高級の敬語。
一二　泊瀬《はつせ》の朝倉の宮にお帰りになる時、の意。
一三　一言主大神一行が峰続きにいっぱいに、の意で、天皇を心からお送り申し上げる描写である。「山の末」は「山の本」（麓《ふもと》）に対して「頂・峰」をいう。
＊　偉大な神は偉大な天皇によって見出される、ということを描こうとしている。葛城氏の奉斎神が雄略天皇に見出されたとは、葛城氏の祭祀権が奪われたことの表象とみてよい。葛城の一言主神が現《あら》人神《ひとがみ》であり、この神と天皇とが瓜二つに描かれているので、天皇もまた現人神ということになる。
一四　一三〇頁注八参照。「臣」は姓《かばね》。
一五　二五三頁に「春日《かすが》の袁杼比売《をどひめ》」とある。
一六　乙女が。袁杼比売をさす。
一七　求婚された女が逃げ隠れるのは「隠《な》び妻」の婚俗で、それを男が捜し当てるという習俗の反映。
＊　「金鋤」（鉄製の鋤）を五百丁（五百人分）も動かせる強大な権力をにおわせる。もと、歌垣《うたがき》での歌で、「岡」は歌垣の場である。
一八　枝葉の繁った欅《けやき》の木。
一九　新嘗祭の酒宴。

伊勢《いせ》の国の三重《みへ》一の婇《うねめ》、大御盞《おほみうき》二を指挙《ささ》げて献りき《捧げて献上した》。しかして《すると》、その百《もも》枝槻《えつき》の葉、落ちて大御盞に浮きき《天皇の御盃に浮んだ》。その婇、落葉《おちば》の盞《うき》に浮けるを知らずて《浮いているのを知らないで》、なほ《やはり》大御酒《おほみき》を献りき。天皇《雄略帝は》、その、盞に浮ける葉を看行《みそこな》はして《御覧になり》、その婇を打ち伏せ、刀《たち》《太刀をば》もちてその頸《くび》に刺し充《あ》てて斬らむとし《斬り殺そうと》三たまひし時に《なされた時に》、その婇、天皇に白して曰ひしく《申し上げて言ったのには》、「あが身をな殺したまひそ《私をお殺しなさいますな》。白すべき事あり《申し上げることがございます》」といひて、すなはち歌ひしく《そのあとすぐ歌ったのには》、

四纒向《まきむく》の　日代《ひしろ》の宮は《景行帝の宮は》
五朝日の《朝日が》　日照《ひで》る宮《照り輝く宮》
夕日の《夕日が》　日翔《ひがけ》る宮《天翔る宮》
六竹の根の　根足《ねだ》る宮《十分に張る宮》
木《こ》の根の　根延《ば》ふ宮《張る宮》
七やほによし《多くのよい土で》　い築《きづ》きの宮《築き固めた宮》
八まきさく　檜《ひ》の御門《みかど》《〔その御殿の〕》

一「三重」は、伊勢国の三重郡出身の、の意。今も四日市《よっかいち》市に采女《うねめ》町の名がある。『玉篇』には「婇、采女也」とある。日本の婇は地方の豪族から貢進された子女で、令制後は郡の次官以上の子女のうち容姿端正なものを貢進、天皇の食膳その他の雑役に奉仕した。

二 天皇の盃《さかずき》。

三 何かといえば人を斬り殺すのが、即位前の大長谷王時代の雄略天皇であったが、ここでもその姿が出てくる。けれども、結果は婇の天皇讃歌により許す（二五二頁四行目参照）。天皇に対しては、不知不識の過失も罪になるということも表しているのであって、雄略帝の気性が激しいからだけではない。

四 景行天皇の皇居（一五五頁注八参照）。その皇子が英雄倭建命で、婇の出身地「三重」との関係は一六八頁参照。倭建命と雄略天皇とは相映《あい》発する関係にあるので、景行天皇の宮殿讃美から歌い起したもの。

五 以下二行対《つい》となる。朝日の照り映える宮、夕日の天翔《あまがけ》る宮。宮殿は日当りの一番よい所が選ばれるのであって、宮讃《みやぼ》めの慣用表現である。

六 以下二行対となる。竹や木の根が十分に張っている宮殿。根が張れば竹や木は繁茂することから、宮殿の繁栄を寿《ことほ》ぐ表現となる。

七「八百土良《やほによ》し」。大量の土がよい、その土を杵《きね》で築《つ》く意から「い杵築《きづき》」の枕詞。土地讃めである。

八「真木栄《まきさ》く」（建築用材となる良い木が栄える）で「檜《ひ》」の枕詞。檜《ひのき》作りの御殿の材質を含めた讃美。

九　新穀を神に供し自らも食べる祭儀をする家。「贄《にへ》なふ(行なふ)」が原義。ここでは、雄略天皇が皇祖天照大御神《あまてらすおおみかみ》を初めとする特定の神々に新穀《にえ》を供え、それを食することによって穀霊としての帝王の資格を具《そな》える、その祭儀の御殿で、のちの大嘗宮《だいじようきゆう》に当る。
一〇「百足る」。十分に枝葉の茂った意の美称で「百枝《ももえ》槻《つき》」に同じ(二四九頁注一八)。「槻」は今の「けやき」。高さ三〇メートルにも達する巨木で、世界樹、生命の木として貴ばれた。次の三行、天・東の国・鄙(田舎《いなか》)を枝が覆う発想も、そこから生ずる。
一一　枝の先の葉は、の意。
一二　下枝の末葉は、上から順に散りかかってきた槻の葉の霊力を最もよく受け、それを蓄積している。
一三　絹の衣。「あり」は存在の義から「目立つ」意となる。「きぬ」は「絹」。目立つ絹の衣を幾重にも着ることから「三重《みへ》」の枕詞となる。
一四　捧げておられる立派な盃、の意。三重の婇の自称敬語になるが、婇の伝承者(天語部《あまがたりべ》)が婇に対してつけた敬語がそのまま残ったものである。
一五　槻の葉が浮んだことを「浮脂」に譬《たと》えたのだが、創世神話の「浮ける脂のごとくして」(二六頁五行目参照)をふまえた表現である。
一六「こをろこをろ」も伊耶那岐《いざなき》・伊耶那美《いざなみ》二神が天沼矛《あめのぬぼこ》で「塩《しほ》こをろこをろに」かき鳴《なら》して淤能碁呂《おのごろ》島を得た国生み神話(二七〜八頁参照)に基づく。落葉が淤能碁呂島の様に浮んでいると譬えたのである。

九 新嘗屋《にひなへや》に　生《お》ひ立《だ》てる
一〇 ももだる（繁茂した）　槻《つき》が枝《え》は
上《ほ》つ枝は（上の枝は）　天《あめ》を覆《お》へり（覆っている）
中つ枝は　東《あづま》を覆へり
下枝《しづえ》は　鄙《ひな》を覆へり
上つ枝の　一一 枝《え》の末葉《うらば》は
中つ枝に　落ちふらばへ（散り触れて）
中つ枝の　枝の末葉は（枝の先の葉は）
一二 下《しも》つ枝に　落ちふらばへ（散り触れて）
下枝の　枝の末葉は（枝の先の葉は）
一三 ありきぬの　三重《みへ》の子が（三重の婇が）
一四 捧《ささ》がせる（捧げられた）　瑞玉盞《みづたまうき》に
一五 浮きし脂《あぶら》　落ちなづさひ（落ちて浸り漂い）
一六 水《み》なこをろこをろに（水音ころころと〔島の様に浮んでいます〕）

一こしも　あやにかしこし
これこそ　まことにめでたいことです

二高光る　日の御子
日の御子よ

事の　語り言も　こをば
以上が事柄を語る詞章です　これをどうぞ

かれ、この歌を献《たてまつ》りしかば、その罪を赦《ゆる》したまひき。しかして、
こうして〔婇が〕　献ったところ〔天皇は〕　お許しなさった　そこで

大后歌ひたまひき。その歌に曰《い》ひしく、
皇后若日下王がお歌いになった

三倭《やまと》の　この高市《たけち》に

小高《こだか》る　市の高処《つかさ》四
小高い　丘〔そこの〕

新嘗屋《にひなへや》に　生《お》ひ立《だ》てる

五葉広《はびろ》　ゆつ真椿《まつばき》
神聖な

そが葉の　広《ひろ》りいまし
その葉の様に　心が広やかであられ

その花の　照りいます
その花の様に　姿は輝いておられる

高光る　日の御子に

六豊御酒《とよみき》　たてまつらせ
さし上げて下さい

事の　語り言も　こをば
以上が事柄を語る詞章です　これをどうぞ

一　槻《つき》の葉が天皇の盃《さかずき》に浮んだことは、国土創世神話を表象する瑞祥《ずいしょう》とみることができるので、すぐれている、めでたい、と言ったのである。

二　一般に天皇をさす表現だが、ここでは雄略天皇。

「事の語り言《ごと》もこをば」は六七頁八行目参照。

＊　長い長い歌は終った。この歌の特色は、雄略天皇の新嘗の祭儀の趣旨が、天の石屋戸《いわやと》神事や天孫降臨伝承との関係で述べられずに、国土創世神話の回想の形で述べられた点にある。国土に君臨する天皇の新嘗祭である、という点に、これまでの天皇讃歌にはない、新しい天皇像の表象がある。

三　大和国の、この小高い所にある市《いち》。市は高所《つかさ》や大木のある聖地が選ばれ、物品の交易・祭祀《さいし》・歌垣《うたがき》などが行われた。ここでは、新嘗祭と酒宴がなされた。

四　「つかさ」は、高い所。丘。

五　以下六句は、仁徳天皇の皇后石之日売命《いわのひめ》の歌（二一〇頁参照）にほとんど同じ。椿も生命の木。

六　「豊」は美称。「御酒」は神酒。「たてまつらせ」は「献る」の敬語の命令形。皇后が婇《うねめ》に対して敬語を使っているのは、もと婇の伝承者（天語部《あまがたりべ》）が婇に対してつけた敬語がそのまま残ったもの（前頁注一四参照）と考えてよい。七二頁にも「豊御酒《とよみき》たてまつらせ」とあったが、それは「豊御酒召し上がれ」の意。

＊　皇后の歌は、新嘗祭での天皇の長寿を寿ぐ献酒歌《ことほ》である。石之日売命の歌とも類似するところがあり、宮廷寿歌の一つの型式を示している。

すなはち《そこで》、天皇の歌ひたまひしく《雄略帝が歌われたのには》、
七 ももしきの　大宮人は
八 鶉鳥《うづらとり》　領巾《ひれ》取りかけて《領巾を肩に懸けて》
九 鶺鴒《まなばしら》　尾ゆきあへ《長い裾を交叉させ》
一〇 庭雀《にはすずめ》　うずすまり居て《集りうずくまっていて》
今日もかも《今日はまあ》　一一 酒水漬《さかみづ》くらし
一二 高光る　日の宮人《日の大宮人よ》
事の　語り言も《以上が事柄を語る詞章です》　こをば《これをどうぞ》

この三《み》つの歌は、一三 天語歌《あまがたりうた》ぞ。かれ《そこで》、この豊《とよ》の楽《あかり》に、その三重の婇《うねめ》を誉《ほ》めて、多《あまた》の禄《もの》を給ひき《与えられた》。

袁杼比売の天皇讃歌

この豊の楽の日に、また、春日《かすが》の袁杼比売《をどひめ》、大御酒《おほみき》を献りし時に、天皇の歌ひたまひしく《雄略帝が》、
一四 みなそそく　一五 臣《おみ》の嬢子《をとめ》
一六 ほだり取らすも《酒壺をお持ちだよ》

七「大宮人」の枕詞。多くの石で築き固めた区域、の意で、天皇の宮域に限られていた。そこで、「大宮」に懸り、そこに仕える人「大宮人」にも懸る。

八「領巾取りかけ」の比喩的枕詞。鶉《うづら》の首から背にかけて白い斑線が走る。領巾は女性が懸けるもので、宮廷の酒宴には女性も混るのである。

九「尾ゆきあへ」の比喩的枕詞。鶺鴒《せきれい》は長い尾を交えて交尾する。そのように、男の官人どもは長い裾をお互い交叉させ、の意。酒宴の席に、所狭しと坐り、酒を飲むので、長い裾が交叉するのである。

一〇「うずすまり居《ゐ》て」の比喩的枕詞。庭の雀が餌をついばむ時の姿に似ているから。

一一 酒に浸《ひた》っているらしい。天皇が酒宴のさまを推定している。次注参照。

一二 天皇の大宮人に対する讃美であるが、これももとは、婇の伝承者（天語部）の歌であったろう。

一三 天語部の伝承した歌。『新撰姓氏録《しんせんしようじろく》』に「天語連」の名が見えるが、それに管掌された部民が「天語部」。末尾の「事の語り言もこをば」は「神語《かむがたり》」（七二頁注六参照）にも用いられていた。だからといって、海人《あま》部《べ》の馳使《はせつかい》の伝承なのではなく、天語部の伝承である。

一四「水な（の）注く」で、水が飛び散り流れる「大《おほ》水《み》」の意から、「臣（おほみ・おみ）」の枕詞となる。

一五 婇のこと。ここでは、袁杼比売《をどひめ》をさす。

一六「秀罇《ほだる》」の義か。「取らす」は天皇の婇への敬語。

清寧天皇 —— 皇統譜

ほだり取り《酒壺を手に取って》　堅く取らせ《しっかと持たれよ》
[一]した堅《がた》く　[二]や堅《がた》く取らせ《持たれよ》
ほだり取らす子《酒壺をお持ちの乙女よ》

こは[三]うき歌ぞ。しかして《そこで》袁杼比売《をどひめ》歌を献《たてまつ》りき。その歌に曰《い》ひしく、

やすみしし　わが大君の《わが大君が》
[四]朝とには　いより立《だ》たし
夕とには　いより立《だ》たす
[五]脇机《わきづき》が下《した》の　[六]板にもが　[七]あせを

こは[八]しつ歌ぞ。

天皇の御年《雄略帝の宝算は》、[九]壱佰《もも》ちあまり弐拾《はた》ちあまり肆歳《よつ》ぞ　[一〇](己《つちのと》の巳《み》の年の八月《はつき》の九日《ここのか》に崩《かむあが》りましき)。御陵《みはか》は、[一一]河内《かふち》の多治比《たぢひ》の高鸇《たかわし》にあり。

[一二]御子《みこ》、白髪《しらか》の大倭根子《おほやまとねこ》の命《みこと》、[一三]伊波礼《いはれ》の甕栗《みかくり》の宮に坐《いま》して、天の下治めたまひき。

この天皇《すめらみこと》、皇后《きさき》なく、また御子もなかりき。かれ《それで》、御名代《みなしろ》に[一四]白髪《しらか》

一 したたかに堅く、の意。「した」は確かに。その畳語《じょうご》に「したたに」というのがあった（二三〇頁注二参照）。
二 「弥《いや》」の意で、いよいよ堅く。
三 「うき」は酒盃。独立歌としては宮廷人が婇《うねめ》に対して、しっかり天皇にお酒をおすすめなされよ、と激励する歌であろう。『琴歌譜《きんかふ》』にも「盞歌《うきうた》」としてこの歌を収録する。本文歌としては天皇が袁杼比売にしっかり注げと、間接的にすすめている格好になる。いずれにしても勧酒歌である。
四 「朝と」「夕と」の「と」は時間の意で、朝夕に同じ。「いより立《だ》つ」は次の脇息《きょうそく》に倚《よ》りかかることで、腰から上の姿勢だけでも「立つ」という。
五 坐る時、肘《ひじ》をもたせかける机状のもの。脇息。
六 脇息の下についている板になりとうございます。そうすれば朝夕いつも側にいられるからである。天皇を慕う婇らの気持を表す。天皇讃歌である。
七 ねえ、あなた（吾兄）、の意（一六八頁注九参照）。ここでは天皇への呼び掛けだが、独立歌的には囃詞《はやしことば》。
八 歌曲の名（二一三頁注一四参照）。
九 百二十四歳。
一〇 西暦四八九年。
一一 大阪府羽曳野《はびきの》市島泉。
一二 第二二代清寧《せいねい》天皇。雄略天皇の皇子。
一三 奈良県桜井市池之内。
一四 清寧天皇の「白髪」に因《ちな》む部曲《かきべ》（私有民）。

部《べ》を定めたまひき《お定めになった》。かれ《それで》、天皇《清寧帝が》崩《かむあが》りましし後に《亡くなられた後に》、天の下治めたまふべき王《みこ》なかりき。ここに《そこで》、日継《ひつぎ》知らす王《みこ》を問ふに、[一五]市辺《いちのへ》の忍歯別《おしはわけ》の王《おほきみ》の妹《いろも》、[一六]忍海《おしぬみ》の郎女《いらつめ》、亦の名は飯豊《いひどよ》の王《おほきみ》、[一七]葛城《かづらき》の忍海の高木《たかき》の角《つぬ》刺《さし》の宮に坐しき。

——二皇子の発見

[一八]しかして《さて》、山部《やまべ》の連小楯《むらじをだて》、針間《はりま》《播磨》の国の[一九]宰《みこともち》に任《ま》けし時に《任命された時に》、その国《播磨国の》の人民《おほみたから》、名は志自牟《しじむ》が新室《にひむろ》に到りて[二〇]楽《うたげ》しき。ここに《ここで》、盛りに楽して《盛んに酒宴をして》、酒酣《たけなは》にして、[二一]次第《つぎて》もちてみな儛《ま》ひき。かれ《それで》、[二二]火焼《ひた》きの[二三]少子《わらは》二口《ふたり》、竈《かま》の傍《かたはら》に居たる《坐っていたが》、その少子等に儛はしめき《その少年たちにも舞わせた》。しかして《すると》、その一《ひとり》の少子《少年が》、

[二四]「な兄《せ》、先づ儛へ《先に舞いなさい》」

と曰《い》へば、その兄《あに》も、

「な弟《おと》、先づ儛へ」

と曰ひき。かく《こう》相譲《あひゆづ》る時に、その会《つど》へる人等《その場に集っていた人々は》、その相譲る状《かたち》を咲《わら》ひき。しかして《そして》、つひに《とうとう》兄《あに》儛ひ訖《を》へて、次に、弟《おと》儛はむとする時に《舞おうとする時に》、

一五 履中《りちゆう》天皇と黒日売《くろひめ》との間の皇子で、雄略天皇に殺害された（二一九・二三八～九頁参照）。
一六 履中天皇の段の皇統譜では「青海《あをみ》の郎女《いらつめ》、亦の名は飯豊《いひどよ》の郎女」とあった（二一九頁一三行目参照）。
一七 奈良県北葛城郡新庄町忍海《おしみ》の地。飯豊王が即位したと伝えるのは、承保元年（一〇七四）以前成立の『水鏡』、嘉保元年（一〇九四）以後成立の『扶桑《ふそう》略記』、承久二年（一二二〇）成立の『愚管抄』である。『古事記』のこの行文を見れば、清寧天皇の代で允恭《いんぎよう》系の天皇は断絶し、皇位継承者を問うたところ、飯豊王が角刺《つぬさし》宮におられた、と記しているが、これは、暗に「天皇」がおられたことをにおわせるものである。顕宗前紀には「臨朝秉政《みかどまつりごとしたまひ》」とあり、自ら「忍海飯豊青尊《おしぬみのいひどよのあをのみこと》」と称したとある。『古事記』「下つ巻」の標題の割注（二〇四頁）に「十九の天皇」と数えているのは、この飯豊王を措《お》いて他にはないと考えられる。
一八 二三九頁一一行目から、ここに続く内容である。
一九 天皇の命《みこと》を戴き、地方の政治を行う人。地方長官。
二〇 新築祝いの酒宴をした。
二一 貴賤長幼の順序に従って、の意。
二二 竈《かまど》や篝火《かがりび》を焚《た》く役。当時、賤者《せんじや》の仕事。
二三 少年二人。「口」は当時、賤者・奴婢《ぬひ》を数えるのに用いた助数詞。
二四 「兄さん」。「な（汝）」は親しんでいう語。

[一]詠《うた》ひて曰《い》ひしく、
[二]物部《もののふ》の、わが《私の》夫子《せこ》が《君が》、取り《腰に》佩《は》ける《帯びた》、[三]大刀《たち》の手上《たかみ》に、丹画《にか》き著《つ》け、
[四]その緒《を》は、赤幡《あかはた》を載《の》せ、赤幡を立てて《赤い天皇旗を立て》、見れば《〔敵状を〕見れば》、[五]い隠《かく》る、山の三尾《みを》の《峰の》、竹をかき苅り《竹を根本から刈り》、末押し《末を押し》靡《なび》かすなす《靡かすように》、八絃《やつを》の琴を調べたるごと《八弦琴の調子を整えたように》、天の下治めたまひし《天下をお治めになった》、伊耶本和気《いざほわけ》の天皇の御子《履中帝の皇子の》、市辺《いちのへ》の押歯《おしは》の王《おほきみ》の、[六]奴末《やつこすゑ》。

しかしてすなはち《さあそこで》、小楯《をだて》の連《むらじ》、聞き驚きて《これを聞き驚いて》、床《とこ》より堕《お》ち転《まろ》びて《ころんで》、その室《むろ》の人等を追ひ出でて《追い出して》、その二柱の王子《みこ》を、左右《ひだりみぎ》の膝《ひざ》の上に坐せて《お据え申して》、泣き悲しびて《嬉し泣きに泣いて》、人民《おほみたから》を集《つど》へて《集めて》、仮宮《かりみや》を作り、その仮宮に坐せまつり置きて《お住まわせ申し上げて》、[七]駅使《はゆまづかひ》を貢上《たてまつ》りき。ここに《すると》、その姨《をば》、飯豊《いひどよ》の王《おほきみ》、聞き歓《よろこ》びたまひて、宮に《角刺宮に》上《のぼ》らしめたまひき《上らせなさった》。

——袁祁命と志毗臣の闘歌

かれ《さて》、[八]天の下治めたまはむとする間《あひだ》に、平群《へぐり》の臣《おみ》が祖《おや》、名は志毗《しび》の臣、[九]歌垣《うたがき》に立ちて、その袁祁《をけ》の命《みこと》の婚《よば》はむとしたまふ《求婚なさろうとする》美人《をとめ》の手を取りき。その嬢子《をとめ》は、菟田《うだ》の首等《おびとら》が女《むすめ》、名は大魚《おふを》ぞ。しかして《そして》、袁《顕宗》

一 この「詠」は「声を長く引いて歌う」意。一三八頁一〇行の巫女《ふじょ》の歌、一九二頁一行の吉野の国主《くにす》等の歌と、ここの三例のみが「詠《うた》ふ」を用いている。ただ、ここは原文が音訓交用表記で、他の一字一音の仮《か》名《な》書きの歌の表記とは異なる。原資料のまま引載したものと考えられる。内容が名乗りの詞であるので、一般の歌謡と区別する意図があったことを暗示する。
二 武人たるわが君。「夫子」は男子の親称。
三 太刀の柄《つか》に赤色を塗りつけ。赤は邪気を払う色。
四 その太刀の下緒《さげお》は、赤旗の絵が記し載《の》せてあり、の意（「載」は書き物として載せる）で、次の「赤幡」（天皇旗）を起す。序（二一〇頁八行目）にも「絳旗《こうき》」とあり、戦陣の天皇旗は赤旗だったのである。
五 敵が隠れている山の峰。
六 子孫の私めです。「奴」は一人称の卑称。
＊ 峰の敵を征服し、天下を治めたことを、「竹を根こそぎ払い末を押し靡《なび》かし、八絃琴《はちげんきん》の音を調整するように」と譬《たと》え、その履中天皇の子孫（奴末）と身分を明す。小楯連の驚きと喜びを活写する。
七 「はゆま」は「早馬《はやうま》」。急使を大和へ派遣し奏上。
八 袁祁《おけ》命（のちの顕宗《けんぞう》天皇）の即位前の話である。
九 歌を歌って人々が垣をなすこと。語源は「歌《うた》場《かき》」か。山野・海辺・市《いち》などに男女が集り、飲食や歌舞をし、性の自由な開放を楽しんだ。特に限られた日時や場所で、豊饒予祝の祭りの延長として、非日常《はれ》の

祁《帝》の命も歌垣に立たしき《お立ちになった》。ここに《ここで》、志毘の臣が歌ひしく、

一〇 大宮の　をとつ《あっちの》端手《はたで》　隅傾《すみかたぶ》けり

かく歌ひて《こう歌って》、その歌の末《すゑ》一一を乞ひし時に《所望した時に》、袁祁の命の歌ひたまひしく、

一二 大匠《おほたくみ》　拙劣《をぢな》みこそ《下手なので》　隅傾けれ

しかして《すると》、志毘の臣、また、歌ひしく、

一三 王《おほきみ》の　心を緩《ゆら》み

臣の子の《志毘臣の》　八重の柴垣《しばがき》　入《い》り立たずあり《入り込めないでいるぞ》

ここに《そこで》、王子《みこ》、また、歌ひたまひしく、

一四 潮瀬《しほせ》の　波折《なを》りを見れば

あそびくる《泳いでくる》　しびが《鮪の》端手《はたで》に　妻立てり見ゆ《妻が立っているのが見える》

しかして《それで》、志毘の臣いよいよ怒りて一五、歌ひしく、

一六 王《おほきみ》の　御子の柴垣

八節結《やふじま》り　結《しま》りもとほし《結び回らしてあっても》　切れむ柴垣《やがて切れる柴垣だぞ》

性的行為が許された（日常《け》の世界では許されない）のが、歌のやりとりによる男女の求婚の場《かき》、またその行為をさすようになった。

一〇 ここでは、袁祁命の御殿のあっちの軒の隅が傾いている、と悪口をたたく。片歌で問いかけた。

一一 歌の上の句が「本《もと》」で、下の句が「末《すゑ》」である。

一二 大工の棟梁《とうりょう》が下手だから隅が傾いたのだ。私の知ったことか、と片歌で反論。「大宮」に対して「大匠」と付け、「隅傾く」と脚韻式に繰返している。

一三 皇子（袁祁命）の心が締《しま》らないので、私（志毘臣）の厳重な柴垣の中へは、入り込めずにいるぞ、と皇子のまぬけのために乙女（大魚）を取り戻しもできずにいると揶揄し胸を張る。短歌形式に変る。

一四 潮瀬（潮の流れる早瀬）の波折り（波が幾重にも折り重なって立っている所）を見ると、泳いでくる鮪《しび》（まぐろ）の端手（鰭《ひれ》）の所に妻が立っているのが見える、とやり返す。志毘《しび》の名を魚の鮪《しび》に懸けて、魚の分際で女を連れて何だ、と嘲笑する。短歌形式。

一五 志毘臣は御殿や柴垣の掛け合いを期待していたのにはぐらかされたばかりか、魚の名に引掛けられて、魚のくせに、とやられたのを侮辱と感じて怒った。

一六 皇子（袁祁命）の御殿の柴垣は、たくさんの結び目でしっかり結び回《めぐ》らしてあるが、そんなのはやがて切れる柴垣だぞ、と再び柴垣に話題を戻す。それでも足りず、「焼けむ柴垣」（次頁）と悪態の念を押す。

一焼けむ柴垣

しかして《そこで》、王子《みこ》《袁祁命が》、また、歌ひたまひしく、

二大魚《おふを》よし　しび突く《鮪を突く》海人《あま》よ

しが離《あ》れば　心恋《うらごほ》しけむ　しび突く志毘《鮪を突く志毘臣よ》

かく歌ひて《こう歌って》、三闘《かが》ひ明《あ》かして《徹夜してから》、おのもおのも《それぞれ》退《しりぞ》きぬ。

——二皇子、志毘臣を誅戮

四明《あ》くる旦《あした》の時に、五意祁《おけ》の命《みこと》・袁祁《をけ》の命の二柱、議《はか》りて《相談して》云らししく、「すべて《いったい》、六朝庭《みかど》の人等は、旦《あした》には《朝は》朝庭に参赴《まゐおもぶ》き、昼には七志毘《しび》が門《かど》に集《つど》へり。また今は《今朝は》、志毘必ず八寝《い》ねたらむ《寝ているだろう》。九またその門に人もなけむ《志毘の門前には人もおるまい》。かれ《だから》、今にあらずは《今でなくては》謀《はか》るべきこと《志毘の謀殺は》難《かた》けむ《むずかしかろう》」とのらして《仰せられて》、すなはち《ただちに》軍《いくさ》を興《おこ》して志毘の臣が家を囲《かく》みて、すなはち《すぐさま》殺したまひき《〔志毘臣を〕殺された》。

——二皇子、即位を互譲

ここに《このの ち》、一〇二柱の王子等、おのもおのも《お互いに》天の下を相譲《あひゆづ》りたまひき。

一一意富祁《おほけ》の命、その弟《いろど》袁祁《をけ》の命に譲りて曰《の》らししく、「針間の《播磨国の》一二志自牟《しじむ》が家に住みし時に、いまし命《あなた様が》、名を顕《あら》はしたまは《明らかになされ》

一　そんな柴垣は火事で焼けてしまうぞ。短歌の末にさらに七音を加えた仏足石歌体《ぶっそくせきかたい》の歌となった。

二　「大魚《おふを》」(乙女の名)と名もよい鮪《しび》(乙女)を銛《もり》で突く(手に入れる)海人《あま》(志毘臣)よ。その鮪(乙女)が離れていったら、さぞ海人は恋しく思うだろう。鮪を突く志毘臣よ。海人とはお前のことだ、の意。同じ「鮪《しび》」といっても大魚という名の鮪はやがてお前を離れてゆくのだ、とまたしても「しび」の連打である。柴垣の発想と鮪の発想とはもはや噛み合わない。ここにも物語歌としての面白さがある。

三　「闘」は、歌垣が歌合戦の方法をとるため。

四　その翌朝。歌垣の明けた朝のこと。

五　のちの、仁賢《にんけん》・顕宗《けんぞう》両天皇。兄仁賢が弟顕宗より後で即位することについては次条参照。

六　朝廷にお仕えする人。「庭」は「廷」に通用。

七　志毘臣の権勢に媚《こ》びてその門前に集ること。清寧紀元年条には大伴室屋《おおとものむろや》を大連《おおむらじ》に、平群真鳥《へぐりのまとり》を大臣《おおおみ》にしたとある、その真鳥の子が志毘《しび》で、凋落《ちょうらく》の葛城氏に代る権勢氏族。二皇子は葛城氏系であった。

八　歌垣の疲れで寝ているだろう。

九　人々は午前中は朝廷に参内しているからである。

一〇　意祁・袁祁の二皇子。

一一　「意富祁《おほけ》」が本来の形で、「意祁《おけ》」はその短呼。

一二　二三九頁注一八、二五五頁六行目参照。

ざりせば《なかったら》、さらに《けっして》天の下に臨《のぞ》む君《君臨できなかったでしょう》にあらざらまし。これすでに《これは全く》、いまし命《あなた様の》の功《いさを》ぞ。かれ《だから》、あは《私は》兄《あに》にあれども、なほ《やはりあなた様が》いまし命、先づ《先に》天の下治めたまへ《天下をお治めになりなさい》」

と《と仰せられて》のらして、堅く譲りたまひき。かれ《それで》、え辞《いな》びたまはずて《ご辞退ができなくて》、袁祁《をけ》の命《みこと》、先づ《先に》天の下治めたまひき。

[一三]伊弉本別《いざほわけ》の王《おほきみ》の御子《みこ》、市辺《いちのへ》[一四]の忍歯《おしは》の王の御子、袁祁之石巣別《をけのいはすわけ》[一五]の命、[一六]近《ちか》つ飛鳥《あすか》の宮に坐《いま》して、天の下治めたまふこと捌歳《やとせ》[一七]ぞ。天皇《顕宗帝は》、石木《いはき》の王の女《むすめ》、難波《なには》の王を娶《めと》りたまひて、子なかりき。

この天皇《顕宗帝が》、その父王《ちちみこ》、市辺の王の御骨《みかばね》[一八]を求めたまふ時に《ご遺骸を捜し求められた時に》、淡海《あふみ》の国《近江国の》なる賤《いや》しき老媼《おみな》[一九]、参出《まゐ》でて白《まを》ししく、

「王子《みこ》の御骨を埋《う》みしところは《埋めた場所は》、もはら《私だけが》あれ能《よ》く知れり《知っています》。また、その御歯《みは》[二〇]をもちて知るべし《御歯の特徴で確かめられます》」（御歯は、三枝《さきくさ》[二一]のごとき押歯《おしは》に坐しき）

しかして《そこで》、民を起《た》てて《人民を動員して》土を掘り、その御骨を求めき《忍歯王のご遺骸を捜し求めた》。すなはち《そうして》、その御骨を獲《え》て、その蚊屋野《かやの》[二二]の東《ひむかし》の山に、御陵《みはか》を作りて葬《はぶ》りたまひ《葬りなさり》

＊ 雄略天皇に惨殺された市辺《いちのへ》の忍歯《おしは》王の遺児、意富祁（意祁）・袁祁二皇子は艱難《かんなん》辛苦の末、ようやく帝位に即《つ》く時が来た。当然嫡子意祁王が先に、次に袁祁王の順であるべきだが、兄王は名乗りの功績をもって弟王に先に即位することを薦《すす》める。「有徳《うとく》の天皇」の理想的な姿として描かれる。

一三 履中《りちゅう》天皇（二一九頁参照）。

一四 二三八頁注一参照。

一五 第二三代顕宗天皇。「石巣別《いはすわけ》」の名はここにだけ見える。なお意祁・袁祁二皇子の母は『古事記』に記していない。顕宗前紀には「荑媛《はえひめ》」の名を挙げている。

顕宗天皇
——皇統譜

一六 「近つ飛鳥」は河内国の安宿《あすかべ》（大阪府羽曳野《はびきの》市飛鳥）。二二四頁にその地名起源説話があった。なお二六一頁注一七、二六二頁注一参照。

一七 八年。在位年数である。

——父王の遺体埋葬

一八 ご遺骸。忍歯王の遺体は地中に埋められ盛土もされなかった（二三八〜九頁）ので、その所在が分らなかったのである。

一九 老女。次頁四行目に「置目《おきめ》の老媼《おみな》」とある。

二〇 下の注にある「三枝のごとき押歯」という特徴。

二一 「三枝」は、一茎に三花（三葉）以上をつけるめでたい植物で、特定の植物名ではない。「福草《さきくさ》」が原義。「押歯」は押《おし》重なって生える歯で八重歯のこと。

二二 二三七頁注一五参照。そもそもこの地での狩が忍歯王受難の端緒であった。

て、韓帒《からふくろ》が子等《こら》をもちて、その御陵《みはか》を守らしめたまひき。しかる後《のち》に、その御骨を持ち上《のぼ》りましき。かれ、還り上りまして、その老媼《おみな》を召して、その、見失はず貞《さだ》かにその地《ところ》を知りたるを誉《ほ》めて、名を賜ひて置目《おきめ》の老媼と号《なづ》けたまひき。よりて、宮の内に召し入れて、敦《あつ》く広く慈《めぐ》みたまひき。かれ、その老媼の住《す》める屋《や》は、宮の辺に近く作りて、日ごとに必ず召しき。かれ、鐸《ぬて》を大殿の戸に懸《か》けて、その老媼を召さむとおもほす時は、必ずその鐸を引き鳴《な》したまひき。しかして、御歌を作《よ》みたまひき。その歌に曰《い》ひしく、

浅茅原《あさぢはら》　小谷《をだに》を過ぎて
ももづたふ　鐸ゆらくも　置目来《く》らしも

ここに、置目の老媼が白《まを》ししく、

「あれ、いと耆老《お》いにたり。本《もと》つ国に退《まか》らむとおもふ」

かれ、白せるまにまに退《まか》る時に、天皇見送りて、歌ひたまひしく、

置目もや　淡海の置目

一 韓帒《からふくろ》が、近江《おうみ》国蚊屋野《かやの》に猪鹿《しし》が多くいると大長谷王（雄略天皇）に報告した（二三七頁）ことから忍歯王が殺害された、という責任を問われて、その子らに御陵番を命じた。顕宗《けんぞう》天皇の報復の念の激しさが思いやられる。当時、御陵番は賤者《せんじゃ》の仕事であった。
二 忍歯王のご遺骸を都（河内《かわち》国安宿《あすかべ》）へ改葬したこと（ただしその場所は不明）。
三 「見失はず…知りたる」を強く指示する語。
四 ご遺骸を見失わず、の意。
五 確実に。『続紀』宣命三七詔に「貞《さだ》に」とある。
六 よく見て置いた老女、の意。
七 釣鐘型の大鈴。『華厳経音義私記《けごんきょうおんぎしき》』（奈良時代末成立。和訓を万葉仮名で記す）に「鐸、奴利天《ぬりて》」とある。その「ぬりて」が「ぬて」と縮まった形。
八 短い茅萱《ちがや》の生えている原や小さな谷を過ぎて遠くへ行く、の意で、次の「ももづたふ」（百伝ふ）に懸る序。「百伝ふ」は、音が遠くまで響き渡る意。「鐸《ぬて》」は駅鈴ではないから、駅馬の鈴の音とは解せない。
九 天皇が鐸を鳴らしたその音が遠くまで響き渡っているよ、の意。「ゆらく」は、揺れて鈴や玉ずれの音がさやかに鳴ることで視・聴二つの感覚を併せた語。
一〇 故郷。置目の故郷は近江国である。
一一 「も」も「や」も詠嘆の助詞。
一二 山の向うに隠れて、の意。「み」は接頭語。
＊ 前歌「浅茅原」のほうは、置目の来訪を喜ぶ天皇の期待の気持が、遠くまで響く鐸の音に呼応した

表現となっている。一方この歌「置目もや」のほうは、置目に対する愛惜の情が、深い嘆息として表現されている。両者あいまって明暗の構成をとり非凡。

一三 雄略天皇の追手から逃れること（二三九頁参照）。

一四 二三九頁三～八行目参照。

一五 河内国の安宿（羽曳野《はびきの》市飛鳥《あすか》）を流れる川。

一六 「みな」は「断ち」に係る。膝の筋を断ち切り、跛者《はしゃ》にする体刑に処したこと。これも天皇の報復話の一つで、前頁の韓帒《からぶくろ》報復に次ぐ第二話。

一七 この「倭に上る」は、大和に都がある「今」に至るまでの時代（飛鳥・藤原京から奈良時代初期まで）なのであって、顕宗天皇の時代ではない。猪甘《いかい》の老人《おきな》の子孫が今の時代まで跛者のまねをして上京する由縁を説いている。

一八 当然・必然の意。「自」は「必」と同義。

一九 びっこを引くのだ。

二〇 「見占《し》めき」で、見定めた、の意。

二一 この地名、未詳。

二二 今は亡き雄略天皇だから、報復するにしても、その御霊《みたま》に対してするよりほかはない。雄略天皇への報復第三話に入る。

二三 二五四頁注一一参照。「毀《こほ》つ」は名誉を損ずる気持をこめた用字で、以下漸次文字が変化してゆく。

二四 顕宗天皇が意祁命に「命《みこと》・幸行《いでまし》」の敬語を使う。この雰囲気を汲《く》んで以下の会話を丁寧体に訳した。

――報復の道義

明日よりは（明日からは）　み山[一二]隠《がく》りて　見えずかもあらむ（見えなくなるだろうかなあ）

初め（以前）、天皇（顕宗帝が）、難《わざはひ》[一三]に逢ひて逃げましし時に（お逃げになった時に）、その御粮《みかれひ》[一四]を奪ひし猪《ゐ》甘《かひ》の老人《おきな》を求めたまひき（捜し求められた）。ここに（こうして）、求め得て（捜し出して）、喚上《めさ》げて（召し上げ）、飛鳥河《あすかがは》[一五]の河原《かはら》に斬りて（〔老人を〕）、みなその[一六]族《うがら》の膝《ひざ》の筋《すぢ》を断《た》ちたまひき（断ち切られた）。ここをもちて（こういうわけで）、今に至るまでに（今日に至るまで）、その子孫《うみのこ》、倭《やまと》[一七]に上《のぼ》る日は、必《かなら》[一八]ず跛《あしなへ》[一九]ぐぞ。かれ（そして）、能《よ》くその老《おきな》の在るところを（もといた場所を）見しめき[二〇]（見定めた）。かれ（それで）、そこを志米須《しめす》[二一]といふ。

天皇（顕宗帝は）、その父王《ちちみこ》を殺したまひし大長谷《おほはつせ》の天皇（雄略帝を）を深く怨《うら》みたまひて、その霊《みたま》[二二]に報いむとおもほしき（仕返しをしようと思われた）。かれ（そこで）、その大長谷の天皇《すめらみこと》の御陵《みはか》[二三]を毀《こほ》たむとおもほして（破壊しようと思われて）、人を遣はす時に、そのいろ兄《え》（同母の）意祁《おけ》の命《みこと》の奏《ま》言《を》したまひしく（奏上なさったのには）、

「この御陵（雄略帝の）を破り壊《こほ》つは、他人《あたしひと》を遣はすべからず（遣わしてはなりません）。もはら（もっぱら）、あれ（私自身が）みづから行きて（〔雄略帝の御陵へ〕行き）、天皇の御心のごとく（顕宗帝のお考えのように）、破り壊ちて（破壊して）参出《まゐ》でむ（参りましょう）」

しかして（すると）、天皇（顕宗帝が）の詔らししく、

「しからば（それなら）、命《みこと》のまにまに（お言葉どおり）幸行《いでま》[二四]すべし（お行きなさい）」

ここをもちて《こういうわけで》、意祁《おけ》の命《みこと》みづから下《くだ》り[一]幸《いでま》して、少し、その御陵の《雄略帝の御陵の》傍《かたはら》を掘りて、還り上《のぼ》りて《〔皇居に〕》復奏言《かへりことまを》したまひしく《お返事をなされたのには》、

「すでに《すっかり》掘り壊《こほ》ちつ《こわしました》」

しかして《そこで》、天皇《顕宗帝は》、その早く還り上らししことを《意祁命が早く還ってこられたことを》異《あや》[二]しびて詔らしし《仰せられたの》く《には》、

「いかにか破り壊ちつる《どのようにして破壊したのですか》」

答へ白ししく《〔意祁命が〕申し上げたのには》、

「その陵《はか》の傍の土を少し掘りつ」

天皇の《顕宗帝が》詔らししく、

「父王《ちちみこ》の仇《あた》を報いむとおもはば《報いようと思うならば》、必ずことごとと《きっと隅々まで》その陵を破り壊た《こわそ》むに《うものを》、何とかも少し掘りつる《どうして少し掘ったのですか》」

答へ《〔意祁命が〕》曰ししく、

「しかせしゆゑは《そうした理由は》、父王の怨みを《父君の恨みを〔晴らし〕》、その霊に報いむとおもほすは《雄略帝の霊に復讐しようと思われるのは》、[三]これ誠に理《ことわり》ぞ。しかれども《けれども》、その大長谷《おほはつせ》の天皇は《雄略天皇は》、父の怨みには《怨敵ではあっ》

一 天皇の許《もと》（都）から退下《たいげ》して他所へ行くので「下る」と表現した。他所といっても、雄略天皇陵は、河内の多治比《たじひ》の高鸇《たかわし》、今の大阪府羽曳野《はびきの》市島泉（二五四頁注一一参照）の地で、皇居のある河内の近つ飛鳥（羽曳野市飛鳥）の西北約六キロメートルの地点である。

二 不思議に思って。御陵を破壊するには相当の人数と日数もかかるのに、意外に早く帰還したからである。

＊ 顕宗《けんぞう》天皇の、雄略天皇に対する報復は、その御陵を毀損《きそん》することにあった。最大の辱《はずかし》めを与えることになるからだ。その意を体して意祁命が実行する。ここで会話の文字と言葉に注目しよう。天皇は「毀《こほ》つ」（前頁八行目）「破り壊《こほ》つ」（同一一行目）を用い、意祁命は「掘り壊つ」（本頁三行目）「掘る」（同八行目）を用いている。前者は意図（目的）上の、後者は方法（手段）上の文字と言葉を用いていて、しかもずれがある。ただ二人に共通する激しい感情は、「御陵《みはか》」と言わず、単に「陵《はか》」と言っていることに表れている。

三 これはまことに当然です。この「理《ことわり》」は、父子の情ということにおいてもっともだ、というのである。

四 雄略天皇は市辺《いちのへ》の忍歯《おしは》王と従兄弟《いとこ》であるから、忍歯王の子（二皇子）からみると雄略天皇は「従父《おじ》」に

当るわけである。これは血統上の関係。
五 これは社会的な地位で、絶対的なものである。
六 「破りてば」に係る。
七 非難するであろう。つまり、天皇の尊厳性を毀損《きそん》することになり、天皇の絶対性という「道理《ことわり》」に反することになる。
八 親の仇は討たねばならぬ。これは『礼記《らいき》』の「父之讐《あたハ》、弗《ず》二与《とも》共《に》戴《いただカ》レ天《ヲ》」（曲礼上《きよくらい》）に見える儒教的孝道の思想によったものであろう。これは孝行という「道理《ことわり》」である。
九 この「少し掘りつ」の表現が、実質上の毀損（情）と形式上の破損（義）とを両立させている。
＊ 天皇は「大きな道理」と感じ、「可」という決裁をした。天皇と意祁命は、ともに中国的な有徳《うとく》の聖天子としての評価を得た。こうして仁徳帝以来の聖天子の多様な徳の型《タイプ》（仁・愛・智・勇・武・孝・瑞祥・神聖・大義）は一応出尽し、「天皇とは何か」の命題を説明し得たので、以後は皇統譜に止めることにしたものであろう。
一〇 「日続」は「日継」に同じ。
一一 三十八歳。
一二 八年。
一三 奈良県北葛城郡《きたかつらぎ》香芝町《かしば》北今市。
一四 顕宗天皇。
一五 第二四代仁賢天皇。
一六 奈良県天理市田辺町または嘉幡町《かばた》の地。

仁賢天皇
——皇統譜

あれども《ても》、還《かへ》りては《一方では》わが従父《をぢ》[四]にいまし、また、天の下治めたまひ《天下をお治めになられた》し天皇《すめらみこと》[五]ぞ。ここに《そこで》今単《ひとへ》に父の仇といふ志をのみ取りて《考えだけに固執して》、ことごと[六]《すっかり》天皇の陵を破りてば《こわしたならば》、後《のち》の人必ず誹謗《そし》[七]らむ。ただ父王の仇のみは《父君の仇だけは〔子として〕報復しないわけに参りません》[八]、報いざるべくあらず。かれ《ですから》、その陵の辺《へ》を少し掘りつ[九]。すでに《全く》この恥《は》づかしめもちて《恥ずかしめで》、後《のち》の世に示すに足らむ《〔報復の志を〕》」

かく奏《まを》したまへば《奏上なさったので》、天皇の答へ詔らししく《顕宗帝が答え仰せになったのには》、

「こも《これも》大きなる理《ことわり》ぞ。命《みこと》のごとくして《お言葉のとおりでよ》可し《結構です》」

かれ《さて》、天皇崩《かむあが》りまして《亡くなられて》、すなはち《すぐに》意富祁《おほけ》の命《みこと》、天《あま》つ日続《ひつぎ》[一〇]知らしめしき《皇位につかれた》。天皇の御年《顕宗帝の宝算は》、参拾《みそ》[一一]ちあまり捌歳《やつ》ぞ。天の下治めたまふこと八歳《やとせ》[一二]ぞ。御陵《みはか》は、片岡[一三]の石坏《いはつき》の岡の上《へ》にあり。

袁祁《をけ》[一四]の王《おほきみ》の兄《いろえ》、意富祁[一五]の王、石上《いそのかみ》[一六]の広高《ひろたか》の宮に坐《いま》して、天の下治めたまひき。天皇《仁賢帝が》、大長谷若建《おほはつせわかたける》の天皇の御子《雄略帝の御子の》、春日《かすが》の大郎女《おほいらつめ》を娶《めと》り《妻にして》て生みたまへる御子《お生みになった御子は》、高木《たかぎ》の郎女《いらつめ》。次に財《たから》の郎女。次に久須毗《くすび》の郎

一　のちに、継体《けいたい》天皇の皇后となる（次頁一～二行目参照）。
二　のちの武烈《ぶれつ》天皇（本頁五～八行目参照）。
＊　仁賢天皇の皇統譜には、宝算もしくは在位年数、また、山陵記事を欠く。
三　第二五代武烈天皇。
四　奈良県桜井市出雲の地かという。
五　八年。
六　天皇の名に因《ちな》んだ部曲《かきべ》（私有民）。
七　前頁注一三参照。顕宗《けんぞう》天皇陵と同地であるが、これは「南陵」といわれ、武烈天皇陵は「北陵」といわれる。

武烈天皇——皇統譜

＊　武烈天皇に皇太子がなく、他にも天皇適格者がいない。清寧《せいねい》天皇の場合もそうだった（二五五頁）が、飯豊《いいとよ》王が天皇になったような書きぶりがしてあり、また意祁《おけ》・袁祁《をけ》二皇子も発見できた。しかし、武烈天皇の場合は誰もいない。これは仁徳系の断絶などといった生やさしい問題ではないのである。「天皇」というものがなくなることを意味するからだ。それで探しも探したりで、応神天皇五世の孫を探し当て、皇位につけたというのである。天皇五世の孫までは皇位継承権があるからで、ぎりぎりの線まで探したことになる。応神天皇の子は若《わか》野毛《のけ》二俣《ふたまた》王（これが二世）で、その子が「意富々杼《おほほど》王」（これが三世。二〇二頁参照）、「袁本杼《をほど》命」

継体天皇——皇統譜

女。次に[一]手白髪《たしらか》の郎女《いらつめ》。次に[二]小長谷《をばつせ》の若雀《わかさざき》の命《みこと》。次に真若《まわか》の王《おほきみ》。また、丸邇《わに》の日爪《ひつま》の臣《おみ》が女《むすめ》、糠《ぬか》の若子《わくご》の郎女を娶《めと》りて《妻にして》生みたまへる御子《お生みになった御子は》、春日《かすが》の山田《やまだ》の郎女。この天皇《すめらみこと》の御子、并《あは》せて《合計して》七柱ぞ。この中に、小長谷の若雀の命《武烈天皇は》は、天の下治めたまひき。

[三]小長谷の若雀の命《武烈天皇は》、[四]長谷《はつせ》の列木《なみき》の宮に坐《いま》して、天《あめ》の下《した》治めたまふこと[五]捌歳《やとせ》ぞ。この天皇《武烈帝は》、太子《ひつぎのみこ》なし。かれ《それで》、御子代《みこしろ》として、[六]小長谷部《をばつせべ》を定めたまひき。御陵《みはか》は、[七]片岡の石坏《いはつき》の岡にあり。

天皇《武烈帝が》、すでに崩《かむあが》りまして、日続《ひつぎ》知らすべき王《みこ》《皇位につくべき王が》なし。かれ《〔群臣は〕それで》、品太《ほむだ》の天皇《応神帝の》の五世《いつつぎ》の孫《ひこ》、袁本杼《をほど》の命《継体帝を》、近つ淡海の国《近江国から》より上《のぼ》り《〔大和国に〕上京させ申して》坐さしめて、[八]手白髪の命に合はせまつりて《めあわせ申し上げて》、天の下を授けまつりき《お授け申し上げた》。

品太の王《おほきみ》《応神帝》の五世の孫、[九]袁本杼の命《継体天皇は》、[一〇]伊波礼《いはれ》の玉穂《たまほ》の宮に坐して、天の下治めたまひき。天皇《継体帝が》、[一一]三尾《みを》の君等が祖《おや》、名は若比売《わかひめ》を[一二]取《めと》りて《妻にしてお生みになった御子は》生みたまへる御子、大郎子《おほいらつこ》。次に出雲《いづも》の郎女（二柱）。また、尾張《をはり》の連等《むらじら》が祖、凡《おほし》の連が妹《いも》、目子《めのこ》の郎女を娶りて生みたまへる御子、[一三]広《ひろ》国押建金日《くにおしたけかなひ》の命《安閑帝》。次に一四建小広国押楯《たけをひろくにおしたて》の命《宣化帝》（二柱）。また、意富祁《おほけ》の天皇の御子、手白髪の命を娶りて（これ大后《おほきさき》ぞ）生みたまへる御子、一五天《あめ》国押波流岐広庭《くにおしはるきひろには》の命《欽明帝》（一柱）。また、息長真手《おきながまて》の王《おほきみ》の女《むすめ》、麻組《をくみ》の郎女を娶りて生みたまへる御子、一六佐佐宜《ささげ》の郎女（一柱）。また、坂田《さかた》の大《おほ》俣《また》の王の女、黒比売《くろひめ》を娶りて生みたまへる御子、神前《かむさき》の郎女。次に一七茨田《まむた》の郎女。次に馬来田《うまぐた》の郎女（三柱）。また、茨田の連小望《むらじをもち》が女、関比売《せきひめ》を娶りて生みたまへる御子、茨田の大郎女《おほいらつめ》。次に白坂《しらさか》の活日《いくひ》の郎女。次に小野《をの》の郎女、亦の名《その亦の名》は長目比売《ながめひめ》（三柱）。また、三尾の君加多夫《かたぶ》が妹《いも》、倭比売《やまとひめ》を娶りて生みたまへる御子、大郎女。次に丸高《まろこ》の王。次に耳《みみ》の王。次に赤比売《あかひめ》の郎女（四柱）。また、阿倍《あへ》の波延《はえ》比売《ひめ》を娶りて生みたまへる御子、若屋《わかや》の郎女。次に都夫良《つぶら》の郎女。次に阿豆《あつ》の王（三柱）。

この天皇《継体帝の》の御子等、幷せて《合計して》十《とを》あまり九《ここの》はしらの王《みこ》ぞ（男《ひと》七はしら、女十《ひめとを》あまり二はしら）。この中《なか》に、一八天国押波流岐広庭の命は《欽明帝は》、天の下治

が五世というのであるから、結局四世が不明となる。わずかに、『釈日本紀《しやくにほんぎ》』所引「上宮記」にその四世の名が「汙斯王《うし》」と見える。

八 仁賢天皇の皇女。

九 第二六代継体天皇。

一〇 奈良県桜井市池之内付近。

一一 一四二頁一四行目～一四三頁一行目に「三尾の君」が見える（垂仁天皇の段）。「三尾」は滋賀県高島郡高島町。

一二 妻にする。「取」は「娶」の古字。

一三 のちの安閑《あんかん》天皇（次頁参照）。

一四 のちの宣化《せんか》天皇（二六六～七頁参照）。

一五 のちの欽明《きんめい》天皇（二六七～八頁参照）。

一六 次頁二～三行目に記事がある。

一七 「茨田の郎女」以下、次行の「茨田の大郎女」の「茨」までは、諸本にないが、真福寺本の文字および書写の結果から「目移り・脱字」（書写の時に、同字が近くにあってつい字を脱かしたり、行数を飛ばして写してしまうこと）があることが分るので、継体紀の系譜記事を参考にして、原本の文字を復元したものである。

一八 欽明天皇の即位が、安閑・宣化両天皇より後なのに先に掲げてあるのは、皇后を母とするからである。

めたまひき。次に広国押建金日《ひろくにおしたけかなひ》の命、天の下治めたまひき《安閑帝は》。次に建《たけ》小《を》広国押楯《ひろくにおしたて》の命、天の下治めたまひき《宣化帝も》。次に佐々宜《ささげ》の王《おほきみ》は、伊勢[一]の神の宮を拝《いは》ひたまひき《お祭りなされた》。

この御世に《継体帝の》、竺紫《つくし》[二]の君石井《いはゐ》、天皇《すめらみこと》の命《みこと》に従はずて、礼《ゐや》なきこと多し《無礼なことが多かった》。かれ、物部《もののべ》[三]の荒甲《あらかひ》の大連《おほむらじ》・大伴《おほとも》の金村《かなむら》の連《むらじ》の二人を遣はして、石井を殺したまひき。

天皇の御年《継体帝の宝算は》、肆拾《よそ》[四]ちあまり参《みつ》歳ぞ（丁《ひのと》[五]の未《ひつじ》の年の四月《うづき》の九日に崩《かむあが》りましき）。御陵《みはか》は、三島《みしま》[六]の藍《あゐ》の陵《みささぎ》ぞ。

御子、広国押建金日[七]の王《おほきみ》、勾《まがり》[八]の金箸《かなはし》の宮に坐《いま》して、天の下治めたまひき。この天皇《安閑帝は》、御子なし（乙《きのと》[九]の卯《う》の年の三月《やよひ》の十《とを》かあまり三日に崩りましき）。御陵は、河内《かふち》[一〇]の古市《ふるいち》の高屋《たかや》の村にあり。

弟《いろど》[一一]、建[一二]小広国押楯の命《宣化帝は》、檜坰《ひのくま》[一三]の廬入野《いほりの》の宮に坐して、天の下治めたまひき。天皇《宣化帝が》、意祁《おけ》の天皇の御子《仁賢帝の》、橘《たちばな》の中比売《なかつひめ》の命を娶《めと》りて《妻にしてお》生みたまへる御子《生みになった御子は》、石比売《いしひめ》[一四]の命（石を訓《よ》[一五]むこと、石《いし》のごとし。下《しも》これに效《なら》へ）。次

一 伊勢神宮の斎宮となったこと。斎宮記事は豊鉏比売《とよすきひめ》命（一三四頁）、倭比売《やまとひめ》命（一四二頁）と、ここの佐々宜《ささげ》王との三例である。第一例は、「初国《はつくに》知らしめしし」崇神天皇（一四〇頁参照）の時代であり、第二例は倭建命の全国制覇《せいは》の時代であり、第三例は新羅《しらぎ》と通じた竺紫君石井《つくしのきみいはゐ》の反乱という国家的危機に直面した時代であるという理由から、特にこの三斎宮の名が記されているのであろう。斎宮が制度化するのは天武天皇時代あたりからである。

二 石井の反乱は継体紀に詳しいが、逸文『筑後風土記』に記す「古老伝」は、石井の乱の内容を、土地の住民感情に即して伝えているので、必ずしも正史と一致しない。

三 天皇の命によって、軍事的職業氏族が氏族の反乱を討伐するという形はこれが初出。従来の天皇ないし皇子みずからが出征したのと異なる。

安閑天皇——皇統譜

四 四十三歳。

五 西暦五二七年。

六 大阪府茨木市太田の茶臼山古墳とも、今城塚ともいわれる。

七 第二七代安閑《あんかん》天皇。

宣化天皇——皇統譜

八 奈良県橿原《かしはら》市曲川《まがりかわ》町。

九 西暦五三五年。

一〇 大阪府羽曳野《はびきの》市古市《ふるいち》。

一一 安閑天皇の実弟。

一二 第二八代宣化《せんか》天皇。

一三 奈良県高市《たかいち》郡明日香《あすか》村檜前《ひのくま》。
一四 欽明天皇の皇后になる（本頁六行目参照）。
一五 三二頁六〜七行目に「石を川みてイハといふ。下《しも》これに効《なら》へ」とある。この訓注に従って、これまでの「石」はすべてイハと訓《よ》んできた。そして、ここで初めて「石」はイシだという。この訓注の形式による限り、イシと訓むのは石比売と小石比売との二名のみである。

欽明天皇
——皇統譜

一六 第二九代欽明《きんめい》天皇。
一七 奈良県桜井市金屋《かなや》の東南、初瀬川のほとり。
一八 のちの敏達《びだつ》天皇。
一九 石比売と同母妹。姉妹の関係の妹は「いろど」。
二〇 ここで蘇我《そが》氏が登場する。建内宿禰《たけうちのすくね》の子蘇我石川宿禰は蘇我臣の祖とある（一二九頁参照）。橿原市蘇我町を本拠とした大豪族である。
二一 のちの用明《ようめい》天皇（二七〇頁参照）。
二二 橘の豊日命と同母妹。兄妹の関係の妹は「いろも」。
二三 のちの推古天皇（二七一頁参照）。

に小石比売《をいしひめ》の命。次に倉《くら》の若江《わかえ》の王。また、川内《かふち》の若子比売《わくごひめ》を娶りて生みたまへる御子、火穂《ほのほ》の王。次に恵波《ゑは》の王。この天皇〔宣化帝の〕の御子等、并《あは》せて五《いつ》はしらの王《みこ》ぞ（男《ひこ》三はしら、女《ひめ》二はしら）。かれ、火穂の王は（志《し》比陀《ひだ》の君が祖《おや》ぞ）。恵波の王は（韋那《ゐな》の君・多治比《たぢひ》の君が祖ぞ）。

弟《おと》、[一六]天国押波流岐広庭《あめくにおしはるきひろには》の天皇《すめらみこと》、[一七]師木島《しきしま》の大宮に坐して、天の下治めたまひき。天皇〔欽明帝が〕、檜坰《ひのくま》の天皇〔宣化帝の〕の御子、石比売《いしひめ》の命を娶りて生みたまへる御子〔妻にしてお生みになった御子は〕、八田《やた》の王。次に[一八]沼名倉太玉敷《ぬなくらふとたましき》の命〔敏達帝〕。次に笠縫《かさぬひ》の王（三柱）。また、その[一九]弟《いろど》、小石比売《をいしひめ》の命を娶りて生みたまへる御子、上《かみ》の王（一柱）。また、春日《かすが》の日爪《ひつま》の臣《おみ》が女《むすめ》、糠子《ぬかご》の郎女《いらつめ》を娶りて生みたまへる御子、春日の山田《やまだ》の郎女。次に麻呂古《まろこ》の王。次に[二〇]宗賀《そが》の倉《くら》の王（三柱）。また、宗賀《そが》の稲目《いなめ》の宿禰《すくね》の大臣《おほおみ》が女、岐多斯比売《きたしひめ》を娶りて生みたまへる御子、[二一]橘《たちばな》の豊日《とよひ》の命。次に[二二]妹《いろも》、石坰《いはくま》の王。次に足取《あとり》の王。次に[二三]豊御気炊屋比売《とよみけかしきやひめ》の命。次にまた、麻呂古の王。次に大宅《おほやけ》の王。次に伊美賀古《いみがこ》の王。次に山代《やましろ》の王。次に妹《いろも》、大伴《おほとも》の王。次に桜井《さくらゐ》の玄《ゆみはり》の王《おほきみ》。次に麻怒《まの》の王。次に橘本《たちばなもと》の若子《わくご》の王。次に泥杼《ねど》の王（十《とを》あまり三柱）。また、岐多志毗売《きたしびめ》の命《みこと》の姨《をば》、[一]小兄比売《をえひめ》を娶《めと》りて《妻に》生みたまへる御子《してお生みになった御子は》、馬木《うまき》の王。次に葛城《かづらき》の王。次に間人《はしひと》[二]の穴太部《あなほべ》の王。次に三枝部《さきくさべ》の穴太部《あなほべ》の王、亦の名は須売伊呂杼《すめいろど》。次に長谷部《はつせべ》の若雀《わかさざき》の命（五柱）。おほよそに《数え合せて》この天皇の御子等《欽明帝の》、并せて《合計して》廿《はた》あまり五《いつ》はしらの王《みこ》ぞ。

この中《なか》に、沼名倉太玉敷《ぬなくらふとたましき》の命は《敏達帝は》、天の下治めたまひき。次に橘《たちばな》の豊日《とよひ》の命《用明帝》、天の下治めたまひき。次に豊御気炊屋比売《とよみけかしきやひめ》[三]の命《推古帝》、天の下治めたまひき。次に長谷部の若雀の命《崇峻帝》、天の下治めたまひき。并せて《合計して》四《よ》はしらの王《みこ》、天の下治めたまひき。

御子、[四]沼名倉太玉敷の命《敏達天皇は》、他田《をさだ》[五]の宮に坐《いま》して、天の下治めたまふこと壱拾《とを》[六]あまり肆歳《よとせ》ぞ。この天皇《敏達帝が》、庶妹《ままいも》、豊御食炊屋比売の命[七]《推古天皇》を取《めと》りて生みたまへる御子、静貝《しづかひ》[八]の王《おほきみ》、亦の名《その亦の名は》は貝鮹《かひたこ》の王。次に竹田《たけだ》の王、亦の名《その亦の名は》は小貝《をかひ》の王。次に小治田《をはりだ》の王。次に葛城《かづらき》の王。次に宇毛《うも》

一 小兄比売《おえひめ》は蘇我稲目《そがのいなめ》の妹なので、稲目の子の岐多志毗売《きたしびめ》からは叔母《おば》に当る。

二 二七〇頁（五〜六行目）によると、用明《ようめい》天皇の皇后となり、聖徳太子を生むとある。この「王《おほきみ》」は女王である。

三 用明天皇（第三一代）の次に推古《すいこ》天皇、それから崇峻《すしゅん》天皇の順に即位したように見えるが、これは欽明天皇の皇統譜の記載順に従ったまでのことで、実際は崇峻天皇（第三二代）、推古天皇（第三三代）の順序で即位した。

四 第三〇代敏達《びだつ》天皇。

五 奈良県桜井市戒重《かいじゅう》。

六 十四年。

七 のちの推古天皇。

八 敏達紀五年の条に「菟道貝鮹皇女《うぢのかひたこのひめみこ》」とあって別名を「菟道磯津貝皇女《しつかひ》」といい、聖徳太子に嫁すとあるから、この「王《おほきみ》」は女王である。

理《り》の王《おほきみ》。次に小張《をはり》の王。次に多米《ため》[九]の王。次に桜井《さくらゐ》の玄《ゆばり》の王（八柱）。また、伊勢《いせ》の大鹿《おほか》の首《おびと》が女《むすめ》、小熊子《をぐまこ》の郎女《いらつめ》を娶りて生みたまへる御子、布斗比売《ふとひめ》の命《みこと》。次に宝《たから》[一〇]の王、亦の名は〔その亦の名は〕糠代比売《ぬかでひめ》の王（二柱）。また、息長《おきなが》[一一]の真手《まて》の王の女、比呂比売《ひろひめ》の命を娶りて生みたまへる御子、忍坂《おさか》[一二]の日子人《ひこひと》の太子《ひつぎのみこ》、亦の名は〔その亦の名は〕麻呂古《まろこ》の王。次に坂騰《さかのぼり》の王。次に宇《う》遅《ぢ》の王（三柱）。また、春日《かすが》の中若子《なかつわくご》が女、老女子《おみなこ》の郎女を娶りて生みたまへる御子、難波《なには》の王。次に桑田《くはた》の王。次に春日の王。次に大《おほ》俣《また》の王（四柱）。

この天皇〔敏達帝の〕の御子等、幷せて〔合計して〕十《とを》あまり七《なな》はしらの王の中《なか》に、日子人《ひこひと》の太子《ひつぎのみこ》、庶妹《ままいも》、田村《たむら》の王、亦の名は〔その亦の名は〕糠代比売《ぬかでひめ》の命を娶りて生みたまへる御子、岡本[一三]の宮に坐して天の下治めたまひし天皇ぞ〔舒明帝である〕。次に中津《なかつ》の王。次に多良《たら》の王（三柱）。また、漢《あや》の王の妹《いも》、大俣《おほまた》の王を娶りて生みたまへる御子、知奴《ちぬ》の王。次に妹桑田《くはた》の王（二柱）。また、庶妹[一四]玄の王を娶りて生みたまへる御子、山代《やましろ》の王。次に笠縫《かさぬひ》の王（二柱）。

九　敏達紀には「田眼《ため》皇女」とあり、舒明《じょめい》天皇に嫁すとある。この「王」は女王である。

一〇　一〇行目に「田村の王、亦の名は糠代比売の命」とある人物に同じ。

一一　二六五頁三行目にも、この名があった。

一二　第三四代舒明天皇の父（九〜一一行目参照）。

一三　奈良県高市郡明日香村岡の岡寺付近。ここに都したのは舒明天皇またその皇后斉明《さいめい》天皇だが、この舒明天皇をここに掲げたのは、「原古事記」の作者天武天皇の父だったからだと推測してよい。『古事記』の下巻が推古天皇でふっつり切れる印象を与えるけれども、ここに舒明天皇の出生が掲出された限り、当時の読者の脳裏には、文武両面の最大の英雄天武天皇の像が、この短い叙述によって去来したことであろう。

一四　桜井の玄王（一行目参照）。

幷せて《合計して》七はしらの王ぞ（甲辰《きのえたつ》[一]の年の四月《うづき》の六日《むゆか》に崩《かむあが》りましき）。御陵《みはか》は、川内《かふち》[二]の科長《しなが》にあり。

用明天皇——皇統譜

弟《おと》[三]、橘《たちばな》[四]の豊日《とよひ》の王《おほきみ》、池辺《いけのへ》[五]の宮に坐《いま》して、天の下治めたまふこと参《み》[六]歳《とせ》ぞ。この天皇《用明帝が》、稲目《いなめ》の宿禰《すくね》の大臣《おほおみ》が女《むすめ》、意富芸多志比売《おほぎたしひめ》を娶《めと》りて生みたまへる御子、多米《ため》の王《おほきみ》（一柱）。また、庶妹《ままいも》、間人《はしひと》の穴太部《あなほべ》の王を娶りて生みたまへる御子、上《うへ》[七]の宮の厩戸《うまやと》の豊聡耳《とよとみみ》の命。次に久米《くめ》の王。次に植栗《ゑくり》の王。次に茨田《まむた》の王（四柱）。また、当麻《たぎま》の倉《くら》の首《おびと》、比呂《ひろ》が女、飯女之子《いひめのこ》を娶りて生みたまへる御子、当麻の王。次に妹《いろも》須加志呂古《すかしろこ》の郎女《いらつめ》。

この天皇《用明帝は》、（丁の未《ひのとひつじ》[八]の年の四月の十《とを》かあまり五日に崩りましき）。御陵は、石寸《いはれ》[九]の掖上《わきがみ》にありしを、後《のち》に科長《しなが》[一〇]の中《なか》の陵《みさざき》に遷《うつ》しまつりき。

崇峻天皇——皇統譜

弟《おと》[一一]、長谷部《はつせべ》[一二]の若雀《わかさざき》の天皇《崇峻帝は》、倉椅《くらはし》[一三]の柴垣《しばかき》の宮に坐して、天の下治めたまふこと肆歳《よとせ》[一四]ぞ（壬子《みづのえね》[一五]の年の十一月《しもつき》の十かあまり三日に崩りましき）。御陵は倉椅の岡の上《へ》[一六]にあり。

一 西暦五八四年。
二 大阪府南河内郡太子町葉室。
三 敏達《びだつ》天皇の弟。
四 第三一代用明《ようめい》天皇。
五 奈良県桜井市阿部《あべ》。
六 三年。
七 聖徳太子。
八 西暦五八七年。
九 桜井市池之内。ここの「寸」は「村」の略字。
一〇 大阪府南河内郡太子町春日。
一一 用明天皇の弟。
一二 第三二代崇峻《すしゆん》天皇。
一三 桜井市倉橋。
一四 四年。
一五 西暦五九二年。
一六 桜井市倉橋。

推古天皇
——皇統譜

一七 敏達天皇の異母妹。用明天皇の同母妹。それで「妹」は一般的な「いも」の語で訓《よ》むことにする。
一八 第三三代推古《すいこ》天皇。最初の女帝といわれる。
一九 奈良県高市郡明日香村の甘樫丘《あまかしがおか》の北の通称「古宮《ふるみや》土壇」付近。
二〇 三十七年。
二一 西暦六二八年。
二二 奈良県宇陀《うだ》郡室生《むろう》村大野とも、橿原《かしわら》市和田町かともいう。
二三 大阪府南河内郡太子町山田。

一七妹《いも》、一八豊御食炊屋比売《とよみけかしきやひめ》の命、推古帝は一九小治田《をはりだ》の宮に坐して、天の下治めたまふこと二〇参拾《みそ》あまり漆歳《ななとせ》ぞ（二一戊子《つちのえね》の年の三月《やよひ》の十かあまり五日　癸《みづのと》の丑《うし》のひに崩《かむあが》りましき）。御陵《みはか》は、二二大野《おほの》の岡の上にありしを、後《のち》に二三科長《しなが》の大陵《おほみささぎ》に遷《うつ》しまつりき。

古事記下つ巻

解説

日本の古語・古意によって古代を語った書

太安萬侶墓誌の語りかけるもの

『古事記』は、その序の署名によって太安萬侶《おおのやすまろ》撰といわれながら、それを裏付ける傍証の無さゆえに、謎《なぞ》は謎を生んで、さまざまな説が行われてきた。しかし、昭和五十四年一月二十日、奈良市田原《たわら》町此瀬《このせ》の茶畑から、太安萬侶の遺骨と墓誌その他が偶然発見され、その銘には、

左京四条四坊従四位下勲五等太朝臣安萬侶以癸亥
年七月六日卒之　養老七年十二月十五日乙巳

とあった。発見の経緯および考古学的な見解を綜合《そうごう》してみると、この墓・墓誌が太安萬侶のものであることは疑う余地はない。そして、これが疑う方なき史料ならば、『古事記』成立に関する確実な傍証として、秘められた謎を解く重要な鍵となろう。

墓の所在地や営墓の形式については、歴史学的に矛盾するところはない。まず、墓は大宝の喪葬令《そうそうりょう》に「凡ソ皇都及ビ大路ノ近辺ニ、並《みな》不レ得二葬埋スルコト一」（皇都の条）とある規定によって奈良市の東部に営造されて

いる。また、通常、公墓を営むことのできるのは三位以上とされていたのに、安萬侶の場合、従四位下でも営墓されたのは、「凡《ソ》三位以上及《ビ》別祖氏宗、並《ハ》得《ウ》レ営《ムコト》レ墓《ヲ》」（喪葬令、三位以上の条）とあるように、安萬侶が氏宗（霊亀二年〈七一六〉九月二十三日、氏長《うじのかみ》を拝命する）であったことによる。この定めによる公的な——薄葬令《はくそうりよう》に基づく簡素な——営墓であり、また、墓誌が作成されたのも、「凡墓皆立《テ》レ碑《ヲ》、記《セ》二具《つぶさニ》官姓名之墓《ト》一」（喪葬令、立碑の条）とあるのに準じたものである。また、墓誌に「卒之」とある「卒」は、喪葬令に「五位以上及《ビ》皇親《ハ》称《いへ》レ卒《ト》」（薨奏の条）とあるのに則《のっと》っている。「卒之」の「之」の語法は、当時の中国文献には稀にしか例を見ないが、日本古代の官人が記録体の文章によく用いた用字・語法で、その例が多い。年号の使用は、同じ大宝の儀制令《ぎせいりよう》に「凡《ソ》公文応《ニベキ》レ記《ス》レ年《ヲ》者《ハ》、皆用《ヰヨ》二年号《ヲ》一」（公文の条・年号の条）とある。この墓誌のもつ公文書性を裏付けることになろう。もちろん、墓誌の文字が古体を存していることも重要である。

以上あげたように、この墓・墓誌は、疑いなく太安萬侶その人のものと認め得る。そこで、銘文の記載内容を考えてみる。

冒頭の「左京四条四坊」は、太安萬侶の、今でいう本籍地である。現在の奈良市三条添川町・三条宮前町・三条大宮町付近に当る。

次の「従四位下勲五等太朝臣安萬侶以癸亥年七月六日卒之」について考える前に、『続日本紀《しよくにほんぎ》』によって、太安萬侶記事を整理してみると、次のようになる。

慶雲元年（七〇四）一月七日、正六位下から従五位下に昇叙。

和銅四年（七一一）四月七日、正五位下から正五位上に昇叙。

和銅八年（七一五）一月十日、正五位上から従四位下に昇叙。
霊亀二年（七一六）九月二十三日、氏長を拝命。（位階は従四位下）
養老七年（七二三）七月七日、「民部卿従四位下太朝臣安麻呂卒」（『続紀』の原文）

この『続紀』と「墓誌」とを比較すると、卒時の位階が「従四位下」であること、また氏《うじ》と姓《かばね》が「太朝臣」であることとが一致している。この氏姓と位階とは、『古事記』の「序」の署名、

和銅五年正月廿八日
正五位上勲五等太朝臣安萬侶

の記述とも背馳《はいち》するところはない。「記序《きじょ》」（『古事記』の「序」の略称）の位階「正五位上」は和銅五年（七一二）当時のものであるから矛盾しない。つまり、墓誌の、氏姓「太朝臣」と卒時の位階「従四位下」とは、安萬侶の閲歴《えつれき》について直接の手がかりとなり得るはずの三種の資料に共通している。

次に相違点を整理すると、㊀「安萬侶」と「安麻呂」の名の表記の相違（「墓誌」「記序」と『続紀』）、㊁卒時の日付の一日のずれ（「墓誌」と『続紀』）、㊂卒時の官名「民部卿」の有無（『続紀』と「墓誌」）、㊃「勲五等」の有無（「墓誌」「記序」と『続紀』）となる。以下これらの問題にしぼって考えてみる。

まず㊀から。「安萬侶」と「安麻呂」の名の表記に関して、一般的にいえば上代では一人の人物の名に幾通りもの異なった表記が行われる場合があり、いずれを正と決めることはできない、ということを知っておく必要がある。ただ、実は安萬侶にはもう一種「安満」と書かれた例がある。これを加えた三種の表記を一覧してみると、

安麻呂……続紀・弘仁私記序・日本紀竟宴《きょうえん》和歌の目録（ただし「大江朝臣安麻呂」とある）・多神宮

注進状（「和州五郡神社神名帳大略注解」所引）

安満……日本紀竟宴和歌の第二首、三統宿禰理平の題詞（延喜六年）

安萬侶……墓誌・記序

となる。これは前述したように名前の文字づかいは、ある程度自由であったということの証左と見てよいだろう。しかし、三番目の「安萬侶」の表記は重要な意味を含んでいる。それは、一方は、上表文（天子に申し上げる文章）の形式をもつ「記序」の署名に用いられた表記であり、他方も、同様に、公的な営造による墓誌に刻まれた文字、という点である。つまり、この人物の公的（正式）な表記は「安萬侶」を用いていたのだ、と理解すべきである。ちなみに現在、『古事記』は写本でしか伝わっていないけれど、この「太朝臣安萬侶」の表記を誤って伝えているものは一本もない。

次に㈡について述べる。太安萬侶の卒去《しゅつきょ》の日付が、「墓誌」では六日、『続紀』では七日と、一日の差がある。『続紀』に使われている暦は儀鳳暦《ぎほうれき》（唐の麟徳《りんとく》二年〈六六五〉に、李淳風《りじゅんぷう》が造った暦で、新羅《しらぎ》を経て伝来した。新羅への伝来が、唐の儀鳳年間〈六七六〜八〉であったのでその名がある）である。この暦によると、「墓誌」の「養老七年十二月十五日乙巳」とある、おそらくは営墓の日と思われるその日付もまた問題になる。儀鳳暦によると十二月朔《ついたち》が「壬申《じんしん》」だから「乙巳《いっし》」は「十四日」になり、墓誌の日付と一日のずれを生じる。儀鳳暦によれば、墓誌の卒去の日付は一日早く、営墓の場合、逆に一日遅い。こうした差は、大・小の月の決め方で起り得る形であり、このことは、墓誌が『続紀』の拠《よ》った儀鳳暦以外の暦を使用している可能性のあることを示唆《しさ》する。

持統《じとう》紀四年十一月十一日の条に、「奉《うけたまはリテ》レ勅《ヲ》始《メテ》行《フ》三元嘉暦与《トヲ》二儀鳳暦二」とある。元嘉暦《げんかれき》は南朝の宋の元嘉二十年（四四三）に何承天《かしょうてん》が造った暦で、百済《くだら》を経て伝来したもので、もちろん、儀鳳暦よりもはるかに古い。推古《すいこ》紀十年十月の条に「百済僧ノ観勒《くわんろく》来ル之。仍テ貢ル二暦本及ビ天文地理ノ書、并セテ遁甲方術之書ヲ一」とある。この暦を、一条兼良《かねら》は隋《ずい》の開皇《かいこう》二十年（六〇〇）成立の皇極暦《こうぎょくれき》とするけれども、成立年代からいっても、また百済僧による将来という事実から考えても、これを日本最初の正暦である「元嘉暦」であったとみるのが自然であろう。持統紀の記事は、推古時代から使ってきた元嘉暦とともに、新たに伝来した儀鳳暦を併用し始めたことを意味すると理解すべきである。二種の暦の併用については、『日本書紀』が、神武《じんむ》紀〜允恭《いんぎょう》紀に儀鳳暦を、安康《あんこう》紀〜持統紀には元嘉暦を用いているという説によれば、その実例になる。元正《げんしょう》朝においてなお二種の暦の併用があった。すると、両暦併用の象徴ともいうべき『日本書紀』成立から三年後が太安萬侶の卒年である。その「墓誌」の日付が『続紀』のそれと相違するのは、「墓誌」が儀鳳暦ではない、おそらく元嘉暦に拠っていることに起因しよう。たとえば、『類聚三代格《るいじゅうさんだいきゃく》』に、養老六年二月二十二日の勅、とあるのを、『続紀』が、同年同月二十三日の詔、としているのも、右と同じ理由と考える。

　したがって、太安萬侶の卒時は七月六日、営墓の日は十二月十五日と、「墓誌」の日付どおりに理解するのが当時の実情に合ったものと言えよう。

　次に㈢について述べる。『続紀』は卒時の官名を「民部卿」と記し、「墓誌」にはそれが記されていない。『続紀』のように、もし安萬侶が卒時に民部卿であったならば、安萬侶は公的に営墓されたのだから、「墓誌」には、必ずそれを記したはずである。しかるに、「墓誌」に官が記されていないのは、卒時、官が無かった——位があって官の無い人を「散位《さんい》」という——からだと考えなければならない。そうすると、『続紀』（薨卒伝）に民部卿と記すのは、太安萬侶がかつて民部卿であったことから、卒時にその前官を記載したものと考えるほかはない。この種の記載法は『続紀』としては例外に属するが、すでにその例として、同書の勝宝二年九月朔の条の「中務卿石上朝臣乙麻呂薨」のケースが報告されている。そこで、安萬侶は「墓誌」のとおり卒時には「散位」であったと考えるのが妥当となる。

太氏の首長としての安萬侶

それでは、安萬侶はなぜ卒時に散位であったのか。それは、霊亀二年（七一六）九月二十三日に、多氏《おおうじ》の氏長《うじのかみ》を拝命したからであろう。

多氏といえば、大和《やまと》国内で抜群の経済力を有する氏族であった。「大倭国正税帳」に、多氏の氏神である意富《おお》神社に累積貯蔵される穎稲《えいとう》の量が一〇、五五二束五把《そくわ》に及び、第二位の大神《おおみわ》神社の三、九二〇束六把をはるかに凌《しの》いでいることが指摘されている。その意富神社を氏神とする多氏の首長として、祖神の祭祀《さいし》を掌《つかさど》る大任を拝命したのだから、安萬侶はあえて官職（民部卿）を辞したのであろう。

ついでながら、安萬侶が「多氏」なのか「太氏」なのかについて、ここで触れておく必要があろう。前出の「多神宮注進状」（久安五年〈一一四九〉三月）に、「安麻呂改ム二氏多ノ一作ルヲ二太字ニ一。復ス二旧氏ニ一」とある。つまり、安萬侶が「多」を改めて「太」にしたが、いつの頃からかまた「多」に戻ったというのである。これは割注の形で書かれているから、多家の伝承に基づくものであろうが、『日本書紀』『続紀』等の史料から、多氏の系譜をたどってみよう（姓を有するものに限る）。要約すれば、多臣蔣敷《おおのおみこもしき》（天智《てんち》即位前紀）から安萬侶の先代である多臣品治《ほむじ》（壬申紀ほか）を経て、安萬侶に至って「太朝臣」を名乗って以来「太氏」を名乗り、「太朝臣犬養《いぬかい》」（『続紀』天平神護元年〈七六五〉三月の条初出）に至って「多朝臣犬養」（同書宝亀《ほうき》元年〈七七〇〉十月の条ほか）と旧氏に復し、以来「多氏」が続く形になる。なぜ安萬侶が氏の表記を変え、犬養が旧に戻したか、その理由は不明だが、安萬侶が「多氏」歴代の氏の首長のなかでも、格別の実力者であったからなのではなかろうか。

そこで、安萬侶が民部卿になった時期を推定してみる。従四位下多治比《たじひ》真人《のまひと》池守《いけもり》が和銅元年（七〇八）三月に民部卿に就任しているが、それが和銅八年五月に大宰帥《だざいのそつ》に栄転している。その後を襲ったのが安萬侶ではなかっただろうか。民部卿になった前任者の位階を見ると、右の池守が従四位下、その前任者巨勢《こせ》朝臣《のあそみ》麻呂《まろ》も従四位下であった。安萬侶は和銅八年一月に従四位下になっているから、五月に民部卿になっても位階に不足はない。このように、池守に代って民部卿になったとすると、その後、一年四ヵ月で氏長となったので、同時に官を辞して散位になったと推定できる。

　上表文の形式をもつ、和銅五年（七一二）の「記序」にも官名が記されていない。ということは、その時点でも「散位」であったことを意味する。その理由について、他の一面から推論してみる。『続紀』に安萬侶の名が初めて見えるのは、大宝四年（七〇四）一月七日で、正六位下から従五位下に昇叙の記事である。この日、同じく従五位下になった者が、安萬侶を含めて二十二名いるが、このうち十二名は、すでに功成って昇りつめた者であり、姓《かばね》でいえば、忌寸《いみき》以下が大部分を占める。残りの十名（真人姓一名、朝臣姓七名、宿禰姓二名）は、以後、行政官的官職を得て、位階も昇進してゆく。ところが、太朝臣安萬侶だけが、位階は昇進しても、官職は一向に授からない。これは、安萬侶だけに見られる顕著な特色である。

　結論を先にいえば、安萬侶は宮廷専属の文人学者として特別に処遇され、そのために初めから官職に就かせられなかったのだろう。ここに例を挙げるまでもなく、持統・文武《もんむ》両帝の宮廷専属歌人、柿《かきの》本《もとの》朝臣《あそみ》人麻呂《ひとまろ》に官職はなかった。また『懐風藻《かいふうそう》』の作者名を見ると、すべて官位を記すなかで、ただ二人にそれが無い。一人は罪により官を奪われたものだが、もう一人は、正五位上紀朝臣古麻呂《きのあそみこまろ》（目録には「正五位下」とある）である。慶雲二年十一月に、新羅の使を迎えるために諸国の騎兵を徴発して、彼を騎馬大将軍とした（『続紀』）という記録はあるが、これは臨時職であり、ふだんは漢詩人として「文雅の席」に侍していた無官の文人であった。また、元明《げんめい》天皇に国史の撰を命じられた従六位上紀朝臣清人等もまた無官であった（『続紀』和銅七年二月十日の条）。これらを見ると、宮廷専属の文人学者は、特に無官のまま伺候することがあったと言える。安萬侶もまた、その学才ゆえに宮廷専属の学者として処遇されていたと想定するのがもっとも自然であろう。安萬侶にとっても、氏長は別として、民部卿のごとき行政官的官職はたいして問題ではなかったのであろう。

次に㊃の相違について述べる。『続紀』に「勲五等」が無く、「墓誌」・「記序」に記載されている点である（この「記序」に基づいた「弘仁私記序」にもある）。およそ勲位は武功ある者に与えられるもので、勲十二等まである。「勲五等」は決して低いとは言えない。では、太安萬侶にどんな武勲があったか。安萬侶の武勲についての記録は一切ない。ただ、安萬侶の父とされる多臣品治は壬申の乱の功臣として有名である。乱の勃発当時は、湯沐令《ゆのうながし》として美濃《みの》国安《あ》八磨《はちま》郡（岐阜県安八郡と海津郡の一部）にいたが、大海人皇子《おおあまのみこ》（のちの天武天皇）からまっさきに司令が飛んでいる。安萬侶の武勲を、この壬申の乱と結びつけては考えられまいか。「記序」のなかで、安萬侶が、天武天皇を登場させるための前文としてではあっても、序全体の記述のバランスを失するのではないかと思われるほど情熱的に、また、克明に壬申の乱を叙述していることが、安萬侶従軍の可能性を考えさせる端緒となる。

壬申紀に、大友皇子《おおとものみこ》（のちの弘文《こうぶん》天皇）の自害をもって乱が終熄《しゅうそく》する（壬申の年の七月二十三日）と、ただちに「諸《もろもろ》の功勲有る者」を寵賞《ちょうしょう》し（八月二十七日）、冠位を増加する（十二月四日）などの論功行賞があった、とある。しかし、天武紀・持統紀には個々の叙勲事例または勲位の記載例が無い。これは、そこまでは記事としないという編者の方針があったからで、叙勲の事実がなかったわけではあるまい。「記序」および「墓誌」こそ「勲五等」を記した実例とすることができよう。ならば、安萬侶の従軍による武功を推論する価値はあろう。壬申の乱当時、安萬侶が二十歳未満であったことを推算することはできる。従軍といっても、正式な戦闘要員、あるいは幹部ではなかったであろう。品治とともに美濃国安八磨郡に滞在していたときに、たまたま乱に遇い、品治と行動を共にし、転戦するようになった。それが、戦後若年ながら勲功ありと認められて、特に叙勲に与《あずか》った——。しかし、これは単なる推論なのではない。いささかの証拠ともしたいことがあってのことなのだ。

壬申紀には、天武天皇軍と近江朝廷軍とを区別するために、「赤色を以て衣の上に着く」（七月二日の条）とあるのに対して、「記序」が「絳旗《からき》耀《かかやかシ》レ兵《ヲ》、凶徒瓦《ノゴトク》解《ケヌ》」と叙しているのは興味深い。「絳旗」は赤い旗である。これは漢の高祖が旗幟《きし》に赤色を用いたこと（『漢書』高帝紀）を踏まえた潤色と見ることもできようが、柿本朝臣人麻呂が、同じ壬申の乱を主題に、「捧げたる幡《はた》の靡《なび》きは　冬ごもり春さり来れば　野ごとに着きてある火の　風の共《むた》靡くがごとく」（『万葉集』巻二、一九九）と赤幡を詠じているのと共通している。太安萬侶が、「弘仁私記序」に記すように『日本書紀』の編纂《へんさん》にも携《たずさ》わったとすれば、原壬申紀や舎人《とねり》従軍日記を見る機会はあっただろう。そこには、おそらく、天皇軍の特徴を「赤色を以て衣の上に着く」と説明した資料があったはずである。しかし安萬侶は「記序」にそれを採用せず、あえて「絳旗」と表現している。これこそ、従軍して目撃した体験に基づく描写ではなかっただろうか。

以上、『続紀』と、「墓誌」「記序」との共通・相違点をあげ、推論を交えて比較してみた結果、基本的には安萬侶に関する三資料間に背馳《はいち》するところはないと判断できる。

太安萬侶の墓誌の裏面には文字は無かった。薄い銅板であったから裏に刻字の可能性はまずなかろうと予想されていたが、実はわずか四十一字がすべてを述べ了《おお》せているのだとみるべきである。余計なことが記されていなかったから、かえって上述のごとく『古事記』の疑われた「序」の謎を解くこともできる、といえる。その上、太安萬侶の具体的な経歴をある程度復原もできた、と思う。その意味で、この墓誌の出現は、太安萬侶の千二百数十年後の蘇《よみがえ》りであった。その安萬侶の語りかけに素直に耳を傾け、その真意を細かく汲み取らねばならない。

天武天皇の定本　帝紀・旧辞の撰定

今日しばしば経験することなのだが、『古事記』を読む場合、「序」を省いてただちに「本文」に入ることがある。しかし、これは正しい読み方ではない。太安萬侶は開巻第一行に「古事記上巻并序」と記しているのである。これによって書名が『古事記』であることも、上巻に「序」が并《あわ》せられていることも分るわけである。「序」が飾り物としてあとから付けられたものではなく、まず「序」から読んでほしい、これを読まないと「本文」が訓《よ》みにくいし、正しい理解も得にくいという注意を与えるために巻頭に据えられたものである。たとえば、応安四・五年（一三七一・二）書写の現存最古の真福寺《しんぷくじ》本《ぼん》『古事記』は、「序」の末尾の署名からただちに「本文」が続いており、改丁《かいちょう》（頁《ページ》を改めること）はおろか改行もしていない。この形式だと、「序」だけを省略してすぐ「本文」に入ることは防げるであろう。そうした配慮があったであろうことが十分推測できるほど「序」は大切なのである。本書でも、この形式を襲いたかったけれども、しかし、本書は原書そのものではないので、「序」と「本文」との文体の上から頁を改めておいた（二五～六頁参照）。

後述するように、「序」は、『古事記』編纂に関する歴史や、編纂の目的を明らかにしているだけでなく、今日、一般に学術書が巻頭に掲げる「凡例」に相当する部分をもち（二三頁一四行～二四頁一三行）、そこで本文の表記法、注記の原則等を明らかにしている。しかも実際に検討してみると、この「序」の原則と「本文」とは精緻《せいち》に対応し合っており、『古事記』の「序」と「本文」とが一体不可分の関係にあることが明白となる。このことは、また、「序」と「本文」の編纂者が同一人、つまり太安萬侶その人であったこととの重要な証《あかし》ともなるのである。考えてみれば、「序」に述べているような、文字表記・注記上の整理原則がまずできていなければ、このような「本文」の複雑な文字表記・注記はできないはずのものであった。このような当然すぎることを忘れて、「序」は不要であるとか、「序」は後人が安萬侶に仮託したものだとか、さまざまな説をなすものがあるが、こういう論理は右の事実からは成立すべくもないのである。

「序」は三段に分れる。第一段は、神代から歴代の代表的な天皇の事績を顧みて（これが「稽古《けいこ》」）、「今」の天皇治政の指針となっていること（これが「照今《しょうこん》」）を述べる。『古事記』三巻の内容の要約である。この「古《いにしへ》を稽《かむが》へ、今に照らす」（一九頁八～九行）という『記』編者とその同時代人の歴史観が、「古事《ふること》の記《ふみ》」という書名の根拠となっている。『古事記』の下巻の末尾は推古天皇で終っているが、この時代までが「古《いにしえ》」と意識されていたことをはっきり示している。そして、敏達《びだつ》記の皇統譜は、皇孫の舒明《じょめい》天皇の出生およびその治世を「岡本の宮に坐《いま》して天の下治めたまひし天皇《すめらみこと》ぞ」（二六九頁一一行）と記している。皇孫まで挙げるのは異例である。この異例をあえてしたのは、舒明天皇から「今《いま》」の時代が始まったとする意識があったからである。舒明天皇は天智《てんち》・天武《てんむ》両帝の父であり、元《げん》明《めい》天皇の祖父に当る。この新時代の初代として舒明天皇を点出せしめているところに「稽古照今」の歴史観の反映がみられるのである。

第二段は、壬申《じんしん》の乱を平定した英雄天武天皇が、帝紀・旧辞の撰録を下詔《かしょう》し、舎人《とねり》稗田阿礼《ひえだのあれ》に誦習《しょうしゅう》せしめられたが、崩御のため未完成に終ったことを述べる。その詔《しょう》とは次のごとき内容である。帝紀（帝皇日継《ひつぎ》）と旧辞（本辞・先代旧辞）というものは「邦家《ほうか》の経緯《けいい》、王化《おうか》の鴻基《こうき》」（二二頁二行）である。ところが諸氏族の所有する帝紀・旧辞は自家に有利にするため虚偽を加えているようなので、「今」の時点で討覈《とうかく》（詳しく調べる）し訂正し、定本を撰録して、後世に伝えたい、と。この下詔の時期はいつとは記されていないが、天武紀十年三月十七日の条によると「令《シメタマフ》レ記《シ》二定《メ》帝紀及《ビ》上古《ノ》諸事《ヲ》一」とあり、右の詔の原文に「帝紀及《ビ》本辞」とあるのと比較するときわめて類似するから、同じ時期（六八一年）とみられる。同じ時期の詔とすると、いったいどういうことになるか。従来はこのことについての深い考察はなかった。思うに、「記序」の天武天皇詔とは、天武紀十年三月十七日の条で、天武天皇が大極殿で川嶋皇子《かわしまのみこ》以下十二名に下詔された、その詔の内容を具体的に記したものなのである。この詔に基づいて、川嶋皇子以下十二名は帝紀と上古の諸事の記定を進めるわけであるが、一方で、天武天皇みずから、これと定める「帝紀・旧辞」の討覈・訂正・撰録を進められたのである。

このように、天武天皇がみずから撰録をなされたと判断する理由は次のごとくである。第一に、この下詔以後の四ヵ年は各氏族の氏姓の決定に費やされている（天武紀）。これは右の天武天皇の詔の趣旨の実践であり、壬申の乱平定の英雄天皇でなければできないことであった。第二に、記・紀両書を比較してみると、『古事記』独自の記載氏族数は、百四十五氏にのぼり、その中に推古朝以後天武朝ごろまでに新しく史上に現れた有力氏族の大部分を含んでいるのに対し、『日本書紀』独自の氏族は五十二氏で、それらは推古朝以前に活動したかあるいは地方の古い氏族であり、また、記・紀両書に共通する氏族は五十六氏に過ぎない。このことは、天武天皇の新しい、そしてより多くの氏族に対する強力な支配の事実とその理念が『古事記』のほうにはっきり投影していることを物語っている。この意味で、「序」に掲げる詔は、川嶋皇子以下十二名への詔であったばかりではなく、天武天皇みずからへの自問自答の言葉ともなっていたわけで、このような天武天皇の主体的な氏族対策が『古事記』に著しく表れているということは、諸氏族伝来の帝紀・旧辞の討覈訂正を経た結果によるものとみなければならない。すなわち、それは「邦家の経緯（国家組織の根本）、王化の鴻基（天皇政治の基盤）」たるべき、定本としての帝紀・旧辞が天武天皇の手によって出来たものと考えることができるのである。したがって、この定本「帝紀・旧辞」は「天武天皇御識見本《ごしきけんぼん》」と称してよい。

この「天武天皇御識見本」は、天皇によって舎人稗田阿礼に誦習せしめられた。このことも、「天武天皇御識見本」が、内容的に正撰された定本としての性格をもつものであることを表している。なぜなら、誤謬《ごびゅう》の多い帝紀・旧辞を誦習させても無意味だからである。それはそれとして、なぜ誦習の必要があったのか。従来この問題について考えられたことはなかった。これは前掲の詔の末尾に「後世に伝えたい」とあることと関係があるのではないか。定本の「帝紀・旧辞」とは言いながら、たとえば欽明《きんめい》紀二年三月の条に、帝王本紀には古字が多くて、撰者によって解釈の相違をきたし、恣意《しい》的に文字も変えられたりしてきた云々《うんぬん》といった告白があるように、この「帝紀・旧辞」は古字が多くかなり読みづらいものであったに違いない。また各氏族伝来の帝紀・旧辞を討覈訂正したものの、生《なま》の文字資料あるいは口承《こうしょう》の文字化資料などははなはだしく不揃《ふぞろ》いのものであったに違いない。したがって、後世に伝えるためには均整のとれた読める本にする必要があった。そのために指示を与えながら、天皇の意のままに動く頭脳が、側近に必要となった。

こういうわけで、舎人稗田阿礼が登場する。元来「舎人」というのは、知力・武力・体力など他に秀でた性情能力に応じて天皇に近侍《きんじ》奉仕する官職を言う。稗田阿礼は「目に触れるとすぐ口で誦し、耳で聞けばすぐ心の中で覚えてしまう」(二二頁六行)という聡明さのゆえに、舎人として天武天皇に近侍奉仕していたのである。それを右の必要から抜擢《ばってき》されたわけで、その時が二十八歳であった。この「時」は、氏姓を決定する作業の最後に当る天武紀十四年(六八五)六月のころではあるまいか。したがって、「天武天皇御識見本」は、四カ年かかったものと考えるのである。

ことのついでに、稗田阿礼は女性だとする説があるが、これは誤りであることを付言しておく。舎人は中国でも日本でも女性であった例《ためし》はないのに信じない人が多い。しかし、もし女性なら「阿礼売《あれめ》」という名であるべきである。養老五年(七二一)「下総国葛餝《かつしか》郡大嶋郷戸籍」に「荒《あれ》」が正丁《せいちょう》(令制で、二十一歳以上六十歳以下の健康な男子)で「荒売《あれめ》」は丁女《ていじょ》(正丁と同年齢の女子)という名で対応しており、また大宝二年(七〇二)「豊前国仲津郡丁里戸籍」に「阿利《あり》」という男子の名と「阿理売《ありめ》」という女子の名が対応しているのが証拠である。

そこで、稗田阿礼が誦習したという「誦習」とは何か。諸説があるが、文献――ここでは、天武天皇自ら撰定した定本「帝紀・旧辞」をさす――を解読《げどく》し口誦《こうしょう》する（音声化し記憶する）意とするのが、上述の「後世に伝えるため」の目的に適《かな》うことになる。『古事記』の「本文」を検《けみ》すると、まさしくその誦習性は残存している。それらのほとんどは、次項に述べるように、太安萬侶による「記定本古事記の完成」の作業のなかに発展的解消をさせられてしまうけれども、特に音声的な配慮において顕著に残存する。一つには「声注《しょうちゅう》」（アクセントの注記）を付したことであり、二つには上代特殊仮名《じょうだいとくしゅかな》づかいのなかの、古音「毛《も》・母《も》」の甲類・乙類の二種を書き分けたことであり、三つには口誦性に富んだリズミカルな文章を温存したことなどが挙げられる。

　これらのことから、「天武天皇御識見の帝紀・旧辞」は「阿礼誦習の帝紀・旧辞」へと機能性を加味しながら発展したことが推定される。とは言え、朱鳥《あかみとり》元年（六八六）九月九日、天武天皇崩御のため、一年と少々で誦習は断絶の止むなきに至った。すなわち誦習が未完成のものとなった。しかし、それはのちに、太安萬侶によって「帝紀・旧辞」が渾然《こんぜん》一体のものとして、文章も均整化され、完結統一体としての作品『古事記』が生れるわけであるから、少なくともこの「天武天皇御識見の帝紀・旧辞」を基礎にして機能性を加味した「阿礼誦習の帝紀・旧辞」を、おおまかに『原古事記』と、それは呼んでもかまわないのである。

『古事記』の「序」の第三段は、和銅四年（七一一）九月十八日、元明天皇が太安萬侶に「阿礼誦習の帝紀・旧辞」の完成を命じ、安萬侶はその帝紀・旧辞を細かに採《と》り拾い（アレンジすることをにおわせる）、文章表記上の取り決めをし、上・中・下三巻に分巻して、和銅五年（七一二）正月二十八日に撰進《せんしん》したことを述べる。この件については『続日本紀』に記事はなく、また墓誌にも記されていなかった。このことは別段『古事記』太安萬侶撰進を疑う理由にはならない。『続紀』にそのことが無いのは、脱漏《だつろう》でもなく、また撰進の事実が無かったのでもなく、撰進の記事を載せなかったものと説明すべきである。『日本書紀』の撰進は養老四年（七二〇）五月二十一日の条に掲載している。これは国家的な修史事業で、かつ対外的な意識の下に漢文体で記された日本の正史としての評価を『続紀』編者が与えたことによるものである。『続日本紀』の書名が『日本（書）紀』を踏まえたものであるという点からも言える。それに対し『古事記』は、元明天皇下詔によるものであることを『続紀』編者は知っていたに違いないが、その文体が当時の公的な漢文体でなかったために、記事としてとりあげなかったものであろう。一方の太安萬侶墓誌にそのことが記されていないのは、それが公的な営墓であったから、喪葬令《そうそうりょう》の規定どおり必要かつ十分な内容を尽せばよいので、『古事記』撰進のことが記されていないのはむしろ当然というべきなのである。

太安萬侶の記定本古事記の完成　それではなぜ元明天皇は太安萬侶に命を下して『古事記』を撰進せしめたのか。これについては次のような説がある。元明天皇は天智天皇の皇女で、天武天皇皇子草壁《くさかべ》皇子（日並知《ひなみし》皇子）の妃となる。皇子は即位を待たずに崩じ、その皇子文武天皇も二十五歳の若さで崩御。その皇子聖武天皇はまだわずかに七歳であったから、孫の成長までの間、元明女帝が即位される（こういう例は、持統女帝と孫の文武天皇との間にもあった）。このことと、『古事記』の記述のなかの、女神天照大御神《あまてらすおおみかみ》の命によって天孫が降臨する構想とは対応する形となっている。だから、元明女帝が『古事記』を作らせたのは、『古事記』に「天津日継」の原型を掲げて皇孫への皇位継承をスムーズに行わしめるためだという説である。しかし、元明女帝即位の時代は大宝律令施行（七〇二年）以後で、皇位継承の法的規制は明確であり、皇祖母から皇孫への継承問題のために、という理由は成り立たない。したがって理由は別に考える必要があろう。

端的に言えば、和銅三年（七一〇）三月十日の平城遷都がきっかけをなしていると思う。ものみな改まり、これから新京の歴史が始まろうとするとき、為政者がまず考えるのは、修史事業である。といっても天武紀十年（六八一）以来の国家的な大修史事業——のち養老四年に『日本書紀』三十巻、系図一巻として完成する——は継続中である。しかし、元明天皇はこの事業の進行の遅々たる点について、かなり批判的であったのではないかと推察する。それは、編者・執筆者が公的な文体としての漢文体を用い、かつ中国の史書『漢書《かんじょ》』『後漢書』などを範とし、対外的な意識を昂揚《こうよう》させようとすればするほど、この修史事業が進捗《しんちょく》しないことは目に見えていた。完全な史書とは「帝紀・表《ひょう》・志《し》・列伝」の構成をもつもので、それと比較すれば『日本書紀』の内容はようやく「帝紀」の段階を満たすにすぎない。「帝紀」と言えば「阿礼誦習の帝紀・旧辞」が中絶のまま放置されてあることに思い到るのはきわめて自然のなりゆきであろう。そこで、宮廷専属の文人学者太安萬侶に白羽の矢を立て、その完成を命ずるわけであるが、この登用については、やはり壬申の乱の勲功者という点も考慮されてのことであったであろう。

元明天皇から命を受けた太安萬侶（和銅四年〈七一一〉当時、五十三〜八歳と推定）は、稗田阿礼（天武紀十四年の「時」が二十八歳であったとすると、五十四歳になる）を側《そば》につけて鋭意撰述《せんじゅつ》を始める。天武天皇の詔の「後世に伝えたい」を実現すること、元明天皇の真意を忖度《そんたく》することから生ずる完成を急ぐということなど、安萬侶の胸中を去来する感懐は幾つかあったろう。そして、具体的な仕事の内容としては、「阿礼誦習の帝紀・旧辞」を渾然一体のものにアレンジしながら、文章を均整化し、完結統一体としての作品『古事記』を生み出すことであった。技術的には、文章の読みやすさを考えて可能な限り工夫をすればよい。そのことで安萬侶は重要なことを考えていた。それは、中国語でも読めるような漢文体で日本の古代を描くのではなくて、日本の古語・古意（発想法）によって古代を語る、ということであった。

当時の官人は公的な文章として漢文体を用いていた。これは中国語で読める文体である。ということは発想もまた中国的な発想という枷《かせ》を否応《いやおう》なしにはめられることになる。碩学《せきがく》のゆえに宮廷専属となっていた安萬侶のことだから、漢文体で文章を書くことは得意とするところである。『古事記』の「序」を見れば分ることだが、唐の長孫無忌《ちようそんむき》等の「進《たてまつル》二五経正義一表《ヲ》」（永徽《えいき》四年〈六五三〉）、『文選《もんぜん》』、原本系『玉篇《ぎよくへん》』などを出典にして安萬侶は四六駢儷体《しろくべんれいたい》の文章を作っている。ところで、無忌は顕慶《けんぎよう》四年（六五九）に則天武后《そくてんぶこう》の擁立《ようりつ》に反対した罪で、四川《しせん》省黔州《けんしゅう》に流罪《るざい》となり、その逆賊の汚名が晴れたのは、彼の死後上元《じようげん》元年（六七四）である。文武天皇大宝二年（七〇二）出発の遣唐使が慶雲《きよううん》元年（七〇四）帰朝の際にその典籍を将来したとすると、安萬侶は最も新しい舶載《はくさい》図書に目を通し、早速それを出典として、上表文の形式をもつ「序」をものしたわけである。

このように、外国の漢文体を用いて思想を表現するのが当時の官人の文章道であったから、日本の古代史を叙述するに際しても、漢文体を用いるのがまず常識であった。『日本書紀』がそのよい見本である。しかし、安萬侶の『古事記』の「序」に述べたことと「本文」で記定した文章とを検討すると、漢文体では日本の古代を語ることはできないということを明確に自覚していたことが分る。彼はその「序」（二三頁一四行〜二四頁一行）のなかで、

上古の時は、言《ことば》と意《こころ》とみな朴《すなほ》にして、文を敷き句を構ふること、字におきてはすなはち難《かた》し。

と述べている。単に「字」と言っているが、中国の言語と思想とを表すための漢字および漢文体をさすのであって、日本の古語・古意によって表されるところの古代というものを叙述するにはふさわしくないと述べているのである。日本の古代を、漢字・漢文体で表すことは、どんなに努力しても究極は中国大陸の人が観た日本の古代になってしまう危惧《きぐ》があったからである。しかし、日本の古代は日本の古語・古意によってのみ表現できる、と判断した太安萬侶の洞察も、現実には、日本には漢字という文字しか無いという宿命から解き放たれることのない限り、実現しない性質のものであった。

ここにおいて、安萬侶の独創的な文字表記論が生れる（二四頁二〜一三行）。今日的な術語を用いてその結論を述べると、漢字の機能に基づいて、正訓字《せいくんじ》（意味を表す機能）と仮名《かな》（音を表す機能）とに分け、その文字を連ねて書く上では音訓交用表記と変体漢文体表記（訓専用）とを併用し、なお各種の注記を施す、というものである。しかし、すべて漢字なのだから、どれが正訓字か仮名かを指示しなければ読めたものではなかった。そこで、この漢字は仮名だということを示すために「音注《おんちゅう》」が付けてある。たとえば原文「愛我那勢命」（三七頁七行「愛《は》しきあがなせの命」の個所）において、その下に二行の割注《わりちゅう》「那勢《なせ》二字以《ヰタリ》㆑音《ヲ》」とあるのが音注である（本書では、音注語を平仮名に改めたので、音注そのものは省いてある）。今日、原文で『古事記』を読む人は、この音注（三〇五例ある）を目障《めざわ》りだと思うかもしれないが、この音注がなかったら読めなかったはずのものである。このようにおびただし

い音注を付したのは、正訓字を当ててはどうも日本の古語・古意にぴったりしない場合がいかに多かったかを物語る。とはいえ、やはり目障りだったと見えて、慣用的な固有名詞の表記や、誤読の恐れのない限り、音注を省いている（二五一例ある）。

一方の変体漢文体表記とは、漢文体を下敷きにしてはいるが、目的は日本語文を表現することにあって、"鬼と(ヲ・ニ・ト)会えば返る"式の返読を、短句単位に積み重ねてゆく方式をいう。したがって、読んだ結果は日本語文になっている。これは簡潔に日本語文を表し得て、なお文末助字を残置するから、視覚的に語気を表すことができるなどの利点をもつ。また、一見漢文体そのものの文章が介在ないし混入している場合もある。しかし、これはもはや中国人の言語や思想を借りたものではなく、漢文訓読の結果が、すでに古代の日本語文になりきっているものである。

安萬侶は、これらの文体と表記を駆使して『古事記』の「本文」を記定した。これは日本の古代を語るために、漢文体を借りずに古語・古意で表記しようとする創造精神から生れたものなのである。この意味で、まさに「安萬侶記定本『古事記』」である。そして前項の「天武天皇御識見の帝紀・旧辞」を基礎にした「阿礼誦習の帝紀・旧辞」（原古事記）に対して「元明天皇和銅奏覧本古事記」（現古事記）という修飾語を冠して呼ぶことも可能である。

古事記の主題と叙述の文学性

三分巻の構造と全体を貫く主題

『古事記』は、その「序」に言うように、天地開闢《かいびゃく》から推古《すいこ》天皇の時代までを記述の対象とし、それを上巻（天之御中主神《あめのみなかぬし》から日子波限建鵜葺草葺不合命《ひこなぎさたけうかやふきあえず》まで）・中巻（神《じん》武《む》天皇から応神《おうじん》天皇まで）・下巻（仁徳《にんとく》天皇から推古天皇まで）の三巻に分けている。推古天皇で巻を閉じたのは、安萬侶の意図が「古代」を語ることにあったからである。これは『万葉集』の生い立ちにも共通したものがあって、「今」（奈良時代の現代）は舒明天皇（天智・天武両帝の父）から始まるという歴史観に基づく。その「今」の意識の仕方が同時に「古代」の捉え方をも規制する、一つには「今」と遮断《しゃだん》された「古代」と、いま一つには「今」に連続する「古代」との二面である。しかし『古事記』を検《けみ》すると、仏教の伝来を語らず、またその思想の反映をみないという顕著な特徴を除けば、ほとんどその「遮断」性は現れない。その意味で『古事記』は「古事」を記して「今」への「連続」性を観じた書であると言える。皇統の連綿と、「今」の氏族の祖神・始祖記事にそれを見ることができる。

かくして、『古事記』は歴史書としての体裁をとる。とは言え、中国の史書『史記』『漢書』『後漢書』とは異なる。それらには、神代《かみよ》の巻を含むことはない。というのも、中国の儒家思想の「怪力乱神を語らず」（『論語』述而）に起因しているからである。しかし『古事記』はこれを範とせず、神代巻（上巻）を特に設けている。この点は『日本書紀』にあっても同じ（三十巻中、上・下二巻を当てる）であるから、当時の史官の史観にあっては、帝紀・旧辞がすでに神代から人皇代へと連続する形で認識されていたことを物語る。その、神代巻から人皇巻へ「連続」するというのが、まさに日本的な発想なのである。

上巻は、「神代」の巻である。「神話」の巻という認識は一般的であるが、五柱の別天《ことあま》つ神（二六頁一二行）は別格にして、国之《くにの》常立《とこたち》神から伊耶那美《いざなみ》神までの神世《かみよ》七代《ななよ》以降、天照大御神―天之《あめの》忍穂耳《おしほみみ》命―邇邇《にに》芸《ぎ》命（天孫）―日子穂々手見《ひこほほでみ》命（山幸彦）―鵜葺草葺不合《うかやふきあえず》命という神統譜による時代観念が導入されている。したがって、「神代」という把握《はあく》のしかたが正しい。いうまでもなく、「神代」という史実があったのではなく、人間の思弁の世界を、時の軸で垂直的に構成したものである。これは、「思弁」と「構成」という性質上、編纂時と編纂者によって異なることがある。『日本書紀』の本文と一書および『古事記』の本文とに、それぞれ異説が見られるのもそのためである。たとえば、有名な天孫降臨神話は、古い穀霊の死と新しい穀霊の誕生との宗教的思弁の結晶であり、その儀礼の厳修者《げんしゅうしゃ》が実はのちの「天皇」であり、具体的には毎年の新嘗祭《しんじょうさい》、そして一世一代の即位大嘗祭《そくいだいじょうさい》の儀礼を神話的に叙述したものであるが、それについての語られ方がそれぞれ異なる。すなわち、神代紀下の本文以下八種の異説と『古事記』（九〇～一頁）の所伝とを併せれば九種もあることになる。『記』『紀』両書の編纂態度の相違によるものであって、降臨を命ずる神、降臨するときの天孫の容姿、降臨に随行する神々、三種の神器の授与と神勅の内容などの面から比較すると、『紀』の本文が最も古伝を残し、同じく第一の一書が最も新しい形態を示し、『記』はその一書に次ぐ新しさを示している。このことで『古事記』自体が新しい天孫降臨神話観をもって構成しようとしていることが分る。新しいといっても、『古事記』の場合、「神代」の巻には随従五部神その他の祖神記事が記載されている。氏族の氏姓の決定に、政治力を発揮した天武天皇の構想がうかがわれ、なお文章が律動的であることからも、「天武天皇御識見の帝紀・旧辞」に基づく「阿礼誦習の帝紀・旧辞」を記定したものであることが想定できるのである。

上巻における思想面での最も重要な個所がこの天孫降臨神話だとすると、それに先行する国譲り神話は、降臨を支障なく行うための伏線であり、その国譲りの立役者大国主神《おおくにぬし》を偉大な存在として祭り上げれば上げるほどそれを屈服せしめた高天《たかあま》の原《はら》の政治力を浮び上がらせる結果となる。そしてその高天の原の主宰神であり天孫降臨の命令者としての天照大御神の神威を説くために須佐之男命《すさのお》が対置され、その誕生に関係して伊耶那岐《いざなき》・伊耶那美《いざなみ》二神の神話がある。一方、降臨以後は一夜妻《ひとよづま》の神婚・国見などの儀礼神話が日向《ひゅうが》三代の天皇の治政に形を変えて構成されて行く。このように、天孫の降臨が上巻の重要な核となっていることは、のちの(中・下巻の)「天皇」の根源と本質とを説こうとしたことを表すものと考えられる。このことから、要するに上巻は「天皇の根源は何か」を主題にして神話的に説明したもの、と言ってよい。

この主題に関する限り、『古事記』の上巻と、『日本書紀』の神代上・下とは、構成法上の差は認められてもその目途とするところは終局的に同じとみるべきである。しかし、両書において、構造論的にみて最も大きく異なるのは、『日本書紀』が、神代二巻と人皇代二十八巻とに二分されるのに対して、『古事記』は、神代の上巻と、中・下巻に二分した人皇代とで計三分巻としている点である。なぜ、人皇代を二分したかについて、神代と併せて三巻となることが中国の聖数「三」の観念による、という理由づけは説得力がない。通説は、中巻の始まりが初代の神武天皇であり、下巻の始まりは仁徳天皇であるのは、神道的天皇観から、儒教的天皇観(有徳《うとく》の者が天子になるという「聖帝」の思想)に変るためとする、この区切り説は認めてよい。『古事記』の天皇観は、ある程度の史実性に基づきながら、その叙述においてきわめて意識的に中巻と下巻とを区別して書き分けられている。

中巻では、神武天皇が神剣によって危機を脱し（一一一〜三頁）、崇神《すじん》天皇が三輪山を祀《まつ》り（一三四〜五頁）、垂仁《すいにん》天皇が伊勢神宮に斎宮を派遣し（一四二頁）、倭建命《やまとたける》（準天皇）が諸国の荒ぶる神（人間を含む）の言向《ことむ》けに最高神伊勢大神の神威をかがふり（一五八頁四行、一六二頁五〜六行）、神功皇后《じんぐうこうごう》が神懸《かみがか》りし（一七四頁一〇行）、仲哀《ちゅうあい》天皇が神に疎《うと》まれて崩じ（一七五頁一三行）、応神天皇が気比《けひ》の大神の助力を受ける（一八一〜二頁）など、各天皇は神と深い関係にあって、神の啓示によって政治を行うという体質として叙述されている。これを総じて神道的天皇像と把握することができるように、安萬侶は意識的にそういう天皇観を強調しようとしているとみることができる。「序」に「夢《いめ》に覚《さと》りて神祇《じんぎ》を敬《ゐやま》ひたまひき。このゆゑに賢后と称《まを》す」（一九頁四行）と述べたのは磯城《しき》王朝の崇神天皇に対する讃辞である。この天皇は男子であるが、あるいは、女王に神が依《よ》り憑《つ》いて男王がその啓示のままに政治を行う巫女《ふじょ》政治の時代（『魏志《ぎし》』倭人伝《わじんでん》の、女王卑弥呼《ひみこ》と男弟王の関係、また一四三頁の沙本毗古《さほびこ》・沙本毗売《さほびめ》の会話などから想定される「彦姫《ひこひめ》制」がそれ）の反映とみられる。

それに対して、下巻の天皇は中国の史書にいう「倭《わ》の五王」時代以降で、仁徳天皇は「序」に「聖帝」（一九頁五行）と称讃され、ほかに即位を成就した各天皇を、仁・徳・愛・武など幅広い「有徳の天子像」すなわち儒教的天皇像として叙述している。これは神から独立した天皇であるから、中巻の神道的天皇像とは明確に区別できる。しかし、この区別は単に観念上のものではなく、その歴史とも対応するから、現実の天皇の体質の上での展開として理解すれば、中巻と下巻は連続することになる。そして、さらにそれに対応するかのように、皇位継承の記述においては、中巻が末子相続（長子は祭《さい》祀《し》権を、末子は統治権をとる）であり、下巻が兄弟相続の形となっている。これは、有徳でさえあれば兄弟姉妹を定めず相続することに異論がなかったことを物語る。

ここにおいて、安萬侶の手になる『古事記』三分巻は、中・下巻が天皇観の相違によるものであり、上巻はその天皇というものの本源に着目したものであったとみることができる。すなわち、『古事記』の一貫した主題は「天皇」ということにあると思われる。むろん「皇位の尊厳」を説くことは当然のことで、上巻の国譲りも、中・下巻の反逆者敗北もその目的に沿ったものである。

叙述の文学性と文体上の特徴

『古事記』は「日本の古語・古意によって古代を語った書」である。「古代」という以上、それは歴史的認識なくしては成り立たない。そして、その「古代」は語り継がれてきたものであるから、その言語はおのずから詩的言語に洗練され、その説話の構成は文学的になされるという特性をもつ。『古事記』が歴史的性格をもちながら、一面、いちじるしく豊かな文学性をもっているのは、「古代」がもつその特性に起因するからである。天武天皇が阿礼に誦習を命じたのも、安萬侶が漢文体を却《しりぞ》け、日本の古語・古意で表記することに心を砕いたのも、「古代」というものがもつ文学的特性を失うまいとの考えによる。

詩的言語とは、百余首の歌謡および二つの呪詞《じゅし》（八七頁一二行〜八八頁三行の「禱《ほ》き言《ごと》」と、二五六頁の「名乗《なのり》の詞《ことば》」）は言うまでもなく、散文においても韻律《いんりつ》的な表現をさす。これははなはだ多い。さらには、会話の「あなにやし、えをとこを（えをとめを）」（二九頁）の唱和の言語にも見られ、「愛《は》し」（一四三頁五・九行）や「おのづから」（一四六頁一四行・一四七頁四行）、また「ねぐ」（一五七頁三・八行）における一語多義による説話の意外な展開、さらには「諺《ことわざ》」の類（八一頁五〜六行、一四七頁八行など）にまで及ぶ。

説話の構成にあっては、個々の説話を、誘因→対立→葛藤→闘争→終結の過程において劇的な感動を盛り上げ、そのおのおのを脈絡づけることによって大きな叙事詩的な物語の世界を構成している。登場するすべての神（動物・植物も含む）や人は、主人公となる神と天皇を中心に統合されるように仕組まれているが、その描写は雄大でありかつ弾力的でありさらに写実的である。そしてその情緒はきわめて多彩で、悲壮・崇高・怐怜《あわれ》・可笑《おかしみ》・皮肉など、人間性豊かな心情を高らかに、そして細やかに吐露している。具体的な例は「本文」に拠られたい。

　このように、『古事記』の叙述はきわめて文学的なのであるが、さらに顕著な特色は、その文体にある。反復法・接続語の頻用《ひんよう》・予知的表現法がそれである。これらはいずれも「古代の口誦性」の復原を意図したことに起因している。反復法は、同語や同構文を繰返す技法である。その代表的な例として、「天《あめ》の安《やす》の河の誓約《うけい》」の条の「ぬなとももゆらに天《あめ》の真名井《まなゐ》に振り滌《すす》きて、さがみにかみて、吹き棄《う》つる気吹《いぶき》の狭霧《さぎり》に成りませる神の御名《みな》は」が二回（四六～七頁）、「さがみにかみて」以下が四回も反復されている（四七～八頁）のがある。今日の文章作法ではこういう単調な反復は避けるのが常識であろうが、古代では通常のことであり、しかも神々の「成りませる」過程が同じで「神の御名」が異なる点が重大であったから、この反復表現が必要だったのである。古語はすべて音仮名表記（本書では平仮名にした語）にして、古意を失わないようにしている。

　しかし、同じ反復でも、内容にわたる場合は、微妙に文字と用語とを変えながら、漸層法《ぜんそうほう》的な盛り上がりの表現効果を出している。たとえば「国譲りの交渉」の使者の派遣において、「いづれ（原文「何」）の神を使はしてか言趣《ことむ》けむ」（七八頁四行）――「いづれ（原文「何」）の神を使はさば吉《え》けむ」（同頁一二行）――「いづれ（原文「曷」）の神を遣《つか》はしてか、天《あめ》の若日子《わかひこ》の淹《ひさしく》留《とどま》るゆゑを問はむ」（七九頁七〜八行）――「また、いづれ（原文「曷」）の神を遣はさば吉《え》けむ」（八三頁七行）とある。これなどは修辞上の顕著な技法を示しているから、安萬侶の筆によることは明らかである。ここで想起されるのが、西秦《せいしん》の鳩摩羅什《くまらじゆう》訳の『維摩詰所説経《ゆいまきつしよせつきよう》』（弟子品《でしほん》第三）に見える使者派遣の話である。病気の維摩詰の許に、仏が十名の弟子に病を問わせに遣わすのと、きわめて類似する。他にも漢訳仏典類の用語用字の影響を受けた例がはなはだ多い。たとえば、『古事記』に使用している漢訳仏典語を『妙法蓮華経《みようほうれんげきよう》』（これも鳩摩羅什訳）から拾うと、

悪人（方便品）安置（譬喩品）一時（序品）威儀（序品）異心（譬喩品）歓喜（序品）驚懼（化城喩品）恭敬（序品）国土（序品）思惟（序品）嫉妬（方便品）邪心（妙荘厳王本事品）退坐（序品）他国（信解品）輾転（譬喩品）童男（妙音菩薩品）童女（法師功徳品）女人（五百弟子受記品）罵詈（安楽行品）貧窮（方便品）趺座（序品）豊楽（譬喩品）本国（信解品）本土（提婆達多品）遊行（譬喩品）恋慕（如来寿量品）

があり、また「白」（下から上へ申し上げる）と「告」（上から下へ言う）と「曰・言・語」（対等の発話）などの用字も漢訳仏典に基づくように、安萬侶の述作にはその出典による糧《かて》があったのである。そればかりではなく、散文と韻文の混交形式も、漢訳仏典の散文と、偈《げ》といわれる韻文の形式に類似し、特に歌謡を一字一音の仮名《かな》書きにしているのは、陀羅尼呪《だらにじゆ》（梵語《ぼんご》による呪文《じゆもん》）の手法（漢字による梵語の音写）を模したものと考えてよい。

次の、接続語の頻用も「口誦性」の投影である。接続語とは、接続詞（原文では「爾《しかして》」「故《かれ》」「乃《すなはち》」「於《ここ》

是《こ》」など）、文脈指示語（原文では「其《その》」「然《しか》」「如此《かく》」など）、現場指示語（「是《この》」「其《その》」など）を言い、これの頻用は、語り手が話題の人物や場面を、思うがままに聞き手に対して誘導するので、聞き手は眼前に髣髴《ほうふつ》とさせられながら聞くことができる効果がある（たとえば、五三～六頁の「須佐之男命の大蛇退治」の段など）。むろん、中国六朝《りくちょう》の小説類や『史記』のような口語的文体を基調としたものにも見られる現象であるが、この接続語は『古事記』には非常に多く使われている。

次の予知的表現法とは、たとえば「かれ、この大国主の神の兄弟《あにおとや》八十《そ》神《かみ》坐《いま》しき。しかれども、みな、国は大国主の神に避《さ》りまつりき。避りまつりしゆゑは」（五八頁五～六行）のように、結果を先に述べるか、あるいは結果を予知せしめることを先に述べる方法で、結論が先にあって、その種あかし的興味に聞き手の関心を集中させるものである。この話術も、口誦性に基づくもので、長ながと語られてはその照応性が不明瞭になるおそれが生ずるのを克服する技法ともなる。むろん「風土記」の地名起源説話もこの類であり、漢訳仏典類や六朝小説類にも見える。要するに、安萬侶の記定本『古事記』には、必要な技法を駆使して、「古代」性を再現しようとした意図が明瞭に看取できるのである。

本書の訓《よ》み下し文ができるまで

院政時代までの古事記の在り方

『古事記』が今日あるを得たのは写本のお蔭である。現存最古の写本は国宝の真福寺本『古事記』で、名古屋の真福寺の第二世信瑜《しんゆ》が、僧賢瑜《けんゆ》に命じて写させ、応安四年（一二七一）に上・中巻を、翌五年に下巻を書写し終えた（時に賢瑜は二十九歳）のを信瑜が遺漏を補い校合《きょうごう》したものである。これより古い写本は現存していないから、和銅五年（七一二）奏覧本以来六百六十一年目に突如写本が出現したことになる。それで『古事記』の伝来を疑う説もある。しかし、この疑いは誤りであることを述べておこう。

確かに『古事記』全巻の写本の出現は遅い。真福寺本『古事記』の中巻の奥書《おくがき》によって、「卜部《うらべ》系統本古事記」の祖本が文永五年（一二六八）にできたこと、また同じ奥書によって「真福寺本古事記」の祖本が弘安五年（一二八二）にできたことが分る。それでもなお五百数十年は空白である。

しかし、『万葉集』に断片ながら『古事記』（『原古事記』ではなく、安萬侶本『古事記』である）が引用されていることは周知の事実である。ただその引用のしかたが節略《せつりゃく》した形であったり、『古事記』ではすべて音仮名で書かれている歌の表記が音訓交用表記（巻二の九〇）であったりして、『古事記』（二三一頁四〜五行に相当）そのままではないところから不審がもたれたこともあったが、これは『万葉集』の表記体系によって『古事記』を書き改めたものとみてよい。その歌の題詞は『古事記』（二二七頁六〜七行、二三一頁二〜三行に相当）の節略であることは明らかである。また、巻十三の歌（三二六三）は小異がある（二三二頁二〜一〇行に相当）ので、これは異伝資料に拠ったものであろうが、左注は『古事記』（二三二頁一一行）に拠り、節略したものと考えてよい。およそ『万葉集』の編纂に関する左注では、作歌事情の年代判定に『日本書紀』が用いられているが、『古事記』が用いられた右の場合を見ると、作者・作歌事情の異伝として参考のために掲げられていることが分る。何のためにそういうことをしたか。これは『万葉集』の巻一・二が、元明天皇末期から元正天皇初期（七一三〜八年）

にかけて成立しているが、その巻頭歌に古い時代の作者名をもつ伝誦歌を据える体裁をとっており、そのために「古代」を共通に意識している『万葉集』編者が『古事記』を参照する必要を認めたからにほかならない。つまり、その前年に当る和銅五年に撰進したての『古事記』を利用したわけである。以後、弘仁《こうにん》三年（八一二）の「弘仁私記序」に『古事記』の「序」が引用される。これは『日本書紀』の弘仁講筵《こうえん》後のことで、時の博士従五位下多朝臣人長《おおのあそんひとなが》の名が見えることと関係があろう。太安萬侶と同じく学者で、おそらく孫であろう。その「序」には『古事記』の「序」を敷衍《ふえん》し、かつ安萬侶が『日本書紀』にも携わったことを記している。正伝であろう。公的な講筵であるから、安萬侶本『古事記』は宮廷に保管されていたはずである。

引続き、弘仁年間の原撰とみられる『琴歌譜《きんかふ》』にも、歌謡（二二七頁八〜一二行、二四五頁四〜五行、二五三頁一三行〜二五四頁三行に相当）が引用されている。今日、陽明文庫蔵の写本は天元四年（九八一）の書写本で、大歌師《おおうたし》前丹波掾《さきのたんばのじょう》多安樹《おおのやすき》より伝写したものと奥書にある。やはり多氏一族で大歌所の和《わ》琴歌師《ごんうたし》の家柄（今日、その子孫の多氏も宮内庁楽部職員である）であったから、『古事記』を見ることのできる境遇であった。

承平六年（九三六）の『日本書紀』の講筵で、『古事記』と『旧事本紀《くじほんぎ》』との前後関係が問題になっている（『新訂増補国史大系』第八巻所収『日本書紀私記』の「丁本」に見える）。『旧事本紀』は、記・紀・古語拾遺の文章を部分的に接合したもので、弘仁十四年（八二三）〜元慶《がんぎょう》七年（八八三）間の成立である。もう、このような『記』と『旧事本紀』との前後関係すら分らなくなってきた時代である。

天慶《てんぎょう》元年（九三八）〜安和《あんな》元年（九六八）成立の『本朝月令《ほんちょうがつりょう》』（惟宗公方《これむねきみかた》撰。今日逸文として伝わる）には歌謡と地の文（一九一頁九～一四行に相当）が引用され、長寛《ちょうかん》二年（一一六四）の「長寛勘文《かんもん》」（清原頼業《きよはらのよりなり》）には伊耶那美神葬埋記事（三五頁六～七行に相当）と伊耶那岐大神鎮座記事（四四頁一三～四行に相当）とが引用されている。ということは、『古事記』という書の性格についての認識が、事物起源（縁起）を記した書といったものに変化しつつあったことを物語るものと考えられる。そして、このころから、安萬侶本『古事記』は宮廷の外へ流れていった可能性がある。

その後、院政末期にかけて、『旧記』（鎌倉時代初期成立の『年中行事秘抄』所引）なる書が編まれる。これは『古事記』の文章を要点だけ節略抜萃《ばっすい》して、事物起源に関する説話や諺《ことわざ》的な内容をもつ由縁や神事関係記事（たとえば「天《あめ》の石屋《いわや》戸《と》」の神事など）が手軽に読めるダイジェスト版である。こういうものが作られるということは、限られた面とはいえ、すでに『古事記』の享受が行われていたことを示すものであり、『古事記』の写本も一、二部は作られたに相違ない。写本の作成はかえって原本の湮滅《いんめつ》を促すものらしく、鎌倉時代以前に原本はすでに無かったものと思われる。しかし、以上の推測が正しければ、『古事記』がそれまで限られた人によって扱われ、しかも宮廷に存在したということのために、原形が損われずに院政期まで伝わったことになるから、写本出現の時期が新しいといって嘆く必要はないのである。なぜなら、早くから世の愛読を得たならば、それだけ書写されることが多く、ために原形が歪《ゆが》められる結果にもなったであろうと思われるからである。

本書の訓み下し文作成上の原理

『古事記』はすべて漢字で書かれている。これの訓読上の本格的研究は言うまでもなく本居宣長《もとおりのりなが》の『古事記伝』（以下『記伝』という）に始まる。宣長が『古事記』研究に志すのが、「松坂の一夜」で有名な宝暦《ほうれき》十三年（一七六三）五月二十五日で、この年の十二月に賀《か》茂真淵《ものまぶち》に入門する。三十四歳であった。本居宣長記念館には宣長書入れの、かつ、おびただしい自筆付箋《ふせん》つき（現在は散乱を防ぐ目的で貼付《ちょうふ》してあるが、もとは挿入してあった）の寛永板本『古事記』（流布本《るふぽん》）が蔵されている。これが『記伝』の母胎となるものである。その奥書によると、宝暦十四年一月十二日には度会延佳《わたらいのぶよし》校本で校合《きょうごう》を終えている。この年の六月二日から明和元年となるが、これが、『記伝』の「総論」執筆開始の時である。宣長は「総論」から書き始めたのだ。あたかも安萬侶が『古事記』を「序」から始めたように。宣長に「総論」が書けたわけは、実は九年前の二十五歳の七月（宝暦四年〈一七五四〉）、『旧事本紀』五冊、『古事記』三冊を十匁《もんめ》二分《ふん》で購入していたからであった。つまり、このころから「総論」の構想が発酵しつづけ、熟成の時期を待ちつづけていた、と見るべきであろう。実際に「総論」を起稿し浄書が終ったのは明和八年（一七七一）十月九日、四十二歳のときである。もう一つ記憶に留めたいのは、真福寺本『古事記』の写しをもって校合したのが天明七年（一七八七）、五十八歳の時であったということである。

　およそ『古事記』を訓読すると言っても、まず正確な本文構築がなされねばならない。近世以降の本文批判は流布本を底本として行われた。その最大の成果が度会延佳の『鼇頭《ごうとう》古事記』（「鼇頭」とは「頭注」の意）であり、宣長の『記伝』である。第一に、流布本の文字は多く訂正された。しかし、今日の文字研究の水準からは批判される点もある。第一に、古代の文字に対する認識が不足していたこと、第二に、他文献（たとえば『日本書紀』や『旧事本紀』など）に基づいて改字をしようとしたことである。

　第一の「古代の文字」とは、たとえばのちに「省文《せいぶん》（省画の文字）」とか俗字とか通用字とか言われる文字であるが、これらはむしろ「古字」と言うべきで、当時にあっては、その「古字」こそ通用文字であった（近く発見された埼玉県行田《ぎょうだ》市稲荷山《いなりやま》古墳出土鉄剣銘その他大和時代の金石文資料に多く見られる）。真福寺本『古事記』には次のような「古字」を残している。括弧内は、これまで「正字」と考えられていた字体である。これはみだりに正字に改めてはならない。

相（想）或（惑）兪（愈）成（盛）取（娶）須（鬚）度（渡）鳴（鴻）建（健）署（曙）丈（杖）寸（村）歴（櫪）它（陀）佗（他）川（訓）首（道）尺（咫）甘（餌）呉公（蜈蚣）箇（筒）適（嫡）莚（延）罸（罰）宍（肉）蜚（飛）

第二の、他文献によって文字を改めるのは、『古事記』の文字でなくなるおそれがあるから慎むべきである。たとえば、原文の「坂返也」（三八頁一三行）を『旧事本紀』に拠って「逃返也」と改めるがごとき、また「焼遺」（一六三頁九行）とあるのを恣意《しい》的に「焼津」と改めるがごとき、さらには「開二天石屋戸一」（五〇頁三行）とあるのを不合理として「閇二天石屋戸一」に改めるがごとき例はかなりある。このような本文改訂はすべて誤りである。

改めて、流布本を底本とすることを排して、『古事記』の諸本を比較すると、真福寺本『古事記』は、一見誤写誤字の多い写本であるが、その誤写誤字は単純な、そして稚拙《ちせつ》なものであるがゆえに、かえって原字の復元が可能な場合もあり、また本文校訂にありがちなさかしらの無い本である。その点から言えば最善本と言うべきである。したがってこの写本を底本として諸本を校合するところの本文の構築が安萬侶本『古事記』に肉薄する上で正当なものとなるであろう（この点に留意した原文構築は、拙著『古事記』〈桜楓社・昭和四十八年四月刊〉参照）。

次に、本書の訓《よ》み下し文作成の原理について述べよう。宣長が「総論」の「文体《カキザマ》の事」で訓読の理由につき述べているのは正しい。さらに端的に補足すれば、安萬侶は日本語として訓ませるために工夫して『古事記』の文章を書いたのであるから、日本語で訓むこと、すなわち訓読せねばならないのである。その方法については「訓法《ヨミザマ》の事」で具体的に述べている。それは、清らかな「古語」を求めて訓むべきこと、漢文の格や漢語に拘泥《こうでい》せず日本語として訓むこと、敬語の「御《み》」の有無においては有るほうに従って無い場合には訓み添えること、仮名書き例に従って正訓字表記を訓むこと、中国の助字に注意すること、話法は「…といふ」を訓み添えること、仮名の清濁を訓み分けること、である。これは帰納法によって得た訓法論として今日でもその価値を失わない。ただし、その後の研究によって、種々の問題提起もなされている。結局、『古事記』の訓法なるものは、『古事記』の「文体」および表記の特徴に基づいて行われたものが安萬侶の意図にかなうものとして正当であると考える。以下この考えによって得た「訓法」についての七条を簡略に記す。

＊第一条　最小単位の返読の積み重ねで訓《よ》むこと。

たとえば、「更往《ニユキ》ニ廻《メグリタマヒキカノ》　其天之御柱《ヲゴト》如レ先《サキノ》」（記伝）と訓まずに、「更往《ニユキ》ニ廻《メグリタマフコトソノ》　其天之御柱《ヲ》一如《シ》レ先《ノ》」（三〇頁六〜七行に相当）と訓む。原文の「変体漢文体」で記された原理に基づけば、『記伝』のごとく遙か下から返る訓法は生れないからである。

＊第二条　訓注の指示に従うこと。

すべての研究者はこの原理は弁《わきま》えている。しかし、たとえば「石」を「いは」と訓むことの指示がある（三二頁六行）のに、「大石」（六一頁四行相当）を「おほいし」と訓んで怪しまない。「石《いは》」の訓注は「石《いし》比売命」（二六六頁一四行相当）の直前まで効力があって、ここで初めて「石《いし》」と訓むことの指示が出るのである。

*第三条　文字の書き分けに注意して訓むこと。

これは従来最も研究が進んでいる。しかし広い視野からの書き分け論を立てないと、誤るおそれがある。

㈠　正訓字の書き分けは文字と意味に注意して見定めること。たとえば、「治」は「をさむ」、「知」は「しる」と区別して訓むべきである。前者は、「乱れを収拾安定させる」意と「天皇が統治する」意であり、後者は「知覚する」意と「領有支配する」意をもつからである。

㈡　敬語「御《み》」の有無を、異なった意を表現するための書き分けとして捉えること。たとえば、「御《み》子《こ》」と「子《こ》」、「御名《みな》」と「名《な》」、「御陵《みはか》」と「陵《はか》」などである。『記伝』の言うように、「御」のあるほうに従って「子《みこ》」と訓むという考えは誤りであり、「御」があればミと訓み、なければ訓み添えない。たとえば、下巻の顕宗《けんぞう》天皇の段の「御陵の土」の条を見ると、最初の三例の「御陵」が、天皇と意祁《おけ》王（のちの仁賢《にんけん》天皇）との対話の進行に従って「陵」と呼び捨てになる。これは、二王の、父の殺害者雄略天皇に対する憎しみの昂《たか》まりの表現であり、「陵」をミハカと訓み添えては文意を誤ることになる。

㈢　正訓字と対応する仮名書きのある場合、仮名書きによって訓むべきことを宣長は指摘している。たとえば「不レ伏」に対応して「麻都漏波奴《まつろはぬ》」があるから「まつろはぬ」と訓む。しかし、すべてが、この原則にあてはまるわけではなく、正訓字と仮名書きとの間に書き分けとして捉えるべきものがあることを承知すべきである。「或《まとふ》」と「遠延《をえ》」、「蛇」と「遠呂智《をろち》」、「生」（うむ・うまれる・なる・おふ）と「阿礼《あれ》」、「拝」（いはふ・をろがむ）と「伊都岐《いつき》」。一つの例を挙げよう。有名な「八俣遠呂知《をろち》（此三字以レ音）」というのがある。そこで「切二散蛇一者」の「蛇」は文句なくヲロチと訓まれてきた。しかし、文脈からすれば、毎年、娘を喫《く》いにくる、赤い酸漿《ほおずき》のような目をした怪物は、「八俣遠呂知」とあるだけで、読者には、最終段階までそれが何であるかは分らない構成となっている、と考えるべきである。それが切り散らされる段階に至り「蛇」の文字が使われることで、「蛇《へみ》」の一種かと初めてわかる仕組になっているのである。したがって、この蛇をヲロチと訓むことは、このストーリーの構成を無視したことになろう。

(四)「心」と「胸」には書き分けがあって、「心」はココロ、「胸」はムナ・ムネと訓む。須佐之男命の須《ひげ》（鬚）の長さについての記述である「八拳須至二于心前一」の場合もムナサキではなくココロサキと訓む。ココロサキの語は、石山寺蔵金剛般若経集験記《こんごうはんにゃきょうしゅうけんき》巻上（平安初期点）に「胸前 己々呂左支」とあり、不空羂索神呪経《ふくうけんじゃくしんじゅきょう》（平安中期朱点）に「心胸 コ、ロサキ」とある。

＊第四条　一字多訓語は文脈によって一訓に定むべきこと。

(一)歌謡の前文中の文字は、歌謡の語によって訓む。たとえば「婚《よばふ》」（六六頁二行相当。歌謡に「さよばひに・よばひに」とある）、「猪《しし》」（二四七頁六行相当。歌謡に「猪《しし》」とある）。

(二)地名説話によって訓む。たとえば「生《うま》る」（一七八頁七行相当。地名「宇美」の命名由来）など。「其ノ御子者阿礼《あれ》坐。（阿礼二字以レ音）故、号二其御子生地一。謂二宇美一也」において、阿礼《あれ》の訓みに従って、「御子生地」の「生」をアレと訓む説が多い。しかし、ここは「宇美《うみ》」の地名説話であるから、音の近い「うまれませる」と訓むべきである。

(三)「王」は一般的に「おほきみ」と訓み、「御子《みこ》」の集計のときは「みこ」と訓む。ただし、会話において、「臣」との対応に用いられている「王」は「きみ」と訓む（二三六頁一三行相当）。

(四)男女関係の呼称については「夫《を》」「妻《め》」、結婚の対象としての異母兄弟姉妹においては男には「せ」、女には「いも」、同母兄弟姉妹においては男には「いろせ」、女には「いろも」、同性間では、「いろせ・いろね（弟から兄へ）、いろど（兄から弟へ）、いろね（妹から姉へ）、いろど（姉から妹へ。この場合は「いろも」は絶対に使わない）」を使う。また一般的には「兄《あに》―弟《おと》・姉《あね》―妹《いも》」。また単に女性および妻の意として「いも」と訓むこともある。このように『古事記』は特に同母であることを強調して「伊呂弟《いろど》（妹《も・ど》）・伊呂兄《いろえ》」と記すことがある。たとえ記していない場合でも系譜上同母であることが明白であれば、イロを訓み添えることにしたい。

(五)下巻の雄略天皇の段の「葛城の一言主大神」の条に、訓法上問題の多い個所がある。天皇が大神と知らずにいたことを「惶畏」して白《もう》した言葉に「恐、我大神、有二宇都志意美一者（自レ宇下五字以レ音也）不レ覚…」の一節がある。『記伝』は、傍線部をウツシオミマサムトハサトラザリキと訓む。これに対して、ウツシオミアレバサトラザリキと訓む説がある。その根拠は、「者」をトハと訓む例のないこととする。この指摘は正しい。もっともこの説の場合、「宇都志意美」を「現実の臣下」と解するが、これは、古語は仮名書きにする、という「序」の約束が訓みとれなかったもので、「宇都志意美」は「現《うつ》し大霊《おほみ》」（現実の人間の姿をもつ霊的存在、の意）と解すべきである。

ところで「者」は、『記』中すべてハ・バの訓しかもたない助字である。ここでは、「有―者」

とあるからアレバとなる。したがって、

ウツシオミニシアレバ、サトラズアリケリ

と訓む。ニシを補読したのは「あはもよ、女《め》にしあれば」（上、八千矛神の歌物語）にあるように条件句にはシという副助詞がくるからである。さらに、ケリを訓み添えたのは、はっと気づいた時の会話文にこのケリを用いるからである。会話文のみ（歌謡も含まれる）に用いるこのケリを、宣長が、地の文にも用いてときおり補読しているのは誤りである。しかるに、肝腎《かんじん》のここでは補読していないのは遺憾である。この訓みに従って、意味は、「恐れ多いことです。わが大神よ。あなたは現実の姿をもつ霊的な存在であるので、大神であることが分りませんでしたよ」となるのである。

*第五条　古代語を熟知して訓むべきこと。

これは宣長がやかましく言っていることで、研究者の多くはこれに全力を傾注している。今は箇条書き程度に留めておく。

㈠音韻…清濁・連濁に注意。たとえば「かか（輝）」と「かが（ほのかに光る）」など。

㈡文法…たとえば「悲しむ」ではなく「悲しぶ」（上二段）、「立ち氷《ひ》」でなく「立つ氷」、「忍び忍びに」ではなく「忍ぶ忍ぶ」などや、一人称代名詞の「あ」と「わ」、助詞の「が」と「の」などの違いに注意する。

㈢干支…「壬子《みづのえね》」「丁未《ひのとのひつじ》」のように、兄《え》には「の」が入らず、弟《と》には「の」が入る。

*第六条　原文の妙味を把握して訓読すべきこと。

㈠　文勢に注意する。たとえば、伊耶那岐命が黄泉国《よもつくに》から脱出するときの描写は原文（三八頁五〜一三行相当）は簡潔で息詰る調子がある。それで短く文節を切りながら訓む。また原文に「而《て》」が連続するときは続けて訓む。

㈡　仏典語・六朝《りくちよう》初唐の俗語は訓読する。

㈢　視覚的な添え字、たとえば「和邇《わに》魚」「檝取《かぢとり》者」の「魚」「者」は不読にする。

㈣　「一千鉤《ちち》」の「一」は不読にする。

㈤　助字は、できる限り日本語との対応を考えて訓む。ただし不読の助字は訓むべきではない。

＊第七条　必要に応じて訓み添えすべきこと。

㈠　話法に関しては、原文に従って訓む。「曰―」の場合は「―といふ」で結ばない。「曰―、時(即)」の場合は「―といふ時に（といひてすなはち）」のごとく「といふ」を訓み添える。

㈡　時制は、回想の助動詞「き」を基準にする。「けり」は会話文にのみ（歌謡の場合は仮名表記がしてあるから訓み添え以前の問題である）用いる。はっと気がついたときの詠嘆の気持がある内容のとき訓み添える。

㈢　断定の助動詞は、古体の「そ・ぞ」を用いる。

㈣　敬語に関しては、「御《み》」は第三条の㈡参照。「たまふ」は他動詞に、「ます」は自動詞に訓み添える。「す」は語彙《ごい》的に固定している場合に用いる。助詞の「の」は敬い、「が」を卑しめと使い分ける（「伊耶那岐の命の詔《の》らししく」〈二八頁八行〉、「その弟宇《おとう》迦斯《かし》が献れる大饗《おほあへ》は」〈一一六頁一行〉）。

㈤　助詞に関しては、「なも・なむ」の係助詞を用いない。「唯《ただ》」があれば「のみ」を訓み添える。

格助詞「を」は、他動詞の目的語である場合はすべて省いてよいが、他動詞と目的語との間に副詞ないし数詞が入る場合、たとえば「桃《もも》の子《み》を三箇《みつ》取らして」（三八頁一二行）の「を」は訓み添える。

㈥ 長い説話において、各条の主語が共通している場合、初出以外でその主語が省かれることがある。それを忘れずに、敬語や使役の助動詞を訓み添える。たとえば五穀の起源の条（五三頁）など。

*

終りに、原文と訓《よ》み下し文（音注を含む）を掲げておく。

天地初発之時於高天原成神名天之御中主神 訓高下天云阿麻下效此 次高御産巣日神次神産巣日神此三柱神者並獨神成坐而隠身也

天地《あめつち》初《はじ》めて発《おこ》りし時に、高天《たかあま》の原《はら》に成《な》りませる神の名《な》は、天之《あめの》御《み》中主《なかぬし》の神（高の下の天を訓《よ》みてアマといふ。下《しも》これに效《なら》へ）。次に、高御《たかみ》産《む》巣《す》日《ひ》の神。次に、神《かむ》産《む》巣《す》日《ひ》の神。この三柱の神は、みな独神《ひとりがみ》と成りまして、身を隠《かく》したまひき。

（「創世の神々」の段、「五柱の別天つ神」の条、一一六頁）

於是伊耶那岐命見畏而逃還之時其妹伊耶那美命言令見辱吾即遣豫母都志許賣 此六字以音 令追尓

伊耶那岐命取黒御縵投棄乃生蒲子是摭食之間逃行猶追亦刺其右御美豆良之湯津ゝ間櫛引闕而投棄乃生笋是抜食之間逃行且後者於其八雷神副千五百之黄泉軍令追尒抜所御佩之十拳釼而於後手布伎都ゝ（此四字以音）逃来猶追到黄泉比良（此二字以音）坂之坂本時取在其坂本桃子三箇待撃者悉坂返也尒伊耶那岐命告桃子汝如助吾於葦原中国所有宇都志伎（上此四字以音）青人草之落苦瀬而患惚時可助告賜名号意富加牟豆美命（自意至美以音）

ここに、伊耶那岐《いざなき》の命見畏《みことみかしこ》みて逃げ還《かへ》ります時に、その妹伊耶那美《いもいざなみ》の命《みこと》

「あに辱《はぢ》見せつ」

と言ひて、すなはち予母都志許売《よもつしこめ》（此の六字、音を以《もち》ゐたり）を遣《つか》はして追はしめき。しかして、伊耶那岐の命、黒御縵《くろみかづら》を取りて投げ棄《う》つるすなはち蒲《えびかづら》の子《み》生《な》りき。こを摭《ひり》ひ食《は》む間《あひだ》に、逃げ行《いま》す。なほ追ふ。また、その右の御《み》みづらに刺《さ》させるゆつつま櫛《くし》を引き闕《か》きて投げ棄《う》つるすなはち笋《たかむな》生《な》りき。こを抜き食《は》む間《あひだ》に、逃げ行《いま》しき。また、後《のち》には、その八《や》くさの雷神《いかづちがみ》に、千五百《ちいほ》の黄泉《よも》つ軍《いくさ》を副《そ》へて追はしめき。しかして、御佩《みは》かせる十拳釼《とつかつるぎ》を抜きて、後手《しりへ》にふきつつ（此の四字、音を以《もち》ゐたり）逃げ来《いま》す。なほ追ふ。黄泉《よも》つひら坂の坂本《さかもと》に到《いた》りましし時に、その坂本なる桃《もも》の子《み》を三箇《みつ》取らして待ち撃《う》ちたまひしかば、ことごと坂を返《かへ》りき。しかして、伊耶那岐の命、桃《もも》の子《み》に告《の》らししく、

「なれ、あを助けしがごとく、葦原《あしはら》の中《なか》つ国《くに》にあらゆるうつしき（此の四字、音を以《もち》ゐたり）青人草《あをひとくさ》の、苦しき瀬に落ちて患《うれ》へ惚《なや》む時に助くべし」

と告らし、名を賜《たま》ひて意富加牟豆美《おほかむづみ》（意自《よ》り美まで、音を以ゐたり）の命《みこと》といふ。

（「伊耶那岐命と伊耶那美命」の段、「伊耶那岐命、黄泉国を脱出する」の条、三八〜九頁）

茲大神初作須賀宮之時自其地雲立騰尒作御歌其歌曰夜久毛多都伊豆毛夜弊賀岐都麻碁微尒夜弊賀岐都久流曾能夜弊賀岐袁

この大神、初め須賀《すが》の宮を作らしし時に、そこより雲立ち騰《のぼ》りき。しかして、御歌《みうた》を作《よ》みたまひき。その歌に曰《い》ひしく、

八《や》雲《くも》立《た》つ　出雲《いづも》八重《やへ》垣《がき》
妻籠《つまご》みに　八重垣作る　その八重垣を

（「須佐之男命の大蛇退治」の段、「須賀の宮と八雲神詠歌」の条、五六〜七頁）

本書の成るに当り、多くの研究書を参考にしたが、とりわけ次の書を挙げておく。

本居宣長　古事記伝（筑摩書房）
倉野憲司　古事記全註釈（三省堂）
神田秀夫・太田善麿　古事記（日本古典全書）
尾崎暢殃　古事記全講（加藤中道館）
荻原浅男　古事記（日本古典文学全集）
土橋寛　古代歌謡全注釈（角川書店）
小野田光雄　古事記（神道大系）
西宮一民　古事記（桜楓社）
上田正昭・井手至　古事記（角川古典鑑賞講座）
坂本太郎・家永三郎・井上光貞・大野晋　日本書紀上・下（日本古典文学大系）
直木孝次郎・西宮一民・岡田精司　日本書紀・風土記（角川古典鑑賞講座）

折口信夫　古代研究（大岡山書店）
松村武雄　日本神話の研究（培風館）
三品彰英　日本神話論（平凡社）
松前健　日本神話の新研究（桜楓社）
吉井巌　天皇の系譜と神話一・二（塙書房）
青木紀元　日本神話の基礎的研究（風間書房）
西郷信綱　古事記研究（未来社）
小島憲之　上代日本文学と中国文学上（塙書房）
西宮一民　日本上代の文章と表記（風間書房）

付録

神名の釈義

付索引

凡例

すべての神名に解釈と解説を施し、最後に検索を便ならしめるために神名索引を付す。記述の順序は、通し番号・神名・頁数—行数・名義・活動・他文献との比較・出典一覧とする。

一、神名を初出順に記し、アラビア数字で通し番号を付す。各巻の構成は、一～三〇三（上）、三〇四～三二〇（中）、三二一（下）となり、この番号が索引番号となる。

一、見出しの神名はゴチック体とし、歴史的仮名づかいで振り仮名を付す。同神異称の場合は初出順とし、他の表記をそこに含めることがある。たとえば「天菩卑の命」の項で「天菩比の神」を扱い、別項とはしない。

一、神名の名義は直訳的に施す。次に、その訳に至る経過を説明する。すべて『古事記』の文脈に沿った解釈である。名義未詳のものでも必ず一案を出すことに努めた。ただし、「の神・の命」の部分は訳出しない。

一、活動は、『古事記』記載の要約、および、その神名との関わりを説明した。

一、他文献のうち、特に『日本書紀』『風土記』などとの比較に重点を置き、『古事記』との異同の意義を考察した。また、某神を祖神とする氏族名、あるいは某神を祭る社をも掲げた。

一、各項の末尾に一字下げで、関係文献による神名表記の異同を原文で掲げ、（　）内にその出典を示した。出典の表記法はおおむね次のとおりである。

古事記（記上、記中・神武、記下・雄略）
日本書紀（紀、神代上・紀、顕宗）
万葉集（万葉、巻一、二）
風土記（出雲風土記、大原郡、斐伊郷）
風土記逸文（逸文伊勢風土記）
延喜式・祝詞（祝詞、祈年・祝詞、神賀詞）
延喜式・神名帳（神名式）
古語拾遺（古語）
新撰姓氏録（姓氏録）
先代旧事本紀（旧事本紀）

1 **天之御中主《あめのみなかぬし》の神**（三六—一）

名義は「高天《たかあま》の原《はら》の神聖な中央に位置する主君」。「天《あめ》」は、天つ神の住む天上界、またその天上界を讃美する心から美称として用いられるが、ここでは特に高天の原をさす。「御《み》中《なか》」は「真中《まんなか》」と同じではなく、神の宿る神聖な中央、の意。たとえば「誓約《うけひ》の中《みなか》」（紀、神代上）は時間的に神聖な中間、「国のみ中《なか》」（万葉、巻二、三九）・「里のみ中」（同、巻十四、三四六三）は空間的に神聖な中央である。ここは後者。「主《ぬし》」は「主人・主君たるお方《かた》」という意の尊称である。活動は「参神造化の首《はじめ》」（序一七—六）とあり、造化（創造化育）神とされており、本文では天地初発の時に高天の原に化成した最初の神で、独神《ひとりがみ》で身を隠しており、五柱の「別天《ことあま》つ神」の一柱だとしているだけで、以後この神を主人公にして活動させることは全くない。『古事記』冒頭の位置を占め、またその名義にも見られるように、諸神の中心的な存在であるこの神が、再び登場することがないのは不審である。しかし、この神がのちの高天の原の領有支配者天《あま》照大御神《てらすおおみかみ》に増幅された存在として位置づけされているとしたら、そしてさらに現《うつ》し国《くに》の中心的主君たる歴代天皇に具現されているとしたら、そのことで具体的な活動が分るわけであるから特に記す必要はなかったと言えまいか。換言すれば、天之御中主神は天照大御神また歴代天皇の象徴化された神として、冒頭に位置せしめられたのではなかったか。ところで、「天の御中主」といった思弁的な命名の背景には、中国の「天皇《てんこう》」の思想もあったようである。これは元来「天帝」の意であったが、六朝時代になると「元始天王」という名で道家（道教を信ずる人々）の所説に現れ、それは天の中心の上にあると考えられた。この思想と「天の御中主」とはよく符合すると思われる。そして、「天の」が単なる天上界ではなく、特に「高天の原」に限定されているのは、宮廷の神話的世界観において「高天の原」が強く意識された天武・持統朝の観念の反映とみられる。このような命名の過程が想定されるということは、この神の担《にな》い手が諸氏族ではなく、朝廷そのものであったことを物語っている。しかし、時代が降ると、この神は中臣氏の遠祖《とおつおや》（『続紀』天応元年〈七八一〉七月十六日の条）として系譜づけられるようになった。

天之御中主神（記上）　天御中主尊（紀、神代上）　天御中主尊（逸文伊勢風土記）　天御中主命（続紀、天応元年七月）　天御中主尊（後紀、大同四年二月）　天御中主神（古語）

2 **高御産巣日《たかみむすひ》の神**（三六—二）

名義は「高く神聖な生成の霊力」。「高」は「高い」意の美称であるが、この神の別名が「高木《たかぎ》の神」（高い木を依代《よりしろ》として降臨する神）と言われるように（八〇—九）、「高処から降臨する」という特徴に基づいた命名であった。「産巣日《むすひ》」の「産巣」は「苔《こけ》が生《む》す」などの「むす」で「生成する」意の自動詞。「日」は「霊的なはたらき」を意味する語で、神名の接尾語としてよく用いられる。以上を通じて、この神名の核は「産《む》す」にあると言えるが、一方では「日《ひ》」に核があると考えることもでき、その場合は「高く神聖な、生成して止まぬ太陽」の意となる。実は、この「産霊《むすひ》」としての霊能と「産日《むすひ》」（太陽神）としての霊能とが『古事記』の文脈の中でのちに交錯するところが出てくるのである。活動は、造化三神の一柱で、天之御中主《あめのみなかぬし》神に次いで二番目に高天の原に化成した独神《ひとりがみ》で身を隠している別天《ことあま》つ神。至上神天照大御神《あまてらすおおみかみ》と形影相伴うごとく登場し、皇祖神として重要なはたらきをする。まず「天照大御神の天の石屋戸ごもり」の条（五〇—八）では、その子思金《おもいかね》神に命じて、衰えた太陽の蘇生復活をさせる。これは「産霊《むすひ》」の発動による。次に「葦原の中つ国のことむけ」の段（七一—一四～八一—五）では「天《あめ》の安《やす》の河原」の会議の召集主宰者となり、「天孫の誕生と降臨の神勅」の条（八八—一四）では、娘の万幡豊秋津師比売命《よろずはたとよあきずしひめのみこと》を天《あめ》の忍穂耳《おしほみみ》命に妻《めあわ》せ、その子邇邇芸《ににぎ》命を高千《たかち》穂《ほ》の峰に降臨させる司令者となる。これは、「産日《むすひ》」の霊能によるもので、皇祖神的地位にあることを示している。そこで、至上神である天照大御神とイメージが重なりすぎるために、「天の若日子の反逆」の条（八〇—九）から、この神は「高木の神」の名で登場することになる（八〇—注三・四）。次に、中巻神武天皇の段の「高倉下《たかくらじ》の献剣」の条（一二一—二）および「八《や》咫烏《たからす》の先導」の条（一二二—一四）で、神剣を降し天皇の危難を救い八咫烏を派遣して天皇を大和《やまと》に導かせている。これは「産《むす》霊《ひ》」の発動であり、同時に「産日《むすひ》」の地位における司令者であることを意味している。『延喜《えんぎ》式《しき》』には宮中神祇官の御巫《みかむなぎ》の奉斎する八神（神魂《かむむすひ》・高御魂《たかみむすひ》・生魂《いくむすひ》・足魂《たるむすひ》・玉留魂《たまつめむすひ》・大宮之《おおみやの》売《め》・大御《おおみ》膳《け》都《つ》神・辞代主《ことしろぬし》神）の中に「高御魂」の名が見え、天皇・中宮・東宮の鎮魂祭（衰えようとする御魂を奮い立たせる呪術をいう。「魂」を「むすひ」と訓《よ》むのもこれに由来する）の祭神となっている。また『延喜式』の践祚大嘗祭《せんそだいじょうさい》の条に、斎院の八神（御歳《みとし》神・高御魂神・庭高日《にわたかひ》神・大御食《おおみけつ》神・大宮女《おおみやのめ》神・事代主《ことしろぬし》神・阿須波《あすは》神・波比伎《はひき》神）を祭るのも、稲の「産霊《むすひ》」の促進成就のためである。ところが、この「産霊」が「結び」と理解されたこともあった。『延喜式』の鎮《ほしず》火祭《めのまつり》の祝詞《のりと》に「火結神《ほむすび》」とあるのがそれで、本来「火産霊《ほむすひ》」（神代紀上）の意であった。

このような理解が拡大して、平安時代には、「結ぶの神」と呼ばれ、「男女の縁結びの神」としての信仰を集めることになる。高御産巣日の神を始祖とする氏族ははなはだ多い。『新撰姓氏録《しんせんしょうじろく》』（万多《まんた》親王ら撰、弘仁六年〈八一五〉成る。史書、三十巻。畿内各氏族の家柄の由来を記し、神別《しんべつ》・皇《こう》別・蕃《ばん》別に分けてある）によれば、大伴《おおとも》・佐伯《さえき》・弓削《ゆげ》・大伴《おおともの》大田《おおた》・斎部《いむべ》・玉祖《たまのや》（以上「宿禰《すくね》」姓。左・右京）、忌玉作《いみたまつくり》・家内《やぬち》・小山《おやま》（以上「連《むらじ》」姓。右京・河内《かわち》・摂津）、久米《くめ》・葛木《かずらき》・役《え》・荒田《あらた》（以上「直《あたい》」姓。左・右京・河内・和泉《いずみ》）、葛《かずら》木忌寸《きのいみき》（大和）、伊与部《いよべ》（右京）、恩智神主《おんちのかむぬし》（河内）、波《は》多祝《たのはふり》（未定雑姓、大和）等の神別がある。このように多くの氏族の始祖となっているのは、日本固有の神としての信仰を得ていたからであろう。

高御産巣日神（記上）　高皇産霊尊（紀、神代上）　天照高弥牟須比命（逸文山城風土記、久世郡）　高皇産霊神（古語）　高御産日神（延喜式、神名）　高御魂（祝詞、祈年）　高御魂命（祝詞、神賀詞）　高皇産霊尊・高御魂命・高魂命・高御牟須比乃命・高媚牟須比命（姓氏録）

3 神《かむ》産《む》巣《す》日《ひ》の神（二六—三）

名義は「神々しく神聖な生成の霊力」。「神《かむ》」は神（または神に相当するとみなされる人）の事物や行為につける接頭語。「産巣日《むすひ》」は前項「高御《たかみ》産《む》巣《す》日《ひ》の神」参照。この神名との対応からみると、正式な名は「神御《かむみ》産巣日」であったはずで、神代紀上にも「神皇《かむみ》産霊《むすひ》」とある。ただ「かむみむすひ」と音が重なるので「み」を脱落させて発音していた。それを文字化して「神産巣日」と書いたものとすると、「御《み》」を補って解するのがよい。また一方、この神名の核が「日」にあるとする場合は、「産日《むすひ》」（太陽神）と解しうること、高御産巣日神の霊能と同じである。したがって、元来「産霊・産日」の霊能をもつ一つの神であったのが、古代人の二元論的な思考法から、修飾語を冠して、「高御産巣日」と「神産巣日」との二つの神格として分離したものとみられる。活動は、造化三神の一柱で、天之御中主神・高御産巣日神に次いで三番目に高天の原に化成した独神《ひとりがみ》で身を隠している別《こと》天《あま》つ神であり、生命体の蘇生復活を掌《つかさど》る至上神として重要なはたらきをする。まず「五穀の起源」の条（五三—六）では「神産巣日の御祖《みおや》の命」の名で、五穀の生みの御祖となり、「大穴牟《おほあなむ》遅《ぢの》神の受難」の条（六〇—一三〜六二—七）では、謀殺された大穴牟遅神を蘇生させている。これは、「産霊」の霊能による。宮中神祇官の御巫《みかむなぎ》の奉斎する八神の第一位に「神《かむ》魂《むすひ》」の名を挙げている（延喜式）のもそれに基づく。したがって、この神は幽冥界に関係している神なのではなく、その「産霊」という霊能を発揮して、冥界から顕界への転換を実現するくすしき神なのである。次に「大国《おほくに》主《ぬし》神、少名毗古那《すくなびこな》神の協力を得て国作りを進める」の条（七三—一四〜七五—三）では、常世国《とこよのくに》の少名毗古那の御祖として登場し、行き詰りの国作りに活を与えている。これもこの神の霊能による。次に「大国主神の国譲り」の条（八七—一二）では「この、あが燧《き》れる火は、高天の原には、神産巣日の御祖《みおや》の命《みこと》の、とだる天《あめ》の新巣《にひす》の凝烟《すす》の」云々とある。ここにおいても、この神を通じて高天の原が観念されているのであり、また「御祖の命」と呼ばれているのである。神産巣日神が高天の原の神であって、出雲《いずも》の神でもなければ幽冥界の神でもないことは明らかである。ただ、出雲（顕界）で活躍した神と関係をもち、また幽冥界から顕界（現《うつ》し国）への回生を掌った神となっているが、実は地上の人間が回生を希求する心理が、この神を母なる「御祖の命」と表現したのである。のちに、この神を女神、高御産巣日神を男神として信仰するようになる（古語拾遺）。『新撰姓氏録』によれば、神産巣日神を始祖とする氏族ははなはだ多い。県犬養《あがたのいぬかい》・間人《はしひと》・三島《みしま》・滋野《しげの》（以上「宿禰」姓。左・右京）・委文《しつ》・田辺《たなべ》・多米《ため》（大和）、竹田・爪工《つまだくみ》・多米・天語《あまかたり》・若倭部《わかやまとべ》・屋《や》（以上「連」姓。左・右京）・今木《いまき》連（山城）・多米連（摂津・河内）・爪工連・物部《もののべ》連（和泉）、和山守《やまとのやまもり》・和田《わだ》・高家《たきえ》（以上「首《おびと》」姓。和泉）・工《たくみ》首（未定雑姓、和泉）、久米直《あたい》（右京）・紀《き》直（河内・和泉）・神《みわ》直（和泉）、波多門《はたのかど》部造《へのみやつこ》（右京）・大庭《おおば》造・川瀬《かわせ》造（和泉）、賀《か》茂県主《ものあがたぬし》・鴨《かも》県主（山城）、税部《ちからべ》（山城）、犬養（摂津）、目色部真時（摂津）、城原（河内）等の神別である。

神産巣日神（記上）　神皇産霊尊（紀、神代上）　神魂命（出雲風土記、嶋根・楯縫・出雲・神門郡）　神産霊神（古語）　神産日神（延喜式、神名）　神魂（祝詞、祈年）　神御魂命・神魂命（姓氏録）

4 **宇摩志阿斯訶備比古遅《うましあしかびひこぢ》の神**（二六—八）

名義は「立派な葦《あし》の芽の男性」。「宇摩志《うまし》」は良いものを心に感じて讃める語。形容詞シク活用の語幹。「阿斯訶備《あしかび》」は春先に萌え出る葦の芽。「訶備」は「黴《かび》」と同源で物の発酵すること、芽ぶくこと。「比古遅《ひこぢ》」は、男性への親称。活動は、国土浮漂のとき、葦芽《あしかび》のように勢いよく芽生え伸びてゆく物を、神の依代《よりしろ》として化成した独神《ひとりがみ》で、身を隠していた別天《ことあま》つ神である。独神だから、男女の性別以前の神なのに、「比古遅」という男性への親称をつけるのは矛盾する。しかし、これは葦芽の形態と勢いから、陽神として捉えたことによる命名であろう。この神を天つ神としたのは、葦の芽が中空にあってなお天を志向しているからである。神代紀上では「国常立《くにのとこたち》尊」とともに化成し、国土神として位置づけし、「始めて神人有り」と述べているように、人格神としているから、その意味合いでも「彦舅《ひこぢ》」をつけてもおかしくはない。葦芽が神名となったのは、葦の芽の勢いのよさにあるが、葦は元来邪気を払う植物であったこと、また葦の生える土壌であれば必ず稲が育つという信仰に支えられてのことにある。この神を始祖とする氏族はない。

宇摩志阿斯訶備比古遅神（記上）　可美葦牙彦舅尊（紀、神代上）

5 **天之《あめの》常立《とこたち》の神**（三六—九）

名義は「天空が永久に立ち続けること」。「天《あめ》」は文脈から言えば「高天の原」ではなく「天空」をさす。活動は、国土浮漂のとき、宇摩志阿斯訶備比古遅《うましあしかびひこじ》神の次に化成した独神《ひとりがみ》で、身を隠していた別天《ことあま》つ神である。神代紀上では「天常立尊《あめのとこたちのみこと》」とあり、葦芽《あしかび》に依って化成したとあるのは、その依代《よりしろ》を示したものであるが、『古事記』では、中空の宇摩志阿斯訶備比古遅神から、天空の天之常立神へと上昇的に位置づけている。この神を始祖とする氏族はないが、『新撰姓氏録』には「天底立《あめのそこたち》命」があって、これが「天常立《あめのとこたち》尊」の音変化であるとするならば、伊《い》勢朝臣《せのあそみ》（左京、神別、天神）の始祖となる。

天之常立神（記上）　天常立尊（紀、神代上）

6 **国之《くにの》常立《とこたち》の神**（三六—一三）

名義は「国土が永久に立ち続けること」。「国《くに》」は国家行政地域の意ではなく、人間の住んでいる土地、の意。活動は、国土神として最初に化成し、独神《ひとりがみ》として身を隠している神世《かみよ》七代《ななよ》の第一代である。「天之《あめの》常立《とこたち》の神」と対をなす神で、天界と国土との区別がはっきりしていたのである。神代紀上では、天地開闢《かいびゃく》の最初の神を「国常立尊《くにのとこたちのみこと》」としている。これは『日本書紀』編者が、天界よりも天皇や人民の住む現実の国土の元初を求めることに関心を寄せていたためである。いずれにしても、国土神の最初の神としてこの神があるのは、国土の恒常的確立の予祝を籠めてのことであろう。神代紀上の一書では「国底立《くにのそこたちの》尊《みこと》」の別名を掲げている。これは「国土の土台の成立」の意。国之常立神を始祖とする氏族はない。

国之常立神（記上）　国常立尊・国底立尊（紀、神代上）

7 **豊雲野《とよくもの》の神**（三六—一四）

名義は「豊かな実りを約束する地味の肥えた、そして慈雨をもたらす雲が覆う原野」。原文「豊雲上野神」とある。「上」は声注《しょうちゅう》（アクセントの注記）。「雲《くも》」の平安朝アクセントは平平《ひょうひょう》型（奈良朝もこれに準じて考えてよい）であるが、「雲上」と指示したのは上上《じょうじょう》型に発音せよということなのである。そう発音すると、「豊《とよ》、雲野《くもの》」の意となり「豊雲《とよくも》、野《の》」の意ではないことになるから、意味上の誤解を防ぐために声注を施している。そこで、この神名は、「豊かな雲」と解さずに「豊かな野で、雲の覆う野」と解すべきである。活動は、国土神として化成し独神で身を隠している神世七代の第二代である。神代紀上では「豊斟渟尊《とよくむぬ》」「豊組野尊《とよくむの》」など発音が少しずつ変った別名をも掲げている。豊雲野神を始祖とする氏族はない。

豊雲上野神（記上）　豊斟渟尊・豊国主尊《とよくにぬし》・豊組野尊・豊香節野尊《とよかふの》・浮経野豊買尊《うきふののとよかふ》・豊《とよ》国野《くにの》尊・豊齧野尊《とよくひの》（紀、神代上）

8 **宇《う》比《ひ》地《ぢ》邇《に》の神**（三七—二）

名義は「最初の泥土」。「宇比地《うひぢ》」は「初泥《うひぢ》」の音約。「邇《に》」は親愛を表す接尾語。原文「宇比地邇上神」とある「上」は声注。活動は、国土神として化成し、次の「須比智邇《すひちに》の神」（女神）と合わせて、神世七代の第三代である。この神は、土地を鎮めるための男女一対の盛土の神格化である。今日でも地鎮祭において盛土をする慣習が残存する。この神を始祖とする氏族はない。

宇比地邇上神（記上）　埿土煑《うひぢに》尊・埿土根《うひぢね》尊（紀、神代上）

9
須比智邇《すひちに》の神（三七―二）

名義は「砂と泥土」。「須《す》」は砂。「比智《ひち》」は泥土で、「ひぢ」「ひち」の清濁二形があった。「邇《に》」は親愛を表す接尾語。原文「須比智邇去神」とある「去」は下げる調子の声注。活動は「宇比地邇《うひぢに》の神」に同じ。この神名に「妹《いも》」が冠せられているのは、女性であることを表し、宇比地邇神とともに男女対偶《たいぐう》神《しん》として一代に数えられている。この神を始祖とする氏族はない。

須比智邇去神（記上）　沙土煑《すひぢに》尊・沙土根《すひぢね》尊（紀、神代上）

10
角杙《つのぐひ》の神（三七―三）

名義は「角《つの》状の棒杙」。活動は、国土神として化成し、次の「活杙《いくぐひ》の神」（女神）と合わせて、神世七代の第四代である。この神は、村落や家屋の境界をなす男女一対の棒杙の神格化である。防塞《ぼうさい》守護神（道祖《どうそ》神《じん》）で悪霊邪気の侵入を防ぐ。今日でも「おっかど棒」など称して門前に樹枝や棒杙を突き立てる風俗が残っている地方がある。この神を始祖とする氏族はない。

角杙神（記上）　角樴《つのぐひ》尊（紀、神代上）

11
活杙《いくぐひ》の神（三七―三）

名義は「活きいきとした棒杙」。活動は「角《つの》杙《ぐひ》の神」に同じ。この神名に「妹《いも》」が冠せられてあり、角杙の神（男神）とともに男女対偶神として一代に数えられている。この神を始祖とする氏族はない。

活杙神（記上）　活樴《いくぐひ》尊（紀、神代上）

12
意富斗能地《おほとのぢ》の神（三七―三）

名義は「偉大な、門口《かどぐち》にいる父親」。「意富《おほ》」は「大」で美称。「斗《と》」は「門《と》・戸《と》」で、村落や居宅の狭い通路。そこに防塞守護神がいると信じられ、またその神を祭った。「地《ぢ》」は「父親」で、男性の親称。活動は、国土神として化成し、次の「大斗乃弁《おほとのべ》の神」（女神）と合わせて、神世七代の第五代である。この男女神は、観念的な存在ではなく、門口などに立てられていた具象的な神像に対する命名であったろう。この神を始祖とする氏族はない。

意富斗能地神（記上）　大戸之道《おほとのぢ》尊・大戸《おほと》摩彦《まひこ》尊・大富道《おほとまぢ》尊（紀、神代上）

13
大斗乃弁《おほとのべ》の神（三七―四）

名義は「偉大な、門口にいる女」。「弁《べ》」は「女《め》」の音転。活動は「意富斗能地《おほとのぢ》の神」に同じ。この神名に「妹《いも》」が冠せられてあり、意富斗能地神（男神）とともに男女対偶神として一代に数えられている。この神を始祖とする氏族はない。

大斗乃弁神（記上）　大戸之辺《おほとのべ》・大苫辺《おほとまべ》尊・大戸摩姫《おほとまひめ》尊・大富辺《おほとまべ》尊（紀、神代上）

14
於母陀流《おもだる》の神（三七―四）

名義は「男子の顔つきが満ち足りていること」。防塞守護神の石像などに彫られた男神の容貌とみることもできるが、文脈的にもまた次の「妹阿夜訶志古泥《いもあやかしこね》の神」との対応からも、さらに今日残存する性器崇拝の形象化されたものからも、男根の様相に対する讃美による命名とみるほうがよい。活動は、国土神として化成し、次の阿夜訶志古泥神（女神）と合わせて、神世七代の第六代である。生産豊穣の霊能の表象である。この神を始祖とする氏族はない。

於母陀流神（記上）　面足《おもだる》尊（紀、神代上）

15
阿夜訶志古泥《あやかしこね》の神（三七―四）

名義は「まあ、恐れ多い女子よ」。「阿夜《あや》」は感動詞。「訶志古《かしこ》」は「畏《かしこ》し」の語幹。「泥《ね》」は人（男女とも）への親称。防塞守護神の石像などに彫られた怒った恐ろしい女神の容貌とみることもできるが、「於母陀流《おもだる》の神」の項で述べたように、これは女陰のあらたかな霊能に対して恐懼《きょうく》することの表象とみるほうがよい。活動は、於母陀流の神（男神）に同じ。この神名に「妹《いも》」が冠せられてあり、於母陀流神とともに男女対偶神として一代に数えられている。生産豊穣の霊能の表象である。この神を始祖とする氏族はない。

阿夜上訶志古泥神（記上）　惶根《かしこね》尊・吾屋《あや》惶根尊・忌橿城《いむかしき》尊・青橿城《あをかしき》根《ね》尊・吾屋橿城尊（紀、神代上）

16 伊耶那岐《いざなき》の神（二七—五）

名義は「媾合《こうごう》に誘《いざな》い合う男性」。「伊耶那《いざな》」は「誘ふ」の語幹。「岐《き》」は男性を表す語。神代紀上の「伊奘諾《いざなき》尊」の「諾《なき》」によって「き」が清音であることが分る。活動は多彩で、文脈に沿ってみて行こう。「神世七代」の条（二六—三〜二七—八）では、国土神として化成し、次の「伊耶那美《いざなみ》の神」（女神）と合わせて、神世七代の第七代である。ここでは、男女媾合による生産豊穣の表象で、たとえば奈良県高市郡《たかいち》明日香村《あすか》出土の男女抱擁《ほうよう》神像などはそれを形象化したものである。この神の敬称が「伊耶那岐命と伊耶那美命」の段（三七—九〜四—一四）では、「命《みこと》」と変る。神世七代の最終神が、新時代の創造者として復活したとき、それは「別天《ことあま》つ神」の「命《みこと》もちて（仰せで）言依《ことよ》さし（ご委任）」を受けたものであったから「命」の敬称になった。伊耶那美命とともに浮漂する国土の修理固成のために結婚し、国生みと神生みの大事業をなす。妻の死後、黄泉国《よもつくに》（地底にある他界）を訪れるが、死の汚穢《けがれ》を恐れて脱出し、黄泉《よも》つひら坂で、妻と絶縁する。筑紫《つくし》の日向《ひむか》の橘《たちばな》の小門《おど》の阿波《あわ》岐原《きはら》で禊《みそぎ》をし、二十三神を化成し、最後に天《あま》照大御神《てらすおおみかみ》・月読《つくよみ》命・建速須佐之男《たけはやすさのお》命の三貴子を生み、これに高天の原・夜の食国《おすくに》・海原の分治を委任する。のち、須佐之男命を天界から追放し、淡海《おうみ》の多賀《たが》に鎮座する。国土創成の主人公であり、人間の始祖でありかつ生を掌り、巨人的天父的神格をもち、三貴子分治（四三—＊印）の司令者であり、反王権者追放の裁定者である。「伊耶那伎の大神《おほかみ》」（四〇—五）「伊耶那伎の大御神《おほみかみ》」（四—六）と称される理由もここにある。この神の事績は神代紀上所載と大差はないが、最後の鎮座地は異なって、記の「淡海の多賀」に対して紀は「幽宮《かくれのみや》を淡路《あはぢ》の洲《くに》に構《つく》りて」とも「日《ひ》の少宮《わかみや》に留り宅《す》みましき」ともある。特に履中紀五年九月の条に「嶋（淡路島）に居《ま》します伊奘諾《いざなき》神」とあり、『延喜式《えんぎしき》』神名帳《じんみょうちょう》にも「淡路伊佐奈《あはぢいざな》伎《き》神社（名神大《みょうじんだい》）」（淡路国津名《つな》郡）とあって、この神が淡路に鎮座したことは明らかであるが、記のほかに「淡海の多賀」の記事はない。それで、「淡海」は「淡路」の誤りとする説もあり、古事記の写本の中にも「淡路」と写すのがある。しかし、記では必ず「淡道」と書き「淡路」とは書かないので、これはさかしらに改字したものであると分る。それならば淡海の多賀（滋賀県犬上郡多賀）に伊耶那岐命がなぜ祀られたかが問題になる。『日本霊異記《にほんりょういき》』に、近江《おうみ》国野洲《やす》郡の御上《みかみ》の嶺にある、祭神を陁我《たが》の大神とする神社の側堂にいる白猿の話（下、二四縁）がある。猿は太陽の神使いであるから、陁我《たが》（多賀）の大神は太陽神ということになる。ここで前掲の「日《ひ》の少宮《わかみや》に留り宅《す》みましき」（紀、神代上）が思い合される。「日の少宮」とは、天照大御神の住居である「日の大宮」に対して、「日の若返りの宮」をさす。そこに伊奘諾尊が留り住んだということは、太陽が西に沈んで翌日再び新しい生命の輝きをもって上昇してくる、その「若返り」のために夜隠れていることを意味する。「宮」はその場所である。紀によって、伊耶那伎大神が太陽神であると信じられていたことが分り、「陁我《たが》の大神」の名で、近江の多賀に鎮座したことが十分推測できる。近江には、日吉《ひえ》・日野《ひの》・朝日山《あさひやま》など太陽にちなむ地名が多く、『延喜式』の神名帳には、日吉神社（滋賀郡）日向《ひむか》神社（犬上郡）日撫《ひなで》神社（坂田郡）日置《ひおき》神社（高島郡）などの社があることを合せ考えると、記が「淡海の多賀」を鎮座地にしていることを疑うべきではない。この神を始祖とする氏族はない。人間の始祖であるから特定の氏族の始祖であるはずがないからである。この神名を社名にもつものを神名帳（延喜式）で見ると、伊佐奈岐《いざなき》宮二座（伊佐奈弥《いざなみ》命一座。伊勢国度会《わたらい》郡）・伊射奈岐《いざなき》神社二座（摂津国嶋下《しまのしも》郡）・伊射奈岐神社（大和国添下《そうのしも》郡）・伊射奈岐神社（大和国城上《しきのかみ》郡・葛下《かずらきのしも》郡）・淡路《あわじ》伊佐奈伎神社（淡路国津名《つな》郡）・伊射奈伎神社（若狭《わかさ》国大飯《おおい》郡）がある。これによると、伊耶那伎大神は「海人《あま》族」（古代漁民集団）の奉斎神であり、その伝承が多彩な神格を形成して、結局、天照大御神の祖神として定着せしめられたものであろう。

伊耶那岐神・伊耶那岐（伎）命（神・大神・大御神）（記上）　伊奘諾尊（紀、神代上）
伊弉奈枳・伊佐奈枳命（出雲風土記、意宇・嶋根）　伊射奈芸命（逸文丹後風土記、天椅立）　伊射那伎（神賀詞）　伊佐奈伎命（祝詞、鎮火）

17 **伊耶那美《いざなみ》の神**（二七—五）

名義は「媾合《こうごう》に誘《いざな》い合う女性」。「美」は女性を表す語。活動は、伊耶那岐神（男神）の項参照。岐神との神生みの途中で、火神を生んで陰部を焼かれ、その苦痛の中から金山毗《かなやまび》古《こ》・金山毗売《かなやまびめ》、波邇夜須毗古《はにやすびこ》・波邇夜須毗売、弥都波能売《みつはのめ》、和久産巣日《わくむすひ》神を生む。火神の徳は、大地を刺激して冶金《やきん》（金山）や土器の調製（波邇夜須）を発達させ、また水神（弥都波能売）の徳は、鎮火はもとより大地の灌漑《かんがい》をなし、糞尿は肥料として農業生産（和久産巣日）を高めることを表すが、これらはすべて母なる大地の神、伊耶那美命の徳とされる。死後、出雲国（島根県）と伯伎《ほうき》国（鳥取県）との境にある「比婆《ひば》の山」に葬った（三五—六・七）とある。神は神社に祭られるが、この神は「葬る」とあって特異だが、これは母なる大地の神として塚山《つかやま》に眠ると考えられたためである。神代紀上では、紀伊《きい》国（今の三重県南部）の熊野の有馬《ありま》村（熊野市有馬）に葬ったとある。そこは「花の窟《いわや》」といわれ、海浜に臨んだ女陰の形をした窪みのある大岩壁である。窟は貴人の墓所を意味し、また海浜は他界との境界と考えられていた。ところが、神代紀上では上に続けて「土俗《くにひと》、此の神の魂《みたま》を祭るには、花の時には亦《また》花を以《も》て祭る。又鼓吹幡《つづみふえは》旗《た》を用《も》て、歌ひ舞ひて祭る」とある。これは伊奘冉《いざなみ》尊を農業生産の神として祭ることを意味し、現代でもその祭礼行事は絶えてはいない。このように、伊耶那美命は生産豊穣の神であるが、死後黄泉国《よもつくに》（地底にある他界）で、人間の死を掌る「黄泉《よも》つ大神」（三九—一四）として登場する。そのために人間の生を掌る伊耶那岐命から離縁される（生と死の起源説話）。そして伊耶那美命はついに現《うつ》し国《くに》には戻れなくなる（黄泉国には永久に復活がないことを表す）。神話では、逃亡する夫伊耶那岐命を追って妻伊耶那美命は「黄泉《よも》つひら坂」（黄泉国と現し国との境界の坂）に追いついたので「道敷《ちしき》の大神といふ」（四〇—一）とあるが、実は「黄泉国への一本道を占《し》く（占領している）大神」の意であるから「黄泉つ大神」と同じ神格である。したがって、この神を始祖とする氏族はない。しかしこの神を祭る神社はある。『延喜式』神名帳では、伊佐奈岐《いざなき》宮二座（伊佐奈弥《いざなみ》命一座。伊勢国度会《わたらい》郡）・伊射奈岐《いざなき》神社二座（一座は

「伊射奈美《いざなみ》」と推定。摂津国嶋下郡）・伊射奈《いざな》美《み》神社（阿波《あわ》国美馬《みま》郡）とある。前二者は伊耶那岐神を社名にしているが、純粋に伊耶那美神を社名にしたのは第三の社である。この神が阿波国（徳島県）で祀られているのは、「粟《あは》の国を大宜都比売《おほげつひめ》といひ」（三一—二）とあるように、国名に食物神の名を負うていることが、伊耶那美神の農業生産の神として祭ることに通じたからであろう。

伊耶那美神（命）（記上）　伊奘冉尊（紀、神代上）　伊弉奈弥命（出雲風土記、神門郡）　伊弉竝尊（逸文美濃風土記、金山彦神）　伊佐奈美命（続紀、宝亀三年八月）　伊佐奈美命（祝詞、鎮火）　黄泉津大神《よもつおほかみ》（記上）　道敷大神《ちしきのおほかみ》（記上）

18
水蛭子《ひるこ》（二九—一三）

名義は「水蛭《ひる》のような手足の萎《な》えた不具の子」。「ひる」は「痿痺、比留無夜末比《ひるむやまひ》」（和《わ》名抄《みようしよう》）「痿、ヒルム」（名義《みようぎ》抄）とあるように「萎縮する」意の「ひるむ」の語幹で、「水蛭」は虫の名となったもの。神代紀上には「次に蛭児《ひるこ》を生む。已《すで》に三歳《みとせ》になるまで、脚《あし》猶《なほ》し立たず」とある。活動はなく、「葦船《あしぶね》に入れて流し去《う》てき」（二九—一三）とあり、流し捨てられてしまう。結婚において、女が男より先に発言したため水蛭子《ひるこ》が生れたとある。男から女に声をかける習俗があった（二九—注一一）のに反したからである。古代習俗は禁忌《タブー》と呪術《マナ》とで倫理が構成される。禁忌《タブー》を犯すことは邪悪となり、その邪悪の形象として水蛭子が生れる。だから水蛭子（邪悪）を遺棄する。葦船に入れたのは、葦は邪気を払う呪力《じゆりよく》があると信じられたからである（「宇摩《うま》志阿斯訶備比古遅《しあしかびひこぢ》の神」の項参照。「豊葦原《とよあしはら》の瑞穂《みづほ》の国」の「葦」も同じ）。この呪力を行使するのが呪術《マナ》である。神代紀上に「天磐《あめのいは》櫲樟船《くすぶね》に載せて、風の順《まにま》に放ち棄《す》つ」とあるのも、防虫剤の樟脳《しようのう》を採る樟《くすのき》で邪気を払う木である。これに入れて水に流し棄てるとは、邪気を払う乗物に乗って水を渡ることによって霊魂の新生を獲得するという信仰に基づいた誕生儀礼とみられる。続く「淡島《あはしま》」も「淡《あわ》め（軽蔑し）憎む島」の意と解されているが、「薄い頼りない島」の意ではなかろうか。このような、最初に出来損いの子を生む創成神話は世界に例が多い。そして、それが兄妹相姦の結果である場合もあって、伊耶那岐命と伊耶那美命との結婚もそれだとみる説がある。しかし、岐・美二神が兄妹であったとは記紀には記していないし、また水蛭子の誕生の理由も相姦ではなかった。記紀の文脈を離れて世界神話の類型によって理解する方法は可能であっても、岐・美二神結婚の背景に近親相姦を想定させるものはない。一方、神代紀上に「大日孁貴《おほひるめのむち》」（天照大御神の別名）とあるので、それに対する「日子《ひるこ》」だとし、これが流されるのは女尊男卑で母系制の名残りとみる説がある。「ひるこ」を「日子《ひるこ》」とみるのはよいが、「男性の太陽」の意ではなく「日《ひる》（太陽）の子《こ》」とみるべきで、日神の子が船で海を漂流するという信仰や、日神の象徴を船で送迎する民俗もあり、「空《うつ》ほ船」説話（貴種漂流譚《たん》）も古くからある。したがって、記紀の文脈を離れるなら、「日《ひる》の子《こ》」の意に解すべきものと考える。このように、元来太陽信仰に基づく「日子《ひるこ》」であったものが、田の作業において血を吸う「水蛭《ひる》」に付会されて記紀の説話となったものである。一方「蛭子」の文字が「えびす」と読まれるのは、貴種漂流譚の流れであって、貴人の子が諸国を漂流し、艱難辛苦の末、ある国に迎えられて成功するというように、他国《えびす》から到来する客神としてもてなしたことによる。この神を始祖とする氏族はない。

水蛭子（記上）　蛭子（児）（紀、神代上）

19
淡道之穂之狭別《あはぢのほのさわけ》（三〇—三）
名義は「淡道島の粟《あわ》の初穂の男子」。淡路島の名。「淡道」は「粟《あは》（阿波《あわ》）の国（徳島県。また四国の総称）へ行く道」の意。「穂《ほ》之狭《のさ》」は「穂が初めて出る。初穂」のことで、「粟」の連想によるから「粟の穂」である。「別《わけ》」は本来「地方を分け治める者」の意で、五・六世紀の皇族名に多くついているが、男子の敬称である。のち、皇別系の姓《かばね》となる。天武天皇十三年十月に制定された「八《や》色《くさ》の姓《かばね》」には入れられていない古い時代の姓である。活動はない。岐・美二神の国生みの最初の島の名である。神代紀上では「先づ淡《あは》路洲《ぢしま》を以《も》て胞《え》とす。意《みこころ》に快《よろこ》びざる所なり。故《かれ》、名《なつ》けて淡路洲と曰《い》ふ」とある。「胞《え》」とは胎児を包むもので、南セレベス・バリ島・スマトラなどでは、この「胞」を兄または姉と思い、胎児を守護するものと信じている。たまたま日本語の「胞《え》」も「兄《え》（姉《え》）」と同音であることから、「意に快びざる所なり」（神代紀上）を解して、兄《え》（姉《え》）すなわち第一子は生み損いであったので、アハヂ（吾恥）の島（淡路洲）と名づけた、とする説がある。しかし「第一子生み損い」説には確証がない。そこで改めて考えてみると、胞は胎盤（胞衣《えな》）で、胎児を守護するもので、最も母的な性格をもつ。これが岐・美二神の国生みの最初の島となるのは、最も母的なものが最初となることである。そこで父親の側から「吾恥《あはぢ》」と感じ快く思わなかったのだ、と解しうるであろう。これは島の名であるから、氏族の始祖とはならない。

淡道之穂之狭別（記上）

20
愛比売《えひめ》（三一—一）
名義は「かわいい女性」。原文「愛上比売」とある。「愛」はア行のエの音を表す音仮名《おんがな》であるが、その母音音節エには語として「愛すべき・かわいい・立派な」の意があった。「兄《え》」「吉《え》」（良い）はヤ行のエであるから別。「上」は声注。「比売」は「霊女《ひめ》」の意であったが、女性一般をさすようになった。岐・美二神の国生みによって生れた伊予二名《いよのふたな》の島（四国）の中の伊予国（愛媛県）の名。他に事績なし。

愛上比売（記上）

21
飯依比古《いひよりひこ》（三一—一）
名義は「飯の霊が依《よ》り憑《つ》く男性」。「飯」は「米粟」の類。「比古」は「霊子《ひこ》」の意であったが、男性一般をさすようになった。岐・美二神の国生みによって生れた伊予二名《いよのふたな》の島（四国）の中の讃岐国《さぬき》（香川県）の名。活動なし。『延喜式』神名帳に「飯神社《いひ》」（鵜足《うたり》郡、今の丸亀市飯野町）がある。他に事績なし。

飯依比古（記上）

22
大宜都比売《おほげつひめ》（三一—二）
名義は「偉大な、食物の女性」。「宜《げ》」は「食《け》」が連濁を起した形を表す。「都」は連体助詞。岐・美二神の国生みによって生れた伊予二名《いよのふたな》の島（四国）の中の「粟の国《あは》」（阿波《あわ》国で徳島県）の名。阿波に「粟」を付会し、食物神としてのちに命名したものであろう。岐・美二神の国生みに続く神生みの条（二四—二）に、その出生が述べられ、以後の活動は「五穀の起源」の条（五三—一〜七）に、八百万《やおよろず》の神が食物を「大気都比売神《おほげつひめ》」に乞うたので、鼻・口・尻から種々の味物《ためつもの》を出して進上したところ、須佐之男命《すさのおのみこと》がそれを汚い行為と考えてその神を殺すと、その死体から、蚕《こ》・稲種《いなだね》・粟《あわ》・小豆《あずき》・麦《むぎ》・大豆《まめ》ができた、とある。食物神そのものの霊能である。また「大年神《おほとし》の子孫」の条（五六—一〜七七—三）では、羽山戸神《はやまと》の妻となり、若山咋神《わかやまくい》以下八神（農耕文化の表象による神々）を生む、とある。徳島市一宮町の一宮神社に祀る。

大宜都比売（神）・大気都比売（神）（記上）

23
建依別《たけよりわけ》（三一二）

名義は「勇猛な霊が依り憑く男子」。「建」は「健」の古字で、「猛《たけ》だけしい」意に用いている。「別」は「淡道之穂之狭別《あはぢのほのさわけ》」の項参照。岐・美二神の国生みによって生れた伊予二名《いよのふたな》の島（四国）の中の「土左《とさ》の国」（高知県）の名。土左に「鋭《と》し」を付会し、建依別の命名がある。他に事績なし。

建依別（記上）

24
天之忍許呂別《あめのおしころわけ》（三一三）

名義は「天上界と関連のある立派な、威圧的に凝《こ》り固まった男子」。「天之《あめの》」は、単なる美称ではなくて、天上界（高天の原）と関係をもつと認識されたものに冠する美称。たとえば、「天の香久山《あめのかぐやま》」といえば、他の山々と違って、「天から降って来た」といった伝承の（逸文伊予風土記、天山《あめやま》）があり、天皇国見儀礼の聖山であるというような場合で、今も交通上その他の要衝といった特別の島だから「天之」を冠したものと考える。「忍《おし》」は「押えつける」意で、威力あるものの美称となった。「許呂《ころ》」は「凝る」意で、「淤能碁呂嶋《おのごろしま》」（三六一二）にも例がある。「別《わけ》」は「淡道之穂《あはぢのほ》之狭別《のさわけ》」の項参照。岐・美二神の国生みによって生れた「隠伎《おき》の三子《みつご》の嶋」の名。隠岐《おき》の島（島根県）は日本海の交通上の要衝である。他に事績なし。

天之忍許呂別（記上）

25
白日別《しらひわけ》（三一五）

名義は「明るい太陽の男子」。音読の「白日《はくじつ》」という表現と同じ。「別」は「淡道之穂之狭《あはぢのほのさ》別《わけ》」の項参照。岐・美二神の国生みによって生れた筑紫《つくし》の島（九州）の中の「筑紫の国」（福岡県の大部分）の名。筑紫野市の筑紫神社に祀る。他に事績なし。

白日別（記上）

26
豊日別《とよひわけ》（三一五）

名義は「光が豊かな太陽の男子」。「別」は「淡道之穂之狭別《あはぢのほのさわけ》」の項参照。岐・美二神の国生みによって生れた筑紫の島（九州）の中の「豊国《とよくに》」（大分県・福岡県の一部）の名。他に事績なし。

豊日別（記上）

27
建日向日豊久士比泥別《たけひむかひとよくじひねわけ》（三一六）

名義は「勇猛な、太陽に向う、太陽の光が豊かで霊妙な力のある男子」。この名の区切りは未詳だが、今は「建日向・日豊久士比泥」としておく。「久士比泥」は「奇《く》し霊《ひ》」（「久《く》士《じ》」は「くし」の濁音化）と「ね」（親称）であろう。「別」は「淡道之穂之狭別《あはぢのほのさわけ》」の項参照。岐・美二神の国生みによって生れた筑紫の島（九州）の中の「肥《ひ》の国」（佐賀・長崎・球磨《くま》川以北の熊本・宮崎の各県）の名。他に事績なし。

建日向日豊久士比泥別（記上）

28
建日別《たけひわけ》（三一六）

名義は「勇猛な太陽の男子」。「建」は「建依《たけより》別《わけ》」の項、「別」は「淡道之穂之狭別《あはぢのほのさわけ》」の項参照。岐・美二神の国生みによって生れた筑紫の島（九州）の中の「熊曾《くまそ》の国」（球磨《くま》川以南の熊本県・鹿児島県）の名。他に事績なし。

建日別（記上）

29
天比登都柱《あめひとつはしら》（三一七）

名義は「天に接する一本の柱」。原文にはこの名の下に「訓《ヨムコト》レ天《ヲ》如《シ》レ天《あめノ》」とある。それで「天」の字は「あめ」と訓《よ》んで「あめの・あま・あまの」とは訓まない。単独の「天《あめ》」には種々の用法はあるが、ここでは自然界の「天空」の意。「比登都」は「一つ」。「柱」は神の依代《よりしろ》となる木。神や尊貴の人を数える助数詞ではない。助数詞ならば「一柱《ひとつ》」とは言わずに「一柱《ひと》」と言うからである。岐・美二神の国生みによって生れた「伊岐《いき》の嶋」の名。壱岐《いき》（長崎県）は海上の孤島で、天に接して見えるさまから「天一柱《あめひとつはしら》」と命名されたもの。『魏志《ぎし》』倭人伝《わじんでん》には「一支国」とある。『新撰亀相記《しんせんきそうき》』によれば「天一柱《あめひとつはしら》命」は壱岐《いきの》卜部《うらべ》氏の祖とある。他に事績なし。

30
天之《あめの》狭《さ》手《で》依《より》比売《ひめ》（三一—八）

天比登都柱（記上）

名義は「天上界と関連のある立派な、叉《さ》手《で》網《あみ》に霊が依《よ》り憑《つ》く女性」。「天之《あめの》」は「天之《あめの》忍許《おしこ》呂《ろ》別《わけ》」の項参照。「狭手」は叉手網で魚を取る具。『和名抄《わみょうしょう》』には「羅」を「さで」と訓《よ》み、「網は箕《み》の形の如し。後を狭くし、前を広くせるものなり」とある。岐・美二神の国生みによって生れた「津嶋」の名。対馬《つしま》（長崎県）は「津（船着き場）の島」の意で、壱《い》岐《き》から韓国へ渡る海路の要衝の島。『魏志』倭人伝によれば「対馬国」とあり、「良田無く、海物を食して自活し、船に乗りて南北に市《し》羅《てき》す」とあるように、海人《あま》の業を専らとしていた。そこで、叉手網を神格化する命名となった。他に事績なし。

31
天《あめ》の御《み》虚空《そら》豊秋津《とよあきづ》根《ね》別《わけ》（三一—一〇）

天之狭手依比売（記上）

名義は「天《てん》のみ空に群れ飛ぶ蜻蛉《とんぼ》の男子」。「御虚空」は「神聖な空」。「虚空」は仏典語。ふつう「天《あま》つ御空《みそら》」といわれるが、記の表記法ではその場合は「天津《あまつ》」とあるので、ここでは「天《あめ》の」と訓《よ》む。自然界の「天《てん》」である。「秋津《あきづ》」は蜻蛉で、稲の精霊。豊作を予祝しての命名である。「根《ね》」は「根元」の意から美称となる。「別」は「淡道《あはぢ》之《の》穂《ほ》之《の》狭《さ》別《わけ》」の項参照。岐・美二神の国生みによって最後に生れた「大倭豊秋津嶋《おほやまととよあきづしま》」（本州）の別名である。「大和《やまと》」は、元来奈良県天理市（式内社大和《おやまと》神社のあたり）の一地名であったのが奈良県一国の名となり、のち日本国の名となった。「倭《わ》」の文字は『魏志』や『隋書』などに見え、唐代では「日本」の称を用いている。「秋津嶋」は、元来奈良県御所《ごせ》市（旧南葛城《かつらぎ》郡秋津《あきず》村大字室《むろ》のあたり）の一地名で、第六代孝安天皇の皇居の所在地と伝える（孝安記）。これが奈良県一国の名となり、のち日本国の名となった。この二つが結合して「大倭豊秋津嶋」となった。しかし、「秋津《あきづ》」の地名と「蜻蛉《あきづ》」と発音が同じであることから、「蜻蛉の臀呫《となめ》せるが如し」（紀、神武、三十一年条）とか、蜻蛉が虻《あむ》を食って天皇を助けた功績から大和国を「蜻蛉島」という起源説話（記下、雄略天皇の段、二四七—三）もあるように、「大倭豊秋津嶋」が本州の別名となっている次元では、稲の精霊としての「蜻蛉《あきづ》」が意識された豊作の予祝による命名と考えられる。他に事績なし。

32
建《たけ》日《ひ》方《かた》別《わけ》（三一—一三）

天御虚空豊秋津根別（記上）

名義は「勇猛な東南風の男子」。「建」は「建《たけ》依別《よりわけ》」の項、「別」は「淡道《あはぢ》之《の》穂《ほ》之《の》狭《さ》別《わけ》」の項参照。「日方」は地域によって方角は異なるが、本州西部では東南風をいう。岐・美二神の国生みによって生れた「吉備《きび》の児嶋《こしま》」の別名。岡山県の児島半島で、当時島であり、瀬戸内海航路の寄港地であった。ところで、記の島名の挙げかたの順序から見ると、次が「小豆嶋《あづきしま》」（三一—一三）となっている（今の香川県小豆島《しょうどしま》）ので逆行することになる。これは、児島が激しい東南風に見舞われる位置にあったので、その場合は小豆島に寄港することにしていたことの反映ではなかろうか。つまり、正式には児島で、予備港が小豆島であったから次に記したのであろう（三三—注四）。そのために、地理的には順序が逆になってしまったものと考える。他に事績なし。

33
大《お》野《ほの》手《で》比《ひ》売《め》（三一—一三）

建日方別（記上）

名義は「大きな野の地形をもつ女性」。「手」は地形・方向・側面であることを表す接尾語。岐・美二神の国生みによって生れた「小《あづ》豆《き》嶋《しま》」の別名。小豆《しょうど》島（香川県）の地形による命名か。寄港地としては、「建日《たけひ》方別《かたわけ》」の項参照。原文「大野手上比売」の「上」は声注で、「手」を高く発音することを表す。他に事績なし。

大野手上比売（記上）

34
大多《おほた》麻《ま》流《る》別《わけ》（三—四）

名義は「偉大な、船が停泊することの男子」。「大」は美称。「多麻流」は「溜《たま》る」で、ここでは船の停泊の意。「別」は「淡道《あはぢ》之《の》穂《ほ》之《の》狭《さ》別《わけ》」の項参照。岐・美二神の国生みによって生れた「大嶋《おほしま》」の別名。大島は山口県大島郡の屋代《やしろ》島をさす。「筑紫《つくし》道《ぢ》の可太《かだ》の大島」（万葉、巻十五、三六三四）「大島の鳴門《なると》を過ぎて」（同、三六三八の題詞）とあり、瀬戸内海航路の渦潮《うずしお》を乗り切るために、この屋代島で船を停泊させたことによる命名か。原文「大多麻上流別」とあり、「上」は声注。他に事績なし。

大多麻上流別（記上）

35
天一根《あめひとつね》（三—一）

名義は「天に接する一つの根元」。「天《あめ》」は「天比《あめひ》登《と》都柱《つはしら》」の項参照。岐・美二神の国生みによって生れた「女嶋《ひめしま》」の別名。これは姫《ひめ》島《しま》（大分県国東《くにさき》半島の東北沖）にある。瀬戸内海の西端、周防灘《すおうなだ》にある孤島による命名。他に事績なし。

天一根（記上）

36
天之《あめの》忍男《おしを》（三—二）

名義は「天上界に関連のある立派な、威力のある男」。「天之」と「忍」は「天之《あめの》忍許《おしこ》呂《ろ》別《わけ》」の項参照。岐・美二神の国生みによって生れた「知訶《ちか》の嶋」（長崎県五島列島）の別名。『肥前風土記』に「小近《をちか》・大近《おほちか》」の島名が見え、遣唐使の船が発する所で、烽《のろし》の場が八カ所あるとある（松浦郡、値嘉郷《ちかのさと》の条）。また山上憶良も「あぢかをし値嘉《ちか》の岬《さき》より」（万葉、巻五、八九四、好去好来歌）と歌っている。中国交通上の要衝の島であった。他に事績なし。

天之忍男（記上）

37
天《あめ》の両屋《ふたや》（三—三）

名義は「天空にある二つの屋根」。「天の」は自然界の「天《てん》」。「屋」は屋根の形をした島。岐・美二神の国生みによって生れた「両児《ふたご》の嶋」の別名。この島は、五島列島の南の男女群島（長崎県福江市）で、男島と女島とが並んでいることからの命名であり、その形から「両屋」といい、海上遠く天空に見えるので「天の」を冠したもの。東支那海要衝の島。他に事績なし。

天両屋（記上）

38
大事《おほこと》忍男《おしを》の神（三—六）

名義は「これから神生みの大仕事をする威力ある男」。「忍」は「天之《あめの》忍許《おしこ》呂《ろ》別《わけ》」の項参照。岐・美二神の神生みの最初に生れた神の名。この神名について、これまでの国生みの大仕事をなし終えた、とする説があるが、記の表現法の一つに、結論を先に示すというのがあるので、今もこれによって解すべきである。ところで、「忍男」と男性の名がついているのはなぜか。「神生み」といえば女性を連想しがちだが、女は生理的に子を産むが、子の認知は男がするという古代社会の通念があって、したがって記の系譜記事でも「男が子を生む」という表現をとっているのである。それに基づいて、これからの「神生み」の主権が男にあるとして「忍男」を付したものと考えられる。他に事績なし。

大事忍男神（記上）

39
石土《いはつち》毘《び》古《こ》の神（三—六）

名義は「岩石と土の男性」。「石」は「いは」とも「いし」とも訓《よ》まれるので、ここでは

「いは」と訓め、という「訓注」がついている。「いは」は大地に根《は》を生やしたような大きな岩石のことをいい、したがって「頑丈堅固な」の意にも用いられる。それに対して「いし」は持ち運びができる程度の大きさのものをいう。紀では、前者の意の場合は「磐《いは》」、後者の意の場合は「石《いし》」と書き分けているが、記ではすべて「石」の字を用いているので訓注が必要になったのである。岐・美二神の神生みの住居関係神の第一に生れた神。住居の土台になる岩石と土で、敷地の神格化である。他に事績なし。

　石土毗古神（記上）

40
石巣比売《いはすひめ》の神（三―七）

名義は「堅固な住居の女性」。「石巣」を「石と砂」とか「石造りの住居」とする説がある。前者の説は、記の神名表記の文字からみて離れすぎる。後者の説は「大屋毗古《おほやびこ》の神」（三―八）の項で説明するように否定される。そこで「石」は「岩石のように堅固な」の意の美称。「巣」は「住居」。岐・美二神の神生みの住居関係神の第二に生れた神。女神であるのは、住居の管理者の意識に基づくものであろう。たとえば、「刀自《とじ》」という語が、一家の主婦の意から、女性の敬称ともなっているが、これの語源は「戸主《とぬし》」である。すると、戸主が女性だという考えを反映して、この神も女神とされたと言えよう。他に事績なし。

　石巣比売神（記上）

41
大戸日別《おほとひわけ》の神（三―七）

名義は「偉大な、家の出入口の霊力のある男子」。この神名の核は「戸」。「大」は「戸日別」全体の美称。「日」は「霊的なはたらき」を意味する接尾語。家屋の「戸《と》（門《と》）」が防塞神の依代《よりしろ》であった。「別」は「淡道之穂之《あはぢのほの》狭別《さわけ》」の項参照。岐・美二神の神生みの住居関係神の第三に生れた神。他に事績なし。

　大戸日別神（記上）

42
天之吹男《あめのふきを》の神（三―八）

名義は「天上界に関連のある立派な、屋根葺《ふ》き男」。「天之」は「天之忍許呂別《あめのおしころわけ》」の項参照。原文「天之吹上男神」とある。「上」は声注で、これによると「吹く」意ではなく「葺《ふ》く」意となる。岐・美二神の神生みの住居関係神の第四に生れた神。屋根葺きを特に神聖な行為として「天之」を冠したものであろう。他に事績なし。

　天之吹上男神（記上）

43
大屋毗古《おほやびこ》の神（三―八）

名義は「大きな家屋の男性」。「屋」は（穴居などでない）建物としての家。岐・美二神の神生みの住居関係神の第五に生れた神。「大《おほ》穴牟遅《あなむぢ》神の受難」の条（六〇―一三〜六二―七）では、「木《き》の国の大屋毗古《おほやびこ》の神」（六二―三）として登場する。これは木の繁茂する紀伊国（和歌山県）の信仰神の意で、大屋毗古神が木の神であることを意味する。この神を通じて、家屋が木で作られていることの反映がみられる。そこで前掲の「石巣比売《いはすひめ》の神」を、「石の住居」と考えてはならないことが分る。

　大屋毗古神（記上）

44
風木津別之忍男《かざもつわけのおしを》の神（三―九）

名義は「風に持ちこたえる男子の威力ある男」。原文に「木を訓《よ》むには音《おん》を用《もち》ゐよ」とある。これは「音注」であるが、「木」の音は『万葉集』巻二、一八五に「岩つつじ木《も》く（「茂く」の意）咲く道を」にあるように「も」である。「も」の音仮名《おんがな》は記では「母《も》」と「毛《も》」とを使っている。それなのに「木《も》」を使ったので、異例だから音注を施したのである。次の「津《つ》」は訓仮名《くんがな》であって、「木《も》」が音仮名だから均整がとれない。ということは、この神名の文字は原資料のまま引用したらしいことを表している。だから「風」を

「かざ」と訓めとか「木」は音仮名だとか注記を加えている。さらにその神名から「木《も》津《つ》」の意味を考えると、「持《も》つ」（大事に保つ）と解することができる。「持つ」ならば「母《も》都《つ》」と書けばよいものを、原資料のままにしたので、音注が必要になったと言える。「別」と「忍」は「天之《あめの》忍《おし》許《こ》呂《ろ》別《わけ》」の項参照。岐・美二神の神生みの住居関係神の最後に生れた神。家屋の耐久性について、風に対抗できる威力の神格化である。他に事績なし。

風木津別之忍男神（記上）

45 大綿津《おほわたつ》見《み》の神（三―一〇）

名義は「偉大な、海の神霊」。「大」は美称。「綿」は借訓《しやつくん》で「海」の意。「津」は連体助詞。「見」は「神霊」の意で「精霊《ち》」よりも神格が高い。岐・美二神の神生みの中の海神の名。活動は「伊耶那岐《いざなき》命禊《みそぎ》をする」の条（四〇―五～四二―一二）に、禊によって「底津《そこつ》綿津《わたつ》見《み》の神・中津《なかつ》綿津見の神・上津《うはつ》綿津見の神」の三神が化成し、阿曇連《あずみのむらじ》等の祖神として奉斎されたとある。また「日子《ひこ》穂々手見《ほほでみ》命」の段（九六―一三～一〇四―九）では、山佐知毗古《やまさちびこ》（日子穂々手見命・火遠理《ほおり》命）を助ける海宮の神として、「綿津見の神・綿津見の大神」の名で登場する。すべて海神である。神代紀上には「少童命《わたつみ》」とあるが、この文字は、海の他界において童形《どうぎよう》で復活するという信仰に基づく。この信仰は中国でも同じで、『文選《もんぜん》』の西京賦《さいきようふ》に「海若」の文字が見え、呂延済《りよえんさい》の注に「海神」とあり、また呉都賦《ごとふ》に「海童」の文字が見え、劉良《りゆうりよう》の注に「海神ノ童」とある。こういうことから、「わたつみ」の「わた」の語源を、「をと」（「若返る」の意で、「をとこ・をとめ」の「をと」に同じ）に求める説もある。a列と乙類ö列との音韻交替の例が多いことでもあるからこれは認められよう。この海の他界は「常世《とこよ》の国」ともいわれ、古代人の理想郷であった。この神名をもつ神社は、『延喜式』神名帳では「大海神社《おほわたつみのかみのやしろ》二座」（摂津国住吉郡の条。もと、「津守氏人神《つもりうぢひとがみ》」と名づけられていたのは、津守氏の奉斎神であったからである）、「和多都美《わたつみ》神社」（対馬《つしま》島上県《かみつあがた》・下県《しもつあがた》の両郡の条）、「和多都美豊玉《わたつみとよたま》比売《ひめ》神社」（阿波《あわ》国名方《ながた》郡の条）、「海《わたつみ》神社」（播磨《はりま》国明石郡、但馬《たじま》国城崎《きのさき》郡、隠岐《おき》国知夫《ちぶり》郡、紀伊国那賀《なが》郡、同牟婁《むろ》郡、壱岐《いき》国石田郡の各条）など多く見られ、海の信仰がいかに深かったかが分る。また、この神を祖神とする氏族は、『新撰姓氏録』によれば、安曇《あずみ》連（「綿積《わたつみ》神命」が祖神で、河内国神別）、安曇宿禰（「海神綿積豊玉彦神」が祖神で、右京神別）、海犬養《あまのいぬかい》・凡海《おおしあま》連（同上）、凡海連（「綿積命」が祖神で、摂津国神別）である。すべて海人《あま》氏族による奉斎神で、その代表が、記紀所載の「阿曇《あづみ》連」である。阿曇は「海人《あま》つみ」の約とみるより「網《あみ》つみ」の約であろう。漁網に神霊を認めての命名だと考えられる。この神と「筒之《つつの》男《を》命」（海神）との相違についてはその項参照。

大綿津見神・綿津見神・綿津見大神（記上）　海神・少童命（紀、神代上）　綿津《わたつ》見《み》海（万葉、巻三、三六六）　海神（前同、三八八など）　海若（同、巻九、一七八四）　海若之神・海若神（前同、一七四〇）　方便海之神（同巻七、一二三六）　和多都美（同巻十八、四一二二）　和多都民能可味（同巻十九、四二二〇）　海若（出雲風土記、意宇郡）　海神（逸文土佐風土記、吾川郡）

46 速秋津《はやあきつ》日子《ひこ》の神（三―一二）

名義は「勢いの早く盛んな、河口の男性」。「速」は神威の速度に対する美称。「秋津」の「秋」は「開《あき》」の借字で「口が開いていること」の意であり、「津」は「港」の意である。岐・美二神の神生みの中の「水戸《みなと》」（河口）の神の名。次項の「速秋津《はやあきつ》比売《ひめ》の神」（女神）

と一対になっている。活動は、男神が「河」の側《がわ》を、女神は「海」の側を、それぞれ分担管理して、岐・美二神の神生みの場を提供している。水門《みなと》というのは、河と海との接点であるから、陸地側と海面側との二つの観点がはたらいているわけである。

速秋津日子神（記上）　速秋津日命（紀、神代上）

47
速秋津《はやあきつ》比売《ひめ》の神（三―二）

名義は「勢いの早く盛んな、河口の女性」。活動は「速秋津日子《はやあきつひこ》の神」（男神）と一対になり、男神が「河」の側《がわ》を、女神が「海」の側を、それぞれ分担管理して、岐・美二神の神生みの場を提供している。ともに「水戸《みなと》」の神である。神代紀上では、男女別々の名ではなく、「速秋津日命《はやあきつひのみこと》」という一つの名となっている。「祝詞《のりと》」（大祓詞《おおはらえのことば》）では、「荒塩《あらしほ》の塩の八百道《やほぢ》の八塩道《やしほぢ》の塩の八百会《やほあひ》に坐《ま》す速開《はやあき》都比咩《つひめ》と云《い》ふ神、持ちかか呑《の》みてむ」とある。神名の上からも、神のいる場所も海の側である点が一致しているが、罪禍をがぶがぶ呑みこんでしまうという祓《はらえ》の神威を示す点が大きく異なる。『住吉大社神代記』にも「六月御解除《みはらへ》。開口水門姫《あきくちのみなとひめ》神社」（和泉《いずみ》国で祭る）とあり、解除の神となっている。元来、河口の守護神であったのが、大祓《おおはらえ》の罪禍を流す場所が川であり、それが流れ流れて河口へ、そして海へと辿るわけで、そこで大きな口を開けて呑みこむ、ということからこの神が大祓の神となった。

速秋津比売神（記上）　速開都比咩（祝詞、大祓詞）　速秋津日命（紀、神代上）

48
沫那芸《あわなぎ》の神（三―四）

名義は「水面の泡《あわ》が平静（凪《なぎ》）であること」。神代紀上には「沫蕩尊《あわなぎのみこと》」とある。「蕩《なぎ》」は平らかな、の意で、ここでは「和《な》ぎ（凪）」に当る。次項の「沫那美《あわなみ》の神」（泡が波立つ）とともに、河口（陸地の側《がわ》）の水面のさまの神格化。岐・美二神の神生みにおいて、河口で生んだ神。ただし、神代紀上の「沫蕩尊」は伊奘諾《いざなき》尊の親となっている。これは、伊奘諾尊が水泡から生れたとする海人《あま》族の伝承によるものであろう。それに対して、記では岐・美二神の所生としているのは、「別天《ことあま》つ神」と「神世七代」の神々以外の神々を、すべて岐・美二神の所生として系譜づけをしようとしたものであることを示すと思われる。他に事績なし。

沫那芸神（記上）　沫蕩尊（紀、神代上）

49
沫那美《あわなみ》の神（三―四）

名義は「水面の泡《あわ》が波立っていること」。前項「沫那芸《あわなぎ》の神」とともに、岐・美二神の神生みにおいて、河口で生んだ神であるが、この神は河口（海面の側《がわ》）の水面の波立ちのさまの神格化。ところで、「沫那芸」を男神とし、「沫那美」を女神とみる説があるがそれは誤り。「妹《いも》沫那美神」とは記していないからである。なお、前項「沫那芸の神」参照。

沫那美神（記上）

他に事績なし。

50
頬那芸《つらなぎ》の神（亖―一）

名義は「水面が平静（凪《なぎ》）であること」。「頬《つら》」は「面《つら》」で、物の表面。ここでは水面の意。「那芸」は「和《な》ぎ（凪）」。岐・美二神の神生みにおいて、河口（陸地の側《がわ》）で生んだ神。「沫那芸《あわなぎ》の神」の項参照。他に事績なし。

頬那芸神（記上）

51
頬那美《つらなみ》の神（亖―一）

名義は「水面が波立っていること」。岐・美二神の神生みにおいて、河口（海面の側《がわ》）で生んだ神。「頬那芸《つらなぎ》の神」の対。「沫那美《あわなみ》の神」の項参照。他に事績なし。

頬那美神（記上）

52
天之《あめの》水分《みくまり》の神（亖―一）

名義は「山頂の水の分配」。「天之」は次項の

「国之《くにの》」に対する語で、山や崖《がけ》などのように地上から突き出て天空に接する場合にいう。地上の場合は「国之」である。「水分《みくまり》」は「水を配《くば》ること」の意。山頂は分水《ぶんすい》の水源《みなもと》であって、飲料水や灌漑《かんがい》用水の分配源となる。岐・美二神の国生みにおいて生れた配水の神。「祝詞《のりと》」（祈年祭《としごいのまつり》）の中に「水分《みくまり》に坐《ま》す皇神《すめがみ》等《たち》の前に白《まを》さく、吉野・宇陀《うだ》・都祁《つげ》・葛木《かつらき》と御《み》名《な》は白して」とあるように、大和には吉野以下の四カ所の山々に水分《みくまり》の神が祭られた。吉野水分神社（吉野郡）・宇太水分神社（宇陀郡）・葛木水分神社（葛上郡）・都祁水分神社（山辺郡）を始めとして諸国にこの神社が多い（『延喜式』神名帳）。稲作のために、豊富な水量と適正な配分とをこの神に祈願したのである。他に事績なし。

53 **国之《くにの》水分《みくまり》の神**（三—二）

天之水分神（記上）

名義は「地上の水の分配」。語義については、前項「天之《あめの》水分《みくまり》の神」参照。岐・美二神の国生みにおいて生れた配水の神。他に事績なし。

54 **天之《あめの》久《く》比《ひ》奢《ざ》母《も》智《ち》の神**（三—二）

国之水分神（記上）

名義は「山頂の、水を汲む杓《ひしゃく》 持ち」。「天之」については「天之《あめの》水分《みくまり》の神」の項参照。「久比奢」は「汲み瓠《ひさご》」の約というが、「杙瓠《くひひさ》」（柄《え》のついたひょうたんで「杓《ひしゃく》」）の約と考える。「瓠《ひさご》」は単に「ひさ」と言った。『皇太神宮儀式帳』に「さこくしろ五十《い》鈴《すず》の宮に御食《みけ》立つ（神が御食を振舞われる）と打つなる比《ひ》佐《さ》（瓢）は宮もとどろに」（六月十七日、御《み》食奈保良比《けのなほらひ》の歌）に例があり、また「瓠葛《ひさかた》の天の梯建《はしたて》」（『続日本後紀』嘉祥二年の歌）の例もある。すると「くひひさ」が「くひさ」に約されることは認められるとして、なぜ「くひざ」と濁音になるのか、という疑問が残るが、これは次の「母智《もち》」の鼻音「母《も》」の逆行同化によるものであろう。この神は、岐・美二神の神生みにおいて、水に関係して生れた瓠《ひさご》（杓）の神である。神楽歌《かぐらうた》の採物《とりもの》（神楽のとき、人長《にんじょう》が持って舞うもの）として「杓」があり、その歌に「大原や、せが井の清水、杓《ひさご》もて、鶏《とり》は鳴くとも遊ぶ瀬は汲め」とあり、水汲みの器であって、神聖視されたので神楽の採物にされた。また「祝詞《のりと》」（鎮《ほしず》火祭《めのまつり》）に、「水・匏《ひさご》・埴山《はにやま》・川菜《かはな》」とあるのは、火の猛威を鎮める物として挙げられているわけで、やはり水汲みの器である。他の事績なし。

55 **国之《くにの》久《く》比《ひ》奢《ざ》母《も》智《ち》の神**（三—三）

天之久比奢母智神（記上）

名義は「地上の、水を汲む杓《ひしゃく》 持ち」。岐・美二神の神生みにおいて、水に関係して生れた瓠《ひさご》（杓）の神である。前項「天之《あめの》久《く》比《ひ》奢《ざ》母《も》智《ち》の神」参照。他に事績なし。

56 **志《し》那《な》都《つ》比《ひ》古《こ》の神**（三—五）

国之久比奢母智神（記上）

名義は「風の吹き起る所の男性」。「志《し》」は「息」また「風」の意。「那《な》」は連体助詞。「都《つ》」は「所」と同じく「と」ともいう。通説は「息長《し》つ彦《な》」の意とするが、それならば「しなが」（「息《し》長鳥《ながとり》」の例がある）となるはずである。岐・美二神の神生みにおいて生れた風の神の名。神代紀上には「級《し》長《な》津《つ》彦《ひこ》命」とあり、またその女神は「級《し》長《な》戸《と》辺《べ》命」とあり、伊《い》奘《ざ》諾《なき》尊の吹き撥《はら》う息から生れたとある。「息」も「風」も同じで「し」といった。「祝《のり》詞《と》」（大祓詞《おおはらえのことば》）に「科戸《しなと》の風」とあるのも「息の所から吹き出る風」の意である。また「祝詞」（龍田風神祭《たつたのかぜのかみのまつり》）には「天の御柱の命・国の御柱の命」とも呼ばれている。風が天から地へ吹き下し、地から天へ吹き上げるのを、神霊の宿る柱に見立てての命名であろう。他に事績なし。

志那都比古神（記上）　級長津彦命（紀、神代上）

57 **久々能智《くくのち》の神**（三三―六）

名義は「木の精霊」。「久々」は茎《くき》のある植物で、ここでは木をさす。「九久多知《くくたち》」（万葉、巻十四、三四〇六）は「茎立《くくたち》」で草の茎の立ちのびたもの、「久君美良《くくみら》」（同、三四四四）は「茎《くく》韮《みら》」であり、「久々年《くくとし》の神」（「大年神の子孫」の条、七七―三）も「茎稲《くくとし》」であり、「久々紀若《くくきわか》室葛根《むろつなね》の神」（前同）も「茎木《くくき》」であるように、「茎のある植物」を「くく」といったのである。「智《ち》」は「精霊」の意で、「をろち」（大蛇）や「いかづち」（雷）の「ち」と同じ。「わたつみ」（海神）や「やまつみ」（山神）の「み」（神霊）より神格が低い。岐・美二神の神生みにおいて生れた木の神の名。神代紀上にも「木の祖《おや》、句句廼馳《くくのち》」とも「木神等を句句廼馳《くくのち》と号《まを》す」ともある。「祝詞《のりと》」（大殿《おおとの》祭《ほかい》）には「屋《や》船《ふね》久久遅《くくぢ》命、（是木霊也）」とある説明によって、木の霊であることが確実となる。他に事績なし。

久々能智神（記上）　句句廼馳（紀、神代上）　屋船久久遅命（祝詞、大殿祭）

58 **大山津《おほやまつ》見《み》の神**（三三―六）

名義は「偉大な、山の神霊」。原文「大山上津見」とあり、「上」は声注で、これは「大山、津見」ではなく、「大、山津見」であることを表す。「大」は美称。「津」は連体助詞。「見」は「神霊」の意で、「精霊《ち》」よりも神格が高い。岐・美二神の神生みにおいて生れた山の神の名。活動は、この大山津見神が「山」の側《がわ》を、次項の「鹿屋野比売《かやのひめ》の神」（この神はまた「野椎《のづち》の神」という）が「野」の側を、それぞれ分担管理して、岐・美二神の神生みの場を提供している。「八俣《やまた》の大蛇《をろち》」の条では、「足名椎《あしなづち》・手名椎《てなづち》」（五四―一・二）の親神として登場し、「国つ神」と呼ばれている。国つ神は、高天の原系の「天つ神」に対する称で、葦原の中つ国にいる土着性をもつ神であり、性格は天つ神（およびその直系の皇族）には従順である。大山津見神は「須佐之男《すさのを》命の大蛇退治」の段の冒頭に足名椎・手名椎の親（五四―一）として登場し、「須佐之男命の子孫」の条では、須佐之男命の妻になった神大市比売《かむおおちひめ》の親神（五七―八・九）として、また八嶋士奴美《やしまじぬみ》神の妻になった木花《このはな》知流比売《ちるひめ》の親神（五七―一〇）として、また「木《この》花之《はなの》佐久夜毘売《さくやびめ》との聖婚」の条では、天孫邇《に》邇《に》芸《ぎ》命の求婚者となった木花之佐久夜毘売と石長比売《いわながひめ》の親神（九四―二）として登場する。

詳しくは各項に譲るが、これらはいずれも「山の神」のもつ霊能による。また「伊耶那《いざな》岐《き》命火神を斬る」の条では、殺された火神から八種の山津見神（三六―五〜一二）が化成する。これは「屍体《したい》化生説話」であって、中国の「盤古《はんこ》説話」（天地開闢《かいびやく》の冒頭に現れた天子の盤古を天地自然の祖とする説話）にも、盤古の屍体から、頭に東岳、腹に中岳、左臂《ひじ》に南岳、右臂に北岳、足に西岳ができた（百子全《ひやくしぜん》書《しよ》『述異記《じゆついき》』）とある。類似した説話であるが、記では火神の屍体とあるので、巨人盤古とはかなり異なる。火神と山との関係は、おそらく「山焼き」の経験から、山の位置や姿態に基づいて命名されたものであろう。神代紀上には五種の「山祇《やまつみ》」の名があり、総括して「大山祇《おほやまつみ》」とある。記の「八」は日本の聖数であり、紀の「五」は中国の聖数である。また神代紀下では、皇孫瓊瓊杵《ににき》尊の妻となった木花之《このはなの》開耶《さくや》姫《ひめ》が「私は天つ神が大山祇神を娶《めと》って生ませた子です」と名乗っているが、これによると、山の神は女神になっている。ただし、別伝では「私の父大山祇神」とあるから男神でもある。記には性別は明記していないが、系譜は父親の名を主軸に述べる方針なので、大山津見神は男神で統一している。

この神の名を社名にもつ著名な「大山積神《おほやまつみ》社」(『延喜式』神名帳、伊予国越智《おち》郡)がある。愛媛県の大三島《おおみしま》という島にある。『釈日本紀《しゃくにほんぎ》』(巻六、述義二、神代上)の「大山祇神」の項には「伊予国風土記」(逸文)を引き「御名は大山積神。一名和多志《わたし》大神なり。是の神は、難波高津宮《なにはたかつ》に御宇《あめのしたをさ》めたまひし天皇《すめらみこと》(仁徳)の御世に顕《あら》はれたまへり。此の神、百済《くだら》国より度《わた》り来坐《ま》せり」云々とある。これによれば渡来神であるが、元来「山の神」は天界より降臨し、村里に五穀の豊穣をもたらす神と信じられていたのであって、これが異郷からくる客人《まれびと》と同じ理解に立つことになるから渡来神の説話が生れるのである。「和多志大神」は、そこが渡船場であって、異郷からくる客人をもてなす(祭りをする)場所であり、そこに「市《いち》」が立った。だから、大山津見神の女《むすめ》に神大市比売《かむおおちひめ》(五七—八)が系譜づけられているのである。大三島は瀬戸内海の「市場」であった。

大山上津見神(記上) 山祇・大山祇神(紀、神代上・下)

59
鹿屋野比売《かやのひめ》の神(三三—七)

名義は「屋根を葺《ふ》く草の生えている野の女性」。「鹿屋《かや》」は萱《かや》・茅《ちがや》・薄《すすき》・菅《すげ》などの総称で、屋根を葺いたりするのに用いられる。その点で、雑草を含む「草《くさ》」一般と区別される。「鵜葺草葺不合《うかやふきあへず》の命」の「葺草」を「かや」と訓《よ》むことの注(一〇六—一)があり、また『和名抄《わみょうしょう》』にも「萱、和名、加夜《かや》」とある。「野《の》」は平地ではなくて、山の裾の広い傾斜地をいう。岐・美二神の神生みにおいて生れた野の神の名。別名は「野椎《のづち》の神」(次項)。活動は、この鹿屋野比売神が「野」の側《がわ》を、前項の大山津見《おおやまつみ》神が「山」の側を、それぞれ分担管理して、岐・美二神の神生みの場を提供している。神代紀上にも「草の祖《かや》、草野姫《かやのひめ》」とあり、その別名を「野槌《のづち》」としている。また「草の名を厳野椎《いつのづち》とす」(神武即位前紀)とある。これは祭場に用いる草の神格化である。

鹿屋野比売神(記上) 草野姫(紀、神代上) 野椎神(記上) 野槌(紀、神代上)

厳野椎(紀、神武即位前)

60
野《の》椎《づち》の神(三三—七)

名義は「野の精霊」。「野《の》づ(連体助詞)霊《ち》」という構成。「椎《つち》」は「槌《つち》」に同じで、「つち」の借訓《しゃっくん》に用いてある。岐・美二神の神生みにおいて生れた野の神で、鹿屋野比売《かやのひめ》神の別名(前項)。神代紀上にも「野槌《のづち》」とあり、神武即位前紀には「厳野椎《いつのづち》」とある。

野椎神(記上) 野槌(紀、神代上) 厳野槌(紀、神武即位前)

61
天之狭土《あめのさづち》の神(三三—一〇)

名義は「山頂の、初めて生じた土地」。「天之」は「天之水分《あめのみくまり》の神」の項を参照。次項の「国之《くにの》」(地上の、の意)の対。「狭土」の「狭」は「早《さ》」で、「初生の」の意。「さ蕨《わらび》」(万葉、巻八、一四二八)の「さ」は「その年初めて芽を出した」の意であり、「淡道之穂之狭別《あはぢのほのさわけ》」(三〇—一三)の「狭」も「穂が初めて出ること」の意であった。これらは植物の例であるが、「さ庭」(一七四—一三)の例がある。これは「清浄の庭」と解されているが、原義は「初生の庭」であった。神降しをするために掃き清めて、ま新しくした庭である。それで「ういういしく清浄である」の意となる。「狭土」は原義としての「初めて生じた土地」。岐・美二神の国生みにおいて、山の側《がわ》の大山津見《おおやまつみ》神の援助によって生れた土地の神。古代人の、自然環境に密着した労働体験に基づいた命名であろう。他に事績なし。

天之狭土神(記上)

62
国之狭土《くにのさづち》の神(三三—一一)

名義は「地上の、初めて生じた土地」。岐・

美二神の国生みにおいて、野の側《がわ》の野椎《のづち》神（鹿屋野比売《かやのひめ》神）の援助によって生れた土地の神。「天之狭土《あめのさづち》の神」の項参照。神代紀上に「国狭槌尊《くにのさつち》」の名が見え、天地創世神話の冒頭神「国常立尊《くにのとこたち》」に次ぐ第二神として登場する。神話体系中の位置づけは異なるが、記紀同一の神格とみてよかろう。

　国之狭土神（記上）　国狭槌尊（紀、神代上）

63
天之狭霧《あめのさぎり》の神（三三—二）

名義は「山頂の、初めて生じた霧」。「天之狭」は「天之狭土《あめのさづち》の神」の項参照。岐・美二神の神生みにおいて、山の側《がわ》の大山津見《おおやまつみ》神の援助によって生れた霧の神。古代人の、自然環境に密着した労働体験に基づいた命名であろう。次項の「国之狭霧《くにのさぎり》の神」の対。さて後文「大国主神の子孫」の条に、「十七世神」中の第一六世神天《あめ》の日腹《ひばら》の大科度美《おおしなどみ》神の妻となる遠津待根《とおつまちね》神の親として「天《あめ》の狭霧《さぎり》の神」の名で登場する神がある（七三—一〇）。この神と同一神であろう。

　天之狭霧神・天狭霧神（記上）

64
国之狭霧《くにのさぎり》の神（三三—三）

名義は「地上の、初めて生じた霧」。岐・美二神の神生みにおいて、野の側《がわ》の野椎《のづち》神（鹿《か》屋野比売《やのひめ》神）の援助によって生れた霧の神。前項「天之狭霧《あめのさぎり》の神」の対。

　国之狭霧神（記上）

65
天之闇戸《あめのくらと》の神（三三—三）

名義は「山頂の、峡谷の所」。「天之」は「天《あめ》之水分《のみくまり》の神」の項参照。「闇」は、一般的な「谷」に対して、断崖の下部の狭隘《きょうあい》になっている地形をいう。その断崖（岩壁）に神の座《くら》があると信じられ、その狭隘部を含めて「峡谷」を「くら」と言ったもの。「くら谷」（万葉、巻十七、三九四二）ともいう。ここには「闇《くら》淤加美《おかみ》・闇御津羽《くらみつは》の神」がいた。「戸」は場所、の意。岐・美二神の神生みにおいて、山の側《がわ》の大山津見《おおやまつみ》神の援助によって生れた峡谷の神。古代人の、自然環境に密着した労働体験に基づいた命名であろう。次項の「国之闇《くにのくら》戸《と》の神」の対。

　天之闇戸神（記上）

66
国之闇戸《くにのくらと》の神（三三—三）

名義は「地上の、峡谷の所」。前項「天之闇《あめのくら》戸《と》の神」参照。山頂に対する、山の裾野の峡谷。岐・美二神の神生みにおいて、野の側《がわ》の野椎《のづち》神（鹿屋野比売《かやのひめ》神）の援助によって生れた峡谷の神。

　国之闇戸神（記上）

67
大戸或子《おほとまとひこ》の神（三三—三）

名義は「広大な所で道に迷う男」。「或」は「惑」の古字であるが、「国」の古字でもあるので、本文では「まとひ」（「まどひ」は後世の形）と訓《よ》むことを指示した「訓注《くんちゅう》」が付けてある。岐・美二神の神生みにおいて、山の側《がわ》の大山津見《おおやまつみ》神の援助によって生れた男の迷い子の神。狩猟や焼畑生活時代以降、山道を失い迷った体験に基づいた命名であろう。次項の「大戸或女《おほとまとひめ》の神」の対。

　大戸或子神（記上）

68
大戸或女《おほとまとひめ》の神（三三—三）

名義は「広大な所で道に迷う女」。前項「大《おほ》戸或子《とまとひこ》の神」の対。岐・美二神の神生みにおいて、野の側《がわ》の野椎《のづち》神（鹿屋野比売《かやのひめ》神）の援助によって生れた女の迷い子の神。

　大戸或女神（記上）

69
鳥之石楠船《とりのいはくすふね》の神（三四—一）

名義は「鳥のように軽快で、堅固な楠造《くすのきづく》りの船」。「鳥之」は、天を飛ぶ鳥の軽快な速度の比喩とも、水禽《すいきん》の水に浮ぶこととの比喩とも言える。船と鳥との連想は、楠で船を造ったところ、たいそう速く走ったので「速鳥《はやとり》」と命名した話（逸文播磨風土記）や、「沖つ鳥鴨《かも》とふ船」（万葉、巻十六、三八六六・三八六七）という船名に表れている。「石」は「堅固な」の意。「楠」は防虫剤の樟脳《しょうのう》を採るほどの木で腐蝕しにくいので船材として用いられた。「杉及び櫲樟《くす》、此の両《ふた》つの樹は、以て浮宝《うくたから》とすべし」（紀、神代上）とある。弥生《やよい》式時代から古墳時代にかけて出土する船の中に、楠の刳舟《くりぬきぶね》（丸木《まるき》舟）がある。鳥之石楠船神は、岐・美二神が生んだ神で、人文生活における船の重要性に基づいて神格化されたものである。「亦の名」として次項の「天《あめ》の鳥船《とりふね》」がある。一方、神代紀上では、蛭子《ひるこ》を「鳥磐櫲樟船《とりのいはくすふね》」に入れて放ち棄てたとある。これは、出来損いの蛭のような子を海上の他界（人間の住む現実の国とは別の世界）へ棄てるのであるが、邪気を払う楠《くすのき》で造った船が用いられている点は、「葦船《あしぶね》」（「水蛭子《ひるこ》」の項参照）と同じ思想である。ただ、「鳥之」というのは、この場合、死者の霊魂を冥界（死者の国）に運ぶのが「鳥」であるという信仰に基づいている。

　鳥之石楠船神（記上）　鳥磐櫲樟船（紀、神代上）

70 **天《あめ》の鳥船《とりふね》**（三四―一）

名義は「天上界と関連のある立派な、鳥の飛ぶように軽快な船」。前項の「鳥之《とりの》石楠船《いはくすふね》の神」の別名。「天の」は、神が天上界と下界との往還に用いる乗り物（船）なので冠した。「鳥船の神」としていないのは、乗物の名として掲げているからである。『旧事本紀《くじほんぎ》』には「天磐船《あめのいはふね》」とあって饒速日尊《にぎはやひのみこと》の乗物となっているが、これにも「の神」が付いていない。しかし、記の「建御雷《たけみかづち》神の派遣」の条では「天の鳥船の神」と、神名になっている。これは国譲り交渉の大使建御雷神の副使としてであるから「の神」を付けたのである。建御雷神の副使が船の神であるというのは、雷は船に乗って天翔《あまがけ》り降臨すると信じられていたからである。『日本霊異記《にほんりょういき》』の道場法師出生譚《たん》にも雷神の乗物を楠船としている。

　天鳥船・天鳥船神（記上）

71 **火之夜芸速男《ひのやぎはやを》の神**（三四―二）

名義は「火の、焼く火勢が速く盛んな男」。「火之《ひの》」は、下接語に対して独立の位置を占めているので「ひの」と訓《よ》み、「ほの」とは訓まない。「ほの」は「火《ほ》の穂《ほ》」（炎《ほのお》）のように修飾的に用いられる場合である。「夜芸《やぎ》」は「焼き」の意。「芸《ぎ》」は濁音仮名で「焼き」の「き」に合わないが、記ではこういう違例がほかに五例ある。「おど（弟《おと》）」「しぎ（茂《しき》）」「たぎ（綰《たき》）」（「綰」は手の動作をいう。六九―注一六）「さづ（幸《さつ》）」「つびに（遂《つひ》に）」。当時の清音語を濁音化させているわけで、清濁の書分けを明らかにしている記としては、例外と見るべきものである。「速」は火勢の速く盛んなさま。「男」はその神が男であることを表す。岐・美二神の神生みにおいて生れた火力の神。活動は、この神が生れるに当り、伊耶那美《いざなみ》命の陰部を焼き、やがて死に至らしめる。別名として、次項の「火之炫毗古《ひのかかびこ》の神」、次々項の「火之迦具土《ひのかぐつち》の神」がある。また神代紀上には「火産霊《ほむすひ》」、祝詞には「火結神《ほむすひ》」（鎮火祭）の名もある。

　火之夜芸速男神（記上）

72 **火之炫毗古《ひのかかびこ》の神**（三四―三）

名義は「火の、明るく輝く男性」。「炫」は「明るく輝く」意。今日「かがやく」というが、室町時代までは「かかやく」であった。『名義抄《みょうぎしょう》』や平家琵琶《へいけびわ》・謡曲《ようきょく》の発音がそれを示す。この語の語基《ごき》（語構成上の最小単位の語）は「かか」で、『出雲風土記』に「金弓《かなゆみ》もちて射給ふ時に、光かかやきき。故《かれ》、加加《かか》といふ」（島根郡加賀郷の条）とある。この「かか」は「かく」とも言った。「天の若日子の反逆」の条に「かく矢」（八〇―七）とあるのも、金属の矢で輝く矢であり、垂仁天皇の段の「多遅摩毛理《たぢまもり》 橘《たちばな》を求める」の条に「ときじくのかくの木の実」（一五三—七）とあり、『万葉集』に「香久《かく》の菓子《このみ》」（巻十八、四一一一）とあるのも、橘の実の黄金の輝きをいう。こうして、この神は、火が燃えてきらきらと明るく輝く霊能に基づく命名である。活動は前項の「火之夜芸速男《ひのやぎはやを》の神」の別名であるから、それを参照。

73
火之迦具土《ひのかぐつち》の神（二四—四）

火之炫毗古神（記上）

名義は「火の、ちらちらと燃える精霊」。「迦《か》具《ぐ》」は「光（火）がほのかにちらちらと揺《ゆ》れる（燃える）」意。『万葉集』の「かがよふ珠」（巻六、九五二）「玉かぎる」（「夕《ゆふ》」「ほのか」などに懸る枕詞）「かげ」（「光」の意）の語基《ごき》「かが」は「光がほのかにちらちら揺れる」ことを表す。また『竹取物語』の「かぐや姫」も、「なよ竹の」という枕詞を冠しているので、なよ竹がほのかに光るような神異性をもつ姫、の意であろうし、『常陸風土記』の「嬥歌之会《かがひ》」（香島郡、童子女《うない》の松原）も、徹夜で歌舞する男女の群集がちらちら光るさまに見えたことに基づく名であろう。一方、「火がちらちら燃える」意は、「かぎろひの燃ゆる家群《いへむら》」（履中天皇の段、三二一—一）に見え、陽炎《かげろう》の光の揺《ゆ》らぎをいう。こうして、「かが・かぎ・かぐ・かげ」は「光（火）がほのかにちらちらと揺れる（燃える）」意となる。すると、今の「火之迦具土《ひのかぐつち》の神」の「かぐ」は「火之《ひの》」とあるから、「火の、ちらちらと燃える」意であることが明らかである。「土《つち》」は、「つ」が連体助詞、「ち」が「精霊」。ここにおいて、前項の「火之炫毗古《ひのかかびこ》の神」とは名義が異なることが分る。「火之炫毗古」は照明の霊能であり、「火之迦具土」は焼焦の霊能に基づく命名なのである。だから「亦の名」（本来、別の資料による別の事柄を、同一の事件に結びつけるための術語的用法）で結合しているのである。従来「かか」と「かが」との区別がつかず、「炫《かが》」と訓《よ》み「迦《か》具《ぐ》」と同じと見たために、この場合の「亦の名」の機能も分っていなかったと言える。活動は、前々項の「火之夜芸速男《ひのやぎはやを》の神」の別名であるから、その項参照。火神の出生により母神が陰部を焼かれる話は、火《ひ》切杵《きりぎね》と火《ひ》切臼《きりうす》とを使用する発火法の反映である。オセアニアや南米などの鑽火《きりび》の話と共通している。火神出生のために妻伊耶那美《いざなみ》命を失った伊耶那《いざな》岐《き》命は、剣で「迦具土《かぐつち》の神」を斬り殺す。これは刀剣が鎮火のはたらきをするという信仰に基づく。次に、この火神の血（赤い焰）から刀剣三神・火力三神・水三神が生れる。次にその屍体から「山津見《やまつみ》」八神が化成する。火神であるからこれらの山神は「火山」の反映かと考えられやすいが、記において「火山」を素材にした記述は見られないので、「山焼き」の習俗から生じた屍体化成説話と考える（「大山津見《おほやまつみ》の神」の項参照）。

火之迦具土神・迦具土神（記上） 火軻遇突智・軻遇突智（紀、神代上） 軻遇槌

74
金山毗古《かなやまびこ》の神（二四—五）

（逸文美濃風土記）

名義は「鉱山の男性」。「金山」は「天《あめ》の金山《かなやま》の鐵《くろがね》を取りて、鍛人《かぬち》天津麻羅《あまつまら》を求《ま》ぎて」（「天照大御神の天の石屋戸ごもり」の条（五〇—一〇））とあるように「鉱山」の意。伊耶那美《いざなみ》命が火神を生み病臥して嘔吐《たぐり》したときに化成した神。鉱石を火で熔《と》かしたさまが嘔吐《おうど》に似ていることからの連想。その対偶神は「金山毗売《かなやまびめ》の神」。神代紀上では、「金山彦《かなやまびこ》」とあり、女神のほうは登場しない。この神名を社名にもつ神社は『延喜式』神名帳に「金山孫神社《かなやまひこ》」（河内国大県郡《おおがた》）「仲山金山彦神社《なかやまかなやまひこ》」（美濃国不破郡）がある。後者は今の南宮神社（岐阜県不破郡垂井町宮代）で、祭神は金山彦命で

ある。

金山毘古神（記上）　金山彦（紀、神代上）

金山彦神（逸文美濃風土記）

75
金山毘売《かなやまびめ》の神（三四—六）

名義は「鉱山の女性」。前項の「金山毘古《かなやまびこ》の神」の対。この神名を社名にもつ神社は『延喜式』神名帳に「金山孫女《かなやまひめ》神社」（河内国大県郡）がある。

金山毘売神（記上）

76
波邇夜須毘古《はにやすびこ》の神（三四—七）

名義は「粘土《ねんど》の男性」。「はにやす」は「埴黏《はにねや》す」の約。「黏す」は「黏《ね》ゆ」（ねばる）の他動詞で、練って柔らかにする。結局「粘土」のことで、たとえば「簾垂《すだ》れ」といっても「簾《す》」のことであるのと同じ。伊耶那美《いざなみ》命が火神を生み病臥して屎《くそ》を出したときに化成した神。屎と粘土との類似からの連想である。火神と粘土との関係は、粘土の土器調製において火で焼き固めることによる。その対偶神は「波邇夜須毘売《はにやすびめ》の神」。神代紀上には「土の神を埴安《はにやす》神と号《まを》す」とある。この「はにやす」の名をもつ神社は「畝尾坐建土安《うねをにいますたけはにやす》神社」（大和国十市郡）がある（神名帳）。香久山《かぐやま》の麓にある社で、神武即位前紀に、天《あめ》の香山《かぐやま》の埴土《はにつち》を取り、多くの平瓮《ひらか》を造り、天皇が諸神を親祭し、天下を平定したので、そこを「埴《はに》安《やす》」という、とある（巳未《しび》の年二月の条）。この縁起に関係のある社である。

波邇夜須毘古神（記上）　埴安神（紀、神代上）

77
波邇夜須毘売《はにやすびめ》の神（三四—七）

名義は「粘土の女性」。前項の「波邇夜須毘《はにやすび》古《こ》の神」参照。神代紀上には「土の神を埴安《はにやす》神と号《まを》す」とあり、その一書には「土の神、埴山姫《はにやまひめ》」、また一書に「大便《くそ》まる。神と化為《な》る。名を埴山媛《はにやまひめ》と曰《まを》す」とある。鎮火祭の祝詞では「水の神・匏《ひさご》・川菜《かはな》・埴山姫《はにやまひめ》、四種《よくさ》の物を生みたまひて」鎮火に当れ、とあるから火神の猛威を鎮める効用があると考えられていた。「埴山」の名は、粘土の多量を「山」と表現したもの。「はにやま」の名をもつ神社は「波邇移麻比弥《はにやまひめ》神社」（阿波国美馬郡）がある（神名帳）。いずれにしても「波邇《はにや》夜須毘売《すびめ》」の名は、他書では「埴山ひめ」となっている。

波邇夜須毘売神（記上）　埴安神・埴山姫（媛）（紀、神代上）　埴山姫（祝詞、鎮火祭）

78
弥都波能売《みつはのめ》の神（三四—八）

名義は「出始めの水の女」。「水《み》つ早《は》」の義と考える。『万葉集』には「始水《みつはな》」（巻十九、四二一七）とあり、「はな」は「始・端」の義で、「出始めの水」の意。また「早い」ことを単に「早《は》」とも言ったことは、「石走《いはばし》る垂水《たるみ》の水の早《は》しきやし」（万葉、巻十二、三〇二五）の借訓《しやつくん》「早《は》」によって分る。やはり「始・端・初期」の意。伊耶那美《いざなみ》命が火神を生み、病臥して尿を出したときに化成した神。火の暴威鎮圧のために水神が生れたわけである。むろん、水神は灌漑《かんがい》用水の神でもある。神武即位前紀には「厳罔象女《いつのみつはのめ》」（戊午《じゆつご》の年九月の条）とあって、「罔象女」を「みつはのめ」と訓《よ》む注がある。神代紀上にも「水神、罔象女」とある。「罔象《もうしよう》」は『淮南子《えなんじ》』（巻十三）の「氾論訓《はんろんくん》」に「水、罔象を生ず」とあり、その高誘《こうゆう》の注に「水の精なり。『国語』に曰はく『龍《りゆう》は罔象《もうしやう》なり』」とあるから、水の精は「龍」と考えられていたことを示す。一方『荘子《そうじ》』（達生著）にも「水に罔象有り」とあって、その釈文には「状《かたち》小児の如し。赤黒色、赤爪、大耳、長臂《ひぢ》」とある。これによると、水中の怪物と考えられていたわけである。日本の「みつはのめ」は女神である。この名を社名にもつ神社は「弥都波能売《みつはのめ》神社」（阿波国美馬郡）がある（神名帳）。奈良県吉野郡東吉野村小《おむら》の丹生《に》川上《うのかわかみ》神社の中社に罔象女を祭る。

弥都波能売神（記上）　罔象女（紀、神代上）　厳罔象女（紀、神武即位前）

79 **和久産巣日《わくむすひ》の神**（三四—八）

名義は「若々しい生成の霊力」。「和久《わく》」は、神代紀上に「稚産霊《わくむすひ》」とあるように「稚《わか》・若《わか》」の意。「産巣日《むすひ》」は「高御産巣日《たかみむすひ》の神」の項参照。伊耶那美《いざなみ》命が火神を生み病臥して尿を出したときに化成した最後の神。記の文脈では、火の徳が大地を刺激し、糞尿が肥料となり、水が灌漑用として、若々しい農業の生成力が生れる、ということを表している。その結果、豊饒な食物神「豊宇気毗売《とようけびめ》の神」（次項）が生れることになっている。神代紀上では、火神軻遇突智《かぐつち》が土神埴山姫《はにやまひめ》と結婚して、稚産霊《わくむすひ》を生み、この神の頭に蚕《かいこ》と桑《くわ》ができ、臍《へそ》の中に五穀ができたとある。

和久産巣日神（記上）　稚産霊（紀、神代上）

80 **豊宇気毗売《とようけびめ》の神**（三四—九）

名義は「豊かな、立派な食物（稲）の女性」。「豊」は豊穣の意の美称。「宇気《うけ》」は「う（立派な）け（食物）」の意で、稲をさす。したがって、「大宜都比売《おほげつひめ》」（三二—二）の、一般的な「食物神」に比べて限定性がある。このように、「稲という食物」と限定して解したのは、大殿祭《おおとのほかい》の祝詞の中に「屋船豊宇気姫《やふねとようけひめ》命」とあり、その注に「是《こ》は稲の霊《みたま》なり。俗《よ》の詞に『宇賀能美多麻《うかのみたま》』といふ。今の世、産《うぶ》屋《や》に辟木《さきき》・束稲《つかしね》を戸の辺りに置き、また米を屋中《やぬち》に散らすの類なり」とあることによる。船形をした家屋を葺く稲の藁《わら》であり、その稲の名が「豊宇気姫命」であり、その稲の霊を「宇賀能美多麻《うかのみたま》」というと述べているのである。「うかのみたま」については、「宇迦之御《うかのみ》魂《たま》の神」（五七—九）の項に譲るが、「うけ」の古形が「うか」である。「天孫の降臨」の条には「登由気《とゆけ》の神、こは度相《わたらひ》に坐《いま》す神ぞ」（九〇—三）とある。「登由気」は「豊《とよ》うけ」の約。この神は外宮《げくう》（三重県伊勢市、伊勢神宮）の祭神として著名であるが、この神名自体は性別を表してはいない。したがって、「豊宇気《とようけ》毗売《びめ》の神」が、この外宮の「登由気《とゆけ》の神」だといわれているけれども、ただちに同一神とするわけにはいかない。前項「和久産巣日《わくむすひ》の神」の子である。岐・美二神から言えば、孫神に当る。ということは、岐・美二神の「神生み」は、和久産巣日の神まで（その神までが、いわゆる「三十五神」なのである）であって、次に最も大切な食物である稲の神が生れるための条件設定であったことを表す。孫神に託す思考形式は、天孫降臨にもみられるものである。

豊宇気毗売神・豊宇気比売神（記上）　止《と》与吁可乃売《ようかのめ》神・豊宇可乃売神（逸文摂津風土記）　豊岡姫《とよをかひめ》命（逸文陸奥風土記）　屋船豊宇気姫命（祝詞、大殿祭）

81 **泣沢女《なきさはめ》の神**（三五—五）

名義は「泣くことが多い女」。「泣沢」は、元来「鳴沢《なりさは》」に同じく、「水音を鳴り響かせている沢」の意。奈良県橿原《かしわら》市木之本《このもと》町にある啼沢女《なきさわめ》の杜《もり》は、「泣沢《なきさは》の神社《もり》に神酒《みわ》すゑ」（万葉、巻二、二〇二）とある遺称地であるが、そこは香久山《かぐやま》の西麓の小高い所にあり、北方の一段低い所は上代の埴安《はにやす》の池の一部をなしていたと想定されるから、そこに流れこむ水の音が鳴り響いていたことに基づく命名であることは明らかである。ところが都も奈良に移り、埴安の池も荒れ、さらに京都に都が移ってからは、「泣沢」の原義も忘れられて、『延喜式』神名帳では、「畝尾都多本《うねをのつたもと》神社」（大和国十市郡）と、地名で呼ばれるようになった。記の文脈では、泣沢女神は、最愛の妻を亡《な》くして悲しみ泣いた伊耶那岐《いざなき》命の涙に化成した神とあるので、「泣多《なきさは》（泣くことが多い）」の意を表し、また葬儀における「泣女《なきおんな》」（泣くことによって死者の魂を呼び戻す巫女《ふじよ》の一種）の連想もある。

泣沢女神（記上）　渧沢女命（紀、神代上）

82
石析《いはさく》の神（三五—一〇）

名義は「岩をも裂く力」。伊耶那岐《いざなき》命が火神（迦具土《かぐつち》神）を斬り殺したとき、その剣の先についた血が岩にほとばしりついて化成した神。血は火神の赤い焔《ほのお》で、岩（鉱石）を溶かすことを意味し、そこで「岩を裂く」ほどの威力ある刀剣の誕生を表す。神代紀上に「磐裂神」とあり、「いはさく」と訓《よ》むことの注がある。

石析神（記上）　磐裂神（紀、神代上）

83
根析《ねさく》の神（三五—一〇）

名義は「木の根をも裂く力」。前項「石析《いはさく》の神」と同じく、刀剣の威力の神格化。

根析神（記上）　根裂神（紀、神代上）

84
石箇之男《いはつつのを》の神（三五—一一）

名義は「堅固な刀剣の男」。「石《いは》」は「堅固な」。「箇《つつ》」は「筒《つつ》」に通用する文字で、『玉篇《ぎよくへん》』（梁の顧野王《こやおう》撰。今日、佚文《いつぶん》しか伝わらない。用例を省略した清刊本『大広益会《たいこうえきかい》・玉篇』に対して、「原本系玉篇」と呼ばれる）佚文「所言箇者」の項に「広雅、箇、凡也。有ル本ニ作ル二筒ノ字ニ一」（『中論疏記』巻七末）とある。ただし、ここでは「刀剣《つつ》」の借訓《しやつくん》である。「刀剣《つつ》」はもと「つち」であるが、「つ」に引かれて「つつ」となったもの。「頭椎《くぶつち》の大刀《たち》」（九一—九）が「頭椎《くぶつつ》い石椎《いしつつ》い」（一一七—一〇）となっている。「椎《つち》」が「槌《つち》」と通じることは、「頭槌剣《かぶつちのつるぎ》」（紀、神代下）とも「頭椎剣《くぶつちのつるぎ》」（神武前紀）とも書かれることによって分る。また「椎《つち》」が武器の意であることは、「海石榴樹《つばきのき》を採《と》りて、椎《つち》に作り兵《つはもの》（武器）にしたまふ」（景行紀十二年十月の条）とある。伊耶那岐《いざなき》命が火神（迦具土《かぐつち》神）を斬り殺したとき、その剣の先についた血が岩にほとばしりついて化成した神。血は火神の赤い焔《ほのお》で、岩（鉱石）を溶かし、「石析《いはさく》・根析《ねさく》」の刀剣神が生れ、次にこの「石箇之男《いはつつのを》の神」が生れたのであるから、この神も刀剣神である。「つち・つつ」は武器の意で、ここでは刀剣をさすことになる。「くぶつつ」は、柄《つか》の端が瘤《こぶ》形になった刀剣《つつ》であり、「いしつつ」は、その瘤が石製の刀剣である。この神は、神代紀上では「磐《いは》筒男《つつのを》命・磐筒女《いはつつのめ》命」の男女神となっている。また一書では「根裂《ねさく》神」の子として「磐筒男神・磐筒女神」の兄妹二神があり、その磐筒女神の子に「経津主《ふつぬし》神」があると、系譜を構成している。

石箇之男神（記上）　磐筒男神・磐筒男命・磐筒男（紀、神代上）

85
甕速日《みかはやひ》の神（三五—一三）

名義は「神秘的でいかめしいことが猛烈である霊力」。「甕《みか》」は「御厳《みいか》」の約「みか」の借訓《しやつくん》。「御《み》」は元来「神秘的・神聖な」の意で、のちに神や天皇などの尊貴なものへの敬語となった。「厳《いか》」は「勢いが激しいさま」の意。普通連体修飾に用いるが、この神名の核は「厳」である。「速日《はやひ》」は「神の霊能が猛烈で霊力をもつ」場合につける接尾語。伊耶那岐《いざなき》命が火神（迦具土《かぐつち》神）を斬り殺したとき、その剣の鍔《つば》についた血が岩にほとばしりついて化成した神。血は火神の赤い焔で、岩（鉱石）を溶かし刀剣を鍛える強烈な火力の表象である。最も強烈な「厳《いか》」の火力としては「雷《いかづち》」が想定できる。したがって、この神は「雷神」とみられる。神代紀上にも「甕速日《みかはやひ》神」とある。一方、記紀の文脈から独立させて、この神名の核を「日」に求めるならば、「神秘的でいかめしく猛烈な太陽」の意と解することができる。太陽の讃美の表象で、

「火」とは関係がない。また、「甕《みか》」を借訓とは見ず、正訓字として、刀剣製作上、水を張っておく「甕《かめ》」とする説があるが、文脈上は「建御雷之男《たけみかづちのを》の神」(雷神)とともに出てくるので認められない。

甕速日神(記上・紀、神代上)　甕速日命(紀、神代上)

86
樋《ひ》速《はや》日《ひ》の神 (三五—一三)

名義は「火が猛烈である霊力」。「樋《ひ》」は借訓で「火」の意。「樋」(水を導き流す管)の文字は、前項の「甕速日《みかはやひ》の神」の「甕」(水がめ)の連想によるものである。神代紀上には「熯速日《ひはやひ》神」とあり、その注に「熯は火なり」としている。「熯」は『大広益会・玉篇』に「火盛りなり」とあるから、「原本系玉篇」にもそうあったに相違なく、『日本書紀』の編者はそれによって付注したのであろう。このことと比べても、「樋《ひ》」は「火」の借訓とみるべきである。「速日《はやひ》」以下については、前項「甕速日の神」参照。

樋速日神(記上)　熯速日神・熯速日命(紀、神代上)　樋速日子《ひはやひこ》命(出雲風土記、大原郡斐伊郷)

87
建御雷之男《たけみかづちのを》の神 (三五—一三)

名義は「勇猛な、神秘的な雷の男」。「建《たけ》」は「建依別《たけよりわけ》」の項参照。「御雷《みかづち》」は「御厳《みいか》づ(連体助詞)ち(精霊)」の約。「御厳《みいか》」は「甕速日《みかはやひ》の神」の項参照。最も勢いの激しいものは当時「雷《いかづち》」と言われた。伊耶那岐《いざなき》命が火神(迦具土《かぐつち》神)を斬り殺したとき、その剣の鍔《つば》についた血が岩にほとばしりついて化成した神。血は火神の赤い焰で、岩(鉱石)を溶かし刀剣を鍛える最も強力な火力の表象で、「雷」神である。この雷神は、普通、雷光の輝きと打撃の強さとから、刀剣神でもある、と説明されている。それもあろうが、神代紀上・下に「武甕槌《たけみかづち》神」とも表記されているように、「勇猛な、神秘的で勢いの激しい刀剣《つち》の神」という解釈も可能なはずである。それならば、刀剣神としての名そのものである。したがって、「亦の名」が、ふっつりと悪魔を断ち切るという意を表す刀剣名の「建《たけ》(豊《とよ》)布都《ふつ》の神」でもあるわけである。活動はめざましく、すべて刀剣神としてである。国譲りの交渉に成功する話のなかに、十《と》掬剣《つかつるぎ》を逆に立ててその上に坐ったり、握手した手が剣刃《つるぎは》になったりする(八四〜八六)のがその表れである。また「熊野の高倉下《たかくらじ》の献剣」の条(中巻、神武、一二〜八)においても、この神が、かつて葦原の中つ国を平定した横刀《たち》を奉献して、神武天皇の危難を救っているのもそれである。系譜(八四—二)の上でも、伊耶那《いざな》岐《き》命が火神(迦具土《かぐつち》神)を斬り殺したときに用いた刀剣(その名は「天《あめ》の尾《を》羽張《はばり》」という)の子となっている。「遷却祟神《たたりがみをうつしやる》」の祝詞に見える「健雷神《たけみかづち》」も、国譲り神話に基づいたものであるので、やはり刀剣神である。したがって、雷神としての出現は、ここの「伊耶那岐命、火神を斬る」の条のみとなる。

建御雷之男神(単に「建御雷の神」ともいう)は、鹿島《かしま》神宮(茨城県鹿島郡鹿島町)に祀《まつ》られ、中臣氏の奉斎神であった。記が、国譲り神話の最終的な成功者として建御雷神をすえているのは、中臣氏の伝承によるものとみてよい。ところが、奈良時代の成立とみられる「春日祭《かすがのまつり》」の祝詞には、「鹿嶋に坐《ま》す建《たけ》御賀豆智《みかづち》命、香取《かとり》に坐す伊波比主《いはひぬし》命、枚岡《ひらをか》に坐す天之子八根《あめのこやね》命、比売《ひめ》神」の四柱を奈良の春日神社に祭るとあり、藤原氏の氏神となっている。このうち、香取《かとり》神宮(千葉県佐原市香取町)の「伊波比主命」は「経津主《ふつぬし》神」(紀、神代下)のことで、武甕槌神とともに大国主神に国譲りをさせた神である。結局、藤原氏が国譲りをさせた武神を氏神として独占したことになる。

建御雷之男神・建御雷神（記上）　武甕槌神（紀、神代上・下）　武甕雷神（神武前紀）　建御賀豆智命（祝詞、春日祭）　健雷神（祝詞、遷却祟神）

88
建布都《たけふつ》の神（三五—一三）

名義は「勇猛な、悪魔をふっつり断ち切ること」。「建」は「建依別《たけよりわけ》」の項参照。「布都《ふつ》」は「ふっつり」の擬声語。神武即位前紀に、剣の名を「韴霊」と言い、その訓注に「ふつのみたま」とある。「原本系玉篇」には「韴」は「断声」とある。鏡の名にも「真経津《まふつ》の鏡」（紀、神代上）とある。刀剣や鏡には、悪魔を断ち切る力があると信じられたからである。鏡や太刀の銘文に「念《ジ》二長寿一《ヲ》」と刻するのもその信仰の表れ。したがって、「ふつ」を「太《ふと》」とか古代朝鮮語の「プル」（赤く輝く）とか、また「魂振《たまふり》」の「ふる」の意とかするのは当らないであろう。この神は、前項「建御雷之男《たけみかづちのを》の神」の別名であり、また「豊《とよ》布都《ふつ》の神」とも言い、刀剣神としての名である。「熊野の高倉下《たかくらじ》の献剣」の条（二一～八）では「佐士布都《さじふつ》の神・甕布都《みかふつ》の神・布都《ふつ》の御《み》魂《たま》」の名で、石上《いそのかみ》神宮に鎮座するとある。物部氏の奉斎神である。神代紀上では「経津《ふつ》主《ぬし》神」の名で登場し、磐筒女《いわつつのめ》神の子として系譜づけられ、国譲りの条では武甕槌《たけみかづち》神とともに派遣され、葦原の中つ国を平定する刀剣神として活躍する。香取《かとり》神宮に鎮座。「ふつ」の名を社名にもつのは、『延喜式』神名帳に「布都《ふつ》神社」（伊予国桑村郡）「物部布都《ふつ》神社」（壱岐島石田郡）「建布都《たけふつ》神社」（阿波国阿波郡）「佐肆布都《さしふつ》神社」（壱岐島壱岐郡）「和加《わか》布都努志《ふつぬし》神社」（出雲国出雲郡）「石上布都之《ふつの》魂《みたま》神社」（備前国赤坂郡）などがある。

建布都神（記上）

89
豊布都《とよふつ》の神（三五—一四）

名義は「豊かな、悪魔をふっつり断ち切ること」。「豊」は美称。「建御雷之男《たけみかづちのを》の神」の項参照。前項「建布都《たけふつ》の神」の別名。

豊布都神（記上）

90
闇淤加美《くらおかみ》の神（三六—一）

名義は「峡谷の、水を掌る龍神」。「闇《くら》」は「天之《あめの》闇戸《くらと》の神」の項参照。「淤加美《おかみ》」は、神代紀上に「闇龗」とあり、その訓注に「おかみ」とある。「龗《れい》」は「靇」とも書き、「龍」の意（説文《せつもん》）。すなわち「水を掌る龍神」である。『豊後風土記』には、泉に蛇龗《おかみ》がいたという説話があり（直入《なおり》郡球覃《くたみ》郷）、また『万葉集』に「吾が岡の於可美《おかみ》に云ひて降らしめし雪のくだけしそこに散りけむ」（巻二、一〇四）とある。これらを総合すると、「おかみ」は峡谷・泉・岡などにいて、龍蛇の姿をしていて、水（飲料水を含む）・雪・雨などを掌る神と信じられていたことが分る。伊耶那岐《いざなき》命が火神（迦具土《かぐつち》神）を斬り殺したとき、その剣の柄《つか》についた血が指の間から漏れて化成した水神。刀剣による火伏《ひぶ》せの思想で、刀剣の霊気が雲となり水を呼ぶのである。神代紀上に「天《あめ》の叢雲《むらくも》の剣」の命名由来を、大蛇《おろち》のいる上に、常に雲《く》気《も》があるためとしているのも、同じ考えからである。「おかみ」を社名にもつものは、『延喜式』神名帳では「太《た》祁《け》於賀美《おかみ》神社」（河内国石川郷）「意賀美《おかみ》神社」（河内国茨田《まむだ》神社・和泉国和泉郡）「意加美神社」（備後国甲奴《こうの》郡・越前国坂井郡）「多《た》賀《か》意加美《おかみ》神社（備後国恵蘇《えそ》郡）「国津《くにつ》意加美神社」（壱岐島石田《いわた》郡）「憶感《おかむ》神社」（尾張国海部《あま》郡）「意上奴《おかみぬ》神社」（因幡国法美《ほうみ》郡）など全国的に多い。

闇淤加美神（記上）　闇龗（紀、神代上）

91
闇御津羽《くらみつは》の神（三六—二）

名義は「峡谷の、出始めの水」。「闇《くら》」は「天《あめ》之《の》闇戸《くらと》の神」の項参照。「御津羽《みつは》」は、「弥都《みつ》波能売《はのめ》の神」の項参照。伊耶那岐《いざなき》命が火神（迦具土《かぐつち》神）を斬り殺したとき、その剣の柄《つか》についた血が指の間から漏れ、前項「闇淤加《くらおか》美《み》の神」の次に化成した水神。なお前項参照。

闇御津羽神（記上）　闇罔象（紀、神代上）

92 **正鹿《まさか》山津《やまつ》見《み》の神**（三六—五）

名義は「正真正銘《しょうしんしょうめい》の、山の神霊」。原文「山上津見」と「上」の声注がある。これは「正鹿山」とは読まずに、「正鹿、山津見」と読むことを指示したもの。「正鹿《まさか》」は「正所《まさか》」の義で、「まさにある」すなわち「正真正銘の」の意であろう。「山津見《やまつみ》」は「大山津見《おほやまつみ》の神」の項参照。伊耶那岐《いざなき》命に斬り殺された火神（迦具土《かぐつち》神）の屍体から、八神の山津見神が化成する、その第一に、頭から化成した神。神代紀上では第四番目に腰に化成したとあり、「正勝山祇《やまつみ》」と表記され、「正勝」は「まさか」とも「まさかつ」とも訓《よ》むことの指示がある。「まさかつ」は「まさしく勝《すぐ》れている」の意であろう。「屍体化成説話」の類であるが、古代人の山焼きの経験から、山の位置や姿態に基づく命名で、火山による命名ではないと考える。

正鹿山上津見神（記上）　正勝山祇（紀、神代上）

93 **淤縢《おど》山津《やまつ》見《み》の神**（三六—六）

名義は「弟格の、山の神霊」。「淤縢《おど》」は「弟《おと》」か。清濁の問題については「火之夜芸《ひのやぎ》速男《はやを》の神」の項参照。火神（迦具土《かぐつち》神）の屍体の胸に化成した第二神。第一神「正鹿《まさか》山津《やまつ》見《み》の神」に次ぐ「弟《おと》」の意であろう。なお前項参照。

淤縢山津見神（記上）

94 **奥山津《おくやまつ》見《み》の神**（三六—七）

名義は「奥の、山の神霊」。原文「奥山上津見神」とある。「奥山、津見」ではなく「奥、山津見」であることを示す。「奥」は後出の「羽山津《はやまつ》見《み》の神」の「端《は》」に対する。火神（迦具土《かぐつち》神）の屍体の腹に化成した第三神。なお「正鹿《まさか》山津《やまつ》見《み》の神」の項参照。

奥山上津見神（記上）

95 **闇山津《くらやまつ》見《み》の神**（三六—八）

名義は「峡谷の、山の神霊」。「闇《くら》」は「天之《あめの》闇戸《くらと》の神」の項参照。「山津見」は「大山津《おほやまつ》見《み》の神」の項参照。火神（迦具土《かぐつち》神）の屍体の陰部に化成した第四神。「陰《ほと》」は男女とも陰部をいう。峡谷の水と陰部の小便との連想に基づく命名。

闇山津見神（記上）

96 **志芸《しぎ》山津《やまつ》見《み》の神**（三六—八）

名義は「茂った、山の神霊」。「志芸《しぎ》」は「重《し》きる」（樹木について言えば「茂る」意）の「しき」。清濁の問題については「火之夜芸速《ひのやぎはや》男《を》の神」の項参照。火神（迦具土《かぐつち》神）の屍体の左手に化成した第五神。神代紀上では足に化成したとして「䧢山祇《しぎやまつみ》」と表記する。「䧢」は訓注に「しぎ」とあり、鳥の「鴫《しぎ》」の名。「重《し》ぎ」の借訓《しゃっくん》であるが、「足」に化成したので「䧢《しぎ》の足」の連想によって借訓にしたもの。むつかしい文字を使うのは、『日本書紀』編者の趣味である。

志芸山津見神（記上）　䧢山祇（紀、神代上）

97 **羽山津《はやまつ》見《み》の神**（三六—九）

名義は「麓《ふもと》の、山の神霊」。神代紀上には「麓山祇」とあり、その訓注に「麓、山足を麓と曰《い》ふ。ここには簸耶磨《はやま》と云《い》ふ」とある。すると、「はやま山祇《やまつみ》」と訓《よ》むべきものとなる。したがって「羽山津見」は「はやま山津《やまつ》見《み》」の約である。「はやま」は「端山《はやま》」で「麓」の意。「奥山津《おくやまつ》見《み》」の「奥」に対する。火神（迦具土《かぐつち》神）の屍体の右手に化成した第六神。神代紀上の「麓山祇《はやまやまつみ》」は、手に化成した第三神である。

羽山津見神（記上）　麓山祇（紀、神代上）

98 **原山津《はらやまつ》見《み》の神**（三六—一〇）

名義は「山裾の原の、山の神霊」。火神（迦《か》具《ぐ》土《つち》神)の屍体の左足に化成した第七神。「足」は山裾で、そこは広びろとした原になっていることに基づく。

　原山津見神(記上)

99
戸《と》山津見《やまつみ》の神(三六—一二)

名義は「里に近くの、山の神霊」。「戸《と》」は「外《そと》」の義で、山から見て外であるから里に近いほうになる。火神(迦《か》具《ぐ》土《つち》神)の屍体の右足に化成した第八神。

　戸山津見神(記上)

100
天之《あめの》尾《を》羽《は》張《はり》(三六—一三)

名義は「天上界と関連のある、雄々しい大蛇《はは》の刀」。「天之《あめの》」は「天之《あめの》忍許《おしこ》呂《ろ》別《わけ》」の項参照。「尾《を》羽《は》張《はり》」は解しにくい。通説は「剣の峰の刃が張る」とする。しかし「刀の峰《みね》」とは言うが「刀のを」とは言わない。また「刀の先の刃が張る」とする説もあるが「刀のきっさき」を「刀のを」と言うこともない。それで、「尾《を》」は「雄《を》」の借訓とし、「羽《は》張《はり》」は「ははあり」の約と考えてみた。「はは」は『古語拾遺』に「古語に、大蛇を羽羽《はは》といふ」とある。「天の若日子の派遣」の条の「ははや矢」(七九—一)も「大蛇を射殺す矢」の意。一方、「ははあり」の「あり」は存在を表す。一方、太刀を蛇の名で表現する例は「草なぎの大《た》刀《ち》」(「八俣の大蛇」の条、五六—九)がある。「なぎ」は「蛇」の意。伊耶那岐《いざなき》命が火神(迦《か》具《ぐ》土《つち》神)を斬り殺したときに用いた太刀の名である。別名は「伊都之尾羽張《いつのをはばり》」という。「建御雷神の派遣」の条では、「天《あめ》の尾《を》羽《は》張《はり》の神」の名で登場する(八三—一一)。この神は、天の安《やす》の河の河上の天の石屋にいて、天の安の河の水を逆に塞《せ》き上げている神で、建御雷神の親神となっている。親子とも刀剣神なのである。

　天之尾羽張・天尾羽張神(記上)

101
伊都《いつ》之《の》尾《を》羽《は》張《はり》(三六—一三)

名義は「威勢のある、雄々しい大蛇《はは》の刀」。前項「天之《あめの》尾《を》羽《は》張《はり》」の別名。「建御雷神の派遣」の条では、「伊都《いつ》之《の》尾《を》羽《は》張《はり》の神」(八三—九)の名で登場する。「天の尾羽張の神」と同一神で、建御雷神の親神である。神代紀下では「稜威雄走《いつのをはしり》神—甕速日《みかはやひ》神—熯速日《ひはやひ》神—武甕槌《たけみかづち》神」という系譜づけがなされている。「稜威雄走神」の「雄走」を、原資料に「乎波々利神」とあったのが「乎波之利」と誤写されて「雄走」の字が当てられたものとする説があるが、「雄走」は「雄々しく閃光が走る」意で、雷光ないし刀剣の光の表象とみられる。

　伊都之尾羽張・伊都之尾羽張神(記上)

　稜威雄走神(紀、神代下)

102
黄泉《よも》つ神(三七—八)

名義は「黄泉国を支配する神」。「黄泉《こうせん》」の文字は漢籍に見え、「死者のゆく所」の意。「黄」は「土の色」で「黄泉」は「地中の泉」の意だが、「冥土」の意となった。日本では「よみ」と言う。その母音調和が「よも」である。「現《うつ》し国《くに》」(現世)に対する、死後の他界をいう。伊耶那岐命が亡妻伊耶那美命を追って黄泉国へ行き、それを迎えた美神が、岐神とともに現し国に還ることの可否を相談した黄泉国の支配神である。

　黄泉神(記上)

103
大雷《おほいかづち》(三七—一三)

名義は「成熟した魔物」。「大《おほ》」は「若《わか》」の対語で「一人前の・成熟した・老成した」などの意。「雷」は、ここでは「恐ろしいもの・魔物・鬼」の意。「伊耶那岐命、黄泉国《よもつくに》を訪問する」の条(三六〜一四)に、死んだ伊《い》耶《ざ》那《な》美《み》命の頭にいた雷神。これを見て怖れ逃げる伊耶那岐命を追う。桃の実によってうちはらわれる。これ以下八雷神は死の穢《けが》れの表象。

　大雷(記上・紀、神代上)

104
火《ほ》の雷《いかづち》(三七—一三)

名義は「火をともしている魔物」。「火」は

「雷」を修飾しているので「火《ほ》」と訓《よ》む。

「雷」は「大雷《おほいかづち》」の項参照。黄泉国の八雷神の一つで、死んだ伊耶那美命の胸にいた魔物。死の穢《けが》れの表象。『延喜式』神名帳では「火の雷」を祭る神社が大和・和泉・山城・上野《かみつけの》にあるが、これは「雷《かみなり》」である。宮中で祭るのは、食物調理上の「火」である。

火雷（記上・紀、神代上）

105 **黒雷**《くろいかづち》（三七—三）

名義は「黒い魔物」。黄泉国の八雷神の一つで、死んだ伊耶那美命の腹にいた魔物。死の穢れの表象。神代紀上では、尻におり、腹には「土雷《つちいかづち》」がいたとある。

黒雷（記上・紀、神代上）

106 **析雷**《さくいかづち》（三七—三）

名義は「裂く力をもつ魔物」。黄泉国の八雷神の一つで、死んだ伊耶那美命の陰部にいた魔物。死の穢れの表象。女陰の連想によるものであろう。

析雷（記上）　裂雷（紀、神代上）

107 **若雷**《わかいかづち》（三七—三）

名義は「若い魔物」。「大雷《おほいかづち》」の対。黄泉国の八雷神の一つで、死んだ伊耶那美命の左手にいた魔物。死の穢れの表象。神代紀上では、背にいたとある。

若雷（記上）　稚雷（紀、神代上）

108 **土雷**《つちいかづち》（三七—三）

名義は「容姿の醜い魔物」。「土《つち》」は後世の例であるが「御前なる人は誠に土などの心地ぞする」（源氏、蜻蛉）の「土」（容姿が非常に醜いことのたとえ）の意であろう。黄泉国の八雷神の一つで、死んだ伊耶那美命の右手にいた魔物。死の穢れの表象。神代紀上では、腹にいたとある。

土雷（記上・紀、神代上）

109 **鳴雷**《なるいかづち》（三七—四）

名義は「音が鳴る魔物」。黄泉国の八雷神の一つで、死んだ伊耶那美命の左足にいた魔物。死の穢れの表象。雷鳴からの連想であろう。『延喜式』神名帳には、宮中に「鳴雷神社」があるが、これは「主水司坐《もひとりのつかさにます》神一座」とあるから、水を掌る雷神である。また大和国添上郡の「鳴雷神社」もそれであろう。

鳴雷（記上）

110 **伏雷**《ふすいかづち》（三七—四）

名義は「這《は》いつくばっている魔物」。黄泉国の八雷神の一つで、死んだ伊耶那美命の右足にいた魔物。死の穢れの表象。

伏雷（記上）

111 **予母都志許売**《よもつしこめ》（三八—五）

名義は「黄泉国の醜悪な女」。「黄泉《よも》つ神」の項参照。『和名抄《わみようしよう》』に「黄泉の鬼なり」と記すように、「志許売《しこめ》」は「醜女」。黄泉の穢れを醜として擬人化したもの。黄泉国の伊耶那美命が禁忌《タブー》を犯した伊耶那岐命に対し怒り、逃げる岐神を追わせた黄泉の魔女。神代紀上では「泉津醜女《よもつしこめ》」（亦の名は「泉津日狭女《よもつひさめ》」）とある。

予母都志許売（記上）　泉津醜女（紀、神代上）

112 **意富加牟豆美の命**《おほかむづみ》（三九—三）

名義は「偉大な、神の霊」。「意富《おほ》」は「大」で美称。「加牟《かむ》」は「神」。「豆《づ》」は連体助詞。「美《み》」は「山《やま》つみ・海《わた》つみ」の「み」で「神霊」の意。黄泉国から逃走する伊耶那岐命が黄泉《よも》つひら坂（境界の坂）で、桃の実を追手に投げつけ退散させ、無事脱出し、その桃の実の功績を賞して与えた名。桃の木や実に邪気を払う呪力《じゆりよく》があることに基づく名であるが、邪気（鬼神）を払う呪力は、その鬼神よりさらに強大な威力があるので、神のなかの偉大な神の、その神霊、という命名であろう。

意富加牟豆美命（記上）

113 **黄泉津大神**《よもつ》（三九—一四）

名義は「黄泉国の大神」。「黄泉」は「黄泉《よも》つ神」の項参照。伊耶那岐命（現し国の神）と絶縁した伊耶那美命（黄泉国の神）の称である。黄泉国の神は「黄泉《よも》つ神」というが、さらにそれよりも偉大な支配者になったという意味で「大神」を付す。美神が地下の他界に眠るのは、中国の天父地母の思想と関係があろう。美神はこの黄泉国から再度復活していない。

黄泉津大神（記上）

114 **道《ち》敷《しき》の大神**（四〇―一）

名義は「道を追いついた大神」。伊耶那岐命が黄泉国から逃走したとき、伊耶那美命が黄《よ》泉《も》つひら坂で追いついたのでその名がある。「敷《しき》」は「及《しき》」の借訓《しゃっくん》。美神の異名であるが、本来は、どの神に限らず、「道一面に力を及ぼし、その道を治めること」の意であった。したがって、神代紀上では、岐神が黄泉国から脱出するとき、投げ棄てた履《くつ》に化成した神、すなわち履の神の名となっている。これは、「履が道一面に力を及ぼす」意で、履による歩行力の表象であるから、記の場合とは全く異なる。記が「その追ひしきしをもちて、道敷《ちしき》の大神といふ」と述べているのは、美神の黄泉道の支配力の表象であるけれども、説話的興味のほうがより強くはたらいていると言えよう。

道敷大神（記上）　道敷神（紀、神代上）

115 **道反之《ちがへしの》大神**（四〇―二）

名義は「魔物を道から追い返した大神」。「道」は、現《うつ》し国と黄泉《よもつ》国との境の道。伊耶那岐命が黄泉国から脱出し、その境に千引《ちび》きの石《いは》（千人がかりで引くような大岩）を置いて交通を遮断した。その大岩の名。村落の境で侵入者を追い返すのは、道祖神《どうそじん》（塞《さえ》の神）の信仰に基づく命名。

道反之大神（記上）　道反大神（紀、神代上）

116 **塞《さや》ります黄泉《よも》つ戸《と》の大神**（四〇―三）

名義は「塞《ふさ》がっておいでになる黄泉《よもつ》国の入口、という名の大神」。原文「塞坐黄泉戸大神」とあり、その訓《よ》み方が二とおりある。一つは「黄泉戸に塞ります大神」であり、一つは「塞ります黄泉戸の大神」である。どちらにも訓めるが、「黄泉戸」そのものが神名なのであるから、後者が正しい。次項の「衝立《つきたつ》船戸《ふなと》の神」も「船戸」そのものが神名なのであって、「船戸に衝立つ大神」なのではない。たとえば、「八衢比古《やちまたひこ》・八衢比売《やちまたひめ》・久那斗《くなと》と御名は申して」（祝詞、道饗祭《ちあえのまつり》）とあるように、「久那斗《くなと》」だけで神名になっているのと同じである。「黄泉戸」「船戸」「久那斗」という場所には神がいると信じられたので、そのまま神名となった。したがって「塞ります」「衝立つ」はその神名への連体修飾とみるべきである。伊耶那岐命が黄泉国から脱出し、その境に千引《ちび》きの石《いは》を置いて交通を遮断《しゃだん》した、その大岩の名である。前項「道反之大《ちがへしのおほ》神《かみ》」の異名で、黄泉国と現し国との境にいて、黄泉国の悪霊が現し国に侵入しないように塞いでいる石を神格化したもの。道祖神（塞《さえ》の神・境神）の信仰に基づく。

塞坐黄泉戸大神（記上）　泉門塞之大神（紀、神代上）

117 **衝立船戸《つきたつふなと》の神**（四〇―一〇）

名義は「杖が突き立っている道の曲り角という名の神」。「衝立《つきたつ》」は自動詞。「船戸《ふなと》」は「曲門《くなと》」（「くな」は「くねる」意で「道の曲っている角」）の音変化の借訓《しゃっくん》。道の曲り角には神がいたので、そのまま神名となっている（前項「塞《さや》ります黄泉《よも》つ戸《と》の大神」の項参照）。黄泉国から脱出した伊耶那岐命が竺紫《つくし》の日《ひ》向《むか》の橘《たちばな》の小門《おど》の阿波岐原《あわきはら》で禊《みそき》をしたとき、第一に投げ棄てた杖に化成した神。杖は、串《くし》・矢・矛《ほこ》などと同じく、地面に突き立ててその土地の占有を示す象徴物であった。神代紀上には「岐神」とあり、その訓注に「ふなとのかみ」とある。そして、一書に、この神の本《もと》の名は「来名戸《くなと》の祖《さへ》の神」とある。それで「来勿門《くなと》」（来るなという入口）と解され、ついで「ふなと」は「経勿門《ふなと》」（通過するなという入口）と解されるようになった。しかし本来は「曲門」の意で、「くなと・ふなと」と発音されたのである。「曲門」は「道の分岐点」でもあるから、「岐神」とも書かれた。これが「祖《さへ》の神」と言われる。この「祖」の字は、『史記』の「索隠」という注によれば「祖とは行《たび》の神。行《たびたち》にこれを祭る。故に祖と曰《い》ふなり」（五宗世家）とある。日本では、異郷との境（道の分岐点、邑落《ゆうらく》の隣接地）に神がいて、外界からの悪霊邪気の侵入を防いだので「塞《さえ》の神」と言われた。隣村・隣国への行旅に際し、その境界地点でこの神を祭った。それで、中国の行旅の神である「祖神」を「さへのかみ」と訓《よ》むようになった。これが「道祖神《どうそじん》」である。道祖神は行旅の神であるから、道標《みちしるべ》の神であった。神代紀下に「経津主《ふつぬし》神、岐神《ふなと》をもちて郷《みち》道《しるべ》と為《し》て周流《めぐりありき》」とあるのがそれである。邑落の境に「船戸《ふなと》の神」が石や木で立てられていたから道標となったわけで、「衝立《つきたつ》」が冠せられているのである。

衝立船戸神（記上）　岐神（此云㆓布那斗能《ふなとの》加微《かみ》㆒）・来名戸之祖神（紀、神代上）　久那斗（祝詞、道饗祭）

118
道之《みちの》長乳《ながち》歯《は》の神（四〇—一二）

名義は「道の、長く続く道に立つ岩」。「道之長乳」は「道の長道《ながち》」（万葉、巻二十、四三四二）「道の長《なが》て」（同、巻四、五三六）とあるように「長い道」の意。「歯《は》」は「岩《いは》」の借訓。道祖神が岩として立つさま。黄泉国から脱出した伊耶那岐命が禊《みそき》をしたとき、第二に投げ棄てた帯に化成した神。帯の長いことから「長道」を連想する。説話的には、黄泉国から現《うつ》し国への脱出の道程の長さを暗示するが、この神名自体は「塞《さえ》の神」である。

道之長乳歯神（記上）　長道磐神（紀、神代上）

119
時量師《ときはかし》の神（四〇—一三）

名義は「物を解き放つこと」。「時量師」は「解《と》き放《はか》し」の借訓。黄泉国から脱出した伊耶那岐命が禊《みそき》をしたとき、第三に投げ棄てた嚢《ふくろ》に化成した神。「嚢（袋）」といえば、中の物を出すとき口紐を解き放つので、その連想。禊のときに物を棄てて穢《けが》れを解き放つのである。説話的には、岐神が物を投げて筍《たけのこ》や山葡萄《やまぶどう》を生えさせ、黄泉醜女《よもつしこめ》がそれを食っている間の「時を稼ぐ」意から、「時量師」の文字を用いたもの。「師」の字は、学問・技術などの「師匠・技術者」を意味する。

時量師神（記上）

120
和豆良比能宇斯《わづらひのうし》の神（四〇—一三）

名義は「煩《わずら》いの大人《うし》」。「和豆良比」は「煩い」で、「労苦・困惑・苦悩」など。「宇斯」は「大人」と書き、「偉大なる人」の意。黄泉国から脱出した伊耶那岐命が禊をしたとき、第四に投げ棄てた衣（上衣）に化成した神。穢《けが》れや厄病《やくびょう》は「煩い」である。「衣」との関係は、「蒭人形《くさひとかた》」（厄病神《やくびょうがみ》を転依させて村境の辻や川に流し捨てられる人形）に衣を着せたからである。要するにこの神は「厄病神」である。

和豆良比能宇斯神（記上）　煩神（紀、神代上）

121
道《ち》俣《また》の神（四〇—一四）

名義は「分れ道に立つ神」。「道俣」は「道の股《また》」。「俣」は記独自の文字。「塞《さえ》の神」である。「塞《さや》ります黄泉《よも》つ戸《と》の大神《おほかみ》」また「衝立《つきたつ》船戸《ふなと》の神」の項参照。黄泉国から脱出した伊耶那岐命が禊をしたとき、第五に投げ棄てた褌《はかま》に化成した神。「褌」は男子用の股の割れた袴《はかま》で、その連想から「道俣の神」となる。神代紀上では「開囓《あきぐひ》神」が化成したとある。記の「飽咋之宇斯《あきぐひのうし》の神」は冠に化成したとある（次項参照）。祝詞の「道饗祭《ちあえのまつり》」には「八《や》衢比古《ちまたひこ》・八衢比売《やちまたひめ》」の二神となっている。

道俣神（記上）　八衢比古・八衢比売（祝詞、道饗祭）

122
飽咋之宇斯《あきぐひのうし》の神（四一—一）

名義は「飽食の大人」。村境の道辻や河口などの道祖神に捧げられた食物が、鳥獣に食い荒され散乱しているさまを、飽きるほど食べて残りを散らかしたとみた命名。道祖神をさす。黄泉国から脱出した伊耶那岐命が禊をしたとき、第六に投げ棄てた冠に化成した神。「冠」は推古十一年（六〇三）に初めて冠位十二階を定めたと『日本書紀』にあるので、この神話の成立をその時のものとする説があるが、階を定めた時代がそうなのであって、冠は前からあった。埴輪から想定できる。冠（帽子状のもの）は頭に冠るものであるから、大きな口が開いている。それからの連想によ る。説話的には、黄泉醜女《よもつしこめ》が笋《たけのこ》や山葡萄《やまぶどう》を飽きるほど食うことを暗示する。神代紀上では褌《はかま》に化成したことになっている。これも口を開けた構造である。

飽咋之宇斯能神（記上）　開囓神（紀、神代上）

123
奥疎《おきざかる》の神（四一—二）

名義は「沖をさらに遠く離れていった疫病神」。「奥」は沖。記では「沖」の字は使わず「奥」を用いる。黄泉国から脱出した伊耶那岐命が禊をしたとき、第七に投げ棄てた左手の手巻《たまき》（手首に巻く装身具）に化成した神。手巻は真珠や貝殻で作るので、その原産地の海が登場する。この神は河海に流れゆく悪霊邪気（穢れ・疫病神・祟り神）の表象で、手巻はその依代《よりしろ》である。

奥疎神（記上）

124
奥津那芸佐毗古《おきつなぎさびこ》の神（四一—三）

名義は「波打際の沖寄りの男性」。「奥津」は沖の側《がわ》をさす。前項「奥疎《おきざかる》の神」の次に化成した神。その項参照。

奥津那芸佐毗古神（記上）

125
奥津甲斐弁羅《おきつかひべら》の神（四一—四）

名義は「海と陸地の沖寄りの境」。「奥津」は「甲斐弁羅」の沖の側《がわ》をさす。「甲斐弁羅」は、従来「峡《かひ》・間《かひ》・貝《かひ》」などの説があったが、その「ひ」は上代特殊仮名《じょうだいとくしゅかな》づかいでは甲類なので、「甲斐《かひ》」の「ひ」の乙類とは仮名《かな》違《ちが》いである。そこで考え直してみる。「交ふ」という動詞は、四段と下二段の二種しか知られていないが、この「甲斐《かひ》」が「交《か》ふ」の上二段活用の連用名詞形なのではないか。意味は「交叉した状態にある」という自動詞である。ここで言えば、海と陸地が交叉している所、すなわち海岸線である。これは天然自然の力で形成されたものだから、自動詞上二段が用いられている。このように、四段・下二段・上二段の活用をもつ動詞の例は「裂《さ》く」がある。上二段自動詞「裂く」は「裂手《さきて》」（あかぎれのいった手）に見られる。「弁羅《べら》」は「縁《へり》」の義で、「境界」の意。「黄泉《よも》つひら坂」（三八—一二）の「ひら」、「山代《やましろ》のへら坂」（三七—一三）の「へら」に同じで「境界」の意である。海岸線は陸地と海との境界であって、現《うつ》し国（陸）からは海は別の国（他界）と考えられていた。伊耶那岐命が投げ棄てた手巻《たまき》に化成した「奥津甲斐弁羅《おきつかひべら》の神」という名の疫病神が流れ流れて、他界への境界に到着したことになる。

奥津甲斐弁羅神（記上）

126
辺疎《へざかる》の神（四一—五）

名義は「岸辺を離れていった疫病神」。「辺《へ》」は沖の対語で、海岸に近いほうをいう。黄泉国から脱出した伊耶那岐命が禊をしたとき、第八に投げ棄てた右手の手巻《たまき》に化成した神。「奥疎《おきざかる》の神」の項参照。

127 **辺《へ》津《つ》那《な》芸《ぎ》佐《さ》毗《び》古《こ》の神**（四一—五）

辺疎神（記上）

名義は「波打際の岸辺の男性」。「辺津」は波打際の海岸の側《がわ》に当る。前項「辺疎《へざかる》の神」の次に化成した神。その項を参照。

128 **辺《へ》津《つ》甲《か》斐《ひ》弁《べ》羅《ら》の神**（四一—六）

辺津那芸佐毗古神（記上）

名義は「岸辺寄りの、海と陸地の接線の境界」。「奥津甲斐弁羅《おきつかひべら》の神」の項参照。

129 **八《や》十《そ》禍《まが》津《つ》日《ひ》の神**（四一—三）

辺津甲斐弁羅神（記上）

名義は「多くの災禍の霊力」。「八十」は、多数を表す日本的聖数。「禍」は、災禍・邪曲・凶悪・汚穢《おわい》など、よくないこと。「直《なほ》」の対語。「津」は連体助詞。「日」は「霊力」。黄泉国から脱出した伊耶那岐命が、竺紫《つくし》の日向の橘の小門の阿波岐原で禊をしたとき、水の霊力によって化成した神。しかもこの神は、岐神がかつて黄泉国に行っていたとき、その汚垢《けがれ》によって化成していた神であった。したがって、この神は黄泉国で化成し、岐神に付着したまま現《うつ》し国に運ばれて、禊における水の霊力によって放出されたわけだから、化成という面からみると、二度の化成をしたことになる。名のとおり「禍」の霊力を多くもつ神が化成したので、「その禍《まが》を直《なほ》さむとして」（四二—一）神直毗《かむなおび》神以下の神々が化成するのである。神代紀上にも「八《や》十《そ》枉《まが》津《つ》日《ひ》神」とある。祝詞の「御門祭《みかどほかひ》」には「四方四角《よもよすみ》より疎《うと》び荒《あら》び来《こ》む天《あめ》の麻我都比《まがつひ》と云《い》ふ神の言は悪事《まがこと》に」とある。この神は「人間にとってうとましく荒れすさんだ」性質で、「悪事について物を言い掛けてくる」ところの「禍《まが》言《こと》」の神である。允恭《いんぎよう》天皇の段の「即位と氏姓の正定」の条に「味白檮《あまかし》の言《こと》八《や》十《そ》禍《まが》津《つ》日《ひ》の前《さき》」（三六—三）とある。これは、丘の先端（岬）には神がいるものなのだが、味白檮の丘（奈良県高市《たかいち》郡明日香《あすか》村の甘樫丘《あまかしがおか》）に「言八十禍津日」の神がいたので、そのまま岬の地名となったものである。「うそを言えば多くの禍《わざわい》を惹起《ひきおこ》す霊力」をもつ神である。允恭紀四年九月の条には「味橿《あまかし》の丘の辞禍戸《ことまがと》の碑《さき》」とある。「辞禍戸」の「戸」は、呪的な事物や行為につける接尾語。

八十禍津日神（記上）　八十枉津日神（紀、神代上）

130 **大《おほ》禍《まが》津《つ》日《ひ》の神**（四一—四）

名義は「偉大な災禍の霊力」。前項「八《や》十《そ》禍《まが》津《つ》日《ひ》の神」の次に化成した神。その項参照。

大禍津日神（記上）

131 **神《かむ》直《なほ》毗《び》の神**（四二—二）

名義は「神々しい、曲ったことを正しく直すことの霊力」。「神《かむ》」は「神産巣日《かむむすひ》の神」の項参照。「直《なほ》」は、幸福・正直・吉善・清浄などのよいこと。「曲《まが》」の対語。「毗《び》」は「霊力」。伊耶那岐命が禊をしたとき、禍津日《まがつひ》神の「曲《まが》」を直そうとして、水の霊力によって化成した神。神代紀上にも「神直日《かむなほび》神」とある。祝詞の「大殿祭《おほとのほかひ》」には「神直日《かむなほび》命・大直《おほなほ》日《び》命、聞き直し見直して」とある。

神直毗神（記上）　神直日神（紀、神代上）

神直日命（祝詞、大殿祭）

132 **大《おほ》直《なほ》毗《び》の神**（四二—二）

名義は「偉大な、曲ったことを正しく直すことの霊力」。前項「神直毗《かむなほび》の神」の次に化成する。その項参照。

大直毗神（記上）　大直日神（紀、神代上）

大直日命（祝詞、大殿祭）

133 **伊《い》豆《づ》能《の》売《め》**（四二—三）

名義は「厳しく清浄な女」。「伊豆《いづ》」は「厳《いつ》」。清濁の問題は「火之夜芸速男《ひのやぎはやを》の神」の項参照。伊耶那岐命が禊《みそき》をしたとき、禍津日《まがつひ》神の

「曲《まが》」を直そうとして、水の霊力によって化成した神。しかし、この神には「の神」が付いていない。これは、禊をするとき、神祭りをする巫女《ふじょ》が必要であって、それが「伊豆能《いづの》売《め》」と言われた。神祭りをする側《がわ》であるから「の神」が付かないのである。同じような例は、神武天皇即位前紀にある。神武天皇が大和国平定の成否を占うために、自ら高皇産霊《たかみむすひ》神となり、道臣命《みちのおみ》に対して「汝《な》をもちて斎主《いはひ》として、授《さつ》くるに厳媛《いつひめ》の号をもちてせむ」と命ずる。道臣命は大伴氏の遠祖で、天皇軍の大将軍で男性である。しかし、祭典の斎主は女性がなるきまりがあった。軍旅でのことであったので、道臣命を「神祭りをする巫女」に仕立てたわけである。その名が「厳媛《いつひめ》」である。祭る側の者であるから、「神」が付かない。しかし、のちに、神祭りをする人が祭られる神になってゆく。「伊豆能売《いづのめ》」は、名のほうでは「神」が付かなかったが、神としての扱いを受けたので、禊のときに化成した「三はしらの神ぞ」（四三―三）と記されているのである。禊には厳粛に清浄さが要求されるので、この名があるのだろう。

　伊豆能売（記上）

134 底津綿津見《そこつわたつみ》の神（四三―四）

名義は「底の、海の神霊」。「綿津見の神」は「大綿津見《おほわたつみ》の神」の項参照。黄泉国から脱出した伊耶那岐命が、筑紫の日向の橘の小門の阿波岐原で禊をしたとき、水の底に滌《すす》いで化成した神。「綿津見」三神の一つで、阿曇連《あづみのむらじ》等《ら》（福岡市東区志賀町を本拠とした海人《あま》族）が祖神《おやがみ》として奉斎した。

　底津綿上津見神（記上）　底津少童命（紀、神代上）

135 底箇之《そこつつの》男《を》の命（四三―四）

名義は「底の、帆柱受けの太い筒柱の男」。「底」は、海の上・中・底と三分したことに準じて言ったもので深い意味はない。「箇《つつ》」は「筒《つつ》」に通じ用いた（「石箇之《いはつつの》男《を》の神」の項参照）ものだが、この神名は難解で諸説がある。たとえば、「筒」を「星《つつ》」の意とし、星による航海神だとする説がある。しかし、星は「つづ」であり、また古代の航海は潮流と風向きと磯づたいによったもので、この説は成立しない。また「底つ津の男《を》」とする説がある。しかし「つ（連体助詞）津《つ》」を「筒《つつ》」の借訓《しゃっくん》で表記するのは異常である。また「槌《つち》状の棒で、櫓《ろ》・楫《かじ》・櫂《かい》の類」とする説がある。刀剣の武器を「筒《つつ》」（椎《つち》・槌《つち》）と言った例はあるが、船を漕ぐ道具を「筒《つつ》」と言ったかは疑問である。一方、「筒」の意味のなかに、和船の帆柱を立てるための受材として、船体腰当部に設ける太い柱、というのがあって、その柱の下部の穴に船玉を納めるから、これは「船玉の神」だとする説がある。この説は最も無難だと思われる。黄泉国から脱出した伊耶那岐命が、筑紫の日向の橘の小門の阿波岐原で禊をしたとき、水の底に滌《そそ》いで化成した神である「筒之男」三神の一つで、「墨《すみ》の江《え》之三前《みまへ》の大神《おほかみ》」（大阪市住吉《すみよし》区住吉大社の祭神三座）という。活動は、仲哀《ちゅうあい》天皇の段、「仲哀天皇の崩御と神託」の条（一七五～七）で、神功皇后に神懸りして、皇后が男子を出産すると予言する。その予言者は、天照大御神と筒之男三神であった。神託の重みが、天照大御神とともにあることによって、筒之男三神の尊崇の並なみならぬことが分る。そして、このような重大な予言に三神があずかっていることは、皇后との関係がきわめて深いことを示している。『住吉大社神代記』（天平三年の奥書をもつが、実際は平安朝前期の成立）に、皇后と住吉大神とが「密事《みそかごと》」をしたとまで伝えている。記は続けて、「わが御魂《みたま》を、船《ふな》の上《へ》に坐《いま》せて」（一七七―三）と言い、渡海上の呪術《じゅじゅつ》を授ける。これは、筒之男三神が航海神であって、神功皇后と合一することによって渡航の安全と活力とを約束するものであった。この面からみれば、「筒之男」の神名は、船の安全を守護する「船玉の神」を納める筒柱《つつばしら》が、神そのものとして信仰されたことに基づくものであろうと理解できる。

なお「神功皇后の新羅《しらぎ》親征」の条（一七〜八）で、この神は新羅国王の門前に鎮座し、「国守らす神」となった。墨の江の大神の荒御魂《あらみたま》（動的な働きをする神霊）の発動である。「墨の江の大神」とは、鎮座地が墨の江だからである。「住吉《すみよし》」は郡名か社名かに用いられるのに対して、「すみのえ」は船着場の名として区別していた。仁徳天皇の段の「御名代の設置」の条に「墨の江の津を定めたまひき」（二〇五—一〇）とあり、その時代に開港されたものであろう。大阪市住吉《すみよし》区住吉町に「墨《すみ》之《の》江《え》」の小地名を残し、住吉《すみよし》大社の西に高燈籠があって、明治維新まで燈台の役を果していた。航海神としての尊崇を受けていたのである。祝詞の「唐《もろこし》に使を遣《つかは》す時の奉幣《ほうへい》」によると、遣唐使の乗船場はもと播磨《はりま》国にあったのを、墨の江に変えたとある。摂津国の要港となったわけである。神功皇后摂政前紀には、筒之男三神の荒魂《あらみたま》を穴門《あなと》の山田の邑《むら》（下関市一の宮町）に祭り、神主を穴門直《あなとのあたい》の祖践《おやほむ》立《たち》としたとある。

『延喜式』神名帳によれば、「住吉神」を祀る所は、右のほかにも、播磨国の加茂《かも》郡、筑前国の那珂《なか》郡、壱岐島の壱岐郡、対馬《つしま》島の下《しもつ》県《あがた》郡、陸奥《みちのく》国の磐城《いわき》郡である。このように諸処にあるのは、航海神として移動するからである。この点、綿津見《わたつみ》三神が海中の宮殿にいて移動しないのと対照的である。また、綿津見三神は阿曇連《あずみのむらじ》等が奉斎するが、筒之男三神の奉斎氏族がいないことも、前者とも異なる。前掲の穴門の住吉神社は穴門直の祖践立を神主にして祭らせているのであり、摂津の住吉神社は津守《つもり》連に祭らせていたのである（津守氏の祖神は「大海《おほわたつみ》の神」であり、『延喜式』神名帳にはこの神を「津守氏人神」としている）。これは、朝廷が神主に命じて祭らせたことを意味している。平安朝になると、「墨の江の大神」は「住吉《すみよし》大神」と呼ばれ、和歌の神としても著名になった。

底箇之男命（記上）　底筒男命（紀、神代上）　底箇男（記中）　底筒男（紀、神功）
底筒雄（同上）　墨江之三前大神（記上）
墨江大神（記中）　住吉大神（紀、神代上・継体・天武下・持統）　底土命（紀、神代上）

136
中津《なかつ》綿津《わたつ》見《み》の神（四三—五）

名義は「中の、海の神霊」。「底津《そこつ》綿津《わたつ》見《み》の神」の項参照。

中津綿上津見神（記上）　中津少童命（紀、神代上）

137
中箇之男《なかつつのを》の命（四三—五）

名義は「中の、帆柱受けの太い筒柱の男」。「底箇之男《そこつつのを》の命《みこと》」の項参照。

中箇之男命（記上）　中筒男命（紀、神代上）　中箇男（記中）　中筒男（紀、神功）　中筒雄（同上）　墨江之三前大神（記上）
墨江大神（記中）　住吉大神（紀、神代上・継体・天武下・持統）

138
上津《うはつ》綿津《わたつ》見《み》の神（四三—六）

名義は「上の、海の神霊」。本文七行目に「上を訓《よ》みてウヘといふ」とある訓注は「上」を「かみ」と訓まないための指示である。それなら、「うへ」と訓むかというと、「上津」とあるから、古語では必ず「うはつ」と訓むことになるのである。「底津《そこつ》綿津《わたつ》見《み》の神」の項参照。

上津綿上津見神（記上）　表津少童命（紀、神代上）

139
上箇之《うはつつの》男《を》の命（四二—七）

名義は「上の、帆柱受けの太い筒柱の男」。「底箇之《そこつつの》男《を》の命《みこと》」の項参照。

上箇之男命（記上）　上筒男命（紀、神代上）　上箇男（記中）　上筒男（紀、神功前紀）　上筒雄（同上）　墨江之三前大神（記上）　墨江大神（記中）　住吉大神（紀、神代上・継体・天武下・持統）　磐土命（紀、神代上）

140
宇《う》都《つ》志《し》日《ひ》金析《かなさく》の命（四二—九）

名義は「現実の、霊力のある網かがり」。「宇《う》都《つ》志」は「現実の」の意。「日《ひ》」は「霊的なはたらき」を意味する語。「宇都志」も「日」もともに「金析《かなさく》」の美称。「金析」は、『名義《みょうぎ》抄《しょう》』（法中、一三二）に、「縋」の訓として「カナサク」とある。これによれば「網をかがる、網を編む」の意である。阿曇連《あずみのむらじ》等が祖神として奉斎する綿津見《わたつみ》三神の子が「宇都志日金析の命」である。「阿曇」は氏族名であるが、この名義は「海人《あま》つ霊《み》」と言われているる。しかし、「海人」を神格化するのはいかがかと思われる。むしろ「網《あみ》つ霊《み》」と解するほうがよい。元来「網」は「あま」という語形で、それを用いる人を「海人《あま》」と言い、「網」は「あみ」と母音を変えて意味が分化したと考えられる。すると、その祖先が、「金析《かなさく》」で、「網をかがる、編む人」ということで、自然につながる。『新撰姓氏録』によると、「安曇連《あづみのむらじ》」の祖神は、「綿積《わたつみ》神の命の児、穂《ほ》高見《だかみ》の命」（河内国、神別）、「于都斯奈賀《うつしなが》の命」（未定雑姓、河内国）、また『旧事本紀』では「天造日女《あめのみやつこひめ》の命」とある。

宇都志日金析命（記上）

141
天照大御神《あまてらすおほみかみ》（四二—三）

名義は「天にあって照り輝く偉大な神々《こうごう》しい神」。「天照」は「あまでらす」と訓《よ》む。「安《あ》麻《ま》泥《で》良《ら》須《す》可《か》未《み》」（万葉、巻十八、四一二五）の例証がある。「照らす」は「照る」に同じ。天然自然現象についていうとき、たとえば「浪寄す・風吹く・露置く・雪積む」などのように、他動詞が自動詞的に用いられるからである。ところが、従来「天照」を「天に照り輝いていらっしゃる」というように、敬語に解してきた。「照らす」の「す」が尊敬の助動詞だというのである。しかしこの考えは誤りである。なぜなら、「照る」には、敬語の「す」が付かないからである。もし敬語表現にする場合には「（い）ます」を付ける。「葉《は》広《ひろ》ゆつまつばきしが花の照りいまし」（三二〇—一〜二）「天照坐《あまてらします》皇大神」（祝詞、伊勢大神宮関係）などに例がある。したがって、「天照大御神」の「天照《あまてらす》」は「天にあって照り輝く」意である。「大御神」は「偉大な神々しい神」の意。そこで「天照大御神」の神名の核はどこにあるかと言えば「大御神」そのものにある。「天照」はその「大御神」を修飾している。したがって、「天に照り輝くばかりに立派な」という称辞を冠する「大御神」なのである。この点は、「伊耶那岐《いざなき》の大御神」（四四—六）の神名構成とは異なる。この場合「伊耶那岐」が核で、「大御神」が付随したものである。「天照大御神」は、「大御神」が核で、それだけで最高唯一の神であることを意味しているのである。ここにこの神の特色がある。

黄泉国から脱出した伊耶那岐命が、竺紫の日向の橘の小門の阿波岐原で禊をしたとき、左の目を洗って化成した三貴子の第一神。中国の盤古《はんこ》説話（四三—＊印）に対応させると、天照大御神は「日」に相当する。右の目から「月読《つくよみ》の命」、鼻から「建速《たけはやす》須佐《さ》之《の》男《を》の命」が化成し、それらは「月」と「嵐」の表象と考えられるから、この化成神話は自然神話的である。ここに、天照大御神の本体が太陽神であると考えられていたことが分る。次に岐神から、高天の原の領有を命ぜられる（四三—八）。これも太陽神の表象である。そのとき、岐神から「御頸珠《みくびたま》」をもらう。この珠の名は「御倉板挙《みくらたな》の神」（四三—九）という（詳しくはその項参照）。このことは、天照大御神に「穀霊」の性格が加重されたことを意味する。次に「須佐之男命の昇天」の条では、高天の原の主宰神として、弟須佐之男《すさのお》命と対決する。そのときは女神として描かれている。次に「天の安の河の誓約《うけひ》」の条（四六—三〜四九—三）では、須佐之男命と三女神五男神を生み合う。そして、天照大御神の御統《みすまる》の玉を物実《ものざね》（もとになる材料）として化成した五男神を大御神の子だと宣言する。これは、高天の原の象徴としての玉に絶対性があり、そこから生れた者だけが王権の保持者（のちの「天皇」）であることの宣言である。ここに、天照大御神は高天の原の主宰神たるのみならず、地上界に君臨する天皇の皇祖神としての地位がある。次に「須佐之男命の勝さび」の条では、「大嘗《おほにへ》聞こしめす」とある（四九—八）。これは、伊勢神宮の神嘗祭《かむにへのまつり》（旧暦九月十七日）の反映であるが、天照大御神の「穀霊」としての性格を表象するものである。また「忌服屋《いみはたや》に坐《いま》して神御衣《かむみそ》織らしめたまふ」とある（四九—一四）のは、伊勢神宮の神衣祭《かむみそのまつり》（旧暦四月と九月）の反映であるが、これは天照大御神が、神に捧げる御衣を織る「服織女《はとりめ》（機織つ女《たなばため》）」の性格を表象するものである。みずから織らなくても同じ思考である。次に「天照大御神の天の石屋戸ごもり」の条（五〇—三〜五三—一四）では、須佐之男命の乱暴によって服織女が死んだのを見て恐れ、大御神は天の石屋戸に籠る（貴人の死）。これは天照大御神を太陽神として捉え、その太陽が最も衰える冬至《とうじ》（旧暦十一月中旬）をもって太陽神の死と考えたことの表象。そこで、その復活を希求する儀礼が行われ、その結果復活する。宮廷における死せる天皇（魂が遊離するのを「死」とみなす）に対する魂振《たまふ》りの実修（鎮魂祭《たましずめのまつり》）の反映である。次に、須佐之男命から由緒のある「草《くさ》なぎの大刀」を献上される（五六—八〜九）。これが王権の象徴三種の神器の一つとなる。次に、豊葦原《とよあしはら》の水穂《みずほ》の国は御子天《あめ》の忍穂《おしほ》耳《みみ》命の領有支配する国との神勅を下す（七七—七〜八）。ここに、天照大御神の命令が絶対的であること、またその直系の子孫のみが皇位継承者となりうること、そして天皇の皇祖神としての地位にあることが主張されている。しかし、葦原の中つ国がひどく騒いでいるので天界から地上に降臨させることができなかった。そこで、高御産巣日《たかみむすひ》神とともに葦原の中つ国平定のための使者を派遣する司令者となる。司令者が二神のコンビで記されており、しかも前半が高御産巣日神・天照大御神の順序であり、後半の「天の若日子の派遣」の条の中ほど（八〇—八〜一〇）から、天照大御神・高木神（これは高御産巣日神の別名《ことな》である）の順序に変っている。これは、本来の司令者が高御産巣日神（この神は、ここでは太陽神として、皇祖神的地位にあった。その項参照）であり、天照大御神は穀霊としての神格で登場しているのであるが、天の若日子の反逆によって、それに対処すべき原点として、皇祖神天照大御神をコンビの首位に位置づけることにしたものと考えられる。すでに子孫に対する天照大御神の神格は「日神」と「日の御子」との関係であると考えられていたから、高御産巣日神の「日神」と衝突することになる。それで、この神の別名の「高木神」（神の降臨の依代《よりしろ》になる聖木）を用い、主神天照大御神の次に位置せしめたものとみることができる。次に、大国主神が国譲りをしたので、天の忍穂耳命に代えて、天孫邇邇芸《ににぎ》命を降臨させる神勅を下す（八九—

四〜五）。このとき、御魂代《みたましろ》（御魂に代り、御魂と同じ機能をもつもの）の鏡を授け、邇邇芸命にその奉斎を命じ、思金神《おもいかね》に鏡の祭事を行うことを命ずる（九〇—八〜九）。次に、神武天皇が熊野で毒気に斃《たお》れたとき、神剣を降して危難を救い（一二一—二〜一三）、神功皇后に神懸りして、皇后が男子を出産すると予言をする（一七六—一四）。これらは、皇祖神として絶対至上の霊威を発動する神格である。子孫の天皇から、天照大御神を「日の神」と呼んだ例（一一〇—一〇）がある（神武天皇の段）。以上通覧するに、天照大御神の本体は「日神」「皇祖神」「穀霊」「機織《たなばた》つ女《め》」「鏡」であるように多彩である。したがって、「大御《おほみ》神《かみ》」と抽象的に呼び、その称辞として「天照《あまてらす》」を冠したものと考える。

神代紀上では「大日孁貴《おほひるめのむち》」「天照大神《あまてらすおほみかみ》」「天照《あまてらす》大日孁尊《おほひるめのみこと》」の名を掲げる。第一は「偉大なる太陽《ひる》の巫女《め》の尊貴なお方《かた》」の意。「日《ひる》」の「る」は接尾語。「孁」は「霊」と「巫女」との合字で「霊的勢能をもった女」。太陽を女性とみた命名で、「巫女たる太陽」の意。しかるに「日《ひ》の妻《め》」と解し、「日」は男なのだが、その「妻（ないし「日」に仕える巫女）」のほうが信仰されたものとする説がある。これは迂遠な説である。天照大御神は初め宮中に祭られていたが、その神威を畏《かしこ》み、宮中から処々を巡って伊勢国度会《わたらい》郡五十鈴《いすず》川の上《ほとり》に遷《うつ》した（紀、垂仁、二十五年三月条）。伊勢神宮の内宮《ないくう》（伊勢市宇治館《たち》町）の縁起譚《えんぎたん》である。天照大御神の御杖代《みつえしろ》（神の降臨される杖の代りになるもので、神と同じ機能をもつ）として、天皇の皇女を奉献した。この皇女を斎内親王《いつきのひめみこ》（斎王《さいおう》）という。天武天皇時代に制度としての斎宮《さいくう》が成立した。記に掲げる斎王は、いうまでもなく制度化以前のことであるが、崇神天皇の段の豊鉏比売命《とよすきひめのみこと》（一二四—五）、垂仁天皇の段の倭比売命《やまとひめ》（一四二—九）、継体天皇の段の佐々宜王《ささげのおほきみ》（二六六—二）の三名である。他にもあったかもしれないが、あるいはこの三例だけかもしれない。しかし少なくともこの三例には曰《いわ》くがありそうである。第一例は「初国《はつくに》知らしめしし」崇神天皇（一四〇—九）の時代に懸けたものであろう。この時代は『魏志《ぎし》』倭人伝と照合すると、「彦姫《ひとひめ》制」（一二四—初めの＊印）の政治体制であったと考えられるので、斎王の原点をそこに求めたとしても不思議ではない。第二例は、景行天皇の時代における倭建《やまとたける》命の全国制覇の精神的支柱として伊勢神宮が注目されたものであろう。第三例は、新羅と通じた竺紫君石井の反乱という国家的危機に直面した時代的背景が考えられる。こういう理由で、この三名にのみ「伊勢の神の宮を拝《いは》ひ祭りたまひき」と記載しているのであろう。

天照大御神（記上・祝詞、祈年祭・六月月《つき》次《なみ》）　天照大神（記中・紀、神代上・下・神武・崇神・景行・神功・継体・播磨風土記・逸文山城風土記・逸文大和風土記・逸文伊勢風土記）　天照坐皇大神（祝詞、伊勢神宮四月神衣祭・六月月次祭・九月神嘗祭・豊受宮神嘗祭）　大日孁貴・天照大日孁尊（紀、神代上）　天照日女之命《あまてらすひるめのみこと》・指上日女之《さしのぼるひるめの》命（万葉、巻二、一六七）・安麻泥良須可未《あまてらすかみ》（同、巻十八、四二三五）　阿麻天留也比留女乃《あまてるやひるめの》加《か》見《み》（神楽歌「ひるめ」の歌）　日神（記中・紀、神代上・下・神武・清寧・用明・逸文伊賀風土記）

142
月読《つくよみ》の命（四二—一三）

名義は「月齢を数えること」。伊耶那岐命が禊をしたとき、右の目を洗って化成した三貴子の第二神。中国の盤古《はんこ》説話に対応させると、「月」に相当する。三貴子の化成神話は確かに自然神話的であるが、この「月読」の文字は「月齢を数える」意を表し、月の満ち欠けが暦《こよみ》のもとになっているので、きわめて人文神的である。神代紀上では「月神」の名として「月弓尊《つくゆみのみこと》・月夜見《つくよみ》尊・月読《つくよみ》尊」の三つを挙げる。「月夜見《つくよみ》」は「月」に同じ。月は夜出るので「月夜《つくよ》」と言ったもので「夜」は接尾語。「見《み》」は「神霊」の意で、「綿津見《わたつみ》」の「見《み》」に同じ。「月弓《つくゆみ》」はその母音変化。これらは自然界の「月」。月が男性と考えられたことは「月人壮子《つきひとをとこ》」（万葉、巻十、二〇四三など）「月読壮子《つくよみをとこ》」（同、巻六、九八五など）に見える。岐神から「夜《よる》の食国《をすくに》を知《し》らせ」と委任される（四三—一二）。夜の世界の領有支配者となったわけである。記ではこれ以上の記載はないが、神代紀上では、保食《うけもち》神を殺害する神として登場する（食物神殺しは、記では須佐之男命の仕《し》業《わざ》とする）。そこで天照大御神の不興を買って、日神と月神は別々に住むようになったと伝える。食物神殺しは、食物は収穫されることを意味し、それに暦が関係するから月神が手を下したとされたのであろう。「月読」の名をもつ社は『延喜式』神名帳によると、「月読神社」（山城国葛野《かどの》郡・綴喜《つづき》郡、壱岐島壱岐郡）「月読宮」（伊勢国度会《わたらい》郡）があり、「月夜見」の場合は「月夜見神社」（伊勢国度会郡）がある。

月読命（記上）　月読尊（紀、神代上・逸文山城風土記）　月夜見尊・月弓尊（紀、神代上）　月読壮子（万葉、巻六、九八五）　月神（紀、神代上・顕宗・逸文筑前風土記）

143
建速須佐之男《たけはやすさのを》の命（四三—一四）

名義は「勇猛に勢い激しく進み放題になるこの男」。「建」は「建依別《たけよりわけ》」、「速」は「速秋津日子《はやあきつひこ》の神」の項を参照。「須佐」は「すさぶ・すすむ」と同根で、「物事が勢いの赴くまま進行すること」の意。この神名を、出雲の須佐《すさ》（島根県簸川《ひかわ》郡佐田町）に求める説があるが、記の原文には、この神名に「須佐二字以《キタリ》レ音《ヲ》」という音注を付けているので、この「須佐」は地名ではないことが分る。地名ならば音注を省くのが常だからである。『出雲風土記』の「大須佐田《おほすさだ》・小《を》須佐田」（飯石郡須佐郷）も「勢いの赴くまま稲の実り放題の田」という予祝的命名であろう。伊耶那岐命が禊をしたとき、鼻を洗って化成した三貴子の第三神。命は岐神から海原の世界の領有支配を命ぜられるが、統治をせず泣きわめいて青山を枯らし河海の水を干上がらせ、ために多くの災害が発生した（四三—一四〜四四—一六）。この記事は、山津波・海津波・風津波の表象であるから、須佐之男命の本体が「暴風雨（嵐）神」だと考えてよい。その名のごとく「勢い激しく進み放題」だから、災害をもたらすのである。また嵐の発生地が海原と観じられていたので、海原の領有を命ぜられたのである。中国の盤古説話では、鼻からではなく、気（呼吸）から風、声から雷霆《らいてい》（かみなり）が生じたとしている。次に、須佐之男命が「妣《はは》が国根《ね》の堅州国《かたすくに》に罷《まか》らむとおもふゆゑに哭《な》く」（四四—一〇）と、岐神に言ったので、現《うつ》し国《くに》（人間の住む地上の世界）から追放される。海原に住んでこそ正常なのに、「妣が国根の堅州国」（亡母を「妣」といい、伊耶那美命の住む黄泉《よもつ》国《くに》を、地底の堅い州《す》の国と言葉を変えて表現した）に行きたいというのは異常である。ここに須佐之男命の荒ぶる性情に基づく厄病《やくびやう》神《がみ》的な本体がある。追放された須佐之男命は、姉天照大御神に暇乞いのため昇天するが、その神性の荒々しさのために誤解を受け「誓約《うけひ》」によって三女神を生み、心の清明を証する。なぜ三女神を生んだことがその証明になるのか。記紀には説明がない。そこで考えると、これは三女神の神名（各項参照）に鍵があろう。多紀理毗売《たきりびめ》命は「霧」の神格化。市寸《いちき》嶋比売《しまひめ》命(亦の名は狭依《さより》毘売《びめ》命)は「斎《いつ》き」(亦の名のほうは「神霊が憑依《ひょうい》する」)の表象。多岐都比売《たきつひめ》命は「滝《たき》」(激流)の神格化。このように、霧や水、また潔斎・神懸りと、農耕祭祀の重要な神を生んだことに基づくものと考える。次に須佐之男命は誓約《うけい》に勝ったとして、その勝ちに乗じて、農耕上の罪(祝詞、大祓詞《おおはらえのことば》では、「天《あま》つ罪《つみ》」と言っている)を犯し、最後に神衣《かむみそ》を織る「天《あめ》の服織女《はとりめ》」を殺し、天照大御神は天の石屋戸に隠《こも》ってしまったので、高天の原の八百万《やおよろず》の神々から追放される。このとき、須佐之男命は鬚《ひげ》と手足の爪とを切られ(肉体の一部を高天の原側《がわ》に取られるので、高天の原の意志のまにまに動かねばならない)、多くの贖物《あがもの》(罪のつぐないの物)を出させられて追放される。「大祓《おおはらえ》」の起源譚《たん》である。厄病神を追放して空腹を覚えた八百万の神々は、大気都《おおげつ》比売《ひめ》神に食物を乞う。須佐之男命はこの食物神を殺す。これは須佐之男命が五穀の収穫(これを「殺す」と表現したもの。五三―四)を支配する農業神としての面目を示す。次に、出雲(現し国としての出雲)の肥《ひ》の河(島根県の斐伊《ひい》川)の河上の鳥髪山《とりかみやま》(島根県仁多《にた》郡横田町大呂《おおろ》付近)に天降る。砂鉄の産地である。八俣《やまた》の大蛇《おろち》を退治し草なぎの剣を得、天照大御神に献上する。荒ぶる性《さが》の須佐之男命は、大祓《おおはらえ》を経た神として、愛・知・勇の三徳兼備の英雄神に変身し、高天の原の主宰神天照大御神に忠誠を尽す。次に、櫛名田《くしなだ》比売《ひめ》と須賀《すが》の地(島根県大原郡大東《だいとう》町須賀《すが》)で結婚する。嵐と稲田《いなだ》の結合である。八嶋士《やしまじ》奴美《ぬみ》神(八島の領有支配者の神格化)を生む。また神大市比売《かむおおちひめ》(市の神格化)を妻にして、大年《おおとし》神(年穀すなわち稲の神格化)と宇《う》迦之御魂《かのみたま》神(米食の神格化)を生む。そして六世の孫に、大穴牟遅《おおあなむじ》神が生れる。この神と須佐之男命との出会いが「根《ね》の堅州国《かたすくに》」(六三―六)であった。須佐之男命は素志どおりその国に赴き住んでいた。この場合の「根の堅州国(根の国)」は、地底の国の意で、黄泉《よもつ》国《くに》と重なる部分もあるが大きく異なる点がある。それは、「幾多の死に等しい試練を経験して蘇生し、大きな力を獲得して現し国へ戻る、その試練復活の国」であって、「黄泉国」は、永久に復活がない死の国である。黄泉国は伊耶那美命が支配し、根の国は須佐之男命が支配する。その根の国で、大穴牟遅神をさまざまに試練して、大国主《おおくにぬし》神(六五―五)となることを祝福して送り出す。このように、須佐之男命の活動は多岐に亙るが、その基本は嵐神なのである。その農業神としての素朴な伝承は『出雲風土記』にのみ残る(意宇《おう》郡安《やす》来《き》郷、大原郡佐世《させ》郷・御室郷、飯石郡須佐郷)。ということは、出雲の地方神であったことを意味する(ただし、須佐郷の出身なのではない)。それが大和に伝播《てんぱ》して、天照大御神の弟として系譜づけられたのであり、「荒れすさび」の面を強調して、さまざまの説話を構成したものと考えられる。須佐之男命を祖とする氏族は『新撰姓氏録』によると、大神朝臣《おおみわのあそみ》・賀茂《かも》朝臣(大和国、神別)、住道首《すむじのおびと》(未定雑姓、摂津国)とある。またこの神名を社名にするのは、『延喜式』神名帳では「杵築《きづき》神社須佐遠《すさのを》神社」(出雲国出雲郡)「須佐能袁能《すさのをの》神社」(備後国深津郡)がある。

建速須佐之男命・速須佐之男命・須佐之男命・須佐能男命(記上)速素戔男尊・神素戔嗚尊・素戔嗚尊(紀、神代上・下)速須佐雄能神(逸文備後風土記)神須佐乃烏命(出雲風土記、意宇郡)神須佐能袁命(同、大原郡)須佐乎命(出雲風土記、意宇郡)須佐能烏命(同、嶋根郡)須作能乎(同、秋鹿郡)須佐能袁命(同、神門郡・飯石郡・大原郡)

144
御倉板挙《みくらたな》の神（四三―九）
名義は「神聖な倉の中の棚に祭った稲霊」。棚は掛《か》くものであるから「板挙」の文字を用いた。伊耶那岐命が三貴子の分治を命じ、特に天照大御神には自分の御頸珠《みくびたま》を授けた。その珠の名。神代紀上に「倉稲魂、此《ここ》には宇介《うか》能美梅磨《のみたま》と云《い》ふ」とある。祝詞には「是れ稲霊なり。俗《よ》の詞に宇賀能美多麻《うかのみたま》」（大殿祭《おおとのほかい》）とある。この二つを比較すると、「倉稲魂」の「倉」の字は添えたものであることが分る。すなわち、稲魂・稲霊は、「御倉《みくら》」の棚に祭るべきものであったからである。すると、「御倉板挙の神」は「うかのみたま（稲魂・稲霊）」のことなのである。「倉《くら》」とは元来「神座《くら》」で、台になったものをいう。雨風が当るから囲って屋根をつける。台を棚にする。こうして「倉」が出来た。そこに稲の霊を安置して祭ったわけである。つまり、場所を神格化するだけで、その意味が通じたのは、そこに祭る神が一定していたからである。天照大御神が御頸珠を授かったのは、御頸珠が稲魂の象徴で、それを授かることによって天照大御神が「穀霊」としての霊能を付与されたということを意味する（「天照大御神」の項参照）。したがって、この「御頸珠」が、三種の神器の一つの「八坂瓊曲玉《やさかにのまがたま》」そのものではないのである。
御倉板挙之神（記上）

145
多紀理毗売《たきりびめ》の命（四七―一）
名義は「霧の女性」。「多《た》」は接頭語。「紀理《きり》」は霧。天照大御神と須佐之男命との誓約《うけい》において、須佐之男命の剣から生れた三女神の第一子。胸形《むなかた》の奥津宮《おきつみや》に鎮座する（亦の名が「奥津《おきつ》嶋比売《しまひめ》の命」と言われる所以《ゆえん》）。胸形君《むなかたのきみ》等《ら》の奉斎神。須佐之男命が三女神を生むことで心の清明を証することになったのは、霧や水、また潔斎・神懸りと、農耕祭祀の重要な神を生んだためであろう（「須佐之男《すさのを》の命《みこと》」の項参照）。胸形三女神は宗像《むなかた》神社（福岡県宗像郡）の祭神である。多紀理毗売命は沖津《おきつ》宮《みや》（大島村沖ノ島）に、市寸《いちき》嶋比売《しまひめ》命（亦の名は「狭依毗売《さよりびめ》の命」）は中津宮《なかつみや》（同村大島）に、多岐都比売《たきつひめ》命（「田寸津比売命」とも書く）は辺津宮《へつみや》（玄海町田島）に鎮座。三島は、北九州と朝鮮半島との航路の要衝であった。下関・大島・沖ノ島・対馬北端・韓国の釜山はほぼ一直線である。もっとも、福岡・壱岐・対馬のルートが利用されていたはずだから、右のルートは、むしろ沖ノ島が玄海灘のほぼ中央に位置する孤島で、宗教的意義のほうが深かったと考えられる。特に古墳時代以降、沖津宮社殿付近の巨岩群が神々の座（岩座《いわくら》）となり、その岩陰には鏡・玉・剣・金銅製の装身具・滑石製の舟形・ガラス器の破片などが散在していた。これは沖ノ島全体が神の島として尊崇されたことを物語る。古代の渡航者が玄海灘の安全を祈願して宝物を献納したのだが、奉斎者の宗像氏にそれを委嘱したものであろう。神代紀上には、この三女神は日神（天照大御神）の子で、宇佐《うさ》島に天降りし、今は「海北道中《うみのきたのみちのなか》」に鎮座し、その名を「道主貴《ちぬしのむち》」と言い、筑紫の水沼君《みぬまのきみ》等《ら》が奉斎しているとある。「海北道中」の名からみると宇佐島は大分県ではなく沖ノ島であろう。それならば奉斎氏族が記とは異なる。水沼君（筑後の三潴《みぬま》郡が本貫であろう）は、景行紀（十八年七月条）と雄略紀（十年九月条）などにしか姿を見せない。それに対して、胸形氏は婇《うねめ》を貢進し、その一人は天武天皇との間に高市皇子《たけちのみこ》を生み、朝臣の賜姓がある（天武十三年）。この時点では明らかに胸形氏が奉斎したものであろう。胸形氏は『新撰姓氏録』によると、「宗形朝臣、大神《おほみわ》朝臣同祖。吾田片隅命《あたのかたすみ》の後なり」（右京神別下、地祇）とあり、また「宗形君、大国主命六世孫、吾田片隅命の後なり」（河内国神別、地祇）とある。『延喜式』神名帳によると、宗像神社三座（大和国城上《しきじょう》郡）とあり、元慶五年十月十六日官符（類聚三代格《るいじゅうさんだいきゃく》）によると、この神社は大和国城上郡登美山（奈良県桜井市外山《とび》）に鎮座し、天武天皇以来高階《たかしな》氏（高市皇子の子孫）の氏人が祭祀に奉仕してきたとある。これは、胸形君徳善《とくぜに》の女《むすめ》が高市皇子の母であった関係による。こうして、三女神の誕生神話は宮廷神話の体系に組み込まれたものであろう。「多紀理毗売の命」は大国主神の妻になり、「阿遅鉏高日子根《あぢすきたかひこね》の神」と「高比売《たかひめ》の命」（亦の名は「下光比売《したてるひめ》の命」）を生む（七三—九〜一二）。これは大神《おおみわ》氏と胸形氏と賀茂《かも》氏（大和国葛城《かずらき》郡、今の御所《ごせ》市）との祖神（大国主神）を等しくすることの反映である。

多紀理毗売命（記上）　田霧姫命・田心《たごり》姫・田心姫命（紀、神代上）

146
奥津《おきつ》嶋比売《しまひめ》の命（四七—二）
名義は「沖ノ島に坐す女性」。「多紀理毗売《たきりびめ》の命」の別名。その項参照。

奥津嶋比売命（記上・播磨風土記、託賀《たか》郡）　瀛津嶋姫命・瀛津嶋姫（紀、神代上）

147
市寸嶋比売《いちきしまひめ》の命（四七—二）
名義は「神に斎《いつ》く島の女性」。「市寸《いちき》」は「斎《いつ》き」（身を清浄にして神にお仕えすること）の音変化。別名は「狭依毗売《さよりびめ》の命」。天照大御神と須佐之男命との誓約《うけい》において、須佐之男命の剣から生れた三女神の第二子。大島の宗像神社の中津宮に鎮座する。その大島には、沖ノ島の沖津宮を遙拝する所がある。沖ノ島自体が神の島であった（「多紀理毗売《たきりびめ》の命」の項参照）から、この大島で沖ノ島に斎《いつ》くということの表象であろう。この「市寸島比売の命」を、厳島《いつくしま》神社（『延喜式』神名帳では「伊都伎《いつき》島神社」。今の広島県佐伯郡宮島町）の祭神とする説がある。厳島神社は佐伯氏の奉斎する社で、佐伯氏の祖神は天つ神系であり、胸形氏の祖神は地《くに》つ神系であり、同一の三女神かどうか分らない。

市寸嶋上比売命（記上）　市杵嶋姫命・市杵嶋姫（紀、神代上）

148
狭《さ》依《より》毗売《びめ》の命（四七—三）
名義は「神霊の依《よ》り憑《つ》く女性」。「狭《さ》」は接頭語。「依《より》」は神が依り憑く、神懸りになる、の意。「市寸嶋比売《いちきしまひめ》の命」の別名。その項参照。

狭依毗売命（記上）

149
多岐都比売《たきつひめ》の命（四七—三）
名義は「激流の女性」。「多岐《たき》」は激流・早瀬。「滝《たき》」の意ではない。これは「垂水《たるみ》」と言ったからである。神代紀上に「湍津姫《たきつひめ》命」とある。「湍津」は「たぎつ」（激しく流れる）とも訓《よ》めるが、「多岐津」の「岐」は清音であるので、「たき（名詞）つ（連体助詞）」とみるべきである。天照大御神と須佐之男命との誓約《うけい》において、須佐之男命の剣から生れた三女神の第三子。玄海町田島の宗像神社の辺津宮に鎮座する。「多紀理毗売《たきりびめ》の命」の項参照。

多岐都比売命・田寸津比売命（記上）　湍津姫命・湍津姫（紀、神代上）

150
正勝吾勝々速日天之忍穂耳《まさかつあかつかちはやひあめのおしほみみ》の命（四七—八）
名義は「まさしく立派に私は勝った、勝利の敏速な霊力のある、高天の原直系の、威圧的な、稲穂の神霊」。「正勝」は「まさしく勝《すぐ》れている、立派だ」の意。神代紀上では「正哉《まさか》吾勝《あかつ》」となっている。この「正哉」は「正真正銘」の意。この神名の前半「正勝吾勝々速日」は、天照大御神と須佐之男命との誓約《うけい》で子を生んだ結果、須佐之男命が勝利を得た説話による称辞。「天之《あめの》」は「高天の原直系の」の意。「忍」は「天之忍許呂別《あめのおしころわけ》」の項参照。「穂」は稲穂。天孫降臨神話の主軸は「稲穂の穀霊」信仰および祭祀に関することなので、神名にも「穂」を含むのが多い。「耳」は「神霊《み》」を二つ重ねた表現で尊称。天照大御神の左の角髪《みずら》に巻いた御統《みすまる》の珠から生れた五男神の第一子。この御統の珠が皇位継承の象徴となる。そして天照大御神の命によって、葦原の中つ国を領有支配すべく降臨（稲霊の降誕を意味する）の折、地上が騒がしいので、高天の原から幾度も使者を派遣し、平定後の降臨準備中に、御子邇邇芸《ににぎ》命（母は、高木神の女《むすめ》、万幡豊秋津師比売《よろずはたとよあきずしひめ》命）が生れ、代りに降す。これは、天降りする神は新生の若々しい子であるべきだとする観念による。古い稲霊が新しい稲霊に生れ変ることの表象である。神代紀上には「天忍骨尊《あめのおしほね》」「天忍穂《あめのおしほ》根《ね》尊」ともある。「骨」は「穂根」の借訓《しやつくん》で、「根」は「根本」の意の親称の接尾語だから、「穂」（稲穂）の意である。『新撰姓氏録』では「島首《しまのおびと》」が「正哉吾勝々速日天押穂耳《まさかあかつかちはやひあめのおしほみみ》尊」の後である（未定雑姓、摂津国）とあるが、記紀では天孫邇邇芸《ににぎ》命の父であるから、いかなる氏族の祖と記すべくもない。

正勝吾勝々速日天之忍穂耳命（記上）　正哉吾勝々速日天忍穂耳尊・正哉吾勝々速日天忍骨（穂根）尊（紀、神代上・下）

151
天之《あめの》菩《ほ》卑《ひ》の命（四七―一〇）

名義は「高天の原直系の稲穂の霊力」。天照大御神と須佐之男命との誓約《うけい》において、天照大御神の右の角髪《みずら》に巻いた御統《みすまる》の珠から生れた五男神の第二子。この神の子の建比良鳥《たけひらとり》命が出雲国造《いずものくにのみやつこ》ら七氏の祖となる（四八―三〜一四）。高御産巣日《たかみむすひ》神・天照大御神の命により、葦原の中つ国平定の第一使者（このときは「天の菩比《あめのほひ》の神」の名である）として派遣されるが、中つ国の主宰者大国主《おおくにぬし》神に媚《こ》びて、三年たっても復命しなかった。これに対し、祝詞（出雲国造神賀詞《いずものくにのみやつこのかむよごと》）では、出雲臣等《いずものおみら》の遠つ祖、天穂比《あめのほひ》命は命ぜられたとおり復命し、かつ天孫降臨に際し、子の天夷鳥《あまのひなとり》命に布《ふ》都怒《つぬ》志《し》命を副《そ》えて、大穴持《おおあなもち》命を鎮《しず》めて国譲りを成功させたとある。これは出雲国側が大和朝廷に服従を誓う内容に即して書かれたものである。このことが、記紀の伝承は大和朝廷側の立場で書かれていることをも明らかにしている。この神を祖とする氏族は、神代紀上に「出雲臣・土師連等《はにしのむらじら》」とあり、『新撰姓氏録』では、出雲宿禰・出雲・入間《いるま》宿禰（左京神別中、天孫）出雲臣・神門《かむと》臣（右京神別上、天孫）土師宿禰・菅原朝臣・秋篠《あきしの》朝臣・大枝《おおえ》朝臣（右京神別下、天孫）土師宿禰・出雲臣（山城国神別、天孫）土師宿禰・贄《にえ》土師連（大和国神別、天孫）土師連・凡河内忌寸《おおしこうちのいみき》（摂津国神別、天孫）土師宿禰・土師連・山直《やまのあたい》・石津連・民直（和泉国神別、天孫）出雲臣（河内国神別、天孫）恵我《えが》（未定雑姓、山城国）真髪部《まかみべ》（未定雑姓、和泉国）とある。またこの神名を社名とするものは、『延喜式』神名帳では「天穂日命神社」（山城国宇治郡・因幡国高草郡・出雲国能義《のぎ》郡）がある。

天之菩卑能命・天菩比命・天菩比神（記上）　天穂日命（紀、神代上）　天穂比命（祝詞、神賀詞）

152
天津《あまつ》日子根《ひこね》の命（四七―一三）

名義は「天の太陽の子」。「日子」は太陽（日神）の子で、「男」の意ではない。「根」は「根本」の意から親愛の接尾語。天照大御神と須佐之男命との誓約《うけい》において、天照大御神の髪飾《かずら》に巻いた御統《みすまる》の珠から生れた五男神の第三子。この神を祖とする氏族は、「凡川内《おほしかふち》の国の造《みやつこ》・額田部《ぬかたべ》の湯坐《ゆゑ》の連《むらじ》・木《き》の国の造・倭の田中の直《あたひ》・山代の国の造・馬来田《うまぐた》の国の造・道《みち》の尻岐閇《しりきへ》の国の造・周芳《すは》の国の造・倭の淹知《あむち》の造・高市《たけち》の県主《あがたぬし》・蒲生《かまふ》の稲寸《いなき》・三枝《さきくさ》部《べ》の造等」（四九―一〜三）とある。神代紀上では「凡川内直・山代直等」また一書に「茨城

国造・額田部連等」とある。『新撰姓氏録』では、額田部湯坐連・三枝部連・奄智造・額田部（左京神別下、天孫）高市連・桑名首（右京神別下、天孫）三枝部連・額田部河田連・奄智造（大和国神別、天孫）国造（摂津国神別、天孫）額田部湯坐連・津夫江《つぶえ》連・凡河内忌寸・大県主（河内国神別、天孫）高市県主・末使主《すえのおみ》（和泉国神別、天孫）犬上県主・薦集造《こもずめ》（未定雑姓、大和国）とある。

天津日子根命（記上）　天津彦根命（紀、神代上）

153
活津日子根《いくつひこね》の命（四七—一四）

名義は「活力のある太陽の子」。「活」は、活力・生命力。「津」は連体助詞。「日子根」は前項「天津日子根《あまつひこね》の命」参照。天照大御神と須佐之男命との誓約において、天照大御神の左手に巻いた御統《みすまる》の珠から生れた五男神の第四神。この神を祖とする氏族はない。

活津日子根命（記上）　活津彦根命（紀、神代上）

154
熊野久須毗《くまのくすび》の命（四八—二）

名義は「奥まった野の神秘な霊力」。「熊野」の「熊」は「隈《くま》・隅《くま》」に同じで奥まっている所。「久須」は「奇《くす》し」の語幹。「毗」は霊力。この「くま」には「神饌《くま》」を供えて祭るのである。天照大御神と須佐之男命との誓約において、天照大御神の右手に巻いた御統《みすまる》の珠から生れた五男神の第五神。神代紀上では「熊野櫲樟日命《くまのくすび》」「熊野忍踏命《くまのおしほみ》」「熊野忍隅命《くまのおしくま》」とある。「忍踏」は「忍《おし》（威圧的な）穂霊《ほみ》」で、稲穂に因《ちな》む名。「忍隅」は「威圧的な神饌《くま》」の意。「神饌」は米である。「奠《くま》」とも書く。「熊野久須毗命」は、通説では出雲の熊野神社（島根県八束郡八雲村）の祭神とする。この祭神は、『出雲風土記』に「伊弉奈枳《いざなき》のまなごに坐す熊野加武呂命《くまのかむろのみこと》」（意宇《おう》郡、出雲の神戸の条）とあり、また祝詞（出雲国造 神賀詞《いずものくにのみやつこのかむよごと》）には「伊射那伎《いざなき》のひまなご加夫呂伎《かぶろき》熊野の大神櫛御気野命《くしみけの》」とある。伊耶那岐命の子である点と神名が異なる点から、ただちに熊野神社の祭神とするわけにはいかない。

熊野久須毗命（記上）　熊野櫲樟日命・熊野忍踏命・熊野忍隅命（紀、神代上）

155
建比良鳥《たけひらとり》の命（四八—一三）

名義は「勇猛な、異郷への境界を飛ぶ鳥」。「建」は「建依別《たけよりわけ》」の項を参照。「比良《ひら》」は「縁《へり》」と同源であり、物の端、隣との境界、の意。「黄泉《よも》つひら坂」（三八—一二）の「ひら」も、黄泉国と現《うつ》し国との境界をさす。「山代《やましろ》のへら坂」（一三七—一三）の「へら」も村の境界。「奥津甲斐弁羅《おきつかひべら》の神」（四二—四）の「へら」も、海と陸地の境界。ここでは、鳥が人間の霊魂を異郷に運ぶという信仰に基づき、その「比良《ひら》」を、現し国（葦原の中つ国）と異郷（出雲国）との境界と解してみた。天照大御神の生んだ五男神の第一子「天之菩卑《あめのほひ》の命」（その項参照）の子である。これは、「出雲の国の造《みやつこ》・无耶志《むざし》の国の造・上《かみ》つ菟上《うなかみ》の国の造・下《しも》つ菟上の国の造・伊自牟《いじむ》の国の造・津《つ》嶋《しま》の県《あがた》の直《あたひ》・遠江《とほつあふみ》の国の造等が祖《おや》ぞ」とあるように、七氏族の祖先神である。崇神紀（六十年七月条）には「武日照命《たけひなてり》」（「武夷鳥《たけひなとり》」とも「天夷鳥《あまのひなとり》」ともいう）が将来した神宝を出雲大神宮（杵築《きづき》大社）に蔵《おさ》めたとあり、祝詞（出雲国造神賀詞《いずものくにのみやつこのかむよごと》）には、「天夷鳥命《あまのひなとり》に布《ふ》都怒志《つぬし》命を副《そ》へて、天降《あまくだ》し」て、大穴持《おおあなもち》命（大国主神）を服従させたとある。この「天夷鳥命」は「高天の原から夷《ひな》（出雲国）へ飛び下った鳥」の意であるから、「建比良鳥《たけひらとり》の命」と同一の神格となる。したがって、この神は出雲国造と最も深い関係にあったと言える。『新撰姓氏録』では、出雲宿禰（左京神別中、天孫）が天夷鳥命《あまのひなとり》の後、出雲臣（山城国神別、天孫）が天日名鳥命《あまのひなとり》の後とある。

『延喜式』神名帳では、「天日名鳥命神社」（因幡《いなば》国高草郡）「阿麻能比奈等理《あまのひなとり》神社」（出雲国出雲郡）がある。このように、記の「建《たけ》—」、紀の「武《たけ》—」「天《あま》—」に比べて、他文献では「天《あま》—」のみであるが、同神とみて差支えない。

建比良鳥命（記上）　武夷鳥（紀、神代上）　天夷鳥（紀、神代上）　天夷鳥命（祝詞、神賀詞）

156
思金《おもひかね》の神（五〇—八）

名義は「多くの思慮を兼ね備えていること」。神代紀上に「思兼神《おもひかねのかみ》」を「深く謀《はか》り遠く慮《たばか》りて」とか「思慮《おもひたばか》りの智有《さとり》」とか説明するように思慮深い神である。『旧事本紀』では「八意《やごころ》思兼神」（天神本紀）・「八意《やごころ》思金神」（国造本紀）と、「八意」（多くの思慮）の修飾語を冠している。高御産巣日《たかみむすひ》神の子。活動は、「天照大御神の天の石屋戸ごもり」の条で、天照大御神を天の石屋戸から引き出すための謀《はかりごと》をめぐらし、「葦原の中つ国のことむけ」の段では、高御産巣日神と天照大御神の諮問に応じ、天《あめ》の菩比《ほひ》神の派遣を（七八—六）、次に天《あめ》の若日子《わかひこ》の派遣を（七九—一〇）、最後に建御雷之男《たけみかずちのお》神の派遣を（八三—一〇～一三）献策し、国譲りを成功に導く。「天孫の降臨」の条では、五伴緒《いつつのとものお》および勾玉《まがたま》・鏡・草なぎの剣また手力男《たぢからお》神・天《あめ》の石門別《いわとわけ》神とともに、天孫邇邇芸《ににぎ》命に随伴して地上に降り、天照大御神から御魂代《みたましろ》の鏡の祭事《まつりごと》を行うことを命ぜられる（九〇—三～一二）。このときの「思金神」は「常世《とこよ》の思金《おもひかね》の神」（九〇—六）という名になっている。「常世の」は「永遠の」の意の称辞である。そしてこの神は、天孫邇邇芸命とともに伊須受《いすず》の宮（伊勢神宮の内宮）を崇《あが》め祭ることになった。神代紀下では、思兼《おもいかね》神の妹、万幡豊秋津媛《よろずはたとよあきずひめ》命が天忍穂耳《あめのおしほみみ》尊の妃となり、天孫瓊瓊杵《ににぎ》尊を生んだとあるから、天孫にとっては叔父に当るわけである。

思金神（記上）　思兼神（紀、神代上・下）　常世思金神（記上）　八意思兼（金）神（旧事本紀）

157
天津麻羅《あまつまら》（五〇—一〇）

名義は「天上界の、片目の人」。「天」は「高天の原」をさす。「麻羅《まら》」は「目占《まうら》」の約。「鍛人《かぬち》」が冠せられているように、神名そのものより人名である。しかし、神格を与えられた存在であった。綏靖《すいぜい》前紀に「倭鍛部天津真浦《やまとのかぬちあまつまら》」、法隆寺金堂の多聞天《たもんてん》光背にも「鍛師《かぬち》閇《まら》」とあるように、「まら」の人名をもつものは鍛冶《かじ》職である。鍛冶職は職業柄、年中火の色を観察しているので、これを「目で占う」と表現したものであろう。そのとき、片目で見つめるのだが、そのために目が次第に悪くなり、ついに失明に至る。一種の職業病で、古く鍛冶職には隻眼《せきがん》の人が多かったのである。それを方言で、「目《め》がんち」というのは、「鍛人《かぬち》」（「金打《かなう》ち」が語源）に基づいている。神代紀下や『古語拾遺』に「天目一箇神《あめのまひとつのかみ》」、『播磨風土記』に「天目一命《あめのまひとつのみこと》」（託賀《たか》郡賀眉《かみ》里）とあるのも、片目の神が鍛冶職の表象であった。ギリシア神話の、ゼウス神の神聖な楯を作ったのはキュクロープスという片目の巨人であり、北欧神話の、オーディン（北欧の主神）も片目の老人で、楯を作るための鍛冶場を神々に作らせているように、外国でも同じ観点であった。『延喜式』神名帳に「鏡作麻気《かがみつくりまけ》神社」（大和国城下郡）とある「麻気《まけ》」は「目消《まけ》」で「視力が消える眼病」の意である。祭神は「麻比止都禰《まひとつね》命」（目が一つ）と伝えられる。天照大御神が天の石屋戸隠《ごも》りをしたので、それを招き出す方法として鏡を作る。作鏡者は次項の「伊斯許理度売《いしこりどめ》の命」なのであるが、その前に「鍛人天津麻《かぬちあまつま》羅《ら》を求《ま》ぎて」（五〇—一〇～一二）とある。これは砂鉄を採集し鍛える技術者として呼ばれたわけである。彼らは常に山に住んでいて（「山《やま》人《びと》」という）里人とは滅多に顔を会わさなかったから「捜し求め」られたのである。『新撰姓氏録』によると、「大庭造《おおばのみやつこ》」は「神魂《かむむすひ》命ノ八世孫、天津《あまつ》麻良《まら》命之後也」（和泉国、神別）とある。

158
伊斯許理度売《いしこりどめ》の命（五〇—二）

天津麻羅（記上） 天津真浦（綏靖前紀）

名義は「石を切って鋳型《いがた》を作り溶鉄を流し固まらせて鏡を鋳造《ちゅうぞう》する老女」。「許理度売《こりどめ》」の「こり」は凝固《ぎょうこ》。「ど」「と」は呪的な行為に付ける接尾語。たとえば「詔《の》りと」の「と」と同じで、「詔る」が「呪的に宣言する」意となる場合、それに「と」がつくように、「凝《こ》る」も呪的な行為と考えられたので「ど」を付けたものであろう。「め」は女、の意。「老女」と訳したのは、神代紀上に「石凝姥《いしこりどめ》」とあって、「姥」は老女を意味するからである。天照大御神が天の石屋戸隠《ごも》りをしたので、それを招き出す一つの方法として鏡を作る。その鏡の製作者の名。「作鏡《かがみつくり》の連等《むらじら》」の祖先神である（九一—三）。この神は五伴緒《いつつのとものお》の一つとして天孫邇邇芸《ににぎ》命の降臨に随伴して地上に降る。その鏡は天照大御神を招き出し、天孫降臨に随伴して天照大御神の御魂代《みたましろ》となり、伊須受《いすず》宮（伊勢神宮の内宮）に祭られ、天孫と思金《おもいかね》神とによって崇《あが》め祭られることになった。神代紀上には、鏡作部《かがみつくり》の遠祖《とおつおや》の名を「天糠戸者《あめのあらとのかみ》」また「天抜戸《あめのぬかと》」とし、その子を「石凝姥《いしこりどめ》」また「石凝戸辺《いしこりとべ》」としている。『新撰姓氏録』には、石凝姥の名も鏡作連の名もない。『延喜式』神名帳に、「鏡作」を社名にもつものとして「鏡作坐天照御魂神社《かがみつくりにますあまてらすみたま》」（大和国城下郡）「鏡作伊多神社《かがみつくりいた》」（同上）「鏡《かがみ》作麻気《つくりまけ》神社」（同上。前項「天津《あまつ》麻羅《まら》」の項で触れた）とある。

159
玉祖《たまのや》の命（五〇—二）

伊斯許理度売命（記上） 石凝姥・石凝戸辺《いしこりとべ》（紀、神代上）

名義は「玉を作る部族の祖先」。「玉」は宮廷の呪的祭具の玉。「たまのおや」を約《つづ》めて「たまのや」と言う。天照大御神が天の石屋戸隠《ごも》りをしたので、それを招き出す一つの方法として「八尺《やさか》の勾璁《まがたま》の五百《いほ》つの御《み》すまるの珠」（大きな勾玉を五百箇も多く緒に統《す》べ括った玉）を作る。その勾玉の製作者。「玉祖《たまのや》の連等《むらじら》」の祖先神である（九一—四）。この神は五伴緒《いつつのとものお》の一つとして天孫邇邇芸《ににぎ》命の降臨に随伴して地上に降る。この八尺の勾玉は三種の神器の一つとなる。神代紀上では「玉作部《たますりべ》の遠祖豊玉《とよたま》には玉を造らしむ」とあり、また一書に「伊奘諾《いざなき》尊の児天明玉《あめのあかるたま》が作《す》れる八坂《やさか》瓊《に》の曲玉《まがたま》」とある。「玉作」を「玉すり」と訓《よ》むのは原玉を磨《す》りあげるからである。『新撰姓氏録』によると、「忌玉作」の項に「高《たか》魂《むすひ》命ノ孫天明玉《あめのあかるたま》命之後也。天津《あまつ》彦火瓊々杵《ひこほのににぎ》命、降リ幸《いでまシシ》於葦原中国ノ時、与《と》五氏神部、陪従シテ皇孫ニ降来リ。是時造リテ作玉璧ヲ以為ス神幣ト。故《カレ》号ク玉祖《たまのや》ノ連ト。亦号ク玉作連ト」（右京、神別、上）。とある。つまり「玉祖連」と「玉作連」とは同じである。玉作りを業とする職業団体（玉作部《たまつくりべ》）は、元来土地に定着せず全国的にかつ辺地を渡り歩いたらしく、「地得《ところえ》ぬ玉作り」という諺《ことわざ》（一四七—八）があった。『延喜式』神名帳で、「玉祖」を社名にもつものは「玉祖神社」（河内国高安郡）「玉祖神社二座」（周防国佐婆郡）、また「玉作」を社名にもつものは「玉作神社」（近江国伊香郡）がある。

玉祖命（記上） 豊玉・天明玉（紀、神代上）

160
天《あめ》の児屋《こやね》の命（五〇—三）

名義は「天上界の、小家屋」。「屋」は「や」とも「やね」とも訓《よ》むが、『家伝《かでん》』（『藤氏家《とうしか》伝《でん》』とも『大職冠伝《たいしょくかんでん》』ともいう。上巻は藤原鎌足《かまたり》・定恵《じょうえ》父子の伝、下巻は藤原武智麿《むちまろ》伝。藤原仲麿撰。天平宝字四年正月以後の成立）に「天児屋根命《あめのこやね》」とあるので、「やね」と訓む。「児屋《こやね》」とは「小さな屋根の建物」で、その建物自体の神格化である。ここに一つの参考になる例がある。沖縄にアシャギと称する小屋《こや》が村に建てられており、その前が広場になっている。アシャギは柱四本の上に屋根を葺いた二坪ほどの小屋である。十二年毎の午《うま》の年、成女式（神祭りをする資格が社会的に認定されて一人前の女となる式。今日の二十歳の成人式とは全然異なる）には、その小屋の周囲をクバという木の葉で蔽い、その中に指導者ノロが籠って託宣を下す。古くは、そのアシャギはノロが一人か二人正坐して入れるほどの極めて小さい建物であったという。「天の児屋の命」というのは、たとえば右のアシャギのような「小屋」の神格化ではなかったか。すなわち、その小屋に籠って「ふと詔戸《のりと》言禱《ごとほ》き白《まを》し」（五一—五）たのが「天の児屋の命」の命名の由来であったろうと考える。託宣の神の居所は、身を折れ屈《かが》ませて入れるほどの小さな建物であると定まっていたことを示す。天照大御神が天の石屋戸隠《ごも》りをしたので、それを招き出す一つの方法として、鹿卜《ろくぼく》（雄鹿の肩骨を、ははかの木で焼いて、その亀裂で、事を占う。奈良朝後期に「亀卜《きぼく》」に変る）をし、「ふと詔戸言」をことほぎ申し上げて、天照大御神の出現を祈願し、それに成功する。天孫邇邇芸《ににぎ》命の降臨に際し、五伴緒《いつつのとものお》の筆頭として随伴する（九〇—三）。中臣連《なかとみむらじら》等の祖先神。『新撰姓氏録』によれば、藤原朝臣《あそみ》・大中臣朝臣・中臣酒人宿禰《さかひとのすくね》・伊香連《いかごのむらじ》・中臣宮処連・中臣志斐《しひ》連・殖栗《えくり》連・中臣大家連・中村連（左京、神別、上）・津島朝臣・椋垣朝臣・荒城朝臣・中臣東連・神奴連・中臣藍連・中臣大田連・生田首《おびと》（摂津国、神別）・菅生朝臣・中臣連・中臣酒屋連・村山連・中臣高良比連・平岡連・川跨連・中臣連・中臣（河内国、神別）・中臣栗原連・大鹿首（未定雑姓、右京）・津嶋直（同、摂津国）が「天児屋根命」を祖神としている。「中臣《なかとみ》」とは、中臣氏系図が引く延喜本系に「皇神之御中《すめがみのみなか》、皇御孫之御中執持《すめみまのみなかとりもち》、伊賀《いか》志桙《しほこ》不レ傾《かたぶか》、本末中良《もとすゑなから》布留《ふる》人、称《いふ》二之中臣一者《とてへり》」（「案《ズル》下依《リテ》二去《いにシ》天平宝字五年撰氏族志所之宣一勘造《シ》所レ進《ル》本系帳上云」として引いた文）とあるように、神と神々、皇孫との中をとりもつ（天児屋命は、神代紀上に「中臣神」ともあることに基づく氏族名となった。このような、言ってみればたいへんな存在が「中臣」（「中つおほみ」で、中に存在する偉大な霊的な人、の意）であり、その神意の表現を「ふと詔戸《のりと》言《ごと》」という言語によって行使したのである。神代紀上では、天児屋命の父を興台産霊《こごとむすひ》としているが、この神名も「言言《ことこと》の生成の霊力」の意である。この氏族は、神意を表す祝詞を奏することによって、宮廷祭祀の管掌者となり、最有力氏族となった。

天児屋命（記上・紀、神代上）天児屋根命（家伝・台記《だいき》別記所収中臣寿詞《なかとみのよごと》）天之《あめの》子八根《こやね》命（祝詞、春日祭《かすがのまつり》）中臣神（紀、神代上）

161
布刀玉《ふとだま》の命（五〇—一三）

名義は「立派な祭具の玉」。「布刀《ふと》」は「太《ふと》」で「立派な」の意の美称。「玉」は祭祀用の玉で、神聖な祭具の代表。玉を作るのではなく（これは「玉祖命《たまのや》」）、作られた玉を幣帛として祭祀を行う側《がわ》の表象に基づく。天照大御神が天の石屋戸隠《ごも》りをしたので、それを招き出す一つの方法として、鹿卜《ろくぼく》をし、八尺《やさか》の勾《まが》璁《たま》・八咫《やあた》の鏡・白和幣《しらにきて》・青和幣《あおにきて》をつけた賢木《さかき》を「ふと御幣《みてぐら》」（立派な、神への供え物）として手に取り持って、天照大御神の出現を祈願し、それに成功する。天孫邇邇芸《ににぎ》命の降臨に際し、五伴緒《いつのとものお》の一つとして随伴する（九〇—三）。忌部首等《いみべのおびとら》の祖先神。「忌部」は宮廷祭祀の神聖な祭具を貢納した品部《しなべ》（職業団体）である。神代紀上には「忌部神《いみべのかみ》」ともある。『新撰姓氏録』には斎部《いみべ》宿禰は高皇産霊尊の子、「天太玉命《あめのふとだま》」の子孫だとある。『古語拾遺』には、高皇産霊神の子の太玉命の率《ひき》いる神に、天日鷲命《あめのひわし》（阿波《あわ》国の忌部の祖）、手置《たおき》帆負命《ほおい》（讃岐《さぬき》国の忌部の祖）、彦狭知命《ひこさしり》（紀伊国の忌部の祖）、櫛明玉命《くしあかるたま》（出雲国の玉作《たまつくり》の祖）、天目一箇命《あめのまひとつ》（筑紫・伊勢両国の忌部等の祖）があると記し、天の石屋戸の前での神事での神々の活動を詳しく述べている。『延喜式』神名帳に、「太玉命神社四座」（大和国高市郡）があり、「安房座神社」（安房国安房郡）は祭神が天太玉命として著名である。

　布刀玉命（記上）　太玉・太玉命（紀、神代上）　忌部神（紀、神代上）

162
天《あめ》の手力男《たぢからを》の神（五一—五）

名義は「天上界の、手の力の強い男」。天の石屋戸の脇に隠れ立って、天照大御神の手を取って石屋戸から引出す。天孫邇邇芸《ににぎ》命の降臨に随伴する（九〇—六）。佐那々県《さななかた》（三重県多《た》気《き》郡多気町）に鎮座。佐那神社（神名帳には「佐那神社二座」）がある。この神名を社名にした「天手力雄神社」（神名帳、紀伊国牟婁《むろ》郡）もある。

　天手力男神（記上・紀、神代上）　手力男神（紀、神代上）

163
天《あめ》の宇受売《うずめ》の命（五一—六）

名義は「天上界の、髪飾りをした巫女」。「宇《う》受《ず》」は「髻華」（推古紀十一年十二月条）の文字を「うず」と訓《よ》むことの注がある。「熊《くま》白檮《かし》が葉を髻華《うず》に插《さ》せ」（一六九—一〇）、「嶋山に照れる橘宇《う》受《ず》に插《さ》し」（万葉、巻十九、四二七六）、「神主部《はふりべ》が雲聚《うず》の玉かげ」（同、巻十三、三二二九）などの例がある。「うず」は「插頭《かざし》」（髪に插すもの。かんざし。髪飾り）で、常緑樹などの生命の木といわれる植物の葉（時には橘の実の場合もある）をかんざしにして長寿と豊穣《ほうじょう》を願った。「神主部《はふりべ》」がうずを插しているのもその呪術性による。天宇受売命は、記の叙述によると、「天《あめ》の真折《まさき》を縵《かづら》として」とあるように、「まさきのかずら」をかんざしとしたのである。これらの植物は神霊の依《より》代《しろ》となるもので、これをつけた女は神懸りになることもできた。天照大御神が天の石屋戸に隠《こも》った際、その前で神懸りして踊り、胸乳と陰部を露出する。邪気を払う呪術である。東南アジアに見られるシャーマン（巫覡《ふげき》）に類似する。天照大御神が天の石屋戸の神事によって石屋戸から出るこの神話は、十一月の冬至のころが最も太陽の活力が衰えるときであったので、その回復を願う祭儀の反映である。これを神祇令では「鎮魂祭《みたましづめのまつり》」と称し、十一月寅《とら》の日と定めている。その初見は、天武紀十四年十一月丙寅《へいいん》（二十四日）の条である。「天皇の為に招魂《みたまふり》しき」とある。天皇と日神とは一体であるから、天皇の鎮魂祭（魂を振起する祭）となるのである。このときに猿女君《さるめのきみ》氏がこの秘儀にたずさわっており、その祖神が天宇受売命である。古事記上巻のこの条は、その猿女君氏の縁起譚となっている。『古語拾遺』には「天鈿女命《あめのうずめ》の遺跡なり。然れば則ち御巫《みかむなぎ》の職は、旧氏を任ずべし」とある。旧氏とは猿女君氏。「天鈿女」の「鈿」は「かんざし」の意である。ところが、同書は「天鈿女」の説明を「古語、天乃《あめの》於須女《おずめ》。其の神、強《こは》く悍《あら》く猛《たけ》く困《たしな》む。故《かれ》、以て名と為《な》す。今俗《よ》に強《こは》き女を於須女《おずめ》と謂《い》ふは、此の縁《ことのもと》なり」としている。「おぞまし」（源氏物語、帚木）「おずまし」（同、夕霧）の語例にもあるように「強情な女」と解しているわけである。これは本来の意味ではなく、「手弱《たわや》女《め》人にあれども、いむかふ神と面勝《おもか》つ神（敵対する神と相対しては、面と向って気おくれせずにらみ勝つ神）」（八九―一〇）とあることに引かれた解釈である。とはいえ、これは天孫降臨に先立って、天の八衢《やちまた》にいる猿田毗古《さるたびこ》神の名を顕《あらわ》したときの、天宇受売命のしっかりした態度による表現であり、「強女《おずめ》」と解されたのも無理はない。というより、『古事記』自体が、「宇受売《うずめ》」の音の響きから、「強女《おずめ》」を暗示しているのかもしれない。天孫邇邇芸《ににぎ》命の降臨に際し、五伴緒《いつつのとものお》の一つとして随伴した。天宇受売命の子孫は、猿田毗古神の名を貰って、「猿女の君」と言った（九三―四～九）。この「猿女」を「戯《さ》る女《め》」とする説がある。それならば「猿田毗古」も「戯《さ》る田彦」と解し得るであろうか。今日残存する御田祭《おんだまつり》には、男女のかまけわざによる豊穣を表象した道化的演技を伴うものが多いけれども、本来はそうではなかったと考える。「猿田毗古」（別項参照）は、そのまま「猿の田」である。「猿」は太陽の神使《かみつか》いの動物で、一般には「さる」と言うことを忌《い》んだ（「まし」とか「ましら」とか言いかえた）。それを「猿田《さるた》」と言ったのは、「日神の霊威のある田」の意と考えるべきであろう。同様に「猿女《さるめ》」も「日神の霊威を負った巫女」の意と考えてよかろう。

天宇受売・天宇受売命（記上）　天鈿女命（紀、神代上）

164 **大気《おほげ》都《つ》比売《ひめ》の神**（五三―一）

「大宜《おほげ》都《つ》比売《ひめ》（三―二）」参照。

165 **足名椎《あしなづち》**（五四―一）

名義は「晩生《おくて》の稲の精霊」。「足名」は「浅《あさ》稲《いな》」の約「あしな」。「浅《あさ》」は「遅《おそ》」と同源の語で、遅く実る稲（晩稲《おくて》）の意。次項の「手《て》名《な》椎《づち》」（早稲《わせ》）の対。「椎」は「づ（連体助詞）ち（精霊）」の意。「鈇」の文字を使った例（五七―四）もある。「鈇」は、斧《おの》の意で、『類聚名義抄《るいじゅみょうぎしょう》』に「ツチ」の訓（僧上、一二三）がある。「椎《つち》」と同じ文字の使いかたである。神代紀上には「脚摩乳《あしなづち》」とある。この表記には、愛する娘（奇稲田姫《くしなだひめ》）の足を摩《な》で慈《いつく》しむ気持が込められている。一方、「足無《あしな》椎《づち》」（足の無い精霊）と解し、農耕上の水神の蛇のことだとし、動物崇拝《トーテミズム》の立場からする説もある。「足名椎」は国つ神「大山津見《おほやまつみ》神」（別項参照）の子で、妻「手名椎《てなづち》」（次項参照）とともに、八人の娘を育てていたが、毎年高《こ》志《し》の八俣《やまた》の大蛇《おろち》に食われて、最後の櫛名田比《くしなだひ》売《め》を残すのみとなった。その八俣の大蛇を須《す》佐《さ》之《の》男《お》命が退治したので、比売を命に奉る。命から、須賀《すが》宮の首長に任ぜられ、「稲田《いなだ》の宮主《みやぬし》須賀《すが》之《の》八耳《やつみみ》の神」（別項参照）と命名された。

足上名椎・足名椎神・足名鈇神（記上）

脚摩乳（紀、神代上）

166 **手《て》名《な》椎《づち》**（五四―二）

名義は「早稲《わせ》の精霊」。「手名」は「速《と》稲《いな》」の約「てな」。早く実る稲は「早稲《わせ》」である。前項の「足名椎《あしなづち》」（晩稲《おくて》）の対。神代紀上には「手《て》摩乳《なづち》」とある。この表記には、愛する娘（奇稲田姫《くしなだひめ》）の手を摩《な》で慈《いつく》しむ気持が込められている。一方、「手《て》無《な》椎《づち》」（手の無い精霊）と解し、農耕上の水神の蛇のことだとし、動物崇拝《トーテミズム》の立場からする説もある。「手名椎」は、国つ神「大山津見《おほやまつみ》神」（別項参照）の子で、夫「足名椎《あしなづち》」とともに、娘奇名田比《くしなだひ》売《め》を育て、八俣の大蛇《おろち》に食われようとしたところを須佐之男《すさのお》命に救われ、娘を命に奉る。

手上名椎・手名椎神（記上）　手摩乳（紀、神代上）

167 **櫛名田比売《くしなだひめ》**（五四―三）

名義は「霊妙な、稲の田の女性」。「櫛」は「奇《く》し」の借訓《しゃっくん》であるが、「ゆつ爪櫛《つまくし》」に変身させられる（五五―九）文脈からみると、全くの借訓ではない。「櫛名田《くしなだ》」は「奇《く》し稲田《いなだ》」の約。この神は、地の文の中で「神」とか「命」の敬称が付いていない。これは巫女であることを表す。稲田の守護神であるが、ここでは大蛇への人身御供《ひとみごくう》となる巫女的性格が強い。足名椎《あしなづち》と手名椎《てなづち》との娘がもと八人あったが、毎年八俣《やまた》の大蛇《おろち》に食われて、今年も食われる運命にあった最後の娘の名。そこを須《す》佐《さ》之《の》男《お》命に助けられ、命の妻となり、八嶋士《やしまじ》奴美《ぬみ》神（別項参照）を生む。神代紀上に「真《ま》髪触奇《かみふるくし》稲田《いなだ》媛《ひめ》」とある「真髪触」は「美しい髪に触れる櫛《くし》」の意から「奇《くし》」に懸る枕詞的に用いたもの。『出雲風土記』の「久志伊奈《くしいな》太美《だみ》等与《とあたはす》麻奴良《まぬら》比売《ひめ》命」（飯石郡熊谷郷）とある。「久志伊奈太」は「奇稲田」。「美等与」は「玉門をお与えになる」。「麻奴良比売」は「真寝《まぬ》ることの媛」の意で、稲は雷電（ここでは須佐之男命）との交接によって実るとの信仰に基づいて命名されたもの。

　櫛名田比売（記上）　奇稲田姫・稲田媛・真髪触奇稲田媛（紀、神代上）　久志伊奈太美等与麻奴良比売命（出雲風土記、飯石郡熊谷郷）

168 稲田《いなだ》の宮主《みやぬし》須《す》賀《が》之《の》八耳《やつみみ》の神（五七―六）

名義は「稲田の宮殿の首長である、須賀の地の多くの神霊」。「稲田」は、須佐之男《すさのお》命の妻櫛名田比売《くしなだひめ》の名の「稲田」に因《ちな》んで命名された宮殿の名。地名で呼べば「須賀《すが》の宮」（五六―一四）という。「宮主」は、その宮殿を管掌する首長。「須賀」は地名（島根県大原郡大《だい》東《とう》町須賀《すが》）。「八」は多数を表す日本の聖数。「耳」は「霊《み》」を二つ重ねた語。須佐之男命が櫛名田比売と結婚し、その新居の宮殿の首長として、比売の父の「足名椎《あしなづち》」（別項参照）を任命し、与えた名。

　稲田宮主須賀之八耳神（記上）　稲田宮主簀狭之八箇耳・稲田宮主神・簀狭之八箇耳（紀、神代上）

169 八嶋士奴美《やしまじぬみ》の神（五七―八）

名義は「多くの島々を領有する主の神霊」。「士奴美《じぬみ》」は「知主霊《しぬみ》」の義であろう。「知《し》る」（領有する）の語幹「し」は、「日雙《ひなみ》しの皇子《みこ》の命《みこと》」（万葉、巻一、四九）の「し」（日に並んで天下を「知《し》らす」）や「八隅知《やすみし》し」（四方八方を知らす）の枕詞の「知《し》」に見られる。「奴美《ぬみ》」の「奴《ぬ》」は「主《ぬし》」の原形である。「淤美豆奴《おみづぬ》の神」（五七―一三）の「奴《ぬ》」と同じ（「大水主」の義。その項参照）。このように、「ぬ」が「主《ぬし》」の意であったが、それに「某《なにがし》」の「し」（「人」の意）が付いて「ぬし」となった。「美《み》」は「綿津見《わたつみ》」「山津見《やまつみ》」の「み」に同じく「神霊」の意。神代紀上には「清之湯山主三名狭漏彦八嶋篠《すがのゆやまぬしみなさもるひこやしましの》・清之繋名坂《すがのゆひなさ》軽彦八嶋手《かるひこやしまで》命・清之湯山主三名狭漏彦八嶋《すがのゆやまぬしみなさもるひこやしま》野《の》」の名を掲げる。「清《すが》」は地名（島根県大原郡大東《だいとう》町須賀《すが》）。「湯山《ゆやま》」は『出雲風土記』に「須我《すがノ》小川之湯淵《ゆぶちノ》村、川中《ノ》湯泉《ゆ》」（大原郡海潮《うしお》郷）とある、今の大東町の海潮温泉の地名。「清之繋《すがのゆひ》」は、「須賀の湯霊《ゆひ》」の意。「三名」は「御名」。「狭漏彦」の「狭漏」を「さろ・さる」と訓《よ》むのは訓・音が混る形になるから、借訓《しやっくん》として「さもる」（「稲が盛《も》る」の意か）と訓《よ》みたい。また「坂軽彦」を「さかかる」と訓んでいるが「さかる」（「稲《さ》が赤《あか》る」の意か）と訓みたい。次に「八嶋篠」の「篠《しの》」は「知主《しぬ》」の音転で借訓。「八嶋手」は「八島《やしま》主《ぬ》」の音転。「八嶋野」も「八島主《ぬ》」の音転。すると、記の「八嶋士奴美」の「士奴《じぬ》」（知《し》主《ぬ》）と同義であることが分る。須佐之男《すさのお》命と櫛名田比売《くしなだひめ》との子。須佐之男命の子孫十七世神の第一世。木花知流比売《このはなちるひめ》を妻にして布波能《ふわの》母遅久奴須奴《もじくぬすぬ》神を生む。

　八嶋士奴美神（記上）　清之湯山主三名狭漏彦八嶋篠（八嶋野）・清之繋名坂軽彦八

嶋手命（紀、神代上）

170
神大市比売《かむおほちひめ》（五七—八）
名義は「神々しい、立派な市」。「神」は、特に神霊の発動の激しいことを畏敬して冠する接頭語。「市」は物々交換のため人が多く集まるところ。その市場の支配神の名。歌垣《うたがき》も催された。大山津《おおやまつ》見《み》神の娘である。山の神は海陸を問わず、物々交換の市場を提供する霊能があったので、その分身（系譜上は親子）として「神大市比売」を表象しているのである。須佐之男《すさのお》命の妻になり、大年《おおとし》神（次項参照）と宇迦之御魂《うかのみたま》神（次々項参照）とを生む。この「大市」を社名にもつものに「大市神社」（『延喜式』神名帳、伊勢国安濃《あの》郡）がある。

神大市比売（記上）

171
大年《おほとし》の神（五七—九）
名義は「立派な稲の稔《みの》り」。漢字「年」の字義は「穀物の熟すること」。穀物のなかで、稲の稔りが一年かかることから、「年月」の意の「年《とし》」となった。「わが欲《ほ》りし雨は降り来《き》ぬかくしあらば言挙《ことあ》げせずとも年《とし》は栄えむ」（万葉、巻十八、四一二四）や「奥津御年《おきつみとし》」（祝詞、祈年祭《としごいのまつり》）などの「年」は「稲・稲の稔り」の意。須佐之男《すさのお》命が大山津《おおやまつ》見《み》神の娘大《おお》市比売《ちひめ》（前項参照）を妻にして生んだ神の名。稲・稲の稔りの神。この神は伊怒比売《いのひめ》を妻にして多くの神々を生んだ（三六—一～一二）。

大年神（記上）　大歳御祖《みおや》神・大歳神（逸文山城風土記）

172
宇迦之御魂《うかのみたま》の神（五七—九）
名義は「稲に宿る神秘的な霊」。「宇迦《うか》」は「うけ」（食物）の古形。ここでは特に稲霊をさす。神代紀上に「倉稲魂」を「于介能美柂《うかのみた》磨《ま》」という旨の訓注がある。「倉」の字は添えたもの（「御倉板挙《みくらたな》の神」の項参照）で、「稲魂」の意であり、祝詞にも「屋船豊宇気《やふねとようけ》姫《ひめ》」の注に「是れ稲霊なり。俗《よ》の詞に宇賀能《うかの》美多麻《みたま》」（大殿祭《おおとのほかい》）とあるのが参考になる。このように、「稲霊」をいうときは「うかの御魂」といって特に尊んだのである。主食の米だからである。一方「豊宇気毘売《とようけびめ》の神」（三四—九）や神代紀上の「保食神《うけもち》」（「食」が「うけ」で、「保」が「もち」）、また「大気都《おほけつ》比売《ひめ》の神」（五三—一）などの神は、五穀一般の食物をさすので、「うかの御魂」が稲魂に限定されるのとは異なっている。また前項の「大年《おほとし》の神」とも異なる。「大国主神として国作りをする」の条に「宇迦《うか》の山」（六五—七）とある山（出雲大社の東北にある御埼《みさき》山の別名）の名も、五穀の食物に因《ちな》んだものであろう。須佐之男《すさのお》命が大山津《おおやまつ》見《み》神の娘大市《おおち》比売《ひめ》を妻にして生んだ神の名。

宇迦之御魂神（記上）　倉稲魂命（紀、神代上）　宇賀能美多麻（祝詞、大殿祭）

173
木花知流比売《このはなちるひめ》（五七—一〇）
名義は「桜の花が散ること」。「木花」は桜の花をさす。桜は元来神木で、その花の咲き散る生態によって年穀を占う木と信じられた。咲くことを主にすれば「木花之佐久夜毘売《このはなのさくやびめ》」（九四—二）の名となり、散ることを主にすれば「木花知流比売」の名となる。ともに大山津《おおやまつ》見《み》神の娘である。山の神の霊能の一つが娘の名として系譜づけられている。「花散らふ秋《あき》津《づ》の野べに」（万葉、巻一、三六）の、枕詞「花散らふ」の「花」も桜の花であって、「秋」に懸るのは収穫の「秋」の予祝を込めたものである。須佐之男《すさのお》命の子孫十七世神の第一世八嶋士奴美《やしまじぬみ》神の妻になり、布波能母遅《ふわのもじ》久奴須奴《くぬすぬ》神を生む。

木花知流比売（記上）

174
布波能母遅久奴須奴《ふはのもぢくぬすぬ》の神（五七—一一）
名義は「蕾《つぼみ》の貴人の、国の居住地の主」。従来この神名は未詳とされているが、一案として出しておく。「布波《ふは》」は「含《ふふ》む」の語幹

「ふふ」と同根で「まだ開ききらない状態」をいう語。「母遅《もち》」は「貴《むち》」に同じ。「大日孁貴」の訓注に「於保比屢咩能武智《おほひるめのむち》」とあり（紀、神代上）、また「大穴牟遅《おほあなむち》の神」（五八—二）の例がある。将来ある蕾の貴人は「久奴須奴」の美称であろう。母神の木花知流比売《このはなちるひめ》の縁で「布波《ふは》」（蕾）と表現したか。「久奴須《くぬす》」は「国巣《くにす》」で、巣は人の住居の意。最後の「奴《ぬ》」は「主《ぬ》」の意。父神の八嶋士奴美《やしまじぬみ》の神（五七—一〇）が八島の領有支配者の神霊を承《う》けて国の居住地の主の名となったもの、と考える。須佐之男命の子孫十七世神の第二世。八嶋士奴美神と木花知流比売神との間に生れた神。日河比売《ひかわひめ》を妻にして深淵之水夜礼花《ふかふちのみずやれはな》神を生む。

175
淤迦美《おかみ》の神（五七—一二）

布波能母遅久奴須奴神（記上）

名義は「水を掌る龍神」。なお「闇淤加美《くらおかみ》の神」（三六—一）の項参照。須佐之男《すさのお》命の子孫十七世神の第二世「布波能母遅久奴須奴《ふはのもぢくぬすぬ》神」の妻になった日河比売《ひかわひめ》の親神。また、大国主神の子孫の甕主日子《みかぬしひこ》神の妻になった比那良志毘売《ひならしびめ》の親神としても名を見せる（七三—四）。この神名を社名にもつものについても「闇淤迦美《くらおかみ》の神」の項参照。

176
日河比売《ひかはひめ》（五七—一三）

淤迦美神（記上）

名義は「霊的な川」。「日《ひ》」は「霊性」を表す接頭語。霊川に奉仕する巫女《ふじょ》。水神「淤迦美《おかみ》の神」（「闇淤加美《くらおかみ》の神」の項参照）の娘。須《す》佐之男《さのお》命の子孫十七世神の第二世「布波能母遅久奴須奴《ふはのもぢくぬすぬ》神」の妻になり、深淵之水夜礼花《ふかふちのみずやれはな》神を生む。

177
深淵之水夜礼花《ふかふちのみつやれはな》の神（五七—一三）

日河比売（記上）

名義は「深い淵の水が遣《や》られ始めること」。「深淵」は、水が淀んで深い淵をなしているところ。「水夜礼花《みつやれはな》」は従来未詳とされた。一案を出しておく。「夜礼」は「遣《や》る」（自動詞四段）の受身形（下二段）であろう。深淵の水が目に見えない力によって送り出され流れてゆく。その水の流れ始めが「花《はな》」（「端《はな》」の借訓）とみたい。水の運行の神格化。須佐之男《すさのお》命の子孫十七世神の第三世。布波能母遅《ふわのもじ》久奴須奴《くぬすぬ》神と日河比売《ひかわひめ》との間に生れた神。天之都度閇知泥《あめのつどえちね》神（次項参照）を妻にして淤美《おみ》豆奴《ずぬ》神を生む。

178
天之都度閇知泥《あめのつどへちね》の神（五七—一三）

深淵之水夜礼花神（記上）

名義は「天上界の、集められた水路」。名義未詳の神名であるが、一案を出しておく。「天之」は水源を考慮して冠せられたものであろう。「都度閇《つどへ》」は、自動詞四段「集《つど》ふ」の受身形（下二段）で、目に見えない力によって集められている、の意。「知《ち》」は「道《ち》」であるが、ここでは「水路」。「泥《ね》」は親称。須佐之男《すさのお》命の子孫十七世神の第三世「深淵之水夜礼花《ふかふちのみつやれはな》の神」（前項）の妻になり、淤美豆《おみず》奴《ぬ》神（次項）を生む。水に因《ちな》む系譜であり、百川を集めることに基づく名とみると、「淤美豆奴神」といった「大水」の神が生れるのも自然である。

179
淤美豆奴《おみづぬ》の神（五七—一三）

天之都度閇知泥上神（記上）

名義は「大水の主」。「大《おほ》」を「お」と短く言う例は「都夫良意富美《つぶらおほみ》」（三三五—一）が「都夫良意美《つぶらおみ》」（三三六—四）に、「意富祁《おほけ》の命」（三五八—一三）が「意祁《おけ》の命」（三五八—一六）に記されていることに見える。「美豆《みづ》」は水。「奴《ぬ》」は主《ぬし》。水に因《ちな》む系譜から「大水」の神が生れる。須佐《すさ》之男《のお》命の子孫十七世神の第四世。深淵之水夜《ふかふちのみずや》礼花《れはな》神と天之都度閇知泥《あめのつどえちね》神との間に生れた神で、布帝耳《ふてみみ》神を妻にして天之冬衣《あめのふゆきぬ》神を生む。『出雲風土記』の著名な「国引き」神話（意宇《おう》郡、総記）の主人公で「国引きまし八束《やつか》水臣津野《みづおみづの》命」とある。「多くの水の大水の主」（「臣津」は借訓。「野」は「主《ぬ》」の音転）という名義からみると、同神である。出雲国では祖神的地位にある。

淤美豆奴神（記上）　八束水臣津野命（出雲風土記、総記・意宇郡・嶋根郡・出雲郡）　意美豆努命（同上、出雲郡・神門《かむと》郡）

180
布怒豆怒《ふのづの》の神（五七—一四）

名義未詳。「布怒《ふの》」は「曲《くな》」の音転で、「豆《づ》怒《の》」は「葛《つた》」の意か。くねくねと這う葛《ふじつる》の類で、水にさらして衣類の繊維を採る材料に基づく命名とみておく。須佐之男《すさのお》命の子孫十七世神の第四世「淤美豆奴《おみづぬ》の神」（前項）の妻になった「布帝耳《ふてみみ》の神」（次項）の親神。

布怒豆怒神（記上）

181
布帝耳《ふてみみ》の神（五七—一四）

名義未詳。あるいは「衣類の神霊」の意か。これまでの第三世「深淵之《ふかふちの》水夜《みづや》礼《れ》花《はな》の神」、第四世「淤美豆奴《おみづぬ》の神」の名を顧みると、祖父神・母神の系統の名をもって命名されていることが明らかである。第六世の「大国主《おほくにぬし》の神」の場合でも、祖父神は「刺国大《さしくにおほ》の神」母神は「刺国若比売《さしくにわかひめ》の神」というように「国」を承《う》けている。そこで、この「布帝耳の神」は、「天之《あめの》冬衣《ふゆきぬ》の神」（次項）の母神なのであるから、「衣《きぬ》」に関係ある神の名として考えてゆくのがよいと思われる。しかもその祖父神は「布怒豆怒《ふのづの》の神」であって、「衣類の繊維を採る材料」としての「曲葛《くなつた》」の意が想定できた。「耳《みみ》」は「霊々《みみ》」であろうから、「布《ふ》帝《て》」が分ればよい。「ふて」という語は文献にない。ここでは、右のような考え方から「衣類の神霊」の意とみておく。須佐之男《すさのお》命の子孫の系譜で、食や住の神々また水の神が現れていたが、衣の神はなかった。その点も右の考えを助けよう。第四世「淤美豆奴《おみづぬ》の神」の妻になり、「天之《あめの》冬衣《ふゆきぬ》の神」を生む。

布帝耳神（記上）

182
天之《あめの》冬衣《ふゆきぬ》の神（五八—一）

名義は「天上界の、冬の着物」。「衣《きぬ》」は着物の生地《きじ》をさしていうことが多い。「冬衣」は「増《ふ》ゆ衣」をもにおわせており、衣類の豊饒を讃美する。「天之」はそれを天界から賜ったものとして冠する美称。須佐之男《すさのお》命の子孫十七世神の第五世。淤美豆奴《おみずぬ》神と布帝耳《ふてみみ》神との間に生れた神。刺国若比売《さしくにわかひめ》を妻にして大国《おおくに》主《ぬし》神を生む。

天冬衣神（記上）

183
刺国大《さしくにおほ》の神（五八—一）

名義は「国を占有する親」。原文「刺国大上神」とあるのは、「大神」と訓《よ》ませないための声注である。「刺国《さしくに》」の「刺」は標《しめ》（所有を表す標識）をさすこと。「大《おほ》」は、この場合、次の「刺国若比売《さしくにわかひめ》」に対応するので、「親」（「大」は年老いた）の意。須佐之男《すさのお》命の子孫十七世神の第五世「天之《あめの》冬衣《ふゆきぬ》の神」（前項参照）の妻になった「刺国若比売《さしくにわかひめ》」の親神。

刺国大上神（記上）

184
刺国若比売《さしくにわかひめ》（五八—一）

名義は「国を占有する子の巫女《ふじょ》」。「刺国《さしくに》」は前項「刺国大《さしくにおほ》の神」参照。「若比売」は、ここでは親に対する娘。「比売」に「命《みこと》」が付かないのは巫女性を表す。須佐之男《すさのお》命の子孫十七世神の第五世「天之《あめの》冬衣《ふゆきぬ》の神」の妻になり、「大国主《おほくにぬし》の神」（次項）を生む。

刺国若比売（記上）

185
大国主《おほくにぬし》の神（五八—二）

名義は「偉大な、国土の主人」。須佐之男《すさのお》命の子孫十七世神の第六世。天之《あめの》冬衣《ふゆきぬ》神と刺国《さしくに》若比売《わかひめ》との間に生れた神。別名を「大穴牟遅《おほあなむぢ》の神・葦原《あしはら》の色許男《しこを》の神・八千矛《やちほこ》の神・宇《う》都《つ》志《し》国玉《くにたま》の神」という。大国主神には多くの兄弟がいたけれども、国土は結局大国主神のものとなる。その間の活動の叙述に当り、記は大国主神を主人公にせずに、各活動に応じて、別名をもって主人公にしているのである。主に大穴牟遅神と八千矛神と葦原色許男命の名で登場する（詳しくは各項参照）。須佐之男命から大国主神の名をもらい、命の娘の須勢理毗売《すせりびめ》を正妻として、初めて国作りをする（六五—一〇）。大国主神は、多紀理毗売《たきりびめ》命を妻にして阿遅鉏高日子根《あじすきたかひこね》神・高比売《たかひめ》命を生み、また神屋楯比売《かむやたてひめ》命を妻にして事代主《ことしろぬし》神を生み、また鳥取《ととり》神を妻にして鳥鳴海《とりなるみ》神を生む（七一—九〜一四）。のち、少名毗古那《すくなびこな》神の協力を得、葦原の中つ国の国作りに努力し、この神が常世国《とこよのくに》に帰ってからは、御諸《みもろ》の神（三輪山の神）を祭ることによって神の助力を仰ぐ（七四—一三〜七五—一三）。高天の原から葦原の中つ国平定の使者がたびたび出雲へ派遣される。第一使者の天菩比《あめのほひ》神は大国主神側に付いてしまう。第二の使者の天若日子《あめのわかひこ》は大国主神の娘の下照比売《したてるひめ》を妻にして反逆し殺される。第三の使者の建御雷《たけみかずち》神によって大国主神は国土を天照大御神に奉献する（八七—一）。そして出雲国の多芸志《たぎし》の小浜に鎮まる。今日の出雲大社の祭神である。神代紀上では、大国主神は素戔嗚《すさのお》尊の五世の孫とするにすぎない。別名としては「大物主《おほものぬし》神・国作大己貴《くにつくりのおほあなむち》命・葦原醜男《あしはらしこを》・八千戈《やちほこ》神・大国玉《おほくにたま》神・顕国玉《うつしくにたま》神」の六つを挙げ、大己貴命（神）の名で活動することが多い。『出雲風土記』『播磨風土記』祝詞「出雲国造神賀詞《いづものくにのみやつこのかむよごと》」『万葉集』には大国主神の名は見えず、「大穴持《おほなもち》命・大汝《おほなむち》命・大物《おほもの》主葦原志許《ぬしあしはらしこ》・大国魂《おほくにみたま》命・大国玉《おほくにたま》神」の名で登場する。すると、「大国主神」の名で最も活動するのは『古事記』だけなのである。ここに『古事記』上巻の神話体系の大きな意図があったと言わねばならない。すなわち、現《うつ》し国《くに》（「葦原の中つ国」とも言い、現実の地上の世界）の国土経営という「国作り」を完成して「大（偉大な）国主（国の主人）」の名を持つ神であるから、言うならば、のちの「天皇」と同じ地位にあるわけである。その大国主神に「国譲り」をさせるということは、高天の原側がそれ以上に強力であることを物語ろうとする意図に基づくものであったと考えられる。他のいかなる別名をもって主人公にしてもそれは果されなかったからである。「日本国土の領主」としての偉大さを讃える名として、それを活動させることによって、国譲りの劇的効果をより高めるという神話の構想の反映とみるべきである。「大国主神」を祖神とする氏族は、『新撰姓氏録』によれば、賀茂《かも》朝臣（大和国、神別）・鴨部祝（摂津国、神別）があり、「大国主命」の場合には、石辺公（左京、神別下）・神人（摂津国、神別）・宗形君（河内国、神別）があり、「大国主」の場合には、大神《おおみわ》朝臣・和仁古（大和国、神別）がある。『延喜式』神名帳には、「大国魂」を含む社名は多いが、「大国主」を含む社名はない。

186 大穴牟遅《おほあなむぢ》の神（五八—二）

　大国主神（記上・紀、神代上）

名義は「偉大な、鉱穴の貴人」。「穴」は、砂鉄を採る鉱山の穴、の意。従来、この神名には諸説があったが、記では一貫して「穴」の字が使われているので、その線で考えるのが第一である。そこで、「大汝少彦名《おほなむちすくなびこな》の座《いま》しけむ静《しつ》の石室《いはや》」（万葉、巻三、三五五）の例と、根《ね》の国へ行き試練を克服して脱出するという説話を基《もと》に、「洞穴に坐す貴人」と解する説がある。たしかに、現《うつ》し国《くに》と他界との境をなす洞穴に坐す神、と考えることもできる。「穴者《へ》室也《ナリ》」（説文）という意味もある。『出雲風土記』にも「脳《なづき》の礒《いそ》」の説話（出雲郡宇賀《うか》郷）があって、窟《いわや》の内に穴があり、黄泉《よみ》の坂・黄泉《よみ》の穴ということも参考になる。しかし、大穴牟遅神とは必然的な関係はなく、この神は国作りをし国堅めをした神として活躍している。したがって、洞穴の神とする説には同じ難い。そこで改めて考えるに、「穴」には「鉄穴《かんな》」（「金穴《かなあな》」の約）の意味がある。人名の「穴穂《あなほ》の御子《みこ》」（三八—一〇）「間人《はしひと》の穴《あな》太部《ほべ》の王《おほきみ》」（二七〇—五）や、地名の「賀名生《あのう》」（奈良県吉野郡西吉野村）などの「穴」は砂鉄を採る鉄穴《かんな》のことである。「穴ほ」は鉄穴の秀でた所、またそこから採れた秀でた鉄を意味し、「穴生《あなふ》」は砂鉄の産地を意味する。この「穴《あな》」が鉄であることを証するのに適切な例がある。それは「軽太子捕われる」の条で、「穴穂箭《あなほや》」と「軽箭《かるや》」との説明をした個所（三八—七〜九）に、軽箭は「箭《や》の内《うち》を銅《あかがね》にせり。かれ、その矢を号《なつ》けて軽箭といふ」とあり、穴穂箭は「今時《いま》の矢ぞ」とある。「箭の内を銅にせり」を従来解しかねている。矢《や》筈《はず》を銅製にしたので鉄製よりも軽いという説は誤り。第一に、矢筈に金属をはめ込むと矢は飛ばない。第二に、銅の比重は八・九二、鉄の比重は七・八六だから、銅製の矢が「軽《かる》箭《や》」と言われるわけはない。それは鏃《やじり》の重さでも同じ。そうではなくて、篦《の》（矢竹）の筒先にわずかに銅を詰めただけの簡単な構造の矢なのである。だから「箭の内部に銅を用いた」と説明しているのである。矢竹全部に挿入するのではなく、先の方に入れるわけで、これが鏃に当る。それに対して「穴穂矢」のほうは、「今の矢」と言っているように、鉄の鉗《もり》型をした鏃を矢竹の先に付けた矢である。これは「軽箭」に比べて重いが、最もよく飛び突き刺さる機能をもつ。「銅」に対する「鉄」が「穴」の意味であった。「穴穂」は「鉄穴《かんな》」から採れる秀でたものの意で、砂鉄をさすのであった。「穴師《あなし》」は砂鉄採掘の技術者の意である。「穴太部《あなほべ》」もその職業団体の名である。「大穴牟遅」は、「偉大な、鉱穴の貴人」で、結局「鉄」を貴人と見立てた尊称である。「牟遅《むぢ》」は「貴《むち》」の意（神代紀上に、天照大御神の別名を「大日孁貴《おほひるめのむち》」という とある）。出雲が砂鉄の産地として、農耕器具および武器の発達を促した。これが国作りの面で大穴牟遅神信仰を起す理由であった。出雲が大和朝廷の注目を浴び、その支配下に入れられる交渉や条件また成果が国譲り神話として結実する。しかし、それを政治史的には扱わずに、大穴牟遅神を主人公にしてその人格形成を個々の説話に即して語り、大国主神に成長させている。「稲羽《いなば》の素兎《しろうさぎ》」の条では、鰐鮫《わにざめ》に毛皮を剝がれた白兎を治療し、その兎の予言のごとく稲羽の八上比売《やかみひめ》を妻にした（五八—五〜六〇—一三）。多くの兄弟神に欺《あざむ》かれ、二度も殺され、そのつど母神の努力で蘇生復活し、三度目に須佐之男《すさのお》命（大穴牟遅神の祖神）のいる根《ね》の国という他界に赴く。大穴牟遅命はこのとき「葦原《あしはら》の色許男《しこを》の命」（六二—一三）という名で呼ばれている。そこでは須佐之男命から幾多の厳しい試練を課せられるが、妻須勢理毘売《すせりびめ》（須佐之男命の娘）の助力を得て、一つ一つ克服する。これは、難題《なんだい》聟譚《むこばなし》（男に難問を与え、それを解いた者が娘を得る話）の型をとっているが、社会的には古代の成年式を背景にしたものである。こうして偉大な力を獲得して根の国（六五—二では「黄泉国《よもつくに》」とイメージが重なっている。これは大穴牟遅神が根の国で生死の境を彷徨《さまよ》う試練を課せられたことを意味する）から、妻を連れて現《うつ》し国《くに》へ脱出する。そのとき、須佐之男命から、「大国主神」となり「宇都志国玉《うつしくにたま》神」となり、須勢理毘売《すせりびめ》を正妻とし、出雲大社に鎮座せよ、との命名と祝福を受ける。名実ともに現し国の王者大国主神となり、八十《やそ》神を服従させて、国作りを成功させる（六五—一〇）。結局ここまで成長したこの神の本体は、この神名が表すような、鉄器文化による国作

付録

りが長足の進歩をとげたことと無関係ではあるまいと考えられる。その鉄が武器として用いられると、「八千矛《やちほこ》の神」という神名に表象されるわけである。神代紀上には「大己貴《おほあなむち》命」とあり、その訓注に「於褒婀娜武智《おほあなむち》」とある。「己」は「おの」と訓《よ》むことは言うまでもないが、そのもとは「あな」という語で感動詞に由来する代名詞であった。したがって、この文字表記から察すると、「偉大な、我が貴人」という理解をしていたことが分る。この「あなむち」（我が貴人）が、「なむぢ」（汝）という語になるのである。それで、項末の出典に示すように「大汝《おほなむぢ》」の表記が生ずるわけである。すでにこのような表記がなされている場合は、記の「大穴牟遅」（偉大な鉄の貴人）とは異なって、「偉大なあなた」という神への尊敬の呼び掛けによる称呼が神名となったもの、と考えるべきである。この神は、元来が鉄の神格化による産鉄地域（風土記によれば、出雲・播磨・伊予・尾張・伊豆・土佐）の信仰神であったが、大和朝廷の神話体系において、『日本書紀』では、国作りの偉大なる神として、具体的な鉄の意を捨象し、抽象的な呼び掛けの讃辞の意を印象づけていると考えてよい。この、「おほあなむぢ」が「おほなむぢ」となるのは、「あな」の「あ」が脱落したためである。さらに「むぢ」が「もち」と発音が変って「大名《おほな》持《もち》」とも書かれるようになる。文字面からみると、「偉大な名をもつ」と解されやすいので、「大《おお》地《な》持《も》ち」と解する説も生じた。これだと「大《おお》国主《くにぬし》」とうまくつながるというので、この説に人気があるが、この説は誤り。なぜなら、この説は「おほなもち」の説明は一応できても「おほあなむぢ」の説明ができないからである。また「地《な》」という語の存在についての確証もない。さらには、同内容の神名を「亦の名」でつなぐことも記の記述にはない。以上の理由で「大地持ち」説は否定されねばならない。「大己貴命」を祖とする氏族には「我《あ》孫《びこ》」（『新撰姓氏録』摂津国、神別）、「大奈牟智神」には「長公」（同上、和泉郡、神別）がある。またこの神名を社名にもつものは、『延喜式』神名帳によるとはなはだ多い。「大穴持神社」は、大和（葛上郡）・出雲（意宇郡・出雲郡・神門《かむと》郡）・大隅（囎唹《そお》郡）に、「大名持神社」は大和（吉野郡）に、「於保奈牟智神社」は筑前（夜須郡）に、「大名持御魂神社」は播磨（宍粟《しさわ》郡）に、「大穴持像石神社」は能登（能登郡）にある。

大穴牟遅神（記上）　大己貴（大）神・国作大己貴命（紀、神代上）　大穴持命（出雲風土記、神門・飯石・仁多・大原郡、逸文伊予風土記、湯郡、祝詞、神賀詞）　大汝命（播磨風土記、餝磨・揖保・神前・賀毛郡）　大汝神（同上、餝磨郡）　大己貴（逸文尾張風土記・逸文伊豆風土記）　大穴六道尊（逸文土佐風土記）　大汝（万葉、巻三、三五五・巻六、九六三）　大穴道（同、巻七、一二四七）　於保奈牟知（同、巻十八、四一〇六）

187 **葦原《あしはら》の色《し》許《こ》男《を》の神**（五八―三）

名義は「地上の現実の国にいる醜《みにく》い男」。「葦原」は「葦原の中つ国」の略で、「現《うつ》し国《くに》」（高天《たかあま》の原《はら》や黄泉国《よもつくに》あるいは根の国などの「他界」に対して、現実の、人間の住む地上の世界をいう）の異称。葦が生えている原で、一つには悪霊が人間と同居している国であり、一つには邪気を払う葦が繁茂し、代りに植えられた稲穂が育つ活力を秘めた国でもある。そこに棲息《せいそく》する人間を、「醜男《しこを》」という。むろん「醜女《しこめ》」の対である。すると、前に「予母都志許売《よもつしこめ》」（三八―五）とあったが、これは「黄泉国の醜女」で、黄泉国は穢《けが》れているので、醜い女の意である。では「葦原の醜男」はどうか。須佐之男命《すさのお》のいる根の国に行った大穴牟遅命《おおあなむじ》に一目ぼれをした須勢理毗売《すせりびめ》が大穴牟遅命と結婚して、父須佐之男命に「いと麗《うるは》しき神来ませり」と報告する。これによると、醜い男であるはずはない。しかし、須佐之男命は「葦原の醜男だ」と言う。これは、娘の「麗」とは逆の表現を父親があえてしたもので、娘をとられた父が、男に浴びせる悪口である。心底に「醜名《しこな》」として「心憎いほどの」の意を込めた悪口ではある。そこで難題を課して試すことが行われる。その文脈からみると、「葦原の醜男」を、頑強なとか勇猛なとか考えるべきではない。むしろ、「ひょっとこ」（ぶ男）と「おかめ」（ぶ女）式の悪口による命名と考えてよい。大国主神の別名。ただし、後文（七四—一一）に、神産巣日神《かむむすひ》から葦原色許男（醜男）命の醜名で呼ばれて、少名毗古那神《すくなびこな》と兄弟となって国作りを命ぜられる件《くだ》りがあるが、この場合は、必ずしも醜い男と考えなくても、頑強な男、の意でよい。

葦原色許男神（記上）　葦原醜男（紀、神代上）　葦原志挙乎命（播磨風土記、揖保《いいぼ》郡）　葦原志許乎命（同上、宍禾《しさわ》郡）　大物主葦原志許《おほものぬしあしはらしこ》（同上、美嚢《みなぎ》郡）

188
八千矛《やちほこ》の神（五八—三）
名義は「多くの矛」。「八千」は多数を表す日本の聖数。「矛」は武器の一種。「大穴牟遅《おほあなむち》神」は鉄神であるから、武神として活動するときの名となる。出雲国から高志《こし》国（北陸）の沼河比売《ぬなかわひめ》に求婚し、唱和した長歌の中に、「太刀《たち》が緒《を》もいまだ解かずて」（六六—一一）とあるのも武神としての面目を示す。大国主神の別名。

八千矛神（記上・万葉、巻十、二〇〇二）　八千戈神（紀、神代上）　八千桙之神（万葉、巻六、一〇六五）

189
宇都志国玉《うつしくにたま》の神（五八—四）
名義は「現実の国土の神霊」。「国玉」は「国《くに》霊《たま》（魂《たま》）」で、国土には神霊坐《いま》すとの信仰に基づく命名。天上界にも、この種の神がいたことは「天津国玉《あまつくにたま》の神」（七八—一四）に見える。大国主《おおくにぬし》神の別名。須佐之男命《すさのお》のいる根の国へ行った大穴牟遅命《おおあなむじ》が、幾多の試練を克服して現《うつ》し国《くに》へ脱出したとき、須佐之男命から贈られた名。

宇都志国玉神（記上）　顕国玉（魂）神（紀、神代上）

190
稲羽《いなば》の八上比売《やかみひめ》（五八—七）
名義は「因幡《いなば》国八上《やかみ》郡の豪族の娘である巫《ふ》女《じょ》」。「稲羽」は今の鳥取県東部。「八上」は今の八頭《やず》郡。「比売」に「命・神」を付けないのは、巫女（神に仕える女）であることを表す。出雲国の大国主神（別名「大穴牟遅《おほあなむち》神」）とその兄弟の八十《やそ》神（多くの神）に求婚され、大穴牟遅神の妻となる。木俣《きまた》神（別名「御井《みゐ》神」）を生むが、正妻須勢理毗売《すせりびめ》を恐れて因幡国へ帰る。

稲羽之八上比売・八上比売（記上）

191
菟神《うさぎかみ》（六〇—八）
名義は「兎《うさぎ》の神」。稲羽《いなば》の素兎《しろうさぎ》の「今」（『古事記』撰進時）の名とある。稲羽の八上比売《やかみひめ》は因幡《いなば》国の八上郡の豪族の娘で巫女であった。その巫女の神使いの動物として白兎がいた。この動物がやがて神として祀られることになって兎神といった。稲羽の素菟は大穴牟遅《おおあなむじ》神に助けられ、八上比売は大穴牟遅神と結婚することになるだろうと予言し、それは的中する。神使いの動物だったからである。

菟神（記上）

192
𧏛貝比売《きさがひひめ》（六二—七）
名義は「赤貝の女性」。「𧏛」の字は、真福寺本に「⿱訓虫」、卜部《うらべ》家系統本に「⿱討虫」とあるが、ともに字書にない。そこで「刮」（こそげる）に「虫」を加えて「𧏛」の字を用いたものと考える。この字を「きさ」と訓《よ》むのは、「𧏛貝比売きさげ集めて」(六一―八)とある、その「きさぐ」(こそげる)による。『出雲風土記』にも「支佐加比売《きさがひめ》命」(嶋根郡加賀《かが》郷)とある。赤貝の擬人化で、赤貝の殼には「刻《きさ》」(貝殻の年輪)がはっきりあるのでいう。また「比売《ひめ》」とあるけれども「きさ」には「父《かそ》」の意を響かせているようである(次項「蛤貝比売《うむがひひめ》」参照)。大穴牟遅神《おおあなむじ》は八十神《やそ》の迫害を受け、伯岐《ほうき》国の手間《てま》の山本で火傷を負って死ぬ。それを神産巣日命《かむむすひ》が高天の原から二神を遣わして復活させたその一神。

𧏛貝比売(記上) 支佐加比売命・枳佐加比売命(出雲風土記、嶋根郡)

193 **蛤貝比売《うむがひひめ》**(六一―七)

名義は「蛤《はまぐり》の女性」。『和名抄』に「海蛤、宇《う》無《む》木《ぎ》乃《の》加《か》比《ひ》」とある。「うむぎかひ」が「うむがひ」に約《つづ》まった語形。蛤の擬人化。『出雲風土記』にも「宇武加比売《うむがひめ》命」とある。「母《おも》の乳汁《ちしる》と」(六一―九)とあるから、「うむ」に「おも」(母・乳母)の意を響かせていることは明らかである。大穴牟遅神《おおあなむじ》は八十神《やそ》の迫害を受け、伯岐《ほうき》国の手間《てま》の山本で火傷を負って死ぬ。それを神産巣日命《かむむすひ》が高天の原から二神を遣わして復活させたその一神。

蛤貝比売(記上) 宇武加比売命(出雲風土記、嶋根郡法吉《ほうき》郷)

194 **須勢理毘売《すせりびめ》**(六三―九)

名義は「勢いに乗って性行が進み高ぶる巫女」。「すせり」は「進《すす》む」の「すす」、「すさぶ」の「すさ」と同根で、勢いのままにまにどんどん事を行うこと。元来「命・神」が付いていないのは巫女性を表す。根の国の大神須佐之男《すさのお》命の娘で、葦原《あしはら》の色許男《しこお》命(大国主神の別名)と結婚する。夫が須佐之男命の課した幾多の試練に苦しむとき、蛇の領巾《ひれ》・蜈蚣《むかで》・蜂《はち》の領巾を与えて難を逃れさせる。蛇などの悪霊を除く呪力の持主であったことを示す。夫が現《うつ》し国《くに》に脱出し、須勢理毘売は正妻となるが、ひどく嫉妬深く、夫が困惑し大和国に逃避しようとするのを留め、神語《かむがたり》の歌を唱和し、結局は仲睦まじく出雲大社に鎮座する。『出雲風土記』には「和加須世理比売《わかすせりひめ》命」の名で、大穴持命《おおなもち》と結婚したことだけを記している(神門《かむと》郡滑狭《なめさ》郷)。

須勢(世)理毘売(命)(記上) 和加須世理比売命(出雲風土記、神門郡滑狭郷)

195 **木《き》俣《また》の神**(六六―一)

名義は「神木の木股」。「木俣」はY字形になった木(⅄字形の場合も同じ)で、「股木《またぎ》」ともいう。神の依代《よりしろ》の木である。井泉の側に生えていることが多く、またその股木を植えたりした。それで「亦の名」として「御井《みゐ》の神」(次項)とも言われた。大穴牟遅神《おおあなむじ》と稲羽《いなば》の八上比売《やかみひめ》との間に生れた神。

木俣神(記上)

196 **御井《みゐ》の神**(六六―一)

名義は「神聖な井戸」。「井」は今日のように深い掘抜井戸《ほりぬきいど》ではなく、地上に湧出《ゆうしゅつ》する清泉を木や石で囲った形のものをいう。ここにはY字形になった神の依代《よりしろ》の木(股木《またぎ》)が生えていたり、また植えたりした。「木俣《きまた》の神」(前項)の「亦の名」である。大穴牟遅神《おおあなむじ》と稲羽《いなば》の八上比売《やかみひめ》との間に生れた神。『延喜式』神名帳によると「御井神社」は、大和国(宇陀郡)美濃国(多芸郡・各務《かがみ》郡)但馬国(養父《やぶ》郡・気多郡)出雲国(秋鹿郡・出雲郡)などと多くある。

御井神(記上)

197 **沼河比売《ぬなかはひめ》**(六六―二)

名義は「越後国の沼川《ぬなかわ》郷の女性」。「沼河」は越後国頸城《くびき》郡(今の新潟県西頸城郡・糸魚川《いといがわ》市)沼川《ぬなかわ》郷。「ぬ」は玉。その川から玉を産した。糸魚川市小滝《こたき》や青海《おうみ》町に縄文期の翡翠《ひすい》工房址がある。その生産源の「玉の川」を神格化した名。『万葉集』にも「沼名河《ぬなかは》の底なる玉求めて得《え》し玉かも拾《ひり》ひて得し玉かも」（巻十三、三二四七）とある。奴奈川《ぬなかわ》神社に奴奈川姫命を祭る。八千矛《やちほこ》神（大国主神の別名）が求婚し、歌を唱和する。『出雲風土記』にも大穴持命《おおあなもち》と高志《こし》国の奴奈宜波比売命《ぬながわひめ》との婚姻譚がある（嶋根郡美保郷）。

沼河比売（記上）　奴奈宜波比売命（出雲風土記、嶋根郡美保郷）

198
阿遅鉏高日子根《あぢすきたかひこね》の神（七三―一〇）

名義は「立派な鉏《すき》の、高く輝く太陽の子」。「阿遅」は「味」で、「良い」という意の美称。「鉏」は田を鋤《す》く農耕器具。「高日子根」の「根」は「根元」の意の親称。「高日子」は次項「高比売《たかひめ》」の対で「高く輝く太陽の子」の意の美称的敬称。この神名の核は「鉏」であろう。また「阿遅志貴高日子根《あぢしきたかひこね》の神」（八一―一三）とも見える。「鉏《すき》」に対応するのは「志貴《しき》」である。この「志貴」を大和国の磯城《しき》地方の意とする説があるが、この神には関係のない地名である。これは「鉏」が「しき」と発音が変っただけのことで、音節結合の法則による。意味する内容は同じ。「鉏」は「さひ」とも言い、農耕器具であり、土地開墾に威力を発したから、土地の占居神として祭られた話もある（『播磨風土記』揖保《いいぼ》郡、佐比《さひ》岡の条）。また、この「さひ」は「刀剣」の意ともなる（推古紀、歌謡）。このように「鉏」の字が「さひ」とも訓《よ》まれた背景には、「すき」も「さひ」も鉄製で細長く鋭利な刃物であったからである。「金鋤《かなすき》」（二四九―一三）は鉄製の鉏である。これを神格化して「阿遅鉏《あぢすき》」と命名されたもの。ところが、それにさらに「高日子根」を付けている。これは、「鉏」から「刀剣」を、「刀剣」から「龍蛇神」を、「龍蛇神」から「雷神」を連想して、それを「太陽の子」と考えたことに基づく。それで、全体から受ける印象としては雷神の性格機能のほうが強いので、神話としては雷神の顔で活動することになる。この神は、大国主神と胸形《むなかた》の奥津宮《おきつみや》の多紀理《たきり》毗売《びめ》命（別項参照）との間に生れた神。多紀理毗売命は須佐之男《すさのお》命の子であり、大国主神は須佐之男命の六世の孫だから、こういう結婚は人間界では考えられないが、婚姻圏の神話的系譜とみれば不思議ではない。阿遅鉏高日子根神は、『古事記』編纂時「迦毛《かも》の大御神」と、最高の敬語の「大御神」で呼ばれている。活動は「天《あめ》の若日子《わかひこ》の反逆」の条で、天の若日子の喪を弔ったとき、天の若日子によく似ていたので遺族から間違えられてしまう。それを怒って剣で喪屋《もや》を切り伏せ蹴飛ばし、天に飛び去る。妹の高比売《たかひめ》が兄の名を顕《あらわ》すために歌を詠む。この行為および歌（八二―八〜八三―四）から、この神が雷神の表象であることが分る。この神名をもつ社名は『延喜式』神名帳に「阿遅須伎神社」（出雲国出雲郡）「高鴨阿治須岐託彦根命《たかかもあぢすきたかひこね》神社」（大和国葛下郡）がある。

阿遅鉏高日子根神・阿遅（治）志貴高日子根神（記上）　味耜《あぢすき》高彦根神（紀、神代上）　阿遅須枳高日子命（出雲風土記、意宇郡・楯縫《たてぬい》郡・神門郡・仁多郡）　阿遅須岐高日子尼命神（播磨風土記、神前郡）　味鉏高彦根尊（逸文土佐風土記、土佐郡）　阿遅須岐高孫根《たかひこね》乃神（祝詞、神賀詞）

199
高比売《たかひめ》の命（七三―一〇）

名義は「高く輝く雷の女性」。前項「阿遅鉏《あぢすき》高日子根《たかひこね》の神」の「高日子」の対。女の雷神。大国主神と胸形《むなかた》の奥津宮《おきつみや》の多紀理毗売《たきりびめ》命との間に生れた神。兄の阿遅鉏高日子根神が死者天《あめ》の若日子《わかひこ》と間違えられ、怒って飛び去ったとき、その名を顕《あらわ》そうとして詠んだ歌がある（八二―一四〜八三―四）。別名を「下光比売《したでるひめ》の命」と言い、天の若日子の妻となった。

付録

高比売命（記上）　高姫（紀、神代上）

200
下光比売《したてるひめ》の命（七三―一二）

名義は「下界まで照り輝く雷の女性」。「下光」は『万葉集』に「橘の之多泥流《したでる》庭《には》に」（巻十八、四〇五九）「桃の花下照《したでる》道に」（巻十九、四一三九）の例があり、物の輝きによって下方まで明るくなる場合に言う。この神は、前項「高比売《たかひめ》の命」の別名で、女性の雷神である。活動は前項参照。神代紀上には、顕国玉《うつしくにたま》（大《おお》己貴《あなむち》神の別名）の娘とあり、別名を高姫《たかひめ》・稚《わか》国玉《くにたま》としている。

下光（照）比売（命）（記上）　下照姫（紀、神代上）

201
迦毛《かも》の大御神《おほみかみ》（七三―一二）

名義は「大和国の鴨《かも》に鎮座の大御神」。阿遅《あじ》鉏高日子根《すきたかひこね》神が、『古事記』編纂時に呼ばれていた名。「迦毛」は奈良県御所市鴨神の地名。「大御神」は最高級の敬語。祝詞の「出《いづ》雲国造《ものくにのみやつこ》神賀詞《かむよごと》」に、皇御孫《すめみま》（歴代天皇のこと）の近き守護神として、阿遅須伎高孫根の命の御魂を、葛木《かずらき》の鴨《かも》の神奈備《かむなび》（神のいますあたり）に坐《いま》せるとある。『出雲風土記』にも、阿遅須枳高日子命が葛城の賀茂《かも》の社に坐すとある（意宇《おう》郡、賀茂神戸《かもかむべ》）。ということは、出雲の鴨氏が大和へ移住して、葛城山麓の台地穀倉地帯を開拓したことを物語っている。賀茂朝臣は大国主神の子孫であり、その中の一人大賀茂都美《おおかもつみ》命（一名、大賀茂足尼）が賀茂神社（『延喜式』神名帳、大和国葛下郡に「高鴨阿治須岐託彦根《たかかもあぢすきたかひこね》命神社」とある）を奉斎したとある（『姓氏録』大和国神別、地祇）。よく混同されるものに賀茂県主《かものあがたぬし》という氏族があるが、これは神魂《かむむすひ》命の孫の武《たけ》津之身《つのみ》命（「天八咫烏《あめのやたからす》」のこと）の子孫である（『姓氏録』山城国、神別、天神）。この武津之身命は有名な賀茂御祖《かものみおや》神社（『延喜式』神名帳、山城国愛宕《おたぎ》郡）の祭神である。その孫の賀茂別雷《かものわけいかずち》神は賀茂別雷神社（神名帳、同上）の祭神である。この両社の縁起は「逸文山城風土記」の「賀茂社」に見える。ところが、後者の賀茂別雷神社（上鴨神社）の祭神が雷神であるため、また大和の高鴨神社の祭神である雷神が連想されて、この二社の関係の有無がよく問題にされる。しかし、二社は無関係である。第一に奉斎氏族名が異なる。同じく「賀茂《かも》」でも氏族は別である。第二に奉斎神が異なる。大和は地祇《くにつかみ》であり、山城は天神《あまつかみ》である。このことは、『令集解《りょうのしゅうげ》』（養老令の注釈を集大成した書。惟宗直本《これむねなおもと》撰）に引かれた「古記」（大宝令の注釈の断片。天平十年成立）に、「天神は、伊勢・山城鴨《やましろのかも》・住吉・出雲国造の斎《いつ》く神等の類是《これ》なり。地祇は、大神《おほみわ》・大倭・葛木鴨《かつらきのかも》・出雲大汝神等の類是なり」とあることによって明らかである。したがって、山城鴨と葛木鴨とは関係がないのである。ただ雷神を祭る点は共通する。上鴨神社（孫。別雷）と下鴨神社（祖父。八咫烏）との関係は、八咫烏は太陽の神使いの鳥であり、雷は太陽の分身（火の根源が太陽であるとの考え）である。その点で関係があると考えられる。

迦毛大御神（記上）

202
神屋楯比売《かむやたてひめ》の命（七三―一三）

名義は「神の籠る家屋の防壁の女性」。「屋楯」を「矢と楯」とする説もあるが必然性はない。名義明解を得ないが、「神屋」は神の籠る屋、すなわち神殿の意か。「楯」は「立てられたもの」の意で、神殿を守るために立てられた垣をさすか。その神殿に、託宣の神「事代主《ことしろぬし》の神」（次項）が籠るのである。大国主神の妻となり、事代主神を生む。

神屋楯比売命（記上）

203
事代主《ことしろぬし》の神（七三―一三）

名義は「神の言葉を受け、その神の代りに託宣することを掌る主役」。「代《しろ》」は本物に代って、本物と同じはたらきをすること。「こと」は「言葉」であり「事柄（内容）」であるという言霊《ことだま》信仰に基づいて命名された託宣の神である。大国主神と神屋《かむや》楯比売《たてひめ》命との間に生れた神。大国主神の国譲りに際し、高天の原からの使者に対して、大国主神は自分の子の「八《や》重《へ》言《こと》（事）代主《しろぬし》の神」がお答え申すべき旨を伝える。そのとき、この神は美保《みほ》の岬（島根県八束《やつか》郡美保関《みほのせき》町の岬）に行って、鳥狩りや漁をしていた。父神の許に戻り、国土奉献を勧め、自ら神籬《ひもろぎ》（祭壇）に隠《こも》った。事代主神に答えさせたのは、託宣の神だから、神意を伺わせたのである。鳥狩り・漁をするのは、託宣のための神事行為とみられる。託宣の神として名を顕《あらわ》した記事は「於《に》レ天事代《あめことしろ》於《に》レ虚事代玉籤入彦厳之《そらことしろたまくしいりびこいつノ》事代《ことしろノ》 神」（神功前紀）に見える。天にも空にも託宣の威力が満ちていること、その神霊が神聖な棒に入る男性神であること、そういう霊威のある託宣の神だというのである。天武紀元年七月条には高市《たけちの》県主許梅《あがたぬしこめ》に神懸りして託宣したことが見える。「八《や》重《へ》言代主《ことしろぬし》の神」の「八重」は「多くの」の意で「言《こと》」を修飾する。『姓氏録』に「大奈《おほな》牟《む》智《ち》神児《ノ》積羽《つみは》八《や》重《へ》事代主命《ことしろぬし》」（和泉国、神別、「長公」の項）とある「積羽《つみは》」は「積み重ねた葉」で「八重《やへ》」の修飾語か。祝詞の出雲国造の神賀詞に「事代主命の御魂《みたま》を宇奈《うな》提《で》に坐《いま》せ」とあるから、出雲の神が大和国高市郡雲梯《うなて》（今の橿原市雲梯）に鎮座したわけである。神祇官の西院に坐す御巫《みかむなぎ》の祭る八神の最後にも事代主神の名が見える（延喜式）。この神名を社名にもつものは、『延喜式』神名帳によれば、「鴨都《かもつ》味《み》波《は》八《や》重《へ》事代主《ことしろぬし》命神社」（大和国葛上郡）、「事代主神社」（阿波国河波郡・勝浦郡）がある。

事代主神（記上）　事代主神（尊）（紀、神代上）　辞代主（祝詞、祈年祭・六月月次《つきなみ》）　事代主命（祝詞、神賀詞）　八重言（事）代主神（記上）

204 **八《や》嶋牟《しまむ》遅《ぢ》の神**（七三—一三）

名義は「多くの島の貴人」。大国主神の妻になった鳥取《ととり》神の親神。

八嶋牟遅神（記上）

205 **鳥《と》取《とり》の神**（七三—一三）

名義は「鳥を捕えること」。鳥は人間の霊魂の運搬をすると信じられていた。その鳥を捕る行為は神事であった。事代主《ことしろぬし》神が「鳥の遊び」（八四—一四）をしたのもそれで、「遊び」は、非日常の世界（神の世界）に入る意。鳥取神は八《や》嶋牟《しまむ》遅《じ》神の娘で、大国主神の妻になり、鳥鳴海《とりなるみ》神を生む。

鳥取神（記上）

206 **鳥鳴海《とりなるみ》の神**（七三—一四）

名義は「鳥が霊を運ぶ、鳴り響く海」。「鳥」は母の名「鳥《と》取《とり》の神」の「鳥」に因《ちな》んで冠するが、なお人間の霊魂を海上他界に運ぶという意を籠める。「鳴海」は鳴り響く海、の意。「鳴」を「なく」と訓《よ》ませないために「なる」と訓めとの注がある。大国主神と鳥取神との間に生れた神。「日《ひ》名《な》照《てる》額田《ぬかた》毗《び》道《ち》男《を》伊《い》許《こ》知《ち》邇《に》の神」を妻にして「国忍富《くにおしとみ》の神」を生む。

鳥鳴海神（記上）

207 **日《ひ》名《な》照《てる》額田《ぬかた》毗《び》道《ち》男《を》伊《い》許《こ》知《ち》邇《に》の神**（七三—一四）

名義は「日が照る、額田辺の道を父にもつ、勢いの盛んな精霊」。この、異様に長い神名をどう解するかは難問である。しかし、文字の配列からみると、「日名照・額田毗道男・伊許知邇」と分析できよう。次に、この神は女神であるのに、「男《を》」を含むのは異常である。したがって、「日名照・額田毗道男」は「伊許知邇」の父神の名で、それを冠したものとみるのがよい。その結果、異様に長ながしい神名になった。「日《ひ》名《な》照《てる》」は「比《ひ》奈《な》久《く》母《も》理《り》」（万葉、巻二十、四四〇七）すなわち「日な（の）曇り」の反対で「日な（の）照る」の意。「額田《ぬかた》」は地名にも用いられるが、一般的に「額のような四角い田」の意で良田をいう。その上に、「日がよく当る」という修飾語を冠している。「毗道男《ひちを》」の「毗《ひ》」は「辺《べ》」で、額田辺へ行く道の男、の意。ここまでは父神の名。「伊許知邇《いこちに》」の「伊許」は「厳《いか》」で、「いこよか」の語もあるように、勢いの盛んなさまで、ここでは稲の繁茂の表象。「知」は精霊。「邇」は親称。大国主神の子孫の鳥鳴海《とりなるみ》神の妻になり、国忍富《くにおしとみ》神を生む。

日名照額田毗道男伊許知邇神（記上）

208
国忍富《くにおしとみ》の神（七三―一）

名義は「国土が威圧的に豊富になること」。「忍《おし》」は「天之《あめの》忍許呂《おしころ》別《わけ》」の項参照。「富」は豊富。母方の、田の豊作を承《う》けている。大国主神の子孫で、鳥鳴海《とりなるみ》神と日名照額田毗道男《ひなてるぬかたびちお》伊許知邇《いこちに》神との間に生れた神。葦那陀迦《あしなだか》神を妻として、速甕之多気佐波夜遅奴美《はやみかのたけさはやじぬみ》神を生む。

国忍富神（記上）

209
葦那陀迦《あしなだか》の神（七三―二）

名義は「葦の丈《たけ》が高いこと」。「葦な（の）高」の義。葦は邪気を払う植物で、それが高だかと茂ることに生命力・国力の繁栄を表象。別名は「八河江比売《やがはえひめ》」。大国主神の子孫で、国忍富《くにおしとみ》神の妻になり、速甕之多気佐波夜《はやみかのたけさはや》遅奴美《じぬみ》神を生む。

葦那陀迦神（記上）

210
八河江比売《やがはえひめ》（七三―二）

名義は「多くの川の江の巫女《ふじょ》」。「比売」に「神・命」が付かないのは巫女であることを表す。前項「葦那陀迦《あしなだか》の神」の別名となっているのは、葦の繁茂地が川の入江であることに基づく。

八河江比売（記上）

211
速甕之多気佐波夜遅奴美《はやみかのたけさはやぢぬみ》の神（七三―三）

名義は「勢いの速い甕《みか》で、竹が爽《さわ》やかな男性の主人たる神霊」。「速甕」の「速」は物事の速度が速いことから美称となる。「甕」は、水や酒を盛る大かめ。神事に用いる。それで、この神名は、次項の「天之甕主《あめのみかぬし》の神」や「甕主日子《みかぬしひこ》の神」の名にもあるように、「甕」の神格化である。ところが、この神の母は「葦那陀迦《あしなだか》の神」であった。それでその系統の名を付加したのが「多気佐波夜遅奴美《たけさはやぢぬみ》」であると考える。葦の連想からの竹である。ともに邪気を払う生命力の強い植物である。「佐波夜《さはや》」は爽やか。「遅《ぢ》」は「父《ち》」で男の人。「奴美《ぬみ》」は「主霊《ぬみ》」の意で、「八嶋士奴美《やしまじぬみ》の神」（五七―八）の「奴美」参照。大国主神の子孫で、国忍富《くにおしとみ》神と葦那陀迦《あしなだか》神との間に生れた神。前玉比売《さきたまひめ》を妻にして、甕主日子《みかぬしひこ》神を生む。

速甕之多気佐波夜遅奴美神（記上）

212
天之甕主《あめのみかぬし》の神（七三―三）

名義は「天上界の、甕《かめ》を掌る主役」。甕は神事用の重要な器である。それに対する地上界の甕は孫の「甕主日子《みかぬしひこ》の神」となる。前玉比売《さきたまひめ》（次項）の親神。

天之甕主神（記上）

213
前玉比売《さきたまひめ》（七三―三）

名義は「幸福の玉に仕える巫女」。「前玉《さきたま》」は「幸玉」で、幸いを与える徳のある宝玉。「比売」は玉に斎《いつ》く巫女。天之甕主《あめのみかぬし》神の娘で、大国主神の子孫の速甕之多気佐波夜遅奴美《はやみかのたけさはやじぬみ》神の妻になり、甕主日子《みかぬしひこ》神を生む。この神名を社名にもつものに「佐伎多麻比咩《さきたまひめ》命神社」（『延喜式』神名帳、伊豆国賀茂郡）がある。

前玉比売（記上）

214
甕主日子《みかぬしひこ》の神（七三―四）

名義は「甕《かめ》を掌る主役の男子」。天之甕主《あめのみかぬし》神が天上界の甕を掌るのに対して地上の甕を掌る主役。「日子《ひこ》」は「太陽の子」の意の場合、「霊的な男子」の意の場合がある。ここでは後者。大国主神の子孫で、速甕之多気佐波夜《はやみかのたけさはや》遅奴美《じぬみ》神と前玉比売《さきたまひめ》との間に生れた神。比那《ひな》良志毗売《らしびめ》を妻にして多比理岐志麻流美《たひりきしまるみ》神を生む。

甕主日子神（記上）

215 **比那良志毗売《ひならしびめ》**（七三—五）

名義は「霊的に水の性を平静にする巫女」。名義明解を得ないが、「比・那良志」と分析し、親神が「淤加美《おかみ》の神」（水神）なので、水の性質を平《な》らすことの意に解してみた。「比《ひ》」は「霊《ひ》」。大国主神の子孫の甕主日子《みかぬしひこ》神の妻になり、多比理岐志麻流美《たひりきしまるみ》神を生む。

比那良志毗売（記上）

216 **多比理岐志麻流美《たひりきしまるみ》の神**（七三—五）

名義未詳。大国主神の子孫の甕主日子《みかぬしひこ》神と比《ひ》那良志毗売《ならしびめ》との間に生れた神。活玉前玉比売《いくたまさきたまひめ》神を妻にして美呂浪《みろなみ》神を生む。

多比理岐志麻流美神（記上）

217 **比々羅木之其花麻豆美《ひひらぎのそのはなまづみ》の神**（七三—六）

名義は「柊《ひいらぎ》のその花の神霊」。「比々羅木」は柊で、樹枝および葉にとげがあり、邪気を払う植物との信仰があった。垣根に植え、また節分に魔よけとして門口にさす。晩秋に白色四弁の小花を開く。「麻《ま》」は未詳。「豆美《づみ》」は「づ（連体助詞）み（神霊）」。活玉前玉比売《いくたまさきたまひめ》神の親神。

比々羅木之其花麻豆美神（記上）

218 **活玉前玉比売《いくたまさきたまひめ》の神**（七三—六）

名義は「活きいきとした魂、幸福な魂の女性」。親神「比々羅木之其花麻豆美《ひひらぎのそのはなまづみ》の神」の呪力を受けて、活動的・幸福な魂をもった女性が生れたことの表象であろう。大国主神の子孫の多比理岐志麻流美《たひりきしまるみ》神の妻になり、美呂《みろ》浪《なみ》神を生む。

活玉前玉比売神（記上）

219 **美呂浪《みろなみ》の神**（七三—七）

名義未詳。大国主神の子孫の多比理岐志麻流《たひりきしまる》美《み》神と活玉前玉比売《いくたまさきたまひめ》神との間に生れた神。青《あお》沼馬沼押比売《ぬうまぬおしひめ》を妻にして、布忍富鳥鳴海《ぬのおしとみとりなるみ》神を生む。

美呂浪神（記上）

220 **敷山主《しきやまぬし》の神**（七三—七）

名義は「繁った山の主」。「敷」は「頻《しき》」に同じで、繁茂した、の意。青沼馬沼押比売《あおぬうまぬおしひめ》の親神。

敷山主神（記上）

221 **青沼馬沼押比売《あをぬうまぬおしひめ》**（七三—八）

名義は「青い沼で良い沼の威圧的な巫女」。「馬沼」の「馬」は「美《うま》し」の意の借訓《しやつくん》であろう。大国主神の子孫の、美呂浪《みろなみ》神の妻になって、布忍富鳥鳴海《ぬのおしとみとりなるみ》神を生む。

青沼馬沼押比売（記上）

222 **布忍富鳥鳴海《ぬのおしとみとりなるみ》の神**（七三—八）

名義は「織物が威圧的で豊富で、鳥が霊を運ぶ鳴り響く海」。母方の「敷山主《しきやまぬし》の神」から、植物の繊維で布（織物）が多量に取れることの表象と、その娘の「青沼馬沼押比売《あをぬうまぬおしひめ》」から、鳴り響く海を表象したもので、二つの機能の反映による命名であろう。大国主神の子孫の美呂浪《みろなみ》と青沼馬沼押比売《あおぬうまぬおしひめ》との間に生れた神。若尽女《わかつくしめ》神を妻にして天《あめ》の日腹《ひばら》の大科度美《おおしなどみ》神を生む。

布忍富鳥鳴海神（記上）

223 **若尽女《わかつくしめ》の神**（七三—九）

名義は「若さを出しきる女」。「尽」の字は諸本に「盡」とある。これを「昼《ひる》」（晝）に改め、「若日女《わかひるめ》」（太陽の女神）とする説があるが、必然性はない。また「筑紫《つくし》」の国名かとする説もあるが、特にこの神名のみを国名とする理由はない。大国主神の子孫の布忍富鳥《ぬのおしとみとり》鳴海《なるみ》神の妻になり、天《あめ》の日腹《ひばら》の大科度美《おおしなどみ》神を生む。

若尽女神（記上）

224 **天《あめ》の日腹《ひばら》の大科度美《おほしなどみ》の神**（七三—九）

名義は「天の神聖な原から吹く偉大な風の神霊」。「日腹《ひばら》」は「日原」であろう。「科度美《しなどみ》」

は「息《し》な処《ど》の神霊《み》」で、「息の吹き起る処」の義から風の意となる。大国主神の子孫の布《ぬの》忍富鳥鳴海神《おしとみとりなるみ》と若尽女神《わかつくしめ》との間に生れた神。遠津待根神《とおつまちね》を妻にして、遠津山岬多良斯神《とおつやまさきたらし》を生む。

225
遠津待根の神《とほつまちね》 (七三—一〇)

天日腹大科度美神（記上）

名義未詳。天《あめ》の狭霧《さぎり》神の娘。大国主神の子孫の天《あめ》の日腹《ひばら》の大科度美《おおしなどみ》神の妻になり、遠津山《とおつやま》岬多良斯《さきたらし》神を生む。

226
遠津山岬多良斯の神《とほつやまさきたらし》 (七三—一一)

遠津待根神（記上）

名義は「遠方の山の崎が満ち足りていること」。「遠津」は母方の「遠津待根《とほつまちね》の神」を承《う》けたもの。「山岬」は「山崎」で、山の先端。そこは台地になっていて、穀倉地帯を形成する。山からの水がその地帯をうるおすからである。「多良斯」は「足らし」で「充足」の意。「遠津山岬帯《たらし》の神」(七三—一三) と「帯」の文字も使われている。「帯」を「たらし」と訓《よ》むのは、帯は結んで垂らすからである。一方「たらし」という語は「充足」の意をもっているので美称となる。「大帯日子淤斯呂和《おほたらしひこおしろわ》気《け》の命」(一四一—三)「若帯日子《わかたらしひこ》の天皇《すめらみこと》」(一七三—八)「息長帯比売《おきながたらしひめ》の命」(一七四—四) などに例がある。『古語拾遺』に「太玉之胤不ルコトレ絶エ如シレ帯ノ」とあるように子孫聯綿を帯に譬《たと》えることがあって、この字が喜ばれた。大国主神の子孫の天《あめ》の日腹《ひばら》の大科度美《おおしなどみ》神と遠津待根《とおつまちね》神との間に生れた神。

遠津山岬多良斯（帯）神（記上）

227
久延毗古《くえびこ》 (七四—五)

名義は「身体の崩れた男性」。「久延」は「崩《く》え」で、「岩くえ」（万葉、巻十四、三三六五）は岩の崩れをいうように、「崩え彦《くびこ》」の意。歩行不能者と見立てた案山子《かがし》の名。少名毗古那《すくなびこな》神の素姓を明かし申したので、天下の事を知っている神だとしている (七五—一～三)。身体の崩れた異形《いぎよう》の人は智恵者の化身として信じられていた。『古事記』編纂当時は「山田《やまだ》の曾富騰《そほど》」と言われた。

久延毗古（記上）

228
少名毗古那の神《すくなびこな》 (七四—七)

名義は「体の小さい男性」。「少名」は「少なし」の語幹。「大《おほ》」に対する語で、結局小人《こびと》をさす。従来「大名持《おほなもち》」に対する「少名《すくなな》」の約と見、「名」や「地《な》」の意とする説があったが、「大穴牟遅《おほあなむち》の神」の項で述べたように、その説は誤り。「毗古」は「彦」（男性）の意。「那《な》」は小さなものにつける愛称。神産巣日《すひ》神の子で、その手の指の間から漏れ落ちた子だというほどの小人である。葦原の色許《あしはらしこ》男命《お》（大国主神の別名）の弟格として協力して国作りをし、常世国《とこよのくに》に帰る。現《うつ》し国《くに》に幸いをもたらす神と信じられていた。一寸法師と同様な主人公の型である。「神功皇后、太子に献酒」の条で「この御酒《みき》はわが御酒ならず、酒の司《くし》常世《かみとこよ》にいます石立《いはた》たす少《すく》な御神《みかみ》」(一八三—四～六) とあるように、「少な御神」とも言い、酒を掌る首長（神代紀上では、大己貴《おおあなむち》命と協力して、「病を療《をさ》む方《のり》を定め」とあるが、百薬の長としての酒の神として信じられていたことを示す）であり、また石として立つ神、すなわち石神であった。能登国、能登郡に「宿那《すくな》彦神像石神社」(『延喜式』神名帳）がある。

少名毗古那（神）（記上） 少彦名命（紀、神代上） 須久奈比古命（出雲風土記、飯石郡） 少日子根命（播磨風土記、揖保郡） 小比古尼命（同上、神前郡） 小彦命（逸文尾張風土記） 少彦名（逸文伊豆風土記・万葉、巻三、三五五・巻六、九六三） 少日子命（逸文伯耆風土記） 宿奈毗古那命（逸文伊予風土記） 須久奈比古奈（万葉、巻十八、四一〇六） 少足命《すくなたらし》（播磨風土記、揖保郡）

須久那美迦微（記中）　少御神（万葉、巻七、一二四七）

229 **山田《やまだ》の曾富騰《そほど》**（七五―二）
名義は「山田の濡れそぼつ人」。「曾富騰」は「そほちひと」の約。案山子《かがし》のこと。久延毗《くえび》古《こ》に同じ。『古事記』編纂当時「山田の曾富騰」と言われていた。「山田」は神に初穂を供えるための田で、番人を置いていた。案山子もそこに立てられた。歩行不能者だけれども、天下のことを皆知っている智恵者であった。当時から一本足の案山子が立てられていたことが分る。

　山田之曾富騰（記上）

230 **神活須毗《かむいくすび》の神**（七六―一）
名義は「神々《こうごう》しく活《い》きいきとした住居の神霊」。名義未詳ながら、「須毗」は「巣霊《すび》」の意か。その子神が「伊怒比売《いのひめ》」（「寝姫《いぬ》」か。須佐之男《すさのお》命の子の大年《おおとし》神（年穀の神）の妻になる伊怒比売の親神。

　神活須毗神（記上）

231 **伊怒比売《いのひめ》**（七六―一）
名義は「穀霊と結婚する巫女《ふじょ》」。「寝《い》ぬ姫《ひめ》」の意。記の神話体系として、この神は出雲神話圏内にあるので、「出雲国出雲郡伊努《いぬ》郷（今の島根県出雲市北隅）の巫女」と解することはよい。しかし、記の神々の系譜自体が血統上の脈絡のみならず、神格上の脈絡をもつ場合があるので、その土地固有神と考えるのとは別に、一般的な神名として解する方向をとることができる。ここもその方向で解してみた。「伊怒《いの》」を「寝《い》ぬ」と解したのは「赤衾《あかふすま》伊努《いぬ》意保須美比古佐倭気能《おほすみひこさわけの》命」（『出雲風土記』出雲郡伊努《いぬ》郷）とあるによる。伊努郷にこの神が坐すから、という地名起源説話である。地名本来の意味は未詳だが、それから連想されるこの長い神名は、「赤い寝具・寝《い》ぬ・住居・神稲《さ》」の意を含む穀霊神である。穀霊はこの場合男神で、一夜妻と結婚する（これが「寝《い》ぬ」）。その一夜妻が「伊怒比売《いのひめ》」に当る。前々項の「神活須毗《かむいくすび》の神」の「須」を「巣（住居）」と解したのも、この脈絡によ る。須佐之男《すさのお》命の子の大年《おおとし》神の妻になり、大《おお》国御魂《くにみたま》神以下五神を生む。『延喜式』神名帳に「伊努神社」（出雲国出雲郡）がある。この社の中に「比古和気《ひこわけ》神社」が別にあるから、「伊努神社」の祭神はこの伊怒比売であろう。

　伊怒比売（記上）

232 **大国御魂《おほくにみたま》の神**（七六―二）
名義は「偉大な、国土の神霊」。稲を生えさせる国土である。『出雲風土記』には「大国《おほくに》魂《たま》の命」が天降《あまくだ》りして食事をした記事がある（意宇《おう》郡飯梨《いいなし》郷）。記の神話体系として、出雲神話圏内にこの神はあるけれども、しかし全国的に一般的な神名として解すべきである。須佐之男《すさのお》命の子の大年《おおとし》神が伊怒比売《いのひめ》を妻にして生んだ五神中の第一子。

　大国御魂神（記上）　大国魂命（出雲風土記、意宇郡飯梨郷）

233 **韓《から》の神**（七六―二）
名義は「韓国（古代朝鮮）の神」。朝鮮半島との交渉以来、韓国から渡来した人々によって信奉され、日本で正式に祭られた神。須佐《すさ》之男《のお》命の子の大年《おおとし》神と伊怒比売《いのひめ》との間に生れた五神中の第二子。神楽歌《かぐらうた》に「韓神《からのかみ》」の歌（本《もと》・末《すえ》）がある。『延喜式』神名帳には、宮内省坐神三座として、園神《そののかみ》社・韓神社二座を挙げ、四時祭上に、春二月、冬十一月の丑《うし》の日に祭るとある。

　韓神（記上）

234 **曾富理《そほり》の神**（七六―二）
名義は「韓国（古代朝鮮）の王都」。「曾富理」は、新羅《しらぎ》の王都、徐伐（sio－por）の音訳という。今日の大韓民国の首都ソウルも京城の意。神代紀下の「日向ノ襲《そ》之《の》高千《たかち》穂《ほ》ノ添山ノ峰」とある「添山」の訓注に「曾褒里能耶麻《そほりのやま》」とある、その「そほり」も同じ。古代朝鮮語を用いて天孫降臨の場所を表現したもので、朝鮮半島との交渉の結果である。須佐之男命《すさのお》がその子五十《い》猛《たける》神とともに新羅国に天降り、曾戸茂梨《そしもり》にいた（紀、神代上）というのもその反映であるが、出雲国が古代朝鮮（新羅国）と関係が深かったから、須佐之男命の子孫の系譜に組入れられているのである。須佐之男命の子の大年《おおとし》神と伊怒比売《いのひめ》との間に生れた五神中の第三子。

曾富理神（記上）

235
白日《しらひ》の神（七六―三）

名義は「明るい太陽」。「白日《はくじつ》」に同じ。「白日」を「新羅」とする説があるが、「しらき」の「き」は上代特殊仮名づかいで乙類の発音であり、甲類である「しらひ」の「ひ」とは異なる。それでその説は誤り。他に「向日《むかひ》」の誤字説があるが、諸本は「白」であるから不可。須佐之男命《すさのお》の子の大年《おおとし》神と伊怒比売《いのひめ》との間に生れた五神中の第四子。農耕文化に欠くべからざる輝く太陽の表象である。

白日神（記上）

236
聖《ひじり》の神（七六―三）

名義は「耕作を始める日を知ること」。「ひじり」は「日知《ひし》り」が原義で、「御年《みとし》（年穀すなわち稲）始め（すなわち農耕開始）の日を選定する、その日を知ること」は聖賢の行うことであった。つまり「暦《こよみ》」を掌る神である。須佐之男命《すさのお》の子の大年《おおとし》神と伊怒比売《いのひめ》との間に生れた五神中の第五子。農耕文化に欠くべからざる暦の表象である。『延喜式』神名帳には「聖神社」（和泉国日根郡）がある。

聖神（記上）

237
香用比売《かぐよひめ》（七六―三）

名義は「微光を発する物に依《よ》り憑《つ》く巫女《ふじょ》」。「香」は「かぐ」の音を表す。「かぐよ」は「かがよふ」（光がうすくぼんやりちらちらする）の語幹（「火之迦具土《ひのかぐつち》の神」参照）。神異の光を揺曳《ようえい》させる物とは、農耕祭祀のための稲魂を形象化した玉や農耕機具の光沢ある鉄をさすと考える。その物に憑依《ひょうい》する巫女である。須佐之男命《すさのお》の子の大年《おおとし》神の妻になり、大《おお》香山戸臣《かぐやまとみ》神と御年《みとし》神とを生む。

香用比売（記上）

238
大香山戸臣《おほかぐやまとみ》の神（七六―四）

名義は「偉大な、微光を発する山の、立派な神霊」。「香山」の「香《かぐ》」については、前項「香用比売《かぐよひめ》」参照。微光を発する玉や鉄の原石を含む山が「香山」である。「戸」は呪物や呪的行為につける接尾語。「臣《み》」は、元来「おほみ」で「大霊《おほみ》」の意であった。それが「おみ」と短呼され、敬称ないしは人臣の意に用いられるようになった。ここは敬称。「戸《と》臣《おみ》」の約が「とみ」。農耕祭祀や機具の原料を採る山の神格化。須佐之男命《すさのお》の子の大年《おおとし》神と香用比売《かぐよひめ》との間に生れた二神中の第一子。

大香山戸臣神（記上）

239
御年《みとし》の神（七六―四）

名義は「年穀（稲）の神」。「大年《おほとし》の神」の項（五七―九）参照。須佐之男命《すさのお》の子の大年《おおとし》神と香《か》用比売《よひめ》との間に生れた二神中の第二子。御年神は、祝詞に「御年《みとし》の皇神等《すめがみたち》」とあり（祈年祭）、複数になっている。また『延喜式』の四時祭の祈年祭の条では「御歳《みとし》社」と「御歳」の文字が用いてある。『古語拾遺』にも「御歳神」とある。

御年神（記上）　御歳神（古語）

240
天知迦流美豆比売《あめちかるみづひめ》（七六―四）

名義は「天を領する、生命力に満ちた太陽の女」。この神名には問題が多い。原文に「天知迦流美豆比売」とあり、その注に「訓《よムコト》レ天ヲ如《シ》ノレ天。亦自《ヨリ》レ知下六字以《キタリ》レ音ヲ」とある。「訓レ天如レ天」とは、「天」は、「あま・あまの・

あめの」と訓まずに、単に「あめ」と訓めということ(三—七の「天比登都柱《あめひとつはしら》」の項、三—一の「天一根《あめひとつね》」の項参照)。ところが、次の「自レ知下六字以レ音」を見ると、音仮名《おんがな》は七字分あるから、この「六字」は「七字」の誤りとする説がある。ところが、「葛城《かつらぎ》の高千《たかち》那毗売《なびめ》」(二九—四)の原文には「那毗二字以レ音」とあって、「売」を数えていない。すると、「売」は元来音仮名であるけれども、大宝戸籍にも見られるように、訓仮名《くんがな》の「女《め》」と同じような意識で用いられる場合もあったと考えられる。そこで「六字」はそのままでよい。そこで、「天知迦流美豆比《あめちかるみづひ》」の「女《め》」という形で考えるのが正しい。他の誤字説や「天知《あめしる》」と訓む説もあるが誤り。ではこの神名はいかなる意味か。「天《あめ》・領《しかる》・瑞日《みづひ》・女《め》」ではあるまいか。「知迦流《ちかる》」は「領《し》きある」の約「しかる」の音転と考える。太陽の女性を讃美した名であろう。須佐之男《すさのお》命の子の大年《おおとし》神の妻となり、奥津日子《おきつひこ》神以下九神を生む。

241
奥津日子《おきつひこ》の神 (七六—五)
天知迦流美豆比売(記上)
名義は「燠《おき》の男性」。炭火を灰の奥に活けて火種としたのが「燠《おき》」である。奥津比売《おきつひめ》命とともに男女神となる。「燠《おき》」は「奥《おき》」と同源。須佐之男《すさのお》命の子の大年《おおとし》神と天知迦流美豆比売《あめちかるみずひめ》との間に生れた九神中の第一子。母が太陽神で、それを火の根源として、燠火《おきび》の神が生れた。

242
奥津比売《おきつひめ》の命 (七六—六)
奥津日子神(記上)
名義は「燠《おき》の女性」。前項「奥津日子《おきつひこ》の神」参照。「神」ではなく「命」とあるのは、人間生活に密着して親愛の情があったためか。須佐之男《すさのお》命の子の大年《おおとし》神と天知迦流美豆比売《あめちかるみずひめ》との間に生れた九神中の第二子。ただし、奥津日子神と合わせて第一子と数える。別名は「大戸比売《おほへひめ》の神」(次項)という。

243
大戸比売《おほへひめ》の神 (七六—六)
奥津比売命(記上)
名義は「偉大な、かまどの女性」。「戸《へ》」は「竈《へ》つ霊《ひ》」の「へ」で、かまど。「黄泉《よも》つ戸《へ》喫《ぐひ》」(三七—六)の「戸《へ》」に同じ。前項「奥津比売《おきつひめ》の命」の別名で、かまどの神である。燠火《おきび》を貯える場所がかまどであった。

244
大山咋《おほやまくひ》の神 (七六—七)
大戸比売神(記上)
名義は「偉大な、山の境界の棒」。原文「大山上咋神」とあるから、「大、山咋」として考えるべきで「大山」ではない。「山咋」は「山杙」で、山頂の境界をなす棒杙の神格化。須佐之男《すさのお》命の子の大年《おおとし》神と天知迦流美豆比売《あめちかるみずひめ》との間に生れた九神中の第二子。別名を「山《やま》末之《すゑの》大主《おほぬし》の神」(次項)という。「若山咋《わかやまくひ》の神」(別項)に対しては伯父に当る。

245
山末之《やますゑの》大主《おほぬし》の神 (七六—七)
大上山咋神(記上)
名義は「山頂の偉大な主人」。「山末」は、山《やま》本《もと》(麓《ふもと》)に対する山頂をいう。この神は、山頂の支配神で、前項「大山咋《おほやまくひ》の神」の別名である。近江国の日《ひ》枝山《えのやま》(滋賀県大津市坂本本町《ほんまち》の日吉《ひえ》大社)に鎮座し、また葛野《かずの》の松尾《まつのお》(京都市右京区の松尾神社)に鎮座して鳴鏑《なりかぶら》を持つ神である。鳴鏑そのものが神体であって、祭の料物ではない。このことは『本朝月令《ほんちょうがつりょう》』(六巻あるいは四巻。惟宗公方《これむねきみかた》撰。朱雀天皇〈九三〇〜四六〉ごろの成立。現存は、四月・五月・六月のみ。他は逸文)四月中西賀茂祭事《なかのとりのひのかものまつりのこと》の条所引の「秦氏《はだし》本系帳《ほんけいちょう》」や『釈日本紀《しゃくにほんぎ》』(『日本書紀』の注釈書。二十八巻。鎌倉時代までの学説を集大成したもの。原型は父の卜部兼文《うらべかねふみ》が作り、息兼方《かねかた》〈懐《かね》賢《かた》〉が完成した)所引の「逸文山城風土記」に「矢」をめぐる神婚説話がある。
山末之大主神(記上)

246
庭《には》津《つ》日《ひ》の神（七六—九）
名義は「家の前の広場の神霊」。「庭」は今日のような植込みの庭ではなく、家屋の前の広場をいう。穀物を干したり、農耕祭祀をしたりする場所であるから、庭そのものを神格化した。須佐之男《すさのお》命の子の大年《おおとし》神と天知迦流美《あめちかるみ》豆比売《ずひめ》との間に生れた九神中の第三子。
　庭津日神（記上）

247
阿《あ》須《す》波《は》の神（七六—九）
名義は「宅地の基礎が堅固なこと」。「足磐《あしいは》」の約「あしは」が「あすは」に音転した語。祝詞に「座摩《ゐかすり》の御巫《みかむなぎ》の辞竟《ことを》へ奉《まつ》る皇神等《すめがみたち》の前に白《まを》さく、生井《いくゐ》・栄井《さくゐ》・津長井《つながゐ》・阿須波《あすは》・婆《は》比《ひ》支《き》と御名は白して」（祈年祭）とあり、また「庭中《にはなか》の阿須波《あすは》の神に小《こ》柴《しば》刺《さ》し吾《あれ》は斎《いは》む還り来《く》までに」（万葉、巻二十、四三五〇）とあり、また越前国（福井県）に「足羽郡」があり、『延喜式』神名帳に「足羽神社」（大野郡）があり、著名な名である。しかし、語義未詳であった。ただ、祝詞の「座摩《ゐかすり》」の思想や、記の大年《おおとし》神の系譜の配列および『万葉集』の例から、「屋敷神」であろうということは言われてきた。それに違いない。それならば「足磐《あしいは》」の義として、家屋の基礎である屋敷（宅地）がしっかりしていることと考えることができる。「あしは」が「あすは」になる例に、たとえば「居処領《ゐかしり》」が「座摩《ゐかすり》」と、「す」と「し」の母音交替の形がある。「阿須波《あすは》の神」は屋敷の土地神であるから、祭るときは、屋前の庭の真中にひもろぎを立てて神降《かみおろ》しをする。その例が『万葉集』の前掲歌である。須佐之男《すさのお》命の子の大年《おおとし》神と天《あめ》知迦流美豆比売《ちかるみずひめ》との間に生れた九神中の第四子。
　阿須波神（記上）　阿須波乃可美（万葉、巻二十、四三五〇）　阿須波（祝詞、祈年・六月月次《つきなみ》）

248
波《は》比《ひ》岐《き》の神（七六—九）
名義は「宅地の端から端へ線を引き区画をすること」。「端《は》引《ひ》き」の義で、宅地の境界を掌る神。名義未詳として著名の語であった。前項「阿須波《あすは》の神」とコンビで名を見せる神名で、宅地の神であることだけは間違いない。祝詞に「座摩《ゐかすり》の御巫《みかむなぎ》の辞竟《ことを》へ奉《まつ》る皇神等《すめがみたち》の前に白《まを》さく、生井《いくゐ》・栄井《さくゐ》・津長井《つながゐ》・阿須波《あすは》・婆《は》比《ひ》支《き》と御名は白して」とある。まず「井《ゐ》」の神三種の名が挙がる。活きいきとした井・栄える井・生命の長い井である。次に、前項の「阿須波《あすは》」で、宅地の基礎の磐石性の表象である。すると、あとは宅地の四周の境界だろうと見当がつく。「端を引くこと」と解すれば、まさに境界の表象である。須佐之男《すさのお》命の子の大年《おおとし》神と天知迦流美豆比売《あめちかるみずひめ》との間に生れた九神中の第五子。
　波比岐神（記上）　婆比支（祝詞、祈年・六月月次）

249
香《かぐ》山《やま》戸《と》臣《み》の神（七六—一〇）
名義は「微光を発する山の、立派な神霊」。詳しくは「大香山戸臣《おほかぐやまとみ》の神」の項参照。須佐《すさ》之男《のお》命の子の大年《おおとし》神と天知迦流美豆比売《あめちかるみずひめ》との間に生れた九神中の第六子。
　香山戸臣神（記上）

250
羽《は》山戸《やまと》の神（七六—一〇）
名義は「山の麓」。神代紀上に「麓、山足曰ㇾ麓」とあり、「簸耶磨《はやま》」という訓注が付いている。「戸《と》」は「処」の意。山麓は、山裾が長く引き広野になった地形で、山の水が豊かにあり、穀倉地帯として拓ける所である。その土地を神格化したもの。須佐之男《すさのお》命の子の大年《おおとし》神と天知迦流美豆比売《あめちかるみずひめ》との間に生れた九神中の第七子。この神は大気都比売《おおげつひめ》神を妻にして、若山咋《わかやまくい》神以下八神を生む。
　羽山戸神（記上）

251
庭《には》高《たか》津《つ》日《ひ》の神（七六—一〇）
名義は「家の前の広場を高くから照らす太

陽」。「庭」は「庭津日《にはつひ》の神」の項参照。収穫した五穀を干したりするために、庭に照る太陽が必要であった。須佐之男《すさのお》命の子の大年《おおとし》神と天知迦流美豆比売《あめちかるみずひめ》との間に生れた九神中の第八子。『延喜式』践祚大嘗祭《せんそだいじょうさい》の条に、悠紀《ゆき》（聖域）・主基《すき》（次の聖域）両国の斎郡に設けられた斎院の八神の中にこの神名が入っている。

庭高津日神（記上）　庭高日神（延喜式、大嘗祭）

252
大土《おほつち》の神（六六―二）
名義は「偉大な、田地の土壌」。「土」は稲を生育せしめる田地の土壌をさす。「土之御祖《つちのみおや》の神」の別名がある。須佐之男《すさのお》命の子の大年《おおとし》神と天知迦流美豆比売《あめちかるみずひめ》との間に生れた九神中の第九子。

大土神（記上）

253
土之御祖《つちのみおや》の神（六六―二）
名義は「田地の母神」。「土」は前項「大土《おほつち》の神」の「土」に等しく、田地の土壌をさす。稲を生育せしめる母なる土、の意で「御祖《みおや》」を付したもの。「大土の神」の別名。『延喜式』神名帳には「大土御祖神社」（伊勢国度会郡）がある。伊勢神宮内宮《ないくう》の摂社である。

土之御祖神（記上）

254
若山咋《わかやまくひ》の神（六六―四）
名義は「若い、山の境界の棒」。「大山咋《おほやまくひ》の神」に対する「若山咋の神」で、系譜上は伯父と甥の関係である。「山咋」は「山杙」で、山の境界をなす棒杙の神格化。大年《おおとし》神の子の羽山戸《はやまと》神と大気都比売《おおけつひめ》神との間に生れた八神中の第一子。田の神は山から降《お》りてくるので、この神を第一子としている。

若山咋神（記上）

255
若年《わかとし》の神（七七―一）
名義は「若い年穀（稲）」。「大年《おほとし》の神」に対する「若年の神」で、系譜上は祖父と孫の関係である。「年」は「大年の神」の項参照。大年神の子の羽山戸《はやまと》神と大気都比売《おおけつひめ》神との間に生れた八神中の第二子。第一子の「若山咋の神」（田の神）の次に、若い稲すなわち苗が生れることの表象。

若年神（記上）

256
若沙那売《わかさなめ》の神（七七―一）
名義は「若い神稲《さ》に仕える巫女《ふじょ》」。「沙《さ》」は「さ蠅《ばへ》・さ月・さ苗」の「さ」で、神に捧げる稲をいう。「那《な》」は連体助詞。「売《め》」は神稲に奉仕する巫女の意。大年《おおとし》神の子の羽山戸《はやまと》神と大気都比売《おおけつひめ》神との間に生れた八神中の第三子。「若年の神」（若い稲すなわち苗）の次に、それを採る田植女（「早乙女《さおとめ》」）の表象。

若沙那売神（記上）

257
弥豆麻岐《みづまき》の神（七七―一）
名義は「田に水を引くこと」。灌漑《かんがい》（田に水を引くこと）を「まかせ」（水の流れに任せる意）というが、その古形が四段の「まき」。大年《おおとし》神の子の羽山戸《はやまと》神と大気都比売《おおけつひめ》神との間に生れた八神中の第四子。「若沙那売《わかさなめ》の神」（早乙女の表象）の次に、灌漑を表象する神が生れている。

弥豆麻岐神（記上）

258
夏高津日《なつたかつひ》の神（七七―二）
名義は「夏に高く照らす太陽」。大年《おおとし》神の子の羽山戸《はやまと》神と大気都比売《おおけつひめ》神との間に生れた八神中の第五子。別名を「夏之売《なつのめ》」（次項）という。盛夏の強烈な日照に恵まれて稲が生育することの表象。

夏高津日神（記上）

259
夏之売《なつのめ》の神（七七―二）
名義は「夏に、田で草取りをする女」。前項「夏高津日《なつたかつひ》の神」の別名。

夏之売神（記上）

260
秋毗売《あきびめ》の神（七七―二）
名義は「稲の収穫の秋の季節の女性」。大年《おおとし》神の子の羽山戸《はやまと》神と大気都比売《おおけつひめ》神との間に生れた八神中の第六子。「夏高津日《なつたかつひ》の神」（夏の強烈な日照に恵まれ稲がぐんぐん生育することの表象）から、稲を収穫する秋のおとずれを表象する。

秋毗売神（記上）

261
久々年《くくとし》の神（七七—三）

名義は「茎立った稲」。「久々」は「久々能智《くくのち》の神」（三三—六）の項参照。草木の茎幹をいう。ここは稲の茎（稲幹《いながら》）。稲幹がしゃんと立っているのは稲穂の豊穣の表象。大年《おおとし》神の子の羽山戸《はやまと》神と大気都比売《おおけつひめ》との間に生れた八神中の第七子。

久々年神（記上）

262
久々紀若室葛根《くくきわかむろつなね》の神（七七—三）

名義は「材木を縄で結び固め、新嘗祭《にいなめのまつり》のために造った新室《にいむろ》」。「久々紀《くくき》」は茎立つ木。建築材をいう。「若室《わかむろ》」は新築の家。「葛根《つなね》」は、祝詞、大殿祭《おおとのほかい》に「古語、番縄《つがひなは》之類、謂《フ》二之綱《つな》根《ネト》一」とある。材木と材木とを結び固める縄である。この神名全体で、新嘗祭用の新室の神格化である。大年《おおとし》神の子の羽山戸《はやまと》神と大気《おおけ》都比売《つひめ》との間に生れた八神中の第八子。

久々紀若室葛根神（記上）

263
天《あめ》の忍穂耳《おしほみみ》の命（七七—八）

「正勝吾勝々速日天之忍穂耳の命《まさかつあかつかちはやひあめのおしほみみのみこと》」の項参照。

264
天津国玉《あまつくにたま》の神（七八—一四）

名義は「高天の原の神霊」。「天津国」は天上の国、すなわち高天の原。そこの神霊。「宇都志国玉《うつしくにたま》の神」（大国主神の別名）に対する語。現実のこの地上の国の神霊）の項参照。天の若日子の父。天の若日子の死に際し、天上から降り、葬儀を行う。弔いに来た阿遅志貴高日子根《あじしきたかひこね》神を、わが子の蘇生復活と誤解する。

天津国玉神（記上）　天国玉（紀、神代下）

265
天《あめ》の若日子《わかひこ》（七八—一四）

名義は「天上界の若様《わかさま》（世子）」。原文「天若日子」とある。「あめわかひこ」と訓《よ》む説もあるが、「訓《よムコト》レ天《ヲ》如《シ》レ天《あめノ》」という訓注がないから、この「天」は「あめの」と訓む。「若日子」は「若様」で、世継《よつぎ》（世子）の若い男子を意味する親愛の称。元来普通名詞であるので、「神・命」をつけない。ここでは固有名詞として用いられている。前項天津国玉《あまつくにたま》神の子。天孫降臨に先立ち、高天の原から葦原の中つ国に国譲りの使者を派遣する。天《あめ》の菩比《ほひ》神に次ぐ第二の使者として、弓矢を賜って大国主神の許に行くが、その娘下照比売《したでるひめ》と結婚して、八年間復命しなかった。高天の原では雉《きぎし》の鳴女《なきめ》（次項）を遣わして詰問させる。天の若日子は賜った矢でその雉を天に射上げ殺す。これは高天の原に対する反逆となる。天の若日子は「朝床《あさとこ》に寝《い》ね」（八一—四）ていた。これは新嘗《にいなめ》の祭をすることで、下照比売を妻としているから、中つ国の首長としての資格で新嘗祭をしているわけである。高天の原では射上げられた矢が天の若日子に下賜した矢であることを確認して高木神（高御産巣日《たかみむすひ》神の別名）が射返し、新嘗祭中の天の若日子は矢に中《あた》って殺される。「逸文摂津風土記」には、天稚彦《あめわかひこ》の名が見え、その従者として天《あめ》の探女《さぐめ》の名も見える。後世、『宇津保《うつほ》物語』『狭衣《さごろも》物語』などに、下界に天降る天人の汎称として物語化されている。『延喜式』神名帳によれば「天若日子神社」（出雲国出雲郡）が二社ある。

天若日子（記上）　天稚彦（紀、神代下・逸文摂津風土記）　天若彦（祝詞、遷《うつシ》二却《やル》崇《たたり》神《がみヲ》一）

266
鳴女《なきめ》（七九—一〇）

名義は「鳴く女」。雉の名。前項天《あめ》の若日子《わかひこ》が大国主神の許に居着いたまま八年経っても高天の原に復命しなかったので、高天の原では「鳴女」という名の雉を派遣して詰問させる。天の若日子によって高天の原に射上げられ殺される。神代紀下では「無名雉《ななきぎし》」となっている。名の無い雉の意である。

鳴女（記上）　無名雉（紀、神代下）

267
天《あめ》の佐具売《さぐめ》（八〇―三）

名義は「天上界の、隠密なるものを探り出す女」。「佐具」は「探《さが》す・探《さぐ》る」の語幹。天《あめ》の若日子《わかひこ》に従って天から降りてきたので、「天の」を冠する。高天の原から天の若日子を詰問せよとの命を受けて降下した雉（名は鳴女《なきめ》）の鳴声を聞いて、天の佐具売はその声は不吉だから射殺せと天の若日子に進言する。

神代紀下には「天探女」とあり、その訓注に「阿麻能左愚謎《あまのさぐめ》」とあり、『和名抄《わみょうしょう》』にも「日本紀私記云、天探女、阿万乃佐久女《あまのさぐめ》、俗云、阿麻佐久女《あまさぐめ》」とあるので、『万葉集』も「久方《ひさかた》の天之探女《あまのさぐめ》が石船《いはふね》の泊《は》てし高津《たかつ》はあせにけるかも」（巻三、二九二）と訓《よ》んでいる。ただ『古事記』での「天」の用字法からみると、この名は「天《あめ》の」と訓むべきである。したがって、「天《あま》の」と言う場合と二とおりあったことになる。後世は「あまのさぐめ」の語の崩れた形「あまんじゃく」（天邪鬼）の名で呼ばれた。神代紀下では「天探女」を国つ神と伝える一書も掲げている。鳥の鳴声を聞いて吉凶を判断するのは「鳥占《とりうら》」である。天の佐具売は天の若日子側《がわ》の女なので、高天の原から来た雉の鳴声を不吉だと判断したのである。

天佐具売（記上）　天探女（紀、神代下・逸文摂津風土記）　天之探女（万葉、巻三、二九二）

268
高木《たかぎ》の神（八〇―九）

名義は「神霊の依代《よりしろ》になる高い木」。高御産《たかみむ》巣日《すひ》神（別項）の別名。つまり、高御産巣日神を、その依代になる巨木の名で呼んだわけである。天孫降臨に先立つ葦原の中つ国への国譲り使者派遣の高天の原における最高司令神として、高御産巣日神・天照大御神の二神が登場する（七七―一四）。第一使者天《あめ》の菩比《ほひ》神は使命を果さない。同じ高御産巣日神・天照大御神の司令（七八―九）で派遣された第二使者天《あめ》の若日子《わかひこ》もまた使命を果さないので、雉に詰問させる。そのときの司令神は、天照大御神・高御産巣日神と順序が変る（七九―一五）。これは、天の若日子の反逆の予見において、その裁定者としては政治的最高絶対神たる天照大御神を最初に位置づける必要があったからである。それまでは、天照大御神は穀霊の神格で、高御産巣日神の側に坐《いま》したのである。元来、葦原の中つ国平定の使者派遣の司令神は、日神としての神格をもつ高御産巣日神であったからである。このことは神代紀下の伝承記事によって分る。ところが、天の若日子の反逆という政治的大事件が起ったので、その政治的裁定者は天照大御神でなくてはならなかった。それで、天照大御神を前に位置づけはしたものの、それでは二神とも日神としてのイメージが重なりすぎるので、高御産巣日神の名を、それとは別のもう一つの高木神に変えたのだ（八〇―九）と考えることができる。これ以下、天照大御神・高木神のコンビで登場する。これは国家的政治的事件に対処すべき内容だからである。すなわち、天孫降臨の神勅（八八―六）や、天《あめ》の宇受売《うずめ》神の派遣（八九―八）や、建御雷《たけみかずち》神への詔命（一三―二）がそれで、すべて天照大御神・高木神となっている。従来、この二神の順序の相違、また神名の相違は、原資料の相違によるものと考えられてきたのは正しくない。

高木神（記上）　高木大神（記中）

269
天《あめ》の迦久《かく》の神（八三―一三）

名義は「天上界の、輝く刀剣」。「迦久《かく》」は輝く意。「天《あめ》のかく矢」（八〇―七）は、鏃《やじり》が輝いたもの、「ときじくのかくの木《こ》の実《み》」（一五三―七）は橘の黄金に輝くこと、また『出雲風土記』の「加賀郷《かがのさと》」(嶋根郡)の地名起源に、金弓《かなゆみ》で射たところ光り輝いたので「加加《かか》」と言ったが神亀《じんき》三年に「加賀《かが》」と改めたという。これらの「かか・かく」は輝く意で、もと清音であった(二四―三の「火之炫毗古《ひのかかびこ》の神」の項参照)。ここは、伊都之尾羽張神《いつのおはばり》(「天の尾《あめのを》羽張《はばり》の神」に同じ)や建御雷神《たけみかずち》のような刀剣神の類の中にあるので、天の迦久《あめのかく》の神も刀剣ゆえの輝きとみるべきである。天孫降臨に先立ち、第三の使者伊都之尾羽張神(実は代りにその子の建御雷神が使者となる)が指名され、天照大御神の使いとして天の尾羽張神(「伊都之尾羽張神」に同じ)の許に行った神。

天迦久神(記上)

270
八重言代主の神《やへことしろぬし》(八四―一三)

名義は「多くの、神の言葉を受け、その神の代りに託宣することを掌る主役」。「事代主《ことしろぬし》の神」の項参照。

八重言(事)代主神(記上)

271
建御名方の神《たけみなかた》(八五―一〇)

名義は「勇猛な、製鉄炉《ろ》の四本の押立柱の中の南方の元山柱《もとやまばしら》」。「御名方」は「南方《みなかた》」の意。「宗像《むなかた》」の義といわれるが、「むな」は「みな」(「み」は上代特殊仮名づかい甲類の発音)とはならない。この神は信濃国《しなの》(長野県)の諏訪大社の祭神(旧事本紀)である。諏訪大社は『梁塵秘抄《りょうじんひしょう》』(歌謡集。後白河院撰。平安末期成る)に「南宮の本山は、信濃国とぞ承《うけたま》る。さぞ申す。美濃《みの》国には中の宮、伊賀《いが》国には稚《をさな》き児《ちご》の宮」(巻二、二六二)とあって、「南宮」と称したが、そのもとは「南方《みなかた》刀美《とみ》神社」(『延喜式』神名帳、信濃国諏訪郡)で、その名は「南方(南の方角)の神霊」の意で、その神を祭る宮だから「南宮」という。この南方は、製鉄炉の四本の押立柱の中の南方の柱のことで、これは元山柱と称し、特に神聖視した。その柱を祭ることは、製鉄神を祭ることにほかならないから、建御名方神は製鉄神と考えてよい。「美濃国」の「中の宮」というのは、岐阜県の仲山金山彦神社で、これも南宮大社と言い、金山彦(鉄の鉱山の男性)を祭る。「伊賀国」のは敢国《あへのくに》神社で、祭神は金山比咩《ひめ》(総国風土記《そうごくふどき》)とある。このように、三宮は鉄神関係社であることによって共通している。「南方」とはそういう限定された方角だったのである。その製鉄に携わる氏族が諏訪地方の土着の南方《みなかた》族であって、その奉斎神が「南方刀美《みなかたとみ》」であった。諏訪地方に磁鉄鉱の産出をみたことは『本草綱目啓蒙《ほんぞうこうもくけいもう》』に記されている。それを記では「建御名方の神」として登場させた。勇猛な、の意の「建」を冠するのも、鉄の武神であったからである。天孫降臨に先立って、高天の原から第三の使者として派遣された建御雷神と力競べをし、敗れ追われて科野《しなの》国の州羽《すわ》海(諏訪湖)で服従を誓う。父大国主神はこれをしおに天孫に国譲りをする。

建御名方神(記上)

272
櫛八玉の神《くしやたま》(八七―八)

名義は「霊妙な、多くの霊魂」。「櫛」は「奇《く》し」。「八」は多数の意で、日本の聖数。「玉」は霊魂。行為を霊魂の発動と見ることから、この神は一身に多くの霊魂を持ち、さまざまな行為をなす神だと考えられている。大国主神が国譲りをし、出雲大社に鎮座したとき、膳夫《かしわで》(料理人)として天の御饗《あめのみあえ》(立派なご馳走)を奉り、鵜《う》になって海底の土をくわえて多くの平たい祭式の土器を作り、燧臼《ひきりうす》・燧杵《ひきりぎね》を作って火をおこし、御食《みけ》を供えて奉仕した。水戸《みなと》の神(速秋津日子《はやあきつひこ》神と速秋津比売神)の子。

櫛八玉神(記上)

273
天邇岐志国邇岐志天津日高日子番能邇邇芸の命《あめにきしくににきしあまつひこひこほのににぎ》(八八―一二)

名義は「天にも親しく地にも親しい、天上界の神聖な男子で、日の御子である、稲穂の豊穣」。「邇岐志《にきし》」は「柔《やわら》かい」の義で、「親和」を表す語。「天津日高《あまつひこ》」の「日高」を「ひだか」と訓《よ》む説もあるが、神代紀下の「天津《あまつ》彦《ひこ》」によって訓む。「日高」の「高《こ》」は「高《こ》志《し》の八《や》俣《また》のをろち」(五四—六)や「丸高《まろこ》の王」(三六五—九)に例がある。「天津《あまつ》日《ひ》高《こ》の御子、虚《そ》空《ら》津《つ》日《ひ》高《こ》」(一〇三—三)によると、天上界(高天の原)の神聖な男子は天皇に相当し、その子の虚空《そらつひこ》津日高は皇太子に相当する。「日子番能邇邇芸」の「日子」は日神天照大御神(その実体は穀霊であること「天照大御神」の項参照)の嫡流《ちやくりゆう》たる男子を意味し、「番能邇邇芸」は「稲穂の豊穣」の意。「にぎにぎ」(賑々)の約。天照大御神の子の正勝吾勝々《まさかつあかつかち》速日《はやひ》天《あめ》の忍穂耳《おしほみみ》命が、高木神の娘の万幡豊秋《よろずはたとよあき》津《ず》師《し》比《ひ》売《め》命(次項)を妻にして生んだ第二子。父に代って葦原の中つ国への降臨を命ぜられる。これは天降りする神は若わかしい子であるべきだとの観念があったからである。神代紀下に「時に、高皇《たかみ》産霊《むすひ》尊、真《ま》床追衾《とこおふふすま》を以て、皇孫天津彦彦火瓊瓊杵尊《すめみまあまつひこひこほのににぎ》に覆《おほ》ひて、天《あま》降《くだ》りまさしむ」とあるように、貴人が坐ったり寝たりする立派な床を覆う衾(夜具)で皇子をくるんでいるのは、嬰児《えいじ》の姿であったことをよく表している。そして、天の忍穂耳命と番能邇邇芸命父子は、ともに稲穂の豊穣を意味する名をもち、子が父に代るのは、穀霊の復活新生を表象する。この天孫降臨神話は、天皇の即位大嘗祭の大嘗宮内にしつらえられた御衾(うすべりを重ねて敷く。玉座)に、天皇が臥床する秘儀を反映したものである。天皇の大嘗とは、穀霊の復活新生の表象で、毎年新嘗の祭儀において実修され、一世一代の新嘗に当るとき、それは即位(天《あま》つ日《ひ》嗣《つぎ》を継承すること)の儀礼と重なることにもなるから、平安時代には「践祚大嘗祭《せんそだいじようさい》」と呼ばれるようになった。天孫降臨神話はその起源を述べたものである。『三国遺事』に引く駕洛国記の首露神話や突厥《とつけつ》・キルギスの王推戴式にも「真床覆衾《まとこおふふすま》」に類似の布が玉座になっている。邇邇芸命は竺紫《つくし》の日《ひ》向《むか》の高千《たかち》穂《ほ》の久《く》士《じ》布《ふ》流《る》多《た》気《け》に天降り、大山津見《おおやまつみ》神の娘の木《この》花《はな》之《の》佐《さ》久《く》夜《や》毗《び》売《め》を妻にし、火照《ほでり》命・火《ほ》須《す》勢《せ》理《り》命・火《ほ》遠《お》理《り》命を生む。神代紀下には、筑紫の日向の可愛《え》の山陵に葬る、とある。

天邇岐志国邇岐志天津日高日子番能邇邇芸命・天津日高日子番能邇邇芸能命・天津日子番能邇邇芸命・日子番能邇邇芸命(記上) 天《あめ》饒石国饒石天津彦火瓊瓊杵尊《あめにぎしくににぎし》・天津彦国《くに》饒石彦火瓊瓊杵尊・天津彦(彦)火瓊瓊杵尊・天津彦国光彦《くにてる》火瓊瓊杵尊・天津彦根火瓊瓊杵尊・天之杵火火置瀬尊《あめのきほほきせ》・天杵瀬《あめのきせ》尊・火瓊瓊杵尊(紀、神代下) 瓊瓊杵尊(逸文伊豆風土記) 哀能忍耆《ほのおしき》命(逸文薩摩風土記)

274
万幡豊秋津師比売の命《よろづはたとよあきづしひめ》(八八—一四)

名義は「多くの布帛《ぬの》で、多くの蜻蛉《とんぼ》の羽のように薄い上質なものを作る技師」。「万幡」は元来「万機《よろづはた》」で、ここでは機で織った布帛。「豊秋津師」の「秋津」は「蜻蛉《あきづ》羽《は》の袖」(万葉、巻三、三七六)「蜻蛉巾《あきづひれ》」(同、巻十三、三三二四)を例にすると、蜻蛉の羽のように薄く上質な布帛をさすのであろう。「師《し》」は「技師」の意で、織女をいうか。また一方では、「蜻蛉《あきづ》」は秋の豊穣の象徴でもあるので、その意をも暗示している。高木《たかぎ》神の娘。天《あめ》の忍《おし》穂《ほ》耳《みみ》命の妻になり、天《あめ》の火明《ほあかり》命(次項)と天孫日《ひ》子《こ》番《ほ》能《の》邇《に》邇《に》芸《ぎ》命を生む。

万幡豊秋津師比売命(記上) 万幡豊秋津師媛命・万幡姫・天万栲幡千幡姫《あめよろづたくはたちはた》・栲幡千《ち》千《ぢ》姫・火之戸《ほのと》幡《はた》姫(紀、神代下)

275
天《あめ》の火明《ほあかり》の命(八九—一)

名義は「天上界の、稲穂の赤らみ」。天《あめ》の忍《おし》穂《ほ》耳《みみ》命と万幡豊秋津師《よろずはたとよあきずし》比売《ひめ》命（前項）との間に生れた二神の第一子。第二子は天孫日子番《ひこほ》能邇邇芸《のににぎ》命である。神代紀下の第六の一書には、天火明命の子の天香山《あめのかぐやま》が尾張連等の遠《とお》つ祖《おや》だとあり、第八の一書には、天照国照火明《あまてるくにてるほあかり》命の名で、尾張連等の遠つ祖とある。『新撰姓氏録』にも、天火明命を祖とする氏族として、尾張連・伊福部《いふきべ》宿禰・伊福部連（大和国、神別）がある。ところが、単に「火明命」という名が神代紀下の本文に見える。それは、皇孫が鹿葦津《かしつ》姫（別名は神吾田津《かむあたつ》姫、また木花之《このはなの》開耶《さくや》姫《ひめ》という）を妻にして生んだ子であり、尾張連等の始《はじめ》の祖《おや》と記している。このように、天火明命と火明命とは叔父と甥との関係にあって別神である。そこで、尾張連等の「遠つ祖」と「始の祖」とに区別したのであろう。この火明命を祖とする氏族は、『姓氏録』によればはなはだ多いが、やはり尾張連が主体をなしている。従来、天火明命と火明命とについて、その名のほぼ同一、かつ子孫がともに尾張連であることから、同一神として考える傾向があったが、記・紀ともに明確に区別していることを忘れるべきではない。

天火明命（記上・紀、神代下）　天照国照火明命（紀、神代下）

276 **猿田毗古《さるたびこ》の神**（八九―一四）

名義は「日神の神使いの猿が守る神田の男性」。「猿」は日神（太陽神）の神使いの動物である。したがって、「猿田《さるた》」と言えば、神田としての性格をもつ。すなわち、「穀霊たる日神の御田」の意となる。こう考えてみると、天照大御神の孫（稲穂の豊穣の表象である「日子番能邇邇芸《ひこほのににぎ》の命」）の降臨に際して、猿田毗古神が登場するのは自然のこととなってくる。ところが、天孫は、高天の原から異郷の葦原の中つ国へ天降るわけであるから、境界防塞神（道祖神）への挨拶が必要である。道祖神は猿田毗古神であり、挨拶に派遣されるのが天《あめ》の宇受売《うずめ》となっている。元来道祖神は陰陽石として立ち、男女交合の形をとることが多い。猿田毗古神は名のとおり男神であるから、女神の天の宇受売が派遣された。猿田毗古神が男根を象徴する長大な鼻をもつ天狗《てんぐ》の仮面として具象化されることがある。神代紀下には「其の鼻の長さ七咫《ななあた》」と表現している。それを和《なご》ませ、異郷への行旅を安全にさせるには、天の石屋戸神事における性的儀礼の所作に長じた（五一―九）天の宇受売という女神の登場が必要だったのである。

「天孫の降臨」の条では、猿田毗古神は国つ神として、天《あめ》の八衢《やちまた》に天孫を出迎え、道案内をつとめる。道祖神の機能は道案内にある。しかし、琉球語のサダル（「先導」の意）が「さるだ」の神名になったとする説は誤りである。語形が違うからである。また「神稲《さ》の田」に語源を求める説もあるが、その場合は「さなだ」ないし「さだ」と言われる。あるいは「戯《さ》る人《ど》」とする説もあるが、語義・語形の上からは直接に結びつかない。やはり「日神の神使いの猿の守護する田」と考えるべきである。天孫降臨が成功し、猿田毗古神は天の宇受売に送られて「阿耶訶《あざか》」（三重県松阪市）に鎮座する。記では、このとき以降「猨《おおざる》」の文字を用いている。天の宇受売の子孫に名を与えて「猨女《さるめ》の君」というが、「能《よう》嘯《うそぶく》」（玉篇）という性質があるので「猿」の字を「猨」に変えたものであろう。そのために、今度は神名表記も「猨田毗古」に変えてしまったと考えられる。阿耶訶で漁《すなどり》をして、ひらぶ貝に手をはさまれて海に溺れる。これは水中の鎮魂か漁撈《ぎょろう》の呪術の反映か。

猿（猨）田毗古（大）神・猨田毗古之男神（記上）　猨田彦（大）神（紀、神代上）　猿田彦神（逸文伊賀風土記）

277
天《あめ》の石門《いはと》別《わけ》の神（九〇—六）
名義は「天上界の窟《いわや》の戸の男子」。「天の」は高天の原をさす。「石門」は大岩の戸（出入口）の意。「別」は「淡道《あはぢ》之《の》穂《ほ》之《の》狭《さ》別《わけ》」（三〇—三）参照。天《あめ》の石屋戸《いわやと》（五〇—三）神話に基づく神名で、石屋戸の神格化。天武紀朱鳥《あかみとり》元年正月十八日の条に「御窟殿《みむろのとの》の前に御《おはしま》して、倡優《わざひとども》等に禄《もの》賜ふこと差《しな》有り。亦歌人《またうたひとども》等に袍袴《きぬはかま》を賜ふ」とあるのは、天の石屋戸神話の実演を想像させるもので、「御窟殿」は天の石屋戸の可能性がある。七月の条には「宮中《みやのうち》の御《み》窟院《むろのまち》」ともある。奈良県橿原市、香久山の南麓に、天石門神社があるが、『延喜式』神名帳では天津石門別神社とあり、天津石門別稚姫神社（山城国葛野郡）天石門別安国玉主天神社（土佐国吾川郡）天石門別八倉比売神社（阿波国名方郡）天石門別豊玉比売神社（前同）天石門別命神社（近江国伊香郡）天石門別神社（摂津国島下郡・美作国英多郡）天石門彦神社（石見国那賀郡）がある。天の石門別神は窟戸そのものの神格化であるが同時にその守護神である。別名は「櫛石窓《くしいはまと》の神」また「豊石窓《とよいはまと》の神」。天孫に随伴して降臨した。記には、この神は「御門《みかど》の神ぞ」と説明している。

天石門（戸）別神（記上）　天石門別神（逸文土佐風土記）

278
登由気《とゆけ》の神（九〇—一三）
名義は「豊かな食物」。原文は「登由宇気」とあるが、奈良時代では母音並列を嫌うので、「とゆけ」か「とよけ」となるはずである。「豊食物《とようけ》」の語義が考えられ、前者には「等由気《とゆけ》宮」（続紀、神護景雲元年八月）の例がある。後者には、豊浦《とようら》が「止与良《とよら》」（催馬楽《さいばら》）の音約の例がある。そこで、原文には「登由気《とゆけ》」とあったものとし、平安朝前期に「登由宇気《とゆうけ》」と「宇《う》」を竄入《ざんにゅう》せしめたものと判断し、本文から「宇」を削除することにした。度会《わたらい》（三重県伊勢市）に坐す神で、今日の伊勢神宮の外宮《げくう》の祭神である。原文に「坐《ス》二外宮之《とつみやの》度相《わたらひ》二神」とあるが、「外宮之」が地名「度相」の前にあるのも不審であり、かつ「外宮」が「内宮」に対する語として用いられたのは、平安朝の醍醐・朱雀・村上天皇ごろからであるから、延喜前後に改竄《かいざん》されたものとみて、「外宮之」を削除した。

登由気神（記上）

279
櫛石窓《くしいはまと》の神（九〇—一四）
名義は「神秘的な、堅固な門」。「櫛」は「奇《く》し」で、霊妙な、神秘的な、の意。「石」は堅固な、の意。「窓」はこの場合、「真門《まと》」で、「真」は美称。「門」は出入口。『延喜式』祝詞（御門祭《みかどほかい》）に「櫛磐牖《くしいはまと》」とあるので、門そのものの神格化また門の守護神とみられる。天《あめ》の石戸《いわと》別《わけ》神の別名。

櫛石窓神（記上）　櫛磐間門命（祝詞、祈年・六月月次《つきなみ》）　櫛磐牖命（前同、御門祭）

280
豊石窓《とよいはまと》の神（九〇—一四）
名義は「豊かな、堅固な門」。「豊」は美称。以下前項「櫛石窓《くしいはまと》の神」参照。天《あめ》の石戸《いわと》別《わけ》神の別名。

豊石窓神（記上）　豊磐間門命（祝詞、祈年・六月月次）　豊磐牖命（前同、御門祭）

281
天《あめ》の忍日《おしひ》の命（九一—八）
名義は「天上界の、威圧的な霊力」。天孫降臨に際し、天津久米《あまつくめ》命（次項）とともに武具を帯びて先導する。大伴《おおとも》連等の祖。『姓氏録』には、天押日命を祖とする氏族として、大伴宿禰・佐伯《さえき》宿禰（左京、神別）・大伴大田宿禰・佐伯日奉《ひまつり》造（右京、神別、上）・高志《こし》連（大和国、神別）・佐伯首（河内国、神別）があり、天忍日命を祖とするものに、家内《やぬち》連（河内国、神別）がある。

天忍日命（記上・紀、神代下）

282
天津久米《あまつくめ》の命（九一—八）

名義は「天上界の、隅々《すみずみ》を守る人」。「久米《くめ》」は「隈《くま》」（道の曲り角ないし奥まった所）の音転か。天孫降臨に際し、「天《あめ》の忍日《おしひ》の命」（前項）とともに武具を帯びて先導する。久《く》米直《めのあたい》の祖。神代紀下には、来目部の遠つ祖、天槵津《あめくしつ》大来目《おおくめ》が、天忍日命に率いられた、とある。神武記には「久米の子ら」を歌った天皇軍の歌がある。武器を持って戦う「みつみつし（厳《いかめ》しく強い）久米の子」の姿（二七―九）をもつ反面、「粟生《あはふ》」（二八―三）や「垣下《かきもと》に植《う》ゑしはじかみ（山椒《さんしょう》）」（二八―六）のように農耕に従事する姿もある。久米（来目）部は、四国・中国地方を中心に、一部は東海沿いに分布しているが、平常は農耕に従事し、危急の際には武力集団として天皇軍に奉仕した。そこで、平常は各地の隅々にいる人という意味で「久米」と称されたものであろう。記によれば、大伴氏と久米氏とは対等の位置にあるけれども、紀では大伴氏が久米氏を配下に包摂《ほうせつ》している形で記されている。歴史的に二氏の勢力が変化したためと言える。

天津久米命（記上）　天槵津大来目（紀、神代下）

283
底度久御魂《そこどくみたま》（九二―一二）

名義は「水底に到着する神霊」。「度久《どく》」は「着《つ》く」の意。「沖つ鳥鴨どく島」（一〇六―八）や「伊知遅島《いちぢしま》み島に著《と》き」（一八七―一三）に例がある。猿田毗古《さるたびこ》神が阿耶訶《あざか》で漁《すなどり》をして、ひらぶ貝に手をはさまれ海中に溺れる。海底に沈んで底に着いているときの名。漁夫の、水中の鎮魂か漁撈《ぎょろう》の呪術の表象であろう。

底度久御魂（記上）

284
都夫多都御魂《つぶたつみたま》（九二―一三）

名義は「海水が泡立つ神霊」。漁夫が潜水するときに生ずる泡粒《あわつぶ》の神格化。猿田毗古神が阿耶訶で漁をして、ひらぶ貝に手をはさまれて海中に溺れる。そのとき海水の泡粒が立った、その泡粒の名。前項「底度久御魂《そこどくみたま》」参照。

都夫多都御魂（記上）

285
阿和佐久御魂《あわさくみたま》（九二―一三）

名義は「海水の泡が水面で割れる神霊」。漁夫が潜水するときに生ずる泡粒が水面で割れることの神格化。猿田毗古神が阿耶訶で漁をして、ひらぶ貝に手をはさまれて海中に溺れる。そのとき海水の泡粒が立ち、それが割れたことの神格化。前二項「底度久御魂《そこどくみたま》・都夫《つぶ》多都御魂《たつみたま》」参照。

阿和佐久御魂（記上）

286
神阿多都比売《かむあたつひめ》（九四―二）

名義は「神聖な、阿多の女性」。「阿多《あた》」は、今の鹿児島県加世田《かせだ》市から野間半島にわたる地域。神代紀下に「吾田《あた》長屋《ノ》笠狭《かささ》之《の》碕《みさき》」とある「吾田」で、阿多《あた》隼人《はやひと》族の本拠地であった。その地の巫女であったので、「神」を冠している。天孫邇邇芸命は、笠沙《かささ》の岬《みさき》で比売に遇い求婚する。父大山津見《おおやまつみ》神は、姉石長比《いわながひ》売《め》とともに貢《たてまつ》るが、姉は醜いので帰される。比売は火照《ほでり》命・火須勢理《ほすせり》命・火遠理《ほおり》命の三神を生む。神代紀下には鹿葦津《かしつ》姫（「かし」は九州南部の地名）・神吾田津姫ほか数種の名を掲げる。別名は木花之佐久夜毗売《このはなのさくやびめ》（次項参照）という。

神阿多都比売（記上）　神吾田津姫・豊吾田津姫・吾田津姫・神吾田鹿葦津姫・吾田鹿葦津姫・鹿葦津姫（紀、神代下）

287
木花之佐久夜毗売《このはなのさくやびめ》（九四―二）

名義は「桜の花の咲くように咲き栄える女性」。「木花」は桜の花をさす（「木花知流比《このはなちるひ》売《め》」の項参照）。「佐久夜《さくや》」の「夜」は間投助詞。前項「神阿多都比売《かむあたつひめ》」の別名。それを参照。

木花之佐久夜毗（比）売（記上）　木花（之）開耶姫（命）（紀、神代下）　許乃波《このは》奈佐久夜比売《なさくやひめ》命（出雲風土記、宍禾郡）

288 **石長比売《いはながひめ》**（九四―七）

名義は「岩のように長久に変ることのない女性」。大山津見《おおやまつみ》神の娘。神阿多都比売《かむあたつひめ》（別名は「木花之佐久夜毗売《このはなのさくやびめ》」）の姉。天孫邇邇芸《ににぎ》命が笠沙《かささ》の岬で木花之佐久夜毗売に求婚したとき、父大山津見《おおやまつみ》神は姉石長比売を副えて貢《たてまつ》ったが、醜いので帰された。

石長比売（記上）　磐長姫（紀、神代下）

289 **火照《ほでり》の命**（九六―一〇）

名義は「火が明るく燃え盛ること」。天孫邇《に》邇芸《ぎ》命と木花之佐久夜毗売《このはなのさくやびめ》とが結婚し、三神を生む。その第一子。出産に際し、産屋《うぶや》に火をつける。その火が盛んに燃えるときに生れた子の名。産屋の床下に火を焚《た》いて出産する風習は東南アジアから南九州にわたって見出される。一般的には、春さきの野焼きの習俗にみられる、古い穀物の焼却から新しい穀霊が誕生するという信仰に基づくか。すると、この火照命の名も、一つには「稲穂の赤く色づくこと」に基づくものと見られる。神代紀下では「火明命《ほあかりのみこと》」とある。ところが、氏族の祖先神の問題に着目すると、記は火照命を隼人《はやひと》の阿多《あた》の君の祖とする。一方、神代紀下では、火闌降《ほのすそり》命が隼人等の始祖とあり、『姓氏録』にも、阿多隼人は富乃須佐利乃《ほのすさりの》命の子孫（山城国、神別）としている。火闌降命は火明命の弟である。すなわち、隼人の祖神の問題では、記が第一子火照命とし、紀では第二子火闌降命としているという違いがある。火照命は海佐知毗古《うみさちびこ》（海の獲物を取る男性）として、弟の山佐知毗古《やまさちびこ》（火遠理《ほおり》命・天津日《あまつひ》高《こ》日子《ひこ》穂々《ほほ》手見《でみ》命）と争い敗れ、弟の守護人となる。

火照命（記上）　火明命・火闌降命（紀、神代下）

290 **火須勢理《ほすせり》の命**（九六―一〇）

名義は「火がはげしく燃え進むこと」。「須勢理」は勢いのままにどんどん進むこと。「須《す》勢理毗売《せりびめ》」の項参照。一つには「稲穂の実りの進むこと」に基づく名（前項「火照《ほでり》の命」参照）。天孫邇邇芸《ににぎ》命と木花之佐久夜毗売《このはなのさくやびめ》とが結婚し、三神を生む。その第二子。出産に際し、産屋《うぶや》に火をつける。その火が勢いのままにはげしく燃え進んだときに生れた子の名。神代紀下では、火の燃え始めのときに生れた子の名として「火闌降《ほのすそり》命（火酢芹命）」があり、また火の盛んに燃えるときに生れた子の名として「火進《ほのすすみ》命」がある。

火須勢理命（記上）　火闌降命・火酢芹命・火進命（紀、神代下）

291 **火遠理《ほをり》の命**（九六―一一）

名義は「火の勢いが弱まること」。「遠理《をり》」は「折る」の自動詞四段で、「折れ撓《たわ》む」意。「波折《なを》り」（三五七―一〇）の「折り」がその例。この神名は一つには「稲穂が豊かに実って折れ撓むこと」に基づく名（「火照《ほでり》の命」の項参照）。天孫邇邇芸《ににぎ》命と木花之佐久夜毗売《このはなのさくやびめ》とが結婚し、三神を生む。その第三子。出産に際し、産屋《うぶや》に火をつける。その火の勢いが弱まったときに生れた子の名。神代紀下でも、火災・火熱を避けて生れたとある。火遠理命は山佐知毗古《やまさちびこ》（山の獲物を取る男性）として、兄の海佐知毗古《うみさちびこ》（火照《ほでり》命）と争い勝ち、兄を昼夜の守護人とさせる。別名を天津《あまつ》日高《ひこ》日子《ひこ》穂々《ほほ》手見《でみ》命（次項参照）と言う。海神の娘豊玉毗売《とよたまびめ》を妻にして、天津《あまつ》日高日子《ひこひこ》波限建《なぎさたけ》鵜葺草葺不合《うかやふきあえず》命を生む。

火遠理命（記上）　火折命・火折彦火火出見尊（紀、神代下）　天津日高日子穂々手見命（記上）　彦火火出見尊・火火出見尊（紀、神代下）

292 **天津《あまつ》日高《ひこ》日子《ひこ》穂々《ほほ》手見《でみ》の命**（九六―一三）

名義は「天上界の神聖な男子で、日の御子である、多くの稲穂が出る神霊」。「天津日高日子」については、「天邇岐志《あめにきし》国邇岐志《くににきし》天津日《あまつひ》高日子番能邇邇芸《こひこほのににぎ》の命」の項参照。「穂々手見」は、「穂々出霊《ほほでみ》」の義。前項「火遠理《ほをり》の命」の別名。したがって、「火々出霊《ほほでみ》」（炎がさかんに出る神霊）の義と考えることはできない。天照大御神の曾孫。天孫邇邇芸《ににぎ》命が木《この》花之《はなの》佐久夜毘売《さくやびめ》を妻にして三子を生んだ、その第三子。兄の火照《ほでり》命（海佐知毘古《うみさちびこ》）と弟の火遠理命（山佐知毘古《やまさちびこ》）とが、互いに漁猟具を交換し、弟は兄の釣針を失い、その返却を強要され、海神の宮に行く。そこで海神の娘豊玉毘売《とよたまびめ》と結婚し、釣針と、塩盈珠《しおみつたま》と塩乾珠《しおふるたま》とを得て、上《うわ》つ国《くに》（地上の現《うつ》し国）に戻り、二つの珠で兄を服従させる。天津日高日子波《あまつひこひこなぎ》限《さ》建鵜《たけう》葺草《かや》葺不合《ふきあえず》命が生れる。御陵は「高千穂の山の西にあり」とあるが、神代紀下には筑紫の日向の高屋山上陵《たかやのやまのうえのみささぎ》に葬る、とある。

　天津日高日子穂々手見命（記上）　彦火火出見尊・火火出見尊（紀、神代下）

293
塩椎《しほつち》の神（九八—二）

名義は「潮流を掌る精霊」。「潮つ（連体助詞）霊《ち》」の義。火遠理《ほおり》命（山佐知毘古《やまさちびこ》）が兄（火照《ほでり》命・海佐知毘古《うみさちびこ》）の釣針を失い、その返却を強要され、海辺で腰を下ろし泣き悲しんでいたとき、よき謀《はかりごと》をめぐらして、海神の宮への道を教える。潮流を掌る神であるから水先案内の航海神。神代紀下には「事勝国《ことかつくに》勝長狭《かつながさ》」（事に勝れ、国に勝れた、長くのびた神稲《さ》、の意か）の別名として「塩土老翁《しほつちのをぢ》」がある。「事勝国勝」の神は、紀では陸上の案内者であるが、「塩土老翁」の名は潮路《しおじ》の案内者である。老翁とあるのは、老練性を認めてのことである。

　塩椎神（記上）　塩土老翁・塩筒老翁・事勝国勝長狭・事勝国勝神・長狭（紀、神代下）

294
豊玉毘売《とよたまびめ》（九九—六）

名義は「豊かな、玉に神霊が依《よ》り憑《つ》く巫女《ふじょ》」。「玉」はこの場合真珠をさす。海神の娘。穂《ほ》々手見《でみ》命（火遠理《ほおり》命・山佐知毘古《やまさちびこ》）が海宮訪問の際、妻になる。命が上《うわ》つ国《くに》（現《うつ》し国）に戻った後、出産のため海辺に出てきて、産屋《うぶや》がまだ葺《ふ》き終らないうちに、一子天津日高日《あまつひこひ》子《こ》波限《なぎさ》建鵜《たけう》葺草《かや》葺不合《ふきあえず》命を生む。そのとき、八尋和邇《やひろわに》の姿になって出産していた。その姿を夫に見られ恥じて海宮に戻る。異類女房譚の典型で、「見るな」の禁忌《タブー》を犯した結果は離縁となる。『延喜式』神名帳には、阿波国に、天石門別《あめのいわとわけ》豊玉比売神社（名方郡）・和多《わた》都美《つみ》豊玉比売神社（名方郡）がある。

　豊玉毘売（命）（記上）　豊玉姫（紀、神代下）　和多都弥《わたつみ》豊玉比売命（逸文山城風土記）

295
佐比持《さひもち》の神（一〇三—一四）

名義は「匕首《あいくち》持ち」。「佐比」は刃物（刀剣）もしくは鋤《すき》、の意。ここでは前者で、わに鮫の鋭利な歯をもつことの神格化。海宮の穂々《ほほ》手見《でみ》命（火遠理《ほおり》命・山佐知毘古《やまさちびこ》）を、一日で上《うわ》つ国《くに》（現《うつ》し国）に送った一尋和邇《ひとひろわに》の、記編纂時代の名。

　佐比持神（記上）

296
天津《あまつ》日高日子《ひこひこ》波限《なぎさ》建鵜《たけう》葺草《かや》葺不合《ふきあへず》の命（一〇五—一四）

名義は「天上界の神聖な男子で、日の御子である、渚《なぎさ》で勇ましく鵜の羽で産屋《うぶや》の屋根を葺《ふ》き終らぬうちに生れたこと」。「天津日高日子」については「天邇岐志《あめにきし》国邇岐志《くににきし》天津日高《あまつひこ》日子番能邇邇芸《ひこほのににぎ》の命」の項参照。「波限」は渚《なぎさ》。「波刻《なきさ》」の義で、渚はちょうど波線の模様（波紋）を残すことに基づく。波打ち際をいう。「鵜葺草」は鵜の羽を屋根葺きに使うこと。「葺草」は屋根葺きの草であるが、鵜の羽が材料になっている。「不合」は、できない、の意。天照大御神の玄孫。穂々手見《ほほでみ》命と豊玉毘売《とよたまびめ》との間に生れた子。母は海宮に戻り、母の妹の玉依毘売《たまよりびめ》を妻にし、五瀬《いつせ》命・稲《いな》氷《ひ》命・御毛沼《みけぬ》命・若御毛沼《わかみけぬ》命（のちの神武天皇）を生む。神代紀下にも筑紫の日向の吾平《あひら》山上陵《やまのうえのみささぎ》に葬る、とある。

天津日高日子波限建鵜葺草葺不合命（記上）　彦波瀲《ひこなぎさ》武《たけ》鸕《う》鷀草《かや》葺不合尊（紀、神代下）

297
玉依毗売《たまよりびめ》（一〇六—一三）

名義は「神霊の依《よ》り憑《つ》く巫女《ふじょ》」。崇神記に、大物主《おおものぬし》の大神の妻になった活玉依毗売《いくたまよりびめ》（一三五—四）、「逸文山城風土記」に、丹塗矢《にぬりや》と婚姻した玉依日売《たまよりびめ》など、「玉依毗売」の名をもつ女性は神と通婚する巫女的神性がある。海神の娘豊玉毗売《とよたまびめ》の妹で、姉に替って天津日高日子《あまつひこひこ》波限建鵜葺草葺不合命《なぎさたけうかやふきあえず》を養育し、のち、その妻となり、五瀬《いつせ》命・稲氷《いなひ》命・御毛沼《みけぬ》命・若《わか》御毛沼《みけぬ》命（のちの神武天皇）を生む。

玉依毗売（命）（記上）　玉依姫（紀、神代下）

298
五瀬《いつせ》の命（一〇六—一三）

名義は「厳《いかめ》しい神稲」。天津日高日子波限建《あまつひこひこなぎさたけ》鵜葺草葺不合命《うかやふきあえず》と玉依毗売《たまよりびめ》との間に生れた四神中の第一子。「神稲《せ》」の名をもち、第一子であることは、天之忍穂耳《あめのおしほみみ》命以下の天照大御神直系の子孫として、稲霊《ひ》を継《つ》ぐ（天《あま》つ日継《ひつぎ》を継承する）資格と地位にあることを示す。第二子の稲氷《いなひ》命は海原の他界（現《うつ》し国《くに》とは別の世界）へ、第三子の御毛沼《みけぬ》命は常世《とこよ》の国の他界へ渡り、残りは第四子（末子）の若御毛《わかみけ》沼《ぬ》命である。神武記では、長子五瀬命と末子若御毛沼命（神倭伊波礼毗古《かむやまといわれびこ》命・のちの神武天皇）の二柱が、日向の高千穂の宮から東征し、登美毗古《とみびこ》との戦いで五瀬命が負傷し、紀伊国の男《お》の水門《みなと》（和歌山市紀ノ川の河口）で崩御になる。御陵は竈山《かまやま》（和歌山市和田）にある（今の竈山神社の祭神）。

五瀬命（記上・紀、神代下）　彦五瀬命（紀、神代下）

299
稲氷《いなひ》の命（一〇六—一三）

名義は「稲の神霊」。「氷」は「霊《ひ》」の義。天《あま》津日高日子波限建鵜葺草葺不合命《つひこひこなぎさたけうかやふきあえず》と玉依毗売《たまよりびめ》との間に生れた四神中の第二子。「稲」の名をもつ。亡き母の住む海原の他界へ入る。

稲氷命（記上）　稲飯命・彦稲飯命（紀、神代上）

300
御毛沼《みけぬ》の命（一〇六—一四）

名義は「御食物の主」。「沼」は「主《ぬし》」の義。天津日高日子波限建鵜葺草葺不合命《あまつひこひこなぎさたけうかやふきあえず》と玉依毗売《たまよりびめ》との間に生れた四神中の第三子。「御饌《みけ》」の名をもつ。常世《とこよ》の国の他界へ渡る。神代紀下の「三毛入野命《みけいりの》」は「御饌に神霊が入る主」の意。

御毛沼命（記上）　三毛野命・三毛入野命（紀、神代下）

301
若御毛沼《わかみけぬ》の命（一〇六—一四）

名義は「若わかしい御食物の主」。天津日高《あまつひこ》日子波限建鵜葺草葺不合命《ひこなぎさたけうかやふきあえず》と玉依毗売《たまよりびめ》との間に生れた四神中の第四子。「御饌《みけ》」の名をもつ。「若」を冠しているのは、穀霊の新生を予告している。のちの神武天皇（記、神武天皇の段）である。別名は豊御毛沼《とよみけぬ》命・神倭《かむやまと》伊波礼毗古《いわれびこ》命。神代紀下では狭野《さの》尊（神稲《さ》の主）とある。第三の一書に「稚三毛野《わかみけの》命」とあるのは別神である。

若御毛沼命・豊御毛沼命・神倭伊波礼毗古命（記上）　狭野尊（紀、神代下）

302
豊御毛沼《とよみけぬ》の命（一〇六—一四）

名義は「豊かな御食物の主」。前項「若御毛《わかみけ》沼《ぬ》の命」の別名。その項参照。

豊御毛沼命（記上）

303
神倭伊波礼毗古《かむやまといはれびこ》の命（一〇七—一）

名義は「神聖な、大和国の磐余《いわれ》の男性」。「伊波礼」は奈良県桜井市西部から橿原市東南部にかけての地域。「石寸《いはれ》」（二七〇—一〇）の表記は「石村」の古字であるが「村《むら》」の古語を「ふれ」という。神武前紀に「邑《むら》に君有り、村《ふれ》に長《ひとごのかみ》有りて」、神功前紀に「荷持田村《のとりたのふれ》」に例がある。そこで「石村《いはふれ》」によって「いはれ」と訓《よ》むのであろう。一方、「磐余」は「いはあれ」の約で「いはれ」と訓む。この地名は「堅固な村」の意か。前々項「若御毛沼の命」、前項「豊御毛沼の命」の別名。その項参照。のちの人皇第一代神武天皇。御陵は畝火《うねび》山の北方の白檮《かし》の尾の上《え》にある。

神倭伊波礼毗古命（記上）　神日本磐余彦尊・磐余彦尊・神日本磐余彦火火出見尊・磐余彦火火出見尊（紀、神武前）

304
槁根津日子《さをねつひこ》（二〇―二）
名義は「船檝《ふなかじ》の根元の立派な男子」。「槁」は「檣」の古字。船を進める棹《さお》。「根」は根元の義で美称。「日子」の「日」は、この場合、「子（男子）」の美称としての用法。神武天皇の東征の途中、速吸門《はやすいなと》（明石海峡）で出現した国つ神。亀の背に乗り、釣《つり》をしつつ羽ばたいて来た、とある。これは風や波を起す神の姿態を意味する。潮路を熟知し、天皇を案内した。大和国の国造《くにのみやつこ》の祖先となる。神武前紀には「珍彦《うづひこ》」（渦《うず》を掌る男性）と言ったが「椎根津彦《しひねつひこ》」の名を賜った、とある。「椎《しひ》」も「槁《さを》」も同じく棒状のもので、船を進める具。『姓氏録』には「神知津彦命《かむしりつひこ》」（宇豆《うず》彦・椎根津彦）の名も見え、大和宿禰の祖とあり、大倭国造に任ぜられ、大倭直《あたい》の始祖となる（大和国、神別）。

槁根津日子（記中、神武）　椎根津彦（紀、神武前）　珍彦（前同）

305
佐士布都の神《さじふつ》（二二―八）
名義は「光が指し輝く、ぷっつり断ち切る太刀」。「佐士《さじ》」は従来未詳語として著名。あるいは、「指し」の「し」の濁音化ではあるまいか。記では清音語を濁音で表記する例も少なくない（「火之夜芸速男《ひのやぎはやを》の神」の項参照）。それだけではなく、「宇知比佐受《うちひさず》」（万葉、巻五、八八六）のように、「打日指《うちひ》す」の「す」を「ず」と濁った例もある。「高佐士野《たかさじの》」（二三〇―二）の「佐士」も、「指し」で日のよく当る野、の意と解してよい。そこで、「佐士」は「指し」の意として「布都《ふつ》」の修飾語とみるならば、「建布都《たけふつ》の神・豊布都《とよふつ》の神」（三五―三）および次項の「甕布都《みかふつ》の神」の神名と全く同じ構成となるわけである。「布都《ふつ》」は「建布都《たけふつ》の神」の項参照。神武天皇軍が熊野で失神したとき、建御雷神《たけみかずち》が葦原の中つ国平定に用いた横刀《たち》によって蘇生した、その横刀の名。別名を甕布都《みかふつ》神、また布都《ふつ》の御魂《みたま》と言い、石上《いそのかみ》神宮に祭られた。『三代実録』（巻四、貞観二年七月十日条）には「弥加布都《みかふつ》命神・比古佐自布都《ひこさじふつ》命神」と見え、『延喜式』神名帳には「佐肆布都《さじふつ》神社」（壱岐島壱岐郡）二社がある。

佐士布都神（記中、神武）

306
甕布都の神《みかふつ》（二二―八）
名義は「神秘的で厳《いかめ》しい、ぷっつり断ち切る太刀」。「甕」は「御厳《みいか》」の約。前項「佐士布都《さじふ》の神」の別名。その項参照。

甕布都神（記中、神武）

307
布都の御魂《ふつのみたま》（二二―九）
名義は「ぷっつり断ち切る太刀の神霊」。「布都」は「建布都《たけふつ》の神」の項参照。「佐士布都《さじふつ》の神」の別名。その項参照。『延喜式』神名帳には「石上布都之魂《いそのかみふつのみたま》神社」（備前国赤坂郡）とある。ところが、同帳には、今日の石上神宮《いそのかみじんぐう》の名が「石上坐布留御魂《いそのかみにますふるのみたま》神社」（大和国山辺郡）とあって、「布留」である。これは地名の「布留《ふる》」ではない。また「布都《ふつ》」が「布留《ふる》」と音変化したのでもない。「布都」は物を断ち切る擬声音で、断ち切るとは宗教的に悪霊を断ち切る意をも含み、そういう霊力をもつのが太刀であったから、「御魂」として神格化されたのである。その太刀が石上神宮の祭神であった。そして、石上神宮が朝廷の武器庫ともなり、物部《もののべ》氏が管掌した。その物部氏の伝承に、十種の神宝の名を挙げて、「由良由良止布瑠部《ゆらゆらとふるへ》」ととなえる魂振《たまふり》（「鎮《たま》魂《しずめ》」と同じように、人体から遊離しようとする魂をしっかりとつなぎとめ、振い立たせること）の神事行為があった。それで、この神剣を「布留御《ふるのみ》魂《たま》」と呼称するように変ったのである。

布都御魂（記中、神武）

308
贄持之子《にへもつのこ》（二三―九）
名義は「贄《にえ》を持ち貢上する者」。神武前紀に「苞苴担《ほうしょたん》」を「玥倍毛菟《にへもつ》」と訓注している。「苞苴」の「苞」は「つと」（包んだものの意から、その土地の産物などをみやげものにする場合にいう）、「苴」は「下に敷く草」で、物を包む藁《わら》などをいう。「担」は「持つ」意。「贄」は土地の産物を言う。したがって、稲などの五穀を始め、野山河海の産物（鳥獣・魚貝・塩藻など）をさして言ったが、のちに、五穀以外の産物を朝廷に貢上する場合に言うようになった。その贄を貢上する者を「子」と称したのである。神武天皇東征の際、吉野川で筌《やな》を伏せて魚を取っていた国つ神の名。阿陀《あだ》の鵜養《うかい》の祖。贄の内容は鮎《あゆ》である。鮎は神饌の魚。

贄持之子（記中、神武）　苞苴担之子（紀、神武前）

309
井氷鹿《ゐひか》（二三―一四）
名義は「神異の光をもつ井戸」。「井」は今日のような深い掘抜き井戸ではなく、地上に湧出する清泉を、木や石で井桁《いげた》を組んで溜めておく所をいう。「氷鹿」は「光《ひか》る」の語幹。神武東征の際、光のある井戸から出てきた尾を生《は》やした国つ神の名。尾があるとは、鉱夫や樵夫《きこり》が獣皮の尻当てをしている姿を言い、光のある井戸とは水銀の坑口をさすか。吉野川上流の丹生《にう》川の「丹生」は水銀の朱砂《すさ》（辰《しん》砂《さ》）を産出することに基づく名。そのために赤く光るのである。したがって「井氷鹿」はそれを採掘する鉱夫の名となる。奈良県吉野郡井光《いかり》の地名として残る。神武前紀には「井《ゐ》光《ひか》」とある。『姓氏録』（大和国、神別）の、吉野連《むらじ》の項に「加彌比加尼之後也」とあるが、これは「加彌《かね》比加尼《ひかね》」（「金光《かねひか》ね」で、「ね」は親称）で水銀の光の神格化であろうし、祭神の「水光《みひか》姫」も水銀の光に基づく名であろう。

井氷鹿（記中、神武）　井光（紀、神武前）

310
石押分之子《いはおしわくのこ》（二四―六）
名義は「巌石を押し分けて出てきた者」。神武前紀に「磐排別之子」とあり、「排別」に「飫時和句《おしわく》」の訓注がある。神武東征の際、吉野の山中で、巌を押し分けて出てきて、天皇を歓迎した尾を生《は》やした国つ神の名。これは獣皮の尻当てをした穴居住民をさす。吉野の国巣《くにす》の祖である。「吉野《えしの》の国主《くにす》等」（一九一―四）とも見え、讃歌二首を大贄《おおにえ》献上の時に歌っている。『延喜式』践祚大嘗祭《せんそだいじょうさい》、また宮内省の条によると、吉野の国栖《くず》は、大嘗祭および諸節会《せちえ》に参上し、承明門外で歌笛を奏し、御贄を献上していた。応神紀十九年十月の条には、その性淳朴で、山菓（くだもの）を取って食し、また毛瀰《もみ》（かえるを煮たもの）を美味としていること、土毛《くにつもの》（栗・菌《きのこ》・年魚《あゆ》など）を貢上することが記され、その古代的生活と天皇に従順であった行為とをしのばせる。『姓氏録』の「国栖」の項（大和国、神別）には、石穂《いわほ》押別《おしわく》神の子孫とし、「入レ穴」と記しているから、穴居生活者であったことを物語る。

石押分之子（記中、神武）　磐排別之子（紀、神武前）

311
大物主《おほものぬし》の神（二三〇―三）
名義は「偉大な、精霊《もの》の主」。神の観念における「物」とは、畏怖すべき対象（鬼・魔物・

怨霊・精霊など）を一般的・抽象的に表現する語。それらの「物」の主たる神を讃えて「大」を冠する。「美和《みわ》の大物主の神」とあるから、奈良県桜井市三輪町の大神《おおみわ》神社の祭神である。「大神」を「おほみわ」と訓《よ》むのは、「神」と言えば三輪の神をさすほど、神のなかの神であったことに基づく。出雲の大国主神の国作りの終りごろ、協力者の少名毘《すくなび》古那《こな》神が常世《とこよ》の国に渡っていったので、独力では国作りが完成できないと慨《なげ》いていたところへ、海を照らして依り来る神があって、その神が大国主神に対して、「自分の御魂を御諸山（三輪山）に祀れ」と言った（七五—一三）とある。これによって、大国主神が三輪の神の祭祀を約束させられたことは明らかである。その三輪の神が、大物主神というわけである。このように、記では、大国主神と大物主神とを、深い関係にあるとはしているものの、別神として扱っている。上巻では大国主神に五つの名がある（五六—二〜四）としているが、そこには大物主神の名はない。中巻では大物主神は、雷蛇神の神格で丹塗矢《にぬりや》と化《な》り勢《せ》夜陀多良比売《やだたらひめ》と結婚し、富登多多良伊須須岐比売《ほとたたらいすすきひめ》（比売多多良伊須気余理比売《ひめたたらいすけよりひめ》）を生む（二二〇—一〜一〇）。この比売が神武天皇の皇后となる。また崇神天皇の段では、祟《たた》り神として天皇の夢枕に立ち、子孫の意富多々泥古《おおたたねこ》に祭祀を掌らせよと命じ、天皇は彼を神主として祭らせると祟りは止んだとある（二三四—八〜二三六—一）。その意富多々泥古は、蛇体の大物主神が活玉依毘売《いくたまよりびめ》に通って生れた櫛御方《くしみかた》命の子孫であった。このように、大物主神と大国主神とは別個の神格であり、記編者は、もちろんこの両神を「亦《また》の名」で結びつけていない。ところが、「出雲国造神賀詞《いづものくにのみやつこのかむよごと》」では、大穴持《おおあなもち》命（大国主神の別名）が「自分の和魂《にきみたま》を鏡につけて、倭《やまと》の大物主櫛𤭖玉《おおものぬしくしみかたま》命と名を称《たた》えて、三輪山に鎮めよ」とあり、天武朝にはこの神賀詞の骨子はできていたと考えられる。ここには大穴持命の和魂《にきみたま》が大物主櫛𤭖玉命（偉大な、精霊《もの》の主で、神秘的な厳《いかめ》しい神霊）だとする思想があるが、記ではこれを資料としなかったわけである。神代紀上では、大国主神の「亦の名」として、大物主神と大国玉神の名を掲げているが、これは神賀詞と同種の資料に拠っているわけである。そして、崇神紀では、大物主大神を祭るに大田田《おおたた》根子《ねこ》命をもってし、倭《やまと》の大国魂《おおくにみたま》神を祭るに市磯長尾市《いちしのながおち》をもってしている。前者は大物主神の子孫であり、後者は神武前紀に見える椎《しい》根津彦《ねつひこ》（大和国造の祖）の子孫となっている。ただし、大物主神は祟《たた》り神であること（崇神紀七年二月の条）、倭迹々日《やまとととひ》百襲《ももそ》姫《ひめ》命と通じ蛇体を示したこと（崇神紀十年九月条）、三諸岳《みもろのたけ》の神、大物主神が大蛇（正体は雷）であること（雄略紀七年七月条）などの記事は、記と同傾向であるが、造酒の神であること（崇神紀八年十二月条）が付加されている（記では少名毘古那神が造酒の神となっている）。このように、大物主神に対する記紀編者の考えかたはほぼ同じでありながら、大国主神との関係の捉えかたが大きく隔たっていることに注意すべきである。大物主神を祖とする氏族は『姓氏録』では神宮部造（山城国、神別）三歳祝（未定雑姓、大和国）があり、大物主命を祖とするものには石辺公（左京、神別、下・山城国、神別）狛人野（山城国、神別）がある。『延喜式』神名帳には「大神大物《おほみわおほものぬし》主神社」（大和国城上郡）とある。

大物主神（記中、崇神・紀、神代上）　大物主櫛𤭖玉命（祝詞、神賀詞）

312
天之御影《あめのみかげ》の神（一三—八）
名義は「天上界の神霊」。「御影」は『和名抄』に「霊」を「美太万《みたま》」また「美加介《みかげ》」という、とある。神霊、の意。この神は、近江の御上《みかみ》神社（滋賀県野洲《やす》郡野洲町三上《みかみ》）の祭神である。『延喜式』神名帳に、御上神社（近江国野洲郡）とある。第九代開化《かいか》天皇の子、日子坐《ひこいます》王が、この天之御影神の娘の息長《おきなが》の水依比売《みずよりひめ》を妻にして、丹波《たには》の比古多々須美《ひこたたすみ》知能宇斯《ちのうし》王以下五子を生む。この系譜は天上界の神霊、息長川（今の大野川）や琵琶湖の水霊というように神秘的な素性《そせい》でつながり、のち沙本毗古《さほびこ》の謀反の後段に、垂仁天皇に召されて後宮入りをする浄《きよ》き民の父として美知《みち》能宇斯《のうし》王が存在している。『姓氏録』には「明立天御影命《あけたつあめのみかげ》」の名が見え、額田部湯坐《ぬかたべのゆえ》連の祖とある。

天之御影神（記中、開化）

313 **伊奢沙和気《いざさわけ》の大神の命**（一八二―三）

名義は「誘《いざな》い合う神稲《さ》の男子の大神」。「伊《い》奢《ざ》」は「誘う」の「いざ」。もと感動詞で「さあさあ」と促《うなが》しさそう意。「沙《さ》」は神稲。「和気《わけ》」は「淡道之穂之狭別《あはぢのほのさわけ》」の項参照。男子の敬称。「神」の下に「命」をつけた例は「八千矛《やちほこ》の神の命」（七一―四）がある。敦賀《つるが》市角鹿《つのが》の気比《けひ》神宮の祭神。応神天皇と名を交換した、その名。名の交換は服従帰属儀礼の一つ。以下、この神の別名は、食物に関するもののばかりである。

伊奢沙和気大神之命（記中、仲哀）

314 **御食《みけ》つ大神**（一八二―三）

名義は「御食物の大神」。敦賀市角鹿《つのが》の気比《けひ》神宮の祭神。応神天皇と名を交換した礼に神饌の料（魚類の代表として「入鹿《いるか》」の名を挙げる）を献る。それを賞して命名されたもの。

御食津大神（記中、仲哀）

315 **気比《けひ》の大神**（一八二―四）

名義は「食物の神霊の大神」。「気《け》」は食物。「比《ひ》」は「霊《ひ》」。敦賀市角鹿《つのが》の気比《けひ》神宮の祭神。神功前紀に「角鹿《つぬが》の笥飯《けひ》の大神」とある。「笥飯」は敦賀の旧名であるが、その文字選択の意識において、「笥」は食器、「飯」は食物という文字が選ばれているわけで、海産物朝貢地敦賀の性格をよく表している。

気比大神（記中、仲哀）　笥飯大神（紀、神功前）

316 **阿加流比売《あかるひめ》の神**（一九一―三）

名義は「色美しくつやのある女性」。「阿加流」は「明る」で、「比売」への美称。新羅の賤女が日光に感じて「赤玉」を生み、その玉が新羅国王の王子の手に入り、乙女に化《な》って王子（天之日矛《あめのひほこ》）の妻となる。しかし、王子が妻を罵《ののし》ったので、日本に逃げ難波に到り、そこの比売碁曾《ひめごそ》の社の祭神となる。この神社は今の大阪市東成区東小橋《ひがしおばせ》南之町にあるが、もとは天王寺区小橋町愛来目《あくめ》山の産湯稲荷神社の井戸のあたりにあったという。『延喜式』神名帳に、摂津国東生《ひがしなり》郡に比売許曾神社があるとする、その社であろう。ところが、同じ『延喜式』の四時祭の条には「下照《したてる》比売《ひめ》社一座、或《イハ》号《ス》二比売許曾《ひめこそ》社一《ト》」とあり、臨時祭の条にも「比売許曾神社一座、亦号《ス》二下照比売一《ト》」とあるから、祭神は下照比売という伝えもあったことになる。「阿加流比売」と言い、「下照比売」と言い、もとは新羅の赤玉の乙女であったのに、もはや日本化された名であることは否定できないが、『延喜式』神名帳には別に「赤留比売《あかるひめ》命神社」（摂津国住吉郡）があり、これは今の大阪市平野区東一丁目の三十歩《さんじゅうぶ》神社に擬せられている。つまり、阿加流比売は二社に祭られていたことになる。これはおそらく、古くは赤留比売命神社に祭られていたのが、難波の孝徳朝以後、外国使節歓迎の便宜上、比売碁曾神社近辺に祭神を新たに移したものであろう。このことの反映が、記の「こは難波の比売碁曾の社に坐す阿加流比売の神といふ」（一九一―三）の注記になったものと考えられる。

阿加流比売神（記中、応神）

317 **伊豆志《いづし》の八前《やまへ》の大神**（三〇〇―一）

名義は「出石《いずし》の八座の大神」。「伊豆志」は兵庫県出石郡出石町宮内で、出石神社がある。『延喜式』神名帳には「伊豆志坐《いづしにます》神社八座」（但馬国出石郡）とある。天之日矛《あめのひほこ》が将来した八種の宝物を神格化した。「前」は神の敬称。

伊豆志之八前大神（記中、応神）

318 **伊豆志袁登売《いづしをとめ》の神**（三〇〇―二）

名義は「出石《いずし》の巫女《ふじょ》の神」。「伊豆志」は兵庫県出石郡出石町。前項「伊豆志《いづし》の八前《やまへ》の大神」の娘で、秋山之下氷壮夫《あきやまのしたひおとこ》と春山之霞壮夫《はるやまのかすみおとこ》との兄弟二神から求婚される。春山之霞壮夫の神の一夜妻《ひとよづま》（祭儀ののち、神人が巫女と一夜共寝をすること）となり、一子を生む。

伊豆志袁登売神（記中、応神）

319 **秋山之下氷壮夫《あきやまのしたひをとこ》**（三〇〇―四）

名義は「秋山の木葉の色づいた立派な男」。「下氷《したひ》」は「したふ」（赤く色づく意。四段動詞）の連用形。「秋山のしたへる妹《いも》」（万葉、巻二、二一七）に例がある。「壮夫《をとこ》」は「美人《をとめ》」の対語で、「立派な男」の意。秋山の擬人化。弟春山之霞壮夫《はるやまのかすみおとこ》と伊豆志袁登売《いずしおとめ》神を争い敗れる。

秋山之下氷壮夫（記中、応神）

320 **春山之霞壮夫《はるやまのかすみをとこ》**（三〇〇―四）

名義は「春山の霞の立派な男」。前項の兄の秋山之下氷壮夫《あきやまのしたひおとこ》と伊豆志袁登売《いずしおとめ》神を争い、母の助力によって乙女を得る。一子を生む。

春山之霞壮夫（記中、応神）

321 **悪事《まがこと》も一言善事《ひとことよごと》も一言言離《ひとことことさか》の神葛城《かづらき》の一言主《ひとことぬし》の大神**（二四八―一三）

名義は「凶事も一言で、また吉事も一言で言い放つ神である、葛城の、一言で託宣する主の大神」。「言離《ことさか》」は「言放《ことさ》か」で、言葉を放つこと。動詞の未然形が体言と同じ機能をもつ用法で、「さけつ島」（二〇七―一三）にも見られる。「離《さ》く」の未然形「さけ」である。明らかに名詞になった例には「築《つ》く」が「塚《つか》」に、「なふ」が「縄《なは》」に、など多くある。「葛城」は今の奈良県御所《ごせ》市森脇に一言主神社がある一帯。『延喜式』神名帳に「葛木坐《かづらきにます》一言主神社」とある。「一言主」は、いわゆる言《こと》霊《だま》信仰（善い言葉を発すればその言葉どおり善い事が現れ、悪い言葉の場合はその逆になる、という言葉の呪力《じゅりょく》に対する信仰）に基づき、それを一言で言い放つ託宣の神である。一言主神は、仁徳天皇皇后石之日売《いわのひめ》命以来、皇室の外戚《がいせき》として勢力のあった大豪族葛城氏の奉斎神である。雄略天皇と葛城の一言主神との説話は、さまざまな意味をもっているが、葛城氏の奉斎神が雄略天皇に見出されたという点をのみ見れば、葛城氏の祭祀権が奪われたことを意味するものと言えよう。葛城氏はこれ以後記紀から姿を消すのである。

雖悪事而一言雖善事而一言言離之神葛城之一言主之大神（記下、雄略）一事主神（紀、雄略四年二月）

（神名317～321）

付録

神名索引

漢数字は、付録本文にアラビア数字で示した神名の一連番号に相当する。

あ

い

新潮日本古典集成〈新装版〉

古事記《こじき》

平成二十六年十月三十日 発行
令和 五 年六月二十五日 四刷

校注者 西宮《にしみや》一民《かずたみ》
発行者 佐藤隆信
発行所 株式会社 新潮社
〒一六二-八七一一 東京都新宿区矢来町七一
電話 〇三-三二六六-五四一一(編集部)
〇三-三二六六-五一一一(読者係)
http://www.shinchosha.co.jp

印刷所 大日本印刷株式会社
製本所 加藤製本株式会社
装画 佐多芳郎/装幀 新潮社装幀室
組版 株式会社DNPメディア・アート

乱丁・落丁本は、ご面倒ですが小社読者係宛お送り下さい。送料小社負担にてお取替えいたします。
価格はカバーに表示してあります。

ISBN978-4-10-620801-0 C0393

日本霊異記
小泉道 校注
仏教伝来によって地獄を知らされた時、さまざまな説話、奇譚が生れた。雷を捕える男、空飛ぶ仙女、冥界巡りと地獄の業苦――それは古代日本人の幽冥境。

今昔物語集本朝世俗部（全四巻）
阪倉篤義
本田義憲
川端善明 校注
爛熟の公家文化の陰に、新興のつわものたちの息吹き。平安から中世へ、時代のはざまを生きる都鄙・聖俗の人間像を彫りあげた、わが国最大の説話集の核心。

平家物語（全三巻）
水原一 校注
祇園精舎の鐘のこゑ……生命を賭ける男たちの戦い、運命に浮き沈む女人たち、人の世の栄枯盛衰を語り伝える源平争覇の一部始終。八坂系百二十句本全三巻。

古今著聞集（上・下）
西尾光一
小林保治 校注
貴族や武家、庶民の諸相を神祇・管絃・好色等に分類し、典雅な文章の中に人間のなまの姿を写して、人生の見事な鳥瞰図をなした鎌倉説話集。七二六話。

太平記（全五巻）
山下宏明 校注
北条高時に対する後醍醐天皇の挙兵から足利政権確立まで、その五十年にわたる激動の時代と勇猛果敢に生きた人間を、壮大なスケールで描く軍記物語。

竹取物語
野口元大 校注
親から子に、祖母から孫にと語り継がれてきたかぐや姫の物語。不思議なこの伝奇的世界は、美しく楽しいロマンとして、人々を捉えて放さない心のふるさとです。

伊勢物語　渡辺　実　校注

引きさかれた恋の絶唱、流浪の空の望郷の思い——奔放な愛に生きた在原業平をめぐる珠玉の歌物語。磨きぬかれた表現に託された「みやび」の美意識を読み解く注釈。

落窪物語　稲賀敬二　校注

姉妹よりも一段低い部屋〝落窪〟で泣き暮す姫が貴公子に盗み出された。幸薄い佳人への惜しみない優しさと愛。そして継母への復讐。甘美な夢をささやく王朝のメルヘン！

源氏物語（全八巻）　石田穣二・清水好子　校注

一巻・桐壺〜末摘花　二巻・紅葉賀〜明石　三巻・澪標〜玉鬘　四巻・初音〜藤裏葉　五巻・若菜 上〜鈴虫　六巻・夕霧〜椎本　七巻・総角〜東屋　八巻・浮舟〜夢浮橋

狭衣物語（上・下）　鈴木一雄　校注

運命は恋が織りなすのか？　妹同然の女性への思慕に苦しむ美貌の貴公子と五人の女性をめぐる愛のロマネスク——波瀾にとんだ展開が楽しい王朝文学の傑作。

堤中納言物語　塚原鉄雄　校注

世紀末的猟奇趣味に彩られた「虫愛づる姫君」、稀有のナンセンス文学「よしなしごと」——とりどりの光沢を放つ短編が、物語の醍醐味を満喫させる一巻。

御伽草子集　松本隆信　校注

室町時代、華麗に装われて登場した民衆文芸。貴種流離・恋・変身・冒険等々、奇想天外な発想から夢と憧れと幻想をくりひろげた傑作小説の世界。全九編収録。

方丈記　発心集　三木紀人 校注

痛切な生の軌跡、深遠な現世の思想――中世を代表する名文『方丈記』に、世捨て人の列伝『発心集』を併せ、鴨長明の魂の叫びを響かせる魅力の一巻。

徒然草　木藤才蔵 校注

あらゆる価値観が崩れ去った時、批評家兼好の眼が躍る――人間の営為を、ある時は辛辣に、ある時はユーモラスに描きつつ、人生の意味を鋭く問う随筆文学の傑作。

謡曲集（全三冊）　伊藤正義 校注

謡曲は、能楽堂での陶酔に留まらず、自ら読んで謡う文学。あでやかな言葉の錦を頭注で味わい、舞台の動きを傍注で追う立体的に楽しむ謡いの本。

世阿弥芸術論集　田中裕 校注

初心忘るべからず――至上の芸への厳しい道程を説き、美の窮極に迫る世阿弥。奥深い人生の知恵を秘めた「風姿花伝」「至花道」「花鏡」「九位」「中楽談儀」を収録。

萬葉集（全五巻）　青木・井手・伊藤・清水・橋本 校注

名歌の神髄を平明に解き明す。一巻・巻第一～巻第四　二巻・巻第五～巻第九　三巻・巻第十～巻第十二　四巻・巻第十三～巻第十六　五巻・巻第十七～巻第二十

古今和歌集　奥村恆哉 校注

いまもし、恋の真只中にいるなら、「恋歌」を、愛する人に死なれたあとなら、「哀傷」を読んでほしい。華やかに読みつがれた古今集は、むしろ、慰めの歌集だと思う。

和漢朗詠集 大曽根章介・堀内秀晃 校注

漢詩と和歌の織りなす典雅な交響楽――藤原文化最盛期の平安京で編まれ、物語や軍記をはじめとする日本文学の発想の泉として生き続けた珠玉のアンソロジー。

梁塵秘抄 榎 克朗 校注

遊びをせんとや生まれけん、戯れせんとや生まれけん……源平の争乱に明け暮れた平安後期の民衆の息吹きが聞こえてくる流行歌謡集。編者後白河院の「口伝」も収録。

山家集 後藤重郎 校注

月と花を友としてひとり山河をさすらう人生詩人、西行――深い内省にささえられたその歌は祈りにも似た魂の表白。千五百首に平明な訳注を付した待望の書。

新古今和歌集（上・下） 久保田 淳 校注

美しく響きあう言葉のなかに人生への深い観照が流露する、藤原定家・式子内親王・後鳥羽院などによる和歌の精華二千首。作者略伝をはじめ充実した付録。

金槐和歌集 樋口芳麻呂 校注

血煙の中に産声をあげ、政権争覇の余震が続く鎌倉で、修羅の中をひたむきに疾走した青年将軍、源実朝。『金槐和歌集』は、不吉なまでに澄みきった詩魂の書。

閑吟集 宗安小歌集 北川忠彦 校注

恋の焦り、労働の喜び、死への嘆き――時代を問わぬ人の世の喜怒哀楽を歌いあげた室町時代の歌謡集。なめらかな口語訳を仲立ちに、民衆の息吹きを現代に再現。

新潮日本古典集成

作品名	校注者
古事記	西宮一民
萬葉集 一〜五	青木生子 伊藤博 井手至 清水克彦 橋本四郎
日本霊異記	小泉道
竹取物語	野口元大
伊勢物語	渡辺実
古今和歌集	奥村恆哉
土佐日記 貫之集	木村正中
蜻蛉日記	犬養廉
落窪物語	稲賀敬二
枕草子	萩谷朴
和泉式部日記 和泉式部集	野村精一
紫式部日記 紫式部集	山本利達
源氏物語 一〜八	石田穣二 清水好子
和漢朗詠集	大曽根章介 堀内秀晃
更級日記	秋山虔
狭衣物語 上・下	鈴木一雄
堤中納言物語	塚原鉄雄
大鏡	石川徹
今昔物語集 本朝世俗部 一〜四	阪倉篤義 本田義憲 川端善明
御伽草子集	榎克朗
梁塵秘抄	後藤重郎
山家集	後藤重郎
無名草子	桑原博史
宇治拾遺物語	大島建彦
新古今和歌集 上・下	久保田淳
方丈記 発心集	三木紀人
平家物語 上・中・下	水原一
金槐和歌集	樋口芳麻呂
建礼門院右京大夫集	糸賀きみ江
古今著聞集 上・下	西尾光一 小林保治
歎異抄 三帖和讃	伊藤博之
とはずがたり	福田秀一
古今著聞集	
徒然草	木藤才蔵
太平記 一〜五	山下宏明
謡曲集 上・中・下	伊藤正義
世阿弥芸術論集	田中裕
連歌集	島津忠夫
竹馬狂吟集 新撰犬筑波集	木村三四吾 井口壽
閑吟集 宗安小歌集	北川忠彦
説経集	室木弥太郎 松本隆信
好色一代男	松田修
好色一代女	村田穆
日本永代蔵	村田穆
世間胸算用	金井寅之助 松原秀江
芭蕉句集	今栄蔵
芭蕉文集	富山奏
近松門左衛門集	信多純一
浄瑠璃集	土田衛
雨月物語 癇癖談	浅野三平
春雨物語 書初機嫌海	美山靖
奥浄瑠璃集	
与謝蕪村集	清水孝之
本居宣長集	日野龍夫
誹風柳多留	宮田正信
浮世床 四十八癖	本田康雄
東海道四谷怪談	郡司正勝
三人吉三廓初買	今尾哲也